U0529056

人民艺术家·王蒙
创作70年全稿

诸子编

庄子的奔腾　与庄共舞

· 40 ·

人民文学出版社

王 蒙

目　录

庄子的奔腾

庚桑楚：摆脱干扰,解开心结……………………………（ 3 ）
徐无鬼(上)：理想的尊严与务实的掂量………………（ 37 ）
徐无鬼(下)：另类思路的缤纷花朵……………………（ 59 ）
则阳：大妙中遨游,幽深里冲浪…………………………（ 77 ）
外物：人怎么样得到自由…………………………………（108）
寓言：文无定法,论非必然,搜搜而已,自有大妙………（129）
让王：辞让的哲学…………………………………………（145）
盗跖：痛斥儒家的道德理想与行为规范………………（169）
说剑：以大道大本之剑,取代兵器之剑,你信服吗……（196）
渔父：盗跖批完了,再由渔父教导一下孔子……………（204）
列御寇：怎样才能做到神全………………………………（218）
天下：乱世英雄起四方,有说便是无冕王………………（237）

"庄子系列"总后记…………………………………………（264）

与庄共舞

第 一 讲　鲲鹏展翅 …………………………………… (269)
第 二 讲　乘瓠而游 …………………………………… (280)
第 三 讲　列子御风 …………………………………… (289)
第 四 讲　越俎代庖与虚船触舟 ……………………… (297)
第 五 讲　槁木死灰与呆若木鸡 ……………………… (305)
第 六 讲　天籁 地籁 人籁 …………………………… (313)
第 七 讲　朝三暮四 …………………………………… (321)
第 八 讲　游刃有余与薪尽火传 ……………………… (329)
第 九 讲　妇姑勃豀与虚室生白 ……………………… (337)
第 十 讲　螳臂当车与儒道之争 ……………………… (344)
第十一讲　庄生化蝶 …………………………………… (352)
第十二讲　浑沌之死与醉汉不伤 ……………………… (360)
第十三讲　相濡以沫与相忘于江湖 …………………… (368)
第十四讲　盗亦有道与文化中立性 …………………… (376)
第十五讲　秋水知鱼与大匠运斤 ……………………… (385)
第十六讲　绝顶的庄子 ………………………………… (394)

附：谈庄子 …………………………………………… (406)
　　　老庄的治国理政思想 …………………………… (414)

庄子的奔腾

庚桑楚:摆脱干扰,解开心结

杂篇之"杂"字,不一定含有贬意。不论是否后人托庄之名所写,能放到《庄子》书中流传至今,也算是夤缘时会、盛情高论。这一章对于人情世故,对于私心杂念,对于心魔心结的描绘就很独到。所谓不喜欢自作聪明与自作多情的人,所谓为他人一时的是非判断而殉节,所谓名相反而实相顺,所谓虫能虫、虫能天,而人未必能成为全人,所谓以天下为笼则雀无所逃,都是令读者拍案叫绝的新鲜说法。读之益智、舒心、理气、赏神、悦目,如登高山,如览群峰,如戏沧海,如沐清风。好你个庄周其人其文!

一 不要自作聪明也不要自作多情

老聃之役有庚桑楚者,偏得老聃之道,以北居畏垒之山,其臣之画然知者去之,其妾之挈然仁者远之;拥肿之与居,鞅掌之为使。居三年,畏垒大穰。畏垒之民相与言曰:"庚桑子之始来,吾洒然异之。今吾日计之而不足,岁计之而有余。庶几其圣人乎!子胡不相与尸而祝之,社而稷之乎?"

老聃有个学生叫庚桑楚,对于老聃的大道论述有独到的、深刻的体悟与修养。他从而迁移到了畏垒山那边去居住了——不知是否意味着有了道就要隐居。道的作用是把人藏起来。下人当中有一种什么都是小葱拌豆腐一清二白的人,他们似乎什么都明白(卑人之智),他们是万事通,庚桑楚就请他们走人了。婢女侍妾中还有一种人,时时自作多情地讲仁讲义(妇人之仁),他也与她们拉开了距离。最后是比较迟慢厚重的人跟他生活在一起,再有就是辛辛苦苦干粗活的人为他做事。他在畏垒山这里住了三年,畏垒山这边收成极好。畏垒山的民人交相议论:"庚桑楚这个人刚来的时候,我们一看就吃了一惊,他好像是另一类人呀!(人与人是不一样的哟!)如今看着他呢,我们如果一天天地从表面上看,想法计算他带来了哪些变化,也许还会感到不那么明显,不足以说明他有什么了不起的作用;但一年过去,咱们总括起来计算,他带来的变化、他的作用可就大了去啦!这样的人,差不多就该算是圣人的啦!咱们大伙儿为什么不供奉他朝拜他并尊崇他做这个地区的首领呢?"

比较有意思的是,这位了不起的、走到哪里能够让哪里风调雨顺的人物,他不喜欢两种人,一种是过于明白的人,即自作聪明的人,一种是满口仁义道德的人,即酸溜溜的自作多情的人。为什么?前者往往成事不足,坏事有余,一瓶子不满,半瓶子晃荡,徒增烦乱,扰人视听;而后者呢,酸不溜秋,表面文章,假仁假义,黏黏糊糊。他们都显得装蒜、浅薄、啰唆、烦人、添乱、无事生非、自找麻烦,倒也有趣。

与之相较,这位庚桑楚先生,宁愿与鲁钝的人为伍,与干活的人为伍。没有太多的脑筋与心性的人比似智似愚、若仁若不仁、小有聪明仁义的人好相处,这恐怕是事实。

然而,庄子早就认同了大小老板的宁取愚而毋取智、宁取冷血而毋取温热、宁取淡漠而毋取多情、宁用十个小人毋用一个大大的君子的用人原则。这算不算逆向淘汰呢?算不算选劣汰优,至少是选真劣而不选伪优呢?为什么人类会有这样的原则呢?

我曾经搞过一次"民调"。我问了几十个人,他们一听,都赞成庚桑楚,不愿意使用什么都明白、什么都看得一清二楚、什么都自作多情、动不动仁义道德的人。与其多用明白人,不如多用傻瓜。与其多用善人,不如多用只顾自己的小人。与其任用有自己见解的人,不如用只知听喝的人。呜呼，胸怀狭隘的大小老板们啊，有你们在，还能有真正的人才出现吗？

而一万个自作多情的人当中，有几个是真正的明哲、真正的德行之人呢？有几个不是令人厌烦无比的呢？

还有就是说按天计算不足、按年计算有余，或谓这里是讲此地的国民收入状况，疑非。在这时讲起国民收入来，突兀。恐怕还是作为对庚桑楚先生的评价讲更好。话有分寸，日常看，具体地看，微观地看，庚某成就与长处并不突出，时有不足之处，但是中华文化注重的是总体，是模糊数学——局部地看一般般，谁跟谁又能有什么不同呢？总体一看，嚯，高出一大截，可能是境界高、气象高、经纬高、胸怀高，即使没有任何具体善行、事功、著作的记录，也硬是往那儿一戳就会影响到方圆几百里风调雨顺、囤满圈足、人寿年丰起来，谁知道呢？

> 庚桑子闻之，南面而不释然。弟子异之。庚桑子曰："弟子何异于予？夫春气发而百草生，正得秋而万宝成。夫春与秋，岂无得而然哉？天道已行矣！吾闻至人尸居环堵之室，而百姓猖狂不知所如往。今以畏垒之细民而窃窃焉欲俎豆予于贤人之间，我其杓之人邪！吾是以不释于老聃之言。"

庚桑楚听说人们要推举他南面称王，心里很不痛快。他的弟子们觉得不可理解。庚桑楚说："这又有什么可怪的呢？春天阳气上升发散，诸草萌生，而秋季当令，种种果实籽粒成熟饱满。春天啊秋天啊，它们没有什么根据、没有受到什么启示与触动就会这样的吗？这其实不是春与秋季节本身的意愿与行事，而是天道（自然之道）在那里起着决定性的作用啊！据说道性道行修养到家的高人，从来都是安安静静、踏踏实实地居住在朴素的小屋子里，而老百姓随随便便、悠游自适地各行其是，根本不用操心该要做什么或勿要做什么。如今畏垒山一带的民人百姓嘀嘀咕咕，谈论着想把我抬高捧起来而加以供奉崇拜，是我起了什么不好的、不自然的作用了吗？我岂愿意成为这样的风头人物或是半人半神！这不恰好违背了我的老师老聃的教导了吗？"

想认真弄清这一段话的逻辑，似乎还得费一点劲。天道、自然而然之道，这是万物或成或不成的根源，而个人的意图行为德行的作用是很有限的。春草秋实，与其归功于季节不如归功于天道——这话有点勉强，因为四季的嬗变当然就是天道。至人做你的至人，百姓做他的百姓，这个观点倒有点自由主义的味道。谁比谁高，高是自己的事情；谁比谁蠢，蠢也是蠢人的权利。自以为是高人的人，是至人圣人VIP的人，是理想主义利他主义的人，并无权或必然性去改变去设计民众的生活方向。有此一说，早在庄周那里，值得一书。

顺便说一下，"百姓猖狂不知所如往"，猖狂是自由的意思，自由了就会猖狂，有趣。"不知所如往"，则至少可以作两种解释：一个是百姓处于自发多元的状态，并无一定方向目标；一个是百姓不知道至人的所往，不知道伟大的至人的目标与方向，自然也不会因为自身的愚昧而干扰至人的伟大。"知其所如往"——说来有趣，老王喜欢在线观看的视频节目中有美国犹太裔歌星兼演员芭芭拉·史翠珊演唱的电影插曲《往日情怀》，有一个版本，她一上台先说："你并不知道你的所往，直到你去了（You don't know where are you going, until you have been.）。"中国的谚语说"事非经过不知难"，而史翠珊的说法是："目的未达到前，你并不知道你会向何目的走去。"即"地非到过不知情"。这句话确实有点《庄子》的情调，有点苏格拉底的"我知道的是我什么都不知道"的意思。

"至人尸居环堵之室"，中华文化强调的是把自己藏起来，隐匿起来。为了说明诸葛亮的伟大，《三国演义》首先要写足他藏得如何严实。至人要善于与历史、社会、政治、权力藏猫猫。这种蒙老瞎文化传统，恐怕只能用兹时社会条件的恶劣、士人选择上的简单化（即缺少多向选择的可能）等来解释了。

弟子曰:"不然。夫寻常之沟,巨鱼无所还其体,而鲵鳅为之制;步仞之丘陵,巨兽无所隐其躯,而孽狐为之祥。且夫尊贤授能,先善与利,自古尧舜以然,而况畏垒之民乎!夫子亦听矣!"

弟子说:"不是吧?平常的水沟里,大鱼没有办法掉转它们的身躯,可是小小的泥鳅小鱼之类却能转动自如;低小的山丘土堆,大的野兽没有办法隐蔽它们的身体,可是妖狐却正好得其所哉。讲究尊重贤者、任用能人、推崇善人并给以利禄,从尧舜时代起就是这样,何况畏垒山一带的百姓呢?先生您还是顺从大家的心意吧!"

讲小鱼小兽的灵便与适应,莫非是要庚桑楚学习泥鳅与妖狐?有点邪门了。奉劝老师不要太自大,不要搞得生活那样笨重艰难,增加点随和与适应、灵活与方便?或有可能。

庚桑子曰:"小子来!夫函车之兽,介而离山,则不免于网罟之患;吞舟之鱼,砀而失水,则蝼蚁能苦之。故鸟兽不厌高,鱼鳖不厌深。夫全其形生之人,藏其身也,不厌深眇而已矣。且夫二子者,又何足以称扬哉!是其于辩也,将妄凿垣墙而殖蓬蒿也。简发而栉,数米而炊,窃窃乎又何足以济世哉!举贤则民相轧,任知则民相盗。之数物者,不足以厚民。民之于利甚勤,子有杀父,臣有杀君,正昼为盗,日中穴阫。吾语女,大乱之本,必生于尧舜之间,其末存乎千世之后。千世之后,其必有人与人相食者也!"

庚桑楚说:"小子,你过来!嘴大得能含车的巨兽,孤身离开山林,不能免于就擒于罗网的灾难;口能吞船的大鱼,一旦被浪头冲出水域,小小的蚂蚁也能让它狼狈吃苦。所以鸟兽从来不嫌山岭过高,鱼鳖从来不嫌水域过深。那些善于保护自己的形体本性的人,隐蔽自己的身形,怎么会嫌弃深幽高远呢?至于唐尧与虞舜这两位君主,又有什么可以值得赞扬弘扬的呢？尧与舜心劳日拙地去分辨世上的善恶贤愚，就像是在胡作非为地凿烂墙壁而去种植蓬蒿乱草。也好比一根根地捋着头发来梳理，点着米粒数目来做饭，斤斤计较于枝枝节节，啰里啰唆，又怎么可能有助于世道与政治啊！搞什么举荐提拔贤才，人们相互竞争，就会出现彼此的损伤残害；而任命信用智者，百姓就会相互动心眼，使计谋，出现作伪与欺骗。这些个行事的方法，并不能使民人得到利益。人们对于与私利有关系的事本来就很积极过问，为了私利，有的儿子杀死了老父，有的臣下杀死了君王，有的白昼正中午抢劫，有的光天化日竟敢在别人墙上凿洞。我告诉你，天下大乱的苗头，恰恰是尧舜时代产生的，而它的后果和影响又可能会流毒于千年之后——千年之后，恐怕要出现人吃人的惨烈情况哩！"

再讲必须深藏、离了深藏命都保不住的道理。然后力透纸背地讲解举贤任知、树立价值与规范的危险性，千年后会发展到人吃人的程度。这话当真不假。人的理论愈高、价值认定愈坚决、规范愈明确、信奉愈强烈，与异己者的斗争也就愈惨烈。

鲁迅曾经激烈地批判中国旧文化的本质是吃人，《庄子》这里讲到食人，应该算是中华典籍上比较早的此类说法啦。

当然，这不全面也不现实。某种人为的追求、规范、价值认定，会有恶果，很恶的果；好的，那么不要任何追求规范与价值认定呢？是会更好还是更坏呢？例如一个非常不发达的地域，它可能没有那么多竞争和分歧，但是它有许多迷信、愚蠢、陋俗，如河伯娶妇，如杀人祭天、活人殉葬，如虐待妇女、儿童、老人，而当地人不以为非，反以为是当然的，他们拥有很高的幸福指数，我们能够认同这样的生活吗？

二　学道而后不营营，怎么会这样难

南荣趎蹴然正坐曰："若趎之年者已长矣，将恶乎托业以及此言邪？"庚桑子曰："全汝形，抱汝生，无使汝思虑营营。若此三年,则可以及此言矣。"

南荣趎曰:"目之与形,吾不知其异也,而盲者不能自见;耳之与形,吾不知其异也,而聋者不能自闻;心之与形,吾不知其异也,而狂者不能自得。形之与形亦辟矣,而物或间之邪?欲相求而不能相得?今谓趎曰:'全汝形,抱汝生,无使汝思虑营营。'趎勉闻道达耳矣!"

庚桑子曰:"辞尽矣。奔蜂不能化藿蠋,越鸡不能伏鹄卵,鲁鸡固能矣。鸡之与鸡,其德非不同也,有能与不能者,其才固有巨小也。今吾才小,不足以化子,子胡不南见老子?"

南荣趎听了庚桑楚对于尧舜的批判,很受震动,他端正地坐好,对庚桑楚说:"像我这样的年龄已经相当大的人,应该怎么样去践行你的教导,达到你的要求呢?"(道理讲得高明,如何联系实际,如何臻于妙境,则是一团雾水。这是许多读庄乃至读老的人的感受。)庚桑楚说:"你只消保全住你的形体,保护住坚持住你的生命,而不要蝇营狗苟于身外之物,不要处心积虑于自寻苦恼的欲望与私利。你能够这样坚持做上三年,就达到要求了,就够意思啦!"

南荣趎说:"只看眼睛的外形,我其实看不出人与人之间有什么不同,但是瞎子啥也看不见。只看耳朵的外形,同样彼此也没有什么区别,但是聋子啥也听不到。心的形体,我也不知道大家有什么不同,但是狂人硬是无法正常居处与自我控制。形体与形体之间本来也应该是明白透彻的,没有什么神秘隐藏的,但是被外物分离了。这些问题我是想弄明白却硬是弄不明白啊!(人与人想相通却达不到啊!)今天您对我说,要保全住自己的形体,保护住坚持住自己的生命,而不要蝇营狗苟于身外之物,不要处心积虑于自寻苦恼的欲望与私利……我倒听到耳朵里头去了,只是知晓得太迟了。"

庚桑楚说:"我的话已经说完啦。土蜂不可能变成大青虫,小鸡也孵不了大雁的蛋,大鸡就做得到了。鸡与鸡的功能其实没有什么不同,但是能力有大有小有区别。现在我的才能还是小了,没有办法教育感化你,你为什么不去求教于老子呢?"

　　玄而又玄,众妙之门。老庄学说的魅力在于它们的深刻与玄妙,难学也在于这种深刻与玄妙。深刻与玄妙了半天,它的要求只是什么全汝形呀抱汝生呀之类的原始科目,如同主张"活着就活着呗,高兴就高兴呗,死了就死了呗"……它们的玄妙与伟大接近于零。它们是无限的深邃与无穷的终极,是无涯的涵盖与无极的无端的无差别(齐物)的体悟与逍遥,又是接近于零的知、仁、为、言、辨地讲究修为。谁能拿捏得住这个火候呢?

　　把人生诸问题复杂化、文化化、高深化,是一种学问,是一种积淀,甚至也是一种享受,但是世界上还有另一种学问积淀与享受,那就是把人生诸问题简单化、初级化、通俗化,如庚桑子所说的"全汝形,抱汝生,无使汝思虑营营"。若此三年,一通百通,一顺百顺,齐活了您哪!

> 　　南荣趎赢粮,七日七夜至老子之所。老子曰:"子自楚之所来乎?"南荣趎曰:"唯。"老子曰:"子何与人偕来之众也?"南荣趎惧然顾其后。老子曰:"子不知吾所谓乎?"南荣趎俯而惭,仰而叹曰:"今者吾忘吾答,因失吾问。"老子曰:"何谓也?"南荣趎曰:"不知乎?人谓我朱愚。知乎?反愁我躯。不仁则害人,仁则反愁我身;不义则伤彼,义则反愁我己。我安逃此而可?此三言者,趎之所患也,愿因楚而问之。"老子曰:"向吾见若眉睫之间,吾因以得汝矣,今汝又言而信之。若规规然若丧父母,揭竿而求诸海也。女亡人哉,惘惘乎!汝欲反汝情性而无由入,可怜哉!"

　　于是南荣趎带上干粮,走了七天七夜,到老子那里去了。老子问:"你是从我的学生庚桑楚那边来的吗?"南荣趎说:"是的。"老子说:"你干吗要一下子与那么多人一起来呢?"南荣趎吓了一跳,他回头看一看,没见到人。老子说:"你没有听明白我的话吗?"南荣趎俯身而羞愧,仰身而叹息起来,他说:"您瞧,我没法回答您的问题,也就没法向您提问了。"老子问:"怎么讲?"南荣趎说:"我不学习讲究知识与智慧吧,别人就说我太傻啦;学习讲究一点知识智慧吧,我自己反而是忧心忡忡起来。我不去讲究仁爱吧,说不定会做损害旁人的事;讲究仁爱吧,我自己反而忧心忡忡起来。我不去讲究义气吧,说不定我会得罪旁人;讲究义气吧,又是自身先忧心忡忡起来。我怎么样做才能脱离这种苦恼呢?这三方面的自相矛盾,正是使我困惑不安的,是我想通过庚桑楚先生的介绍来请教您老的。"

老子说:"我一见你眉宇间的表情,已经看出了你的心病;经过你的话,我得到了确认。你那种惶惶然不安的样子如同孩子失去了父母,又像是拿着一根竹竿要去丈量海洋。你是个迷了路的人呀,你是个迷迷糊糊的人啊!你想恢复自己的本性,却硬是不得其门而入(你是回不了家的孩子呀),太可怜啦!"

庄子时期并无佛法禅宗之说,但老子的奇问诈问,好模好样地说南荣趎"偕来之众",即他是带着一大堆人来的,其实他只有一个人来,此问禅意甚为浓重,而且有点吓人。读者也好,老王也好,如果碰到这种莫名其妙的相问,也会后脊梁上冒冷气的。

三个自相矛盾之说概括得不错。人就是这样:有价值有规范有榜样,苦矣哉虑矣哉谬矣哉;无价值无规范无榜样,恶矣哉险矣哉茫然哉。老子的吓人手法倒也发人深省,确实,人们受外物受他人的影响是太多了,你动不动发愁,不见得一定是你自己有什么麻烦,而是你估量盘算计较旁人对你的看法对你的反应、与旁人的关系或与旁人比较竞争。一个人活在哪里或到某个地方去,却如同与许多人在一起分不开甩不掉一样,这有点瘆得慌。人应该活得单纯一点、素净一点,也稍稍个人一点,好比乘飞机时乘务员宣讲的安全须知,遇有情况时,人应该先给自己戴上氧气面罩,再帮助旁人。这不能说不是一个重要的思路。

老子后面说的那种可怜的状况,也颇有代表性。人为什么会那样地惶惶然不可终日呢？人为什么不能相信自己、相信常识、相信天性、相信平常的生活路线呢？人为什么硬是要把生活规范价值观复杂化、烦琐化、自戕化、较劲化呢？请想想看，你的不可终日的惶惶中，有多少是确有其事，有多少是自寻烦恼呢？

  南荣趎请入就舍，召其所好，去其所恶，十日自愁，复见老子。老子曰："汝自洒濯，孰哉郁郁乎！然而其中津津乎犹有恶也。夫外韄者不可繁而捉，将内揵；内韄者不可缪而捉，将外揵。外内韄者，道德不能持，而况放道而行者乎！"

  南荣趎请求留在老子的馆舍里（老子的学生还有专门的宿舍？似乎少有所闻），保持住自己身上的可以认定是好的方面，克服掉自己身上的可以认定是不好的方面（有在灵魂里爆发革命或自我举行洗礼的含义）。过了十天，他仍觉愁闷，便再去见老子。老子说："你已经进行了自我的洗涤，怎么仍然是一副疙里疙瘩的模样呢？可见心中仍然有不好的东西活生生地存在着。你从外表上使劲，意图对自己有所管束，却又管束不住，你的一些问题会转而进入内心。你从内心使劲，意图对自己有所管束，然而其实你管不住，你的一些问题会转而成为外表上的毛病。内心和外表都跟自己较劲，就是富有道德修养的人也难于自我把握，何况像你这样正在学道之人呢！"

  内外互转之说颇为有趣，中国人讲内心修养，佛禅讲对于心魔的战胜，这些话都有特色，有智慧，也可参考，但是说得太玄了，变成巫术式的练功、较劲、矫情、疯魔，其实是往白日见鬼、装腔作势、精神病态方面走。一切内心修炼、精神洗涤、净化自我的努力之有意义，离不开人的自然而然，离不开逻辑的通畅与人性的合情合理，离不开生活的凡俗性日常性常识性，既意志化又自发化、自流自发、自然而然的性质。讲太多的心功呀心魔呀洒濯呀，其实只是自欺欺人，浪费精神，或者干脆是走火入魔。

南荣趎曰:"里人有病,里人问之,病者能言其病,然其病病者,犹未病也。若趎之闻大道,譬犹饮药以加病也,趎愿闻卫生之经而已矣。"老子曰:"卫生之经,能抱一乎?能勿失乎?能无卜筮而知吉凶乎?能止乎?能已乎?能舍诸人而求诸己乎?能翛然乎?能侗然乎?能儿子乎?儿子终日嗥而嗌不嗄,和之至也;终日握而手不掜,共其德也;终日视而目不瞚,偏不在外也。行不知所之,居不知所为,与物委蛇,而同其波。是卫生之经已。"

南荣趎说:"有个病人,邻居问候他,他能述说自己的病况病因,这样的能够明白自己病患的人应该说还不算有什么大病。而像我这样的不知道自己病患在于何处的人,听您讲说大道,就像是吃了不能吸收的好药反而加重了病情一样。看来,您能给我讲一讲一般的养护生命的道理常规也就可以了,讲高深了我也听不明白。"

老子说:"说起养护生命,你能抱元守一吗?(你能使自己从不陷于分裂与选择迁移的迷惑吗?)你能不丢掉自己的真神、迷失自己的良知与自恃吗?你能不去求签算卦而知道何者为吉、何者为凶、何者可做、何者断不可行吗?(你能趋利避害吗?)你知道你的目的并且能够见好就收、及时停顿吗?你能不去对他人抱怨牢骚而反过来要求调整自己吗?能随意而且自在吗?能明白而且单纯吗?能像一个婴儿一样地过活吗?婴儿整天啼哭,却不会嘶哑,由于他会调和自己的发声与呼吸,使之适中、平顺。婴儿整天攥紧拳头不拧筋也不松手,这是由于他的做法符合自己的天性,并不是强自在那里握拳。婴儿整天睁大了眼睛看视,但是不显歪斜吃力,因为他自己睁开眼睛,却并不受和不在乎外界光影的干扰与变化。走路不必强求一定要到哪里,站在那里不必强求一定要干点什么,与物和顺,高下直曲,随波逐流,步调节奏无不相宜……这就是养护生命的常理喽。"

老子提的几点,即九个"能……乎",是有道理的。"能抱一",既是生理状况也是心理状况,不使自己处于左右为难、进退失据、寒热交攻、动静不宁、里外不是人的境地。"能勿失",则内容大了去啦:失常、失敬、失言、失意、失语、失态、失准、失明、失聪、失方向、失章法……全是失,全是自我溃败的表现。"无卜筮而知吉凶",说得更好:卜筮而求吉凶,说明的是自身的良知良能的泯灭,是智慧悟性的迷失;不算卦而知吉凶,则是根本,是做人的底线,是重大选择上的永远的无咎无误无凶。"能止""能已",含义相仿,儒家也讲知止而后有定,知道了目标才有一定之规,不知道目标就永远没个准头。或者解释为知道适可而止才能稳定自若,生活才有准头。"能儿子乎?"这一点最难做到。知道了抱元守一,知道了无失无误,知道了吉凶祸福,对不起,你仍然做不到如婴儿一般,你仍然可能气喘吁吁、辛辛苦苦、强力以赴、使遍浑身解数,就是说你仍然勉强。而做到婴儿一般,了不得了。所有的大智者、大贡献者都有另一面:天真活泼,明朗单纯。提出婴儿的标杆,不全无矫情处,但也确实可叹可羡。

而南荣趎的只求"卫生之经",也说得很实在。老庄学说中最难理解的是玄而又玄、众妙之门的道论,大众最容易感兴趣与如饥似渴地追求吸纳的是他们的养生理论——退而求其次,能精通道家的养生、摄生、卫生理论,很好嘛。

"闻大道,譬犹饮药以加病",这话说得别致、精彩。我们都有好高骛远的毛病,我们都有过高估计自身的习惯,喜欢听高头讲章,喜欢听高谈阔论、豪言壮语、大话连篇、牛皮震天或者装腔作势、朗诵表演、假戏真做或者就是假声假唱;然后生吞活剥了一些似懂非懂的道理说法,学到一些斩钉截铁的结论判决,最后害人害己,却还以为自己是在救人救世。

> 南荣趎曰:"然则是至人之德已乎?"曰:"非也。是乃所谓冰解冻释者,能乎?夫至人者,相与交食乎地而交乐乎天,不以人物利害相撄,不相与为怪,不相与为谋,不相与为事,翛然而往,侗然而来。是谓卫生之经已。"曰:"然则是至乎?"曰:"未

也。吾固告汝曰：'能儿子乎？'儿子动不知所为，行不知所之，身若槁木之枝而心若死灰。若是者，祸亦不至，福亦不来。祸福无有，恶有人灾也！"

南荣趎说："那么做到了您讲的那些卫生之经，做到了如婴儿一般，是否就达到了至人的品德了呢？"老子说："不是的。我给你说的只是解除与融化你心中的疙瘩冰块罢了。而至人，他们能够与万物一起在地上生活饮食，与万物一道因天意天象而快乐。从不为人的利害而相互打扰；不相互拒绝、骇异、以他人为陌生者；不与他人一起策划什么计谋，也不互相合作共事（或不会相生事）；随意自在地前往，明白单纯地归来——这是他们的养生原则。"南荣趎说："那还不算至人吗？"老子说："还不行。我对你说过，能够像婴儿一样地生活吗？如果像婴儿那样——动，不知道是想要干些什么，静，不知道自己想要停留在什么地方，身体如枯槁的树木枝干，心地如死灭了的灰烬——做到这一步，祸是不会降临的，福也不会到来。既然没有了祸福，哪里还会有人间的灾难呢？"

至人自然善养生，但做到了善于养生仍然不就是至人。善于养生只须化掉心里的冰疙瘩，即只须去掉邪祟、负担、贪欲、计谋、有为、膨胀、相争、矫情……无死地、庖丁解牛、听任自然、终其天年，至少是没有做自戕自毁的事，就对了。人生下来就是获得了生，不去戕生，就是摄生养生卫生。应该说，世上没有比养生更容易更自然更方便的事情。而至人，如《庄子》内篇一上来就讲的，是要"乘天地之正，而御六气之辩，以游无穷"，岂止是一个卫生云云。

三　经过终极关怀与高端推理， 求得人格的自由与解脱

宇泰定者，发乎天光。发乎天光者，人见其人，物见其物。

> 人有修者，乃令有恒；有恒者，人舍之，天助之。人之所舍，谓之天民；天之所助，谓之天子。

心宇（即内宇宙）泰然安定的人，就能够发出映出天然的光辉（而无须人为的追光或光环）。散发着天然光辉的人与物，能够明晰地显现出自身的形象。真正有修养有道行的人，必定会有自身的固定的长远的稳定性；有了这种操守与功德的稳定性，人们会自然地亲近他、倚仗他，而天也会佑助他。人们所亲近倚仗的，称为天之选民；上天佑助的，就称为天子了。

相信人的自然而然的天光（天生的、天赋的光辉），这个想法很美，但很少人有这样的自信。人们常常感到的、所不平的，不是天光，而是天生的倒霉、天生的不如人、天生的受冤受气。汉语中对于这种美丽的想法有一个说法：你想得美！

> 学者，学其所不能学也；行者，行其所不能行也；辩者，辩其所不能辩也。知止乎其所不能知，至矣；若有不即是者，天钧败之。

学习，其实就是要学到那些学不到的东西；行为，其实就是要去做到那些做不到的事情；辩论或分辨，其实就是想要辩明或分辨那些道不明也分不清的是非。虽然你还没有知道太清楚，却知道及时停步、退步抽身，这也就算是道行达到相当的程度了，也就是达到知的顶端了。假如你不是这样，不知道适可而止，那么造化的天平定会使你一败涂地。

庄子反对强努着去学习与做事。他的理论很高超：既然是学得会学得好的东西，自然而然就能学到做好，也就根本没有必要大张旗鼓地去学去干。

这有点道理。比如语言，一个人讲母语无须上专科学校更无须恶补也不用参加托福考试。从一个不会讲话的婴儿，到咿呀学语，到成了语言大师，多半你自己也不知道个中程序。外语就不同了，你得费劲,费劲的结果是你永远不可能像掌握母语一样好地掌握外语。

做事也是这样。愚公移山,你费了老鼻子劲,移掉了多少呢?如果不是移山,而是日常的功课、日常的生活,如果是打扫庭院、穿衣吃饭,你需要摩拳擦掌地专门去努力吗?

以我们的经验为例。我们搞人民公社的时候,讲了多少次要坚持要顶住呀,又讲了多少次不要滑到资本主义那边去呀——请注意,搞公社要咬牙拼命,而资本主义只须轻轻一"滑",这是什么事儿呀!学习也一样,我们组织过一次又一次的学习、讲课、反思、转弯……如果一切符合客观规律,至于如此地事倍而功半吗?

正像最高的技巧是"无技巧"(巴金语)一样,最好的学习是"不学习"吗?最好的干活是"不干活"吗?最好的辩论是"不说话"吗?如果当真如此,最好的活法会不会是"不活"呢?没有那么简单。虽然老庄诸人都那么向往简单朴素原始与明快,世界远远没有那么舒服,真正人人逍遥、日日逍遥、年年逍遥的话,也是一种可怕的失重与飘浮吧?辛苦与负担可能是生命所难以承受的重量,绝对的逍遥呢,可就是生命所难以承受的轻飘了!

更聪明与更合理的设计恐怕不是绝对的单面化,而是一种平衡:轻与重之间、学与不学之间、做与不做之间、大言与慎行之间、辛劳与逍遥自在之间……有所平衡,有所转化与过渡。静如处子,动若脱兔,进可攻而退可守,用藏在我,舒卷随心,邦有道则智,邦无道则愚,那才是化境呢!

顺便说一下,这里说的求教求学,主要是学境界、学修养、学品德,却丝毫不重视学知识,这恐怕是我国古代哲学包括诸子百家的一个先天性弱点。

备物以将形,藏不虞以生心,敬中以达彼,若是而万恶至者,皆天也,而非人也,不足以滑成,不可内于灵台。灵台者,有持而不知其所持,而不可持者也。不见其诚己而发,每发而不当,业入而不舍,每更为失。为不善乎显明之中者,人得而诛之;为不善乎幽间之中者,鬼得而诛之。明乎人,明乎鬼者,然后能独行。

既然万物是自然存在与具备的,也就自然顺应成形,其外形为何、行为如何也就不是问题,不劳思虑了。(前贤解释"备物以将形"是准备物质以将养形体。)深敛、淡化自身对于外物的无法把握和常常是不靠谱的思忖测度,使自己的心思不往嘀嘀咕咕、斤斤计较、患得患失上走,使心思正常生发、活动、居处。自爱自敬、珍惜、净化自己的心术与动机,也就能推己及人,推广到爱人敬人、爱物敬物,与万物和睦相处。做到了这些,你仍然碰到各种灾难祸事,那就只能说是天意了,并不是由于你的不当、人为的过失而招了祸,也就不会因为碰到忧患而乱了本性、失了准头。不要把这些阴暗与混乱收纳入心灵。在心灵(灵台)那里,你当然会有所把握,有所持守,但是你并不是确切地精到地知道一定要把握遵循什么(你其实看不清你的底线),也就不可能处心积虑地生硬地去把守什么。如果你做不到真诚地与深刻地认知与显现自身,如果你不能较真地确认你自己的需求与原则,便轻易地多有发表发散显露,这样你的表现就可能不合时宜、多有不当、不能准确地表达出你自己,外界的事务不断地搅扰于内心,你老是放不下,你的表达显露作为总是得不偿失。在光天化日下做了不妥的事,你会受到人众的责备与惩罚;在阴暗幽蔽的角落做下坏事,即使不被人众察觉,也会受到鬼神的谴责与报应。如果一个人不论是在人众中,还是鬼神中,都能做到光明磊落坦荡,这之后便能独行而无愧无惧了。

"认识你自己!"这是欧洲的一句名言。据说这是刻在德尔菲的阿波罗神庙三句箴言中最有名的一句。此话的出处说法不一,或斯巴达的喀隆,或泰勒斯,还有更多人相信来自苏格拉底。尼采也说过:"我们无可避免地与自己保持陌生,我们不明白自己,我们搞不清楚自己,我们的永恒判词是:'离每个人最远的,就是他自己。'"

当今世界,有所谓对于主体性、主体思想的多种说法,也与这个"认识你自己"的命题有关。

《庄子》在这里关注到了这个问题。《庄子》反对执著于自己,也努力论述摆脱客体即所谓外物对于主体的干扰的问题。随物成形,实际上是对于文化淡化诉求,只求顺其自然、随遇而安,不求另起(文化的)炉灶。对"藏不虞以生心"的各种解释似乎不甚得要领。"不虞"云云,这个词至今使用,一般指不可预见、不可测度。人对于世界、对于外物、对于环境,常常会有种种估摸、分析、预案、得失、顺逆的计较与反应。而《庄子》认为,人的这些"虞",害多利少,讹多正少。只有控制隐藏诸多的不虞之忧,才能通"自己"的顺畅生机。"敬中以达彼",好话,人必自信而后人信之,人必自重而后人重之,人必爱人而后人爱之。己欲立而立人,己欲达而达人,己所不欲,勿施于人,儒学讲的这方面的道理与"敬中以达彼"(端正内心才能通达他人、自尊自重方能敬人敬业)的说法一致。

这三方面——淡泊自然、心地纯净、推己及人——都做到了,不等于就万事大吉,你仍然有可能会遇到祸患,那是老天爷的事情,我们不必悔恨自责。这就比老子说的那个"陆行不遇兕虎""入军不被甲兵"全面得多了,其实老子也讲过"天地不仁"。

底下的对于灵台(灵魂所居存的平台,或曰灵府,或曰心宅)的探讨很有深度。做到了以上三方面,就不会吸收有害信息,不会受到外界的负面影响,不受精神污染——却原来,不受精神污染的思路在中国是源远流长。灵台的特点是有所守护却不确切知道在守护什么,有所警戒却不确切知道警戒线划在何处。你只能遇到什么去处理什么,叫做相机对待、相应处理。你无法在心灵中划好警备区与警戒线。守又守不住的是灵台,必须有所持守的也是灵台。《庄子》果然灵活,若有若无,若护若失,若持若不持。其实,岂止是灵台(即内心里的东西)如此?天下许多喊破了嗓子的坚持,能永远坚持、万年不变吗?

在认识自己之前不要轻易有所表现、有所行动、有所闹腾。这是进一步的发挥。人对于自己其实是陌生的,尼采的观点与这里讲的"不见其诚己而发,每发而不当"的说法相通。问题是人们,尤其是公众人物,尤其包括政治家与文艺家,总是不停地在那里"见——现——显"……问题还不在于你的想法是否符合客观实际、时代潮流、人民利益、群众舆论,首先是,你拼死拼活地闹腾的,很可能并不符合你真实的思想感情利益与价值观念。这句话说得够绝的,够令人出一身冷汗的了。

不论是显明之中还是幽间之中,人为不善,必有后患。这个说法与儒家的"慎独"说是一致的。儒也罢,道也罢,注重个人的心功、修养、境界,提倡以高超的自我修炼与内心功夫应对繁复险恶的大千世界,它们自然相通,它们自然高明,它们自然也会有作茧自缚、没有多大出息的地方。

> 券内者,行乎无名;券外者,志乎期费。行乎无名者,唯庸有光;志乎期费者,唯贾人也,人见其跂,犹之魁然。与物穷者,物入焉;与物且者,其身之不能容,焉能容人!不能容人者无亲,无亲者尽人。兵莫憯于志,镆铘为下;寇莫大于阴阳,无所逃于天地之间。非阴阳贼之,心则使之也。

只求自身分内的东西,或是只求内心的完美,做什么事也就不会、不必、不可张扬显赫。追求分外的大收获,志在竭尽可能地取得最大财利。做事不追求出头露脸的人,常常具有充实的光耀。其志在于利益最大化的人,则不过是商贾罢了;人们差不多都能看到他们追求的过分与前行的艰难,他们自己却以为是平安与正常的。能够理解外物、与外物沟通顺应的人,外物也就能够为他所接受。而与外物与人众相隔膜的人,他连自己都不能包容理解,又怎么能容受他人?不能容人,也就没有谁与他亲近;没有亲近者的人呢,等于已经为人众所抛弃。兵器虽然锋利,并不能摧毁人的心志,从这个意义上说，宝剑如莫邪者也不算是最高级的武器。其实，真正最强大的敌手，不是兵器，而是阴阳之气。阴阳变异消长，任何人只要处于天地之间就没有办法逃脱阴阳的左右。并非阴阳的变异损害了谁，是人们心灵出了毛病，自取其病。

如果将"券内外"释为"分内外"，似与老庄的其他篇章段落脱节。更好的解释恐怕仍然是老庄乃至中华文化强调内功的学养与主张特色。向内转即在心灵中追求平衡、和谐、逍遥，与向外扩张、追求现实利益的最大化，在这两者的对比与选择中，孔孟老庄都是更强调前者。

与后文也能联系起来——莫邪剑虽然厉害，只能取敌人的首级，却不能取敌人的心志，叫做"三军可夺帅也，匹夫不可夺志也"。这话绝对是对的。现代战争中的"斩首"方略就是通过夺其帅而夺匹夫之志，例如伊拉克战争。

阴阳，则是指大道，指自然之理，指辩证法，指绝对理念、历史规律与天意，指气数，指物极必反、月盈则亏的天道。这也对：你掌握了天道，比掌握了一把宝剑厉害多了。

不知为什么，这一段话更像出自喜讲或兼讲兵法的《老子》，《庄子》中谈这样的问题并不多见。倒也是，这里本来是托老子之口所讲说的。

> 道通。其分也成也，其成也毁也。所恶乎分者，其分也以备；所以恶乎备者，其有以备。故出而不反，见其鬼；出而得，是谓得死。灭而有实，鬼之一也。以有形者象无形者而定矣。

大道对于万物，通通是有效的、涵盖的。一个东西分离解体的同时，另一些东西形成而且固定了。一种事物的形成与固定，也正是这种事物的解体与毁灭的开始。人们不喜欢解体与分离，因为那意味着一种新状态的形成与固定。人们不喜欢形成与固定，因为它意味着还要进一步地去形成与固定。所以,如果一个人一心关注追求外物、外在的世界,就等于使自己陷于解体,叫做活见鬼,叫做见了鬼了。脱离了本性而欲有所得,得到的就是死亡;脱离了本性而徒具形体,你也就成了一个鬼了。只有把有形的形体看成是无形的大道的一部分,你的内心世界才会得到安定与准头。

"恶乎分",又"恶乎备",值得思索。《庄子》向往的是古朴的混沌,是混沌的五官混一,叫做浑然一体的状态,是不加分离的最原始也是最伟大的状态。以此来考虑文化史、社会史、学术史也很有趣。社会愈发展,分工越细,每种职业、每个圈子、每一种新事物就愈加固定、呆板、分割、局促、压抑而且沉闷。所以,许多古典的大师都提出全面发展的幻想。美国的反面乌托邦小说《美丽新世界》就以福特纪元作为人类灾难的标志,因为福特的流水生产线把整个劳动过程分割为细细的机械的简单的劳动。分割之后很合理也很明确,但其结果使生产者与整个生产及产品的关系更加疏离,使生产者更加处于局部与盲目的低下位置,所以其出现更加可恶。

"其分也""其成也"的"其"到底是什么?可以泛指一个事物一件东西,例如水分解了就出现了氢和氧,而氢一旦剧烈氧化燃烧,就再次出现了水。苏联解体了就出现了独联体诸国家,而后格鲁吉亚与俄罗斯反目,乌克兰颜色革命(近年却是再逆转),还有波罗的海沿岸三国变成了北约成员。这些,未尝不是"恶乎分"又"恶乎备"的事例。

但"其成""其分"之"其",更可能的是指大道,这才与道通的说法衔接得好。道本来应该是"有物浑成,先天地生"的,分散在各时各处,下载、形成了种种事物。形成种种事物后,人们往往反而忘记了背离了大道,叫做背道而驰,叫做天下无道,当然可恶。何况完备化固定化的过程是永无休止的,真不知道伊于胡底呀!

从这个意义上,我们对于"出而不反,见其鬼"等也许可以读出不同的味道。大道不能分割,老子那里叫做"不割"。人也不能分割,人的一切关键在于自身,一切靠向内转,靠内功,不能眼睛向外,不能追求外在,不在于一切有形的物质,而在于精神的纯一、混一、不割。否则就是自己与自己分家,一心求外物者等于早早地毁灭了自己,等于早早地把真我与鬼我都勾调出来,等于自我的分裂。

  出无本,入无窍。有实而无乎处,有长而无乎本剽,有所出而无窍者有实。有实而无乎处者,宇也。有长而无本剽者,宙也。有乎生,有乎死,有乎出,有乎入,入出而无见其形,是谓天门。天门者,无有也,万物出乎无有,有不能以有为有,必出乎无有,而无有一无有。圣人藏乎是。

  一种事物、一个生命的出现并没有起源与根据,它消失即进入无穷,也不需要孔道与路径。有的存在具有真实性,却没有明确的处所位置。有的有成长延伸,却摸不清成长的过程始末。有所产生出现却没有明确的出现的孔道的万物,分明是实际的存在。具有实在性的万物,却判断不准它们的居处位置,这就是宇,即无穷的空间。具有成长延伸却摸不清成长的过程与始末,这就是宙,即无始无终的无穷的时间。世上永远有生有死,有出现,也有遁入。遁入与出现都不呈现具体的形迹,这就叫做天门。所谓天门,就是说其实无有这样一个可见可触的如人间的门的"门",万事万物都从这个乌有之门出现与产生。"有"的本质与起源并不是"有",有并非来自"有",而必定是出自"无有",而"无有"就是一无所有。圣人就藏身于(或谓游心于、思考于)这样的无有之中。

  这一段在整个《庄子》之中也属抽象而且玄妙的。它讨论无与有的关系。有是从无中产生出来的,个体的生命是如此,一个创造物,一个新的政权、朝代、国家、作品、理论、科技,唯其来自无有的创造,才是伟大,才是高明的,才是天才的果实。所以说,有并不产生于有,而是产生于无有。实在、实存、实体都是实的,但它们在无穷的空间与时间之中的坐标,却是不固定不明确不清晰的。它们的出现与消失的轨迹、孔道、门户,都是不固定不明确不清晰的。这是由于具体的存在难于与无穷大的世界进行比较测试。有与无又有明显的不同,从有到无,从无到有,经过的不是关隘,不是凯旋门,不是路口,而是并不实存的天门。经过并不实存的天门,却出现了或者消失了实存的事物或者人。你能理解这样的并不存在的天门吗？你能想象这样的玄妙的天门吗？

最后说,圣人藏身于这样的无有中。此语不如解释为:圣人的大道藏蓄在这无与有的玄妙与伟大的关系之中。有是无所不有,无是无所不无,无所不无又可以转化为无所不有,无所不有又可以转化为无所不无。有不是无,因为它有。有又不是有,因为万象万物都会转化为无。无不是有。但无不是绝对的无,它的前身和后续都可能或都必定是有。其实,从物理学的观点来看,物质是不灭的,能量是不灭的,从物质与能量的观点来看,有是永远的有。这是圣人罗蒙诺索夫发现的道理。从物质的形态、结合、化合、存在方式来说,一切都是从此有的形态,变化到此有消亡、彼有出现的形态,一切具体的存在都会化为无有,无才是根本,才是本质,才是起源。从神学的观点来看,除了终极的神祇或理念以外,一切存在的另一面便是虚无。从哲学的观点来看,有无无有的变化转移便是世界,便是人间,便是学问。无与有既是统一的、共生与互生的,又是前后矛盾的、彼此消长的。

思考一下无与有的问题对于人有什么好处吗？第一,无中可以生有,有可以变无,这样地生生不息,同时是逝者如斯夫,不舍昼夜。不要僵化,不要凝固,不要对于类似有与无间的转化大惊小怪、心慌意乱。第二,许多情况下,变易是无形的,你不可刻舟求剑、胶柱鼓瑟。你不可只知拒变防变,不知通变应变。第三,如果你心仪于圣人,如果你是准圣人,应该把握有与无的火候,可以天光自见,也可以和光同尘;可以藏于深渊,也可以怒而飞,展翅南溟;可以槁木死灰、呆若木鸡,也可以知鱼论世、解牛冲浪。

> 古之人，其知有所至矣。恶乎至？有以为未始有物者，至矣，尽矣，弗可以加矣。其次以为有物矣，将以生为丧也，以死为反也，是以分已。其次曰始无有，既而有生，生俄而死；以无有为首，以生为体，以死为尻；孰知有无死生之一守者，吾与之为友。是三者虽异，公族也；昭景也，著戴也，甲氏也，著封也，非一也。

古时候的人，他们的才智也有堪称登峰造极或到头儿的时候。什么样的登峰造极呢？有人思考到了想象到了，最早宇宙中是没有万物存在的，虚无才是世界的本原。这种观点是到了头儿啦，说到了底儿上了，无法再进一步寻根溯源了。其次，一些人认为宇宙初始已经存在某些事物，他们把生命的出现看成是某种事物的丧失与转移，而把死亡看成是那种事物返归——回了老家。这样的观点也很高明，但已经对事物有了区别对待。再次一等的，认为宇宙初始确实什么也没有，后来就产生出了生命，活着，时间不久就会死掉。他们把虚无看做头，把生命看做躯体，把死亡看做尾骨。如前文说的："谁能明白有、无、死、生的同一性，我就可以与他做朋友了。"以上三种说法虽然各不相同，其实是彼此相通与一致的。正像在楚国王族中，昭、景这两个姓是从祖上传下来的，而甲氏是由于封邑而获得了姓氏。昭也罢，景也罢，甲也罢，说的其实是同一个人，那么，无呀生呀老呀死呀，说的也是一回事啊！

这才叫终极关怀。关怀到"至"（即顶点那里），关怀到万物万象皆无的起始与归结，关怀到无而生之、生而死之，关怀到生死有无什么区别的诘问。一般人认为生命的全部意义就在于那活着的几十年，《庄子》在这里却认为那只是角度的不同、说法的不同。出生前、生命当中、死后，其实说的是同人同物同一个对象。就是说，尚未出生，已经酝酿了你的生命，已经是你的生命的一种前期存在形态。死后更是一种新的存在形态——驾鹤西去的形态、仙逝的形态、永垂不朽的形态、长眠的形态。以楚国王公贵族的姓氏为例,说明同一个事物可能有不同的名称、说法,反映的是不同的侧面、层次、品质。生的特点与死的特点属于同一个人同一条生命,区分生死未必是必要的,也未必是可能的,本来嘛,压根就是生中有死,死中有生,生即死,死即生……这也算奇谈妙想了。

> 有生,黬也,披然曰移是。尝言移是,非所言也。虽然,不可知者也。腊者之有膍胲,可散而不可散也。观室者周于寝庙,又适其偃溲焉,为是举移是。

有了生命,也就是有了气的凝聚,就要一次次地使是非变化或此或彼的形态推移下去。万物万象的是非与形态一旦产生变化推移,也就要划分什么彼与此、是与非。我们谈论彼此与是非,其实这样的话题本就不是我们的谈论能够把握与起作用的。谈了半天,人们对于是非彼此仍然是不明不白。比如说,腊月祭祀时,置放着牛的内脏和四肢,你可以分开认识,却只能放在一处,只有祭祀完毕后才能分散拿走。(那么,它到底是应该分散,还是应该集拢呢?)又比如说,参观宫室的人规规矩矩地瞻仰整个宗庙,但也可以进入厕所出恭方便。(过早地拆散牛是不被允许的,祭祀完了分散拿走却又是对的了。参观时在厅堂里解手是不对的,进了厕所却用不着毕恭毕敬了。)像这些例子都说明彼与此、是与非在不停地转移着。

很生活,也很深刻。伟大庄严也有过期失效的时候。《庄子》外篇中已经举出过这样的例子:神器车马,祭祀时大家毕恭毕敬,祭祀完了,一把火了事。上厕所的例子更加好玩:进入了王宫正殿,你谨慎小心,不敢造次,但是你也照样有出恭解手的需要与正常生理活动。解手的时候该怎么排泄就怎么排泄,难以表达特殊的敬畏与良民的驯服。用解手来消解过分的压迫、郑重、绝对化乃至独裁,迄今我只在米兰·昆德拉的《生命中不能承受之轻》中读过,该书就大便问题发表了不少宏论。当然,是《庄子》的思考与举例更早些。

  请常言移是。是以生为本,以知为师。因以乘是非,果有名实;因以己为质,使人以为己节,因以死偿节。若然者,以用为知,以不用为愚,以彻为名,以穷为辱。移是,今之人也,是蜩与学鸠同于同也。

请让我再探讨一下是非彼此的推移和变动。你这是把生命看做出发点,以才智作为师法的标准来判断是非。于是你等以这样的出发点来统领是与非的把握,当真分辨出名与实的区别来了;于是不但有是非彼此,而且有名实之分析。再进一步,把自我树立成主体,让旁人以你的是非、彼此、名实当做自身的原则与操守,甚至不惜一死来为你树立的节操标准殉葬。像这样的人,以参与(掺和)入世为智,以出世隐蔽为愚,以通达透彻为名誉,以困厄艰难为羞耻。这种对于是非、彼此、名实的不可靠的认知,正是现今人们的通病,这就跟蜩与学鸠共同讥笑大鹏那样,乃是同样的幼稚可笑。

这里讨论价值观念的人间性与终极性、此岸性与超越性。以生命为出发点,以才智为师法标准,这是俗人的价值观念的世俗性、人间性。太俗了就会浅薄简陋,斤斤于鼻子底下那点得失,如这里描写的,以自我为主体,以主体为节操,以通达为荣华,这样只能是蜩与学鸠的水准。

尤其是这里说的"以己为质,使人以为己节",很触目惊心,它描绘出了个人野心家、唯我论者的嘴脸,值得人们警惕。我在《我的人生哲学》中引用的一位老友的话——"永远不可将自己绑在某某个人的战车上",便是对症下药。

这段话有些机会主义、实用主义的解构味道。人们对于是非、彼此、名实的判断是以自我为中心而时时随着时间地点条件的推移而推移的,并非恒常不变的。你为之殉节的那个原则,其实是他人的需要、他人的原则、他人的标准、他人的变动不羁的实用主义的产物,你为之殉节,岂非愚傻？这样说,却忽视了人生中的一些绝对理念、绝对命令、绝对价值,例如爱惜生命、见死施救、助人为乐、以人为本等。过多地强调一面,确有其不足取处。

> 蹍市人之足,则辞以放骜,兄则以妪,大亲则已矣。故曰,至礼有不人,至义不物,至知不谋,至仁无亲,至信辟金。

一般习惯,踩了路人的脚,要赶紧道歉赔小心;兄弟间踩了脚,要心疼并安慰;父母踩了子女的脚或子女踩了父母的脚,也就算了。同样是踩一个脚,也分三六九等,这又有什么好的呢？所以说,最好的礼法是不分你我的,最好的正义是不分彼此的,最高的智慧是全无谋划的,最大的仁爱是绝无亲疏之别的,最大的诚信是无须用金玉之类的物品作为凭证、抵押的。

人生不要搞得太烦琐,价值不要定得太细密,礼法不要搞得太严格,关系不要推敲得太清晰。老庄提倡的是这样的大而化之、听其自然、随遇而安的人生原则与处世方式,即是这样逍遥自在的活法。用现在的话说,就是不要搞得人们太累啊！还不如以不变应万变——你有千变万化,我有一定之规,你有千条智谋,我只靠一个混一的光明、放心与正直呢！

> 彻志之勃,解心之谬,去德之累,达道之塞。贵富显严名利六者,勃志也。容动色理气意六者,谬心也。恶欲喜怒哀乐六者,累德也。去就取与知能六者,塞道也。此四六者,不荡胸中则正,正则静,静则明,明则虚,虚则无为而无不为也。道者,德之钦也；生者,德之光也；性者,生之质也。性之动,谓之为；为之伪,谓之失。知者,接也；知者,谟也；知者之所不知,犹睨也。动以不得已之谓德,动无非我之谓治,名相反而实相顺也。

拆除意愿所带来的躁动昏乱,化解心智带来的谬误束缚,放下德行的牵挂计较,打通通向大道的隔膜与疙瘩(就对了)。尊贵、富有、荣显、威严、名誉、利禄等六种引诱,都是给意愿添乱的因素。容颜、举止、美色、辩理、声气、心意等六种信号,全是干扰心灵的因子。厌恶、欲求、喜悦、愤怒、悲哀、欢乐等六种状态,全是牵累德行的原因。拒绝、接受、赢得、施与、智谋、才能等六种倾向,全是阻隔大道的元素。四个方面,各六种,四六二十四种因素能不闹心了,内心就会端正,人内心端正了就走向平静,平静了就会明洁,明洁了就会虚旷阔大,虚旷阔大了就能够本身不做什么而万物万事该怎么作为就怎么作为。大道,是德行所钦敬与崇拜的高端;生命,是德行的光辉与弘扬的表现;心性,是生命的本质与主导。心性有了动机,就会驱动一些行为,叫做有为。有行动而不是来自真诚的动机,乃是受人为的伪动机所驱使,叫做失掉了本性。知识,出自与外物的互动;智能,出自心中的谋划。当然,每个人的智能都是有限度的,具有智慧的人也会有不了解不知道的领域,就像眼睛的视野,是受限制而不是无所不见的,你斜着眼睛看了半天,仍然有所不见不知。能够不动的时候就不动,有所举动则必定是出于不得已的原因,这才叫有德(至少是不会无事生非)。有所行动却无非是自我的顺应、内心的需求,这就叫做治。名义上、概念上、说法上,人们常常相悖相争相反,或常常会感到自身与外界相顶牛(原因是各种说法太多,是非太多,自寻其扰太多),而实际上,(彼此与是非之间的差别并不见得像说的那样势不两立)对立的双方常常可以互相妥协和解。

虽然庄子时期并没有这个词,但这一段讲的恰恰是防止与克服"异化"。富贵荣华名利威权,这可能成为人的异己的灾难性的力量。酒色财气意理,何尝不会异化而成为人自身的敌对一方?把意理与酒色财气之属放在一起,有趣,人们的意(义)理之争何尝不是常常变为意气之争、门户之争、权力或实利之争?喜怒哀乐与好恶,不更是会常常蒙蔽了人的耳目,使自己与他人指鹿为马、颠倒黑白、混淆是非、平添混乱？而人的主体性、选择性、所谓去就取予哀乐，其背后的自以为是、刚愎自用、得意扬扬、顺我者昌逆我者亡，何尝不会成为害人害己的魔障？想想人类的历史吧，族群之争尤其是教派学派观点意识形态之争，带来了多少苦难乃至于血腥！

怎么样才能做到不使人的这一点点聪明、这一点点自信、这一点点伎俩变成自身的对立面呢？《庄子》的药方是"不荡胸"，即不闹心。然后是"正、静、明、虚、无为而无不为"。这里的"正"关键在于不要因了私利私欲而偏颇执拗。这里的"静"的哲学是中华文化乃至东方文化的一种特点，一动不如一静。我们从来反对轻举妄动，反对浮躁，反对揠苗助长，反对缘木求鱼，反对南辕北辙，反对没事找事。我们心仪的是以静制动、以柔克刚、以不变应万变。这里的"虚"讲的是给自己留下空间，即选择的空间、汲取的空间、包容的空间、创造与超越的空间。这里反对的是自满，是背包袱、先入为主，是僵化呆板，是死守祖训、抱残守缺。只消想想中国走向现代化的历程之曲折艰难、阻力之大、代价之惨重，我们就应该能够明白"虚"的重要性了。

然后再讲"道、生、性"。大道进入了生命领域，进入了人间，就要按天性、人性办事，避免和克服人事人为人间的非人化、非人性化、反人类化。比如中世纪的僧侣主义，比如中国的名教杀人，比如某些宗教派别、政治派别乃至武侠小说里的武功派别的杀戮异己。

同时，不是出自天性，不是出自笃诚，为就会变成伪。什么叫伪？一个"人"，一个"为"，人为的而非天然的就是伪。这叫做为中有伪。视野所难以达到的地方，斜着眼费了大劲看到的一切，靠得住吗？这又叫做知中有不知。

让我们想想看，我们一生中会碰到多少装腔作势而实际上愚不可及，摇头摆尾而实际上空洞无物，指手画脚而实际上全无用处，蛮横霸道而实际上极端平庸低劣，滔滔不绝而实际上全是假大空废话套话的自作聪明的白痴与瘸马瘟啊！

不得已才有行动,这尤其是针对君王们的劝告。有行动也无非是符合自己的判断与要求,不妨解释为不做违心的事,这主要是针对臣子与士人的劝告。

"名相反而实相顺",这是一句迄今没有被国人发现的、理应大放光芒的格言。多少当年的势不两立、不共戴天的对立与仇杀呀,从名上、言辞上、说法上看,他们真称得上是泾渭分明、邪正殊途、人妖对立、善恶二元,毫无调和的余地。而当一切成为历史以后,人们会发现,至少其中的一部分人和事,在一些时候也许他们是半斤八两,也许是五十步笑百步,也许是互相转化、"弈棋转烛"罢了,也许是不了了之,白白地误了多少性命!

为什么事实上可能相顺可能交融与相互转化的存在、势力、力量集团,彼此杀了个头破血流呢?就是由于四六二十四种片面、愚蠢乃至于邪恶:你与他,都是那样功名利禄、酒色财气、争强好胜、挑肥拣瘦、自我中心、自欺欺人、牛皮烘烘、心存恶意、争一日之短长、斗红了眼珠子,这样的四六二十四种通病,即使在一家之中也会成为分裂与憎离的根源,何况在侯国、在天下、在人类、在政治斗争或商业竞争、在学术争拗与艺术流派的竞争之中呢?人一旦争起来,最方便的便是将各种恶名(帽子)扣向对手,以各种美名装扮自己,这样才能争取更多的追随者,同时为自己壮胆。结果呢?换汤不换药,转了一圈又走到一起来了,尤其是跟着拼命的百姓们,从前是这样,现在还是这样,"外甥打灯笼——照旧(舅)",这样的例子还少吗?

让我们再进一步,用当代的语言讲讲此语对我们可能的启发吧。庄子与他的追随者所谈的这些问题,也是那时的活生生的当代。不要把这些活生生的话语解释成为抽象空洞的玄学空谈。什么叫名?旗帜、名义、名分、主张、纲领、口号、提法、世界观、意识形态、左倾右倾……紧紧扭住这些不放,有时是必要的,是必须弄清楚的,但有时也会搞得头破血流、你死我活、势不两立、批一万年(当年有云,批修正主义要批一万年)。而如果有条件采取相对务实的政策,适当搁置争论,讨论实际问题,实事求是、求同存异或求同化异,以人民的最大实际利益为依归,注意改善民生,发展生产力与文化,以实践检验真理,无常心,以百姓之心为心,以百姓过好日子为依归,关系就会顺多了,事情就相对好办得多了,你说是不是?

四　以天下为笼,以其所好笼之,可得

> 羿工乎中微而拙乎使人无己誉。圣人工乎天而拙乎人。夫工乎天而俍乎人者,唯全人能之。唯虫能虫,唯虫能天。全人恶天,恶人之天,而况吾天乎人乎!

羿的功力在于能够射中精微的目标,但是他不擅长制止他所不喜欢的人众对于他的吹吹打打。圣人的能干在于研习天道,并不一定擅长人事。擅长研习天道而同时善于周旋人事,只有"全人"能够做得到。像虫豸一样地生活,虫子天然能够做得到。也就是说,唯独只有虫子,能够做得到天赋予虫子的一切性能。(而人常常做不到上天赋予自身的全部性能。人不但会暴殄天物,更会是暴殄自身。)"全人"有时候也会与天龃龉,那首先是与人为的一切的龃龉,再说你自身不也是天命的产物吗?以每个个别人的自我来论,你分得清人与天吗?

一个有特殊本事的人,例如一个射箭能手,他的功力属于天,他的标准在于天,人众的喜怒哀乐、酒色财气对于他的中靶成绩不起作用。而人众对他的反应,则属于人事,加进了喜怒哀乐、酒色财气。一个写作人的才华来自天,是否畅销,是否红得起来,则不是他能左右的。一个所谓的英雄或野心家,他的膂力、智商、机缘、运气乃至寿夭,基本上属于天,但其成败强弱众寡,则是人事。天是公道的,犹如射箭比赛的规则。人事则天知道是怎么回事,好人可能胜利也可能失败,坏人可能完蛋也可能走运。

什么至人啊圣人啊真人啊神人啊之外，这里又提出了一个"全人"的概念。既通天道，又精人事，叫做"工乎天而俍乎人"，不容易。要做"全人"，先做你自己，如同一个虫子，你做好虫子才能通天通道通古今中外。"全人"也是这样，你首先是你自己，可以为牛，可以为马，可以为虫，可以为龙。做到这些了，仍然会不喜欢天，或被不喜欢，天仍然厌弃你冷落你！好的，OK，那又有什么呢？你本身就是既天且人啊，谁能分他个一清二楚！

> 一雀适羿，羿必得之，威也；以天下为之笼，则雀无所逃。是故汤以庖人笼伊尹，秦穆公以五羊之皮笼百里奚。是故非以其所好笼之而可得者，无有也。

一只小雀恰被神射手羿看到了，羿一定要射中它，这是羿的威风。而如果你能够做到使整个天下成为适宜鸟雀居住生活的雀笼鸟园，那么就不是一只鸟雀，而是所有的鸟雀，没有哪一只能够逃逸。所以商汤用庖厨来笼络伊尹，秦穆公用五张羊皮来笼络百里奚。所以说，不去投合天下人的所好，不以此来笼络人心，而可以得天下的，是根本不可能的。

前面一段话读完，你会心生疑惑：莫非是天道比人事还容易掌握？为什么天道的研习比较简单，而人事的处理反而难以把握？这里说了，人事的关键在于笼络做局。你要有大的格局，你要有涵盖包容天下鸟雀的雄伟心胸，而不是妒贤嫉能、狭隘排他、山头宗派、见一个捉一个，更不是见一个灭一个。你要使天下成为你笼络人才的最佳环境，然后人们才会为你所用。

"笼络"一词，现在不是什么正面的词，它有一种耍手段的味道。这里的关键在于是否与天合一、与道合一，有无天道的境界。如果你的笼络目的是搞山头宗派，你搞的是小圈子廉价的斗斗斗，你的笼络活动就是一文不值，就是无聊透顶。而如果你能做到像天地一样地无所营营、无所斤斤、无所孜孜，如果你能理解一切包容一切，如果你不把是非彼此名实病态地气迷心地挂在口上心上脸上，你的气魄与胸怀就完全升华了扩展了你的"无为而无不为"。

这也是把争取一个人，或者消灭一个对手、争夺一个影响、制造一个效应、取得一个事功，大而化之、化而道之、人而天之。完全一事不做是不可能的，问题是你的小我能不能扩为大我，你的人事能不能升为天道。就是说，你可以是神箭手，但你不是用箭去瞄准，不是用技术去征服，不是通过人为的殚精竭虑，而是通过天道的伟力，从根本上入手，从得道上使功夫，缔造最佳环境、最佳条件、最佳气氛、最阔平台、最伟大的天地，使天下人无脱于你的包容涵盖，这也是老子讲的"天网恢恢，疏而不失"。

> 介者拸画，外非誉也。胥靡登高而不惧，遗死生也。夫复謵不馈而忘人；忘人，因以为天人矣。故敬之而不喜，侮之而不怒者，唯同乎天和者为然。出怒不怒，则怒出于不怒矣；出为无为，则为出于无为矣。欲静则平气，欲神则顺心。有为也欲当，则缘于不得已。不得已之类，圣人之道。

受了刖刑而失去了双脚的人，不再在乎外形的修饰打扮，因为他已经将外人对其外表的反应置之度外。服苦役的囚犯，登上高处也不怎么害怕，因为他们的处境已经使之顾不上自己的死活。对于用言语恐吓自己的人能够忘在一边，能够忘掉他人的人，就可称做合于自然之理又忘却人间之事的"天人"。所以，被敬重却不因之惊喜，被侮辱也不会因而愤怒，这是带有天地和顺之气的人才能做得到的。能够化解掉怒气的原因是从根本上说这里没有怒火，那么即使有点怒气也是出于不想怒、不准备怒；有所作为但不是处心积虑地要有作为，那么有为也就出于无为。想要宁静就要平息意气，想要养神就要理顺心绪，无论做什么事都要求一个恰当适度，做什么事都要考虑个不得已，即做什么事也不能一意孤行、放肆痛快。事事不得已的做法,也就是圣人之道。

这是说,抓大放小是人的天性,当脚丫子四肢都保不住的时候,外观如何也就不在话下。当因重罪而失去了自由与尊严之后,死活反而成了小问题。与天融合为一的人,自然不会计较什么好话赖话、什么尊宠侮辱。有火气是具体的与偶然的,无火气是总体的与必然的。有忙碌辛苦是具体的与偶然的,无忙碌辛苦是总体的与必然的。

有怒出于不怒,有为出于无为。作为一个活人,你总会有怒有为有喜有悲,但你的根本是无怒无为无喜无悲,是嘛也没有的虚静状态,偶有所怒,怒罢仍然是不怒,偶有所为,点到为止,为完了立马歇手。这不像老子所讲的无为、为无为、事无事、味无味,也不像《庄子》前文所讲的槁木死灰那样彻底、富有玄学与审美趣味,但比较容易接受与操作,它与有为论、有情论进行了某些调和与妥协。

《庄子》中多次讲这个不得已,看来这个不得已,不完全是当被迫来解释,它包含并强调的是勿为已甚的意思,是知止的意思,是适可而止、见好就收的意思。

或谓杂篇甚杂,其价值无法与内篇、外篇相比。此话也要分析。关键在于你能不能抓得住篇中一些天才的说法,或者尚未成为天才的论述却极有可能被引向、被发挥修补为天才的论述的素材;也就是说,篇中有无通向天才与高端的思辨与智慧的契机。有,就极有价值,哪怕它本不是庄子所书,哪怕它只是无名小人物"X子"或"N子"所写。我们的趣味不仅仅在于解说与考证,我们的快乐不仅仅在于淘金挖金,还有拭掉锈斑还我光泽,我们的趣味更在于炼铁成金、点石成金、化平庸为神奇、化杂章为绝唱。管他外篇杂篇、X子N子,这都是先贤参与庄周的奇思妙想、神理鸿文的伴唱与和声,至少是庄周的陪唱者、应和者、修饰者与簇拥者。那么,今人如老王者也不甘寂寞,也唱出了自己的一嗓子,也说了一些前贤庄学家的解释疏注中全无的理解。是狗尾续貂吗?是佛头着粪吗?是别开生面吗?是不但有所开掘而且有所加工,不但有所附丽而且有所发明吗?读者,让我们一起来唱一个庄周大合唱吧!

老王说:《庄子》杂篇之妙,首在见解,横空出世,闪闪发光,盘旋伸展,潜龙深藏。繁星在天,叠影大荒,吟咏无端,舞蹈彷徨,启人五内,耀目八方,直入肺腑,发人奇想。唯年代久远之后,有的如天书,有的如咒语,有的如卦辞,有的如祷文,加上各种解释考证,直如怪字堆积,异词泛滥,令人晕菜。老王的目的不仅是遍查古今资料以解释说明,更追求的是激活,是弘扬,是互证,是互文,是延伸也是碰撞,是火花也是磁场,是发现也是畅想。是将《庄子》这口古钟当当当、当当当地敲响;是以王解庄,更是以庄解王,尤其是以人生解庄,以世事说王,是探讨它的正解,更是探讨它理论的空间与发挥的奔放!

徐无鬼（上）：理想的尊严与务实的掂量

这一章谈了很多社会政治问题。从士人的尊严到对于权力与主导价值的嘲笑，从治理的狂妄到顺其自然的童子的高超，从诸子百家的热闹与混乱到失去对手的悲哀，从热学、声学的现象到人间诸事的联想，从高士的难以合群成事到大匠运斤（抡斧子）也要看对象的比喻……智慧到处有，傻乎乎的我们能不能咂摸出点滋味来呢？

一 爱民还是害民

> 徐无鬼因女商见魏武侯，武侯劳之曰："先生病矣！苦于山林之劳，故乃肯见于寡人。"徐无鬼曰："我则劳于君，君有何劳于我！君将盈耆欲，长好恶，则性命之情病矣；君将黜耆欲，擎好恶，则耳目病矣。我将劳君，君有何劳于我！"武侯超然不对。

徐无鬼通过女商的关系见到了魏武侯，武侯慰问他说："先生太受苦啦。生活在山林之中，吃了不少苦头吧？这不，你现在终于愿意来找我啦！"徐无鬼说："我是来慰问你的，不是找你来慰问我的！你这样养尊处优的人，还不是要满足自己的嗜好和欲望，助长自身的喜爱与厌恶，结果搞得你的性命心绪很苦。要是废黜嗜好和欲望，抑制爱好和厌恶，那么你惯于享受的耳目就会因之而感到乏味枯燥，十分受苦。看来，需要慰问的正是你呀，我有什么劳苦艰难可慰问的！"武侯听了一怔，不能回答。

诸子百家之中,老庄是比较牛。他们立论高屋建瓴、势如破竹,因为抽象,比较敢说敢吹敢抡敢砍。所谓的玄圣素王比真圣真王还牛,就因为他们讲的是玄理,吃的是素食,穿的是粗布,牛两下不过是精神胜利,无大碍,无后果。这位徐无鬼先生就是牛气冲天,猖狂(无贬意)绝顶,一见面先把魏武侯压下了半头。

越是侯王,越是高官大款肥猫猛将越是欲望如天,满足了就更贪婪,不满足就苦煎熬。徐先生直击要害,打得魏武侯摇摇晃晃。

这里的"好恶",应该是个偏正词,与今日所讲的复合词不同。如同说褒贬其实说的是贬,好歹其实说的是歹,那么这里的好恶其实指的是喜好。

一家一本难念的经,一家一本自己的快知足图。君侯有君侯的难处,寒士有寒士的难处;君侯有君侯的牛皮,寒士有寒士的牛皮。正常情况下,寒士的处境比君侯的处境更艰窘一些,寒士比君侯的生活更单纯从而淳朴一些、放松一些,也是事实。二者比较,则难于说清。正常情况、多数情况下,人们羡慕君侯而不羡慕寒士,也是事实。

  少焉,徐无鬼曰:"尝语君,吾相狗也:下之质,执饱而止,是狸德也;中之质,若视日;上之质,若亡其一。吾相狗又不若吾相马也。吾相马:直者中绳,曲者中钩,方者中矩,圆者中规。是国马也,而未若天下马也。天下马有成材,若恤若失,若丧其一。若是者,超轶绝尘,不知其所。"武侯大悦而笑。

稍过了一会儿,徐无鬼说:"我很想与你谈谈我观察识狗的经验。下等品质的狗,只知道填饱肚子,只知道吃,这是跟野猫野兔一类的本能。中等品质的狗能够凝神静气,好像常常注视着太阳。上等品质的狗,神定气闲,它们像是忘掉了自身。而我识狗的本领,比不上我识马的本领。我发现,马的体形线条,直的地方要合乎木匠用的墨线,弯曲的地方要合乎勾弧,带角的地方要合于角尺,浑圆的地方就要合于圆规,这样的马可以算做国马——一个侯国代表性的良马,不过,它们仍然算不上天下的良马。天下最好的马,一切都是天生的材料,它们缓步时似有忧虑,奔跑时神采飞扬,总像是忘记了自身的存在;它们超越马群,疾疾如风,由于迅速,它们不会沾上奔马扬起的尘土,它们把尘土远远丢在身后,却不知道这样高超的本领从哪里得来。"魏武侯听了高兴得笑了起来。

《庄子》中反复强调的是一种理想:不拘一格,无法衡量,没有规格,不知来源,不须论证,不须努力,不须过程,自然而然地出现天生的超人超物,其品质、性能、境界为一般的人与物所不能比拟。庄子的理论是:中规中矩、有迹可求、有道理有依据可讲的好是二等的好、一般的好、可分析可触摸可掂量的好,如狗而直视太阳,如马之直的地方直如划线、圆的地方圆如圆球。而更好的马不需要这些三围呀、图线呀、比例呀、姿势呀、凝神呀之类的玩意儿。这也如《庄子》所讲的列子御风犹有所待,你得等着起了风才能航空航天嘛。庄子要的是"乘天地之正,而御六气之辩,以游无穷……"就是把一切大而化之、大而虚之、大而无之,他要的是无影无踪的伟大,无形无神的伟大,无标志、无道理、无规则、无来由,尤其是无法衡量、无法分析的天生的、混一的、玄而又玄的伟大。

而且,天才的狗或马共同的特点是"若亡其一",好像忘记了自身存在,好像精神并不集中,恍恍惚惚,好像忘掉了点什么,好像它们什么都不知道。当然,更多的先贤愿意解释为正因为忘却了自身的存在才能做到气定神闲,也许还有抱元守一。看来,这些天才的狗与马也都深明无为而治的道理,虚静恬淡的道理,大智若愚、大盈若冲、大才若滞、大辩若讷、大勇若怯的道理。与西方人比较,中国人更讲究内敛,讲究深藏不露,做到无表情无反应无端倪。这确实有点让人瘆得慌。神魔一念间,学庄学不好,不但会变成阿Q,也会变成阴谋家、鬼蜮伎俩。

那么学庄学得好呢,就会像庄子一样的高瞻远瞩、胸怀宽广,从根本上解决一切矛盾分歧,超越是非、物我、彼此、始终、高低、贵贱、智愚、寿夭、生死,进入通人、至人、真人、神人的与天同在,与道一体、与日月星辰、江河湖海同游的超拔绝顶的境界。

这里还有一个问题,是徐无鬼一上来就与武侯谈论君王的嗜欲问题,这在今天看来,相当冒失。然后一下子跳到相狗相马术上来了,突兀,转弯太快。是徐无鬼就合武侯的低水准吗?是徐无鬼借狗马说事吗?叫人摸不着头脑。读起来,倒觉得武侯的脾气很好,而徐无鬼有点心虚,生怕别人不了解他的高明伟大与自得其乐。

徐无鬼出,女商曰:"先生独何以说吾君乎?吾所以说吾君者,横说之则以《诗》《书》《礼》《乐》,从说之则以《金板》《六弢》,奉事而大有功者不可为数,而吾君未尝启齿。今先生何以说吾君,使吾君说若此乎?"徐无鬼曰:"吾直告之吾相狗马耳。"女商曰:"若是乎?"曰:"子不闻夫越之流人乎?去国数日,见其所知而喜;去国旬月,见所尝见于国中者喜;及期年也,见似人者而喜矣。不亦去人滋久,思人滋深乎?夫逃虚空者,藜藋柱乎鼪鼬之径,踉位其空,闻人足音跫然而喜矣,又况乎昆弟亲戚之謦欬其侧者乎!久矣夫,莫以真人之言謦欬吾君之侧乎!"

徐无鬼走出武侯的宫室,女商说:"先生究竟用了什么特殊的办法使我们国君这样高兴呢?我用来使国君高兴的办法是,从宏大宽阔方面说,就要向他介绍《诗》《书》《礼》《乐》的大道理大学问,从久远绵长方面说,就要和他谈论韬略兵法演变的典籍。为国君效力而大有功劳的人多了去啦,而国君从不曾说过什么好听的话;如今你究竟说了些什么来取悦国君,能让国君这样满意呢?"徐无鬼说:"我也就是说了说我怎么相狗相马。"女商说:"仅仅如此吗?"徐无鬼说:"你或许听说过越国流浪汉的故事吧?他离开越国几天,见到老相识老朋友,感到非常高兴;离开越国的日子月份稍长了些,只要是见到在国中所曾经见到过的认识的人便很欢喜;等到过了一年,见到样子沾点边、好像是同乡的人,就能大喜了。你看,离开故人故里时间越长,想念故乡的心情也就越强烈了啊!至于逃向荒原野地的人,生活在茂密的野草里,那些灌木草丛堵塞了黄鼠狼出入的路径,他们只能在草丛空隙里碰碰撞撞地生活。这种情况下,能听到人的脚步声也就非常兴奋啦;如果有兄弟亲属在身边说笑,当然就更欢喜了。估计很久了没有谁用真诚朴素的大实话在武侯身边说笑了啊!"

这一段其实相当尖锐。掌权者很难听到常人所说的平常话。他可能常常听到阿谀奉承,常常听到歌功颂德,常常听到为取悦于他而曲为设计的甜言蜜语;当然,他也会不时听到进谗告状,听到邀名死谏,听到假大空套话,有时也不免听到告急求援或是边关出事之类的报告。有个徐无鬼,能说说狗呀马呀的事,而且他这样的谈话中不无含意、不无道理,自然使武侯感到前所未有的清爽辽阔!

这使人想起《红楼梦》中的刘姥姥,她由于村俗鄙陋、言谈举止常闹笑话(尤其被黛玉与妙玉所轻视嘲笑)而使贾母十分喜爱。就像吃多了鸡鸭鱼肉宁愿吃粗粮野菜一样,生活在假话套话中的君侯能听到几句普通的人话,他该是多么欣喜啊!

我也想到凤凰台的"锵锵三人行"节目,这种原生态的聊大天,远不如其他谈话或表演节目严谨与讲究质素,它常有信口一说、有头无尾、挂一漏万、草草而过的情形,但人们硬是喜欢看这种真实、即兴、无准备与无底本的绝非演出的节目,就像听了太多了学院派的美声演唱以后也想听一听只会咳嗽的人的歌喉(刘索拉语)一样。

能不能让君侯之类的人生活得更普通些、更真实些?

> 徐无鬼见武侯,武侯曰:"先生居山林,食芋栗,厌葱韭,以宾寡人,久矣夫!今老邪?其欲干酒肉之味邪?其寡人亦有社稷之福邪?"徐无鬼曰:"无鬼生于贫贱,未尝敢饮食君之酒肉,将来劳君也。"君曰:"何哉!奚劳寡人?"曰:"劳君之神与形。"武侯曰:"何谓邪?"徐无鬼曰:"天地之养也一,登高不可以为长,居下不可以为短。君独为万乘之主,以苦一国之民,以养耳

目鼻口,夫神者不自许也。夫神者,好和而恶奸。夫奸,病也,故劳之。唯君所病之何也?"

徐无鬼与魏武侯见面,武侯问:"长久以来,先生生活在山林之中,吃的多是橡子野果,咽的是葱韭之类的大路菜蔬,而与我们当政者保持着距离。这回是不是因为上了点年纪,也想涉猎一下美酒肉菜的美味呢,还是你老有什么对于国家百姓利益的挂牵,要进言造福于我的国家吗?"徐无鬼说:"我出身贫贱,从来不奢望能够享用国君给的酒肉美食,只是打算来慰问一下你,向你道个劳乏。"武侯说:"什么!怎么会是向我道劳乏呢?"徐无鬼说:"我是前来慰劳你的精神和形体。"武侯说:"你说的这是什么话呀?"徐无鬼说:"天与地对于人们的养育是同样的,占据了高位不见得就意味着高人一等,身处卑下的地位也不见得就矮人三分。你现在管着这么大的地面,役使着全国百姓,以人民的辛苦劳役来满足国君你眼耳口鼻的欲望。我想,一个神灵或与神明相通的人可从来是不会这样自私自利与贪得无厌的。神灵或与神明相通的人,愿意与外物与众人和顺相处而厌恶自己的私利谋划;为个人谋划私利,这是一种病态,所以需要我的慰问。那么国君你的这种病症,病象如何呢?"

《庄子》杂篇里的这一段相当清醒,相当于英国阿克顿爵士的名言:"权力使人腐化,绝对的权力使人绝对地腐化。"阿克顿的名言出现在十九世纪,《庄子》此段则出现在纪元前。这也说明,《庄子》杂篇中仍然有极精彩的内容。

"君独为万乘之主",一个独为,相当于阿克顿所讲的绝对的权力。万乘,是指大国,大国的权力比小国的大。"以苦一国之民",君之权力不在造福人民而是劳苦人民、压迫糟害人民,干什么呢? 以养耳目鼻口!这还不是腐化吗?"天地之养也一,登高不可以为长,居下不可以为短",这里甚至有了点天赋人权、人人平等的意思。人们处境的不同是地位的不同所造成的,然而,地位并不意味着高下的区分。"天地之养(天赋)也一",即天赋并无高下之别,这当然是很先进的思想,虽然事情并不像说起来这样简单。天之养,各人的身体素质、智力、遗传基因,未必是一而可能是二三四五八。

国君比老百姓更需要慰劳,这话有点幽默,甚至有点对于国君的善良之意,倒不是造反有理或你死我活、不共戴天,而是要慰问你。你有那个清明,来接受慰问与劝抚吗?你老觉得是别人羡慕你、求你、围着你转?对的,你周围的人就是这样的人,但是也有徐无鬼这样的人,看着你的脱离生活、脱离真实、脱离人民,觉得是你糊涂、被冻结与封闭,很可悲。你想得到吗?

或者,我也想象了或设计了另一种图景:武侯听罢,大怒,好你个徐无鬼,居然不识抬举,居然装模作样地议论什么国君的嗜欲,拉出去,斩首!

武侯曰:"欲见先生久矣!吾欲爱民而为义偃兵,其可乎?"徐无鬼曰:"不可。爱民,害民之始也;为义偃兵,造兵之本也。君自此为之,则殆不成。凡成美,恶器也。君虽为仁义,几且伪哉!形固造形,成固有伐,变固外战。君亦必无盛鹤列于丽谯之间,无徒骥于锱坛之宫,无藏逆于得,无以巧胜人,无以谋胜人,无以战胜人。夫杀人之士民,兼人之土地,以养吾私与吾神者,其战不知孰善?胜之恶乎在?君若勿已矣!修胸中之诚以应天地之情而勿撄。夫民死已脱矣,君将恶乎用夫偃兵哉!"

武侯说:"我希望见到先生这样的高人已经很久了。我就是要改弦更张,爱惜我的人民,而且要以正义的名义停止一切战争行为,这还不行吗?"徐无鬼说:"那可不行。所谓爱人民,闹不好反而是祸害人民的开始。而所谓以正义的名义而停止征战,恐怕也只是制造新的征战的根苗。你如果从这些方面来入手治理,不大可能成功。一个人君,完成了美名美业,也就获得了作恶的工具。一个人君立志践行仁义,恐怕也就接近于伪饰的假招子了!显示出了美好的形迹,同时必定会伴随着处心积虑的做作与仿造的痕迹。有了事功政绩也就难免要背包袱与得意扬扬,有了变数的由头,有了改变的机会,也必定会去争夺战斗。请你千万不要摆样子、架子花,浩浩荡荡像一群鹤飞翔展示在丽谯楼前,也千万不要在锱坛宫殿耀武扬威地检阅步兵与骑兵。你不要偶有所得便沾沾自喜,产生奸诈贪欲逆反之心。不要搞谋略去压倒对方,也不要用战争手段去征服别人。杀戮他国士卒和百姓,并吞他国的领土,用来满足自己的贪欲和好胜的心,与他们打来打去究竟有什么好?胜又能胜在什么地方?胜了又算得了什么?快快把这一切争夺与战争停下来吧!你要培育与滋养心中的诚心诚意,符合自然而然的天性,不去扰乱百姓。百姓横死的危险得以减少,百姓能够活命了,你还有什么必要煞有介事地去偃旗息鼓、反战停战呢?"

爱民是害民之始,这话相当片面,但又极其深刻,发人深省。前一段《庄子》已经说了,你穷一国之力,只是为了你自身的耳目鼻口。这话说得简单了些,因为确有些君王,除了个人的器官享用还考虑到集团、地域、宗族乃至某种理念的得失胜负。但再伟大的东周诸侯也有自私性、贪得无厌性、以权谋私性,《庄子》说破了这一点,带点性恶论的色彩,比不说破好,比不说破更容易防止(而不是遮掩)以权谋私。

东周诸侯中,没有谁是大公无私的,没有谁在爱民的幌子下不包含爱己为己的动机,这是一。爱民的结果是让民听你的,让民奉献给你这"寡人",而你的主意并非都对老百姓有利,你可能有些好主意,也可能有不少昏招、狂招、乱招、损招,只能扰民害民,这是二。由于你的爱民,民失去了自己决定自己的命运与行事方式的自由,民变得越来越被动、愚傻、盲目、莫知所措,这是三。岂不痛哉!

以正义的名义停止战争会成为新的战争的造因——说得太棒了!你说你是正义的,你的停止战争是令对方无条件向你归顺,对方用同样的逻辑要求你向他归顺。还用说底下的事吗?就是希特勒,当年也曾经滔滔不绝地推销他的纳粹理论并得到了一定的认可呀！在维也纳的一个广场，就有老人向我叙述当年希特勒德国吞并奥地利后希魔在此处讲演时一些人感动得热泪盈眶的场景。

美名成为作恶的手段，多少名人的昏乱与恶行借助于自己的美名。例如美国高尔夫球运动员"老虎"伍兹，例如香港的艳照门，例如名人的种种丑闻……这更是性恶论了。

"虽为仁义，几且伪哉！形固造形，成固有伐，变固外战。"这几句话清醒得令人发抖。性善论的仁义道德当中常常包含着作秀的虚伪。这个说法与这个说法所反映的现实同样都很可怕。如果这个说法是真实的，那么就等于认定世间本没有仁义道德，世上有什么呢？自私、虚伪、奸诈、贪婪，那么一切伟人、善人、教主、英雄、烈士、慈悲、博爱、德行……难道都是假的吗？如果这话说得不对，堂堂《庄子》中怎么会讲这样的助恶抑善的话？一个一心向善的人，不是不仅不能得到应有的成功，而且会被戴上作伪的帽子，干脆无法被人理解与接受吗？"形"（事迹）是造出来的，"成"（功绩）是吹出来的，这样的看法是不是太阴暗了呢？反正老庄立论的主旨都在于反贪欲、反争夺、反扩张、反浮躁、反强行做不可做之事，他们意在清泄、祛毒、降温、熄火、警世、醒世，他们要给个个儿争得眼珠子发红的诸侯君王们狠狠泼一盆凉水。

而它的极言"胜之不足为胜，战之不足为善"，尤其讽刺那种搞鹤鸟列队、士兵检阅式的花架子，着人深思，发人深省，大大有助于世道人心也。

二　囿于治、囿于事，人们就这样失去了自由

黄帝将见大隗乎具茨之山，方明为御，昌寓骖乘，张若、謵朋前马，昆阍、滑稽后车。至于襄城之野，七圣皆迷，无所问涂。适遇牧马童子，问涂焉，曰："若知具茨之山乎？"曰："然。""若知大

隗之所存乎？"曰："然。"黄帝曰："异哉小童！非徒知具茨之山，又知大隗之所存。请问为天下。"小童曰："夫为天下者，亦若此而已矣，又奚事焉！予少而自游于六合之内，予适有瞀病，有长者教予曰：'若乘日之车而游于襄城之野。'今予病少痊，予又且复游于六合之外。夫为天下亦若此而已。予又奚事焉！"黄帝曰："夫为天下者，则诚非吾子之事，虽然，请问为天下。"小童辞。黄帝又问。小童曰："夫为天下者，亦奚以异乎牧马者哉！亦去其害马者而已矣！"黄帝再拜稽首，称天师而退。

黄帝为了瞻仰大隗（大道、巨大的空寂或得道之至人名大隗者）来到了具茨山（又名泰隗山），方明驾车，昌寓陪乘车上，张若、謵朋在马前引路，昆阍、滑稽在车后照顾。来到襄城的旷野，七位圣人都迷了路，又找不到人可以问路。这时碰到一个牧马的男孩，便问："你知道具茨山吗？"少年回答："是。"又问："你知道大隗是在什么地方吗？"少年回答："是。"黄帝说："这个孩子，可真是不一般啊！你看他不仅仅知道具茨山，而且也知道大隗是在什么地方。那么请问，怎么样才能治天下呢？"少年说："治理天下，也就这么一回事儿，又何必事儿事儿的呢！我小时候自顾自地在天地四方之间游走，正逢得了头晕眼花的病，有位长者教导我说：'你就坐上太阳光当车，在襄城的郊外野地里游荡你的好了。'现如今我的病已经好一点了，我觉得我还会到天地四方之外去游心驰意。至于搞定天下恐怕也就不过如此而已，又有我什么事呢！"黄帝说："要说呢，治理天下，确实不是你所用心的事。即便如此，我还是要向你求教一番。"少年听了，拒绝回答。黄帝又问。少年说："治理天下，跟牧马哪里有什么不同呢？也就是不要干害马的事就齐了！"黄帝听了郑重行礼，称少年为"天赐良师"，转身退去了。

《庄子》中喜欢用抽象的形态名词命名拟人。"大隗"，是伟大高耸空寂。"方明"，犹言晨曦黎明或豁然而明。"昌寓"，应是天宇昌明通畅。"张若""謶朋",含义不详。"昆阍"可能有昏暗之意。"滑稽"则带有机智幽默的笑意。明明昏昏、陪陪伴伴、闷闷喜喜,黄帝代表着吾人,带上人生的各式状态来到具茨山瞻仰巨大、虚空、高耸、终极的形象来了。这是拜山之旅,这是敬道之旅,这是崇神之行。他们当然要迷路,他们岂能不迷路,不迷路难道能找到人间的具有形体的大隗不成?"无所问塗"其实就是问不出准地方,不止是黄帝一行,就是当地的老百姓也不知大隗为何物。看来对于大道的接近,正与对于上帝、真理、起源与最终归宿的寻找一样,只能靠近,不能见到得到摸得到,近着近着又远起来了,远方是近,近才能远。这也如俄罗斯联邦鞑靼斯坦共和国首府喀山的民歌:"喀马河一座城,在哪儿也说不清啊,喀马河一座城就在河边,用手也摸不着啊,用脚也走不到哇,喀马河一座城就在那河边。"

而对于牧马小童来说,情况是别样的。他从小就在大山里游荡逍遥,他是自然之子。他曾经头晕目眩,感受到六合内外的空茫与无穷。头晕目眩,这就是道感道悟道心。他接受教导乘坐日光之车(不妨开个玩笑,理解作太阳能之车),与时俱变,与天同行,渐渐平稳起来。他对于治天下当然不感兴趣,好模好样的天下,只有野心家与狂人才一心夺之有之定之治之毁之。不毁就行,治它个屁!类似的说法在具有无政府主义倾向的人当中是流行的。我就听到人说过,例如主管什么文化的部长人选,说是他能发展什么文化,不糟蹋文化就算是好的了。

贬低治理,贬低君王与官员,声称一个牧马的小孩也比励精图治的君王大臣强,这个说法有几分痛快,当然未必靠得住。这个说法里还包含着某种"卑贱者最聪明,高贵者最愚蠢"的因素,带有普罗路线的萌芽,当然那时候并无"普罗列塔里亚"(无产阶级),也还没有阶级斗争的学说。

> 知士无思虑之变则不乐;辩士无谈说之序则不乐;察士无凌

谇之事则不乐:皆囿于物者也。

智力发达的人没有思虑上的推演与变换便不会感觉到痛快,善于言辞争辩的人没有谈说的机遇、没有被安排发言讲话就不会感觉到痛快,喜于明察、眼中不掺沙子的人没有对别人的冒犯与责难的猎获(即没有了整肃的对手)也不会感到痛快,可以说,这都是一些个局限性,受到了人的天性以外的外物的控制与束缚。

按,这些并不是完全的外物,而是自己的特长。特长(包括社会分工)也能成为自我的画地为牢、依赖外界条件、无法取得精神的自由逍遥的祸根。只有最深最犀利最毒辣的眼睛才能看得出来。当然这并不完全是个人的问题,社会分工会造成人的局限与片面乃至畸形的发展,思想家们包括马克思等提出了这个问题,庄子的有关论述算是形成得比较早的。

按照这个说法,我也就理解了早年听到过的一个笑话,说是有的刽子手,见到谁就先琢磨该人的头颅与脖项,研究如果行刑的话应该从该人的何处下刀。那么好斗成性以后,不斗就失魂落魄,一斗就朝气蓬勃;表演成性以后,一发言就声泪俱下,今天为维护A打倒B而声泪俱下,明天为维护B打倒A同样可以声泪俱下,不声泪俱下就发不了言,这样的人我也见过。

> 招世之士兴朝,中民之士荣官,筋力之士矜难,勇敢之士奋患;兵革之士乐战,枯槁之士宿名,法律之士广治;礼教之士敬容,仁义之士贵际。农夫无草莱之事则不比,商贾无市井之事则不比,庶人有旦暮之业则劝,百工有器械之巧则壮。钱财不积则贪者忧,权势不尤则夸者悲,势物之徒乐变。遭时有所用,不能无为也,此皆顺比于岁,不物于易者也。驰其形性,潜之万物,终身不反,悲夫!

推荐忠良、招引贤能的人可以在朝廷里有所作为。能够一眼看明白百姓的事理的人可以荣任官职。筋骨强壮的人可以做到知难而上。勇敢无畏的人遇上麻烦总是奋发雄强、压倒祸患。手握刀枪身着盔甲的人乐于打仗。与世无争、清静皓素的人追求的是清高的名节。钻研法律条例的人一心推行治理管制。提倡礼乐教化的人注意仪容外表,鼓吹仁义道德的人注重人际关系与旁人的反应。农夫没有锄草育苗的事便觉没着没落,商人上不了市场、做不成买卖也会心神不安无所事事。百姓哪怕有临时的工作也会劝勉自身要好好干。工匠只要有灵巧的工具就会干得红红火火。钱财积累得不够那么多,贪婪的人就会郁闷不乐。权势不那么突显,风头欲熏心的人便会自嗟自哀。随时准备争权夺利、浑水摸鱼的人期待着变乱提供的机遇。上述的这些人,都在等待时机,时机一到就连轴转将起来,想不转也做不到。这些人都在那儿应时而动,应该说是应时而被动,谁也甩不掉外物的引诱与掌控,他们心力交瘁、没完没了地奔波劳碌、心驰神往,沉潜在外部条件的制约之中(接近灭顶),一辈子也回归不到真我上来,实在是可悲啊!

讲了各种特长给人带来的不乐反忧的可能后,《庄子》再论述一些特长是需要施展平台的。"招世之士"需要朝廷。"中民之士"需要官位。"筋力、勇敢"者需要危难的考验与提供"考场"。"兵革之士"需要战争,没有战争哪儿能出来天才指挥官与战斗英雄?

"枯槁之士"的说法非常有趣,敢情不叫清高隐士,而叫枯槁之士,又枯槁又俨然地"士"一家伙,多么好玩!这说明,"宿名"也者,也可以作"需要名的传播"解,如果只有枯槁而没有名,谁知道你是枯槁之高士呢?你枯槁或者不枯槁,与哪个人有关系呢?枯槁之百姓多矣,岂止枯槁,百姓而生下来就枯槁,最后成为饿殍多矣,关谁的事?

枯槁,应该是士的特点之一,乃至主要特点吧?不知在最早出版《庄子》的时期这二字有没有自嘲的含义。文章憎命达,从来才命两相妨,士而不枯槁,士而烈火烹油、鲜花著锦,成何体统?岂有此理?

然后从"法律之士"讲来，偏重于人的从业特性了。研习法律的人需要治国，这是美国的习惯，当总统的人常常是学法律的。

"礼教之士"，有的版本作"礼乐之士"，注重外表，本来嘛，从老庄的观点看来，礼乐之倡导，太表面也太烦琐了。其实事物的容形与内涵是相互影响的，好的内涵会派生出好的容形来，好的容形也会积累好的内涵。

"仁义之士贵际。"你有个仁义的讲究，你是不自由的，你只有在与他人的交往之中，才能践行、显示、发挥、弘扬出你的仁义道德来。如果你无人可以交际，如果你每天只是独处，养病，或者像海明威的《老人与海》中的老人那样单独驾船出行，主要是与鱼而不是与人打交道，你上哪儿仁义去？你最多是条硬汉，但即使硬到与鲨鱼共亡也没有什么价值意义评说。《庄子》的意思是，仁义并非普适价值，而是公关爱好者不可或缺的本钱。它是不是说得准确，读者自有公断，但它的思路确实引人入胜，也发人深省。

然后往下说职业，三百六十行，各有各的局限，各有各的甘苦。

农夫必须忙于稼穑，不然恐怕不是不自在的问题而是吃不上饭的问题。《庄子》中的所谓庄子此人，虽然穷困潦倒，还真有几分精神贵族的高雅自由气质，它或他在讨论各行各业的局限的时候竟然忘记了从事某种行业首先考虑的不是精神受不受局限而是不从事相关职业就会饿饭。

商人必须忙于市井之事，同样也是功利的目的。功利的目的也可以成为趣味，可以其乐无穷，至少是其乐有一些。

老百姓则需要哪怕只是临时工的岗位。话中不无辛酸。富士康十余连跳事件发生后，有传媒揭露该公司常常加班，压力大；但也有一说，正是打工者们盼望加班，加班才有多挣钱的希望。呜呼，真正的劳动力的悲欢，不是养尊处优的"白领"们所能体会的！

"百工有器械之巧则壮"，这是一个很大进步，承认工具改革，承认劳动效率的讲求了。先秦诸子的一大问题是不大重视生产力的发展,这里总算沾了一点边。

正面说完就是反面的了,贪婪者永远为了财富膨胀达不到自己的欲望而悲哀。弄权者永远为自己尚不是掌权的尤物而丧气。而野心家、乱世奸雄、草莽好汉、机会主义者、不安分的害群咬群之马,最盼望的是天下大乱、礼崩乐坏、纲毁纪损,这样他才好浑水摸鱼,乱中取胜。

其结果是,你永远踏实不下来,你永远回归不了你虚静的自身,你因机会的变迁而毫无准星,你因时间的推移而忙于紧跟,你因物象的变化而刻刻被动,你时时处于自我失控的状态,处于被驱赶被牵着鼻子走的状态。但结果是你不可能跟随外物的变易而变易,你的特长、平台、条件、职业、社会分工已经管死了你。这就叫做"顺比于岁,不物于易",你的日程时间表已经固定,你已经无法跟随万物的更迭而演进。你的特长、你的需求、你的欲望、你的职业,都异化成为你的对立面、你的主人,亦即你的敌人,而你自己永陷苦海,万难自拔。悲夫,能不悲吗?

三　是百家争鸣还是乱成一团

庄子曰:"射者非前期而中谓之善射,天下皆羿也,可乎?"惠子曰:"可。"庄子曰:"天下非有公是也,而各是其所是,天下皆尧也,可乎?"惠子曰:"可。"

庄子问惠子:"一个人射箭,没有经过瞄准,拉弓前没有任何期待预计,瞎猫碰死老鼠一样地误中了靶子,你能称他是善于射箭的人吗? 如此这般,那样的话,天下之人可就都算得上羿一样的神射手了,可以这样看问题吗?"惠子说:"可以啊。"庄子再问:"天下判断是非没有公认的统一标准,却个个自以为是,以自己认可的标准为标准,那么普天下的人都以为自己才是唐尧那样的圣君,这样说得通吗?"惠子说:"可以啊。"

这很奇怪，按照《齐物论》的论点，死乞白赖地呕心沥血地在那儿练功、瞄准、力争十环，那才是最荒唐、最无用的。弓弦一拉，箭镞一飞，乃至眼皮都不抬，全无表情就把箭射出去了，那才能叫中的，叫十环，我们要的十环是道枢，是大道的圆心、世界的圆心，有什么需要孜孜以求地做前期准备与训练呢？羿与非羿，又有什么意义呢？羿之善于射箭，不正是他的乖谬与不幸之处吗？不射则忧，非十环则悲，箭靶不合格则怒，箭场被干扰则忿，出现了比他射得更好的人则妒，出现不了比他射得更好的人则热昏无已。既然此前《庄子》已经抨击过各种有特长的人，这里又何必为羿正名呢？

唐尧更是如此，前文也没有饶过唐尧呀！人之自以为是，固然不见得多么可喜可爱，人个个不自以为是，个个以他人以老板为是，岂不更不可思议吗？

庄子曰："然则儒墨杨秉四，与夫子为五，果孰是邪？或者若鲁遽者邪？其弟子曰：'我得夫子之道矣！吾能冬爨鼎而夏造冰矣！'鲁遽曰：'是直以阳召阳，以阴召阴，非吾所谓道也。吾示子乎吾道。'于是为之调瑟，废一于堂，废一于室，鼓宫宫动，鼓角角动，音律同矣。夫或改调一弦，于五音无当也，鼓之，二十五弦皆动，未始异于声而音之君已。且若是者邪！"

庄子说："不过你看，郑缓、墨翟、杨朱、公孙龙已经是四家学派了，加上先生你就是五个门户了，当真哪一位是对的呢？或者就像是鲁遽其人的故事吗？鲁遽的徒弟说：'我学到了夫子的道行了，我能够在冬天生火烧饭，而在夏天能制造出冰块来了。'鲁遽说：'这算什么？用具有阳气的东西来引导出具有阳气的东西，这就是生火，点火就要用火种和柴炭嘛。用具有阴气的东西来引导出具有阴气的东西，这就是冻冰嘛，冻冰就要找奇冷的处所或使用保存下来的冰块嘛。这可算不上是我所讲求的道行。现在我把我所宣扬的道行显示给你们。'于是调整好瑟弦，放一具瑟在厅堂，放另一具瑟到内室，奏响这张瑟的宫音,另一张瑟的宫音也就随之应和发声,奏响那张瑟的角音,这张瑟的角音也就随之而应和发声,无非是由于它们音律(即频率与振幅)相匹配的缘故啊!如果你改变某一根弦的拨奏,使之五音不能和谐,奏响起来,二十五根弦都发出震颤,却发不出不同的声音,也无法引导出声音的调性来。学人们争来争去,不就是这么回事吗?"

今人常常会称颂羡慕先秦诸子百家自由争鸣的学术环境。在《庄子》杂篇《徐无鬼》章里的描摹却有所不同。国家不幸学家幸,不用百家,就是一家,已经是自以为是、莫衷一是、混乱嘈杂了。争鸣的结果是缺乏共识,是没有标准,是"老王卖瓜,自卖自夸"。于是讲一个什么鲁遽的故事。鲁遽或谓是周初人,也是一个兜售自身的士人,不但能忽悠,还能变戏法搞"行为学术"。其弟子能生火,不足为奇,谁不在冬天生火呢?钻木取火也好,击石引燃也好,预留火种也好,都不过是以火取火,以阳取阳,谁也没有给世间增添什么新东西新道理。夏天造冰难一些,亦无大奇处,在没有现代制冷技术的古代,人们常常在严冬储冰于地下室,留夏季再用,当然也是以冰取冰,以寒取寒。而鲁遽的表演稍微含蓄一些,他是以声取声,以调取调。《庄子》那么早就发现了共鸣共振的声学现象与规律,十分令人惊喜。振宫得宫,响角得角,真棒!搞个五音不调的,结果是二十五根弦一齐响,响了半天却并无新意、新音、新调,这个说法其实也相当深刻。虽然它包含着贬低百花齐放、百家争鸣的意图,从政治或政策上看绝对不"正确",但它又包含着某些片面的深刻性,它可以引申出不争论的命题来。人就是这样:不争,是面和心不和,是不同见解的压制;争,是门户之见、大同小异、装腔作势、哗众取宠、不负责任、浪费时间与资源,不是提高了而是降低了行政治理的水准——争的结果常常是大众见解的平均数取胜,而不是最先进最深刻的认知付诸实践。以鲁遽为例,他的以声求声与弟子的以阳求阳、以阴求阴又有什么区别!他的最后一阵乱响,倒是发人深省。

不知道是不是解释过度，我们可以从声学现象上探讨人文、社会、政治的一些现象。只准拨角则角、拨羽则羽，这是独裁，有章法有定准，但没有创造也没有生机；拨动一根乱弦，二十五根弦同时响，这是无政府主义，没有秩序也没有效率。

至今人们赞叹中国东周时期百家争鸣的活跃局面，但是当时的诸子是否同时苦于那种人人兜售、夸大其词、此起彼伏、莫衷一是的局面呢？不排除这种可能。

即使说到这一步了，书中所说的"二十五弦皆动，未始异于声而音之君已"的解释，到了我这里仍然是相当含混，包括许多先贤的说法，我也是越读越糊涂。

> 惠子曰："今夫儒墨杨秉，且方与我以辩，相拂以辞，相镇以声，而未始吾非也，则奚若矣？"庄子曰："齐人蹢子于宋者，其命阍也不以完，其求钘钟也以束缚，其求唐子也而未始出域，有遗类矣夫！夫楚人寄而蹢阍者，夜半于无人之时而与舟人斗，未始离于岑而足以造于怨也。"

惠子说："如今的郑缓、墨翟、杨朱、公孙龙等人，他们与我辩论相争，用言辞悖反拂逆，用声势压制对方，却从不曾认为自己有什么不对的，请问这样就好吗？（又该且又能怎么样呢？）"

庄子说："齐国有个人，由于自己的儿子有罪，就将他流放到宋国，却任命一个受过刑罚的残疾人看门。他得到一只酒盅，唯恐破损而包装了再包装，他寻找远离家门的儿子却连城门也不愿出。这样轻重不分、亲疏不辨、主观刚愎的表现，不就跟辩论的各家忘掉了自己的主张自己的追求而一味地争一日之短长一样吗？楚国有个人寄居在他人家中，却不识相地叱骂守门人，忘记了守门人有能力给他制造麻烦；半夜无人时又跟船家打了起来，还没有离开湖岸就与人结下怨仇来了。这也太好斗成性了吧！"

继续发挥,讲述论争、争鸣、口水战的坏处。争则起火、走火、火暴,争则意气用事,进入非理性的昏天黑地。如齐人,他完全可能对自己的儿子火大,而对看门人不这样上火,对自己的钘钟则不但无火气而且充满怜爱。楚人好斗,火大,自然净干一些不得体的事情、蠢事情。《庄子》有济世之心,却不完全说透,不像儒家那样热衷于耳提面命。

  庄子送葬,过惠子之墓,顾谓从者曰:"郢人垩漫其鼻端,若蝇翼,使匠石斲之。匠石运斤成风,听而斲之,尽垩而鼻不伤,郢人立不失容。宋元君闻之,召匠石曰:'尝试为寡人为之。'匠石曰:'臣则尝能斲之。虽然,臣之质死久矣!'自夫子之死也,吾无以为质矣,吾无与言之矣!"

庄子为一位亲友送葬,经过惠子的坟墓,回过头来对跟随的人说:"郢地有个人,拿白垩涂料抹白了自己的鼻尖,也就如蚊蝇的翅膀一样薄厚吧,然后让匠石用斧子砍掉这一层小白垩。匠石挥动斧子呼呼作响,顺手向他的鼻尖上白垩砍去;果然,鼻尖上的白垩完全削去了,鼻子却完好无损。郢人站在那儿若无其事,面不改色。宋元君听说了此事,不免好奇,叫来匠石说:'你对我也这么砍削一下试试。'——咱们俩也试试嘛。匠石说:'我运斧很精,确实砍得掉鼻尖上的薄薄一层小白垩。虽然如此,可以与我的斧子搭配的伙计已经死去很久了,没有合适的人,我岂敢这样干?'是的,我也是如此,自从惠子离开了人世,我没有可以过往的搭档了!我没有可以与之论辩的对象了!"

花样百出、美不胜收的比喻和寓言啊!这是世界的秘密与快乐,一个故事表达着另一个故事,一个比喻表达着一个哲理。大匠运斤,斲鼻无伤,出神入化,惊险随之。这令人想起威廉·退尔,用箭射中儿子头顶的苹果。问题是退尔之冒险是被暴力胁迫,匠石之运斤却是能力与哲理之作秀,中国人太不为试验对象的祸福操心了。

咱们的杂技至今存有这样的节目:一个小演员手持白纸,练鞭功的专业演员刷地一鞭子,将纸劈两半,持纸者无伤。

这也是讲相反相成:没有涂鼻头的郢人,匠石不再挥斧子;而没有了惠施,何来濠上的千古妙语?在对待自己的对手的态度上,庄周堪称榜样。

这里还有一种人生况味的叹息:绝对的打遍天下无敌手是极乏味的!人性中包含着斗争的乐趣,这也很难改变。斗而不胜,是一种苦恼;斗必胜,也可能变得没有太大的意思,例如中国的乒乓球。

四　高士岂能成事

管仲有病,桓公问之曰:"仲父之病病矣,可不讳云!至于大病,则寡人恶乎属国而可?"管仲曰:"公谁欲与?"公曰:"鲍叔牙。"曰:"不可。其为人,洁廉善士也;其于不己若者不比之;又一闻人之过,终身不忘。使之治国,上且钩乎君,下且逆乎民。其得罪于君也将弗久矣!"公曰:"然则孰可?"对曰:"勿已,则隰朋可。其为人也,上忘而下不畔,愧不若黄帝,而哀不己若者。以德分人谓之圣,以财分人谓之贤。以贤临人,未有得人者也;以贤下人,未有不得人者也。其于国有不闻也,其于家有不见也。勿已,则隰朋可。"

管仲生了病,齐桓公问他:"你确实已经病得够可以的了,也就不必避讳什么了。一旦你病危,我把国事托付给谁才好呢?"管仲说:"你愿意交给谁呢?"齐桓公说:"鲍叔牙怎么样?"管仲说:"不行吧。鲍叔牙这个人,算得上是廉洁自律,是个好人。他从不会与比自己差的人为伍,不会受他们的影响;当他知道了别人的过错,一辈子也忘不掉。让他治理国家,对上势必成为国君的约束,对下势必与老百姓也发生对立。用不了多久,恐怕他就会获罪于君王啦!"

齐桓公说:"那么谁可以呢?"管仲回答说:"实在没有人的话,隰朋也许还行。隰朋为人处世,对上不会念念不忘高位尊荣,对下不分什么尊卑地位。往高处比,他自愧不如黄帝,不会骄傲自大;与下面比,他又能怜悯理解不如自己的人。能用道德去感化他人的人,可以称做圣人;能用财物去资助他人的人,应该称做贤人。以贤人自居而高高在上,不会获得人们好感;以贤人之名而仍能谦恭待人,就没有得不到人们拥戴的了。对于国事,他不一定事事过问、事必躬亲,对于家庭,他也不会事事看管,他一定能做到抓大放小,有所放弃。如果没有更合适的人的话,那就是隰朋可以的啦!"

与《庄子》素来喜欢发表新、大、奇、险乃至惊世骇俗之论不尽相同,此段更像是世故、老到、平和、中庸的经验之谈,并且带几分难得糊涂的狡黠与犬儒主义的无奈。

为官,尤其是为相,一人之下,万人之上,如果太精明强悍,太刚正不阿,太钉是钉铆是铆,硬是眼里不掺一点沙子,你干不下去。一个精明而又强硬的人,既易得罪君王,也易得罪百姓,这两得罪足够要你的命。君王不用自己出面,百姓的反对、民心的丧失已经构成了你的该死之罪。百姓也不必反抗,给你扣上对君王不忠不敬不顺翘尾巴的帽子,你是不战即溃。

这其实很悲哀,清白无瑕、忠贞坚定、爱憎分明、疾恶如仇、廉洁自好,所有这些正面的品质,常常是不宜担当重任的实际缘由。不担当,这还是好的,更糟的是因正而败,因洁而被孤立,因明而变成孤家寡人,因才德过人而被疑被妒被防被斥直到被砍了脑壳。故先贤们都认为这一段故事说明了管仲对他的好友鲍叔牙的保护。

还有些细节也有点味道。桓公对管仲说,你病得大发了,也就不必避讳了。好,桓公称管仲为仲父,犹言干爹或俺叔,够交情的。管仲是个大人物,听了这种"不讳"之话,应该感到欣慰,比一味虚伪安慰好。

最后管仲推荐隰朋,一再说是"勿已",就是实不得已的话如何,实在无人的话如何如何,这很低调很聪明,这既是对桓公的尊重,也是更务实的一种调子,并不是你姓管的早选好了接班人,不是你姓管的说什么就必须听命,而是仅供参考,仅供实不得已时选择斟酌。这也犹如美国人对于总统选举的说法,从两个坏人中选一个不是最坏的人。这样,才有利于被桓公接受。只有黄口小儿、青涩之辈,才会对自己的主张大吹大擂,大喊大叫,对不同的意见横眉立目,不共戴天。勿已勿已,呜呼,人的一生,有多少次勿已啊!

老王说:庚桑楚、牧马童子、庄子、管仲,各人的身份不同,言谈与行事的方式各异,但都比俗人高出一截。爱民是害民之始,偃兵是造兵之本,虽为仁义,几且伪矣,这些话堪称骇人听闻,令人出一身冷汗。依此节的观点,关键在于对权力与地位的作用估计过高,万物万事都是在天道的覆盖下运转的,权力与高位的得来也只能出于天道而不是你本身有什么了不起,你搞什么治理、出什么主意、提什么规范,不管什么动机,其结果都是扰民害民——他讲得太痛切了!

徐无鬼(下)：另类思路的缤纷花朵

猴子的聪明与灵活给自己带来了噩运。受到权贵与民众的欢呼,使南伯子綦愧疚自责。孔子到了楚国,说的是真正的大道不可言说,真正的大人不知其谁氏。子綦听说自己的一个孩子命好,悲极而泣。许由断定,提倡仁的结果是造成人吃人的社会。虞舜受到人众的拥戴,这就如同羊肉的膻气招引了蚂蚁。目明耳聪心灵才高都是危险的事情。走路时脚踩到的地面很小,需要的地面很多。这些说法奇异、逆反、有悖常情……然而它高明,比常理高出了一截。

一　怎么忍心责备猴子

吴王浮于江,登乎狙之山,众狙见之,恂然弃而走,逃于深蓁。有一狙焉,委蛇攫搔,见巧乎王。王射之,敏给搏捷矢。王命相者趋射之,狙执死。王顾谓其友颜不疑曰："之狙也,伐其巧、恃其便以敖予,以至此殛也。戒之哉！嗟乎！无以汝色骄人哉！"颜不疑归而师董梧,以锄其色,去乐辞显,三年而国人称之。

吴王渡过长江,登上猕猴山。众猴看到吴王及随众,惊惶地四散逃命,钻进了荆棘榛蒿的灌木丛深处。有一只猴子不跑不逃,它从容灵巧地腾身跳跃,抓住树枝荡来荡去,在吴王面前展现它的灵巧。吴王射箭,它能够巧妙地接过射来的箭矢。吴王于是叫左右随从一齐上前放箭,猴子躲避不及,抱树中箭而亡。

吴王转身对他的朋友颜不疑说:"这只猴子显摆它的灵巧,仗恃它的敏捷而傲视于我,以致遭遇了这样的噩运!要以此为戒啊!唉,不要在世人面前自傲自大、盛气凌人呀!"颜不疑回来后便拜贤士董梧为师,用以消除自己形色上的幼稚与骄傲,拒绝声乐的排场与显赫的宣扬。三年过去了,他受到全国人众的称许。

不要逞能,不要浅薄外露,不要扬扬自得,这些中华古圣先贤的教谕无疑是正确的、有益的,但只讲这一面理则易流于一味地韬晦,缺少正大光明的竞争与上进。也许这一类的说法太多了,人会变得不阳光、不坦诚,乃至不求上进。讲故事也是一样,我们可以讲这样一个聪明反被聪明误、敏捷反被敏捷误、能干反被能干误的例子,为什么就不多讲一点聪明比愚蠢好、敏捷比迟钝好、能干比窝囊好的例子呢?后一类例子不是比前一类例子更常见吗?

这个理论由倚仗人多势众而射杀了一只猴子的吴王道貌岸然地讲授,就更令人反感。恶哉人也!这里的吴王给读者的印象,远不如那只跳来跳去的猴子。一对一的比试,吴王无疑已经败给猴子了,猴子是多么可爱与充满阳光,吴王是多么无赖而且屠头,动用一队"皇家"弓箭手来射杀一只小猴,太差劲啦!

南伯子綦隐几而坐,仰天而嘘。颜成子入见曰:"夫子,物之尤也。形固可使若槁骸,心固可使若死灰乎?"曰:"吾尝居山穴之中矣。当是时也,田禾一睹我而齐国之众三贺之。我必先之,彼故知之;我必卖之,彼故鬻之。若我而不有之,彼恶得而知之?若我而不卖之,彼恶得而鬻之?嗟乎!我悲人之自丧者,吾又悲夫悲人者,吾又悲夫悲人之悲者,其后而日远矣!"

南伯子綦坐在桌几后边,把自己挡了起来,仰面长出一口气。颜成子进屋来,看到南伯子綦,就说:"先生,你可真是出类拔萃的人物啊!人的形体可以像干枯的骸骨,心儿也可以像死灰一样吗?"南伯子綦说:"我曾经在山岭洞穴里居住。就在那个时候,齐太公田禾由于来看望过我,从而得到齐国民众一而再、再而三的欢呼祝贺。我想,首先是我自己说话行事太靠前,他因之能够知晓我的名声;我必定是有意无意地先出示过、出卖过、卖弄过自己的名声,他因之起意分享、收购、收取与利用我的名声。(名利这种事,往往是有愿打的,有愿挨的,有愿买的,有愿卖的,两相情愿之事,一个巴掌拍不响,名人们也就不要得了便宜卖乖了。)如果我不具有那些美名,他怎么可能知道我这个人呢?假如我不是出示、出卖、卖弄过自己的名声,他又怎么可能分享与利用我的名声呢?唉,我为不能主宰把握自我而终于失却了自我的人而悲哀,我又为那些为他人悲哀却不知道为自己悲哀的人而悲哀,我并且为那些因他人悲哀而自己感到了悲哀的人而悲哀……从那以后,我便一天天远离这些廉价的名声交易与利用、这些无聊的计较与悲哀了——这不就形若槁骸、心若死灰了吗?"

我甚至于想:这是不是庄子的门徒对于《齐物论》一上来就大讲槁木死灰却没有展开的补充与发挥?

孔子那边有个"闻过则喜",《庄子》这里则有个闻名而忧,闻名而愧,闻名而深刻检讨,而狠挖私字一闪念,而终如槁骸死灰。绝了!不要人气,不要畅销,不要荣宠,而且反求诸己。从此一切不得已啊、实在无奈啊的说法都立不住了——一切既自命清高又暴得大名的人物的小算盘都露底了。名声大者必有求名之心,因名而获利者必有求利之念,因名得位者仍有求位之乐,而被人利用者未必不是有意无意地出卖了自己。《庄子》说得好狠、好深啊! 人必须对自己的命运负责,而不是让环境让他人让天地负责!

最后三悲,也悲得入木三分。只知悲叹旁人的命运,岂不知是你自身的命运更可悲!岂不知你这个从不为自身悲叹的人更堪悲叹!岂不知这种悲叹本身就更堪悲叹!因为你这是丧失了自我,不知道自己的责任、自己的选择的可能,不能勇敢地承当你的人生!专门为旁人悲叹与摇头的人是可悲的。例如，中国读者个个都为阿Q而悲叹，悲叹者自身的性格与命运一定好于阿Q君吗？例如，人们为犯案被囚禁被处决的商鞅、李斯而悲叹，悲叹者一定比被制裁者幸运而且值得快意吗？例如，人们为了他人的种种悲剧而悲天悯人，这种悲天悯人本身一定有什么意义吗？你们看不透呀，你们只知其一不知其二呀，你们是常常盯着旁人（的弱点）却看不到自身的愚蠢与失态啊，你们这些俗人俗悲俗论俗言才是更值得可悲的哟！

二　不道之道与不言之辩

仲尼之楚，楚王觞之。孙叔敖执爵而立。市南宜僚受酒而祭曰："古之人乎！于此言已。"曰："丘也闻不言之言矣，未之尝言，于此乎言之：市南宜僚弄丸而两家之难解，孙叔敖甘寝秉羽而郢人投兵，丘愿有喙三尺。"

彼之谓不道之道，此之谓不言之辩。故德总乎道之所一，而言休乎知之所不知，至矣。道之所一者，德不能同也。知之所不能知者，辩不能举也。名若儒墨而凶矣。故海不辞东流，大之至也。圣人并包天地，泽及天下，而不知其谁氏。是故生无爵，死无谥，实不聚，名不立，此之谓大人。狗不以善吠为良，人不以善言为贤，而况为大乎！夫为大不足以为大，而况为德乎！夫大莫若天地，然奚求焉而大备矣！知大备者，无求，无失，无弃，不以物易己也。反己而不穷，循古而不摩，大人之诚！

孔子来到楚国，楚王宴请孔子。孙叔敖拿着酒器站立一旁。市南宜僚把酒洒在地上祭祷，说："古时候的人啊，在这种情况下就该发表讲话啦。"孔子说："我知道了一些说法，却是难以用言谈来表述的，所以我也从来没有给谁讲述过。现在，我准备在这里说上一说。市南宜僚从容舒展地玩着弹丸，而纾解了两家的争夺大难；孙叔敖踏实休息而使敌国不敢对楚国用兵，楚国也就得以停止征战。我孔丘多么希望有只长长的嘴巴来讲讲这些事啊!"

这两个人的例子,从他们那边说是无法说道(与推广)的大道(包括道理道路道行),从我这边说是无须言说的雄辩。所以说,德,即道的功能与作用,全部都是来自道性的、可以归结为纯一的,这样一种根本,只此一本,并无分支。而言说,只能停歇在才智所无法达到、无法知晓的地步,这也就算是到了家到了头啦!大道是混沌纯一的,而发挥大道的功能作用却各有不同——德是不能替代与包涵全部大道的。当你对于道的体悟已经到达了才智所不能通晓的地步,你的雄辩与说服力也就无法用言辞来表达了。名声显赫到儒家、墨家那样,弄不好会招来祸患。所以,大海从不怕不断地向东奔流,是由于它博大的容量(再怎么流也流不完流不尽)。而圣人包容天地,恩泽施及天下百姓,却完全用不着人们知道这位圣人的姓氏(他们的伟大远远超出了某一个具体人氏的姓名)。所以说,那些生前没有爵位,死后没有封号,实利或实力从不曾敛聚,名声也不曾大噪的(却能包容天下恩泽百姓)人,才可以称做伟大的人物。狗不会因为善于汪汪叫便被认可是好狗,人不会因为善于辞令便被认可是贤能,更哪里谈得上是伟大啊!一心伟大的人未必能成就伟大,又何况是表露在外的修养德行的外观与表现呢!完备的伟大,谁也比不上天地;然而天地不曾追求过伟大,却已是完备的伟大哟!完备地伟大着的人,没有追求,没有失落,没有舍弃,不因外物而改变自己的本性。返归自己的本性就不会陷入困境,遵循亘古不变的规律就不会矫饰自己,这就够得上是伟大的人的真情实状!

两个故事,一个是市南宜僚的小杂技,说是他玩起弹丸来,八弹升空,一弹在手,临危不惧,不参加作乱,从而平息了一场未遂动乱——这还真成了"娱乐救国"了,即某些情况下娱乐雕虫小技比猛打猛冲煽情玩命好。(老王二十年前曾被莫名其妙地讥为"娱乐救国",当时为东北一家报纸的周末副刊著文说:人应该有点节奏,周末休息休息,放松放松,人民幸甚,国家幸甚……)另一个是孙叔敖的羽毛扇,不声不响,不闻不问,是猫就避鼠,只在那里高枕无忧,扇扇羽毛扇,就能退兵息战。

这两个故事虽然托给仲尼名下讲述其不言之言,其实与众不同的却是老庄的思路与特殊情调:不战而胜,不争而得,不言而教,不为而为。这样的道,当然不可道;这样的言,当然无法言。在这里吃力地作其他解释,如说什么圣人不言而以百姓之言为言……疑非。

就此发挥下去,功能作用德行,来源于纯一之道。才智思维,到达于无所知之域。知道了无知,作用于同一,你的修养与知性才算到位。招数再多,不如以不变应万变,以大道理应万事万象。知识计谋再多不如承认与听任无穷无比的自然的自行运作,尽人事不如听天命,这是老庄的偏消极思想。老庄的思路是,只有消极够了份儿,才有积极的前提与本钱。狗而多吠,人而多言,效果是适得其反。越是伟大的人物,越是少说、不说、少做、不做,尽最大可能听其自然。

这样的思路的可疑之处就是,认定世上有一种万应灵丹、纯一之道,可以用来修身齐家治国平天下,可以用来从事工农兵学商教科文体卫,可以用来治疗内外耳鼻喉男妇各科疾病,它忽略了具体而微的知识与技巧,它通向玄学远远多于科学,它也忽视了实力的积蓄与资源的合理开发,它带有太多的一相情愿的性质。

三　听说有好事就哭了

子綦有八子,陈诸前,召九方歅曰:"为我相吾子,孰为祥?"九方歅曰:"梱也为祥。"子綦瞿然喜曰:"奚若?"曰:"梱也将与国君同食以终其身。"子綦索然出涕曰:"吾子何为以至于是极也?"九方歅曰:"夫与国君同食,泽及三族,而况父母乎!今夫子闻之而泣,是御福也。子则祥矣,父则不祥。"子綦曰:"汝何足以识之,而梱祥邪?尽于酒肉,入于鼻口矣,而何足以知其所自来!吾未尝为牧而牂生于奥,未尝好田而鹑生于宎,若勿怪,何邪？吾所与吾子游者，游于天地，吾与之邀乐于天，吾与之邀食于地。吾不与之为事，不与之为谋，不与之为怪。吾与之乘天地之诚而不以物与之相撄，吾与之一委蛇而不与之为事所宜。今也然有世俗之偿焉？凡有怪征者必有怪行。殆乎！非我与吾子之罪，几天与之也！吾是以泣也。"无几何而使梱之于燕，盗得之于道，全而鬻之则难，不若刖之则易。于是乎刖而鬻之于齐，适当渠公之街，然身食肉而终。

子綦有八个儿子，叫他们排列在自己面前，请了九方歅来："给我的八个儿子看看相吧，谁的命最好？"九方歅说："梱最有好命。"子綦又惊又喜地问："怎么个好法呢？"九方歅回答："梱将会终生跟国君一道吃喝。"子綦一听，变颜变色，泪流满面地说："我的儿子怎么会是达到这样一个地步！"九方歅说："跟国君一起吃喝，恩泽可以使三族受惠，远远不仅仅是父母呢！如今先生听了这件事就哭将起来，这是拒绝将降临于他的福分呀！看来，你的儿子虽然命好，你这个做父亲的却是无福可享了。"

子綦说："你怎么能够判定这一定是好事好命呢？吃多少酒肉，也不过是口鼻肚腹的满足，又哪里知道这些东西是怎么个来历？好比我没有养羊而羊出现在我住室的西南角，不喜爱打猎而鹌鹑却挂在我屋子的东南角，对此不感到怪异，又怎么可能呢？我和我的儿子所游走的地方，只在于天地之间。我跟他一道从顺着天意寻乐，我跟他一道在大地上觅食。我不跟他共求事业，不跟他制定谋略，不跟他标新立异，我只和他一道像天地一样真诚实在，而不因外物的影响去与任何方面捣乱；我和他经常委顺，听任自然，却不跟着任何外界事端走。如今我怎么会得到世俗的报应呢？大凡有了怪异的征兆，必定会有怪异的事情，实在是危险啊！如果说这不是我和我儿子的罪过，大概是上天降下来的灾难啦！我因此流泪了。"

没过多久，梱被派遣到燕国去，半道上受到强盗的劫持。强盗想要囫囵着将他卖掉，又担心他会跑掉，心想：不如切断他的脚，那样会好卖一些。于是截断他的脚,把他卖到齐国,由齐国的富人渠公买了去给自己看门。梱仍能够一辈子吃肉而终了一生。

这是一个带血腥味道的寓言,可见其时世道之凶险,百姓最起码的生命安全得不到保障。如今国人有句俚语叫"少想好事",好事不会无端而来,无端而来的好事不会是好事;而坏事常常想来就来,不想来照样来,全然不那么"讲理",呜呼,奈何?

  啮缺遇许由曰:"子将奚之?"曰:"将逃尧。"曰:"奚谓邪?"曰:"夫尧畜畜然仁,吾恐其为天下笑。后世其人与人相食与!夫民不难聚也,爱之则亲,利之则至,誉之则劝,致其所恶则散。爱利出乎仁义,捐仁义者寡,利仁义者众。夫仁义之行,唯且无诚,且假乎禽贪者器。是以一人之断制利天下,譬之犹一覕也。夫尧知贤人之利天下也,而不知其贼天下也。夫唯外乎贤者知之矣!"

啮缺遇见许由,问:"你准备去哪里呢?"许由回答:"打算从尧这边逃离开去。"啮缺说:"你这样说是什么意思呢?"许由说:"尧,吭哧吭哧地推行仁的理念,我估计他会一无所成而受到天下人的耻笑,发展下去,说不定后代会是人吃人的局面呢!百姓,并不难以聚拢,给他们示爱他们就会亲近你,给他们好处他们就会到你这边来,给他们鼓励他们就会勤勉干活并且听你的调遣,做他们所厌恶的事他们就会离开你。认为自己会得到爱护和利益,这是出自仁义的宣示,因此为仁义而准备贡献牺牲的人少,利用仁义希望能够获利的人却很多。仁义的招牌与践行,只恐怕会降低诚信度,而且还会被禽兽一般下作的人借用为谋私利的工具。以为一强调仁就可以万事大吉,这就是以一个人的裁决来治国,打个比方说,就好像是短暂的一瞥,根本没有看全看远。唐尧知道贤人能给天下人带来好处,却不知道他们会给天下人带来的混乱与麻烦,而只有不那么看重什么贤人不贤人的人才能明白这个理。"

这又是《庄子》的毒眼、慧眼与惊世之论。仁是好听的理念,一说,老百姓都接受,它带来的是爱护、情义、对百姓利益的充分照顾,哪个老百姓不爱听呢?比如说,人民最伟大,人民最可爱,人民最可怜。好话一说,利益一闪,他们就拥过来了。那又有什么不好呢?

可惜的是,人的某些方面如同动物,如同禽兽,他们有自私与贪婪的一面。他们讲仁义,但是不准备为仁义而牺牲贡献,却要享受仁义的利益果实。还有一些百姓,他们听了贤人讲仁义,唐尧行仁政,便屁颠屁颠地跟随上来了,他们同样也是只希望从仁政中获利获誉获得关爱和幸福却未必准备为仁政做些什么。这样,仁政便变成了自天而降的大馅饼,成了类似极乐与天堂的许诺,人人望而盼之、分而享之,可能吗?反过来,当仁政之说令人失望、疑似虚伪、理念与实际完全脱节之后,能够不出现乱局吗?

《庄子》的人相食的预言更是触目惊心。很简单,当你的仁政学说不灵了的时候,当百姓们发现天上硬是掉不下来大馅饼的时候,挑战者、反叛者、反对派、造反有理者就出现了,他可以痛心地揭露你的仁政是假的,是欺骗,于是仁的理念变成了批判讲仁倡仁的当权者的利器,以仁起家者终将灭于仁的旗号之下。古今中外,这样的事难道还少吗?

又是一例,老子有一大发明,叫"天下皆知美之为美,斯恶已"。就是说,皆知仁之为仁,不仁之事从此多矣。

"捐仁义者寡,利仁义者众",一般释为忘了仁义的人少,利用仁义的人多。联系前后文看,觉得未释到痒处。我乃释为:为仁义而捐者寡,以仁义而求利者众。这是老王的一个小小说法,识者教之。

> 有暖姝者,有濡需者,有卷娄者。所谓暖姝者,学一先生之言,则暖暖姝姝而私自说也,自以为足矣,而未知未始有物也,是以谓暖姝者也。濡需者,豕虱是也,择疏鬣长毛自以为广宫大

圈。奎蹄曲隈,乳间股脚,自以为安室利处,不知屠者之一旦鼓臂布草操烟火,而己与豕俱焦也。此以域进,此以域退,此其所谓濡需者也。卷娄者,舜也。羊肉不慕蚁,蚁慕羊肉,羊肉膻也。舜有膻行,百姓悦之,故三徙成都,至邓之虚而十有万家。尧闻舜之贤,举之童土之地,曰冀得其来之泽。舜举乎童土之地,年齿长矣,聪明衰矣,而不得休归,所谓卷娄者也。是以神人恶众至,众至则不比,不比则不利也。故无所甚亲,无所甚疏,抱德炀和以顺天下,此谓真人。于蚁弃知,于鱼得计,于羊弃意。以目视目,以耳听耳,以心复心。若然者,其平也绳,其变也循。古之真人,以天待之,不以人入天。古之真人,得之也生,失之也死;得之也死,失之也生。药也,其实堇也,桔梗也,鸡㢕也,豕零也,是时为帝者也,何可胜言!

有自鸣得意的人,有苟且凑合的人,有弯腰驼背、辛辛苦苦的人。所谓自鸣得意的人,听到了一家之言,就沾沾自喜、暗自得意、自满自足,却不知道他其实并未有丝毫所得。所谓苟且凑合的人,就像猪身上的虱子,找到个鬃毛稀疏的地方存身,自以为是找到了阔大的宫殿与园囿;它们来到了腿脚蹄膀间折弯关节的部位,还有乳房和腿脚间的夹缝,就认为是找到了安居乐业之地,却不知屠夫一旦伸出双臂放好柴草生起火,它就会随着猪肉一块儿烧焦。这可以说是随环境而苟且凑合,又因为环境的变化而毁灭完蛋,而这也就是所说的苟且偷生者。而所谓弯腰驼背、辛辛苦苦的人,就是舜那样的人。羊肉并不喜爱蚂蚁,蚂蚁却十分喜爱羊肉,因为羊肉有膻腥味。舜则是靠他的行为有膻腥气,百姓都十分喜欢他。所以他三次搬迁居处,招引人众,都成就了新的城镇。舜去邓的废址,就招来了十万户人。尧得知了舜的贤能,从荒芜的土地上提拔了他,说是希望有更多的人受到他的好处。舜从荒芜的土地上被提拔出来,年岁渐老,听力视力都衰退了,可是仍然不能退下来休息,这就是所说的弯腰驼背、辛辛苦苦的人。

所以说，神人并不喜欢受到众人的跟随与欢呼，跟随的人太多了就不会照顾得那样周到，照顾不周也就不会有利于众人的相处。因此，最好是没有什么特别需要亲密的，也没有什么特别与之疏远的，一个人能保持德行，温和地顺应天下，这就是真人了。做到了这一点，蚂蚁不必再按照自己的智能去寻找羊肉，鱼儿能够得其所哉，羊肉也丢掉了自身招引依附的意思。大家用眼睛来看视眼睛所能看到的东西，而不是看视自己看不到的东西；用耳朵来听取耳朵所能听到的声音，而不是努力去听自己听不到的一切；用心思来恢复自身可能已经随外物而泛漫的心思，而不是使自己的心思更加泛漫下去。像这样的人，他们内心的平稳就像用墨线度量校正过一样，而他们有什么变化也总是合乎先后的顺序。古时候的真人，用顺应自然的态度来对待人事，不会因人事去搅和自然。古时候的真人，得到生命也就是生活了，失去生命也就是死亡了；而从另一方面来说，失去生命也就是得到死亡了，也就死灭了，失去死亡也就是得到生命了，也就生活了。这个道理与用药物是一个理，乌头也好，桔梗也好，芡草也好，猪苓也好，这几种药更换着作为主药，就像生啊死啊更换着作为主导一样，谁能说得全到底是怎么一回事呢？

把行仁义之秀的人说成是身上带着吸引人（蚁）气的膻味，太妙了，亏他想得出！今人则说这种人太酸，令人倒牙。一个人不必太引人注目，更不必引人依附、引人跟随，除非你是野心家是装模作样、自欺欺人者。人应该本色一些，表现得尽可能平淡一些，既无须特立独行、惊世骇俗，也无须膻气迷人、招揽众蚁。这是一个颇有价值的思路。以《三国演义》为例，做一个像曹操那样阴狠多疑、手段多多、宁负天下人而不肯让一人负己，固然不好；像刘备那样嘀嘀咕咕把仁义挂在嘴上，其实并不拒绝任何对自己的霸业有利却是有失德行的举措，也着实讨厌。

几种不会生不明死的人、自鸣得意者、苟且凑合者、弯腰驼背辛辛苦苦者的众生相描写极生动。其机关是，自鸣得意者与苟且凑合者的不足为训,人们歧义不大,而辛辛苦苦者一般人会认为他们伟大、成功、荣耀,像虞舜那样,谁能相比?《庄子》的手段是把虞舜与猪虱子与浅尝辄止的小人物绑在一块儿批,以求解构,用心亦良苦也。

不要招引太多人,不要炒作自己,不要推销自身,金玉良言,实堪记取!眼能视,耳能听,心能收,就行了,难道你还要追求眼睛说话、耳朵敛聚(财富或者情报)、鼻子决策,而心能杀敌于千里之外吗?

世上本没有绝对的得与失。任何得,从另一个角度看来其实是失;任何一种失,换一个角度看其实是获得。甚至生死也是如此:失去了死,如大病痊愈,当然是快乐地得到了再多生活一段时间的机会;失去了生,得到的死,也可能是伟大的死亡,是辉煌的盖棺论定,是生命的另一种形式的延续与总括。

四 河流为什么不怕风吹日晒

> 句践也以甲楯三千栖于会稽,唯种也能知亡之所以存,唯种也不知其身之所以愁。故曰:鸱目有所适,鹤胫有所节,解之也悲。故曰:风之过,河也有损焉;日之过,河也有损焉;请只风与日相与守河,而河以为未始其撄也,恃源而往者也。故水之守土也审,影之守人也审,物之守物也审。

勾践靠着三千士兵困守在会稽城,只有文种能够预见越国能转危为安,度过危亡而继续存留下去,但也只有文种并不知道复国后他本人将要陷入危殆。这就像猫头鹰的眼睛,只在夜晚才看得显明,白天的景象它却无所知。而仙鹤的双腿虽然修长,也有自己的不便;截断了腿,它就会陷入悲惨的境地。所以说:风儿吹过了河面,河水就会有所减少;太阳照耀河流,河水也会有所损失。假如风、太阳总是与河流互相厮守,河水却并未受到影响,那是另外靠河水源头小溪的不断汇聚才抵消了河水损失的缘故。所以说,水会小心翼翼地保存泥土,影子会小心翼翼地跟随人体,一件事物会小心翼翼地保护着另一件事物。

文种能够预见越国的复兴,却不能预见本人的厄运。鸥鸟能够视黑夜如白昼,却在白日变成了睁眼瞎。白鹤傲然举步,却不知道它的长腿正使它容易受到攻击。这仍然是讲得失的不易分清、各有限度。见多不怪,风与太阳都消耗着水流,但是水流无减,因为它有源头的不断补充。切不可吹嘘河水是取之不尽、用之不竭的。文种、鸥鸟、白鹤,都不要对自身估计过高,都要寻找师法源头——大道。

万物各有其道,各有其理,各有其源,各有其终,各有其益,各有其损,各有其长,各有其短,各有其能,各有其不能。而人们常常做的蠢事便是逆其道、悖其理、毁其源、堵其终、损其益、益其损、截其长、续其短、用其求其所不能、废其灭其所能。人啊人,你们为什么是这样别扭呢?

有长就有其短,有强必有其弱,顾此必然失彼,求胜常常反败,得陇苦苦望蜀,座上客转眼便成阶下囚,明察秋毫的另一面是不见舆薪,物壮则老,月盈则亏,水满自溢,苦尽才能甘来……这样的例子举不胜举,而人们自取灭亡的蠢劲儿照旧。损害你的力量从未停止,你怎么能忘记汲汲于那源头的活水呢?

> 故目之于明也殆,耳之于聪也殆,心之于殉也殆,凡能其于府也殆,殆之成也不给改。祸之长也兹萃,其反也缘功,其果也待久。而人以为己宝,不亦悲乎!故有亡国戮民无已,不知问是也。

所以说,眼睛是善于看的,而恰恰是在观看上的明察秋毫会带来危害。耳朵是善于听的,而恰恰是在听闻上的耳听六路上会带来混乱。心是用来思想的,而恰恰是在追逐外物的心骛八极上会出毛病。你有什么功能、特长、长项,你的最最擅长的地方也就是你跌跤的地方。(或释为:目求明、耳求聪、心求殉,会使自己陷入危殆。)才能在内心深处积存,就会成为危险品,危险一旦形成也就来不及补救改变了。灾祸滋生并积累增多,想返归本性自是非常吃力,要想收到成果需要假以时日。可是人们却把自己的耳聪目明心殉与才能视如自己的宝贝,不可悲吗？因此国家败亡、人民受戮的事情从没有中断,而君王大臣们却又不知道想一想改变此种情况的思路。

读来似是危言耸听,又是事出有因；似是凭空立论,又是抓住了根本。东周时期,庄周等感觉特别痛切：心计越来越细,谋略越来越精,野心越来越牛,代价越来越海,英才越来越多,百姓越来越苦,争鸣越来越响,日子越来越没有出路了。于是老子也好,庄子也好,意图是力挽狂澜,号召是返璞归真,恨的是聪明心智,爱的是愚诚质朴,厌的是功名利禄,盼的是逍遥全生,是悲泣之言,是惨烈之文,是幻想之语,是终无大用之号叫长叹。几千年过去了,历史向前发展了,麻烦、苦恼、挑战却更多了。

才能贮存多了变成大大的危险,这个说法幽默——却原来,耳聪目明等得到的信息与才能,积蓄多了就变成了定时炸弹！不能说全无道理,能量的蓄积是有危险的,例如地壳运动的潜能存贮多了会造成地震；却也令人叹息,还是应了那句诗："惟愿生儿愚且鲁,无灾无难到公卿！"

我们的文化传统中有此一面：警惕耳聪目明,但愿难得糊涂；害怕好运良机,只求将就凑合；不求优胜先进,但愿随波逐流；躲避智慧理念,只求无祸少灾。我们常常是以退为进,以防为攻,以避为上,以愚为智,以弱为强,以后为先。我们最怕的是做出头鸟,是木秀于林,是才能出众,是成绩斐然。这样的思路中有辩证法也有窝囊废,有不得已也有假招子,有自我保护也有谋略做局,有增强我们的自卫能力、应变能力、适应能力的因素,但也有窒息创造、妨碍光明正大的竞争、阻挠学术文明进步的因素。这值得我们有所认识,有所反省,有所转变。

五　从不知中得到知,原因是从不知中坚定了信仰

故足之于地也践,虽践,恃其所不蹍而后善博也;人之于知也少,虽少,恃其所不知而后知天之所谓也。知大一,知大阴,知大目,知大均,知大方,知大信,知大定,至矣！大一通之,大阴解之,大目视之,大均缘之,大方体之,大信稽之,大定持之。尽有天,循有照,冥有枢,始有彼。

则其解之也似不解之者,其知之也似不知之也,不知而后知之。其问之也,不可以有崖,而不可以无崖。颉滑有实,古今不代,而不可以亏,则可不谓有大扬搉乎！阖不亦问是已,奚惑然为！以不惑解惑,复于不惑,是尚大不惑。

所以说,脚踩到的地面本来很小,虽然很小,却要仰赖所不曾踩到的大得多的地面而后才可以走到更多的地方;人对于各种事物的了解本来很少,虽然很少,却要仰仗着对于所不知道的一切的大概把握而后才能够去探求天道的意向与表达。当你知晓了"伟大的混一",知道了"伟大的母体"(虚静、本原、子宫、胚胎),知道了"伟大的观看"(天眼),知道了"伟大的平衡"(衡量),知道了"伟大的方位"(空间),知道了"伟大的信实"(实在性与可靠性),知道了"伟大的稳定"(永恒性与确定性),这样也就到了顶啦！有了"伟大的混一"就无不贯通,有了"伟大的母体"就理解了一切,有了"伟大的天眼"就察知了一切,有了"伟大的平衡"就能调理一切,有了"伟大的方位"就能包容所有,有了"伟大的信实"就能核对一切,有了"伟大的稳定"就能守持万物、保有一切。获得了上述这些体悟也就达到了天道,遵循顺应了伟大的一切也就得到了回应,得到了照明,进入晦暗的玄奥之中,仍然有自身的枢纽与机制,而在开端之中也就有了后续,或者还有更久远的开端。

那么,一切的理解好像是没有怎么理解似的,一切的知晓好像是没有怎么知晓似的,正是在这"不知"之后方才会有所知。深入追问探求起来,本不可能有什么边际,然而又不可能完全没有边际。万物纷扰杂乱变易却有它的实在性,古今无端却不能相互替换,万物纷杂却哪个都不能缺少损坏,这能不说是一切的一切都有一个纲要与概略的吗!(这难道不是说明大千世界是有自己的章法、自己的主心骨吗?)何不再深入一步探求下去以至于大道呢?又有什么可迷惑的呢?用你的不迷惑去解释你的迷惑,再复归你的并不迷惑的状态,这样就能达到大不迷惑的境界了。

这一段在《庄子》当中非同寻常。本来庄子讲什么都是极其灵活,若隐若现,若此若彼,若有若无,强调其相对性的。可以推测,有庄子的门徒或者听众向庄子提出,越学庄越感到困惑与空虚了。庄子乃解释说:走路踩踏的地面虽然只需要很小的地方,哪怕你的鞋子是四十七码,你仍然需要更大的踩踏不着的地面,才能走得稳。有了无用的地面,才能用有用的地面,无用其实是有用的支撑。同样,你掌握了的、可以运用的知识其实十分有限,但是依靠更大的对于无知领域的估量与感觉,你才不会在世界上感到一无所知、一无所能。就是说,有了无知的领域,才能把握与运用已知的领域为人类为自身做事。无知,是有知、用知和求知的支撑。

什么叫把有用与无用、有知与无知把握起来呢?这就是"大一",伟大的一。为什么伟大呢?其伟大就在于它涵盖了全世界,包括天与地、物与我、生与死、知与无知、万象与万有,这样的大千之中有着同一的混一的法则,同一的混一的大道,同一的混一的本质与本原。知道了这个一,就是知道了一切,何困惑不安疑虑之有?"大阴",就是《老子》所讲的"谷神不死,是谓玄牝",就是万物的所自、世界万物万象的子宫,就是虚静的本始。生生不已,大德曰生,出自玄牝,有了玄牝出就有了源头,有了无尽的生命与非生命。"大目",可以解释为天道之目、上帝之目、法眼(天网恢恢),也可以解释为万物皆有目,万物皆可被目所感知、所观察、所把握,即万物都有自己的色泽与形体,即最大的无所不包的物质性。"大均"是"其犹张弓欤？高者抑之,下者举之,有余者损之",是道法自然的调剂与平衡。"大方"是空间与方位的无穷,既是无穷的又是肯定的确切的。所以还有"大信"与"大定"。"大信"与"大定"是从相对中找到了绝对的因素,从变动不羁中找到了法则、时间、空间(位置)、质地的确定性和明晰性。"大一"是道性、无穷性与抽象性；"大阴"是产生性、繁殖性、虚静性；"大目"是物质性、具象性、可视性；"大均"是平衡性与自我调整能力；"大方"是空间的包容性与立体性；"大信"是可靠性、真实性；"大定"是稳定性,是不断变易中的不变性、恒常性。这样的世界,这样的大道,你又有什么可不安与困惑的呢？

"尽有天,循有照,冥有枢,始有彼",这概括得精当巧妙。你穷尽了你的认识(眼界、活动与感知领域),被穷尽的领域之外仍然是天,是自然,是空间,是大道的无穷无尽。而一切的次序、规律、法则,都是有征兆、有照应、有案可查的。冥冥中、幽暗中、深藏中有枢纽,有中枢,有运转的机制,有驱动的核心。而一旦万物万象的运动开始了,物质是不灭的,能量是不灭的,运动是无尽的。这里说的是什么呢？我愿意命名为对于世界与人生的信任感,而不是只有模糊感、未知感、不确定感。

这一类的根本性玄妙性问题,解之似不解,越解析解读越是说不清楚。知之似不知,越去积累知识与智能,越是像无法去求知认知得知。在这种迷糊之中,没有把握之中,半信半疑之中,你才获得了对于世界与人生的真知,你才安稳下了你的心。这是不解中的解、不知中的知、不放心中的放心,这是对于大道的靠拢与切近的体悟。

这样,就来到学问切磋的边际了：学问有没有底线？有没有禁区？有没有边界？如果说有,学问就不能建立与发展；如果说没有,学问就变成了汪洋大海,只会把求学问者吞没。我们具体地听取的授课、阅读的书籍、研讨的科目、论述的话题、写作的论文,都必须是明确的、有局限与界限的、对象清晰的。否则，无法求学也无法论学。同时，学问的整体是无穷的，是不可以画地为牢的，是永远要保持"欲穷千里目，更上一层楼"的状态的。所以说大千世界，纷纭繁复，却又各自有其实存性，有其时间与空间的规定性。屈原是纪元前三〇〇年左右的人士，是湖北秭归人士，不能把他说成是二十一世纪的加利福尼亚州人。获得二〇一〇年足球世界杯冠军的是西班牙队，不能说成是大宋开封的高俅。这些规定性是不能亏欠、不能打折扣、不能缺斤少两的。这些讲得都极好，世界是奥秘的又是明确的，是无穷的又是具体的，是运动中的又是不变的，是永远没有绝对把握的又是清楚的，昭昭日月，朗朗乾坤，哲学的伟大并不会压迫我们凡庸之人，而是帮助我们更加踏实和明白地生活在这个世界上。

老王说：反复阅读体悟，我认为这一段最具有神学意味。大一、大阴、大目、大均、大方、大信、大定，这七个大，就是大道，就是终极，相当于庄学的上帝。什么是大？天大，地大，至大，无穷大。一，就是统一性涵盖性无所不包性，一切的一（语出郭沫若的诗《凤凰涅槃》）。阴是本原性，是圣母。均是无私性均衡性，这其实仍然是统一的表现，不均衡就只能是四分五裂，而失去大一。目是可视性、可感知性，世界存在的一大特性是它是可以被感知的。你要感谢天眼，也就是感谢天给你的两只肉眼。方是无穷的空间感、空间的无穷感。信与定则既讲世界宇宙，也讲信仰的坚定与明确。在讲了无数遍恍惚、晦暝、茫然、不知、深潜、躲避之后，在这里，《庄子》多少透露了信仰主义的坚决与敬服。

而这一切又从脚踏地面甚小、扩展的地面则需甚大讲起，从小到大，从无到有，人其实大可不必自思自叹，大可不必悲观焦虑，七个大就在你的心中。

则阳:大妙中遨游,幽深里冲浪

杂篇杂篇,有点杂,有点参差婆娑,有点横生枝杈、说风就是雨……却也多了些俯拾即是、随机书写的自由,多了些要啥有啥、婀娜多姿的自然趣味与风姿。

有些话谈得很世事洞明、人情练达,例如说到夷节这样的关系学家,至今仍是似曾相识,万古如一。例如说到力不足则伪、知不足则欺、财不足则盗(百姓的力量用完了,只能作伪应付;智力达不到了,只能欺骗应付;财物完了,只能偷盗),马上让人想起所谓上有政策下有对策的古今中外无数事例。

但本节更多的地方则进入形而上的领域,讨论终极,拥抱无穷,掂量名实,推敲物我,出入有无,整合万象,尤其是无始无终无先无后无知无闻的论述,别开生面。这样的抽象与玄虚多了,有点累,有点空,有点被名词的大海冲卷淹没,但分析起来别有一番乐趣,如弄潮冲浪,如龙舟竞渡,如扬帆向前,游起来就时有新鲜感与不同的境界感。不读《庄子》,到哪里去享受如此的矫健身手!

一　古代的公关活动分子形象

则阳游于楚,夷节言之于王,王未之见,夷节归。彭阳见王果曰:"夫子何不谭我于王?"王果曰:"我不若公阅休。"彭阳曰:"公阅休奚为者邪?"曰:"冬则擉鳖于江,夏则休乎山樊。有过而问者,曰:'此予宅也。'夫夷节已不能,而况我乎!吾又不若夷节。夫夷节之为人也,无德而有知,不自许,以之神其交,固颠冥乎富贵之地。非相助以德,相助消也。夫冻者假衣于春,暍者反冬乎冷风。夫楚王之为人也,形尊而严。其于罪也,无赦如虎。非夫佞人正德,其孰能桡焉!故圣人,其穷也,使家人忘其贫;其达也,使王公忘爵禄而化卑;其于物也,与之为娱矣;其于人也,乐物之通而保己焉。故或不言而饮人以和,与人并立而使人化,父子之宜。彼其乎归居,而一闲其所施。其于人心者,若是其远也。故曰'待公阅休'。"

彭则阳周游到楚国,夷节向楚王谈到则阳,楚王无意接见则阳,夷节只得回转去了。则阳见到王果,说:"先生怎么不在楚王面前提提我呢?"王果说:"我不如公阅休。"则阳问:"公阅休是干什么的?"王果说:"他冬天到江河里刺鳖,夏天在山脚下歇息。有人看到,问他在做什么,他说:'江中啊,山脚下啊,这就是我居住的宅子啊!'夷节都没有做到将你举荐给楚王,何况是我呢?我比夷节就又差一些了。夷节这个人,不那么讲究德行却颇有智巧,他自视并不太高,能做到广泛地跟人交游与结识,他活动在富贵尊荣的圈子里,很投入也很陶醉入迷。他做不到帮助他人增长积累德行,而说不定是使人更加只重事功而完全不重视德行,有损德行。正像受冻的人寄希望于温暖的冬衣,中暑的人盼望着风带来凉爽。(人的要求各不一样,老在那儿变化;夷节这个人却能够做到可暖可热,要什么有什么。)楚王的为人,形象尊贵,态度严厉;他疾恶如仇,对于有罪过的人,像老虎一样不给予一点宽容。如果不是巧言令色的人(如夷节)或者开阔达观的人(如公阅休),谁能够使他听得进去? 所以,圣人他们的存在,使命运艰难的亲人忘却生活的艰窘,使身世显达的王公贵族忘记自身的地位级别而变得平易近人。他们对于外物,可以愉快地与之相处;他们对于其他人,能够打成一片却又能保持自我的个性;有时候虽然不说什么话也能带来一种和气融洽,跟旁人立在一块儿就能使人受到感化,使得父亲和儿子关系处得相宜,而圣人却完全是无所事事地待在自己家里。圣人对于一般人的心思,其影响是非常深远的。所以说,要使楚王听得进去还是等公阅休吧!"

三类人物,一类是威严并且不无凶恶的楚王,谁有过错他就跟老虎一样地对待。啥叫和老虎一样呢?吃人与吓人。威权背后肯定是暴力,这其实并不是新闻,但楚王从外表上就带出来了,还是外露了些。一类是夷节,不是帮助你积累德行,不是要你积德修好,而是帮助你解除思想负担,让你认识到你有权利做一切对自己有利的事。《三国演义》里的那些谋士,不论是诸葛亮还是荀彧、陈宫、贾诩,其特点都是比"主公"更不讲道德道义,原因是主子还要考虑一下公众形象,而谋士们只管利害。说到夷节能送寒送热,而且不把自己看得过高,这也说得活灵活现。

最伟大的理想形象是公阅休,公阅休的优秀事迹似显简单——江上戳鳖,山脚睡大觉,就是至人高人了?也许他是话说得好,江河山岭,吾宅也,以宇宙为宅,以太空为宅,更了不起了。

圣人出现,在那儿一待,自然天下平和和谐,关系融洽。这听着虽然玄,却又有一种登高望远、如沐春风、豁然开阔、心平气和的人格魅力。应该说世上是有这样的高人的,你应该承认,至少是假定有这样的高人,这样你就有崇拜心、敬仰心、自我提升的意识,而永远不会消极颓废、破罐破摔。

正如世上也有另外的人,他或她只要一出现,不是挑拨是非就是散布坏话,不是制造嫌隙就是颠倒是非,不是进谗就是告密,例如《红楼梦》中的赵姨娘。我们能够厌恶赵姨娘式的人物,这不是证明我们心中有公阅休式的高尚尚存吗?

"乐物之通而保己",了不得,这可是至圣之言。我们经常遇到的是:媚俗、迎合、世故、油滑,机会主义与实用主义,随波逐流,无原则亦无廉耻,只求实利,这是一种;第二种则是脱离实际、自我吹嘘、大言欺世、好勇斗狠、成事不足坏事有余之属。前一种是小人,后一种是炸弹。一个人能够密切联系群众,能够与民同乐、同甘苦同命运,又能保持自己的资质、底线、名节、特操,这样的人太少了。这样的人往往会受到两方面——低俗下作、蝇营狗苟方面与牛皮烘烘、兴风作浪方面——的夹击。《庄子》毕竟提出了这样一个目标:一曰通,与人众通,与世界通,与外务通;二曰保己,能保持住自己所珍重的一切——珍重自我而不恶性膨胀,珍重人际关系而有所不为,珍重价值理念而不扬铃打鼓,珍重纯洁的人性而又入情入理入世入群。

世上是有这样的人,有了这样的人,只要在那儿一站就起健康的作用,稳定的作用,和谐的作用与脱离盲目、狂躁、愤懑、焦虑的作用。低俗者与闹腾者的误解、攻击与嫉妒终将褪色,最后"通而保己"的人格将会显出自己的光辉。

而则阳那么急着求举荐,又是怎么回事呢?

二 不知不闻最好,更不用谁来命名

圣人达绸缪,周尽一体矣,而不知其然,性也。复命摇作而以天为师,人则从而命之也。忧乎知,而所行恒无几时,其有止也,若之何!生而美者,人与之鉴,不告则不知其美于人也。若知之,若不知之,若闻之,若不闻之,其可喜也终无已,人之好之亦无已,性也。圣人之爱人也,人与之名,不告则不知其爱人也。若知之,若不知之,若闻之,若不闻之,其爱人也终无已,人之安之亦无已,性也。

旧国旧都,望之畅然。虽使丘陵草木之缗,入之者十九,犹之畅然,况见见闻闻者也,以十仞之台县众间者也。

圣人通达于人世间诸困惑诸规则,能够把握万物通达一体的性质,却并不一定能知道自己是不是、为什么是这个样子的。他的所知所能是出于本性的体悟。(而不是出于特别的学问与认知,更不是刻意为之。)回复本性,有所运作与表现,处处以师法自然为原则,人们从而愿意跟随他信任他。如果不是这样,而是常常耽于智谋,把心思放在经营智巧上,他的谋划、行动、经营与忧愁就永无休止之日了,他本人也就永无宁日啦!

生来就漂亮的人,别人送给他一面镜子,如果不说给他听,他也不会知道自己比别人漂亮。他的状态是:好像知道,又好像不知道,好像听见了,又好像没有听见;反正他的受人喜欢的事实并不受他是不是自觉美好、有意美好的影响,人们对他的好感自然会长久保持,这就是出于人类的本性了。(这说明自知不自知并不重要。)圣人爱惜众人,于是众人给予了他相应的爱民的名声,如果人们不这样赞美,圣人他也不知道自己是爱人民的。好像知道,又好像不知道,好像听见了,又好像没有听见,他给予人们的爱并不受他是否自觉是否有意的影响,人们接受这样的圣人之爱也终会保持下去,这正是出于自然本性的缘故。(你的优秀,你的善行,在不知不觉之中存在;这比你有意识地维护、讲求、树立自己的美好形象与优良纪录,更有说服力与影响力。)

故国故乡,人们一眼看过去就十分舒畅;即使丘陵土地被草木掩盖了十之八九,显得面目不清,看着它心里还是十分畅快。那么如果是充分显示、充分被感知的一切呢?就像是数丈高台高悬于众人的面前,那种激动的心情与明确的感受还有什么可疑问的呢?

这一段写得极妙。首先,知性、悟性、本性之间是什么关系?其次,知识、智谋是不是与本性相悖谬?人为了做到淳朴,是不是必须保持混沌与愚昧?生而美,是不是就要拒绝被命名美好,也要拒绝自命美好?

按此段的说法,似乎《庄子》认定,要本性,要圣人的悟性,要天生的一切,那就千万不要知性。要本性,就不要知识也不要智谋。这个想法很深刻也很片面。完全摒弃了知性,本性会成为混沌的一团,会包含着黑暗与贪婪。例如食色性也,孔子也是承认的;完全没有文明知识、文明社会的教育与自我约束,听凭食欲性欲的驱使,恐怕不是好事，也行不通，它可能走向饕餮与色情狂。缺少整体的善良与自我把握的知性，会把人带到邪恶上去。没有起码的知性，则会产生另一种类型的邪恶；没有诡计多端的邪恶，仍然会有愚而诈的邪恶、粗鲁横蛮的邪恶。《红楼梦》中凤姐固然邪恶，薛蟠、赵姨娘也绝非善类。《水浒传》中高俅、王伦固不足取，李逵之类人物也并不可爱。

其次，这一段文字的含义与现代语言学上的一些说法契合。漂亮、圣贤，在某种意义上不但是事实，同时是、有时是、更加是语言的产物。一个美女，让人喜悦，然而这种喜悦，不论对于本人还是对于他人，都还是朦胧的，是若知若不知、若闻若不闻的。这种朦胧的美感是最质朴最靠得住的，美女永远会留下美好的印象与反应，不会突然休止下来，叫"终无已"。《庄子》赞许的就是这种尚未被语言人为地命名定性以前的原生状态、朦朦胧胧状态。一旦美女被命名为世界小姐、艺坛巨星、国际美丽大奖获得者，一旦某个比较爱护人民的君王大臣被命名为唐尧再世、虞舜重生、贤君圣王贤臣、万世楷模……就有了人为的、炒作的、名不可能绝对地符实的可能，乃至于会有吹嘘、造假、竞争、计谋、溢美，直到潜规则的因素混入其中。而且大部分并无足够的审美能力与鉴赏水准的愚众，不是因为自己的审美，而基于人云亦云的随大溜习惯才称赞其美丽。美与圣变成了炒作，变成了处心积虑，变成了忧心忡忡，变成了你争我夺，变成了世界杯赛事，黑哨、错判、赌球、伤害、红牌、黄牌……岂能无有？同样，这样的美与圣对于本人也完全可以成为灾难，让你忽冷忽热、忽喜忽忧、脱离凡众、不学无术、上不着天下不着地、一生闹剧、一事无成！

故国故乡也是这样。谁不说俺家乡好，到底怎么个好、哪里好，那是说不清楚的。如果正式将"家乡好"化为条例定义，一曰某山，二曰某水，三曰某城墙，四曰某庙，五曰某街……那还有什么好的呢？庙可以与庙比规模或者年头久远，山可以与山比高度，水可以与水比流量，那就有了规模、历史、高度、流量，唯独没有故乡的情愫了。

或谓，故国故乡比喻的是人的天性，天性被掩盖了十之八九了，仍然是可爱的,而当天性像十仞之楼那样在你的眼前矗立起来(王按,不像是说天性啊),你岂不更应该为之振奋吗?

还可以有另外的解释:中国人向来喜欢整体性模糊思维、感悟性、估量性,最多是联想性思维。这种思维与判断方式更像是男女相亲择偶的一见钟情或一见生厌,不需要条分缕析,不需要图表与计算。人的爱故乡也不会是条分缕析的结论而是天性,是必然没商量,是哪儿都爱,被草木遮住了照样爱,能见度差了照样爱,全部亮相在眼前,晴空万里就更加可爱。

《庄子》的妙思:不要太成熟,不要太明确,不要用精确的语言加以界定,不要正式命名为仁义道德故乡家园……更不要召开爱家乡动员大会与举办爱家爱乡典礼或评奖。不要成为目标,不要人的用心判定,只要原始,只要混沌,只要大概,只要若有若无,糊里糊涂,永在心头,始终不渝,亦是一绝!

我们也不妨从对抗语言控制的角度来讨论这个问题。语言是人的工具,语言发展了思维心智,语言保存和传播了文明,没有语言几乎就没有人类的一切,但同时语言在对人实行着专政的控制。原因是:第一,语言是公共工具,它缺少个性特色,不同的情绪观感认知估量却被有限的词汇所统一。例如同是讲"好人"一词,后面可能有几十种几百种不同的理解、角度、体察、衡量、会心会意,你无法用"好人"一词表现出这些不同来。你说张三是好人,又说李四是好人,也许这两个人相差十万八千里,一个词"好人",怎么可能让人不糊涂呢?第二,在某种意义上说,语言是已有的经验,是陈旧的,你的一切表达都会与某个古老的人物或故事撞车,或是受了某个旧词的驱动,就是说,常常不是你在使用语言,而是语言在使用你。第三,语言是一种暗示,它会使你无病呻吟,会使你东施效颦,会使你忘掉了自己的真情实感,而有意无意地去模仿他人。第四,语言是一种教义,它比你的感官、心态、情绪更绝对化。一名美女,本来形象蛮可爱,说成"美女"以后,反而绝对化了、抽象化了、无疵化了,它制造了许多麻烦——有人不服、有人嫉妒、有人吹毛求疵、有人检举她有过不雅言行。第五，语言与世界之间，既是对应的又不可能是绝对对应的。当我们说老王的时候，只说出了老王的一般性，却未必说得明白老王的当下性。当你说道德的时候，你指的是一种理想、一种价值、一种善行，却永远不可能传达出道德理想后面的种种细腻的考量与不同的道德标准之间的分裂与矛盾。如此这般，《庄子》那么早就提出了若知若不知、若闻若不闻的理想境界，即"前语言"境界，太超前了，也太深刻了！

这个不待命名、不需要清楚的价值观念的说法，有一些难得糊涂的思想元素。原来，一个人知道什么是好就去做那个好、善、美，这是低级的好、善、美，是低境界的好、善、美；只有一个人把做好事做好人行善事现美德变成本性，变成不自觉，变成自然而然、无目的、无意识、无动机、无效果、无回报、无反响以后，世界才真的可爱起来，人也真的好善美起来。这个想法有点怪气，但多少有些道理。很简单，世界上有伪君子，有假美人，有沽名钓誉，有竞争与互相抹黑。互相抹黑的前提是有自我与相互贴金。如果人各为生，各行其道，各是其是，各非其非，没有衡量，没有比较，没有争执，没有贴金也没有抹黑，那岂不是进入了齐物的大好乌托邦！

这样想还有一个好处：在东周（春秋战国）这种乱世，群雄并起，百家争鸣，是一个浮躁、冒险、贪婪、投机、厮杀血战的世道，庄子能不遗余力地提倡一下非命名、非价值、非褒奖、非诰封、非称号、非宣扬、非炫耀的大道观与圣人观，至少是有此一说聊备一格，至少是有人声称不那么在乎虚有其表的富贵荣华圣贤师表之类，这其实是非常宝贵的，至今仍然是宝贵的。

老子与庄子，其实都反复地强调大道至简，大道是最简单的，人的生活与思虑也应该是最简单的。他们怀疑与警惕知识智能的繁复化、延伸化与巧伪化。他们呼吁着期望着人们回归到朴素醇正的原始状态、未开发状态、山泉水清的状态，他们美化与神化婴儿的天真自然的状态,而痛斥日益繁复的说教、规范、计谋、学说、雄辩、礼节、体制直到"拉屎攥拳头——暗中使劲"的教育与修养。他们有一种相当执著也相当浪漫的婴儿乌托邦主义与原生乌托邦主义。"原生"是说,他们认为,万物在它们刚刚出现的时候都是处于或呈现为最佳状态的,一切坏事都是后天的人为的努力造成的。恶化定则,我早在谈庄的前两本书中已经提出了这个问题。

其实庄子也应该更开明一些。如果说大道至简,那么其中的含义应该包括把一切复杂、繁茂、变异、绚丽的色彩、翻新的花样、丰满的和弦、缤纷的场景"让"给了万物,至简的大道只有与千变万化、五光十色的万物配合起来才伟大,才过瘾,才升华而且令人信服。只强调了至简,而忽视了复杂与进化,这可能是我们的文化传统的一个弱点。如果大道也至简,万物也至简,天下只有至简,没有繁复,那还叫什么世界!那等于要求人子永远保持一枚受精卵的状态,对于研究发生学或哲学来说受精卵的意义极大,但我们还是生活在已经长成的活人当中。

是不是我们太喜欢简了?例如我们那么好的传统音乐,居然没有和弦的概念与实践,难道不值得反思一下吗?

> 冉相氏得其环中以随成,与物无终无始,无几无时。日与物化者,一不化者也。阖尝舍之!夫师天而不得师天,与物皆殉。其以为事也若之何!夫圣人未始有天,未始有人,未始有始,未始有物,与世偕行而不替,所行之备而不洫,其合之也若之何!汤得其司御门尹登恒为之傅之,从师而不囿,得其随成,为之司其名,之名嬴法,得其两见。仲尼之尽虑,为之傅之。容成氏曰:"除日无岁,无内无外。"

冉相氏把握了道的核心枢纽,使自己处于道枢——大道的"圆心",因而能任凭外物自然而然地发展与形成。他并不计划做什么事,所以跟外物打交道也就没有开始呀结束呀终始先后的区分(也用不着有个什么时间表)。一方面是天天随外物而变化,另一方面也可以说是(大道与世界的根本结构、根本规律)一点也没有改变。什么时候谁又能舍弃能改变大道的恒常性呢?越是吃力地去效法天,就越可能得不到效法天的效果,而变成与外物一道去追逐忙碌,这又怎么能够算是效法天呢?圣人心目中并不会专门用心于天,也不会专门用心于人,不会考虑有过或需要有什么开始,也并没有过对于外物的介意,没有这些区分和麻烦。圣人跟随世界一块儿发展变化而不会偏于某一方面,有所行动也是那么周到而不会有什么阻碍。他与外物的融合又是怎么样实现的呢?商汤获得他的司御门尹登恒做他的老师,他随从老师学习却不局限于所学,能够随事发挥、因势利导,并把名声归于他的老师。这样,他们的名声与事迹都为人所知,君臣师徒能各得其所、各安其分。仲尼最后除去了谋虑,做点事情也不过是对自然的辅助。容成氏说:"不介意时日就不会累积成年,忘掉了内里与自我也就能忘掉外界与周围的事物。"

庄子在《齐物论》中已经讲到了道枢、环中(圆心)的观念,表达了庄子的几何哲学与圆形崇拜。居于空间与时间的圆心,那么距离一切的点都是等距离的,都是"齐"的。无为,无什么事一定要做,无心,无什么东西要师法或者要拒绝,那么也就没有对于开始与结束的思忖,没有此前彼后的计较,没有什么沧桑感、飘移感、不定感,没有衰老之哀,没有逝者如斯夫之叹,没有光阴无情之悲,没有念天地之悠悠,独泪下之怆然。也没有此远彼近之困惑,没有归你归我的盘算,没有你先我后的地位差异。这是一种哲学,即玄学上的平等、平均观念,即大均观念、齐物观念,而有别于西方法学上人权上的平等学说。这个思路之高,高入云天。这个思路之根本性概括性也是无与伦比。能够处于道之枢纽、环之中心,再无计较,再无忧愁,再无处心积虑,只能与天地同春,与日月同光,与大道同体了。

到了这一步,变就是不变;永远的变化,说明在变化这一点上是不变的。看不到变化,不能与时俱化,是傻子;看不到不变,永远处于变动不羁、追赶不及、顾此失彼、生生灭灭之中，是疯子。能变则活，能不变则从容平稳。

庄子是提倡师法天地、师法自然的，同样，这种师法也只能自然而然地无心进行，只能在忘天忘人的"吾丧我"的情况下进行。有心栽花花不开，无心插柳柳成荫，师天的前提是随性，一有成心有谋划，就不是天性，就可能成为作秀，就违背了天性，也就不得师天了。

这一段的意思与禅宗讲的破执相近。

"除日无岁，无内无外"的说法很深奥。如果你不算计每一天，也就不会介意每一年，你不介意每一年，也就不介意你的或他人的一生一世一世纪一万年。这里边既有对于为与不为的破除即超越，也有对于个体生命存殁的超越。人的最大的悲哀、最大的死结，就这样被化解了。世界永存，无终无始，无先无后，一亿年后与一亿年前，对于永恒来说，我们是存在在一个点，即道枢或环中之上。世界无端，世界无边，世界无穷，不管是在地球上的另一大洲或远在亿万光年外的另一个类银河系里，你都是圆心，你与任何一点的距离都不算远也都不算近。你出生了，这并不是你的起始，谁能说得清你出生以前你是以什么样的形式方式存在于世间的？万物都是时时变化的，同时万物都永远是万物，它们有自己的永恒性与不变性。你死亡了，也不等于绝对地消失，万物都有自己的嬗变与遗存，用现代物理学的观念叫做物质不灭、能量不灭，不增不减，永恒万世；你死了，仍然在这个世界上，在人们的记忆中，在这个世界上或与这个世界相联结又相分离的另一种形式中。

"除日无年"，除去了对于昼夜的忧思，也就没有对于岁月的伤感。除去了争一日之短长的较劲，也就没有后患隐忧，当然也没有挂牵和恋栈，没有期盼与失望，没有焦躁与丧气。除去了对于一时的荣华富贵的贪欲，也就没有了失去这一切的悲凉虚无。除去了对于终将到来的大限的恐惧，也就没有了对于时间的悲观与叹息。没有内外之分际，也没有你我之争夺。齐物齐物，说起来很抽象，其实细想起来很具体也很有趣。从人我的角度来说，个体只承认自己是内，连配偶情人也是外，于是婚姻官司可以打出仇人的不共戴天来。从家庭家族来说，内外既是清晰的又是交叉的。比如说堂叔和堂侄，是一个家族的又不是一个家庭的。如此这般，往大了说，目力所见，再加上不断延伸着视力的望远镜、天文望远镜，凡是看得到的都是内，看不到的才是外。加上遥感技术，能遥遥地感知的都是内，遥遥也无法感知的才是外。从精神能力来说，能想象的、能分析的、能猜测的、能构建假说的都是智力之内、想象力之内、思辨能力之内。这个内已经不得了啦，何况还要除去内忘记内呢！

而庄子的特点是以退为进，以无为有，以忘却为最好的记忆（鲁迅的名题："为了忘却的记念"）。根本不考虑内不内的了，那么也就根本无外可言。没有内外之别了，也就没有了远近亲疏之计较了，哥儿几个还有什么可斗的呢？你活着，世界既是在你的感知之内，也是在你的感知之外。有内有外，难分内外。你死了，世界仍然在你的记忆和感受之内与之外，你永远与世界同在，与天同在，与大道同在，你与世界互为内外。内就是外，外就是内，何内外之别焉？人生不满百，人生亿万春，不怀千古忧，不为一时欣，不分内和外，不分疏与亲，道枢无差异，点点皆圆心，庄周有妙悟，其思无与伦！

当然，你也可以驳斥《庄子》，从世界无穷大道的无尽来说，你可以承认一切始终内外的分别并无意义，然而从人具体的一生来说，一切的秒、分、时、日、月、年的差别，一切的远、近、外、内的差别，是千真万确、生动深挚、刻骨铭心、永无释怀的。没有了差别，没有了喜怒哀乐，没有了泪眼婆娑与笑容满面，没有了诞生与告别，没有了亲疏远近、爱恨情仇，还哪里有生活有生命的体验？哪里还有诗与歌、小说与戏剧、快乐与烦恼？

看来我们只能从两方面说，一个是从生活的物质的，特别是时间与空间的具体性感情性确定性上看，差别就是一切，差别便利我们咀嚼与刻画、回忆与讲述，叫做长歌当哭，瞬间方是永恒；没有了一个个的瞬间,永恒又能跑到哪里去？另一方面从整个世界与其本质本原大道上看,我们强调的是其伟大与无穷、混一与无差别。

没有分明与具体的感受,不是人生,不能成为文学与艺术,也不能成为科学与理论；同时,没有对于世界的伟大无穷混一无差别的感受,你最多是一个二流的言情小说家或工匠之类,你永远没有那个气魄,没有那个高度,没有那个超越。你不是至人真人,也不是思想家哲学家诗人。即使是不无煽情的批判现实主义大家,在他们赚够你的泪水的同时,仍然有一种宁静,有一种和解,有一种空旷……谁知道呢？悲极则喜,泪尽无忧,待到一片白茫茫大地真干净的时刻,你会体会到永恒,你会体会到欢喜,你会体会到"除日无年"与无内无外的大境界！

说是文学需要分明与具体,这是一般地说。宋代李膺名诗《隐逸》曰:"偶来松树下,高枕石头眠。山中无历日,寒尽不知年。"这则将《庄子》式的无年("不知年")与一种隐逸的生活方式联系在一起,成为独具中国情调的诗句。呜呼,人啊,你留恋人生的喜怒哀乐,你又神往于不知年、忘年、无年无日的境界！

三　还是要大而化之

魏莹与田侯牟约,田侯牟背之,魏莹怒,将使人刺之。犀首公孙衍闻而耻之,曰:"君为万乘之君也,而以匹夫从仇。衍请受甲二十万,为君攻之,虏其人民,系其牛马,使其君内热发于背,然后拔其国。忌也出走,然后抶其背,折其脊。"季子闻而耻之,曰:"筑十仞之城,城者既十仞矣,则又坏之,此胥靡之所苦也。今兵不起七年矣,此王之基也。衍,乱人,不可听也。"华子闻而丑之,曰:"善言伐齐者,乱人也；善言勿伐者,亦乱人也；谓'伐之与不伐乱人也'者,又乱人也。"君曰:"然则若何？"曰:"君求其道而已矣！"

魏惠王与齐威王订约结盟，而齐威王违背了盟约。魏王大怒，打算派人去刺杀齐威王。将军公孙衍知道后认为丢人，说："您是大国的国君，却用匹夫小民的手段去寻仇！我请求带领二十万大军，为君王攻下齐国，俘获齐国的民人，牵走他们的牛马牲畜，让齐国的国君急火攻心，让他热毒发作于后背。然后我还要占领齐国的领土，让齐国的大将田忌望风逃跑，而我要追上他用鞭子抽打他的脊背，打断他的脊梁骨！"

季子知道后又认为公孙衍的说法可耻，他说："建筑七八丈高的城墙，已经垒起七八丈高了，接着却把它毁掉，这是干活服役的人所认为最痛苦的事。如今不打仗已经七年了，这是你王业的基础。公孙衍要去打仗，实在是个制造乱局的人，请不要听从他的主意。"

华子知道后又看不起公孙衍和季子的说法，说："花言巧语地主张讨伐齐国的人，是制造混乱的人；花言巧语地劝说不要讨伐齐国的人，也是制造混乱的人；像我这样，指责一定要讨伐齐国或是一定不要讨伐齐国，都是制造混乱的，我本身也是制造混乱的人。"魏王说："既然如此，那么我该怎么办呢？"华子说："你还是求助于大道吧！"

华子为灭他人先贬自己，这倒也是一种论辩的特殊策略，是以退为进，以守为攻，以自我批判达到批评攻击他人的目的。不知道这种伎俩是不是也是中土特产。他为自己预设了两个"我"。一个是正在巧辩的，从而是只能制造混乱的我。巧辩则只能制造乱子，这种理论由来已久，实有道理。应该说我国是有不争论的传统文化根基的，远在列宁提出不可以把党变成资产阶级的辩论俱乐部与邓小平提出"不搞争论，是我的一个发明"之前。

两个侯国结盟，一方背约，这本来是外交问题，严重化后可以变成军事问题，华子的最后结论却是庄周的一贯手法，将之转变成形而上的哲学修养、大道研修、人格境界问题了。外交、军事冲突或潜冲突，靠哲学、世界观、修身来解决？几近荒唐，至少是勉强得很了。

但是不俗，别有洞天，像一道强光射向厮杀的昏天黑地。

惠子闻之，而见戴晋人。戴晋人曰："有所谓蜗者，君知之乎？"曰："然。""有国于蜗之左角者曰触氏，有国于蜗之右角者曰蛮氏，时相与争地而战，伏尸数万，逐北旬有五日而后反。"君曰："噫！其虚言与？"曰："臣请为君实之。君以意在四方上下有穷乎？"君曰："无穷。"曰："知游心于无穷，而反在通达之国，若存若亡乎？"君曰："然。"曰："通达之中有魏，于魏中有梁，于梁中有王，王与蛮氏有辩乎？"君曰："无辩。"客出而君惝然若有亡也。客出，惠子见。君曰："客，大人也，圣人不足以当之。"惠子曰："夫吹筦也，犹有嗃也；吹剑首者，吷而已矣。尧舜，人之所誉也。道尧舜于戴晋人之前，譬犹一吷也。"

惠子听说了这些情况，引见来了戴晋人。戴晋人对魏王说："有一种小活物叫蜗牛的，国君您知道吗？"魏王说："知道呀！"戴晋人说："有个国家在蜗牛的左角，名字叫触氏，有个国家在蜗牛的右角，名字叫蛮氏，双方因争夺地盘而打仗，留下的尸体达几万具，胜方为了追赶败北的一方用了十五天方才撤兵而回。"魏王说："咳，这都是虚妄的说法罢了！"戴晋人说："让我为您将这些话发展到实处。请问，您认为东西南北四方与上下有尽头吗？"魏王说："没有哇。"戴晋人说："如果您能使自己的精神心智进入到无穷的寰宇中遨游，再回到舟车畅通、交往频繁的这些侯国中来，您会觉得这些小国对于无穷的寰宇来说，像是若有若无一样的吧？"魏王说："是的。"戴晋人又说："在这人迹所至的狭小范围内有一个魏国，在魏国中有一个大梁城，在大梁城里有君王。君王与那蛮氏相比，有区别吗？"魏王回答说："没有。"戴晋人辞别而去，魏王心中怅然若失。

戴晋人离开后，惠子去见魏惠王。魏王说："戴晋人真了不起，圣人不足以和他相提并论。"惠子说："吹起竹管，就会有响亮的声音；吹着剑首的环孔，只会有呲呲的磨擦声罢了。尧与舜，都是人们所赞誉的圣人；在戴晋人面前讲什么尧与舜，就好比那微弱的呲呲之声罢了。"

大而化之法：与无穷的世界与大道相比，我们不过是蜗牛角上的小国寡民罢了；我们整天闹的那些大事，对于无穷大来说都近于零，都是可有可无、似有似无。豪迈则豪迈矣，阔大则阔大矣，可惜大而无当，不能当饭吃，最多能以当酒喝，酒喝多了，气概一上来，万物可以睥睨，万事不屑一顾，万难不在话下，叫做"与尔同销万古愁"！古代中国士子就是这样无忧化无咎化无"害"化也无用化了的。

戴晋人的忽悠，已经早早地竖立了标杆，他当然比尧舜高明多了；尧舜是君王，他们要做实事，而戴某的忽悠也算是一手绝活了。

一个人不妨试试，遇到愤怒，遇到压迫，遇到穷途，被挤到了墙角，试着换一个角度忽悠忽悠自己，离开俗见，离开一般性，乃至离开常理，用全新说法逗自己笑一笑，也许有些许新的启发。

四　隐与显

孔子之楚，舍于蚁丘之浆。其邻有夫妻臣妾登极者，子路曰："是稯稯何为者邪？"仲尼曰："是圣人仆也。是自埋于民，自藏于畔。其声销，其志无穷，其口虽言，其心未尝言。方且与世违，而心不屑与之俱。是陆沉者也，是其市南宜僚邪？"子路请往召之。孔子曰："已矣！彼知丘之著于己也，知丘之适楚也，以丘为必使楚王之召己也。彼且以丘为佞人也。夫若然者，其于佞人也，羞闻其言，而况亲见其身乎！而何以为存！"子路往视之，其室虚矣。

孔子到楚国去，临时住在蚁丘一家卖浆人的房里。邻居家的夫妻与男女仆人全都登上了屋顶观望。子路说："这么多人聚集在一起是干什么呢？"孔子说："他们都是圣人的仆从。圣哲之人总是把自己隐藏在民人之间，藏身于田园。你可能认为他是销声匿迹了，他的志向却是不可穷尽的。他嘴里虽然要说一些话,心里其实什么也不想说。就这样,他仍然处处与世俗相违背,他的心也确实不愿与世俗为伍。这是隐遁于世俗中的隐士。这个人恐怕就是楚国的市南宜僚吧?"

子路想去求见。孔子说:"算了吧!他知道我对他了解,又知道我来到了楚国,他估计我一定会将他推荐给楚王来召见他,这样他也就把我看做献媚取巧的奸佞之人啦!如果他当真是这样的思路,他会羞于听闻奸佞之人的庸俗言语,更何况是亲身与之见面呢!你怎么会认为他还能留在这里呢?"子路前往探视,市南宜僚的住宅已经空无人迹了。

这里对于市南宜僚的描写既真实深刻,又不无过分与自相矛盾。他是圣人,圣人要把自己深藏起来,用现在的流行词是"潜伏"起来,潜伏于民间,潜伏于田园山林,不知为什么不能潜伏于市井。你待在民间,就高高兴兴待在民间吧,就该像冉相氏那样:"与世偕行而不替,所行之备而不洫。"就是与世俗同行,不生事不闹心不偏爱不折腾。不,这位孔子口中的市南宜僚,还要说话,而且又要说又要认定那是他自己压根不想说的话,还要与俗相违,还要一百个不情愿地与俗俱行,叫做不屑与之俱。这样清高伟大如昆仑高峰者,还能隐藏在民间田野吗?还能踏实地活着吗?还能不与环境冲突起来吗?

底下说的子路找不着市南宜僚的故事就更微妙。第一,孔子涉嫌奸佞,东奔西跑,求官求权求治求"世披靡兮扶之直"而不得,这样写有什么春秋笔法乎?抑或是市南宜僚多疑而且任意贬低他人,直至彻底否定大成至圣先师文宣王大哉孔子乎?第二,市南宜僚能够那么有把握孔子要推荐他?为之逃亡?又与俗难谐,碰上一点点被举荐的"危险"就逃命不迭,是不是有点矫情、有点过分呢?他是疾俗如仇吗?他是恶俗如虎吗?一个真正清高的人需要那么敏感与人为的警惕吗?第三,孔子如此对市南宜僚了如指掌,以致劝阻子路不要去打搅市南宜僚,市南宜僚防孔却如防贼一般,合适吗?第四,既然一直潜伏,怎么搞得这么大名声,甚至戴上了圣人的帽子幌子,还有那么多"夫妻臣妾"聚拢在他的名下?他这是旗手领队带头羊呀,哪里是自埋自藏的陆沉之人呢?

读完这一段,人们会觉得孔子比市南宜僚更近情理一些,这不应当是《庄子》的原意吧?

> 长梧封人问子牢曰:"君为政焉勿卤莽,治民焉勿灭裂。昔予为禾,耕而卤莽之,则其实亦卤莽而报予;芸而灭裂之,其实亦灭裂而报予。予来年变齐,深其耕而熟耰之,其禾繁以滋,予终年厌飨。"庄子闻之曰:"今人之治其形,理其心,多有似封人之所谓,遁其天,离其性,灭其情,亡其神,以众为。故卤莽其性者,欲恶之孽,为性萑苇蒹葭,始萌以扶吾形,寻擢吾性。并溃漏发,不择所出,漂疽疥痈,内热溲膏是也。"

长梧地方的封疆长官对子牢说:"你处理政务不能鲁莽,治理百姓不要草率。从前我种庄稼,耕地粗放鲁莽,结果庄稼的收获果实也就是粗放的;我锄草松土也是草率得很,而庄稼的收获果实也就是草草率率的了。其后一年我改变了原有的粗放耕作方式,做到了深耕细作,管理到底,禾苗繁盛,籽实饱满,我一年到头粮食充裕。"

庄子听了,说:"如今人们掌管自己的身体,调理自己的心绪,许多人恰像这位封疆长官所说的那样,逃避天然,背离本性,泯灭真情,失却精神,这都因为粗率鲁莽所致。那些对待本性和真情粗率鲁莽的人,他们的贪欲与恶念的孽种,像萑苇、蒹葭这些杂草遮蔽庄稼那样改变着人的本性,开始时似乎还可以用来满足人的肉体需要,逐渐地就祛除了自己的本性,像毒疮一样发作溃烂,随处泄出,毒疮流脓,内热遗精……"

这一段似不甚解。此前,按《庄子》一书的说法,人似乎应该无所用心,随意随性随缘随机丧我忘物,婴儿般槁木死灰般生活,才是逍遥自在、东方不败。《庄子》还通过假设的老子之口给假设的孔子讲：一切的修养、研习、自我教育与自我控制都是害多利少的，都是不必要的。为什么这里出来一个莫名其妙、不知从何而来的封疆官员，要你像深耕细作加强田间管理一样地对待自身呢？即使这里讲的只是形体，只是养生，似也与庄周的大而化之论、老庄的无为主义不合，而更像讲什么业精于勤荒于嬉，甚至讲农业劳动的回报原则，你干得粗，收获就粗，你干得细，收获就细，你干得多，收益就多，终年厌飧云云，干脆是勤劳致富、丰衣足食的号召呀！

鲁莽粗率人就会变坏，这也不太像庄子的观点，庄子在《应帝王》中已经说到："鸟高飞以避矰弋之害，鼷鼠深穴乎神丘之下，以避熏凿之患，而曾二虫之无知。"鸟儿也懂得高飞来避免弩弋的射中，老鼠也懂得挖深洞免得被烟熏火燎，连小动物也懂得做什么与不应做什么，君王去搞辛辛苦苦的治理是欺天，是无事生非，是扰民讨嫌，这是遁天离性。

当然，也可以解释这里批判的是"今人之治其形理其心"如何如何，要批的是那种愚蠢的、莽撞的、轻率的、多此一举的养生与修身。从此段的观点来看，正是孔孟之徒的正心诚意修身会把人引上邪路。庶几能说得通，也不是那么顺当。

五　为政的末路

柏矩学于老聃，曰："请之天下游。"老聃曰："已矣！天下犹是也。"又请之，老聃曰："汝将何始？"曰："始于齐。"至齐，见辜人焉，推而强之，解朝服而幕之，号天而哭之曰："子乎！子乎！天下有大灾，子独先离之，曰'莫为盗，莫为杀人'。荣辱立然后睹所病，货财聚然后睹所争。今立人之所病，聚人之所争，穷困人之身，使无休时。欲无至此得乎？

"古之君人者，以得为在民，以失为在己；以正为在民，以枉为在己。故一形有失其形者,退而自责。今则不然,匿为物而过不识,大为难而罪不敢,重为任而罚不胜,远其塗而诛不至。民知力竭,则以伪继之。日出多伪,士民安取不伪?夫力不足则伪,知不足则欺,财不足则盗。盗窃之行,于谁责而可乎?"

柏矩师从老聃求学,说:"请求老师让我到天下去走一走。"老聃说:"算了,天下也就是这个样子。"柏矩再次申请,老聃说:"你打算从哪里开始你的游历?"柏矩说:"从齐国开始吧。"柏矩到了齐国,见到一个被处死刑而抛尸示众的人。他挪动尸体摆成仰卧,再脱下朝服覆盖在尸体上,仰天号啕大哭,诉说:"你哟你哟!天下出现了这么大的灾难,恰恰是你先倒了霉!大家都说不可为盗,也不可杀人害命哟!世上有了荣辱之别,然后各种痛苦与不平也就显示出来,让大家看得见了;财货日渐积存增加,然后各种争夺也就看得见、表现出来了。如今上边推崇的恰恰是令人厌恶的高位,社会积攒的恰恰是人们所争夺的财富,人们陷入疲于奔命的困境而不得休息,想要不出现这样的惨剧,硬是做不到的啊!

"古时候的君侯,把施政的成绩归功于百姓,把管理的过失归咎于自己,把正确的举措归功于百姓,把不当的举措归咎于自己,所以只要有一个形体受到损伤的人,便退而自省。现在就不是这样啦!一面隐匿事物的真相,一面指责民人的无知;一面添加办事的难度(如行政手续的日益复杂化),一面批评臣民们缺少克服困难的毅力;一面加重任务加重负担,一面却处罚臣民说他们没有能更好地完成任务;一面把路途延长,一面遣责那些没有按时到达的臣民。臣民费尽九牛二虎之力仍然达不到君侯的要求,接着就只有弄虚作假来对付了,见天出现那么多弄虚作假,臣民怎么可能不弄虚作假!力量用尽了只能作假,智能不足就欺诈,财力不济便盗窃。盗窃行为的出现与增多,到底应该责备谁呢?"

这里有几层意思。柏矩要周游列国,老子说不必了,都这样,有天下老鸪一般黑的潜台词。

见到个被处决的尸体,柏矩大恸,合乎仁爱之心,但不应是庄氏的提倡;庄氏不是要齐生死,甚至认为也许死后的滋味很好吗?

将责任归之于君侯,事出有因。底下几条控诉有力:一面向百姓隐匿真相,一面抱怨百姓的无知;一面制造困难,一面指责无勇;一面加码加压,一面责备无能;一面延长距离,一面惩罚迟到。这说得太叫人感到亲切了,庄子竟是这样的体恤民情吗?

逼得老百姓没有路了,只好弄虚作假应付将就。这也算说绝了。

除了博大、奇诡、神异、灵动、汪洋、恣肆以外,我们这里看到了《庄子》文章学的另一面,真切、实在、辛辣、尖锐、民间性、抗议性、一针见血、毫不留情,确实是站在老百姓的立场上了!

> 蘧伯玉行年六十而六十化,未尝不始于是之,而卒诎之以非也。未知今之所谓是之非五十九非也。万物有乎生而莫见其根,有乎出而莫见其门。人皆尊其知之所知,而莫知恃其知之所不知而后知,可不谓大疑乎!已乎!已乎!且无所逃。此所谓然与,然乎?

蘧伯玉活了六十年且六十年来一直随着年月而变化着,未尝没有当初认为对的东西而后终于转过弯来认为那是不对的。他也不敢说现今所认为对的东西,是不是竟是五十九岁时认为是错的东西呢?万物都有它的产生,但我们却看不到它的根源;有它的出世,但我们却看不着它的门径。人人都珍重自己的才智所已经了解的知识,却不懂只有仗恃自己的才智所不知道的知识,才能更多地知道一些知识,这能不算是最大的困惑吗?算了吧,算了吧!没有什么办法可以逃开这样的尴尬。这就是所谓对的了吗?真的是对的吗?

一种极奇特的不可知论,《庄子》一书中重复不知多少次。你已经知道的知识经验,只是整个世界的知识的极小极小部分,与此同时,你不知道的事情,有一个或者没有一个自己的估摸。例如外层空间,外星球,银河系外,你相信它们的存在与无穷,你相信可能有另外的生命存在形式,同时你至今没有发现一个有智能生命的地球之外的星球。再例如,你相信或者不相信人死后的灵魂不灭,你相信也可能不相信人死后进入另一个世界或进入安息与虚无。对此你有疑惑,有估摸,但没有确切的认知。还比如,你可能相信:一、外国处处比中国好;二、外国处处比中国差;三、外国中国各有长短;四、外国对外国人来说是好的,中国对于中国人来说是好的,没有可比性。五、各美所美,美人之美,美美与共;六、不管外国多么好,不能照搬,不论外国多么坏,不能代庖,关键还是做好自己的中国的事……在这些事情上,人们都是依靠自己的不知,而得到某种知的方向,甚至还得到了行的方向。这种知的与行的方向的前提,正是承认自己的有所不知,所以不搞妄自尊大,不搞妄自菲薄,不搞迷信妄想,不搞悲观颓废,不搞邪魔歪道,不搞自我作古,不搞巫婆神汉,不搞魑魅魍魉,也不搞欺神灭道……

六十年与时俱化,这也讲得很朴实,六十岁时的观点不见得与五十九岁时全同。这对于僵硬的死鱼型人物、九斤老太式人物,是一个很好的劝谕。

    仲尼问于太史大弢、伯常骞、狶韦曰:"夫卫灵公饮酒湛乐,不听国家之政;田猎毕弋,不应诸侯之际;其所以为灵公者何邪?"大弢曰:"是因是也。"伯常骞曰:"夫灵公有妻三人,同滥而浴。史鲡奉御而进所,搏币而扶翼。其慢若彼之甚也,见贤人若此其肃也,是其所以为灵公也。"狶韦曰:"夫灵公也死,卜葬于故墓不吉,卜葬于沙丘而吉。掘之数仞,得石椁焉,洗而视之,有铭焉,曰:'不冯其子,灵公夺而里之。'夫灵公之为灵也久矣!之二人何足以识之!"

孔子请教大弢、伯常骞、狶韦三位太史:"卫灵公生前只知饮酒作乐,不理国政,经常出外张网打猎射杀飞鸟,不参加诸侯间的交往盟会,他死后为什么要追谥为灵公呢?"大弢说:"这样的谥号,就是依据你刚才说的他的这些特点。"伯常骞说:"那时候卫灵公有三个妻子,他们在一个盆池里洗澡。卫国的贤臣史鳅奉召进到卫灵公的住处,他只得急忙接过衣裳来遮掩,急忙接待。他是那样的放荡散漫,同时他对待贤人又是这样的毕恭毕敬,这就是他死后被追谥为灵公的原因。"狶韦则说:"当年卫灵公死了,占卜的结果,说是葬在老墓地不吉利,而葬在沙丘上就好。于是跑到沙丘上挖掘数丈,挖出一具石制棺椁,除去泥土一看,上边刻着一段文字,说:'不必等待儿子,灵公将取此居之。'灵公被称为'灵'看来早已命中注定了,大弢和伯常骞怎么能够知道!"

似是而非,任君体会。第一个解释,不问政事,但问田猎酒色,才是灵公,至少他尊贤。不问政事云云,其实本书一直是在鼓吹这种无为主义的。田猎酒色,从老子起是不提倡的。有一个尊贤的故事,抵消了他卑俗的一面了?最后出了一个天意难违的故事,反而显得画蛇添足。也许那个年代,不上一个天命故事,心里还是不踏实吧?

六　理想主义的为政,仍然不等于大道

少知问于大公调曰:"何谓丘里之言?"大公调曰:"丘里者,合十姓百名而为风俗也,合异以为同,散同以为异。今指马之百体而不得马,而马系于前者,立其百体而谓之马也。是故丘山积卑而为高,江河合水而为大,大人合并而为公。是以自外入者,有主而不执;由中出者,有正而不距。四时殊气,天不赐,故岁成;五官殊职,君不私,故国治;文武殊能,大人不赐,故德备;万物殊理,道不私,故无名。无名故无为,无为而无不为。时有终始,世有变化,祸福淳淳,至有所拂者而有所宜,自殉殊面;有所正者有所差,比于大泽,百材皆度;观于大山,木石同坛。此之谓

丘里之言。"

少知向大公调求教:"什么叫做丘里之言(犹言乡土之论或村社之语)?"大公调说:"所谓丘里,就是把十个姓氏上百个人聚合在一起,形成共同的风俗;整合各不相同的相异者能够成为混同的整体,而打散混同的整体又能够成就为互不相同的个体。就如指出马的上百个部位,并不能获得一个完整的马,而将马拴缚在眼前,便包括了、确立了马的上百个部位,才能称之为马。所以说,山丘要堆积卑微的土石才能高大起来,江河要汇纳细小的水流才能开阔起来,大人物归拢了众人的意见才能公平公正公允起来。所以说,一个人从外界接受到内心里会有无数信息,你虽然自有主张,却用不着摆出一副固执己见的架势;而由内心向外表达你的愿望见解,即使你有把握你是正确的也不必急于与他人顶撞抬杠。四季的气象各不一样,大自然并没有什么干预,这样,一年的时序才得以成就;各种官吏具有不同的任务,国君没有什么偏私,这样,政务才得到了治理;文臣武将具有各不相同的材质,君王不作偏爱,因此功能完备;万物具有各不相同的构成与规律,大道对它们也都没有什么偏见偏爱,因此不去命名区分,叫做无名。不去命名(无名),也就不需要有什么作为,没有作为(无为),反而能够各为其为、各得其所、各行其是。时序是此终彼始,世代是变化连接。祸福不停地流转交替,时时会出现违逆悖反,时时也会出现相宜顺遂;各自追求其不同的侧面,有正中不差的也就有失误偏差的。拿山泽来说,生长的各种材质都有自己的用途;再看看大山,树木与石块共生在同一块土地上。这就叫做丘里之言。"

丘里之言可以称之是民间共识、乡间论调、平头百姓之说法;丘里之言还可以解释为对于丘里形成的认识,也就是对于群体、社会形成的认识。什么说法呢? 世间万物,可以化整为零,也可以积零为整,那么人与人可以各说其说、各信其信,也可以积累共识,成为共同的理论乃至信念。人与人既是一盘散沙,各自为己,又是一个整体,你中有我，我中有你，离开了整体个体难以存活，更难以有什么成就或者进步。这样的信念首先就是可零可整，可分可合，可卑可高，可大可小。认定大是小积成的，高是低垒起的，用李斯的话来说，就是"泰山不让土壤，故能成其大；河海不择细流，故能就其深；王者不却众庶，故能明其德"。也就是说：大不可以无视小，高不可以无视低，同不可以无视异，这里异了，那里也许正是同，今天异了，明天也许又是相同。这样的话，异是自然的正常的，同是伟大的高尚的。这样想与这样讲，比只讲一面，即重视大、高、全的一面，只讲尚同、统一的一面，只讲大河没水小河干，不讲小河没水大河也滔滔不到哪里去，要全面得多。

其次是自然与无为。四季是不同的，由于一切听其自然，四季组成了有序的年岁。官吏来自五湖四海，为了一些共同目的，整合到一起去了。人才各具特色，贤君能够将他们团结在一起，统率到一起。万物成分不同，各有其理，各有其路，不要介入万物的自行变化，也不必辛辛苦苦地为他们树立不同的名分，使人与人、物与物区分开来乃至对立起来。这一点似乎是专门与孔夫子的正名唱反调。

是的，这里的一个重要观念是"无名"："万物殊理，道不私，故无名。无名故无为，无为而无不为。"这里甚至讲无名是无为的前提与基础。从《老子》起，就多次讲过无名，但对它的理解，古往今来实在一般般，近年来更时兴说成"无，名天地之始；有，名万物之母"，忽视了或抹杀了无名一词或命题在老庄哲学中的重要性。《庄子》此节中，通过前面讲的公阅休与则阳，讲若知之若不知之，若闻之若不闻之，再加上此处讲的丘里之言，关于无名的哲学命题或专门名词的重要性，有很大的发挥。是的，人之有为，与其有名有关，一个人有了天子之名，圣贤之名，明主之名，功臣之名，救世、使命、英雄、豪杰等等之名，当然要大大地有为起来、折腾起来、争斗起来。而如果没有这些大名，就可以无为而无不为了。

其次是大的平衡，有祸就有福，有危就有安，有得就有失，有正中靶心就有失之交臂,有背运就有好运,何必起急、何必不平衡呢?这讲得太好了,太想得开解(xiè)得开了。读至此处,能不豁然开朗?

少知曰:"然则谓之道,足乎?"大公调曰:"不然。今计物之数,不止于万,而期曰万物者,以数之多者号而读之也。是故天地者,形之大者也;阴阳者,气之大者也;道者为之公。因其大以号而读之,则可也,已有之矣,乃将得比哉!则若以斯辩,譬犹狗马,其不及远矣!"

少知问:"既然如此,那么称之为道,可以吗?"大公调说:"不行。现在计算一下物的种数,不止于一万,而只限于称做万物,是用数目字中表达最多的那个万字来称呼它。所以,天和地,是形体中最大的;阴与阳,是元气中最大的;而大道却把天地、阴阳相贯通。因为它大就用'道'来称述它,是可以的;已经有了'道'的名称,还能够用什么来与它相提并论呢?假如用这样的观点来寻求区别,就好像狗与马,其间的差别也就太大了!"

这里要强调大道形而上的性质,玄而又玄、众妙之门的性质。道是无穷大,丘里之言是一般说法,最多讲到万物天地,尚未达到、扩展到、长期化到大道的化境。丘里之言,心平气和,无怨无怒,不骄不躁;大道却吞吐八荒,开阖万古,超越物我,混沌终始,无生无死……

人的词儿是太多了,这个与那个同义,那个与这个反义,同义了就互相替代,大可不必,各有各的用法与特点。其实堂堂《庄子》论述这个词不一定非要代替那个词,也没有什么大意思。有什么办法呢?中华文化有抠字眼的传统,叫做"鲁叟谈五经,白发死章句;问以经济策,茫如堕烟雾"。

少知曰:"四方之内,六合之里,万物之所生恶起?"大公调曰:"阴阳相照,相盖相治,四时相代,相生相杀。欲恶去就,于是桥起。雌雄片合,于是庸有。安危相易,祸福相生,缓急相摩,聚散以成。此名实之可纪,精微之可志也。随序之相理,桥运之相使,穷则反,终则始,此物之所有。言之所尽,知之所至,极物而已。睹道之人,不随其所废,不原其所起,此议之所止。"

少知问:"四方之内,六合(三维)之间,万物的产生怎么开始的呢?"大公调说:"阴阳互相作用、互动,互相限制、抵消,又互相激活、滋长,四季互相替代、互相产生又互相削弱。欲想与嫌恶、躲避与靠拢,相反相生,运动起来。雌性、雄性交合,于是培育产生了万物。安全与危难相互变化,灾祸与幸福彼此产生,寿考与夭折相互接连,分离和聚散从而形成。这些现象这些变化,既有名称,也有实际,能够记述,内里的精理妙要之处也都能总结出来。事物的有序变化互相调理,生命的运作伸展互相作用,到了尽头就折回,有了终结再开始;这都是万物所共有的表象。言语能表达的,智巧能够得着的,只限于万物的这些表象罢了。真正体悟大道的人,不跟踪事物的消亡,不追问事物的源起,这可以说是用言语评说大道的边界,到此为止。"

一方面讲道在一切角落,包括在屎溺处,一方面讲悟道的人不研究万物的起始与终结。这有一点自相矛盾,但也有其用意。处处有道,说的是万物皆是大道的下载与证明,不谈始终,是说任何物并不即等于道。只有进入无穷,进入起源的起源的起源……以至于无起源,进入结束的结束的结束……以至于无结束,才是对于大道的体悟。大道是永恒的,什么叫永恒,无起点也无终点;如果有起点也有终点,等于承认大道是有限的,等于说起点之前无道、终点之后也无道。而从道的观点来看,确实,此结束就是彼起源,彼结束就是此起源。冬去则春始,夏去则秋生,交合则生育,生出则走向老死,老死则进入彼岸,非常人可述。体悟了大道的人早就超越了四时、六合、变易、始终、生死、物我……也就更不存在开始与终了的问题了。

七　大道的内在悖论令人叹息

少知曰:"季真之莫为,接子之或使,二家之议,孰正于其情,孰偏于其理?"大公调曰:"鸡鸣狗吠,是人之所知。虽有大知,不能以言读其所自化,又不能以意其所将为。斯而析之,精至于无伦,大至于不可围。或之使,莫之为,未免于物而终以为过。或使则实,莫为则虚。有名有实,是物之居;无名无实,在物之虚。可言可意,言而愈疏。未生不可忌,已死不可徂。死生非远也,理不可睹。或之使,莫之为,疑之所假。吾观之本,其往无穷;吾求之末,其来无止。无穷无止,言之无也,与物同理。或使莫为,言之本也。与物终始。道不可有,有不可无。道之为名,所假而行。或使莫为,在物一曲,夫胡为于大方!言而足,则终日言而尽道;言而不足,则终日言而尽物。道物之极,言默不足以载。非言非默,议有所极。"

少知又问:"季真的'莫为'(无为论),接子的'或使'(有为论),两家的主张,谁的合乎实情,谁又偏离了正理呢?"大公调说:"鸡鸣狗叫,这是人人都看到过的;可是,即使你具有大智,你也不能用言语来解说明白它们为什么要自行变化,为什么鸡出鸡声、狗出狗音,或为什么这只鸡这条狗刚才不叫现在叫,同样也不能推测它们下一步将会做些什么。就这样就一种现象推论分析,哪怕达到精妙绝伦的地步,或者是延展达到了不可围量的浩大无际,分析下去,到底是有为对还是无为对呢?都不免受到外物的形而下的局限,因而最终只能说是不那么全面与精当。'或使'的主张呆板坐实,'莫为'的观点虚无缥缈。有名有实,万物就待在那儿了。无名无实,事物的存在也终于走向虚无。对于有为无为万物万象,可以言谈也可以想象,而一味言谈下去只能愈来愈不着边际。没有生的谁也挡不住他的生,已近死亡的谁也拦不住他的死。死与生相距不远,其中深刻的道理却是谁也看不见。事物的产生有所意图与根据吗？还是事物的出现全部来自虚无？两者都是令人疑惑乃至假托之论——强词夺理。我观察事物的本原,事物的过去找不着头;我寻找事物的末端,事物的将来找不到尾。没有头又没有尾的永恒与无穷,是言语所无法表达的。言语在这一点上与物质、外物是一样的,只能表达有名有实,不会表达无名无实。而'或使'、'莫为'即有为与无为的主张,有与无的分析,正是言谈话题的本原,是一切哲学对话的最爱,它伴随着一切事物的全过程。道不可以认同有,有又不可以认同无。大道之所以叫做'道',只不过是借用了'道'的名称。(老子:道常无名。)'或使'和'莫为'的主张,各自强调事物的一隅,怎么能表现出大道的无穷大呢？如果这样说说就行了,那么整天说早就把道说完了;如果说也说不清楚,那么整天说话也都停在物的形而下的层面,够不着大道。道是最高的极限亦即无极限,说与不说都不足以承载得起大道;你只能既不说话也不缄默,评述至此,也就算是到了极限,再也前进不了一步啦!"

此段尤似庄子的后人所作。它太喜欢排列字眼,将一个词或字翻过来倒过去地掂量掰扯。它归结到既不能讲无为又不能讲有为上,也与整个老庄的说法不同。老庄当然是讲无为的。但有这一章,把无为再无它一家伙、疑它一家伙,又是不无道理的。它强调物质、外物永远是受局限的、具体的,不可能完全地提升到形而上的大道的层面。言语,基本上是有名有实的规定性,同样也是永远与大道不可能完全吻合的。对待外物,你莫可奈何,你阻挡不住任何外物的变易过程,你解说不了外物的任何是此而非彼的原因,小而至于鸡鸣狗吠,大而至于相距甚近的生与死。这个说法深刻然而消极,抱着这样的世界观,就不可能有钻研科学、认识世界(即认识外物)的信念与追求。这种观念,是我国自然科学很长一段时间不发达的思想原因之一。其实,自然科学的认识是有自己的具体性限制性的,生理就是生理,心理就是心理,物理就是物理,化学就是化学,内科就是内科,外科就是外科，实验结论就是实验结论，假说就是假说。限制性不可能使物质蒙羞，不可能使科学蒙羞，无所不包、无始无终、无边无围也不能使任何理念增光。《庄子》训练出了极可爱的玄学思维能力，却贬低了科学思维，这是不可取的。

　　人的认识能力与表达能力，尤其是语言能力本身就是充满内在的矛盾的。你说就能说出个大道来，那大道早就说够了说完了；如果说不清楚，你还说什么？问题恰恰在于，想要说，又一下子说不特别清楚。

　　精彩的语言是人类的财富，任何精彩的论说又都不可能穷尽认识与真理。有名与有实是语言的基础，无名与无实是语言的空平台、天空。只有有名有实，语言变成了死腔的陶瓮了，没有用了。只有无名无实，语言变成虚幻的肥皂泡了，变成梦呓，变成疯魔了，也没有用了。当你说鸡会鸣、狗会吠的时候，你的语言有名有实，即有词句有对应物；当你说你无法解释鸡鸣与狗吠时，你其实同样有字词有对应，对应物即是你对于鸡狗的不能解释、零解释。其实对于鸡狗，科学家已经有了许多解释，鸡鸣狗吠与生命现象、求偶现象、争斗现象等的联系是可以讲出道理来的。

　　再提升到大道的层次，大道是无名无实的吗？不完全是，世界的统一性并不全是臆想。有了"有限"，语言上的制造反义词功能与人们频频制造反义词的先例使人就地造就出了"无限"一词来，正如有了"分散"就会产生出"整体"一词来。所以，语言不但可以是物的名，也可以是名的名，还可以是人类的主观世界，叫做内宇宙的一切，思辨、欲望、道德、关怀、想象、痛苦、解脱、情绪、崇拜、向往的名，名可以反过来成为名的实、名的物（对象），精神也可以成为名之实、实有的人类的主观世界。这里的《庄子》没有学会反思，没有学会将自我对象化，因而得出了物道不相为谋的机械式结论。

　　前面讲得很好，天并不就是道，以天喻道是因为天大，而且天具有明显的道的特质：涵盖、覆载、无言、无心、大均（其实天象绝非均匀,斯时的老庄不知罢了)、自然、自化。天与道相接近。不仅是天,鲲、鹏、黄帝、彭祖、九万里、南溟北溟、地球、银河系,都等同不了大道,但又都是大道的表现;岂止这些大家伙,泥鳅、老鼠、井蛙、雕、鸠、小蝉、毫无用处的大臭椿、死与生、荣与辱、寿与夭……都是大道在起作用。部分自然不等于整体,但整体也不能没有部分,没有万物,你上哪里体悟大道去?伟哉大道,无所不包!伟哉万物,皆行大道!

老王说:对于这一章的解读与发挥颇有难处。对一些我最敬重的庄学家的解读,读之再读之,尽管我愿意相信他们的解读完全正确,你仍然很难把握文本的逻辑、要旨、针对性与递进的层次。你的感觉仍然是略有所悟、若有精彩、闪闪发光,又闹不清光苗儿究竟在何处,实际感觉是越解释越糊涂,文字换成白话以后,文章尤不通了。怎么办?照猫画虎,亦步亦趋,解释了转述了半天谁也闹不明白,这是一种选择,老王实在不想这样做。尽力揣摩,增加想象,不避鄙陋,硬是以总体理解的光亮与人生经历的总和去照耀现今读来已是十分生僻的文句,同时为字与句搭桥铺路,不怕庄学王解,不怕古书今说,力求以王解庄,也不怕借庄表王,更重要的是以生活解庄,从庄中发现与弘扬活生生的智慧。这是读庄一乐,一乐再乐,其乐无穷。越是抽象的概念越挑战大脑,如果我们还侥幸有点头脑的话。越是深邃的道理,越激发胆识,如果我们不为古人吓倒的话。古人当时也是今人活人,"此情可待成追忆,只是当时已惘然",也许今天的活人能追忆得更好。越是含糊与似是而非的解释,越推动思考,如果我们求通的意愿与贯而通之的能力没有消磨殆尽的话。越是难以到达的高端与旮旯,越会给你以意想不到的启发与光照的惊喜,如果我们的心智尚能凿出点窍孔的话。庄子《庄子》,是令人开窍之书,可惜长期以来,一些读书人的心智长了厚茧子……识者教之,读者幸甚,笔者幸甚!

外物:人怎么样得到自由

外界的没有准谱,远水如何能解涸辙之鱼的近渴?想钓大鱼的人多,有大气魄的人少。以高雅的语言也可以指挥盗墓的事。智者神龟,善知未来吉凶,却保不住自己的活命。房间太小了容易发生婆媳冲突,提倡孝的结果是饿死一半孝子……这是信口开河吗?却又令人拍案叫绝。

一 善未必就有善报,就是说仅仅提倡道德,不见得管用

外物不可必,故龙逢诛,比干戮,箕子狂,恶来死,桀纣亡。人主莫不欲其臣之忠,而忠未必信,故伍员流于江,苌弘死于蜀,藏其血三年而化为碧。人亲莫不欲其子之孝,而孝未必爱,故孝己忧而曾参悲。木与木相摩则然,金与火相守则流。阴阳错行,则天地大絯,于是乎有雷有霆,水中有火,乃焚大槐。有甚忧两陷而无所逃,螴蜳不得成,心若悬于天地之间,慰暋沉屯,利害相摩,生火甚多;众人焚和,月固不胜火,于是乎有僓然而道尽。

外面世界的一切并没有一个准谱:忠良之士关龙逢被杀,比干被挖了心,箕子只好装疯,而小人恶来也不免一死,暴君夏桀殷纣是亡国亡身。君王没有不要臣子效忠自身的,可是你忠了,不等于你能够被信任,伍子胥被赐死,漂尸江流,苌弘被流放,到西蜀自杀了,西蜀

人收藏他的血液三年,变成了碧玉。做父母的没有不要子女孝顺的,可是你尽孝了,不等于必然得到欢心,孝己一味愁苦,曾参始终悲哀。木头与木头摩擦就会起火,金属跟火放到一块儿就会熔化。阴阳不调,天地震惊,于是雷声隆隆,雨水中夹着电火,烧毁高大的槐树。人们很容易陷入深度的忧愁,而且在忧喜两种心境的夹攻中越陷越深,无法逃避。人们担惊受怕、恐惧不安而又一事无成,内心像高悬在天地之间,郁闷无着,利害得失在心中碰撞,于是心烦意乱。心情平缓不下来,压不下心火如焚,只能是精神崩颓,再没有办法自救。

描写"外面的世界很无奈",触目惊心。忠啊孝啊,儒家的这一套最最没有争议的概念,仍然是天知道什么下场!你说你忠,我说我忠,光一个忠字就可以成为相争相杀的旗帜,而且有了对于忠的提倡就有对于不忠的惩罚,一个忠字成为桀纣诛杀贤臣的口实!《庄子》开列忠而见疑见诛的清单何等刺激!一些人在忠与孝的旗帜下干了多少不仁不义的坏事!

《庄子》讲忠孝的口号带来的昏聩与恶劣。问题是他们假定的、他们提倡的不讲忠孝,又会带来什么呢?

木木取火,火金熔金,以此例说明人际关系、群际关系的多种多样。而这种关系一旦向不平衡不和谐不协调方面发展,就会雷劈电闪,雨注火烧,心烦意乱,走投无路。

为什么把外面的世界说得这样可怕呢?难道外面的世界没有什么精彩与诱人之处?《庄子》告诉我们,外物凶险,外物恶变,天有不测风云,人有旦夕祸福,人无百日好,花无十日红,还是要回到内心,回到恬静淡漠,回到玄理大道上去。

这只能算是说法之一种,还是可能有别的说法,例如积极进取、虽败犹荣、但问耕耘、过程也是意义……反正,既然来到人世,实在不好被人世的混乱与风险吓回去。德国作家君特·格拉斯写过上个世纪八十年代第一次访问上海的印象,说看到当地下班时的人潮,他想起一句德国谚语:幸亏人出生时是头先出来的,不然,一看这个世界,还不得吓得钻回去？还有一个澳大利亚姑娘，她从来没有见过拥挤的人群，当她随父母来到印度，看到密密麻麻的人时，吓晕过去了。对于某些天真或者娇嫩的人来说，世界是可怕的。庄子早感觉到了。

    庄周家贫，故往贷粟于监河侯。监河侯曰："诺。我将得邑金，将贷子三百金，可乎？"庄周忿然作色曰："周昨来，有中道而呼者。周顾视车辙中，有鲋鱼焉。周问之曰：'鲋鱼来！子何为者邪？'对曰：'我，东海之波臣也。君岂有斗升之水而活我哉？'周曰：'诺。我且南游吴越之王，激西江之水而迎子，可乎？'鲋鱼忿然作色曰：'吾失我常与，我无所处。吾得斗升之水然活耳，君乃言此，曾不如早索我于枯鱼之肆！'"

庄周家里贫穷，找监河侯借粮。监河侯说："好哇，等我收取封邑之地百姓缴纳的赋钱之后，借给你三百金，行了吧？"庄周听后气得脸色大变，他说："我昨天来的时候，在半道上听到呼叫声。我回头看看，在车轮碾过的辙沟里，有条鲫鱼在那儿呻吟。我问：'鲫鱼，你这是怎么啦？'鲫鱼回答：'我是东海龙王的一员臣子。你也许能找那么半斗一升的水救我一命吧？'我对它说：'行啊，我要到南方去劝说吴越君王，引过西江之水来迎接你，可以吗？'鲫鱼变了脸色生气地说：'我失去正常的生活环境，没有安身之处。眼下我能得到半斗一升不多的水就能活下去，而你竟说出这样不通情理的话，还不如早早地到干鱼零售店找我去！'"

古已有之的远水不解近渴的故事。或许是在讽刺孔孟之道？天下大乱，战火频仍，尔虞我诈，民不聊生，这时候大讲仁义道德、周公之治，梦想着历史重演，二度唐尧虞舜的盛世，这不是远水不解近渴吗？还不如讲讲活命之道、免死之道、糊口之道呢！

  其实这也是对一切书本、一切教条的嘲讽，靠翻书永远解决不了涸辙之鱼的需求。到了现在，以为靠回到《三字经》《弟子规》上能解决问题，就更是自欺欺人了。

这里还有机不可失、时不再来之意，关键时刻，一升一斗的水的作用胜过了一条大江。为什么古人说是"涓滴之恩，当以涌泉相报"？因为你的涓滴是在他最最干渴的时候所给予的。空谈许诺，好高骛远，拖延时机，失之毫厘，差之千里，有待于这样的人，不如早早地到枯鱼之肆去挺尸！

二 小人物想干大事，有点可笑

任公子为大钩巨缁，五十犗以为饵，蹲乎会稽，投竿东海，旦旦而钓，期年不得鱼。已而大鱼食之，牵巨钩，錎没而下，骛扬而奋鬐，白波如山，海水震荡，声侔鬼神，惮赫千里。任公子得若鱼，离而腊之，自制河以东，苍梧已北，莫不厌若鱼者。已而后世轻才讽说之徒，皆惊而相告也。夫揭竿累，趣灌渎，守鲵鲋，其于得大鱼难矣。饰小说以干县令，其于大达亦远矣，是以未尝闻任氏之风俗，其不可与经于世亦远矣。

任国公子做了个大鱼钩，系上粗黑的缆绳，用五十头阉牛做鱼饵，蹲在会稽山上，把钓竿投向东海，天天钓鱼，过了整整一年却没有钓到一条鱼。后来大鱼来吞鱼饵，牵动了巨大的钓钩，迅速沉入海底，又急忙拱起脊背，摇动鱼鳍，腾跃奋起，掀起如山白浪，海水剧烈震荡，呼啸声泣鬼惊神，千里之外的人听到了都莫不心惊肉跳。任公子钓到了这样一条大鱼，将它劈开，熏制成腊鱼干，从浙江以东到苍梧山以北，没有谁不饱饱地吃过这条鱼。这使得那些有点小聪明同时又喜好评点八卦的人大为惊奇，奔走相告。他们举着钓竿丝绳，奔跑在山沟小渠旁，守候鲫鱼泥鳅，也想得到大鱼——结果如何，那就难说了。以卑微浅陋的言辞标榜矫饰自己，以求高名善誉，距离真正的通晓大道，其实是很遥远的。可以说，如果你连任公子的故事都不知道，恐怕也不可能是善于治理天下的人，个中差距并非微小啊！

这个故事相当富有冲击力。放粗绳,钓大鱼,任凭风浪起,稳蹲钓鱼台。大鱼吞钩以后的情景,惊天动海,雪浪如山,涛声似雷。而为了这条大鱼的出现,任公子一直等候了一年,这样的"期年不得鱼"的代价也是庸夫凡人所无法想象的。虽然是只言片语,其场面与氛围仍然令人想起海明威的《老人与海》来。海明威的老人没有成功,但也不是为了被打败而生而老的。任公子不然,他成功了。任公子的成功是引来一批八卦广播者、一批凡俗效尤者,庸人们拿上小细鱼竿、细丝鱼线,跑到小溪河汊上钓鲫鱼与泥鳅去了。亏他想得出!

庄周真牛,他的智力优越感,他的智力骄傲已经到登峰造极的程度了。庄子不但能做到大而化之,而且能够做到大而蔑之,大而灭之,大而横扫一大片也。与庄生的吞吐莽苍苍、睥睨浩汤汤、玩笑古今、超越物我相比,其他的凡人顶多是传传八卦,学学样子,骑个老鼠当马,钓个泥鳅下酒罢了。庄周是巨人,凡俗是虫蚁!

后边说"饰小说以干县(悬)令",是中文"小说"一词的滥觞。中文"小说"一词是与"大说"相对应的,就是指相对琐屑、浅薄、卑微、上不得台面的那些黑道白道、荤荤素素闲言碎语段子。中国自古生发小说一词时,已经包含了对于这种文体的贬低。英语如果笼统地谈小说而不是具体地讲长篇小说或短篇小说,一般用"fiction"即"虚构"一词,它强调的是小说与纪实文学的区别。而我们这里强调的是小说与大说、大文的区别。大说是论述"修齐治平"或者"道生一,一生二"的。小说是引车卖浆之流的稗官野史、道听途说。这也说明上世纪八十年代一批评论家突然大加责备小说老是写小猫小狗小花小草小男小女小城小店⋯⋯是多么无事生非。我曾戏言,他们忘记了还有一根本的"小"需要批判,我建议按照那些评论家的逻辑,将小说正式更名为"大说"。同样,放长线钓大鱼固然是甚为可羡,却不是很多人能够做得到的,更多的渔民则是捕捉点中小鱼虾鳖蟹,供百姓吃家常便饭,那又有什么可看不起的呢?

也怪,主张了半天齐物,何必把大与小分得如此清楚,何必如此扬大而抑小?《庄子》自己已经讲了,"丘山积卑而为高,江河合水而为大",积少成多,积小成大,这样说,不是更合情合理吗? 当然,对东施效颦地看到任公子的大鱼便急着去钓泥鳅者的描述,解颐而且过瘾。

三 如果儒者去盗墓

> 儒以诗礼发冢,大儒胪传曰:"东方作矣,事之何若?"小儒曰:"未解裙襦,口中有珠。诗固有之曰:'青青之麦,生于陵陂。生不布施,死何含珠为!'""接其鬓,压其顪,而以金椎控其颐,徐别其颊,无伤口中珠!"

儒生引经据典,引《诗》据《礼》,以此传递信号盗墓。大儒在上面向下传话:"东方的太阳正在升起,咱们的事情进行得怎么样了?"小儒说:"下裙和上衣还未解开,口中含着珠子。古诗有句:'青青的麦苗啊,长在山坡之上。生前并不乐善好施,死后含个珍珠又有什么意义呢?'"大儒说:"抓住他的双鬓,按着他的胡须,你用锤子敲打他的下巴,慢慢地分开他的两颊,不要损坏了死人嘴里的珠子!"

相当恐怖也相当有趣。

第一是语言游戏也。歪批三国,新老索隐,旁敲侧击,指桑骂槐,语言游戏也就是语言的解构,多么雅的语言,多么混账的行为! 万不可成为语言、说法、教条的奴隶!

第二是儒盗也。既然有儒商儒将儒君,当然也会有儒盗儒匪儒犯。满口的诗曰子云,做的是伤天害理的盗墓勾当。文雅的语言与野蛮的行为之间产生了张力与笑料。

第三是语言的伪饰也。语言是交通也是遮蔽,是心结也是化装,是血泪倾诉也是装腔作势。满嘴的诗书礼乐,满肚子的男盗女娼,完全可能。

第四是欺骗也。世上有大言欺世,有巧言令色,有言行不一,也就有雅言欺世、书面语欺世。有好话说尽而坏事做绝,鲁迅写的《高老夫子》就暴露了这种人的丑态。欺骗,即虚伪与表里不一。语言的花招可以使干坏事显得有理,龌龊事显得干净,无耻事显得情有可原,一无所长之人显得有两下子。人啊人,你们要警惕呀!

我在想:如果我捉住了两个盗墓贼,满口诗书礼乐,甚至讲起英法德西班牙语,引用孔孟老庄苏格拉底与柏拉图,我会不会被他们骗过呢?

> 老莱子之弟子出薪,遇仲尼,反以告,曰:"有人于彼,修上而趋下,末偻而后耳,视若营四海,不知其谁氏之子?"老莱子曰:"是丘也。召而来。"仲尼至。曰:"丘!去汝躬矜与汝容知,斯为君子矣。"仲尼揖而退,蹙然改容而问曰:"业可得进乎?"老莱子曰:"夫不忍一世之伤而骜万世之患,抑固窭邪,亡其略弗及邪?惠以欢为骜,终身之丑,中民之行进焉耳,相引以名,相结以隐。与其誉尧而非桀,不如两忘而闭其所誉。反无非伤也,动无非邪也。圣人踌躇以兴事,以每成功,奈何哉其载焉终矜尔!"

老莱子的弟子出外打柴,遇上了孔丘,归来告诉给老莱子,说:"有个人在那里,上身长下身短,曲背弯腰而两耳往后,眼光遍及四方,不知道他是个什么人。"老莱子说:"这个人一定是孔丘。叫他来见我吧。"孔丘来了,老莱子说:"孔丘,去掉你举止上的矜持作态和表情上的机敏外露,那样就可以成为君子了。"孔丘听了连忙作揖而且后退几步,变颜变色地恭敬问道:"您看我所追求的仁义之学可以为世人所用吗?"老莱子说:"你受不了一生一世所看到感到的令人伤痛的事情,结果你的主张却会留下万世的后遗症,你是见识孤陋蔽塞吗,还是才智跟不上呢?行小惠以获取欢心、迎合庸众,一时可以得计,终生带来的是丢丑,是庸人的行为罢了,这样的人以名声相招引,以私利相互联结。与其称颂唐尧非议夏桀,不如将两种情况都丢到一边而堵住一切对于称誉的计较。悖逆较劲无非是伤性伤人伤己,搅动摇摆无非是邪念邪路邪魔。圣人顺应万物妥当行事,因而总能成功。为什么你就离不开你的那一套自卖自夸呢?"

上短下长、略有弯腰曲背、耳向后、目光四射,这幅素描沾边,是一个大脑发达、略显神经质、自我有很高期许的人的形象。这个形象思维是不差的。举止矜持,往好里说是尊严使命,往坏里说是装腔作势。表情智慧,往好里说是智力上乘,往坏里说是聪明外露,为国人所不取。几句话一说,孔子被震慑住了,又是变色,又是后退,看来很禁不住一说。底下的训斥值得思忖,孔子提倡的仁义,在某一个时代或有利于扶正祛邪,推动价值观的建设,但是,依这位老莱子的说法,却会引起竞争、矫饰、空谈、道德高调、泛道德主义、名教杀人、抑制天性、解释分歧、抱残守缺(半部《论语》治天下),遗后患于万世。这个说法不无片面,但相当狠,一针见血,刺刀见红。

"惠以欢为鹜",行小惠以求欢心,求人气,是庸人治国。"相引以名,相结以隐",是凡俗成堆,靠名利关系来交友。我们知道有所谓酒肉朋友,应知更多的是名利朋友。是尧而非桀,本来正常,但《庄子》两相忘,堵塞赞誉之说更高出一截子,盖您颂唐尧而骂夏桀,带来的仍然是争夺与鉴定纠纷。谁是唐尧?谁是夏桀?没有争论吗?没有错判吗?没有不同角度的不同结论吗?没有向着灯的与向着火的之争吗?远了不说,这一类判断,对于俄罗斯领导人、美国领导人、巴勒斯坦领导人与以色列领导人……没有不同的说法吗?到时候会不会需要来他个宜粗不宜细呢?来他个一风吹向前看呢?

"踌躇以兴事",这是行事之道的一个方面,另一方面则是敢于决策、敢于胜利、敢于冒险、敢于一搏。世界太多样了,道理也不是只有一种。

四　神龟知命，知命者偏偏无命，怎么办

宋元君夜半梦人被发窥阿门，曰："予自宰路之渊，予为清江使河伯之所，渔者余且得予。"元君觉，使人占之，曰："此神龟也。"君曰："渔者有余且乎？"左右曰："有。"君曰："令余且会朝。"明日，余且朝。君曰："渔何得？"对曰："且之网得白龟焉，其圆五尺。"君曰："献若之龟。"龟至，君再欲杀之，再欲活之，心疑，卜之，曰："杀龟以卜，吉。"乃刳龟以卜，七十二钻而无遗策。仲尼曰："神龟能见梦于元君，而不能避余且之网；知能七十二钻而无遗策，不能避刳肠之患。如是，则知有所困，神有所不及也。虽有至知，万人谋之。鱼不畏网而畏鹈鹕。去小知而大知明，去善而自善矣。婴儿生无石师而能言，与能言者处也。"

宋元君半夜里梦到有个披散着头发的人在侧门旁窥视，说："我是从名叫宰路的深渊来这里的，我受清江的指派到河伯的居所去，是渔夫余且捉住了我。"宋元君醒过来，找人占卜，卜者说："梦中此人是一只神龟。"宋元君问："渔人中有个名叫余且的吗？"左右侍臣答说："有啊。"宋元君说："叫余且到朝堂上见我。"第二天，余且来朝。宋元君问："你打鱼得到什么东西了吗？"余且回答："我下网捉到一只白龟，直径长达五尺。"宋元君说："把你捕获的白龟献出来吧。"白龟送到，宋元君想将其杀掉，过一会儿又想养起来，心里犹犹豫豫。他便再找人占卜，卜者说："你把白龟杀掉，用龟板来占卜，大吉。"宋元君于是把白龟剖开，挖空龟肉，用龟板占卜七十二次，回回算准，没有一次失误。孔子知道后叹息说："神龟能托梦给宋元君，却躲不开渔人余且的渔网；它的才智能占卜七十二次回回准确无误，却不能摆脱剖腹挖肠之难。这么说，才智也有没辙的时候，神异也有效力到达不到、算计不到的地方。一个人越是拥有极高的智巧，越可能招引来万人的谋划设计。鱼儿常常不畏惧渔网而畏惧鹈鹕。它们知道鹈鹕

是自己的天敌,却不知道人为的设计与捕捉更危险百倍。一个人只有去掉小聪明才能培养出大智慧,去掉有意的行善方才能使自己真正走上天然的善之道。婴儿生下地来并没有高明的老师,他照样也学会了说话,只因为他跟会说话的人自然相处在一道。"

这里讲的是一个神龟丧生的故事。这个故事不无辛酸,老王为神龟而落泪!龟而曰神,用《庄子》上喜用的话来说:"至矣!"算是到了家了,它能占卜诸事,十分神异,却连自己的命都保不住。不知道是不是由于东周时期的动乱争夺局面太惨烈了,越是聪明能干的人越容易死于非命,如何保全性命于危殆的世道,成了一本最难念的经,成了一种最高深莫测的学问,可以简称为"保命学"。

智者千虑,必有一失。大江大河过去了,小沟里却翻了船;千难万险中逢凶化吉了,如今闭门家中坐,却是祸从天上来。晴天来霹雳,喝凉水塞了牙,天有不测风云,人有旦夕祸福,保命学的成功率其实相当低,没有在此种世道中生活过的人、站着说话不腰疼的人,则体会不到个中滋味。

与此神龟命运类似,神人的下场一定是很好的吗?有超人的长处,有惊天的事功,却难逃死于非命的下场,这样的神人名人大人物,多了去啦!韩信没有死于胯下,没有死于险恶的楚汉交兵,没有败在项羽手中,却死于大功告成、荣华富贵之时的吕后手里。吕布没有败在阵前,却毁在自己的手下人手里。关羽、张飞同样如此,胜于大战,死于小疵。二○一○年春波兰总统莱赫・卡钦斯基等八十八位政府要人死于很难要旁人负责的飞机事故。这不正是"知有所困,神有所不及"吗?空有万般本领,纵使力能齐天,硬是保不住自己的命,这是怎样的可叹呀!

这样的例子不胜枚举。这其实是一大悲剧,现在的网民都将悲剧写成"杯具",以解构任何认真的悲情。到了二十一世纪,悲剧已经杯具化了。二十世纪最伟大的指挥家卡拉扬、哲学家海德格尔,由于二战中有与纳粹政权某些合作的记录而差点成为纳粹的殉葬品。

海德格尔曾在战后被管制,不能自由行动,天天要向盟军写汇报。挪威作家汉姆生因为会见与称颂过希特勒,战后被挪威政府以叛国罪判刑,后病释。我在挪威中部的山区看到过他住过的一个洞穴,他曾躲在里边"闭门思过"。其实汉姆生见了希特勒之后,立马对希魔失望了。多少才人,在人生的风浪中翻船没顶!在政治运动中搭错了车,上了贼船的人又有多少!行路难,行路难,路途坎坷多危险,无意之中上错船,丢人又现眼,丢命无尊严,失足千古恨,遗臭上万年!尤其是才子之流,切不可恃才傲物、自命不凡呀!

当然,《庄子》有用一个手指的特殊事例否定九个指头的普遍规律的嫌疑。一般地说,智力并不是一个极端负面的因素,把智巧用到邪路才是自取灭亡。多一点智力,多一点知识,多一点经验,应该说多数情况下是有利于存活,有利于保护自身,有利于作出正确的而不是荒唐的选择。所谓聪明反被聪明误,并不等同于越傻越福气。一个人由于愚蠢而导致不良后果,不会被认为多么奇特也不会从而传颂天下,因傻而倒霉的事迹并不流行,倒是聪明反被聪明误的故事容易不胫而走。因傻得福的民间故事,中外都很多,老百姓也宁愿喜欢傻子。唉!

鱼畏鹈鹕,不畏渔网。很容易错解,以为是鹈鹕会给鱼类造成更大的危险,不,当然是说人祸比天敌更可怕,它等于是说:鱼知道警惕鹈鹕,却不知道警惕渔网,鱼儿们吃渔网的亏更大。另一个联想:人间世上,网罗何其多也!先贤注疏还有一说,是讲网罗无血无肉、无心无情,故而威力巨大无比!

最后扯到了婴儿学话上来。学话不用延师设课,只需要与会说话的人相处,道发自然。保平安要的也是自然,不要处心积虑地去自保,愈是处心积虑愈会防不胜防。所以老王最喜欢的言语之一是"不设防"三个字。你与平安厚朴的人处在一起,不要和惹是生非、冒险贪婪的人接近,你当然也会平安;不扰民、不扰官、不投机、不伸手、不设防,你有什么可不平安的呢?

五　只有与脚印一般大的地面,你还怎么走路

惠子谓庄子曰:"子言无用。"庄子曰:"知无用而始可与言用矣。夫地非不广且大也,人之所用容足耳。然则厕足而垫之致黄泉,人尚有用乎?"惠子曰:"无用。"庄子曰:"然则无用之为用也亦明矣。"

惠子对庄子说:"你讲的那一套都是无用的废话。"庄子说:"你通晓了无用,才有资格跟别人讨论有用。要说这个地不能不说是既广又大的了,人所用的只是能放得下脚丫子的一小块地面罢了。既然如此,那么只留下脚踩的那一小块,把其余挖掉,一直挖到黄泉,地对人来说还有用吗?"惠子说:"当然没法用了。"庄子说:"如此这般,无用的用处也就很明显了。"

前文也讲过类似的故事,有用无用是互相配合才发挥作用的。一条道路,必须有更宽的容量,才有性能可以行车、超车、会车、停车。一个学者的学问,大量是备用的,少量、极少量是立马使用的。一所建筑,容身所需甚微,活动所需甚广。一个富翁,已使用与正待使用消费的是其财产的一个极小部分,而他的资本、资源、财富,大量或极大量只是备用、可用、待用、暂不投入消费的。一种思想,使用不使用只是其性能的一部分,是一小部分,能谈论,能研讨,能发挥,能练习逻辑,能做思维体操,能游戏……从广义上说都是有用的表现,在观念推导的问题上,在见解发表的事情上,切不可小手小脚,抠抠搜搜,将思维限制在庸人的范围之内。

这是《庄子》杂篇中最生动的故事:你走道,道路对你行路有用的部分,只是与你的脚印大小与位置完全一致的那踩过的路面,这路面是有用的还是无用的呢?有用?用在何处?无用?如果去掉了无用的、脚印之外的路面,你还能走道儿吗?那还叫路吗?如此浅显,

如此幽默，如此通俗，如此抬杠，如此死磕，如果你不看书，也许会认为是赵本山刘老根们的噱头呢！

细想起来还挺深。十三亿人，按每人每天讲五百句话计算，我国每天生产话语六千亿句，有用的话能有一亿句？不可能。一千万或一百万句？甚至也难说。但是你如果试图限量说话，还能出现有用的话吗？以现在的网络来说，上面的垃圾至少有百分之九十五，越民主垃圾越多，越不民主越没有垃圾，但也没有创造和前进，或者是公众的垃圾由一个半个铁腕的垃圾所替代。当铁腕变成了垃圾，尤其是当垃圾变成了铁腕，不是更要命吗？

庄子曰："人有能游，且得不游乎？人而不能游，且得游乎？夫流遁之志，决绝之行，噫，其非至知厚德之任与！覆坠而不反，火驰而不顾，虽相与为君臣，时也，易世而无以相贱。故曰至人不留行焉。夫尊古而卑今，学者之流也。且以狶韦氏之流观今之世，夫孰能不波？唯至人乃能游于世而不僻，顺人而不失己。彼教不学，承意不彼。"

目彻为明，耳彻为聪，鼻彻为颤，口彻为甘，心彻为知，知彻为德。凡道不欲壅，壅则哽，哽而不止则跈，跈则众害生。物之有知者恃息，其不殷，非天之罪。天之穿之，日夜无降，人则顾塞其窦。胞有重阆，心有天游。室无空虚，则妇姑勃豀；心无天游，则六凿相攘。大林丘山之善于人也，亦神者不胜。

庄子说："人若能随心性而遨游，那么难道还会有不活动不自由不自在的吗？人假如不能随心性而遨游，那么他还做得到自由自在地活动吗？流亡隐遁的清高洁癖，咬牙切齿绝不妥协合作的表现，唉，恐怕不是真知大德之人的行事方式吧！即使天塌地陷也不知转弯，办起事来心急火燎，不懂得回头看看与自我调整……即使相互间有君臣之情之义，也只应看成是一时的机缘，时势变化后就没有谁能管得了谁了，也没有谁受谁的管了。所以说，修养到家的人从不在人生的过程中有所停留执著。崇尚古代而对当今妄自菲薄,这是只知念书的学者们闹出来的。用狶韦氏之流的眼光来观察当今的世事,谁又能没有什么偏颇呢?修养到家的人方才能够遨游于世而不显乖僻,能够随和众人、随大溜却又不会失去自我。对其他人所讲的不必师从学取,倾听一下各种说法也不必就跟着他们走。"

眼光透彻叫做明,耳朵透彻叫做聪,鼻子透彻叫做颤,口舌透彻叫做甘,心灵透彻叫做知,智慧透彻叫做德。大凡道路总不可有所拥堵,拥堵就会出现梗阻,梗阻多了就会自相冲突,各种祸患也就随之而起。有知觉的物种离不开呼吸喘气,假如气息不畅,那么绝不是天然的过失所造成。天之气是贯穿万物、日夜不停的,而人们常常会堵塞住自身的孔道。腹腔有许多空间,从而能包容五脏与怀有胎儿,内心还能够顺应天性而遨游。宅屋里没有足够的活动空间,婆媳之间就会争吵不休;内心没有足够的活动空间,那么喜怒哀乐好恶六种情绪就会出现乱局。森林与山丘之所以适宜于人,也是因为人们的精神常常受不了各色情绪的纷扰与排挤(需要到森林山丘那边去舒缓一下)。

这是一种深刻的快乐哲学。人愿意的是耳聪目明,器官与心智都畅通无阻,活得明白透彻通达顺当,同时又保持个性,保护自我。这样,不必太执著太较劲太高调太亢奋。房塌了,窝端了,你就拐个弯,用毛主席的话叫"打得赢就打,打不赢就走"。跑得太快了,你还得东张西望一下,回头看一看,免得出事故,用庄周的话叫得踌躇一番。为了畅通与开阔,人必须为自己留下足够的空间,你不可能老是在那里拼刺刀,或充当人体炸弹,或老是鼓动旁人当人体炸弹。留下空间,留下余地,游而由之,遨游就是自由自在自适自乐,就是随性随天,就是顺生顺道顺各种通道。游则由,由则游,逍遥游就是逍遥自由!

这里对于"流遁之志,决绝之行"的批评颇耐人寻味,它使人想起一种做作的清高与偏执的激烈,也使人想起东方文化对于平衡与和谐、中庸与舒缓的讲究。当然这也与当时的时代背景有关,天下大乱,变化莫测,你再一较劲,只剩下了死路一条。庄子连连摇头,劝大伙想得开些,也算用心良苦。

  德溢乎名,名溢乎暴,谋稽乎誸,知出乎争,柴生乎守,官事果乎众宜。春雨日时,草木怒生,铫鎒于是乎始修,草木之到植者过半而不知其然。

  德行的夸张过分是由于名声太过,名声上的大吹大擂是由于张扬与显示的意图,谋略的根据是情势的危急,才智的发现出现是由于争夺,阻滞的产生是由于执着,官府事务的进行取决于如何去迎合众人的利益。春雨到了时候就会降下来,草木生猛,农民便整修锄地的农具,杂草锄过后重新长起,规模超过了未锄草前的一半,而人们不知道为什么会长得这样快。

  老庄的一贯观点,美德美名的出现常常是由于坏事成堆、形势太恶,而美德美名的提倡恰恰导致出负面的影响。如老子认为大道废有仁义,国家昏乱有忠臣,六亲不和有孝慈。到了《庄子》杂篇这里是名声大噪才搞得德行失之夸张,张扬显摆搞得名声膨胀,情势危难产生了谋略的需求,争夺激烈激活了智巧的丛生。执著较劲,人的心思变成了榆木疙瘩。众人意见与利益不一,乃需要官府的管理平衡乃至强制。反过来说,越是宣扬德行,越是会产生名声的表面性浮躁性。越是强调名声,越是助长了语言的显摆与夸张。谋略的发展使情势更加复杂诡异,智巧的膨胀使争夺更加混乱残酷。心思越是呆板,执著较劲得就越是厉害。官府管得愈严苛、细密、精到,众人的心思反而愈加混乱失控。

  这里的锄草后草木反而猛长的比喻若明若暗。草木正处于猛长的季节,人为的锄草根本禁不住压不下草木的生长,锄后疯长,这有什么稀奇?有什么难解?除非你是唯意志论者,相信你能做到一切。

合乎本性的事，你不特意地去言说去强力去作为去谋划去思忖去执著去调理管制，也许事物的发展会更好一些。而违背本性、违背自然规律的事，你闹得再凶，能有什么效果吗？从古代到近现代，多少事不是这样啊？你越是大喊大叫要坚持的东西越是坚持不下去，越是严防死堵的东西越是堵不住，这样的事例难道是能够轻易忘记的吗？

我们曾经强调，新生事物都是要大喊大叫的，可能吧；但同时，仅仅大喊大叫不一定就是新生事物也不一定就能帮助新生事物。大喊大叫也可能是假充新生事物，最后暴露了腐朽，也可能是虚张声势，反而弄坏了学术与社会风气。与其比叫声，不如看实践，看实效。

长草与锄草的事，这个例子也有不理想的一面。赫胥黎在《天演论》中就提出，完全地听其自然、放任自流，结果会是恶草横生，美花出局。马克思也讲人化的自然，人要尊重自然，也仍然可以影响自然，不能只讲一面的理。

> 静然可以补病，眥搣可以休老，宁可以止遽。虽然，若是，劳者之务也，佚者之所未尝过而问焉。圣人之所以駴天下，神人未尝过而问焉；贤人所以駴世，圣人未尝过而问焉；君子所以駴国，贤人未尝过而问焉；小人所以合时，君子未尝过而问焉。

沉静可以养病，按摩（一说休止）可以延缓（一说可以休养生息）衰老，宁安可以平息躁急。话虽如此，像这些仍是操劳的人所要做的，而真正闲逸的人却从来不会过问这些。圣人用来触动掌控天下的办法，神人不会过问；贤人用来触动掌控世道的办法，圣人不会过问；君子用来触动掌控国人的办法，贤人不曾过问；小人用来投机取巧以合乎时宜的办法，君子也不会过问。

小小的调节不足挂齿，大人物不会关心小人物的事宜，小人、贤人、君子、圣人、神人，各有各的层次，各有各的过问点，最好的养生是不养生，不必整天搞那么多生活小常识、健体小窍门、处世小奇术，还有各种花样翻新的养生大法。你能做到闲适吗？你能做到放心吗？你能做到随遇而安吗？你能做安时顺命，一问三不知、再问起鼾声吗？如果是向这个方向发展，你就有点道行了。

　　作为人生指南来说，这样的说法当然貌似消极。作为抵御有害侵扰的最后一道防线来说，闲适（佚者）之说还真让你能固守不败。你要找我的麻烦吗？对不起，我不晓得、不理解、不关心、不在意。你要造我的谣言吗？对不起，我随你便。你要贬低我吗？人各有志，人各有成，人各有自己的形象，归根结底，谁又能贬低得了谁呢？好的，任你褒贬。你的鼠肚鸡肠，你的小动作，你的处心积虑，根本不配我的过问。碰到了这样的闲适之人，许多坏人硬是没有办法。"他倒轻松了？！"这是一心害人的人在害不成人时的常见反应。我很熟悉这样的人的这样的反应，我也很同情他们不知哪里插入了草的那种感受。

> 　　演门有亲死者，以善毁爵为官师，其党人毁而死者半。尧与许由天下，许由逃之；汤与务光，务光怒之。纪他闻之，帅弟子而踆于窾水；诸侯吊之，三年，申徒狄因以踣河。

　　演门，即寅门、东门，那边有个人死了双亲，因为极度哀伤日益消瘦而传出了孝名，并因之封了官。他的同乡群起仿效，一个个为孝名消瘦毁容，死了一大半（却并未混上一官半职，即使混上了也因死得快未有可喜）。尧要禅让天下给许由，许由因之逃亡；商汤想把天下禅让给务光，务光大怒；纪他知道了此事，率领弟子隐居到窾水一带，诸侯纷纷前往慰问（闹了个不亦乐乎），时过三年，申徒狄仰慕纪他的清高名声，干脆投河自溺。（他有病吗？）

　　这里用夸张的手法写了人类在价值观念上的过分与愚蠢。一个孝子，为哀哭父母，能够毁容伤身，从而封了官，于是一个村的人学着哀哭，哭死了一多半，这可真是黑色幽默，或太黑而无幽默。你可以从村民的愚蠢上来思考这个故事,但也说明那时的社会资源是多么集中,获得机遇是多么困难,人们为了升官发财,什么邪招都使上了,什么怪点子都要用,什么代价都要付出。这种难为人的事使我联想到电视连续剧《北风那个吹》中的主人公帅红兵,帅红兵为了回城,甚至制造了阶级敌人破坏的假案,打昏了自己,造成了脑震荡后遗症,使自己差点变成了终身白痴。

底下的是一个同样愚蠢、不但照搬而且可以列举出层层加码的事例。官迷是鄙俗的,清高如果使劲太过,也可能变成作秀与矫情。许由听了可能被禅让的话要洗耳朵以抵制精神污染。这已经够邪乎的了,如果你许由确实不为所动,一笑置之还不行吗?再下面举的例子是到了成汤时代,被禅让的对象务光,就不光是洗耳朵了,而是大为光火。半路杀出一个程咬金,就是纪他,他并无被禅让的实力,只是听说了务光发火,就率领弟子往河边或湿地去跑。你跑什么?申徒狄听了则干脆自己跳河,这像是相声里甩的包袱了。"天下皆知美之为美,斯恶已",不仅恶矣,而且蠢矣,白痴矣,病矣,令人作呕矣。无怪乎老庄都那样苦口婆心地劝人们不要用一种外在的说法来闹腾自己。

人很奇怪,各种说法、各种概念都是人造出来的,造出来后却让人发疯发痴,夸张失度,自寻苦恼,自取灭亡。人是有一种天生傻气的,不无可爱,不无偏颇,不无可叹,不无可悲。

六　为什么老是忘不了手段

　　筌者所以在鱼,得鱼而忘筌;蹄者所以在兔,得兔而忘蹄;言者所以在意,得意而忘言。吾安得夫忘言之人而与之言哉!

一种特制的小口竹篓是用来捕鱼的,捕到鱼后就可以丢开竹篓啦;兔网是用来捕捉兔子的,捕到兔子后就将兔网丢掉多么好啊!言语是用来说明一定的意思的,领会了意思就不必再去抠言语。我从哪儿能找到懂得忘掉言语、绝不抠字眼的人而跟他说说话呢？

"得鱼而忘筌""得意而忘言"，这两句话极杰出，极有名，是千古名句。捕鱼者得了鱼，应该扔掉鱼篓子；得了鱼再留鱼篓子便属多余，废鱼篓子只能促使鱼更快地腐烂。得兔忘蹄的说法费解一些，或谓指兔网，或谓指猎犬，或谓指兔子本身，你已经抓住兔子了，何必还念念不忘兔子的四蹄呢？反正是得了目标，最好忘记手段、工具或猎物的某个部分。目标、手段、组成的部分，也有可能异化与闹腾起来。例如吃饭是维持生命的手段，但人们在维持住了生命之后，仍然要闹腾吃喝，便会为嘴伤身，因饕餮而出丑，如果按庄学的观点，人本来应该饱后忘吃喝。权力本来是为了实现政见，政见已经实现了，或者政见根本无法实现，掌权者就干脆忘掉权力才好。然而，事实上权力可能变得比政见更重要，叫做"权权权，命相连"，"文革"中有一阵甚至将忆苦思甜的口号改为忆苦思权。

语言是用来表达某种意思的，理解了意思，不必迷恋语言修辞声调风格，不要一味咬文嚼字或除了咬文嚼字啥别的也不会干。但语言也可以闹独立性，语言可以促进或弱化思维，可以成为推敲和延展的对象，可以构成一种形式美，可以流露原意没有或原意并不突出的煽情、暴烈、强词夺理、空泛、卖弄、雅致或者粗犷的意味。

"得意而忘言"的说法中还包含着下列的意蕴：语言有可能偏于执著、空洞、强烈。如说话可以说"我爱你海枯石烂不变心"，实际上没有人看得到海枯石烂时二人的相爱或变心状况。上世纪五十年代常常说中苏友好是千秋万代的事业，哪里有什么千秋万代，不到十年就开始交恶了。言语上说战无不胜、百战百胜、磐石一样的团结、日月经天、江河贯地，全都带着文学性修辞性的夸张，你如果太认真，死心眼，那就是闹笑话。

还要记住，即使语言脱离了实际，脱离了实意，语言本身仍然有忽悠的作用、暗示的作用、控制人的作用。政治运动中常有这样的情景，让批斗某某，众人都是将信将疑，当然不敢不去，乃召开了批斗会。批斗会上几个人念稿或虚张声势地叫喊,喊过几次以后,各种刺激性极强的暴烈语言响彻会场以后,弄假成真,群众情绪真的激昂起来了。在没有事实根据的情况下,由于语言的大忽悠作用,照样能够批倒批臭,然后勇敢分子上去暴打一顿,被批斗者的民愤极大也就成了事实,似乎坐实了某某罪状。

所以要忘言,要求其意,而不必拘泥于片言只语,要全面地准确地理解,什么叫全面与准确呢? 就是得其意而忘其言。

上一段讲到的层层加码现象,也与"言"的闹腾有关。许由清高,一个"清高"云云,这样的好词,还有边际吗? 清者,清洁、清纯、清明、清凉、清晰、清净、清爽、清新之谓也;高者,高超、高尚、高耸、高明、高远、高大、高度、高妙、高深之谓也。这样的标尺永远没有庶几达到的时候。如果瘦削代表清高,人们为了清高能不活活瘦死吗? 如果轻生代表清高,人们为了清高能不跳河吗? 如果隐蔽代表清高,人们为了清高能不躲猫猫吗?

得意忘言还是一种非常文学的内心体验。百感交集、悲从中来、热泪盈眶、相对无言只有泪千行、欲说还休、言不尽意、心乱如麻、似喜似悲、怅然若失、一片空白或者恍然大悟、豁然贯通、天人合一、抱元守一……这些都是可得其意、难记其言,可知其意、难寻其言的心绪与境界。一个滔滔不绝的名嘴,往往道行有限,甚至会引起反感,而此时此景,只有不言之言,如拈花一笑,如当头棒喝,如回头一笑百媚生,如却道天凉好个秋……才多少传达来一些真正的意趣。无怪乎庄子要寻找忘言者与之交谈了。

为了好的目的,可不可以用不那么好的手段? 这是一个向来争论不休的问题。讲究手段,似乎有点贵族气、布尔乔亚气、书生气,君子欺之以方,用温良恭俭让的手段来对待凶神恶煞式的对手,徒成笑柄。为目的不择手段,那也完全可能使理念变质,使目标走形,使恶劣的手段将理想主义的目标变色,使人变成虚伪的机会主义者。《庄子》要人忘记手段,是不可能的,原因很简单:他不只是捉一次鱼,他自然视鱼篓子比一些鱼更重要;他要捉许多兔子,他自然视蹄子(猎狗?)比兔子更宝贵;他要说许多话,他以说话为生,如名嘴,他当然视言语为看家的利器。一时一地,什么都可以忘,那是一种巅峰状态,如性爱、艺术创作或表演、体育比赛或拼刺刀、科研,都是可能的。但是,我们要问,忘记手段一定是没有不良的手段了吗?忘记手段,会不会是不择手段呢?忘掉了筌篓,万一他改用炸药灭鱼了呢?

老王说,与庄共舞,最大的问题正是取其义还是取其言?没有言上的认真疏解,你的意从何而来?有了一大堆对于言的考证与试解,日积月累,堆积如山,旁征博引,庞然大物活活压死你,你还上哪儿找真意去?多半是离着意更远了,您也更书呆子、更无用了!最大的意何在?一是保命,你可不能小瞧这个保命。二是得游,游即由,由即自由,不得了,不得了!三曰忘言,就是说不让自己成为概念、名词、名教的附属品与牺牲品。四曰空间,给自己留下余地。五曰无名,忘言在逻辑上的必然结果是无名。如此这般,这些当然不足、不全面,然而确实有趣。

《庄子》读起来远不像《论语》《孟子》那样显得正确,但是它比那些好玩、有才。太有才啦,咀嚼玩味,好啊!

寓言:文无定法,论非必然,
　　搜搜而已,自有大妙

浮光掠影而自有玄机,东撷西拾更悠游潇洒,信手拈来却皆成珠玑,随心说去如高峰迭起。呜呼庄子,轻松神奇;异哉庄子,文若天启。庄也文无敌,飘然思不群;笔落息风雨,文成戏鬼神!(杜甫原句曰"白也诗无敌,飘然思不群";又有句曰"笔落惊风雨,诗成泣鬼神"。)

一　寓言、重言、卮言,天成《庄子》文体

寓言十九,重言十七,卮言日出,和以天倪。寓言十九,藉外论之。亲父不为其子媒。亲父誉之,不若非其父者也;非吾罪也,人之罪也。与己同则应,不与己同则反;同于己为是之,异于己为非之。重言十七,所以已言也,是为耆艾。年先矣,而无经纬本末以期年耆者,是非先也。人而无以先人,无人道也;人而无人道,是之谓陈人。卮言日出,和以天倪,因以曼衍,所以穷年。不言则齐,齐与言不齐,言与齐不齐也,故曰无言。言无言,终身言,未尝言;终身不言,未尝不言。有自也而可,有自也而不可;有自也而然,有自也而不然。恶乎然?然于然。恶乎不然?不然于不然。恶乎可?可于可。恶乎不可?不可于不可。物固有所然,物固有所可,无物不然,无物不可。非卮言日出,和以天

倪,孰得其久!万物皆种也,以不同形相禅,始卒若环,莫得其伦,是谓天均。天均者天倪也。

我们的谈话十分之九是寓言,而引用前辈圣哲的已有言论则占十分之七。即兴提起、随机而出的话语时有显现,行云流水,自有这些言说的章法与结构,如有天意、天的端倪在那儿安排。寓言占到了十分之九,是因为借助于外界的第三人称的人物故事来说话,比较好接受。就像当爹的一般不必自己出面给自己的儿子说媒。说起媒来,亲爹一味地夸儿子,总不如让别人说效果更好。(人家不接受你的见解)倒不一定是讲述者某某人有什么过错,是人们普遍的心态造成了接受的障碍。人们的心态是:与自己的看法相同就响应,与自己的看法不同就反对;与自己的看法一致就称是,与自己的看法不一致就认为是别人错了。所以,与其去直抒己见,不如讲讲寓言。十之七引述前辈的已有言论,以加重自己观点的分量,也是表达对这些德高望重的长者的敬意。年龄比别人大,却没有一套判断万事的经纬本末的门道与条理,就不能充实与达到人们对长者的期望,这样的人也就算不上是德高望重的长者了。一个人如果没有什么领先于他人的经验与见解,也就不会被称道(或也没有一套自己的做人、人伦之道);一个人如果不被称道或不具有自己的人伦之道,再高龄也是过时的陈旧之人。即兴提起、随机而出的话语时有显现,并有着自己天生的章法与结构,生发铺陈,可以长久地存在下去。人常常是这样,不说话,万物平等齐一,不产生矛盾。你想去统一一切说法,你说话了,反而无法统一了。或者你想去说说这个齐一,想以你的言论去掺和这种齐一,也就反而不能统一了。所以说,最好是不说话。专说那种无言之言,叫做"言不言"。言不言的人,即使说上一辈子,也不见得算是说过话;反过来说,即使他一辈子不吭声,也不算是没有说话。各有一套缘由,才会认同某个说法,也是各有一套缘由,才会反对某个说法。人们是各有一套缘由,对某种说法点头称是,也是各有一套缘由,对一些说法不以为然。为什么要称呢?称是有称是的缘由,称不是有称不是的缘由。为什么会认同呢？认同有认同的缘由，不认同有不认同的缘由。任何事物，既然是这样，自有其是这样而不是别样的缘由，既然存在，自有其存在的缘由。所以说，存在的就是合理的，没有任何东西不可以存在，不可以是它自身的那个样子。如果不是随机显现，听任天然的章法与结构的言说，请问什么又能够是天长日久的呢？万物各有自己的物种，以不同的形态互相变化与更替，其开始与终结好像在一个圆环上一样地连续在一起，你找不到它的次序与结构。这就叫天然的章法与安排，这就叫天然的端绪与头尾。

这一段很丰富也很完整，或谓是在讲本书的文体，但也可以作更宽泛的解读。古文中常常省略主语，反而奥妙，也灵活得很。可以指本书，可以指庄周的言谈习惯，可以指彼时许多学问家著作家的立论方式，还可以认定为是泛讲万物存在的合理性与自然性。

自己滔滔不绝地正面直露地宣扬自己的见解，很好，但不是最好，这就好比亲爹给自己的儿子说媒，会陷入老王卖瓜自卖自夸的牛皮气场。讲寓言则是变自我叫卖为转述他人故事，只讲过程，不作结论，客观叙述，不将结论强加于人，形象大于思想，分析全凭接受者个人，这表达了对于听者的尊重，给予了受众思考分析的充分空间，调动了受众的智力与想象力。歪打可以正着，指东可以打西，郢书燕说也不全是可笑，甚至可能是一段有创造性的佳话。再说寓言的娓娓道来引人入胜，比直奔主题更有可读性或可聆听性。

寓言占了十分之九，这倒是《庄子》其书的特点与亮点之一。再有就是重言。重言既可以读"chóng 言"，当重复的言（即他人已经讲过的言）或假托为他人讲过的言讲；也可以读"zhòng 言"，当重要讲话、有分量的言论来讲。尤其是引用一些德高望重的长者的言论，就像今天的人写书引用马克思、毛泽东、歌德、尼采、海德格尔、福柯等人的话一样，可以加重自己论文的分量。但《庄子》没有忘记找补一句，长者之所以受尊敬，是由于他们的经纬本末之辨，他们的头脑掰扯得开，有条理，有先后，要主次，有清晰的格局，有过人之处，而不是一脑瓜子糨糊却老资格。如果老而糊涂、老而昏聩,您只能因过时而被开除学(界之)籍。

卮言,即随机应变的即兴讲话,其起承转合、连接呼应、比衬摇荡,全凭天然形成。没有说这样的随机谈话占多大比例,可能通篇都是这样形成的。先秦诸子的文章不少是这种语录体,那时还不时兴写论文,不时兴写主旨写纲要写导语并在文后附上大量的注解。从阅读的角度来说,这样的东西比较亲切、真实、生动、活泼,如闻其声,如在现场,不足处是往往谈得不够精准深入,也不够完整全面。它的生命力在于它的活劲儿。如凤凰卫视的"锵锵三人行"栏目,它靠的是"天倪",靠的是行云流水式的节奏与随口说出的可信性,还有即兴感、现场感、活泼性。

我不知道这与什么后现代是不是有一点关系,意大利的美声在声乐艺术上达到了极致,而人们也想听一点不那么科学、不那么天才、不那么完美也不那么规范因而增加了可变增加了不确定因素的通俗发声和原生态发声等。用作曲家兼小说家刘索拉的话,就是世上应该有会咳嗽的人都会唱的歌。这样,可以更生活化、个性化、大众化、开放化。十九世纪的批判现实主义达到了文学的高峰,但有的人还是想浏览打工仔打工妹们的博客。

《庄子》说,这样的随意谈话有更长的寿命,也有较强的延伸空间,可以曼衍,可以穷年。曼衍好理解,聊大天嘛,由 A 说到 B,由 B 说到 C,再说到 X,再说到 A′B′C′X′……穷年,后边还说到它的"得其久",含意何在?一、这样的谈话,没结没完,容易延续下去。二、这样的谈话,不是针对一时一事,无意作某项特定的宣扬公告,存活期长久。三、甚至于带着几分《歪批三国》的意味来探讨:是不是说一个人能够随意而谈才能尽其天年呢?是不是说一个说什么都精益求精、千锤百炼、字斟句酌、无懈可击的人更容易死于非命呢?一笑。

最后一点有它的特色:什么是学问?关在书斋里,殚精竭虑、自成体系、反复推敲、旷日持久地惨淡经营,搞出一大套严丝合缝的精品高级品奢侈品天才杰作理论见解主张来是一种;侃侃而谈,灵活机动,合情合理,深入浅出,老少咸宜,居家外出,人人必备,则是另一种。可惜的是(也许可喜的是),在中国古代,后一种多,前一种少。

二　干脆拉上孔子一起说

　　庄子谓惠子曰:"孔子行年六十而六十化,始时所是,卒而非之,未知今之所谓是之非五十九非也。"惠子曰:"孔子勤志服知也。"庄子曰:"孔子谢之矣,而其未之尝言。孔子云:'夫受才乎大本,复灵以生。鸣而当律,言而当法。利义陈乎前,而好恶是非直服人之口而已矣。使人乃以心服,而不敢蘁立,定天下之定。'已乎已乎! 吾且不得及彼乎!"

庄子对惠子说:"孔子活了六十岁,也就是发展变化了六十年,当初所认同的、最终却否定了的见解也是有的,不知道他老467今所认同的东西是不是正是他五十九岁时所不能接受的东西呢?"惠子说:"孔子是一个有自己的志向与要求,从而勤奋好学的人。"庄子说:"孔子已经放弃了这些说法了,你不必再这样说了。孔子说过:'从自然从世界获得了自身的材料(或才智),回复到天生的灵动状态而生活,这样,发出的声音也就相当于乐律,说出来的言语也就相当于法度。如果做不到这样与天与道合一,而只是将利与义同时陈放于人们的面前,然后大讲好恶是非取舍的道理,这最多只能凭理论使人口服罢了。要使人们能够内心诚服,而且不会有丝毫违逆,这就要做到你所认定的正好是天地本身的必然,即你的主张与大道自来一致。'算了算了,如果弄不明白这一点,我恐怕还比不上他呢!"

这也是寓言、重言、卮言,借孔子发挥庄子,借孔子之口批评儒学。依此观点,孟子喜欢讲的"利义之辨",其实不无人为与生硬,是一种相当吃力的人文规范。人之趋利,压根既无须理论辩解,又不可能用理论去克服。说明趋利是自然而然的事。问题在于对利的理解，确有深浅、高低、阔窄的巨大区别。而人之杀身成仁、舍生取义，则需要来它一个养吾浩然之气，需要来一个存天理、灭人欲，需要来一个"学如逆水行舟，不进则退；心似平原走马，易放难收"的讲法。

浩然之气并非人人具有，有的人一辈子只有小家子之气、平庸之气、草民之气、小百姓小市民小头小脑之气、狗肚鸡肠之气。他们"浩"不起来，"然"也有限。他们不也就永远闹不明义利之辨啦？有的人一辈子放不下酒色财气，硬是灭不了人欲，你又能怎么办呢？所以说，这样你会搞成是用足了吃奶的力气才能硬挺住仁义之道，而一不小心就滑到利上去了。当年搞人民公社就是这样，费了九牛二虎之力，拼死拼活，左堵右塞，硬是"坚持"不下来；而编个笤帚卖一把小葱，却算是滑向了大逆不道的资本主义。用人为的主观的理念与条条框框，是很难办成几件事的，我们总算明白了。

孔子六十年是不断变化的六十年，此说略有一面之词的意味，但也话出有因。任何见解主张都有它的针对性，而时代是变化的，情势是变化的，针对的挑战是变化的，不能不有所调整改变。所谓一条路走到天黑，是不足取的。所谓孔子晚年放弃了志啊勤啊智啊用啊之类的观念，恐怕只是此地的寓言卮言。假托一个孔子与时俱化、转变观念的故事，宣传庄子的一套，听起来颇好玩。其实，人也罢物也罢，有其不断变化、常变常新的一面，也有其万变不离其宗、无始无终、无旧无新、无先无后、无变无不变的一面。居于道枢，万年无变，也是一个理解世界的角度。

"受才乎大本"，这里讲的不是高度抽象的道，也不是高高在上、令人敬畏崇拜的天，而讲大本，即巨大的无所不包的本体、本身、根本、本原，它当然就是自然，就是世界，就是天，就是道。但是，既然没有说道与天，我宁愿采取比较唯物论的理解，才者材也，人的材料来自世界本身，如果你是唯物论者，大本就是物质；当然，如果你是唯心论者，大本就是绝对理念或者天心或者仅仅是思想者本人的一心。

才者材也,与下边也比较容易衔接,"复灵以生",材料来自世界,生命来自世界所具有的灵气、灵动、灵性、灵魂直至灵异与灵活性。认识到了这一点,就实现了个人与世界、与自然、与天、与大道的高度一致,鸣出来就是乐律或韵律,立言就是立法度。乐律,是天地之和,是得了道之人的声音。法度是天地之伦,是得了道的人之话语。乐律、法度都不是离开了天地自然、在自然之外或之上硬性制造出来的。

这里边包含着一种批评,就是恰恰请孔子来讲说,儒家的那一套人为痕迹太浓,造作色彩太重,规范的限制性太生硬,太高地估计了一种学说一种人为的努力(即有为的可能)。什么为天地立心、为生民立命……你把自己摆到了天与地之上,民与命之上,往圣与绝学之上,万世与太平之上。当然,立心之类的话是北宋时提出来的,但是《庄子》早已经闻出了儒家自诩过高的味道,并有所讥讽,自有它的道理与意思。

还有就是,国人(古人)写文章要的是文章漂亮、文气充沛、文思迷人,却不介意所说的有没有根据、是不是事实。这也是一派,潇洒有余而严谨不足。

    曾子再仕而心再化,曰:"吾及亲仕,三釜而心乐;后仕,三千钟而不洎亲,吾心悲。"弟子问于仲尼曰:"若参者,可谓无所县其罪乎?"曰:"既已县矣。夫无所县者,可以有哀乎?彼视三釜三千钟,如观雀蚊虻相过乎前也。"

曾参再次出仕,心情有了变化,他说:"我当初做官的时候父母在世,我用俸禄奉养他们,三釜的低收入也让我心情快乐;如今再次做官,三千钟(三万倍于当年俸禄)的所得却赶不上奉养双亲(父母已经不在人间了),我的心情很悲伤。"孔子的弟子问孔子:"像曾参这样说话的人,应该是不能算有什么计较俸禄的过错吧?"孔子说:"其实曾参的心思已经跟俸禄挂上钩了。如果心里毫不在意,会有什么嘀嘀咕咕的悲伤吗?俸禄根本就不会看在眼里,是三釜还是三千钟,就像是看到雀儿或者蚊虻从眼前飞过一样,何值得一顾呢?"

有心也罢,无意也罢,至今获奖的或得到高收入的人士,自然而然地仍然多用侍养父母说事。我就在现场,在电视节目里,在内地也在香港,听到过无数次,获奖或获利者在致获奖感言或答记者问时说:他得奖或得利后首先要做的是帮助父母过好一点的生活。而听众立马从对于金钱的艳羡转入对于该人至孝的服膺上来。

不管真正的孔子是不是说过这样的话,这样的话仍然显得矫情。即使一个人得到高薪高收入全部捐赠社会,即使一个人把惊天财富全部捐赠给贫民,也不等于他从不考虑自己的收入,也不等于他将月薪或者年薪、奖金或者彩票中奖的收入视若飞来飞去的小雀或蚊虫。恰恰是经过缜密的思考,恰恰是非常认真地对待自己创造的财富,一个人才会作出不要财富、返还社会的决定。

让我们设想一下,如果曾参说,我的收入大大提高了,这使我很高兴,但是我也想念我的父母,如果他们健在的时候我能收入高一些,能多尽点孝心,那会是多么好啊;同时我毕竟不是仅仅为了收入而做事,我还有我的理念与追求,收入提高只是我要做的事情的副产品——这样说不是更真实也同样高尚吗? 以不真实、不敢真实通向的高尚,恐怕不是真正的高尚,或者以为真实的代价必须是牺牲高尚,返还鄙丑,那种真实未免也只是可悲的与低贱的真实了。

三 通向大妙之路,你要不要试试

颜成子游谓东郭子綦曰:"自吾闻子之言,一年而野,二年而从,三年而通,四年而物,五年而来,六年而鬼入,七年而天成,八年而不知死不知生,九年而大妙。"

颜成子游对东郭子綦说:"自从我听取了你的话,一年后就开始返璞归真了,两年后开始顺从命运与外界了,三年后豁然通畅,四年后成为万物之一,五年后得到了人气与物象的归附,六年后得到超人间、超此岸的体悟,如入鬼神之境,七年后诸事天然成就毋劳心力,八年后不再介意生死之辨,九年后便达到了大妙的境界。"

这些说法与《论语》上讲的"十五而有志于学,三十而立……"的思路相近,把个人境界的阶段提高与光阴的逝去联系起来,年有所长,令人欣慰。"一年而野",关键在于"野"后把原有的偏见成见全部忘掉,好像一个学太极拳或乒乓球的人,要想认真学好,先忘掉你原先的那些半吊子知识与习惯,否则一步错步步错,你永远学不好。"两年而顺",顺,既如孔子所讲的六十而耳顺,又有七十从心所欲不逾矩的意思。《庄子》这儿是厉害,两年就够得着孔子七十岁了才练就的功夫。三年就通了,乍一看,有点说大发了的感觉。通者大矣哉! 它意味着无隔阂、无挂碍、无黑暗、无窘态,三年如何能做得到呢? 再一想,已经野了,没有那些成见偏见陋见了,已经顺了,已经自然而然地顺应一切、接受一切、听其自然直到逆来顺受了,还有什么不通的呢? 通是一种态度,并不是一种学问或技巧。通是一种心态,并不是一种知识或智能。通是一种自慰,并不是对于一切挑战的成功应对与解决。甚至,通也可以是一种无奈,不通又当如何? 如果你时运不济,如果你屡遭祸患,不通又将如何呢? 你能提着自己的头发飞升太空吗?

"四年而物"? 为什么不是四年而天? 还是物的说法更平实。而物应该就是物物而不物于物。四年达到了在外物中的主动性,从而吾丧我,见物而无我矣,无我则无被动、无计较、无宠辱、无是非彼此。五年就"来"了,什么都来了,人气、地气、天时、地利、人和、政通,你也就成了道枢,成了圆心,成了"天下之交"、"天下之牝了"。

"六年而鬼入",六年后进入了鬼神境域。就是说,不但通了此岸,也通了彼岸;通了阳界,也通了阴界;通了理性,也通了直觉、直感,也许还有巫术。这可能是装神弄鬼,是神经兮兮;也可能是若有神助,屡试不爽,好比二〇一〇年南非足球世界杯比赛期间的德国章鱼保罗;还可能是一种我们暂时说不准确的特异功能。总之,恰恰是"子不语",即孔子不愿意谈的怪力乱神。

"七年而天成",人到某种境界,做事如有天助。文学创作中这种情况尤多:"文章本天成,妙手偶得之。粹然无瑕疵,岂复须人为。"这是陆游的话,说明陆游写作中也有过此种"无为而无不为"的感觉。当然鲁迅的诗也是对的:"我有一言须记取,文章得失不由天。"鲁迅说的是无不为的状态,陆游说的是无为的状态。写作如此,可以想象万物万事。到了庖丁解牛的份儿上,就是天成而不仅仅是人为了。反过来说,天可以成,便可以毁,项羽曰:"天之亡我,非战之罪也。"这也是他的实际体会。从概率的角度来看,当然可能。天灾人祸当中都有天亡我也的成分。而天不灭曹也罢,天成大业也罢,也都有天成的成分。

"八年而不知死不知生",这个事忽悠得大发了一点。生死亦大矣,哪一种生命能做到完全将生死置之度外?秦始皇有那么大业绩,最后还是要可怜巴巴地派人寻找不死药去。不管多么伟大的人,他的死亡总是带一些悲哀与苍凉。《庄子》努力做到让人们让受众将生死看开,看得更自然、更平常、更无所谓,甚至安慰读者,也许死亡的滋味很好过、很舒服、很高级。这已经很超越了。最大的超越来自最大的接受,很简单,一个有灵性的人,必须接受死亡像接受自己的出生一样,接受了出生就等于接受了最后的死亡,谁能不接受呢?不接受你还能怎么样呢?悲悲切切,你也得死;与其悲切地死,不如放心大胆地去死。疯狂恐惧你也得死,多半死得更早更快些,那就不如自自然然来度过自己的一生。人们依据文天祥的名言拟的对联是"时时可死,步步求生",有这样的心胸与头脑的人,也算是不知生不知死了,也就是说,死生是大自然的事,是世界的必然规律,人不可也无须为之闹腾。

九年后能够大妙,真是大妙了。大妙云云,应是一种超拔的至人、真人、仙人境界,是超人间境界。妙,应该是不可言说、无法分析与论述之好上加好,这种好与一种美感、快感、无往而不胜之感相通,已经脱离了红尘,脱离了低级趣味,脱离了长短得失的计较,脱离了胜负成败的思量,脱离了高低贵贱的区分,脱离了智愚贤不肖的吭哧吭哧,能逍遥游,能齐物,能养生达生,能得至乐,能做到火里不怕燃烧而水里不会下沉,能够"虚室生白,吉祥止止",能与大宗师、大本全面结合,合而为一!

"生有为,死也。劝公,以其死也,有自也;而生阳也,无自也。而果然乎?恶乎其所适?恶乎其所不适?天有历数,地有人据,吾恶乎求之?莫知其所终,若之何其无命也?莫知其所始,若之何其有命也?有以相应也,若之何其无鬼邪?无以相应也,若之何其有鬼邪?"

东郭子綦说:"生下来吧,还要为这为那,做这做那,直到死亡为止。所以我要劝告人们心胸要更公平些开阔些。死呢,是有它的原因和道理的,人们要接受死亡。生命的产生是由于阳气,却没有什么显明的原因和道理。是否真的是这个样子呢?为什么恰恰要这样说呢?又为什么恰恰不能这样说或那样说呢?天有自己的历法,地有人们居住的区域划分,我又能对天地追求、言说、分析些什么呢?我们无法知道世界与自身的终结,是多么不幸、多么没有对于自身命运的了解啊!我们无法知道世界与我们自身的起始与形成,而你已经拥有了自身与生命,你是多么真切地了解了自身,你是多么幸运啊!生命的存在是应该有自身的对应物的,如果这样说,怎么能说世界上是没有鬼神的呢?生命的存在,未必是有什么对应物的,或者至今还没有发现什么对应,你又怎么能说世上是有鬼神的呢?"

这一段就有些个"大妙"的意味。有为有为,为到死为止。这是第一个发明。其实无以为、无可为、无任何事功或为的痕迹的人也要死的,也许死得更快些;完全无为者,估计糊口也非易事,当然,也许轻松些。有为而戛然止者,其死更刺激,令人叹息,令人怀疑其为的必要性与伟大性。

死得有原因有道理,生得莫名其妙,此话乃一大发明。第一,从生理学上说,在古代,死可以解释为病逝、天灾、人祸、被处死刑……病死的还可说出是寒症、热症、气虚、阴虚、用药有误等,而怀孕、出生,古人的观察更少,知之甚少,能说个阴阳交媾也就到了头啦。第二,从心理经验上说,死亡的感受是刻骨铭心的,虽然你来不及事后把这一切说说清楚。出生的过程,对于本人来说,却是一笔糊涂账,意识发生(即对于我的自觉产生的过程),对于本人来说也是糊涂账。第三,从过程研究上看,死亡的过程很长久,人们早有预感,有恐惧也有悲哀,有自慰也有旷达,你可以为本人的死亡写下遗嘱或抒情诗赋,但你无法为自己的出生写下前言或告世界书。第四,到二十世纪的今日为止,人们在地球外的任何地方都没有发现生命,虽然人们坚信其有。这样说来,死灭才是更正常、更有道理的状态,而生更像是奇特的变态……人们对于生与死的理解是不平衡的。发现此一不平衡的"大妙"的是《庄子》。

有命乎无命乎?人的出生是命中注定的吗?是一种幸运吗?人们常常视幸运为有命。还是干脆就是莫名其妙呢?庄周太了不起啦,他的脑瓜子都琢磨到哪儿去了!

有没有鬼神?生前死后,此人在哪里?生与死、人与鬼、此岸与彼岸是否存在对应关系?如果说有,那么人死应为鬼,鬼化应为人,这似乎不那么靠得住。如果没有,人死了就没有了,这又太单向了,成单行线了,与万事万物之理与大道似不吻合……这可是大妙特妙的课题啦!这里出现了一个不平衡。万物都有其不灭性,物质不灭,能量不灭,生命个体却似乎是不停地结结实实地灭着。

这样一个不解,这样一个不甚平衡,这样一个悲哀而又玄妙的惦念,正是人生的滋味之一种。为什么我们整天讨论是非,讨论成败,讨论名利,讨论欲望,讨论价值……却硬是不敢不会讨论生与死、人与鬼、短暂与永恒？

这一段的文体似乎比较现代或后现代,本身提出问题,本身作出不止一种假设,本身得出不止一种结论,提出问题胜过了解答问题。我们也不能说《庄子》的理论是最伟大或最有影响的理论,《庄子》的主张也难说是最有意义、最能带来成果的主张,但是我敢说,庄子的脑袋是先秦诸子中最灵活、最"大妙"的一个脑袋——这么好的头颅,前无古人,后无来者,如日月之高悬,如江河之奔涌!

四 存在并不那么确定与结实

罔两问于景曰:"若向也俯而今也仰,向也括撮而今也被发,向也坐而今也起,向也行而今也止,何也?"景曰:"搜搜也,奚稍问也!予有而不知其所以。予,蜩甲也,蛇蜕也,似之而非也。火与日,吾屯也;阴与夜,吾代也。彼吾所以有待邪?而况乎以无有待者乎!彼来则我与之来,彼往则我与之往,彼强阳则我与之强阳。强阳者又何以有问乎!"

虚影(影子外的微阴)向影子发问:"你原先是低着头弯着腰,现在是仰头挺胸;先前束着发髻,现在是披发而立;原来你是坐着的,现在却站起来了;原先走动着,现在停息下来了——这是怎么回事呢?"影子回答:"这点小事,哪里值得发问?我也说不清是怎么回事啊!你看我,只不过如同蝉蜕下来的薄壳、蛇蜕下来的皮,跟那蝉与蛇本身似是而非,我并不是那蝉与蛇的本体。有了火光与太阳,我就显现出来了;遇到阴云与黑夜,我也就消失了。你能说那有形的物体蝉呀蛇呀的就一定是我赖以存在的根据吗?也许我并没有等待这些有形体的事物吧?它们来了我也就跟着来到了,它们走了我也就跟着走掉了,它们运动着我就随着运动一番。运动也就是运动罢了,又有什么可问的呢?"

立论与众不同。一般地说，人们都认定影是随形而生、随形而动的，我们在成语中也有所谓"如影随形"者，但是庄子想得更深，除了可以具体地看到景（影）有待于形的出现与运动外，景与罔两更依赖于火与阳的作用——天一黑，吗景也没有了，你不能说形能决定景的运动。人生也是这样，你不要认为你的一切体征，一切欲望与活动、思想、斗争、进退、宠辱、得失都从属于你个人，就如你不能认定你的影子一定单单从属于你自己，它还更加从属于天，从属于大道大本。连同你的身体与生命，也不是仅仅从属于你个人，而从属于天从属于大道大本。相反，那些人力左右得了的"伟大事功"，诸如名利、地位、威权、享受、是非、头衔，不过是影子的抬头低头、坐下起立、行走稍息之类小小不言的变化而已，是不足挂齿的。

这当然符合光学的常识：影，这是一个光学现象，只有物体物形，没有光，哪儿来的影？

似是而非的说法甚妙。人追求的一大堆东西，从哲理的角度看，无非是蝉蜕蛇皮，有形无神，有末无本，有态无命，来自本体而又"被脱离"了本体，变成了无源之水渍、无本之枯枝、无体之空壳、无内容之空架子。放下吧，想开吧，再不要为这些虚空的蛇皮蝉蜕而劳心费力了。

搜搜，前贤专家释为"区区"，不过如此而已，这就与英语的"so so"（一般）的含义相当接近了。每读至此，我就觉得是庄子讲了一句英语，一笑。

阳子居南之沛，老聃西游于秦，邀于郊，至于梁而遇老子。老子中道仰天而叹曰："始以汝为可教，今不可也。"阳子居不答。至舍，进盥漱巾栉，脱屦户外，膝行而前曰："向者弟子欲请夫子，夫子行不闲，是以不敢。今闲矣，请问其过。"老子曰："而睢睢盱盱，而谁与居？大白若辱，盛德若不足。"阳子居蹴然变容曰："敬闻命矣！"其往也，舍者迎将。其家公执席，妻执巾栉，舍者避席,炀者避灶。其反也,舍者与之争席矣。

阳子居要到南方的沛地去,老聃则是要到西边的秦地来,阳子居与老聃约到沛地的郊野见面,最后是到了梁城才见上的。老子远远看了一下阳子居,在半路上仰天长叹说:"当初我把你看成是可以接受教导的人,如今看来,你是很难教导的啦!"阳子居无话可答。到了旅店,阳子居给老聃奉献上盥洗用具,把鞋子脱下,放在门外,双腿跪着前行说道:"刚才弟子很想请教先生,正赶上先生行路中没有空闲,我也就不敢打搅。如今先生空闲一点了,希望先生指出我的过失在哪里。"老聃说:"你的样子牛气冲天,谁愿意与你在一起?要知道,真正的纯洁,恰恰好像是具有什么污点,而真正伟大的德行,恰恰好像颇有不足之处。"阳子居听了很受震动,为之变颜变色,他说:"弟子恭恭敬敬地愿意接受先生的教导。"阳子居刚来旅店的时候,店里的客人都来列队迎接。旅舍的老板亲自为他安排坐席,老板娘亲手拿着毛巾梳子侍候他盥洗,旅客们见了他都得让出座位,烤火的人见了也就远离火边。等到他离开旅店前,旅店的客人已经跟他无拘无束,打成一片,抢位子入座了。

这一段写得很实也很亲切。抱歉的是,几千年后的今天,阳子居式的人物还是那么多,而且不知惭愧,不知受教育。他们以牛为荣,以膨胀为荣,以青蛙凸肚子为荣,越是芝麻官,越是一知半解,越显得哪儿都装不下。用《红灯记》中李玉和的唱词说,这些人"反把耻辱当光荣"。至今,有多少人走到哪里都有特殊待遇,而最不愿意的是与老百姓打成一片。何年何月,要人们能与百姓打成一片,何年何月,百姓们能与要人们争席抢位子呢?也许《庄子》说的是白日做梦?

老王说:何庄子之善疑哉?自讲自说,疑为不易接受;义利之辨,疑似无法信服;曾子思亲,疑为在意收入;生命,疑其无自(没有根据与必然性）；影像，疑为不尽是来自（也不可待）形体的运动变迁……多疑，果真能够出智慧吗？是的，思想与疑惑是双生的伙伴，思想产生疑惑，疑惑也激发思想。然而，疑了半天，下一步又如何是好呢？

让王:辞让的哲学

连篇累牍地讲述了如此多的辞让天下、拒绝馈赠、闻"功"则惧则怒、避富贵名利如避瘟疫、宁死不就高位的故事,真是世人皆浊而我独清,世人皆醉而我独醒,俗人能不愧死?山泉水清,宁死不出谷!醒来吧,读者;醒来吧,世人!

一 弃天下如敝屣,你做得到吗

尧以天下让许由,许由不受。又让于子州支父,子州支父曰:"以我为天子,犹之可也。虽然,我适有幽忧之病,方且治之,未暇治天下也。"夫天下至重也,而不以害其生,又况他物乎!唯无以天下为者,可以托天下也。

舜让天下于子州支伯。子州支伯曰:"予适有幽忧之病,方且治之,未暇治天下也。"故天下大器也,而不以易生,此有道者之异乎俗者也。

舜以天下让善卷,善卷曰:"余立于宇宙之中,冬日衣皮毛,夏日衣葛絺;春耕种,形足以劳动;秋收敛,身足以休食;日出而作,日入而息,逍遥于天地之间而心意自得。吾何以天下为哉!悲夫,子之不知余也!"遂不受。于是去而入深山,莫知其处。

舜以天下让其友石户之农,石户之农曰:"捲捲乎后之为人,葆力之士也!"以舜之德为未至也,于是夫负妻戴,携子入于海,终身不反也。

尧打算将天下禅让给许由,许由不接受;又想禅让给子州支父,子州支父也不接受。子州支父说:"让我当个天子,本来也行,可是我有幽忧的重病(从现代汉语字面上看,幽忧应是自闭与抑郁之症,但当时似应作深重劳苦解),正在治疗中,实在顾不上治理天下啊!"治天下,够了不起的了吧,但并没有人的生命重要,不能因为要去管理天下就妨害自己的生命。更不用说其他事物了,还比不上天下的重要,也就更不能因之妨害生命了。只有不把天下当回事、不打算拿着天下做文章的人,才可以将天下托付给他。

后来舜想把天下禅让给子州支伯,子州支伯说:"我近日患有幽忧的重病,刚刚开始治疗,顾不上治理天下。"天下本来是个了不起的东西,再了不起也不可以用它来交换生命,这就是有道的人与无道的人看法的不同之处了。

舜又要把天下禅让给善卷,善卷说:"我生活在宇宙之中,冬天穿皮毛,夏天穿细麻,春天耕种,劳动忙碌,秋天收割,休养生息。每天太阳出来,我要干活了,太阳下山,我就休息了。我活得逍遥自在,心情舒畅得意,让我去管什么天下!太可悲了,你是一点也不了解我呀!"他不接受舜的禅让,自己躲入深山,不知所在了。

舜又要将天下禅让给自己的朋友即在石户的一位农民,那农民说:"看吧,舜把腰都累弯了,活活要累死人啊!"他认为舜的德行并没有达到治天下的要求,他也无法接受这样德行不足的人的禅让,他带着孩子,夫负妻载,带着必需品,从海路远走高飞了。

这种让天下而没人要的故事,在《庄子》一书中多次出现。这里,其内容是在递进中讲述的。头两个被禅让而不受者,至少表面的原因是有病。很好。第一,庄子强调的是生命高于权力,为权力丧生害命,智者不取也。第二,对天下负责的话,应该对自身的健康有高标准严要求,不能以病体弱躯去冒险,既是冒自己的小命的险,也是冒天下人的幸福安康的险。

　　第三个人善卷,谈的是百姓的快乐,劳动人的快乐,低消费、勤劳辛苦、适时休息、随着季节天时过日子,其乐无穷。这里有健康,有淳朴,有洁身自好,有知足常乐,读之受益匪浅。

　　第四个人石户之农,则反过来对禅让者大舜有所批判——瞧你累成个什么熊样子! 说明什么呢? 你不懂无为而无不为的大道,你事必躬亲、心细如发、抠抠搜搜、陷于被动,你做不到自在从容、天成大妙,堂堂石户之农怎么能够接受这样的庸才的禅让!

　　这四位,一个比一个牛。当然,更牛的是庄子!

　　在牛的同时似乎也有"拔一毛而利天下,不为也"的味道。目前,国人的社会意识、社会责任意识、社会主义意识,都是很强的,听到一般认为是孟子概括杨朱的这个说法都觉得它可笑与可鄙。现在也有人从维护人身权利的角度为这个说法辩护。《庄子》这里则是从治天下利天下其实是乱天下的角度来从根本上否定"拔什么利什么"这个命题。有些段落,它连黄帝都批,连唐尧虞舜都骂,什么原因? 是黄帝是尧舜,非桀纣非盗跖,这正是天下大乱的标志,这种明君、暴君、圣君、昏君的观念正是权力争夺、生灵涂炭的根源。《庄子》乌托邦主义认为,各顾各的逍遥,各顾各的愚朴,各行各的本性,本来是天下太平、吗事没有的。天下本无事,圣人自扰之。正是从这个角度上,才能理解它的辞让哲学:再不要在治天下的幌子下扰民害民了!

　　　　大王亶父居邠,狄人攻之;事之以皮帛而不受,事之以犬马而不受,事之以珠玉而不受,狄人之所求者土地也。大王亶父曰:"与人之兄居而杀其弟,与人之父居而杀其子,吾不忍也。子皆勉居矣! 为吾臣与为狄人臣奚以异! 且吾闻之,不以所用养害所养。"因杖策而去之。民相连而从之,遂成国于岐山之下。夫大王亶父,可谓能尊生矣。能尊生者,虽贵富不以养伤身,虽贫贱不以利累形。今世之人居高官尊爵者,皆重失之。见利轻亡其身,岂不惑哉!

周文王的祖父亶父居住在邠地,受到狄族人的攻击。他向狄人献上皮毛绸帛,狄人不要;献上犬马,狄人也不要;献上珠宝玉石,还是不要。狄人要的是土地。亶父说:"与人家的哥哥住在一起而要人家的弟弟去送命,与人家的父母住在一起而要人家的儿子去送命,这不是我能狠心做得出来的事。你们都坚持住下来吧。当我的臣民与当狄人的臣民又能有多大分别?而且我听人家说过,要土地是为了养活民人,总不能为土地而为害民人吧?"于是他扶着拐杖就走了,民人成群结队地跟随着他,到了岐山,另成立了一个侯国。像大王亶父这样,算是足够尊重生命的了;能够尊重生命的人,不会由于富贵而养尊处优反而伤害身体,也不会由于贫贱而贪利以致牵累自身的形象与行止。如今的高官尊贵之人,都生怕失去自己的官衔俸禄,见利忘身,不知自爱,这未免是太糊涂了吧!

这个事例有些极端,道理却很可爱。为了避免战争,避免民人(我在书中多用"民人"一词,是由于现时最最常用的"人民"其实是一个解放区的时尚新词,特别在一九四九年前后此词有强烈的意识形态含义、政治含义,与庄子时期对于百姓、民人的观念不怎么相同)的伤亡,而连国土都不要了,这是现代人很难理解与接受的。这与当时的政治地理与人文地理情况有关:第一,那时只知有侯国间的纷争,有民族间的争夺,没有现代的民族国家生死存亡之战。第二,那时的土地辽阔,人口稀少,这里不是说了吗,亶父走到一边,再建一个侯国也就行了,这当然是如今所无法想象的。第三是书里没有说的,这里肯定有实力对比的背景,如果亶父军事力量上处于绝对优势,入侵者打来,灭掉他就是了,同样可以找出为民谋长治久安、创万年太平的堂皇理由。如果实力不济,退避三舍倒也符合"打得赢就打,打不赢就走"的原则,而且可以打出爱好和平的旗号,有利于收买人心。亶父一走,带走了一批人,更加不足为奇。当年沙皇俄国占领新疆伊犁十年,左宗棠大军压过去,俄军撤走,也带了不少百姓走,并在边境线那边建设了与伊犁这边同名的许多村庄乡镇。

> 越人三世弑其君,王子搜患之,逃乎丹穴。而越国无君,求王子搜不得,从之丹穴。王子搜不肯出,越人薰之以艾,乘以王舆。王子搜援绥登车,仰天而呼曰:"君乎!君乎!独不可以舍我乎!"王子搜非恶为君也,恶为君之患也。若王子搜者,可谓不以国伤生矣,此固越人之所欲得为君也。

在越国,人们已经连续三代把本国的国君杀掉了,为此,王子搜深感忧虑,他跑到山洞中不肯出来。结果,越国找不到做国君的人了。人们找不到王子搜,一直追踪到了丹穴山洞,王子搜仍然拒绝出来。越国人就点燃了艾蒿,用烟雾把王子搜熏了出来,让他坐上国君的辇车。王子搜扶着绳索上车,仰天呼喊道:"老天呀,怎么就不能放我一马呢!"王子搜并不是讨厌国君位子本身,而是厌恶当国君带来的麻烦与危险。像王子搜这样的人,是不会为了王位而伤害生命的;不愿为国伤害生命,这正是越人要他做国君的原因所在。

这里显然有两种思路。一种是杀身成仁、舍身取义,大丈夫重义轻生,"人生自古谁无死,留取丹心照汗青"(文天祥),"有的人活着,他已经死了;有的人死了,他还活着"(臧克家)。总而言之,把忘我、献身、时刻准备英勇牺牲作为贤臣、烈士、忠良的首要标准。

但老庄的说法是另一种思路。他们认为,生命才是第一位的,如果国君轻生,他必然不知爱惜民力民生民人,他必然出手轻率、决策躁戾、好大喜功,国无宁日,民无宁日。恰恰是拒绝王位的人,才证明他本人并无权欲野心,不会拿着吾国吾土吾民当赌注换取自己的历史功勋,不会搞冒险主义、盲动主义,也不会无事生非,扰民害民。

前一种思路偏于伟大、超人、英雄主义、浪漫主义,弄不好会有牛皮狂妄、画虎类犬、劳民伤财、脱离实际的毛病。

后一种思路寓超拔脱俗于平实亲和之中，它符合常识、稳定惜福、保境安民，弄不好会从另一端变成庸俗实用、窝窝囊囊、胆小怕事、不思进取。

尤其问题在于：你清明逍遥，不添乱，不生事，夫唯不争，故莫能与之争；但更多的人是俗人，是浅薄之人。如果有道性的人一个个躲到山洞中去了，外面的世界归了谁呢？归了厚颜无耻的人、名利熏心的人、吹牛冒泡的人、贻害天下的人啦！怎么办呢？

　　韩魏相与争侵地。子华子见昭僖侯，昭僖侯有忧色。子华子曰："今使天下书铭于君之前，书之言曰：'左手攫之则右手废，右手攫之则左手废，然而攫之者必有天下。'君能攫之乎？"昭僖侯曰："寡人不攫也。"子华子曰："甚善！自是观之，两臂重于天下也，身亦重于两臂。韩之轻于天下亦远矣，今之所争者，其轻于韩又远。君固愁身伤生以忧戚不得也！"僖侯曰："善哉！教寡人者众矣，未尝得闻此言也。"子华子可谓知轻重矣。

韩魏两国争夺地盘，此时魏国贤人子华子去见韩国国君昭僖侯，昭僖侯面带愁容。子华子说："设若现在有一份关于天下会盟的文书，文书上写明'谁要是用左手去拿取这份文书就砍掉他的右手，谁要是用右手去拿取这份文书就砍掉他的左手，但取得了此份文书的人将拥有天下'，请问，你还会去拿取这份文书吗？"昭僖侯说："不会的，这样，我就不会去要这样的文书了。"

子华子说："很好，从这里可以看出，两手两臂比天下重要得多，身体生命又比两臂重要得多，而韩国比起天下又远没有那么重要。现如今，你们与魏国的争执又比韩国存在的重要性差远了。君王为这么点事而忧愁伤身，是太不值得了。"昭僖侯说："你讲得好啊，前来的人多了，但我还没有听过这样透彻的分析。"子华子算是分得清轻重主次的人啦！

治天下之权与生命,哪个更重要?这里《庄子》硬是主张生命第一、全生第一,其他都是身外之物。这在当时也许包含着止息争夺战乱的意图,但令其实现是太难了。问题在于,如果这套道理能令韩国国君信服,从而退让不争,那么请问,为何另一方魏君不能接受同样的道理呢?请魏君退让岂不更好?韩思魏退,魏思韩退,不还是得打起来吗?还有,一退即止,也许还可,如果你退让的结果是对方的得寸进尺呢?如果与京剧《武家坡》中王宝钏的台词一样"再退就没有路了"呢?人与人、国与国、族群与族群间的竞争心、争夺心、利益冲突是难以完全避免的,子华子的道理虽然通俗易懂,实乃太小儿科了,不是吗?一相情愿的雄辩,只讲一面理的小儿童话,又能解决什么问题呢?

鲁君闻颜阖得道之人也,使人以币先焉。颜阖守陋闾,苴布之衣而自饭牛。鲁君之使者至,颜阖自对之。使者曰:"此颜阖之家与?"颜阖对曰:"此阖之家也。"使者致币,颜阖对曰:"恐听者谬而遗使者罪,不若审之。"使者还,反审之,复来求之,则不得已。故若颜阖者,真恶富贵也。

故曰,道之真以治身,其绪余以为国家,其土苴以治天下。由此观之,帝王之功,圣人之余事也,非所以完身养生也。今世俗之君子,多危身弃生以殉物,岂不悲哉!凡圣人之动作也,必察其所以之与其所以为。今且有人于此,以随侯之珠弹千仞之雀,世必笑之。是何也?则其所用者重而所要者轻也。夫生者,岂特随侯之重哉!

鲁国国君听说颜阖是一个得道之人,就派人给他送了些钱财去。颜阖住在陋巷中,穿着粗麻布衣服,正在那里喂牛。鲁君的使者到了,颜阖自己去接待。使者问:"这里是颜阖的家吗?"颜阖说:"是啊,是颜阖的家呀。"使臣将钱币交给颜阖,颜阖说:"是你听错了吧?你最好再去核对确认一下。为什么会给我钱呢?如果有差误,你可担待不起。"使者听着有理,便回去了,要求确认;等确认完了,再来找颜阖,可就找不着了。这样说来,颜阖这样的人是当真厌恶富贵荣华的了。

人掌握大道,首先是为了爱护好安排好自身;有点余力,就去治国;剩下点渣滓,可以用来谋天下、取天下、治天下。由此可见,帝王的功业本来是圣人捎带手的业余活动,而养生全身才是圣人的首要追求。如今世俗的有点地位的人物,往往会是为了外在的目的去危及自己的身体、舍弃自己的生命,这不是太可悲了吗?圣人有什么行为动作,先要考虑好他是为了什么与是怎么样去行动。让我们想一想,如果出来这么一个人,抛起随侯的宝珠去打一只高飞的麻雀,一定会受到世人的嘲笑,为什么呢?他付出最贵重的东西去求取最没有什么价值的东西。我们现在说着的可是生命啊,其价值又远远不是随侯的宝珠所能比拟的呀!

随侯之珠的故事比较有趣,颜阖拒财的事很高尚,略显生硬。这里恐怕有前提的预设,就是鲁君很糟糕,政治很黑暗,得到鲁君的赏赐很丢人也很危险。天下没有免费的午餐,从使者那里收取财货,底下的事就会吃不了兜着走了。这样的前提却也有一种麻烦,孔子讲的宁武子的原则是邦有道则智、邦无道则愚,在邦无道的情况下你表现得太清高而且各色了,是不是最好的选择呢?还有,使者没有弄清任务就去办事,给君王当差,这可能吗?听了颜阖的强词夺理的两句话,就把钱财收回找君王再确认,也显得勉强。颜阖之清高则清高矣,却也有点大隅无方的感觉。老子本来是讲大方无隅的,即真正的方正是看不出棱角来的,这个故事却夸张地带棱带角了。老子还说"圣人方而不割,廉而不刿,直而不肆,光而不耀",圣人应该是方正而不生硬,廉洁而不尖锐,耿直而不放肆,光明而不耀眼,这与此地描写的颜阖也有不同。颜阖用巧言欺骗耍弄了鲁君的使者,令人微有不安。按照真正的老庄的原则,其实颜某无妨收下钱财,可散发给困难的乡亲,再徐徐遁去。

以珠打雀的故事好玩。事实就是这样:多少人为了一口气,为了没有升上级,没评上高级职称,为了与亲属的一点小纠纷,为了听到了一句不相干的恶言,为了情绪上的一点不顺,积恼成疾,一命呜呼,反应过度,害人害己……多了去啦!

看来《庄子》不但有妙论玄思、超越拔高、飞升遨游的半仙之体,也有极苦口婆心的务实之论、救世救人之论。一个人连自身的生命都护不住,连自己的情绪都控制不住,他能有把握保护国家与人民生命财产的安全吗?他能控制住驾驭住天下大局吗?这个说法虽不全面,但也不无道理。

大道首先用来完身全生,有点余力了才搞帝王之业——这个说法出人意表。只能这样理解,东周时期,我中国陷入了政治军事斗争(其实是内战)的疯狂之中。庄子与他的门徒们怎么办?他只好杯水救火,块冰制凉,力图将君王们的权欲、争斗狂、赌徒心态往养生全身上引。尤其是政治斗争,因素诸多,变数无尽,越急越没戏,越愁越凄凉,越想主意越做蠢事,越迫切越自取灭亡。庄子与其门徒们讲,你政治搞点业余的就行了,霸业捎带手划拉划拉就够了,千万别投入,别押宝,别一条道走到黑。这话虽嫌轻佻了些,仍然有它的针对性与可参考性。

二　见利忘义还是有所不受

子列子穷,容貌有饥色。客有言之于郑子阳者曰:"列御寇,盖有道之士也,居君之国而穷,君无乃为不好士乎?"郑子阳即令官遗之粟。子列子见使者,再拜而辞。使者去,子列子入,其妻望之而拊心曰:"妾闻为有道者之妻子,皆得佚乐,今有饥色。君过而遗先生食,先生不受,岂不命邪?"

子列子笑谓之曰:"君非自知我也。以人之言而遗我粟,至其罪我也又且以人之言,此吾所以不受也。"其卒,民果作难而杀子阳。

子列子生活艰窘,面色难看,一看就是没吃饱的样子。有人对郑国的相国子阳说:"像列御寇这样的人呀,那可是有道行的人,住在你的国家却生活艰窘,这是不是由于你不懂得爱惜人才所造成的呢?"郑子阳听了,就派人给子列子送粮食过去,子列子恭恭敬敬地谢绝了。使者走后,子列子回到内室,妻子抚着胸口对他说:"人家说,如果是得道之人的妻儿,应该过得上幸福安逸的生活。如今呢,我们跟着你,一副吃不饱的模样,相国爷从这儿过,给你送点粮食,你还不要,难道是天生的穷命吗?"

子列子笑着说:"相国爷并不是自己对我有所了解、有所肯定的呀!他听了他人的话才给我送粮,如果只是听了别人的话就给我送粮,也就会因为听了谁谁的话怪罪我什么事。所以说,我不能接受这样的赏赐啊!"

其后,果然郑国发生了动乱,民人作乱把子阳给杀掉了。

继续发挥有所不收不受的道理。稍稍牵强了一些,如果能听得进别人讲你的好话,这不能说就不算数。谁能什么事都由自身来掌握第一手材料,由自己下决心呢?尤其是高官大臣君王,他们面对的是十百千万个对象,能事事亲自去了解去判断吗?子列子的道理倒不像颜阖那样生硬与尖锐(割与刿),但是否显得有点酸溜溜呢?

或谓,关键在最后一句话,子阳为相不是没有问题,而是积累了不少矛盾,子列子这才注意与之拉开距离的。也是一说,从侧面说明了,仅仅说是子阳并非亲自了解自己,以之当做拒绝示好的借口,不太站得住。

无论如何,对于威权者的示好,对于威权者提供的物质资助,能够毅然谢绝,仍然是值得称道的。受辱固然是对于人的考验,受礼遇受馈赠呢?可能是更大的考验。谁能做得像子列子一样好呢?

楚昭王失国，屠羊说走而从于昭王。昭王反国，将赏从者，及屠羊说。屠羊说曰："大王失国，说失屠羊；大王反国，说亦反屠羊。臣之爵禄已复矣，又何赏之有哉！"王曰："强之！"屠羊说曰："大王失国，非臣之罪，故不敢伏其诛；大王反国，非臣之功，故不敢当其赏。"王曰："见之！"屠羊说曰："楚国之法，必有重赏大功而后得见，今臣之知不足以存国，而勇不足以死寇。吴军入郢，说畏难而避寇，非故随大王也。今大王欲废法毁约而见说，此非臣之所以闻于天下也。"

王谓司马子綦曰："屠羊说居处卑贱而陈义甚高，子綦为我延之以三旌之位。"屠羊说曰："夫三旌之位，吾知其贵于屠羊之肆也；万钟之禄，吾知其富于屠羊之利也；然岂可以贪爵禄而使吾君有妄施之名乎！说不敢当，愿复反吾屠羊之肆。"遂不受也。

楚昭王丢了侯国、逃亡在外的时候，有一个宰羊的名叫说的人跟随着他。后来昭王翻了盘，返回了楚国，准备奖赏跟随他流亡的人，也想到了宰羊的说。说说道："大王丢了国家出走的时候，说也丢掉了宰羊的本行，如今大王恢复了楚国，说也恢复了宰羊的职业，等于我的爵位俸禄都有了，我怎么会还需要什么别的奖赏呢？"昭王说："强令他受奖吧。"说说："当年您亡国，并不是我的罪过，所以我也就不想承担起被诛杀的死罪；现今您光荣复国，也不是我的功劳，所以我也不想接受额外的褒奖。"楚王说："那么我来接见你吧。"（或曰：那么就向国人表扬一下你吧。）说说："按照楚国的规矩，只有立了大功劳得了重赏才能被接见与表扬，我呢，智慧不足以保卫楚国，勇敢不足以消灭敌人，吴军打到咱们的郢都来，我是因为躲避敌人、害怕困难才跟着你走的，并不是有什么政治上的选择或者坚定性，如今大王要违背法律与约定接见与表扬我这个人，这可不是我出人头地的正路啊！"

楚王对司马名綦的人说："这个宰羊的说，地位虽然低下，他讲的道理实在高尚，我要请他就任公侯伯三公的职位。"宰羊者说说：

"我当然知道,三公之位远远高于宰羊的事由,万钟的俸禄远远多于宰羊的效益,但是我不敢由于贪图爵位俸禄闹得让大王背上妄加施恩的恶名。算了吧,我还是回到我的羊肉铺子去吧!"最终,他没有接受这些恩宠。

屠羊说的言谈,颇像今日的职业律师。他是在条分缕析、明察秋毫、滴水不漏、眼里不掺沙子地雄辩滔滔,而又做到了入情入理。他不是为了争夺与保护自己的权益,而是为了拒绝自己认为不应该获取的名利地位。例如,他说到自己只是因为害怕敌人,不得不逃亡,并无立功保楚王的任何因素在内,这给人过于严苛的感觉。各种功业善德,如果硬从动机上抠,也许当时只是一种本能的反应,未必有大智大勇的雄心壮志。屠羊说竟然自我解构,使自己不获得任何褒奖赏赐提升,关键还在于屠羊说对自己的清醒估计——我就是这么块料,我就是宰羊的民人,我只求能正常地宰羊为生,我不贪图进入什么朝廷、官阶、白领。这一点是非常难得的。

在芸芸众生蝇营狗苟追名逐利,争权夺利,不惜白刀子进红刀子出,不惜夫妻反目、父子成仇的那个时代,这样的故事太清凉了、太可贵了,也太令人迷惑了——此人怎么会这样伟大高明,而且能说会道,怪不得他名"说"了!他是真能说呀,他偏偏为拒绝好事而说,真是少见啊!

这里流露着一种难得的清醒:无功受禄、捡到从天上掉下来的馅饼、暴得功名,大凶。

三 清贫万岁!清醒乎自恋乎

原宪居鲁,环堵之室,茨以生草;蓬户不完,桑以为枢,而甕牖二室,褐以为塞;上漏下湿,匡坐而弦。子贡乘大马,中绀而表素,轩车不容巷,往见原宪。原宪华冠縰履,杖藜而应门。子贡曰:"嘻!先生何病?"原宪应之曰:"宪闻之,无财谓之贫,学而不能行谓之病。今宪,贫也,非病也。"子贡逡巡而有愧色。原宪笑曰:"夫希世而行,比周而友,学以为人,教以为己,仁义之慝,舆马之饰,宪不忍为也。"

孔子的弟子原宪住在鲁地,居处窄小拥挤,生草盖的房顶,灌木蓬蒿做的门户歪七扭八,桑木做的枢纽,用破瓮做的窗户框,用粗布帘分开了两间房,上漏下潮,他却端坐在那里弹琴。另有孔子的弟子子贡,骑着高头大马,穿着讲究的青色内衣与洁白的外套,进入了容不下宽车大马的窄巷子,去找原宪。原宪戴着桦树皮帽子,趿拉着平底鞋子,扶着藜杖来开门。子贡说:"哎呀,先生你有什么毛病(难处)吧?"原宪回答说:"根据我的了解,没有钱只能叫贫穷,学到了东西却不去实行,学用两分家这才叫毛病(难处)。我现在只不过是贫穷罢了,并不是什么有毛病。"说得子贡磨磨蹭蹭挺不好意思。原宪笑了,他说:"为了得到好处而做事,结交友朋拉关系,为了向他人炫耀而学习,为了显摆自己而教授,而不是为了长自己的见识而学习,为了开导教化他人而教授,标榜着仁义却去做坏事,用车马的讲究来打扮贴金,这些事,我无论如何是没有脸去做的呀!"

细节带几分生动,两个问题也许矫情。第一,有道有品位的人必须穷光腚吗?只有坏人小人才能致富吗?人生只能在赤贫冻饿与为富不仁、可怜蜗居与舆马宫室两个极端中间选择吗?就没有个中不溜的、大致两全的状态吗?第二,就是清高伟大的原宪,也还要有土屋蓬户瓮窗藜杖……还是有待于物质条件对于基本不致冻饿而死的保证,他仍然是食烟火与衣葛麻的,他还要扶着藜杖呢,他也并不是只需餐风饮露、只需太虚之气的啊!第三,一般地说,人各有志,不必强勉,清高而贫贱者见到富贵而低俗者,付之一笑也就足够了,因为,你既然清高伟大,根本不会对富贵低俗者多看一眼,不会将他们的俗腔俗调听进耳鼓,哪里用得着与之进行辩论呀!与俗鄙者掰扯,本身已经堕入俗鄙的旋涡,不是太与自己的精神境界无法匹配了吗?

很简单,鄙俗者需要不断地证明自己的成功胜利,需要不断地自我炒作造势穷诈唬,而清高者只需低头专心做事,专心弹琴唱歌也比去逞口舌之巧去羞辱或驳倒鄙俗者好。

  曾子居卫,缊袍无表,颜色肿哙,手足胼胝。三日不举火,十年不制衣,正冠而缨绝,捉衿而肘见,纳屦而踵决。曳縰而歌《商颂》,声满天地,若出金石。天子不得臣,诸侯不得友。故养志者忘形,养形者忘利,致道者忘心矣。

曾子住在卫地,身上穿的是糟烂得分不出里与面、破絮的袍子,脸面浮肿走形,手脚都磨出了厚茧子。他有时候三天不生一次火正经做饭,十年没有置办过新衣服。他是扶扶帽子,弄不好就弄断了帽子带,扯扯大襟,弄不好就露出了胳膊肘,蹬一下鞋靴,后跟处就开了绽。他趿拉着破鞋,高歌《商颂》之曲,声音充满天地,完全是金石般的响亮之声。天子无法使用支配他,诸侯无法与他交际套瓷。所以说,注重培养发育自己志向的人会忘记自己的形体,注重保护与滋养自己形体的人会忘记自己的蝇头小利。而一心求大道的人呢,就干脆彻底忘掉自己的心机心计心事啦!

中国确实有尊崇清高的传统,多少能与为富不仁抗一抗,哪怕是阿Q式地从精神上胜它一利。中国确实也有仇富仇贵的传统,多少能为弱者们失败者们出一点虚气。中国人有重精神享受、精神品格、精神境界的传统,这倒是很好。尤其是现在,一些个暴发户,一些短平快的一时获利者,浮躁到了极点,也猖狂到了极点,读读《庄子》有好处。顺便说一下,老王可不是穿破絮的人,老王的葡萄是甜的,一点不酸。

  孔子谓颜回曰:"回,来!家贫居卑,胡不仕乎?"
  颜回对曰:"不愿仕。回有郭外之田五十亩,足以给飦粥;

郭内之田十亩,足以为丝麻;鼓琴足以自娱,所学夫子之道者足以自乐也。回不愿仕。"

孔子愀然变容曰:"善哉回之意!丘闻之:'知足者不以利自累也,审自得者失之而不惧,行修于内者无位而不怍。'丘诵之久矣,今于回而后见之,是丘之得也。"

孔子对颜回说:"颜回呀,你过来!你家境贫穷,地位卑贱,为什么不去做官呢?"

颜回回答:"我不愿意做官。我在郊外有五十亩土地,足够我喝粥糊口的了。在城内我还有十亩地,足够我养蚕种麻做衣裳的了。弹弹琴,我可以自我娱乐。从您那里学到的那些道理,也足够我高高兴兴地受用一辈子的了。我可不愿意去做什么官呀!"

孔子一下变了脸色,说:"颜回你的心意太好了呀!我听说过:'懂得知足的人不会贪图利益而自找麻烦,自得其乐、达观的人不会因为有点损失挫折就沮丧。有修养的人不会因为没有地位而抬不起头来。'这些道理我讲得很久了,今天从你身上我见到了标杆,我今天算是很有收获呢!"

中国的官本位意识,至少从东周时期已经形成了。想想看苏秦与他的嫂嫂的故事吧,他嫂嫂对他前倨而后恭,无耻已极,只因为后来苏秦当上了大官。像庄子这样,本人不喜当官,又在他或他的学生的书写里如此贬低官本位,少见。

中山公子牟谓瞻子曰:"身在江海之上,心居乎魏阙之下,奈何?"瞻子曰:"重生。重生则轻利。"中山公子牟曰:"虽知之,未能自胜也。"瞻子曰:"不能自胜则从,神无恶乎?不能自胜而强不从者,此之谓重伤。重伤之人,无寿类矣。"

魏牟,万乘之公子也,其隐岩穴也,难为于布衣之士;虽未至乎道,可谓有其意矣。

中山公子牟对瞻子说:"我身在江海旷野之中,心却仍然流连在朝廷宫阙那边,你说我该怎么办呢?"瞻子说:"你要重视生命,重视了生命,就会看轻那些身外的利禄。"中山公子牟说:"我不是不知道这个道理,但是我战胜不了我自己的欲望。"瞻子说:"战胜不了自身,就跟随着欲望走吧。(或是说,战胜不了自身,也只能随波逐流认命啊!)人的精神是会有许多痛苦的。战胜不了自身,又不能顺从自身或顺从命运,自己与自己强争苦斗,那就叫严重的自我伤害。严重自我伤害之人,还怎么活下去啊!"

这位公子牟,是王室公子,金枝玉叶,能隐居在岩石山洞之中,他不完全甘心做老百姓,虽然算不上得道之人,也算是沾了点仙气或者有那么点意思的啦!

这里的关键是这个"从"字。前贤多认为是说不要自我斗争太苦,不能胜己,就顺着自己吧。可能不错,但也不无自相矛盾处。能不能得到功名利禄,难道是自己的愿望所决定的吗?难道得不到功名利禄还有什么自慰工具可以代替的吗?难道得不到功名利禄的人都是由于不从顺自我,自己与自己作对才鸡飞蛋打名利双失的吗?再从庄子的一贯主张来看,他从来没有说过可以顺着自己的名利欲望走,如果他忽然主张起顺从欲望来,前边的那么多非名非利非欲的主张全部作废了吗?如此这般,我尝试从另一个角度想想:你身在江海就从江海吧,你身在蓬蒿就顺应蓬蒿吧,安时顺命嘛,到哪儿说哪儿嘛。你心存魏阙就心存魏阙吧,做梦吃肉包,就梦中吃足,梦后舔嘴唇吧!不要连嘴唇都不让舔,不要连梦里娶媳妇都挨批判!

还有一点有趣的是,这句话后来也成了有名的成语,略有改变,叫"身在江湖,心存魏阙之上",含义解释为:人已经下野,仍然惦记着朝廷的事。也许多半解释为在位不在位都忧国忧民的大好意思。莫非真有这种好意在焉?就更说远了吧?

最后结束于对于魏牟的评价,评得很厚道,不像内篇中对于列子御风的评价,好上还要加好,高上还要更高,非把高人再往下压压才可。说是魏牟实际上难于为布衣之士,他其实当不了老百姓,但是能进进深山,住住岩洞,也算有点道意了。

> 孔子穷于陈蔡之间,七日不火食,藜羹不糁,颜色甚惫,而弦歌于室。颜回择菜,子路、子贡相与言曰:"夫子再逐于鲁,削迹于卫,伐树于宋,穷于商周,围于陈蔡,杀夫子者无罪,藉夫子者无禁。弦歌鼓琴,未尝绝音,君子之无耻也若此乎?"
> 颜回无以应,入告孔子。孔子推琴喟然而叹曰:"由与赐,细人也。召而来,吾语之。"
> 子路、子贡入。子路曰:"如此者可谓穷矣!"
> 孔子曰:"是何言也!君子通于道谓之通,穷于道谓之穷。今丘抱仁义之道以遭乱世之患,其何穷之为!故内省而不疚于道,临难而不失其德,天寒既至,霜雪既降,吾是以知松柏之茂也。陈蔡之隘,于丘其幸乎!"
> 孔子削然反琴而弦歌,子路扢然执干而舞。子贡曰:"吾不知天之高也,地之下也。"
> 古之得道者,穷亦乐,通亦乐。所乐非穷通也,道德于此,则穷通为寒暑风雨之序矣。故许由娱于颍阳而共伯得乎共首。

孔子在陈国与蔡国之间陷入了困境,七天没有生火做饭了,做点汤羹吧,里头连个粮食粒都没有。他的脸上显出了疲惫不堪的颜色,还在屋里弹着琴唱歌。颜回在外头择菜,子路与子贡说话:"咱们的先生被人家鲁国赶走了两次。在卫国无声无迹,大约是被封杀了痕迹与影响。在宋国树下讲学,连给他遮阴的大树也被人砍伐掉。他在商周二地穷途末路,又在陈蔡之间受到围困。意欲杀害先生的人无罪,任意污辱先生的人不被阻禁。这种处境下,先生的演奏与歌唱不停,世界上竟有这样不怕丢人的人吗?"

颜回不知道怎样回应他们才好,便去告诉了孔子。孔子把正在抚奏的古琴一推,叹了一口气,说:"子路与子贡这是小人(?)之见,叫他们来,我与他们谈谈吧。"

二人来了,孔子问他们是怎么个说法,子路说:"我们感到的是,咱们这回可真是进入了穷困的境地啦!"

孔子说:"这叫什么话!君子一切以大道为标准,搞得通大道的就叫通,感觉到大道已经无法再精进一步了的才叫穷。我现在的处境是掌握了仁义的大道,却遭遇了世道昏乱的阻害,这算什么穷困之境呢?我自我反省,并没有在对于大道的领悟与宣讲上感到困厄,面对外界的麻烦事故,我的表现也都符合德行的准则。这就好比天气寒冷了,雪要降下来了,我们更知道了松柏蓬勃的生命力。陈蔡之间的这点考验,那说明我生正逢时啊!"

孔子恢复了高兴的神色抚琴唱歌,子路拿起了木牌奋力起舞。子贡说:"我们真不知天高地厚呀!"

古时候得道的人,命运通达时是快乐的,命运穷困的时候照样是快乐的。他们快乐的来由与内容根本不在于自己的通达与穷困,而在于自身与大道同在。既然与大道相合了,那么命运的通达与穷塞,对于他们来说,不过是天气变化、冷了热了、起风了下雨了这一类外在的必有的先后替换式的变化罢了,不值得计较。这样,许由、共伯在颍阳、共首的艰苦境遇下照样能快乐地度日。

孔子游说列国屡屡败绩的故事见于各家各书,《庄子》杂篇上的这一段有它的可圈可点之处。首先,孔子在艰难之中抚琴唱歌,说明抚琴唱歌对于表达与制造乐观情绪颇为有益。按照心理学的说法,你可能开始是用抚琴歌唱来抵制不良心绪,甚至可能是故作镇静与强颜欢笑,但是对付某种情势的手段有可能变成情势本身,意愿可能变成真实,这实在是好事。

子路子贡对老师孔丘有所不理解,这太正常了,遇到那种七天不举火执炊的情势还能抚琴歌唱,这是比较稀罕的,有所悲观有所困惑则是完全正常的。颜回只好去汇报,好玩。而且孔子一听就批评子路子贡是"细人",我怀疑那时的细人是否一定要作小人解,也许只是说他们心胸偏于纤细,不够开阔吧!但七日不炊毕竟首先不是心胸问题而是肠胃问题啊。换一个角度,也许此段描写会引起人们对于颜回行事风格的质疑。孔子对于颜回是称赞得最多的,难道其中也有颜回能遇事汇报的因素?也许这只是歪批的性质吧?

只有道的穷通(通塞),没有事功、命运、俗务方面的穷通,这样说一说,很好。但穷通二字的本义一般是指命运指运气,不应是指学问道德;如果是指学术修养,可以讲通与不通,却难讲穷与不穷或塞与不塞。

得了大道,对于命运的穷通看得如同寒暑风雨的相互代替一样,这话说得好。人生与天气一样,常会有不测风云,常会有升温降温,这些说得何等开阔而且客观!这确实是通人的表现。但这样一说,更证明穷与通的判断不可能完全离开形而下的遭遇,当然包括吃得上热饭还是吃不上热饭。

四　世事何肮脏,死以守清白

舜以天下让其友北人无择,北人无择曰:"异哉后之为人也,居于畎亩之中而游尧之门!不若是而已,又欲以其辱行漫我。吾羞见之。"因自投清泠之渊。

汤将伐桀,因卞随而谋。卞随曰:"非吾事也。"汤曰:"孰可?"曰:"吾不知也。"汤又因务光而谋,务光曰:"非吾事也。"汤曰:"孰可?"曰:"吾不知也。"汤曰:"伊尹何如?"曰:"强力忍垢,吾不知其他也。"

汤遂与伊尹谋伐桀,克之,以让卞随。卞随辞曰:"后之伐桀也谋乎我,必以我为贼也;胜桀而让我,必以我为贪也。吾生乎乱世,而无道之人再来漫我以其辱行,吾不忍数闻也。"乃自投椆水而死。

汤又让务光曰:"知者谋之,武者遂之,仁者居之,古之道也。吾子胡不立乎?"务光辞曰:"废上,非义也;杀民,非仁也;人犯其难,我享其利,非廉也。吾闻之曰,非其义者,不受其禄,无道之世,不践其土。况尊我乎!吾不忍久见也。"乃负石而自沉于庐水。

舜打算把天下让给他的朋友北人无择,北人无择说:"君王的为人太怪异啦!他本来躬耕于田亩之中,却动辄到尧君的宅门里串串,后来接受了尧的禅让;这还不算完,又要用他的那一套不光彩的作为来玷污到我这儿,我实在羞于见这样的人。"于是他投入清泠之深渊,自尽了。

商汤要讨伐夏桀,找卞随来商议,卞随说:"这不关我的事。"(或曰,这事我可不懂。)汤说:"那么找谁商量商量好呢?"卞随说:"我不知道。"于是汤找了务光商议,务光说:"这事我可说不了。"汤问:"找伊尹商议好不好?"务光说:"伊尹这个人能坚持,能忍辱负重,别的我就说不好了。"

商汤与伊尹研究了伐桀的事,把夏桀拿下来了,然后他打算把天下的一半让给卞随。卞随说:"当初国君找我商量伐桀,一定是认为我很精明狠毒,我没有接这个茬。现在君王胜了,又要把天下让给我一半,那一定是认为我这个人很贪婪。我生活在乱世,而汤这样的无道之人多次用他丢人的行为动议来搅扰我,这不是我所能屡屡承受的。"他投入椆水河,自尽而死。

于是商汤转而要将半个天下让给务光,他说:"有智谋的人才能作出正确的谋划,勇敢无畏的人才能接纳与完成这样的谋划,由仁爱之人来坐天下,这是自古以来的法则。你为什么不能挺身而出呢?"务光推辞说:"搞掉在上位的夏桀,这是不讲道义。杀了不少民人,这是不讲仁爱。别人去苦战,我来享受胜利的果实,这就是不廉洁。我早就明白并且接受:做了不符合道义与规范的事,便更不能接受因做此种事情而被赠与的俸禄。(或对于不讲道义者,决不可接受他的俸禄。)无道的国土,根本就不应该去,何况是尊崇我去当什么君王呢？我可不能长期地面对这样不光彩的局面。"于是，他给自己绑上石块，沉入庐水，自尽而死。

好家伙，越说越厉害越极端，不但不能参与坏事，一切政事世事国事、一切体制内的事情都必须远远避离，逆风远去二百里，不但不能参与商议、作为、加官晋爵、受赏领饷，听到了世俗庸俗的话语都无颜见人，愧对父老友人，都要自杀全节。偏偏这些人名声在外，而且都是君王的哥们儿，是君王的首选，光芒四射，欲盖弥彰，最后一个个排着队自杀。

尤其是卞随，不事事功，无为逍遥，但也没有反对过商汤之得天下，等到要让给他天下了，他再把成汤革命的事批个体无完肤，甚至为之而自尽，用意何在呢？按照老子的说法，你应该渊深静默，你应该知白守黑、知雄守雌。按照《庄子》内篇说法，你应该如槁木死灰般，按照《庄子》外篇说法，你应该呆若木鸡。按照孔子说法，你应该邦无道则愚。如果你做到了这些，你还会被君王们看中吗？被君王看中了，却又洁癖至于活不下去，这不是有点咎由自取吗？

这也与《庄子》外篇的说法大不一致，外篇《天道》讲的是"无为则俞俞，俞俞者忧患不能处，年寿长矣"（清静无为了就能轻松愉快了，轻松愉快了就不会受到忧患的侵扰了，也就能健康长寿了）。"其天守全，其神无郤，物奚自入焉？"（《达生》）他们的良知良能是完整的，他们的精神是无缺失、未受干扰的，外物与对立面又怎么会对他们有这么大的干扰呢？

昔周之兴，有士二人处于孤竹，曰伯夷、叔齐。二人相谓曰："吾闻西方有人，似有道者，试往观焉。"至于岐阳。武王闻之，使叔旦往见之，与之盟曰，加富二等，就官一列。血牲而埋之。二人相视而笑，曰："嘻，异哉！此非吾所谓道也。昔者神农之有天下也，时祀尽敬而不祈喜；其于人也，忠信尽治而无求焉。乐与政为政，乐与治为治，不以人之坏自成也，不以人之卑自高也,不以遭时自利也。今周见殷之乱而遽为政,上谋而下行货,阻兵而保威,割牲而盟以为信,扬行以说众,杀伐以要利,是推乱以易暴也。吾闻古之士,遭治世不避其任,遇乱世不为苟存。今天下暗,周德衰,其并乎周以涂吾身也,不如避之以絜吾行。"二子北至于首阳之山,遂饿而死焉。若伯夷、叔齐者,其于富贵也,苟可得已,则必不赖。高节戾行,独乐其志,不事于世,此二士之节也。

在周朝开始兴起的时候,孤竹国里有两位士人,一个叫伯夷,一个叫叔齐。一次二人听说西边一个地方有个人似乎很有道性,决定不妨试着过去看一看。到了岐阳,他们的到来被周武王知道了,武王便让叔旦去见他们,与他们相约,给他们的俸禄要提高两级,而官职属于头一等。还要按最正规的仪式将盟书蘸上牲畜的鲜血埋于地下,以示郑重禀天。伯夷、叔齐二人相视而笑,说道:"这事可怪啦,这并不是我们追求的大道呀!当年神农氏统治天下的时候,按时按季祭祀,十分崇敬,但并不祈求什么好事好处,对天下人他也是恪忠恪信,但并不对民人要求什么。他绝对不追求功利,愿意参与议政的人就让他参与好了,愿意管理的就让他管点事好了。他从不把别人的失败当成自己的成功,他也从来不会以别人的卑下来抬高自身,还不会以机会的出现来谋求自身的利益。现在周国看到商纣造成的乱局,就急急忙忙地想取而代之,从上边先大加谋划,积累(或广用)财货,依仗兵力来保持声威,杀牲祭天来盟誓以取得信用。讨伐征战来争权夺利,这是用发起动乱来替换商纣的暴虐。根据我们的知识,古代的士人,遇到治世不躲避责任,处于乱世不追求苟活。现在是世道黑暗,殷商德行衰微,再加上周国的问题来玷污我们的身心,不如躲避开这些肮脏来保持自身的清洁。"这两位先生向北面走,到了首阳山,最后饿死在首阳山了。像伯夷、叔齐这样的人,即使能够得到富贵荣华,他们也是完全不感兴趣的。他们有高尚的名节、独特的品行,他们为坚持住了自己的原则与价值观念而心怀快乐,他们不肯侍候那些庸俗的世人。这就是二位先生的节操原则呀!

《庄子》在前文中对于伯夷、叔齐是不以为然的,因为他们为了后天的名节原则而害了自己的性命,这里突然转变了观点。这个故事编得不无拙劣,敢情不是武王啰唆了他们,而是他们为寻找得道者把自己送到了武王跟前,这是什么意思呢?如果你倾心的是大道,应该更沉稳、静笃、恬淡、自然,到处跑个啥?老子不是早就说过吗:"不出户,知天下;不窥牖,见天道。其出弥远,其知弥少。"你们两位在前朝覆灭、准备殉之的前提下,去找如日中天的掌权人周武王?不可思议呀!周武王并未亲自接见,而是派下属见之。一听要善待接纳,不能活了;如果周武王派人要求他们二位坐监狱反省交代并处以刑罚呢,会不会老二位反而能够活下去?

转了一圈,到了杂篇这里,怎么又流露出了非老非庄的名教杀人的气味,甚至还提出处遇乱世不为苟存来了?

老王说:《庄子》是不是太急于扭转社会风气了?追名逐利、蝇营狗苟、冒险投机、吮痈舐痔、官本位、拜金主义等令庄周实在看不下去了。讲了这么多可爱与相当极端的故事,他提倡的是清洁的精神。呜呼庄周,除了讲故事说寓言编织华美的文章以外,你能够怎么样呢?你说到底究竟能够怎么样呢?所有的社会,庸俗的人比清高的人多,保有低级趣味的人比摆脱了低级趣味的人多,利欲熏心或权欲熏心的人比清净如山泉的人多,你改变得了这种结构吗?怎么办呢?

用提倡某种精神的办法、用写文章讲故事的办法改变风气,只是空谈。仅仅满足于糊口水准也是一相情愿,怎么样承认人们对于自身利益的关切,同时规范人类行为与人际关系,并且树立更高的精神追求,这是一个永远需要做、永远无法彻底完成的任务。

如果替《庄子》说一句话,那么这里提倡的辞让哲学,不仅仅是为了清高,更不仅仅是为了谦逊的品德,还不仅仅是为了避免风险,更重要的是庄子要主张一种清静无为的政治哲学,也许可以称为是中国古代的准无政府主义。它提倡一种各顾各、个顾个的政治理念,你根本不需要去眼观六路、耳听八方,谁也用不着操心那么多国事天下事他人之事,谁也不要一心去当天下之警察。也就是,不要当天下的圣人,天下圣人其实就是天下警察。说什么"天不生仲尼,万古如长夜",那种长夜才是人们的生活的最好光景。谁也不要有什么政治抱负,每个人逍遥自在简易随便地生活,天下自然太平。

你当然可以认为这种主张太片面偏执,但你不能不佩服它讲的自有其道理。

盗跖:痛斥儒家的道德理想与行为规范

本节三大段。第一大段也是主体,是讲盗跖与孔子的辩论,硬是将孔子说得哑口无言。闹出个横蛮霸道的大盗来批孔,《庄子》的文章够满不论(读 lìn)的。然后是满苟得与子张的辩论。最后是无足与知和之辩。

清代龚自珍诗曰:"九州生气恃风雷,万马齐暗究可哀。我劝天公重抖擞,不拘一格降人才。"太少了,像庄子这样不拘一格(也就是打破已有的规格、格局)的人才,像《庄子》这样不拘一格(也就是打破已有的规格、格局)的奇书!

一 盗跖猛批孔子

孔子与柳下季为友,柳下季之弟,名曰盗跖。盗跖从卒九千人,横行天下,侵暴诸侯。穴室枢户,驱人牛马,取人妇女,贪得忘亲,不顾父母兄弟,不祭先祖。所过之邑,大国守城,小国入保,万民苦之。

孔子谓柳下季曰:"夫为人父者,必能诏其子;为人兄者,必能教其弟。若父不能诏其子,兄不能教其弟,则无贵父子兄弟之亲矣。今先生,世之才士也,弟为盗跖,为天下害,而弗能教也,丘窃为先生羞之。丘请为先生往说之。"

柳下季曰:"先生言为人父者必能诏其子,为人兄者必能教其弟,若子不听父之诏,弟不受兄之教,虽今先生之辩,将奈之何哉!且跖之为人也,心如涌泉,意如飘风,强足以距敌,辩足以饰非,顺其心则喜,逆其心则怒,易辱人以言。先生必无往。"

孔子与柳下季(即我们熟知的柳下惠)是好友(事实上不可能,从史料上看二人年龄相差近百年),柳下季的弟弟是大盗,被称为盗跖。这个盗跖带着九千名卒子横行天下,侵犯诸侯领地,在住家墙上穿洞,毁坏门窗枢纽,掠夺居民的牛马,强占良家妇女,贪得无厌,六亲不认,从不照顾父母兄弟,也不祭祀祖宗先人。他所到的地方,大国紧闭城门,小国躲进堡垒,民众深受其害。

孔子对柳下季说:"当爸爸的人应该能够督导他的儿子,当哥哥的人应该能够教育他的兄弟。如果父兄对于子弟不能有什么教导,这样的父子兄弟的亲密关系也就不那么宝贵了。如今先生你是举世有名的贤才之士,而你的弟弟却是世间的祸害,连我也替你感到难为情,我要为了你的缘故(或以你的名义)去说服教育你的弟弟。"

柳下季说:"先生你说,当爸爸的人一定要能够督导自己的儿子,当哥哥的人一定要能够教育自己的弟弟。要是当儿子的不听他爸爸的督导,当弟弟的不听他哥哥的教育,虽然像你这样有辩才,讲得再好,又有什么办法呢?再说我这个弟弟盗跖呀,心思像泉水喷涌,一会儿一个念头,意念像大风劲吹,飘忽不定,他的强劲可以抵挡住对立面,他的辩才又可以为自己文过饰非。而且他的特点是谁顺从他的心意他就高兴,谁违逆他的心思他就大怒,而且他出口伤人,伶牙俐齿,请先生务必不要去答理他。"

在《庄子》一书中,这算是一个篇幅比较长的故事。盗跖恰恰是"坐怀不乱"的柳下惠的弟弟,孔子长得又像作奸犯科的阳货,以致被人认为是阳货而被包围,这些情节颇像古典小说或戏剧。越是古代人越是喜爱大喜大悲、大奸大忠的戏剧化思路,而今人越益散文化、杂文化、博客化了,呜呼,惨淡也夫!

孔子认定父能训子、兄能教弟,这未免太简单了。也许孔子是为了强调人际的社会责任性,子不教,父之过,弟不敬,兄之错。国家兴亡,匹夫有责;坏人横行,其三亲六友都难逃罪责。每个人都对另外的人负着大大小小的责任,这种观念中有现代或后现代的意思。

比较妙的是对于盗跖的描写,它的文学性很强,在中国泛道德论的统领下能对恶人有这样的描写,殊为不易。"心如涌泉",其实应该译作其灵感如泉涌一般;"意如飘风",其意念瞬息万变,运算速度超过当今最先进的计算机。这是天才,是精神病患者,是疯子,也是魔鬼,也未必不可能是圣徒。希特勒、墨索里尼就是这样的人,黑手党党魁多半也是这样的人。中国的无数恶人猛人暴人也有类似的性格与特色。但同时某些好人某些艺术家也会如此。我甚至从柳下季的言语中感受到他自愧弗如的潜台词。不知道这算不算恶搞,如今不是没有人认为柳下惠的事迹说明了他的冷淡与委顿,也许他早就做到了呆若木鸡的境界了?也许他的智商与情商就是远远赶不上他的弟弟大盗曰跖?

我还要说一句石破天惊的话,不知道前贤说过没有,如果没有,我坚决要登记我的知识专利。"心如涌泉,意如飘风",不仅是智商与心理素质,尤其是一种迷人的极其性感的风格、内在的美,还是一种所谓"东方意识流"的心理现实主义与心理浪漫主义的文学方法。够得上这个"格"的肯定还有一个人,就是庄周本人。再说一句"老来无虑便猖狂"(本人二〇〇九年诗句)的话,也许勉强跟得上的,还有老王。当然,庄子等没有盗窃、掠夺、杀人、带匪卒作战的记录。正像儒家的仁义道德有可能变成中性,为各种不同的人所利用标榜一样(见《外篇·胠箧》),"心如涌泉,意如飘风"也可能存在于大盗的身上。即使是在大盗身上,这样的品质也实在可爱。我还要说:加上后文,《庄子》塑造的盗跖形象非常生动与成功。

孔子不听,颜回为驭,子贡为右,往见盗跖。盗跖乃方休卒徒大山之阳,脍人肝而铺之。孔子下车而前,见谒者曰:"鲁人孔丘,闻将军高义,敬再拜谒者。"

谒者入通。盗跖闻之大怒,目如明星,发上指冠,曰:"此夫鲁国之巧伪人孔丘非邪?为我告之:'尔作言造语,妄称文武,冠枝木之冠,带死牛之胁,多辞缪说,不耕而食,不织而衣,摇唇鼓舌,擅生是非,以迷天下之主,使天下学士不反其本,妄作孝弟而侥幸于封侯富贵者也。子之罪大极重,疾走归!不然,我将以子肝益昼铺之膳!'"

孔子复通曰:"丘得幸于季,愿望履幕下。"谒者复通,盗跖曰:"使来前!"

孔子趋而进,避席反走,再拜盗跖。盗跖大怒,两展其足,案剑瞋目,声如乳虎,曰:"丘来前!若所言,顺吾意则生,逆吾心则死。"

孔子不听柳下季的话,让颜回驾车,让子贡坐在右手(相当于副驾驶),与盗跖见面去了。盗跖率领部下刚好在泰山南面休整,正在吃人肝做成的菜肴。孔子下车,走向前去,对接待的人说:"鲁国人孔丘,听说将军讲义气、树高风,特地前来拜见。"

接待者进去向盗跖通报,盗跖一听就火了,眼放星光,怒发冲冠,说:"这不就是鲁国那个巧诈伪善的家伙孔丘其人吗?去以我的名义告诉他:'你装腔作势,制造花言巧语,妄自议论文王武王诸事,戴着华丽的帽子,系着牛皮腰带,空话连篇,谬误百出,不种田却要吃香喝辣,不织布却要穿戴打扮,摇唇鼓舌,无事生非,混乱视听,迷惑主子,使得天下的读书人忘记了百姓自然生存的根本,而勉强地做作孝悌的姿态来骗取一官半职,乃至封侯晋爵,富贵荣华,你真够得上是罪大恶极!还不快点滚回去!再不走我就取了你的肝做午餐!'"

孔子仍然要求通报,说:"我与将军的哥哥柳下季交谊很好,希望能进帐拜见。"接待者又进去向盗跖通报,盗跖说:"让他进来。"

孔子连忙进入帐中,躲闪着坐席,以退避的步伐向盗跖行礼,盗跖大怒,伸直腿脚,手扶宝剑,二目圆睁,声音像小老虎一样,他说:"孔丘,你过来!今天你说的让我顺心,我就放你不死;要是拂逆我的心思,我就要你的命!"

此段可与《内篇·人间世》比照而读。《人间世》中讲述颜回欲去卫国劝说卫君,被孔子劝阻,我命名这一故事为"理念 VS 威权",想不到到了杂篇这里是孔子本人天真地用自己的理念去 VS 另一种大盗的威权去了。反正,"有枪便是草头王"(样板戏《沙家浜》唱词),胜者王侯败者贼,盗跖的威权与卫君的威权未必有本质的差别。

说是盗跖吃人肝,这很可怕。但吃人肝与他的言语、思路、观点、风格、智商等并无必然联系,这会不会是故意给盗跖抹黑呢?也许其时盗跖的名声太臭了,不能不给他贴十恶不赦的标签。

而盗跖的批孔,成龙配套,高屋建瓴,不无道理;而且与整个老庄的批孔思路一致,至少比上世纪七十年代"文革"中的"批林批孔"的水平高得多。"作言造语,妄称文武",这有点批判知识分子的意味,批判"言语上的巨人、行动上的矮子"的意味。"多辞缪说,不耕而食,不织而衣",莫非盗跖已经有点农民起义军与社会革命的思路?"文革"中批作家也用过类似的话,说是作家们吃着农民种的粮食,穿着工人制造的衣服却不去歌颂工农,是忘了本。"摇唇鼓舌,擅生是非,以迷天下之主",这话事出有因,谋士们宣扬的当然不是去谋偃旗息鼓、和谐联欢,而是去玩阴谋诡计、杀砍征服。"使天下学士不反其本,妄作孝弟而侥幸于封侯富贵者",显然也不是无来历的话,这也是"皆知美之为美,斯恶已"。以孝悌之名去谋封侯富贵就更卑劣,可惜这样卑劣的人自古多于许由之类的高士。

颇有道理的老庄之学的驳论,为何偏偏要由盗跖之口说出来呢?莫非庄子搞反儒统一战线搞到盗跖这儿来了?要不就是庄子喜欢立体思维、多元思维,让强盗也获得一次思想议论的机会。

孔子曰："丘闻之，凡天下有三德：生而长大，美好无双，少长贵贱见而皆说之，此上德也；知维天地，能辨诸物，此中德也；勇悍果敢，聚众率兵，此下德也。凡人有此一德者，足以南面称孤矣。今将军兼此三者，身长八尺二寸，面目有光，唇如激丹，齿如齐贝，音中黄钟，而名曰盗跖，丘窃为将军耻不取焉。将军有意听臣，臣请南使吴越，北使齐鲁，东使宋卫，西使晋楚，使为将军造大城数百里，立数十万户之邑，尊将军为诸侯，与天下更始，罢兵休卒，收养昆弟，共祭先祖。此圣人才士之行，而天下之愿也。"

盗跖大怒曰："丘来前！夫可规以利而可谏以言者，皆愚陋恒民之谓耳。今长大美好，人见而悦之者，此吾父母之遗德也。丘虽不吾誉，吾独不自知邪？且吾闻之，好面誉人者，亦好背而毁之。今丘告我以大城众民，是欲规我以利而恒民畜我也，安可久长也！城之大者，莫大乎天下矣。尧舜有天下，子孙无置锥之地；汤武立为天子，而后世绝灭；非以其利大故邪？"

孔子说："我听人家讲过，世界上有三种优越的资质：一种是身材高大、外形美好超群，不论年少者年长者高贵者还是卑贱者，人见人爱，这是上德，人的最高的优越处。第二种资质是智力发达，包罗天地，能认识与分辨万物万象，这是中德，即中等优越的资质。第三种资质是凶猛勇敢，号召大众，能带领士兵征战，这是下等优越的资质。一般人三种资质中占上一样就能够南面称王了，如今将军你三样占全了。你身高八尺二寸，面目光泽精神，嘴唇红润，牙齿洁白得像贝壳，而你说起话来声音共鸣响亮得如同铜钟，但你被称做盗跖，被称为强盗，我实在替将军羞耻得无地自容。如果将军听我的，我愿意担当你的使节，往南到吴越等国，往北到齐鲁等国，往东到宋卫等国，往西到晋楚等国，我要让这些国家在它们当中为您造一个长达几百里的大城墙，要有数十万户人家，拥戴你成为一方诸侯，建立天下的新秩序，不再打仗，休兵裁军，收养你的同胞，祭拜共同的祖先。这才是圣人才士的行迹,也是天下人的共同愿望啊!"

盗跖大怒,说:"孔丘你给我过来!那些个可以用利害来打动、可以用言语来规劝讥刺的人都是愚昧无知的小民傻瓜之类罢了。你说什么我长得高大漂亮,谁见谁爱,那是父母留给我的好处,用得着你的赞誉吗?你孔丘不赞誉我就不知道吗?早就有人说过:那些当面歌颂你的人,也最喜欢背后损害你的名声。你现在说什么给我修大城墙,让我管多少人口,那其实是用利益引诱我,用管人的名义来管我,这种事哪是长法子啊!城墙再大,大不过天下,唐尧虞舜都是天下的帝王,他们的子孙呢,现在连个放锥子尖的地盘也没有啦!商汤、夏禹都贵为帝王,他们的子孙已经荡然无存,不就是因为他们得到过你用来说服我的那种大利益吗?"

好一个盗跖,头上长角,身上长刺,逆向思维,一心砸烂,反叛有理,绝不信社会上公认的那一套体制、观念、价值认知。你当面说我好话,哈哈,背后一定就会说我坏话,这是一种超清醒的逻辑,这也是识人ABC,可惜明白的人太少。你的善言愈多,我对你的恶评愈甚;你的许诺愈重,我认为你从我这里要夺去的就愈多;众人愈是这样认为,我愈是要找出与众人的认识相反的例证来。什么诸侯,什么恒民顺民良民模范百姓,什么尧舜汤武,我全不信全不嬲。告诉你,我就一句话,与北岛的诗一样:"我不相信!"

这个故事中的所谓孔丘也有点怪,他算哪一家的朝廷全权特使?他有什么权力让盗跖当诸侯?由他来招安盗跖,有点不伦不类吧?

"且吾闻之,古者禽兽多而人少,于是民皆巢居以避之,昼拾橡栗,暮栖木上,故命曰有巢氏之民。古者民不知衣服,夏多积薪,冬则炀之,故命之曰知生之民。神农之世,卧则居居,起则于于,民知其母,不知其父,与麋鹿共处,耕而食,织而衣,无有相害之心,此至德之隆也。然而黄帝不能致德,与蚩尤战于涿鹿之野,流血百里。尧舜作,立群臣,汤放其主,武王杀纣。自是之后，以强凌弱，以众暴寡。汤武以来，皆乱人之徒也。"

"再说我还知道，古代禽兽很多，人少，人生活于禽兽之中，于是人们在树上修建巢窝住进去以躲避禽兽，白天捡拾橡子栗子充饥，晚上进入巢窝休息，所以说他们是有巢氏的百姓。古代之人还不知道穿衣服，夏天多多地积累柴禾，冬天烧火取暖，所以说他们是一心求活的百姓。到了神农的世道，老百姓睡觉的时候安安静静，起来了畅畅快快，百姓们只知道有母亲，不知道有父亲，根本没有什么私有观念，与麋鹿一起生活，耕田求食，织布求衣，相互间没有相为害的心思，这是最到位的大德鼎盛。然而黄帝做不到德行的要求，与蚩尤大战于涿鹿，方圆百里血流遍地。其后尧舜出世，设立了各种臣子官员，商汤赶走了自己的君主，武王则杀掉了商纣，从这以后，强大的干掉弱小的，人多势众的压倒人少势单的。从汤武以来，乱世开始，制造动乱的追随者们生生不息了。"

庄子的人类学研究颇有趣味的。他歌颂原始上古局限于求生避害的生活质量，建巢避鸟兽，烧火避冻死，野果充饥，最多是以耕织维持生命，也是阿凡达式潘多拉星球式的桃花源。坏事是从黄帝那时开始的，不假，此前没有战争的记忆，靠战争取胜的时代当然是以强凌弱、以多欺少的时代，然后是帝王群臣，权力之花在大地上蔓延为祸，动乱之人代代相传，再没有上古的好日子啦！

向后看的乌托邦，也是对当时社会的批判之一种，可能渐成主流。孔子的批判是既梦见周公，又树立规范愿景，再批判现实人等的各种罪过。盗跖的批判（其实也正是庄子及其门徒的批判），则是恶化定则与上古乌托邦。

"今子修文武之道，掌天下之辩，以教后世，缝衣浅带，矫言伪行，以迷惑天下之主，而欲求富贵焉，盗莫大于子。天下何故不谓子为盗丘，而乃谓我为盗跖？"

"如今你宣扬的是文王、武王的路线,穿着的是宽大的衣裳与松松地一系的衣带,用装腔作势的语言与矫饰做作的行为意图迷惑天下的君主,通过这样的方式以求得一己的富贵。如果讲强盗,你才是欺世盗名的大盗,谁也没有你要盗取的多,天底下的人为什么不说你是盗丘,偏偏说我是盗跖呢?"

好厉害的盗跖,他指出:好听的名词,惑乱人心,没有操作性的规范,只不过是花言巧语;自成体系的一相情愿的理论,只是大言欺世;不是把最简单的真理还给世界,而是把世间的一切烦琐化复杂化地说教与论辩,只能是折腾添乱……他们比杀人越货的江洋大盗还危险,他们盗掉的是世道人心,他们毁掉的是淳朴的大道。

谁是盗,谁是匪?站在正统的立场上,站在维护体制的立场上,盗跖是盗;而站在反叛有理的立场上,站在颠覆现有秩序的立场上,孔丘才是盗。盗丘云云,令人长叹。

《庄子》这方面的说法相当富有反叛性,包括此前此后说的"窃钩者诛,窃国者侯",还有"小盗者拘,大盗者为诸侯",还有儒者以诗礼之语指挥盗墓等,庄子还是有一点造反精神的。

"子以甘辞说子路而使从之,使子路去其危冠,解其长剑,而受教于子,天下皆曰孔丘能止暴禁非。其卒之也,子路欲杀卫君而事不成,身菹于卫东门之上,是子教之不至也。子自谓才士圣人邪?则再逐于鲁,削迹于卫,穷于齐,围于陈蔡,不容身于天下。子教子路菹此患。上无以为身,下无以为人,子之道岂足贵邪?"

"你用一套甜美的说辞讲给子路,使得子路脱掉了他勇者的高冠,解除了他尚武的佩剑,而变成了你的学生弟子。天下人都说孔丘能够制止暴力,禁除不良行为。后来呢,子路要去杀不仁不义的卫王,没能成功,在卫国的东门落得了粉身碎骨的下场,这是你教育不成功的结果呀！你还自以为是什么有才之士和圣贤之人吗？你那么好，为什么一再地在鲁国被驱逐、在卫国销声匿迹、在齐国穷途末路、在陈蔡之间被围困，天下没有你立足容身的地方？正是你的教导使子路遭到了那样的灾难，既不能保住身家性命，也做不好人间的范例，你那一套有什么好的！"

盗跖还要以实践效果作论据来将孔子的军呢，莫非他也倾向于实践是检验真理的唯一标准？一套啰里啰唆的儒家教训，导致的是子路粉身碎骨、孔子惶惶然如丧家之狗的效果，你还牛什么？

但盗跖的逻辑也很危险。照他说的，收效好的都就是好的？这岂不更严丝合缝地树立起机会主义的理论了吗？这不就树立起一面大旗曰"权力总是正确的，胜者王侯败者贼"了吗？理念之所以是理念，不恰恰是因为它不可能百分之百地成功、百分之百地成为事实、百分之百地兑现吗？如果你要求任何理念都必须能够百分之百地兑现，那么请问，理念兑现之后，人类还需要奋斗、思考、前进吗？历史就是这样终结的吧？凡是宣布历史终结的，怎么都令人感到有几分二百五的气味？

反过来说，盗跖也罢，庄周也罢，你们的理论、你们的追求、你们的逍遥以及与麋鹿同处的理念，你们的超越生死是非物我的理念，你们的与天地日月同一的理念，就能那么方便地百分之百地实现得了吗？孔子的学说难以兑现，如果说这是其致命弱点，那么马克思、恩格斯、苏格拉底、柏拉图、耶稣基督、释迦牟尼，各大洲各大小国的思想家、政治家、爱国者、革命家的种种伟大理念，又有谁是百分之百、哪怕是百分之八九十地兑现着的呢？

"世之所高，莫若黄帝，黄帝尚不能全德，而战涿鹿之野，流血百里。尧不慈，舜不孝，禹偏枯，汤放其主，武王伐纣，文王拘羑里。此六子者，世之所高也，孰论之，皆以利惑其真而强反其情性，其行乃甚可羞也。世之所谓贤士，莫若伯夷、叔齐。伯夷、叔齐辞孤竹之君而饿死于首阳之山，骨肉不葬。鲍焦饰行非世，抱木而死。申徒狄谏而不听，负石自投于河，为鱼鳖所食。介子推至忠也，自割其股以食文公，文公后背之，子推怒而去，抱木而燔死。尾生与女子期于梁下，女子不来，水至不去，抱梁柱而死。此六子者，无异于磔犬流豕操瓢而乞者，皆离名轻死，不念本养寿命者也。世之所谓忠臣者，莫若王子比干、伍子胥。子胥沉江，比干剖心，此二子者，世谓忠臣也，然卒为天下笑。"

"世人所谓高尚伟大的人物，谁也比不了黄帝，但黄帝也是有缺憾的。他在涿鹿的原野上进行战争，血流上百里，造成了何等的惨状！唐尧够不上慈爱，虞舜够不上孝亲，夏禹忙碌过多患了偏瘫的疾病，商汤流放了他的君主夏桀，武王杀伐他的君主商纣，文王也被拘禁于羑里达二十年。这六位先生，是世人公认的最高明的人，现在评论起来，他们也难免是为了某种功利而迷失了真性真情，他们行为的后果其实是令人羞愧的。世上还有所谓的贤士伯夷、叔齐，这两位离开了孤竹，他们的遗体甚至得不到殡葬。周之贤臣鲍焦，很注意修饰打扮自己的行止，以之讥刺世道，最后本人受到讥讽，抱树而亡。申徒狄给君王进谏，不被接受，便系上石头，跳河自杀，喂了鱼鳖王八。介子推是最最忠心耿耿的一个贤臣，曾经割下自己大腿上的肉给晋文公吃，后来晋文公复国后，遍赏群臣，偏偏忘记了介子推。介子推十分愤懑，出走后抱着树木死于晋文公放的火。尾生与女子约会于梁下，女子没有到来，尾生不见不散，不肯走，后来水涨了，尾生死于大水。这六位先生，特立独行，哗众取宠，与什么撕裂狗崽、投猪入水、拿着葫芦瓢要饭之类的怪异行为没有什么两样。他们都是传播名声，轻忽生命，忘掉人需要颐养生命的根本要务了。世上所谓忠臣，没有谁能比得上比干与伍子胥，可比干是被剖了心，伍子胥被投了江，都被天下人所耻笑。"

又来了一次横扫千军，把世上公认的圣君高人贤士名人全否定了！庄子确是一个敢于说"不"的人，《庄子》确实是一部敢于说"不"的书。当然，仅仅会说"不"是不够的，但同时，没有人挑头站出来说"不"也是不行的。

"自上观之，至于子胥、比干，皆不足贵也。丘之所以说我者，若告我以鬼事，则我不能知也；若告我以人事者，不过此矣，皆吾所闻知也。今吾告子以人之情，目欲视色，耳欲听声，口欲察味，志气欲盈。人上寿百岁，中寿八十，下寿六十，除病瘦死丧忧患，其中开口而笑者，一月之中不过四五日而已矣。天与地无穷，人死者有时。操有时之具而托于无穷之间，忽然无异骐骥之驰过隙也。不能说其志意养其寿命者，皆非通道者也。丘之所言，皆吾之所弃也。亟去走归，无复言之！子之道，狂狂汲汲，诈巧虚伪事也，非可以全真也，奚足论哉！"

孔子再拜趋走，出门上车，执辔三失，目芒然无见，色若死灰，据轼低头，不能出气。归到鲁东门外，适遇柳下季。柳下季曰："今者阙然数日不见，车马有行色，得微往见跖邪？"孔子仰天而叹曰："然。"柳下季曰："跖得无逆汝意若前乎？"孔子曰："然。丘所谓无病而自灸也，疾走料虎头，编虎须，几不免虎口哉！"

"从以上所说的诸人诸事看来，一直到比干、子胥，都不值得夸赞。孔丘你想对我讲的，如果是鬼魅之事，我倒是无话可说；要是对我讲活人的事，那么不过如此罢了，我早就明白了。现在该轮到我给你讲讲人的天生性情吧：人这个东西，眼睛要观看颜色，耳朵要听取声响，口舌要体察味道，志与气鼓鼓胀胀地来劲。人这个东西，活的寿命长的达到百岁，中等的达到八十，下等的达到六十岁。人这一辈子，除了生病、自己的或亲友的丧事死亡，一个月当中能张嘴开怀大笑的日子也就那么四五天。天与地是永恒无穷的，而人的生命是有限的，带着有限的生命生活在无穷的天地之间，就像骑着宝马经过一道墙缝一样倏忽即逝。凡是不能使人愉悦心志、颐养寿命的，都是不能通达于大道的表现。孔丘你讲的这一套,都是我所抛弃在一边的破烂货,还不快快离开,不要再讲了!你讲的那一套,都是失去真性,而且是紧紧张张、捉襟见肘、花言巧语、虚伪欺诈的货色!它不可能使人保全自己的真性,根本不值一提,你就歇着吧!"

孔子行礼告辞,急忙走掉,出门上了马车,拿着缰绳之端,三次从手中滑落下来,目光茫然,好像看不见东西了,靠着车子的辕木低下头来,连气都出不来了。回程来到鲁国的东门之外,正好遇到柳下季,柳下季说:"这回好几天没见,你坐马车行色匆匆,是去见跖了吗?"孔子仰天长叹,说:"是啊!"柳下季说:"跖是不是还是像先前那样与你的心意对着干呢?"孔子说:"可不是吗?我这样做就像没有生病却自行扎针灸烤一般,自找没趣,急急忙忙地跑去撩拨虎头,编弄虎须,差一点就被虎口吞掉啦!"

孔子意欲去教育盗跖,这符合他的知其不可为而为之的原则,世上总有一些比利害成败更高的理念。如果孔子因开罪了盗跖而被盗跖所杀,也许还能显出一些殉道者的伟大来;现在的问题是盗跖大气凛然,势如破竹,高屋建瓴,滔滔不绝,居然说得孔子尴尬狼狈。这是什么意思呢?是不是恶比善更通用,更符合世情?是不是道德虽然中听,其实并不中用?是不是任何道德说教都有自己的弱点,因为人性中本来就包含了这样那样的非道德的弱点?是不是孔子本来就是一相情愿,面对盗跖这样的强人他本来就是一筹莫展?是不是《庄子》面对满口仁义道德的孔子与满口强梁霸道的盗跖也是毫无办法,干脆让盗跖来出孔子的洋相,结果也在一定程度上出了批孔者的洋相?

二 满苟得力辩子张

子张问于满苟得曰:"盍不为行?无行则不信,不信则不任,不任则不利。故观之名,计之利,而义真是也。若弃名利,反之于心,则夫士之为行,不可一日不为乎!"

满苟得曰:"无耻者富,多信者显。夫名利之大者,几在无耻而信。故观之名,计之利,而信真是也。若弃名利,反之于心,则夫士之为行,抱其天乎!"

子张曰:"昔者桀纣贵为天子,富有天下,今谓臧聚曰,汝行如桀纣,则有怍色,有不服之心者,小人所贱也。仲尼、墨翟,穷为匹夫,今谓宰相曰,子行如仲尼、墨翟,则变容易色称不足者,士诚贵也。故势为天子,未必贵也;穷为匹夫,未必贱也;贵贱之分,在行之美恶。"

子张问满苟得说:"怎么可以不讲求仁义道德的善行呢?没有善行就不能取得别人的信赖,不能取得别人的信赖就不会得到任用,不能得到任用就不会得到功效。所以,不论是从名誉的角度来观察,还是从利益的角度来考虑,都要当真地实行仁义的。假如完全不考虑名利,只是回到内心中求得完满,那么士大夫有所作为,也不能一天不讲求自己的行为的规范啊!"

满苟得说:"现在的情况是,没有廉耻的人才会发财,能忽善悠的人才会脱颖而出。能实现名利双收而且是最大化的,差不多全靠厚颜与大言。所以,如果你是求名逐利,那么讲究仁义道德的规范就确是最重要的。而假如你淡泊名利,只求返回内心的平静与完满,那么读书人的所作所为,只求保全天性就足够了啊!"

子张说:"想当年桀与纣贵为天子,富足到拥有天下;如今,如果你说一个地位卑贱的奴仆他的品行如同桀纣一般,那么他们定会惭愧不安,他会心有不甘,无法接受你对他的所言,这是因为地位卑贱的人同样也鄙视桀纣。仲尼和墨翟呢,穷困得一如普通百姓,如今对官居宰相的显贵说什么他的品行如同仲尼和墨翟,那么他一定会敛容正色、肃穆恭谨地声明自己远远比不上孔子、墨子,这是因为读书人懂得尊重孔子、墨子的德行。所以说,地位高为天子,未必就当真值得尊敬;穷困为普通百姓,也未必就当真卑贱。尊贵与卑贱的区别,不是决定于级别地位,而是决定于德行的美丑。"

这一段辩论意味深长。子张是孔丘的弟子,他强调的是仁义道德独立的超越功业名利的至上性价值。而名为满苟得(满足于苟且获得的实用主义者、机会主义者,或者是被认为是满足于苟且获得)的庄学弟子强调的是:仁义道德其实仍是获取骗取名利的手段,是虚伪的放长线钓大鱼的策略,是吃小亏占大便宜,是大言欺世,是沽名钓誉,是登龙有术,是无耻厚颜外加自我炒作。这就牵扯到一个两难的悖论:社会应该不应该提倡与奖掖以舍己为人为标榜的仁义道德?如说应该,也许此种超越世俗利害的绝对理念绝对命令就反而变成了争夺世俗功利的捷径小道,其命运与举孝廉之类差不多。如果否,莫非社会应该提倡恶行恶德与一切自私自利?被社会奖掖的仁义道德当中,有百分之几是真正的无私奉献?又有百分之多少动机不纯,是为了表现自己,是为了大私才动辄无私起来?满苟得讲得痛快淋漓,然而偏激冷酷,依了他,社会风气只能是每下愈况与每况愈下。子张则只是从理论上讲,讲一相情愿的愿景,完全不能正面回应满苟得的质疑与挑战。

人间本来如此,理念之所以是理念,因为它还不是事实,如果它已经是事实,它当然也就没有那么大的意义了。以一个陷于饥饿的国家,严正提出人要吃饭是意义重大的;在一个基本上解决了温饱的地方或者近于奢侈的地方,强调反饥饿就没有什么意义。有理念而没有实现,于是人们会以你的理念未能实现为由来干脆反对你的理念,甚至认定你的理念是欺骗。话又说回来了,你构造了大量成龙配套的理念,结果却是实际情况的恶化,是离理念愈来愈远,人们也就有理由质疑你的理念。儒家讲的许多东西很好,合情合理,天人共悦,但为什么发展到清末民初,社会风气堕落到那般田地呢?不用抬杠,你看看《红楼梦》就都明白了。而有些并不把仁义道德挂在嘴上,而且不回避谈利益、谈人性的不良方面、谈法制管理与惩罚的地方,他们的助人为乐、急公好义、文明礼貌、诚信善良,并非没有值得我们借鉴的地方。

满苟得曰:"小盗者拘,大盗者为诸侯。诸侯之门,义士存焉。昔者桓公小白杀兄入嫂,而管仲为臣,田成子常杀君窃国,而孔子受币。论则贱之,行则下之,则是言行之情悖战于胸中也,不亦拂乎!故《书》曰:'孰恶孰美?成者为首,不成者为尾。'"

满苟得说:"小盗小贼会被拘被囚,大的强盗却可能当上诸侯;有了诸侯的门楣,也就有了义士的美名。当年齐桓公小白杀了他的哥哥、占有了他的嫂嫂,而管仲却成了他的臣子;田成子常杀了齐简公,篡夺了侯国的爵位,孔子却接受了他的赏赐。谈论起来人们会看不起桓公、田常的卑劣行径,做起事来却会是去臣服于这一类人。这就是说,言语和行动在胸中是相互对立和较劲的,这难道不是自己对自己的拂逆吗?所以《尚书》上便说:'什么算坏什么算是好?成事了你就为首为上,失败了你就只能为尾为下。'"

这几句话似平常而刺激。道德信条与成功追求并不完全是一回事,尤其是政治与军事的斗争,如一个伟人的名言:"丢了政权,形象再好又有什么用?"但反过来认定"量小非君子,无毒不丈夫",也靠不住。穷凶极恶加阴谋诡计,难以胜算永远。而靠仁义道德的说教,对于解决争端解决风气问题的作用十分有限。所以中国人提倡内圣而外王,就是说,内心里要有仁义慈爱之心之情,而对外也同样有王者之风之力之武。做到这一点又谈何容易!

"小盗者拘,大盗者为诸侯。诸侯之门,义士存焉",这话非常严厉准确。权力、实力,不但出事业,也出价值。你当上诸侯了,说你是义士的文人墨客立马就涌出来了。事情不可能全部如此,但也不可能没有此种情事。这一类事知道得太多了,你会走向恶劣,走向丧尽天良。这一类事不知道或不敢知道,你会成为永远的小儿科傻瓜。

这里满苟得的言辞还使我想起一段笑话:一个官员说,不说实话早晚要吃亏,而说了实话立马就吃亏。这里空自叹气、牢骚、谩骂于事少补,还是建立更好的政治文明与社会精神文明,构建最合理也合情的体制制度,锲而不舍地长期努力才好。

最近"维基解密"事件也发人深省:原来美国也那么样地怕什么都解密,密一解,实话一大批发,多少美好的言词与理念成了变局,说了实话立马就有人吃亏。如是如此,请问仁义道德能够建立在不准解密的基础上吗?

我们不但要说好话做好事,而且要会说话会做事,不做盗跖(《庄子》也不可能是让我们做盗跖),也不做空谈原则空讲泛道德论而回避现实黑暗的孔丘与他的弟子子张。如果忘记五四以来中国文化思想的长足发展,如果停滞在《三字经》与《弟子规》的时代,我们就只能回到盗跖与孔丘、满苟得与子张的辩论上去。

子张曰:"子不为行,即将疏戚无伦,贵贱无义,长幼无序;五纪六位,将何以为别乎?"

满苟得曰:"尧杀长子,舜流母弟,疏戚有伦乎?汤放桀,武王杀纣,贵贱有义乎?王季为适,周公杀兄,长幼有序乎?儒者伪辞,墨子兼爱,五纪六位将有别乎?

"且子正为名,我正为利。名利之实,不顺于理,不监于道。吾日与子讼于无约曰:'小人殉财,君子殉名。其所以变其情,易其性,则异矣;乃至于弃其所为而殉其所不为,则一也。'故曰,无为小人,反殉而天;无为君子,从天之理。若枉若直,相而天极;面观四方,与时消息。若是若非,执而圆机;独成而意,与道徘徊。无转而行,无成而义,将失而所为。无赴而富,无殉而成,将弃而天。比干剖心,子胥抉眼,忠之祸也;直躬证父,尾生溺死,信之患也;鲍子立干,申子不自理,廉之害也;孔子不见母,匡子不见父,义之失也。此上世之所传,下世之所语,以为士者正其言,必其行,故服其殃,离其患也。"

子张说:"你不讲求德行规范,其结果必然是亲疏之间失去伦理的规矩与原则,贵贱之间失去堂正的道理与讲究,长幼之间失去礼法的适宜与秩序。这样一来,五伦和六位又有哪个能分辨得清晰呢?"

满苟得说:"尧杀了自己的大儿子,舜流放了同母弟弟,你以为这算亲疏之间的伦常规矩吗?商汤赶走夏桀,武王杀掉商纣,你认为这乃是贵贱之间堂堂正正的道理吗?王季被立为世子,周公杀了哥哥,这就是长幼之间的礼序吗?儒家伪善矫饰,墨家兼爱忽悠,'五纪'和'六位'的说法谁能掰扯得明白清晰?

"而且,如果说你心里想着的正好是名,我心里想着的正好是利的话,那么名与利的实质,能够与理相一致、与道互相证明吗?过去我与你在无约面前早就争论过:'小人为财而丧命,君子为名而殉身,具体目标虽然不一样,他们丧失真情、异化天性的本质却没有不同——同是为了外物而失去了真性情,发展到忘记了自身该做的全生顺性的事,为了不该做的名利之事而损害了牺牲了自身。'所以说,人们应该不做小人,斤斤于蝇头小利,而要反过来追寻自己的天然本性;同样也不要去做君子,忽悠于大言欺世,而只须顺从自然的道理。你可以弯曲,也可以强直,一切顺其自然;你要观察四方,跟随四时变化而消长变易。你可能是或者被认为是是,也可能是或者被认为是非,反正你要牢牢掌握着循环变化的中枢圆心,自有主意,往返进退,永远与大道在一起。不要执着于德行的说教,不要满足于现成的仁义规范,那将会迷失你的自我。不要为了财富而奔波劳碌,不要为了成就一事而牺牲自身,那会丢弃了天道天理天性。比干被剖了心,子胥被挖了眼,这是忠带来的灾祸;直躬指证父亲偷了羊,尾生候约被水淹死,这是信的为患;鲍焦抱树而立、干枯而死,申生宁可自缢也不申辩委屈,这是廉的毒害;孔子不能为母送终,匡子发誓不见父亲,这是义的过失。这些事情都是上一代的传闻,也是当代的议论内容,大家认为士大夫为了让自己的言论正直,让自己的行动坚决跟着言论走,结果深受灾殃,遇到这样的祸患。"

道儒之争,关键在于儒家致力于为天下国家家庭与个人树立规范、秩序、价值标准。他们深信,一个礼崩乐坏胡作非为的世界是不文明的,没有希望的,充满黑暗的。所以后世的儒家也说"天不生仲尼,万古如长夜"。这里的《庄子》则对之提出质疑:第一,你说的那些规范价值,听起来很好,真正掌权的要人们、君王们,有几个是这样做的呢?从唐尧虞舜起,压根就没有这样照办过。第二,既然许多人都不这样办,而你们又滔滔不绝地讲解宣扬这些没有太多的人认真躬行实践的规范,那么这些规范是骗谁的呢?于是,种种仁义道德、忠孝节义之说,不都成了浮夸虚词,乃至骗人的巧伪了吗?第三,倒是有人认真躬行了,他们当真弄明白道德伦理规范秩序什么的是怎么回事了吗?有些人只是由于呆木、求名、转不过弯儿来才殉了虚名大言。第四,我们假设确有人从最崇高的自我献身精神来躬行仁义道德的,践行的结果,挖心的挖心,捅眼珠的捅眼珠,于人何益?于国何益?于己何益?人为什么要做自己制定的一大堆规范的殉葬者?制定规范的目的究竟是让人活得好还是让人死得名目堂皇?

于是,《庄子》干脆认为这样的规范与盗跖的规范半斤八两,为忠孝节义而死与为酒色财气而死原则上同属一类,即为了外在的利益伤生害命,对不起天年天饷。生于乱世,别无他法,只有拯救自身,解脱自身,不必殉道德,不必死抠规范,不必管什么名声好赖,不必求私人膨胀,顺性而活,随遇而安,是非曲直、成败利钝、祸福通蹇、高低贵贱,全部随便,自在逍遥,无所不可,无所不乐!

《庄子》的这一套不无自我解脱自我安慰的意义,但很难被整个社会接受,尤其不可能被君王大臣所接受。正如无政府主义一样,无价值、无规范、无美丑、无是非、无高下、无差别主义,讲得再好只能是少数精英的谈玄、玄思,而难以成为治国治家治身求活的方略。人把自己搞得呆板成为规范的附属品固然可笑复可悲,把自己搞成与他人无关、与众人无关、与社会无关、与国家民族人类无关的独行鲲、鹏、仙人,可操作性也很小。

无论如何,《庄子》的批评儒家规范,还真雄辩,壮哉！妙哉！高明哉！

三　知和力辩无足

无足问于知和曰:"人卒未有不兴名就利者。彼富则人归之,归则下之,下则贵之。夫见下贵者,所以长生安体乐意之道也。今子独无意焉,知不足邪,意知而力不能行邪！故推正不忘邪?"

知和曰:"今夫此人以为与己同时而生,同乡而处者,以为夫绝俗过世之士焉；是专无主正,所以览古今之时,是非之分也,与俗化世。去至重,弃至尊以为其所为也；此所以论长生安体乐意之道,不亦远乎！惨怛之疾,恬愉之安,不监于体；怵惕之恐,欣欢之喜,不监于心；知为为而不知所以为,是以贵为天子,富有天下,而不免于患也。"

无足向知和提问:"人,没有不喜欢名利的。一个人如果拥有足够的名与利,大家就会跟随他归附他。大家归附于他以后,甘居他之下,而他也就显得高贵起来、高高在上起来了。人处在这样高贵的地位,而许多人的地位处在他的下面,他也就会长寿、安适、心情愉快,这才是快乐满足之道。可您独独对这些不感兴趣,请问,这是由于您不知道这样的好处吗？还是您知道,您想做,却又做不到,然后推托说另有正道,其实自己也还是念念不忘呢?"

知和说:"一个俗人,判断一个与自己同时代而生存、同乡土而生活的人,说他乃是与世俗决裂的特殊人物,请想想,这个判断旁人的人,或者这个被判为不合俗见的人,本身有没有一个主心骨,有没有一个主导的理念呢？他还要析古论今,讲什么此是彼非,这些只能是浅薄的俗见罢了。他们活一世,却丢弃了最重要的根本,背离了最至上的目标,而去做一些自以为需要做的事,以为那样可以获得长寿开心安乐之道,这未免也太离谱了!痛苦的疾病,安适的快乐,都不是从身体中自然产生的,而恐慌也罢,紧张也罢,欢欣鼓舞也罢,也都不是从心里自然流露的。每天都知道自己要干些什么,但是不明白为什么要干那些个求名求利的勾当,这就是一个人贵而当上了天子、富而拥有了全国,却仍然免除不掉祸患的缘由。"

知和认为,无足所认同的名利观念其实不足为训,不足为贵,不足为重。丢弃这样的名利观念,也谈不上与俗决裂。因名利而有所快乐,有所忧愁,有所挫折,有所进取,那是舍本逐末的愚蠢,是自戕自毁的糊涂,是丧失自我的迷失,叫做"专无正主"。那么,什么是本,是贵,是重要的呢?是生命,是自我,是逍遥,是解脱,是与大道在一起,是处于道之枢纽,与一切等距离。反过来说,就是视名利为无物,视名利为粪土,摆脱名利的桎梏,拒绝名利的诱惑,绝对不为名利冒险,不为名利轻生丢命,也不会为名利而缴出自己的独立自由自在舒展。名利愈多就愈不自由,就愈成为名利的祭品。许多人每天忙忙碌碌,辛辛苦苦,焦头烂额,四处碰壁,无非是为了争名夺利,最后是丧失自我也丧失寿命,这是何等的荒谬,这是何等的自讨苦吃!狗屁名利有什么了不起?我不拿名利当回事儿,这有什么新鲜?难道名利之忧之诱之热衷与之煎熬,是从娘肚子里带来的吗?不,不是的。名利不是心肺,不是肝肾,不是灵魂,也不是心地,名利是俗出来的,是俗人闹腾出来而由更俗的人人云亦云的结果。我们有什么看不开放不下的呢?

这一段话很过瘾也很到位,当然也多少有点非社会非舆论非人际主义的味道。人很难完全脱离社会人群他人,作为绝对孤独的个人活下去很难,进行文化的积累与历史的进步很难。人的许多活动的意义与可资记忆之处,恰恰在于它对于旁人也是有意义有价值的。名是荣耀,也是方便,是生活质量的一个组成部分。用一个新词,名也是软实力,名大则路宽,你很难否定这方面的事实,哪怕这只是片面的肤浅的事实。确实很多人浪得虚名,其实只不过是哗众取宠的结果，是赶上了机会，如白岩松的名言，如果一条狗天天上电视某栏目，那条狗肯定是中国名狗。利就更不用说了，逐利者里什么样的乌龟王八蛋没有？这又如何呢？西方的说法，生活并不公正，但仍然可爱。名利不公正，不公正又怎么样？你能使全世界的名利都天公地道起来？名利仍然有一定的吸引力，名利至少是一种调味品，使平凡的生活增加了一点滋味，使冷漠的生活增加了一点温度。

这个滋味也许有毒，这个温度可能有假有害。对名利，我们不妨也有一点艳羡之意，不妨也偶一为之，看看名利离我们有多远。然而绝对不能听任名利异化，不能听任名利控制了我们自己。与我们自己的人格、生命、理念与逍遥相比，与大千世界的规律、本原、伟大相比，名利实在不值一说。名利如酒肉，见酒肉而想尝试尝试，非大罪也，但你的人格与目标毕竟比一盘肘子或者一盏二锅头高得多。名利如同搂草打兔子，如同读完报纸卖废纸，顺手一做就是了，不是目标，不足动心，更不值得为了名利而殉之。切记切记！

这一段一起始有一个悖论：俗人、一个无见地的人，认为一个人脱俗绝俗或者背俗败俗，不见得是真的脱俗，俗见中的判断不足为凭，与俗鲜谐的人也可能是另一种俗、另一种"各色"。这里没有展开了谈，但是有点意思。

> 无足曰："夫富之于人，无所不利，穷美究势，至人之所不得逮，贤人之所不得及，侠人之勇力而以为威强，秉人之知谋以为明察，因人之德以为贤良，非享国而严若君父。且夫声色滋味权势之于人，心不待学而乐之，体不待象而安之。夫欲恶避就，固不待师，此人之性也。天下虽非我，孰能辞之！"
>
> 知和曰："知者之为，故动以百姓，不违其度，是以足而不争，无以为故不求。不足故求之，争四处而不自以为贪；有余故辞之，弃天下而不自以为廉。廉贪之实，非以迫外也，反监之度。势为天子而不以贵骄人，富有天下而不以财戏人。计其患，虑其

反,以为害于性,故辞而不受也,非以要名誉也。尧舜为帝而雍,非仁天下也,不以美害生也;善卷、许由得帝而不受,非虚辞让也,不以事害己。此皆就其利,辞其害,而天下称贤焉,则可以有之,彼非以兴名誉也。"

无足说:"人的富贵,是可以使他们无往而不顺利的,他们享受天下的美好,获取最大的权势,这是至人所不能得到的,也是贤人所不能达到的。有了财富,他可以依靠他人的勇猛与力量而呈现出自己的威武强势,可以利用他人的智谋来实现自己的明察,可以占有他人的美德以塑造自身的贤良形象,虽然没有享受过治理国家的权势却也像君王一样威风凛凛。至于说到乐声、美色、滋味等感官的享乐与权势的威风,对于每一个人,用不着学会自然就会喜欢,身体不需要模仿就觉得舒服。是意欲得到还是厌恶,是回避躲闪还是俯首接受,这本来就不需要师传,这是人的天性。天下人即使都不赞成我的看法,谁又能拒绝它们呢?"

知和说:"智者的做法,本来就是为了老百姓而有所作为,也就不会去违背民众的尺度。这样,也就懂得知足而不会一味争夺,适可而止,不一定非做什么不可,也就不必一味追求不已。如果不懂得知足就必定贪求不已,四面出击争夺财物却不自认为是贪婪。既然已经够了,有余了,当然要辞让了,舍弃天下却不自认为是廉洁。廉洁与贪婪的实质,并不取决于外力的影响,却需要察看一下自身的有无尺度。身处天子之势却不因高贵而傲视他人,富足到坐拥天下却不用自己的财富去炫耀戏弄。想一想它的祸患,再考虑考虑富贵的反面,认为那样显赫其实有害于自然的本性,所以拒绝而不接受,并不是为了要用辞让来求取名声与形象。尧与舜做帝王而又要让贤,并非行仁政于天下,而是不想因为追求美好而损害生命的自然状态。善卷与许由能够得到帝王之位却辞让不受,也不是虚情假意作秀,而是不想因为政事而危害自身。这些人都能趋利避害,因而人们称誉他们是贤明的人。这样的事情是有的,是为了避害,而不是为了建树个人的名声与形象。"

　　名利论与非名利论再次争锋。名利论认为追求名利才是本性，非名利论认为趋利避害，尤其是避害才是本性。后者以知和为代表，他说的利首先是全生之利、享其天年之利，与无足讲的利是指财富不一样。有了财富无往而不胜，没有勇敢可言的人因为使了钱可以使勇敢者为他服务，使他成了强有力者；相当愚笨的人因为有了财可以占有侵吞智者的智力成果，因而自身也变得似乎明察是非起来；没有德行的人可以使用几个有德者为自己树形象、播名声、讴歌、欢呼、虚构德行事迹，使自己似乎变得有德起来。原来，财富不但可以购买物质的东西，也可以购买或侵占智慧、德行、勇气、真的与假的实力。此事说得有趣，也令人愤慨。但这是事实，并不是无足的俗气与浅薄，而是人生与社会的俗气与浅薄造成的。老子早就说过，人之道与天道是相反的，天道是损有余以奉不足，是求其平衡平均，是"咔嚓"巨富来平衡贫富。而人之道是损不足以奉有余，人之道是剥削弱者贫者，是越穷越吃亏，越冷越撒尿（读 suī）。

　　知和的理论则强调避害才是天性，而且是首要的天性。人会做一些旁人做不到的清廉、辞让的事，不做害己害人的争权夺利的事，这不是为了某种规范或者理念，不是为了某个好听的名词，不是为了获奖获誉，不是为了取媚他人、社会或者某种势力集团，而只是为了不做自我戕害的事。相反，知道那些个好听的名词越少越好，为自己的名利的打算越少越好，追求什么东西越知足越好，别人的或势力集团的反映反应越不计较越好。

　　这种争论有一些漏洞与烦琐。这样的讨论至今犹存，例如：一个人做了好事，他的动机是否纯正？是否有争取获奖之类的私心杂念？一个人申请加入什么组织，是忘我献身而要加入呢，还是为了提升自身而愿意入伙呢？一个人积极打拼，是为人民做贡献的成分多，还是为自己拔份儿的成分多呢？这样的争论是根本争不出水落石出来的，反而导致了更多的矫饰、更多的嫉妒与挑剔、更多的空谈误事。

无足曰:"必持其名,苦体绝甘,约养以持生,则亦久病长阨而不死者也。"知和曰:"平为福,有余为害者,物莫不然,而财其甚者也。今富人,耳营钟鼓管籥之声,口嗛于刍豢醪醴之味,以感其意,遗忘其业,可谓乱矣;侅溺于冯气,若负重行而上坂也,可谓苦矣;贪财而取慰,贪权而取竭,静居则溺,体泽则冯,可谓疾矣;为欲富就利,故满若堵耳而不知避,且冯而不舍,可谓辱矣;财积而无用,服膺而不舍,满心戚醮,求益而不止,可谓忧矣;内则疑劫请之贼,外则畏寇盗之害,内周楼疏,外不敢独行,可谓畏矣。此六者,天下之至害也,皆遗忘而不知察,及其患至,求尽性竭财,单以反一日之无故而不可得也。故观之名则不见,求之利则不得,缭意体而争此,不亦惑乎!"

无足说:"一个人非要固守自己的名声,即使做到了劳苦终生,弃绝一切美好幸福,省吃俭用,只求维持生命,那么最多也只能等于是一个长期病号、困苦艰难但尚未死去的人的活受罪的生活罢了。"

知和说:"均平适当才是幸福,富足有余反是祸害,各种事物都是这样,而财富在这方面的状况尤为突出。如今的富有者,听则听的是钟鼓、箫笛的乐声,吃则吃的是肉食、佳酿的美味,刺激着、挑动着自己的意欲,遗忘了真正属于自己的事业,这可以说是搞乱了自己的生活。他们的生命淹没于焦躁的盛气之中,一生就像荷着重负爬行在山麓上,这可以说是制造了自身的辛苦罪孽。他们贪财招怨,贪权耗神,好容易清闲安稳一点了就迷于嗜欲,体态丰盈一点了就牛气冲天,这才是有病的表现。还有人为了贪婪而巧取豪夺、见好就捞,获取的财物堆得快漫到墙外去了,却愈是贪就愈发不知收敛,真可说是可耻极了。财物堆积过多,却只知贪求,不知舍弃,满心焦虑担忧,各种要求不断增长,不知适可而止,这可真是发不完的忧愁啊!在家里就担心窃贼来抢劫,在外面就害怕受到强盗的杀害,在家里严防死守,在外面干脆不敢独自走路,他们的恐惧也算是到极点了。以上的六种情势，正是天下最大的祸患，而人们常常会忘记它们，视而不见，不知防备；等到祸患来临，即使以倾家荡产为代价，只求保全性命，只求返归正常求得一日的安宁太平也不可能啦！所以，说什么名声，那本来看也看不到，说什么利益，本来是争也得不着，在这种情况下还要费神费力竭力争名夺利，这难道不是昏了心吗？"

有趣的却也是触目惊心的争论。无非说，没有更高的与不断的财富追求，纵有好的名声，也不过是将就凑合的生活，那种生活和一个病而未死的人一样，没有甘甜美好与幸福。

知和说，没完没了的追求，没完没了的贪欲，没完没了的焦虑和忧心，没完没了的膨胀与戒备，其实是一种灾难。你看不到这种灾难，你永远处在欲望、追求、获得、富足、剩余、提防与恐惧之中，甚至会由于过富而招引大祸，真正大祸缠身，遭遇到政治祸事、抢劫、暴力、疾病以及其他各种天灾人祸，到时候怎么拼命也过不上一天太平日子了！

知和讲得很生动，尤其对今天具有针对性。我们确实生活在一个人欲横流的日子里啊！他讲，够用最好，多余是祸，这话乃金玉良言。对于个人来说，这样的话应该写好挂在客厅里，晨昏各看三次。

另一方面，人的追求永远不会有停止的那一天，好了还要好，多了还要多。名与利也永远不会有被彻底看透看穿被抛弃的那一天。人不可以老是不知足，老是欲壑难填，老是煎熬拼命。人又不可以只知知足常乐，你足到了不需要动不需要做不需要费心又不需要费力的那一步，你的生命的运作也就停止了。

这一段给人的感觉是无足与知和各执一词。是无足、永不知足好呢，还是知足而得到和乐平衡平静好呢？这是人生的基本悖论之一，公元前二三百年的庄子时期人们会为之讨论与迷惑，二十一世纪的人们也会为之讨论与迷惑。

老王说：杂篇十一章，最能给人留下印象的是盗跖批孔的一节。

一上来先讲盗跖如何之坏,坐实其恶其罪,是靠条文来写其坏的:"横行天下,侵暴诸侯,穴室枢户,驱人牛马,取人妇女,贪得忘亲,不顾父母兄弟,不祭先祖……"确实十恶不赦。但具体写到他的形象与雄辩,你反而觉得他不无可爱。尤其是通过盗跖的哥哥柳下季(即柳下惠)的话,说他是"心如涌泉,意如飘风,强足以距敌,辩足以饰非……"以及听到他批孔的自成一家的话语,你难免会对盗跖产生一种不坏的印象。

好莱坞就拍过以盗为英雄的影片,很难说那些影片是当真在提倡落草为寇。生活、社会、规范、律法都是不可没有的,但是讲多了也会产生疲劳和腻歪,那就假设有一个突破了一切规范和律法的强盗吧,不论是《加勒比海盗》还是《侠盗罗宾汉》还是《水浒传》的"该出手时就出手",不是都很受欢迎吗?所谓大锅吃肉,大碗喝酒,大秤分金银,绿林生涯,劫富济贫,路见不平拔刀相助,不也是令许多读者受众倾心的吗?人有时候会起盗心(不见得真去为盗),这不是秘密吧?为什么我们不拍一部关于盗跖的电影呢?

说剑:以大道大本之剑,取代兵器之剑,你信服吗

善用剑、敢出手、有格斗与斩杀记录者少,喜读剑客、剑侠、剑仙、名剑传世、宝剑铸造诸故事的人多。无他,人们喜欢剑的血腥刺激,又喜欢剑的造型艺术与审美品位,人们还害怕斗剑击剑的生命危险。庄周说剑,善哉,有卖点了!命名这样的惊险回目,却又不是往武侠上走,读者会有些什么反应呢?

昔赵文王喜剑,剑士夹门而客三千余人,日夜相击于前,死伤者岁百余人,好之不厌。如是三年,国衰,诸侯谋之。太子悝患之,募左右曰:"孰能说王之意止剑士者,赐之千金。"左右曰:"庄子当能。"

太子乃使人以千金奉庄子。庄子弗受,与使者俱,往见太子曰:"太子何以教周,赐周千金?"太子曰:"闻夫子明圣,谨奉千金以币从者。夫子弗受,悝尚何敢言!"庄子曰:"闻太子所欲用周者,欲绝王之喜好也。使臣上说大王而逆王意,下不当太子,则身刑而死,周尚安所事金乎?使臣上说大王,下当太子,赵国何求而不得也!"太子曰:"然。吾王所见,唯剑士也。"庄子曰:"诺。周善为剑。"太子曰:"然吾王所见剑士,皆蓬头突鬓垂冠,曼胡之缨,短后之衣,瞋目而语难,王乃说之。今夫子必儒服而见王,事必大逆。"庄子曰:"请治剑服。"治剑服三日,乃见太子。

太子乃与见王,王脱白刃待之。

过去赵文王喜好剑术,击剑的人纷纷聚集到赵王门下,达三千多人,他们在赵文王面前日夜相互以剑攻打,死伤的剑客每年都有一百多人,而赵文王对击剑的喜好不见降温。这样过了三年,国势日衰,各国诸侯都在打赵国的主意。太子悝为此担忧,找左右近侍(即身边工作人员)商量说:"谁要是能改变父王的心意,停止这个比剑,我打算赠给他千金当谢礼。"左右近侍们说:"只有庄子能够做到。"

太子于是派人携带千金厚礼馈赠给庄子。庄子不要,跟随使者前去见太子说:"太子有什么见教,赏赐给我千金厚礼?"太子说:"听说先生贤明通达,谨此奉上千金,用以犒赏你的随从。如果先生不接受,我还能说什么呢!"庄子说:"听说太子用得着我,是想让我去断绝赵王对剑术的喜好。假如我上朝去游说大王,结果是违背了赵王的心思,退下来也就是不能符合太子的意图,那我只会遭受刑戮而丧命,这千金对我又有什么用呢?假如我进宫能说服赵王,退下来又合乎太子的心愿,在赵国这片天地我希望得到什么难道还得不到?"太子说:"倒也是。可现在父王的心目中只有击剑之士。"庄子说:"好啊,我也善于运用剑术。"太子说:"可是父王所见到的击剑人,都是头发蓬散,鬓毛突起,帽子低垂,帽缨粗乱,上衣后身短,瞪大眼睛而且张口就互相责难争吵……大王见到这样打扮的人才高兴。如果先生穿儒服去会见赵王,事情就满拧啦!"庄子说:"那请给我准备剑士的服装。"三天后为庄子定做的剑士服装裁制完毕,于是庄子面见太子。太子就陪庄子一道拜见赵王,赵王解下利剑等待着庄子。

本章在杂篇中是罕见的一个明快简练的故事。赵文王好剑,许多剑客死于搏击。太子想办法阻止,对被推荐的庄子以千金相赠,不为不厚。但书中的庄子不要千金,他的分析也很高明深刻:这不是好活儿,很危险,说服了赵王好办,说不服呢?说明一是与王意背道而驰,触犯得罪了赵王,他有好果子吃吗?二是没有完成太子的嘱托,令太子失望不快,他能有好果子吃吗?

这样一说,更显示了这里的庄子的高明与伟大。他对千金并无兴趣,但他还是接受了任务,原因是:第一,他可能与太子有同样的忧虑,他是从政治理念上接受这次使命的。他也是为"国"为民为赵,他的姿态更高尚了。但这与全书强调全生,反对为了身外之物去冒险的主旋律不一致。第二,千金未受,太子以千金表达出的对于庄子的敬意他还是很受用的,中国自古讲士为知己者死,千金之礼之心已经到位,庄子不能退缩,要为它担点风险。第三,他很会说,如果事成了,他有什么要不到的呢?他留了后路,也保留了索要更好的礼物或回报的权利。第四,既然是杂篇,爱谁谁,爱咋咋的,姑妄写之,姑妄编之,姑妄读之议之罢了。

其对剑客形象的描写不无搞笑。瞪着眼责难旁人,上装后身很短(前身短就像是露脐装了),头发蓬松,鬓角扬起,一看就是一帮时尚糙人,与庄子相距何止十万八千里!

老王忽然想到:这种形象不无魅力、威力、粗糙之力、初层次男子汉之力,万一鄙国的"九〇后""〇〇后""一〇后"盛行起这样的装扮与形象来呢?我怎么瞅着他有点眼熟?

> 庄子入殿门不趋,见王不拜。王曰:"子欲何以教寡人,使太子先焉?"曰:"臣闻大王喜剑,故以剑见王。"王曰:"子之剑何能禁制?"曰:"臣之剑,十步一人,千里不留行。"王大悦之,曰:"天下无敌矣!"
>
> 庄子曰:"夫为剑者,示之以虚,开之以利,后之以发,先之以至。愿得试之。"王曰:"夫子休就舍,待命令设戏请夫子。"王乃校剑士七日,死伤者六十余人,得五六人,使奉剑于殿下,乃召庄子。王曰:"今日试使士敦剑。"庄子曰:"望之久矣。"王曰:"夫子所御杖,长短何如?"曰:"臣之所奉皆可。然臣有三剑,唯王所用,请先言而后试。"

庄子的奔腾

庄子从容不迫地进入殿内,见到赵王也没有行跪拜。(干吗这么牛?这样与那一拨子侠客有什么区别?)赵王说:"你有什么话来见教吗?还找了太子先作引荐?"庄子说:"听说大王喜好剑术,我特地带着剑,以剑论剑术来晋见大王。"赵王说:"你的剑术是怎样克敌制胜的呢?"庄子说:"我的剑术,行动十步之内可杀一人,行走千里谁也阻挡不住。"赵王一听很高兴,说:"这么说,你已经无敌于天下了!"

庄子说:"击剑的要领在于,先把弱点故意显示给对方,再以可乘之机诱使对方出手,发起攻击是后于对手,但要抢先击中对方。希望有机会能试试我的剑法。"

赵王说:"先生先到馆舍休息待命,我来安排好击剑比武,再请先生一显身手。"赵王用了七天时间让剑士们比武选拔,死伤六十多人,选出来五六个人,让他们拿着剑在殿堂下等候,这才召见庄子。赵王说:"今天可让剑士们跟先生对剑了。"庄子说:"我已经等待很久了。"赵王说:"先生所习惯使用的宝剑,长短怎么样?"庄子说:"我用剑不分长短。不过我有三种剑,全看大王愿意我用哪种剑,让我先作些说明,然后再行比剑。"

这里庄子讲述的剑术很有几分道理:将弱点显示给敌人,造成轻敌,再以明显的破绽诱敌深入,诱敌出手;诱敌先攻过来,己方则是后发制人,发动在后,击中击至在前,一剑中其要害。这第一像太极拳,借力打力,以柔克刚,以弱胜强;第二像毛泽东《中国革命战争的战略问题》一书中所讲后发制人的游击战术,有些话是相通的;第三像林冲对柴进的教师爷一役。这里有剑术,即一种兵器的使用与实战技巧,也有点策略计谋智慧——不单纯是以力取胜,而是以智取胜,有点意思。

如果总结成几个字,庄子说的剑术还合乎我国人士爱说的"稳准狠"与越南人提出过的"快猛稳"。

但整个过程看着很玄,除非是这里的庄子确实本身善击剑,否

199

则,去那里摇唇鼓舌说上一通,怎么可能成为选拔出来的五六个拔尖剑客的对手?呜呼,庄子之命休矣!

王曰:"愿闻三剑。"曰:"有天子之剑,有诸侯之剑,有庶人之剑。"王曰:"天子之剑何如?"曰:"天子之剑,以燕溪石城为锋,齐岱为锷,晋卫为脊,周宋为镡,韩魏为夹;包以四夷,裹以四时,绕以渤海,带以恒山;制以五行,论以刑德;开以阴阳,持以春夏,行以秋冬。此剑,直之无前,举之无上,案之无下,运之无旁,上决浮云,下绝地纪。此剑一用,匡诸侯,天下服矣。此天子之剑也。"

文王芒然自失,曰:"诸侯之剑何如?"曰:"诸侯之剑,以知勇士为锋,以清廉士为锷,以贤良士为脊,以忠圣士为镡,以豪杰士为夹。此剑,直之亦无前,举之亦无上,案之亦无下,运之亦无旁;上法圆天以顺三光,下法方地以顺四时,中和民意以安四乡。此剑一用,如雷霆之震也,四封之内,无不宾服而听从君命者矣。此诸侯之剑也。"

王曰:"庶人之剑何如?"曰:"庶人之剑,蓬头突鬓垂冠,曼胡之缨,短后之衣,瞋目而语难。相击于前,上斩颈领,下决肝肺,此庶人之剑,无异于斗鸡,一旦命已绝矣,无所用于国事。今大王有天子之位而好庶人之剑,臣窃为大王薄之。"

王乃牵而上殿。宰人上食,王三环之。庄子曰:"大王安坐定气,剑事已毕奏矣。"于是文王不出宫三月,剑士皆服毙其处也。

赵王说:"我很愿意听听你给讲讲三种剑。"庄子说:"有天子之剑,有诸侯之剑,有百姓之剑。"赵王说:"天子之剑是什么样的?"庄子说:"天子之剑,用燕溪的石城山做剑尖,用齐国泰山做剑刃,用晋国和卫国做剑背,用周王畿和宋国做剑口,用韩国和魏国做剑柄;用周边四夷来包扎,用春夏秋冬四季来围裹,用渤海来缠绕,用恒山来做系带;靠五行来驾驭,靠刑律和德教来论断;遵循阴阳的法则而开合,遵循春夏的时令而扶持,遵循秋冬的到来而运行。这种剑,向前直刺,势不可当,高高举起,无物在上,万物退让,按剑向下,势如破竹,所向披靡,挥动起来旁若无物,向上能够劈开浮云,向下可以斩断地脉。这种剑一旦付诸使用,可以匡正诸侯,使天下人全都臣服。这就是天子之剑。"

赵文王听了茫然失落,不得要领却又受到震撼。他说:"那么诸侯之剑是什么样的呢?"庄子说:"诸侯之剑,拿智勇之士做剑锋,拿清廉之士做剑刃,拿贤良之士做剑背,拿忠诚圣明之士做剑口,拿豪杰之士做剑柄。这种剑,向前直刺也是势不可当,高高举起也是无物在上,万物退让,按剑向下也是势如破竹,所向披靡,挥动起来也是旁若无物。对上就是效法跟随日月星这天上三光,对下取法跟随于地而顺应四时序列,中间则顺应民心民意而安定四方乡土。这种剑一旦使用,就好像雷霆一样威震四境,没有谁敢不归服与不听从国君命令的。这就是诸侯之剑啊!"

赵王说:"百姓之剑又怎么样呢?"庄子说:"百姓之剑,全都头发蓬散,鬓毛撅起,帽子低垂,帽缨粗实,上衣后身很短,瞪大眼睛而且动辄责难争吵,在人前相互争斗刺杀,上能斩刺脖颈,下能割裂肝肺。这就是百姓之剑,这些人的斗剑与斗鸡赌博没有什么区别,一旦丧命完蛋,对于国家什么用处也没有。如今以大王拥有崇高的天子地位,却一心喜好百姓的斗鸡式斗剑,我私自认为应该去鄙薄这种爱好。"

赵文王于是拉着庄子的手来到殿上。御厨献上美味,赵王围着坐席绕了三圈向庄周致敬。庄子说:"请大王安坐下来定定心气,关于剑术的事项我已经启奏完毕。"于是赵文王三个月不出宫门,剑士们在自己的住处一个个自刎死去了。

文章漂亮,想象力发达,辞藻华丽,大气磅礴!你想想,堂堂一个国君,热衷的竟是些瞪眼短衣的亡命之徒的肉搏,他一听庄子的高论岂能不振聋发聩,天旋地转,过去种种只如昨日死,今后种种方是今日生呢?

但我又为庄子捏一把汗，这种故事也只会发生在古代，现在的人可务实多了——你说下大天来，先与我的剑客们斗斗剑试试，你的理论再高，胸怀再阔，战略再精，能不能禁得住剑客一剑？以忽悠，哪怕是最最华美的忽悠，对敌干将莫邪式的利剑，危殆哉，庄生！

没有金刚钻，就不要揽瓷器活儿。也许庄子当真有手起剑落斩人头的本事，也许他手中的剑确能吹毛断发、削铁如泥，只是由于他的仁德，认为以剑杀人不足为训，以剑说人才更好，故而略去了描写庄子的挥剑杀人场面？

君王之剑、诸侯之剑、百姓之剑的说法高则高矣，其实也不太靠得住。君王与诸侯的实力实际上离不开百姓，君王之伟大，不正在于他拥有了齐国泰山四夷韩魏的地盘吗？他没有军队，没有瞪眼逞强勇敢好斗的士兵还行？这样的士兵哪儿来的？百姓中来的呀！百姓之剑最终是为君王诸侯所用的，轻视百姓之剑的诸侯或者君王能有实力吗？怎么可以把大与小、高与低对立起来呢？泰山不择土壤，才能成其高，江河不择细流，才能成其大，为什么要把百姓、诸侯、君王之剑对立分割起来呢？

其实从内篇以来就是这样，《庄子》喜欢以其大气大胆大而无当对比渺小，压倒渺小。用鲲鹏对比蜩与学鸠，对比蓬间雀，用彭祖对比子了，用大海秋水对比井蛙，这一类说法固然可以长志气，阔胸怀，提高境界，却也不无自欺欺人、大话连篇的可能。我中华文化博大精深则博大精深矣，自古以来我们都是立大志出大言吹大牛论大事论万世的。我们嘲笑的是例如西医的头痛医头、脚痛医脚。西医当然并不理想，尤其在理论上，似乎还没有阴阳、五行、寒暑、燥湿、虚实、气血的中式理论入耳，但我们缺少的正是这种头则头、脚则脚，正视人体的各部位各器官各血管各细胞的精细与实证的科学态度、科学方法、科学数据、科学积累。一味地大下去高上去玄起来牛上来，未必是吉兆啊！

结尾难以免俗。依《庄子》前文，被赵王赏识，被赵王牵手"大登殿",获赏御厨之膳,还被赵王绕了三圈(像是遗体告别之礼),实乃俗之又俗、俗不可耐,有啥好的?堂堂庄子,对于为相都视为腐尸臭肉,怎么能欣赏这个?怎么能不嫌寒碜地记述这玩意儿?

最后剑客们羞愧而死的说法就更恶劣了。剑客行百姓之剑,何罪之有?没了百姓与他们的剑,谁来伺候君王诸侯?谁来给君王诸侯卖命卖力流血流汗?如果所有的剑客都提高到了庄周的水平,个个都会用君王之剑,个个都不想当百姓,只想当君王诸侯,那会是赵国之福吗?那时,赵国只能大乱,天下只能大乱啦!

再往深里想一想,这段说剑的理论与其说是像老庄的理论不如说是更像孟子在《梁惠王下》所讲的对于匹夫之勇的嘲笑与鄙薄。也许还有法家所讲的对于权柄的追求与崇拜。这里有权力拜物教的意趣。从多数的《庄子》的篇章而言,天下云云不足为尊,所谓"匡诸侯,天下服矣"这样的目标与庄子的追求恰恰相悖。庄子所推崇的至人真人仙人,根本不会拿什么匡诸侯呀服天下呀当回事,而应该是避之唯恐不及。庄子所提倡追求的是大道,是全生,是逍遥,是齐物,是自然,是天倪,是道枢。他的追求是哲学的、终极价值(即带有神学色彩的)、生命的与个人的超越与解脱。对于庄子来说,庶人之剑固不可取,诸侯之剑、天子之剑又与庶人之剑有什么区别?非足道也,非足道也。

老王说:《春秋》《战国策》《史记》中记录了不少一通高论或巧言改变了政策与历史走向的故事。是不是那时的人们比较相信话语、重视话语、崇拜话语的力量呢?("话的力量"是苏联作家巴甫连柯一个超短篇小说的题目,巴氏以个人崇拜与打小报告而著称。)

如果是现在,这里所说的庄子的一套哗众取宠的言论,只能给他带来身首异处的下场。人类听到过的好话漂亮话已经过多了。

渔父：盗跖批完了，再由渔父教导一下孔子

好像一个精神与理论、境界与智慧的爬高比赛。庄子创造了一个渔父，识透世态人情，识透一个又一个自我感觉良好的人五人六包括孔子的愚蠢，硬是把孔丘说了个五体投地。这里不无民粹主义的意思：堂堂孔圣人，硬是不如一个渔父的见识。

楚辞里有个渔父，能教育屈原；这里又一个渔父，能批评孔子。民族音乐中有脍炙人口的《渔舟唱晚》。单弦牌子曲，则喜欢唱《风雨归舟》，里头也有打鱼的内容。中国文化喜欢渔父，面对沧浪之水，有几分开阔与自由，有几分单干户的逍遥，见过点风风雨雨。《庄子》里也不止一次谈鱼与举出打鱼的例子。

读庄解庄，何若相约垂钓？临渊羡鱼，何必退而结网？我实在捉不了鱼，下不了手，只能限于观鱼。

孔子游乎缁帷之林，休坐乎杏坛之上。弟子读书，孔子弦歌鼓琴。奏曲未半，有渔父者，下船而来，须眉交白，被发揄袂，行原以上，距陆而止，左手据膝，右手持颐以听。曲终而招子贡、子路，二人俱对。客指孔子曰："彼何为者也？"子路对曰："鲁之君子也。"客问其族。子路对曰："族孔氏。"客曰："孔氏者何治也？"子路未应，子贡对曰："孔氏者，性服忠信，身行仁义，饰礼乐，选人伦，上以忠于世主，下以化于齐民，将以利天下。此孔氏

之所治也。"又问曰："有土之君与?"子贡曰："非也。""侯王之佐与?"子贡曰："非也。"客乃笑而还,行言曰："仁则仁矣,恐不免其身;苦心劳形以危其真。呜呼,远哉其分于道也!"

孔子来到缁帷的树林,坐在杏坛上休息。弟子们在一旁读书,孔子弹琴吟唱。曲子还没演奏到一半,有个捕鱼的老人下船而来。他的胡须和眉毛全都白了,披头散发扬起衣袖,沿着河岸,来到一处高而平的地方便停下脚步,左手扶持着膝盖,右手托起下巴,静静聆听。曲子终了,渔父抬手招呼子贡、子路,两个人一起走了过来。

渔父指着孔子问:"他是做什么的?"子路回答说:"他是鲁国的君子。"渔父问孔子是什么家族的。子路回答:"来自孔府。"渔父说:"孔氏有什么专长专业吗?"子路未有回答,子贡说:"孔氏这个人,生性崇敬忠信,身体力行仁义,以礼乐制度修饰美化人生,妥善明确人伦关系,对上强调的是忠,忠心于国君,对下强调的是化,教化训导统一百姓,用这样的努力来造福天下。这就是孔氏所要完成的事业。"渔父又问道:"孔氏是拥有国土的君主吗?"子贡说:"不是。"渔父接着问道:"他是王侯的辅佐之臣吗?"子贡说:"也不是。"渔父于是笑着转身而去,边走边说道:"讲了那么多仁,也可以说是仁了,只怕他保护不了自身;他还要受苦受难使心性难安,劳累形体而损伤了自己的本真天然。唉,他距离大道也实在是太远了!"

楚辞里有一篇《渔父》,是写渔父教育屈原,不要过分地自命清高而折磨自己。《庄子》里边也有一篇《渔父》,是写渔父教育孔子,不必做那些徒劳无功的道德规范与道德教训的傻事。二者都表现了一个世事洞明、人情练达、经验主义、非理想主义的劳动者形象:他是一个老成持重、沉稳平和、明辨是非、绝不上当、绝不轻信,乃至不无老谋深算、老奸巨猾、具有能忍自安的适应能力与应变能力的人物;在诸子百家之外,有这样一种平民意识强大的人,当非偶然的。孔子在这里还有点敬受教矣的意思,但是屈原不好办,他太诗人,太浪漫,他难逃自沉汨罗江的下场。

孔子追求的是入世，是为人间制定规范法则道德价值体系。这里的老渔父说得很直白，孔子一无地盘二无官职三无背景，就靠一套美好的入情入理的规范秩序来挽狂澜于既倒，匡正时弊，拨乱反正，把一个血腥争霸四分五裂，君不君、臣不臣、父不父、子不子的混乱世道变成文质彬彬、仁义礼智信、中庸合道、春风化雨、到处是正人君子的世道，这太空想，太夸张了观念、理想、价值宣讲的作用！孔子当然只能是东奔西跑，左碰钉子右碰壁。最后是孔子也承认自己确如无家可归之狗，《史记·孔子世家》写的是："……而谓似丧家之狗，然哉！然哉！"——说我像一条无家可归的狗，是这样啊，是这样啊！

　　子贡还，报孔子。孔子推琴而起曰："其圣人与！"乃下求之，至于泽畔，方将杖拏而引其船，顾见孔子，还乡而立。孔子反走，再拜而进。

　　客曰："子将何求？"孔子曰："曩者先生有绪言而去，丘不肖，未知所谓，窃待于下风，幸闻咳唾之音以卒相丘也！"客曰："嘻！甚矣子之好学也！"孔子再拜而起曰："丘少而修学，以至于今，六十九岁矣，无所得闻至教，敢不虚心！"

　　客曰："同类相从，同声相应，固天之理也。吾请释吾之所有而经子之所以。子之所以者，人事也。天子诸侯大夫庶人，此四者自正，治之美也，四者离位而乱莫大焉。官治其职，人忧其事，乃无所陵。故田荒室露，衣食不足，征赋不属，妻妾不和，长少无序，庶人之忧也；能不胜任，官事不治，行不清白，群下荒怠，功美不有，爵禄不持，大夫之忧也；廷无忠臣，国家昏乱，工技不巧，贡职不美，春秋后伦，不顺天子，诸侯之忧也；阴阳不和，寒暑不时，以伤庶物，诸侯暴乱，擅相攘伐，以残民人，礼乐不节，财用穷匮，人伦不饬，百姓淫乱，天子有司之忧也。今子既上无君侯有司之势而下无大臣职事之官，而擅饰礼乐，选人伦，以化齐民，不亦泰多事乎!"

子贡回来,把他与渔父的谈话报告给了孔子。孔子推开演奏着的琴站起身来说:"这人是个圣人吧!"于是走下杏坛去追渔父,一直来到湖泽岸边。渔父操起船桨准备撑船而行,回头看见孔子,转过身来面对孔子站着。孔子连连后退示敬,再次行礼上前。

渔父问:"你来找我有什么事吗?"孔子说:"刚才先生说了几句话,只开了个头就走了,我这个人比较不成材,不能理解您的言语的真谛,胆敢到这里来请教先生,等待先生的教诲,希望能听到您的一星半点的谈吐开化自己!"渔父说:"咦,你实在是好学啊!"孔子又一次行礼后站起身说:"我从小时就努力学习,直到今天,已经六十九岁了,没有能够听到过圣人的教诲,如今有机会见到先生,怎敢不虚心就教!"

渔父说:"同类相互集聚,同声相互应和,这本来是自然而然的天理。请让我解释一下我的看法,从而联系比照你所要做的事。你所从事的活动,是人际事务。天子、诸侯、大夫、庶民,这四部分人能够各安其位各正其位,这就是社会治理的理想,四部分如果偏离了各自的位置,社会的动乱就会越搞越大越搞越严重了。官吏完成好自身的职责,人众安排好自身的事务,也就不会出现凌乱侵犯。这样,什么田地荒芜房舍破漏,衣食不足,赋税不能按时收缴,妻子侍妾不和,老少间没有了尊卑的秩序,就是普通百姓的忧虑。能力不能胜任职务的要求,本职工作做不好,行事不清白爽利,属下荒疏怠惰,功名得不到赞许,爵位和俸禄又不能保持住,这是大夫的烦恼。朝廷上没有忠臣,国事显出混乱,工艺技术不精,敬献的贡品质量不好,朝觐时落在后面而未能顺和天子的心意,这是诸侯的麻烦。阴阳不和谐,寒暑变化不合时令,伤害万物的生长,诸侯暴乱,随意侵扰征战,以致残害百姓,礼乐不合节度,财物穷尽匮乏,人伦关系无序,百姓淫乱,这是天子和主管大臣的忧心所在。如今你上无君侯主管号令的权势,下无大臣经手办事的官位,却擅自修治礼乐,安排人伦关系,意欲教化百姓，不是太多事了吗？"

按渔父的说法，孔子是自作多情——你压根儿管不着、无权无因也用不着你管什么制定礼乐、安排人伦的事。这种理论与当今的知识分子理论则完全不符。按当今的知识分子尤其是公共知识分子理论，不在其位也有权利有责任关注社会关怀天下。即使不是与当今的知识分子理论比较而是与宋代范仲淹的"先天下之忧而忧，后天下之乐而乐"的提法相比照，《庄子》里渔父的讲法也站不住脚。

"且人有八疵，事有四患，不可不察也。非其事而事之，谓之摠；莫之顾而进之，谓之佞；希意道言，谓之谄；不择是非而言，谓之谀；好言人之恶，谓之谗；析交离亲，谓之贼；称誉诈伪以败恶人，谓之慝；不择善否，两容颊适，偷拔其所欲，谓之险。此八疵者，外以乱人，内以伤身，君子不友，明君不臣。所谓四患者，好经大事，变更易常，以挂功名，谓之叨；专知擅事，侵人自用，谓之贪；见过不更，闻谏愈甚，谓之很；人同于己则可，不同于己，虽善不善，谓之矜。此四患也。能去八疵，无行四患，而始可教已。"

渔父说："再说人有八种毛病，事有四种祸患，不可不明察清晰。不是自己分内的事也弄过来去干，叫做包揽。没人理你你却偏要进言，叫做佞人；迎合揣摩，顺坡下驴，说话做事，叫做谄媚。不分是非，巴结讨好，叫做阿谀。背地说人坏话，叫做进谗。离间故交、挑拨亲友，叫做贼害；用伪诈的方法称誉，实为诋毁他人，叫做邪恶；不分善恶美丑，动辄两面讨好，而脸色随机应变，暗暗攫取合于己意的东西，叫做阴险。这八种毛病，对外能迷乱他人，对内则伤害自身，因而有道德修养的人不和有这类毛病的人交往，圣明的君主也不用这些人为臣。所谓四种祸患，一是专喜欢办大事，随意变更常规常态，用以沽名钓誉，称做放肆；自恃聪明，独断专行，侵害他人，刚愎自用，称做贪婪；知过不改，听到劝说反而变本加厉，称做固执；顺我则喜，顺我者可,逆我者即使是好的也不喜欢,称做矜夸。这就是四种祸患。能够清除八种毛病,去掉四种祸患,才算是有了可教育好的前提。"

八疵四患的说法颇有道理。专喜欢办大事,专喜欢改常理,老想着惊天动地改写历史,这样的大而无当,令人觉得似曾相识,但别的书上谈到的很少。对于包揽的批评,也很好玩。你应该有责任感,但你同时也应该有分工观念、范围界限,不必统统揽到自己头上。没有人答理了还在那儿不断进言,这是佞人的毛病,这话深刻、刺激。我国自古以来的所谓愚忠愚孝,不少有这样的佞的记录,他们常常被正面评价。还是老庄另类,劝人们不要太佞。

孔子愀然而叹,再拜而起曰:"丘再逐于鲁,削迹于卫,伐树于宋,围于陈蔡。丘不知所失,而离此四谤者何也?"客凄然变容曰:"甚矣子之难悟也!人有畏影恶迹而去之走者,举足愈数而迹愈多,走愈疾而影不离身,自以为尚迟。疾走不休,绝力而死。不知处阴以休影,处静以息迹,愚亦甚矣!子审仁义之间,察同异之际,观动静之变,适受与之度,理好恶之情,和喜怒之节,而几于不免矣。谨修而身,谨守其真,还以物与人,则无所累矣。今不修之身而求之人,不亦外乎!"

孔子惭愧郁闷地长叹,再次行礼后起身,说:"我在鲁国两次受到冷遇,在卫国被封杀而抹去了行迹,在宋国被砍掉了遮阴凉的大树,又被久久围困在陈国、蔡国之间。我不知道我有什么过失,遭到这样四次污辱扼制的原因究竟是什么呢?"渔父悲悯地改变面容说:"你觉悟起来实在是太难了啊!有人害怕自己的身影、讨厌自己的脚印,为了避离身影与脚印而逃跑,举步越频繁足迹就越多,跑得越快而影子却总不离身,自以为是跑得太慢的缘故,于是加速奔跑不止,终于因力气用尽而死。他怎么不懂得:你处于暗处,影子不就自然消失了吗?你停下来,处于静止状态,足迹也就自然不复存在了呀!这人实在是太傻了!你没事就去推敲仁义的道理,考察事物同异的分际,观察动静的变化,拿捏接受与拒绝的分寸,梳理爱好与厌恶的情感,调节喜与怒的程度,却几乎陷于灾祸。你呀,你本应该认真修养你的身心,谨慎地保持你的真实,让物与人都回到原生状态,那么也就没有什么拘系和累赘了。如今你不修养自身反而从他人身上做文章,这不是弄错了吗?"

多么好的比喻!厌恶影子就快跑,越跑影子越是紧紧缠身;厌恶脚印就快跑,越跑脚印就越多!其实只消进入黑暗,身影自消;只消停止奔跑行走,脚印立无。

而这样的蠢人到处都是。有时候人们为了反对仇敌便大加杀伐,杀伐的结果是冤冤相报,仇敌日多。有时候人为了满足贪欲便大加掠夺,结果是掠夺越多贪欲越炽。有时候为了面子便讳疾忌医,封别人的嘴,结果是越封微词非议越多。有人害怕别人看不起自己不服自己,便热衷于自吹自擂,结果越是自吹自擂便越是贻笑大方。

人应该还其真,还其本。与人为善,谦和礼让,才能减少敌意。夫唯不争,故莫能与之争。适可而止,知足常乐,返璞归真,洁身自好,清正廉明,才能心平气和。而一个人越是好处说好,坏处说坏,从善如流,闻过则喜,才显现了风度,也表示了信心,才真正能拥有人气;越是谦虚诚恳,越是实事求是,也就越能够保持尊严和公信力。

  孔子愀然曰:"请问何谓真?"客曰:"真者,精诚之至也。不精不诚,不能动人。故强哭者虽悲不哀,强怒者虽严不威,强亲者虽笑不和。真悲无声而哀,真怒未发而威,真亲未笑而和。真在内者,神动于外,是所以贵真也。其用于人理也,事亲则慈孝,事君则忠贞,饮酒则欢乐,处丧则悲哀。忠贞以功为主,饮酒以乐为主,处丧以哀为主,事亲以适为主。功成之美,无一其迹矣;事亲以适,不论所以矣;饮酒以乐,不选其具矣;处丧以哀,无问其礼矣。礼者,世俗之所为也;真者,所以受于天也,自然不可易也。故圣人法天贵真,不拘于俗。愚者反此。不能法天而恤于人,不知贵真,禄禄而受变于俗,故不足。惜哉,子之蚤湛于人伪而晚闻大道也!"

孔子又再拜而起曰:"今者丘得遇也,若天幸然。先生不羞而比之服役,而身教之。敢问舍所在,请因受业而卒学大道。"客曰:"吾闻之,可与往者与之,至于妙道;不可与往者,不知其道,慎勿与之,身乃无咎。子勉之!吾去子矣,吾去子矣!"乃刺船而去,延缘苇间。

孔子忧郁失落地问:"请问什么叫做真?"渔父回答:"所谓真,就是精诚的极致。不精不诚,不能打动人。所以,强自啼哭的人虽然悲啼痛号,其实并没有真正的哀伤,强自发怒的人虽然正颜厉色,其实并没有真正的威严,强自亲切的人虽然笑容可掬,其实并不和善。真正的悲痛者没有号哭而哀恸,真正的怒火没有发作而威严,真正的亲切没有含笑而和善。精诚的真性发于内心,神情的变化才能流露于外表,所以人们看重的是真实真心真情。这样的道理也适用于人伦,侍奉双亲要的是慈爱孝敬,辅助国君要的是忠贞不渝,喝酒要的是欢喜快乐,居丧要的是表达悲痛哀伤。忠贞的主干是建功奉献,饮酒的主干是开心畅快,居丧的主干是致哀,侍奉双亲的主干是适亲之意。功业与成绩要达到完美,因而不必统一于具体事迹;侍奉双亲要达到适意,因而不必考虑通过什么方式;饮酒则要达到欢乐,用不着过分在乎选用饮酒的器皿;居丧要的是致哀,不必掂量规范礼仪过程。礼仪,是世俗形成的规矩;真情真心,却是来自于天生,出自自然,因而不可改变,不可替代。所以圣人总是效法自然,看重真心实意,不是被世俗所拘迫。愚昧的人就刚好相反。不能自然而然地行为,忧虑的是别人怎么做怎么看,不知道珍重自身的真情本性,只知道平庸地跟着流俗走,因此总是这儿不对那儿缺陷,怎么处世也弄不完善。太可惜了,你早早地就知道人为的巧伪修饰,却太迟了才听到了什么是大道啊!"

孔子又一次行礼后起身,说:"今天我孔丘有幸能遇上先生,这是苍天赐给我的幸运。先生没有嫌弃轻视我,并把我当做门徒一样看待,亲自教导我。我冒昧地想问一下先生的住处,请求借此受业于您的门下而最终学习大道。"渔父说:"我听说,可以与他同行的人就与他结伴同行,一道去领悟玄奥的大道;不能与之同行的人,他不可能真正懂得大道,那么最好谨慎一点,不要与他同行,自身也就不会招来祸殃。请好自为之吧!我要离开你了!我得离开你了!"于是撑船离开孔子,沿着芦苇丛中的水道而去。

又较上劲了,在老庄的著作中,多次进行过这样的质疑:文化的发达,是否会扭曲了人性?价值观念的推行,是否会矫饰人固有的本真?风俗习惯礼乐的成熟,是否会丧失个人的选择?比如说亲子相爱,本来是天下最最自然的事情之一,本来不需要洋洋大观的道理,成龙配套的法律,各种有关财产、监护权、继承权、赡养义务与被赡养的权利的规定与讨论,也不需要就一个孝字搞训导、教育、论坛、辩论,以至建议把孝的问题写入宪法——上世纪八十年代,我国有人大代表作此提案。例如欧美并无人专门提倡孝的概念,也没有出版过《孝经》,但人家并非个个禽兽一般,长大便置双亲于不顾。

问题在哪儿?在于确实有置双亲于不顾的现象与"理由"。我国农村曾长期处于贫困状态,许多农民难于自保,有的子女虽多,一个比一个穷困,互相推诿,彼此斗气,最后逼得老人走上法庭告状,这种事情并非罕见。有的双方关系恶劣,老人从小搞体罚压迫,孩子从小见了父亲如老鼠见了猫,性格上人格上确有重大缺陷,这样的亲子,即使子方尽了一点赡养义务,也是恶声恶气,面和心不和,势如水火,双方谁也好受不了。

夫妻君臣关系就更难说。古今中外都有欲杀妻灭子的陈世美、"谋害亲夫"的潘金莲,还有情杀仇杀的恋人,有诛杀功臣的君王,有勾结外敌的奸臣,有臣子的宗派恶斗,而皇帝老儿一会儿站在这个山头这边,一会儿站在那个山头那边,或故意分而治之,挑拨是非,从中渔利。就是说，我们是需要文化，需要法律与各种上层建筑，有了这些，才能约束所谓真性情中的不文明、不善良、不规矩、不可爱乃至野蛮丑恶可怖的那一面。

关键在于人性并非一味的美，虽然文学要弘扬人性之美。亲子并非一味孝慈，虽然宣扬了那么多孝慈的故事。中国有"二十四孝"，意大利的《爱的教育》中也有《六千里寻母》，或许，所以需要这样的书，正证明亲子的美好人伦关系并非自然而然就能做到做好。

我们实际需要对于人性的丑恶一面的约束乃至制裁。一是强迫性的，通过法律法规规则，规定人际关系的一些基本守则。例如汉高祖当年就宣布过的杀人偿命与欠债还钱。例如某些地区对于盗窃、通奸等的制裁规则。我们可以质疑某种具体规则的合理性与可改善的空间，如对于某些地方的石刑（乱石打死）我们可以进言，但无法全面取缔规则律法。

其次还需要软性的规则，即文化观念，尤其是价值观念、道德观念与宗教信仰。我们无法无视这种区别。有的地区比较强调诚信，其居民的诚信度相对比另一些地区的人高一些。有的地区比较强调互助与施舍，其同舟共济的社会风气好于他处。有的地方相对更勤劳些，那里视辛苦劳作为荣，视好逸恶劳为耻，亚洲许多国家（包括我国）就是这样。这些也是无法抹杀，乃至无法或缺的。

再次还有些无所谓价值但确实约定俗成的风习民俗：饮食、节庆、婚丧、娱乐、语言与肢体语言、信仰……没有人强迫你必须遵从某种民俗，也没有人给你训导不那样做就如何如何不好，但是你如果入乡随俗，生活会方便得多，与他人的交流会顺畅得多。

所有这些都说明，人的生活并不是一个绝对自由、独立、自发的过程。你一生下来，那么多既定的律法、规则、价值认定、风俗习惯就在那儿等着你呢！

但老庄之说并非无理。法律绝对不是完美无缺的，古今中外有许多严刑峻法被有识之士所批判所摈弃。不论是在法国小说《悲惨世界》中还是印度影片《流浪者》中,法律给人的印象如同魔鬼。价值宣扬过度,就会产生伪饰、假冒、吹嘘、片面强调、名教杀人、霸权(以维护某种价值为理由动用军力暴力)等。而某些陋习更是害人不浅。老庄希望人们能更本真一点、朴直一点、自然一点、性情一点,亦是金玉良言。

这里还有一个深一层的悖论。《庄子》此处强调的真,并不是一个实证的概念、实验室精确计量或精确逻辑推导的概念,它更是一个感觉的、主观的概念。与其说它在提倡真实,不如说它在提倡真诚,它要的是无所选择判断推敲的真,天然的、毫不费力的,应该说其实也是相当片面与绝对化的真。这样的真啊大道啊人性啊,一直吹呼下去,实际上也变成一种价值与反价值——与儒家价值相反的价值。到了魏晋六朝,这种道法自然的价值在士人中比较吃得开,于是从早到晚地饮酒呀特立独行啊语出惊人呀"无君无父"呀搞得那样热闹,会不会个中也有有意为之的自然而然、刻意造作的性情中人、作秀求名的逍遥散淡、戏剧化戏曲化的人格操守(如三顾茅庐前的诸葛亮的生活方式)?这些很难说就是天生的。一个孩子,生下来就成了竹林七贤,或成了待聘的诸葛孔明,恐怕可能性很小。道家的非文化化的主张其实也是一种文化,否则老庄本无留下自己的主张与著作的必要。停留在结绳记事的阶段,当然不需要《论语》《孟子》与仁义礼智信,难道就那么需要《道德经》《庄子》与真人至人们的忽悠吗?

还有进一步的问题。

第一是关于文化与幸福感、幸福指数的关系;第二是言、言说、名、名教的问题。

文化是不是笃定给人带来幸福?它的历史是不是也符合进化论的观念?这仍然是一个莫衷一是的问题。老子认为回到结绳记事、有舟车桥梁也无须使用、鸡犬相闻老死不相往来的原始阶段,至少是自然经济阶段最好。今天的世界上也有人认为经济不怎么发达的不丹是幸福指数最高的地区之一。当然,不管你怎么讨论,不管你出现不出现老庄学派或者法兰克福学派,现代化的路子实际堵也堵不住,发展科技与生产的趋势只能是越走越猛,全球化的路子也只能是越走越无可阻挡。

老庄的说法,不怎么待见太多的言与名,甚至孔子也主张删节言语。孔子曰:"天何言哉,天何言哉。"老子曰:"知者不言,言者不知。"又说"善者不辩,辩者不善",还说"道常无名"。庄子说:"天地有大美而不言。"就是说,他们认为搞得言说太多,名堂太多,概念标准太多,只能使人头脑复杂,表面文章增加,作秀频频,虚与委蛇,言行脱节,失掉了人的本真。

另一方面,人毕竟不是天不是地不是树也不是山河日月。天地树山河日月可能当真不需要言,但天有阴晴寒暑、风雨雷电,地有崩塌泥石流地震与"潮平两岸阔,风正一帆悬"……有它们自己的语言。而人需要语言,需要说法,需要交流,需要提升与充实自己的精神与物质生活;如果人而无言,人会非常痛苦,非常空虚,会发精神病。孔孟的一套,不能完全做到,不能以之治国平天下,更不能以之解决当今的各种麻烦与挑战,而有这么一些合情合理的说法,人愿意听闻,人愿意响应,人愿意开腔也愿意抬杠。这是享受,是人这种生命的内在需要。

颜渊还车,子路授绥,孔子不顾,待水波定,不闻拏音而后敢乘。

子路旁车而问曰:"由得为役久矣,未尝见夫子遇人如此其威也。万乘之主,千乘之君,见夫子未尝不分庭伉礼,夫子犹有倨傲之容。今渔父杖拏逆立,而夫子曲要磬折,言拜而应,得无太甚乎?门人皆怪夫子矣,渔人何以得此乎?"孔子伏轼而叹曰:"甚矣由之难化也!湛于礼仪有间矣,而朴鄙之心至今未去。进,吾语汝!夫遇长不敬,失礼也;见贤不尊,不仁也。彼非至人,不能下人,下人不精,不得其真,故长伤身。惜哉!不仁之于人也,祸莫大焉,而由独擅之。且道者,万物之所由也,庶物失之者死,得之者生,为事逆之则败,顺之则成。故道之所在,圣人尊之。今渔父之于道,可谓有矣,吾敢不敬乎!"

颜渊掉转车辆,子路递过来车绳,孔子盯着渔父离去的方向,头也不回,直到水波平静,听不见橹声,方才登上车子。

子路靠着车子问道:"我得以为先生做事已经很久了,从来没有见过先生对一个生人如此谦恭尊敬。万乘大国的诸侯、千乘小国的国君,见到先生历来也都是平起平坐,先生还免不了表现出尊傲的神情。如今渔父手拿船橹面对你一站,先生却像石磬一样弯腰躬身,听了渔父的话不断地先行礼再作答,难道不是太过分了吗?弟子们都奇怪先生的态度为何至此,一个捕鱼的人怎么能够获得这样的尊敬呢?"孔子伏身在车前的辕木上,叹了口气说:"子路你实在是缺少教化啊!你熏陶于礼仪已经有些时日了,可是粗陋的心态到如今也未能消除。你过来,我给你讲!一个人遇到长辈而不毕恭毕敬,就是无礼;见到贤人而不衷心尊重,就是不仁。他倘若不是一个完善到位的至人,也就不能使人心悦诚服;对这样的至人虽然心悦诚服,却不能至精至诚,也就得不到真谛的教诲。这样长了,就会伤害自身。真叫人遗憾啊!不能以仁(爱人的态度)学习师法别人,祸害可就太大了,而你子路偏偏有这么一个毛病。况且大道是万物产生的根源,各种物类失去了道就会死亡,获得了道便会生存。做事情违背了大道就一定失败,顺应了大道就一定成功。所以,对于包含着大道的人物与言语,圣人也是尊崇的。如今渔父对于大道可以说是已经拥有了,我怎么能不尊敬他呢?"

把孔子写得是五体投地、彻底折服,这里的《庄子》有点精神胜利法。渔父之伟大在于言论,这样此篇《渔父》比楚辞里的渔父就差远了,那个渔父话不多,而最后唱出的是:"沧浪之水清兮,可以濯我缨,沧浪之水浊兮,可以濯我足……"飘然转身而又余音袅袅,深明大义而又与世无争，对于屈子不仅有理解更有超越，这才令人神往。《庄子》里的渔父，还是雄辩有余而文采不足，行为艺术与风度等更是不足呀！怎么能只责备子路的粗鲁呢？

老王说：甭管什么时代，百姓（包括渔父）的生活与机会远比不上精英。但是精英们遇到了风险，受了夹板气，或将受、正受、刚刚受了刑戮，就会羡慕起百姓，尤其是渔父来。什么"出没风波里"（范仲淹）呀，"独钓寒江雪"（柳宗元）呀，都是文人给勾画出来的渔人图。勾画出浪漫的图画来了，也就能或者一定要勾画出高明伟大来。设想着"出没风波里"与"独钓寒江雪"的渔人讲解了超凡涤俗的哲理，不一定非要做梦吃肉包，做梦聆听渔父的教诲不是很美丽吗？制造肉包或者探求哲理，不一定是中国士人的长项；制造有关肉包与哲理的美梦，那可是咱们的本事喽！

列御寇：怎样才能做到神全

不要得意于自己的名声和人气，不要吹嘘自己的成绩与角色，不要妄言那些不可道的大道，不要炫耀你那无的放矢的空对空的超常能力，不要得意于自己的收益和好运，不要迷信华美的忽悠，在你未尝能够规范本人的时候，请不要一心规范天下，不要得意于自己的某些优越的条件，不要因为膨胀而自出难题，不要忘记人心险恶化的危险，不要向往高官厚禄直到厚葬，不要从不无偏私之心出发，却要拯救世人以重建一个公正合理的世界……更谦逊，更本色，更低调，更无求，更超脱，更少说话，你也许仍然能够得救。

一 你应该为你的获得而不是为你的未能获得而发愁

列御寇之齐，中道而反，遇伯昏瞀人。伯昏瞀人曰："奚方而反？"曰："吾惊焉。"曰："恶乎惊？"曰："吾尝食于十浆，而五浆先馈。"伯昏瞀人曰："若是，则汝何为惊已？"曰："夫内诚不解，形谍成光，以外镇人心，使人轻乎贵老，而齑其所患。夫浆人特为食羹之货，无多余之赢，其为利也薄，其为权也轻，而犹若是，而况于万乘之主乎！身劳于国而知尽于事，彼将任我以事而效我以功，吾是以惊。"伯昏瞀人曰："善哉观乎！汝处己，人将保汝矣！"

无几何而往,则户外之屦满矣。伯昏瞀人北面而立,敦杖蹙之乎颐,立有间,不言而出。宾者以告列子,列子提屦,跣而走,暨乎门,曰:"先生既来,曾不发药乎?"曰:"已矣,吾固告汝曰人将保汝,果保汝矣。非汝能使人保汝,而汝不能使人无保汝也,而焉用之感豫出异也!必且有感摇而本才,又无谓也。与汝游者又莫汝告也,彼所小言,尽人毒也;莫觉莫悟,何相孰也!巧者劳而知者忧,无能者无所求,饱食而敖游,泛若不系之舟,虚而敖游者也。"

列御寇要去齐国,半路上又返回来了,遇上伯昏瞀人。伯昏瞀人问:"你怎么又折返回来了呢?"列御寇说:"我感到诚惶诚恐。"伯昏瞀人又问:"什么原因使你受惊了呢?"列御寇说:"我曾在十家卖浆水的店里饮食,却有五家店对我搞优先供应。"伯昏瞀人说:"如此而已,你又有什么不安的呢?"列御寇说:"内心的思绪筹谋得不到疏解,外部身形的举动就会有所流露而显现出神采;用这种外表的东西打动人心,使人们对我的尊重胜过我实际的年事,这不是好事。那卖浆水的人只不过是为了卖掉饮用的羹食,没有很多赢利,他们的获利非常微薄,他们的权衡也是不足道的,可是还如此地看重我,如果是那大国的国君呢?国君亲自为国事操劳,而将才智心思耗尽于政务,他们要是把重任托付给我并要求我的政绩,那可怎么办呢?我正因为这个缘故才惊惶不已。"伯昏瞀人说:"你的观察与思考是太好啦!你好自为之吧,人们一定会聚集于你了!"

不多久,伯昏瞀人前去看望列御寇,看见列御寇的室外摆满了鞋子。伯昏瞀人朝北方站着(或指背对着列御寇?),拄着拐杖撑住下巴,站了一会儿,没说什么话就走出去了。接待宾客的人员报告给列御寇,列御寇拎着鞋子,光着脚就追了出来(那时已有进门脱鞋的习惯了),赶到门口,说:"先生已经来了,竟不指教一二吗?"伯昏瞀人说:"算了吧,我本来就告诉你说人们将会聚集到你这边,果真都在归附于你了。问题不是出在是你让人们归附于你上,而在于你为什么做不到让人们不归附于你呢？你何必彰显在外，让人感觉到你的与众不同呢？必定是你内心有所波动，结果是摇摆起你的秉性啊，对此你也是无可奈何。跟你一起的人没有谁会告诫你，他们浅薄的言辞，全是有毒的。没有谁能省悟辨清，谁又能提醒谁呢？巧妙之人多劳，越是灵巧就越事多；智者多忧，越是有智慧就越要发愁焦虑。倒是没有能耐的人也就没有什么要求，填饱了肚子便自由自在地遨游，像没有缆绳系拴、漂游在水面的船只一样，这才是心境虚无而自由遨游的生活呀！"

与众不同的思路：不是因为自己的窝囊，不是因为自己受到压制，而是为了自己人气太旺，有凝聚力，受到平民百姓的另眼看待。人气太旺，有凝聚力，为什么不好呢？《庄子》没有说。可能是聚的人多了目标太大，别人的期望值太高，责任太大，忧愁太多，太辛苦，不逍遥，不快乐，不独立，受制于四面八方等等。老庄相对来说多看破了一些东西，诚然。

可惜能理解与接受这样思路的人太少了。一般人在走运的时候多半是得意扬扬，飘飘然，晕得忽儿。人往往是倒了大霉了才会想起庄子的这些名言。

反复思量，不无狐疑，像列御寇的这种表现，会不会有一点得了便宜卖乖的嫌疑呢？一个人头脑简单一点，自然一点，朴素一点，有人对你好，你高兴并且感谢，你注意一下投桃报李、礼尚往来，在人际关系上注意平衡均等，再有，如果你碰到了对你不太好不地道的人，你适当地付之一笑，不也就行了吗？瞎发什么愁呀？

"巧者劳而知者忧，无能者无所求，饱食而敖游，泛若不系之舟……"虽然很难作为人生指南来操作，但是读起来很美很浪漫。其实，无能者不仅仅是无所求与泛若不系之舟，无能者可能受欺侮、损害、盘剥，无能者可能被所谓的强者所奴役压迫，无能者尤其可能是衣食无着、饥寒交迫。不系之舟？不系之舟很可能被涨潮的浪花打个粉碎，更不要说碰到暴风骤雨了。

更入情入理的说法应该是:无能者应该学习充实提高,但学了半天硬是充实提高不起来,也就从另一方面想想,从饱食与遨游方面自慰一下,不妨事的。

二 千万别以为你自己改变了世界

郑人缓也呻吟裘氏之地,只三年而缓为儒,河润九里,泽及三族,使其弟墨。儒墨相与辩,其父助翟,十年而缓自杀。其父梦之曰:"使而子为墨者予也。阖胡尝视其良,既为秋柏之实矣?"

夫造物者之报人也,不报其人而报其人之天。彼固使彼。夫人以己为有以异于人以贱其亲,齐人之井饮者相捽也。故曰今之世皆缓也。自是,有德者以不知也,而况有道者乎!古者谓之遁天之刑。

圣人安其所安,不安其所不安;众人安其所不安,不安其所安。

郑国有个人名缓,在裘氏地面上吟咏读书,读了三年成了一个有影响的儒生,像河水滋润沿岸的土地一样润泽着方圆九里之内的人众,他的恩泽还被及三族,他的弟弟也成了墨家的一员。儒墨两家相互争辩,缓的父亲也站在墨家一边。过了十年后缓自杀,他父亲梦见他对自己说:"使你的儿子成为墨家一员,那是我的功绩。怎么你也不来看看我的坟墓?坟上的秋柏树已经结出了果实了!"

造物者所给予的,不是去满足人们人为的后天的需要,不是人为的事功,而是赋予人们天然的本性。你有了某种品性,也就会有某种发展与成绩。缓认为自己是与众不同、高人一等的,轻视他的父亲,就跟齐人自以为井水只属于自己,而为了饮水与旁人抓扯扭打一样。看来如今社会上的人都是像缓这样自以为功、自以为是的人。有德行的人是不会有这样的思路,更何况是有道的人啊!古时候人们称这种人是轻乎大意、忘记了自然本体自然母体,从而受到天的处罚。

圣人让本来安定的东西就此安定下去,让本来就不安定的东西不得安定下去。而人众却常常是让本来安定的东西偏偏不得安定，而又千方百计地让本来就不安定的东西安定下来。或者说，圣人安于自然的本性，而不能安于俗人的盲动；俗人们常常是随人俯仰，无知盲动，却不安于自然的本分。

推崇自然而然，嘲笑人事膨胀与自我居功，这对于老庄来说是一贯的。而缓的故事仍然别有特色，这里的例子好怪：他是儒家门徒，他弟弟却成了墨家门徒，他竟然在死后牛皮起来，居起功来。他为什么要自杀？自杀了还牛个什么劲？

古人似乎认为，一个人应该对于别人梦到他负责。因为所谓缓的居功，只是根据他在其父梦中的表现不够谦虚。

"彼固使彼"的说法颇显奥妙。老子与庄子都喜欢作同义反复的概括，彼之成为彼自然有成彼为彼的原因与根据。万物成为今天这个样子都有它的原因与根据。我们还可以说"胜者固胜"（胜利的一方之所以获得胜利，是有它的原因与依据的）、"刑者固刑"（被判刑的罪犯之所以被判刑，也有其道理与轨迹）、"美者固美"（一个人得到好评得到美誉，是因为他做了美好的事情留下了美好的形象）、"强者固强"（为什么有的人比一般人更坚强更强大？他也必然有自己的力量积蓄、正确选择与超人的自信）。这样的同义反复，好处是：既不让你居功自傲，也不让你怨天尤人。譬如说一个退休官员整天不忘是他发现了提拔了什么什么人，而这个人后来大大地火起来、牛起来了。其实呢，"彼固使彼"，所谓被你发现的那个人，本来就优秀，你不发现，自有人会去发现；再说该人即使不被你发现提升，他本人也绝非碌碌之辈，是金子放在哪里也都能闪光。这样一说，能减少你的许多讨人厌的、我们家乡称做"丑表功"的低俗表演。

科学家也是如此，你发现了一个原理一个公式一个材料，那首先是由于大自然中蕴藏着这样的原理公式材料，蕴藏着这样的被发明发现使用开发的可能，"彼固使彼"，千万别以为是你改变了世界。一个作家的著作令人佩服感动，当然是成功，更成功的却是让读者完全忘记那是你的文笔的创造，读者完全信服了你的所写，认定了你写的是"彼固使彼"，是压根的实事记录，事情与人物本来就是那个样子的。例如《红楼梦》就有这样的效果，人们可以弄不清曹雪芹，甚至认为并非曹氏之作，但是揪心伤肺地研究着挂牵着《红楼梦》。那才是天才之作。天才之作，亦即"彼固使彼"之作，亦即符合天生自然的面貌之作，亦即安者安之、不安者不安之，而不要安者不安之、不安者偏偏要安之。

是的，那个安与不安的同义反复之论也是如此。既然原来就是安宁的，如山，如森林，如星空，当然就应该让它安宁下去。原来就是不安宁的，如风，如江河，如雷电火焰，如飞禽走兽，你就让人家好好地活动活动嘛，人类要去捣什么乱？

安与不安的问题还让我们想起老子对于天道与人道（指人事活动的法则，不是今天所说的人道主义，不包含以人为本与人文关怀生命救助等含义）。老子强调天之道是损有余以奉不足，他强调的是天之道的公正性平衡性；他同时尖锐地批评人之道是损不足以奉有余，即强势的人可能剥削压迫弱势的人。老子很了不起，那么早就谴责强势阶层对弱势阶层的压迫剥削。这里的庄子，强调的则是圣人对于自然对于天道的尊重，与俗人的欢喜自我折腾、自讨苦吃、自找麻烦、自不量力成为对比。

这里的"呻吟"，依前贤的解释是指吟咏读书，有趣。现在，呻吟只是指疼痛叫苦的哼哼声，辛弃疾词曰"无病也呻吟"，而无病呻吟已经成为嘲讽内容空洞的文字的熟语。在《庄子》中又读到以"呻吟"来描写就读的说法，实在很妙。却原来，书生读了一辈子书，也就是呻吟了一辈子。

> 庄子曰："知道易，勿言难。知而不言，所以之天也；知而言之，所以之人也。古之人，天而不人。"
>
> 朱泙漫学屠龙于支离益，单千金之家，三年技成而无所用其

巧。圣人以必不必,故无兵;众人以不必必之,故多兵;顺于兵,故行有求。兵,恃之则亡。

小夫之知,不离苞苴竿牍,敝精神乎蹇浅,而欲兼济道物,太一形虚。若是者,迷惑于宇宙,形累不知太初。彼至人者,归精神乎无始,而甘瞑乎无何有之乡。水流乎无形,发泄乎太清。悲哉乎!汝为知在毫毛,而不知大宁!

庄子说:"知晓道比较容易,不去言说道却相当困难。有所知晓但无所谈论,这就是抵达天道、抵达天然之路。有所知晓却信口谈论,这是抵达人事红尘的凡俗之路。古人注重的是天意、天命、天道,而不是人事。"

朱泙漫向支离益学习屠龙的技术,耗尽千金家财,三年后学成了,却无龙可屠——没有机会可以将这样的技巧付诸使用。圣人可以将确定无疑的东西看成可以讨论可以研究、并非确定无疑的,所以与人无世争,与人为善;俗人却常常把尚未有结论的东西看做天经地义、与不同意见不共戴天,因而总是争斗不休,与人为恶。顺着纷争好斗之路走下去,一举一动都受到争斗的规律的主宰,靠这个行事过日子,到头来只会自取灭亡。

世俗人的智谋,离不开交际搞关系,把精力投入到浅薄无聊的事务上,还想着虚实兼济,闹什么对于天道与万物有所作为,将自己的形体与宇宙的混一交融起来。像这样的人,早已在浩瀚的宇宙中丧失了主心骨,被形体的欲望与劳苦所拘累,他们上哪里去了解混沌初始的妙谛?那些修养到位的至人,让精神回归到鸿蒙未开的泰初状态,美美地栖息在没有什么事物的虚境,像水流一样并无固定的形状,从清虚空寂的源头流淌而下。可悲啊!你们总是把心智用在毫毛琐屑上,却一点也不懂得那巨大的宁静。

学习屠龙之技的故事耐人深省。你可以理解为讽喻不切实际的空谈:技术很高,学习成本极大,但一个前提条件没有解决:龙在哪里？何龙可屠之有？

到今为止，有点智商而且也读过点书，尤其是通点外语的人，有志倚天屠龙者还是多，脚踏实地养牛牧马喂猪的人还是比较少。屠龙的故事也许在这方面有点教益。

你也可以将之理解为一种知识分子的超越：我们喜欢的是智力的操练与游戏，善屠龙而无龙可屠者，岂不更高妙超拔、与世无争？不是无争而是多数情况下不屑一争。项羽少年时不肯好好学剑，因为他的志向不是学与一人敌的技巧，而是要与万人敌。当然，项羽的万人敌的记录也难说好，但他毕竟境界有所不同。中国的士，讲论万世，讲浩然正气，讲日月经天、江河行地，都有屠龙技的味道，也都有几分特别的可爱。如果再没有一个人会屠龙了，个个会宰狗屠驴杀猪与逮兔子抓麻雀，也许有利于振作屠宰业与肉食供应，但是不利于忽悠与想象力。或者我们从另一个角度设想，在一个个会宰猪杀羊的地区出来一个人表演屠龙绝技，虽然找不到现成的龙来就屠，但他又跳又蹦，表演各种高难动作，可以发展成屠龙舞、屠龙巫、屠龙大典、屠龙风俗、屠龙一族，倒也不恶。

这也说明"必者"可以（有可能、不无可能）"不必"。本来读到朱泙漫耗尽家私学屠龙的故事，可以作出朱某太蠢、支离益涉嫌伪劣办学诈骗有术的必然判断，可以作出取缔支离益办学资格与执照的处分之必然决定。但圣人还可以不那么必然，网开一面，冷眼旁观，看看他到底闹出个什么名堂来！俗人就不一样了，他们脑子里只有一条筋，要屠龙就必须拿一条活龙来屠宰，要办学就必须有利就业，要斗争就不能讲和谐，要和谐就不能分是非与高下，他们以兵（斗争）为业，不但屠不了龙，也屠不了狗。

知"道"易，不说"道"难。这种说法也是一绝，我国有讲知易行难的，有讲知难行易的，有讲知行合一的，而这里却讲开了知易不说难——说则投入到人世间，不说则与天神交。这可真有点什么东方神秘主义了！反躬自问，老王说得太多太多了，愧矣哉！

后面讲的是一个形而下与形而上的关系。你除了形而下的公关而外，还应该有点形而上的终极关怀。越没有本事就得越注意公关，这话说出，不知有多少人汗颜或视庄为敌。试试看，让你脑子里也来点泰初、太虚、混沌、太清、无何有之乡，应是有利精神空间的开拓，有利心理健康与丰富的维护。又有什么办法呢？有这种形而上的终极体验的人是少数。多数则只能是知在毫毛，神乎塞浅，用武侠小说的话，鼠辈们啊！

《庄子》前文却又教导我们，道在屙屎屙尿处，鼠辈们的情况也是大道在起作用啊！要不，就是鼠辈们太自以为是，还不如泥鳅子乀之道性自然呢！

宋人有曹商者，为宋王使秦。其往也，得车数乘；王说之，益车百乘。反于宋，见庄子曰："夫处穷闾陋巷，困窘织屦，槁项黄馘者，商之所短也；一悟万乘之主而从车百乘者，商之所长也。"庄子曰："秦王有病召医，破痈溃痤者得车一乘，舐痔者得车五乘，所治愈下，得车愈多。子岂治其痔邪，何得车之多也？子行矣！"

宋国有个人名叫曹商，受宋王委托出使秦国。他前往秦国的时候，得到宋王赠与的几辆马车；秦王见了他也喜欢他，加赐予他马车一百乘。曹商回到宋国，见到庄子，高兴地说："你看我虽然居住在偏僻狭窄的巷子里，在贫困中编织麻鞋为生，脖颈干枯，面黄肌瘦，这算是我不如别人吧；一朝得到机会出使大国，见到万乘之君，就带回了百乘之车，这又是我的长项了。"庄子说："听说秦王有病召请医生，能戳破脓血溃散疖子的人可得到车辆一乘，能舔治他的痔疮的人可以得到车辆五乘，疗治得越是低下方法越是卑贱，得到的车辆也就越多。你是不是给秦王舔过痔疮呢，怎么获得赏赐的车辆会这样多呢？你离我远一点吧！"

这里的庄子说的话似显过分。得了重赏，还不是此人卑鄙无耻的充分证据。你如果是至人真人,付之一笑也就行了,说那么难听的话岂不显得你本人艳羡酸溜溜的?

也可以发人深省:天下没有免费的午餐,你得到了什么,必然同时付出了什么,你增益了什么,必然同时减少了什么,即使你无意贪婪与获取,你的进项也意味着对于你的人品的怀疑。古今中外,概莫能外,进益者、高升者、受上司宠爱者、写成畅销书者、一夜暴得大名者,常常会或多多少少会被认为是吮痈舐痔之马屁精一流人物,这也是高升者必须付出的代价之一。

这样看问题,这样写文章,似乎仍有不足,真正的庄学里手在乎这些说法做啥?受奖则喜,被诬则皱眉头,被刑则呼冤,加薪则多打两次牙祭,这不是非常自然非常合理的事情吗?至于这一类的事情发生在别人身上,你给以恶毒讽刺,就更不得体了。

这不会是庄周的思想。

三　真正的诚信不需要挂在口头上

鲁哀公问乎颜阖曰:"吾以仲尼为贞干,国其有瘳乎?"曰:"殆哉圾乎!仲尼方且饰羽而画,从事华辞,以支为旨,忍性以视民而不知不信;受乎心,宰乎神,夫何足以上民!彼宜女与?予颐与?误而可矣。今使民离实学伪,非所以视民也,为后世虑,不若休之。难治也。"

鲁哀公问颜阖说:"我想依靠仲尼作为国之栋梁,咱们的国家有救了吧?"颜阖说:"危险啊!实在是悬啦!仲尼正一心想着雕琢打扮,讲说华美的言辞,把细枝末节说成主旨,扭曲心性还以为是教化人众,却不知道那种离开了自然而然天性的说教早就失去了可信性;如果你让民人接受这样的做法,并主宰控制其精神,怎么能够管理好民人?仲尼果真适合于你吗?我能够乐于看到你这样做吗?你的考虑大错而特错了。现在你是让民人背离了真实去学习作伪,这可不是个导引民人的办法。为后世子孙着想,快快放弃上述打算吧。哪里能用他来治理国家啊?"

批评孔子儒学,是《庄子》各篇的一个不变主题,所批大致差不多,关键在于认定儒家教条偏离了天然的真性情,容易形成作伪、空话、心口不一,难以落实,尤其是没有哪个君王大臣会采纳。本段则提出一个儒家的可信性的问题,令人叹息。信,是儒家的一个重要道德观念,是仁义礼智信"五常"之一。至今我们也仍有许多学人进言领导,要求恢复"五常"在思想教育与人民精神生活中的重要地位。但是庄子找了这个"信"的麻烦,他的逻辑是:真正的诚信不需要挂在口头上,凡挂在口头上的,均不完全可信。信则不言,言则不信。例如天地并不言信,然而天地是可信的。虎豹并不言信,虎豹虽然凶恶,并不会搞假冒伪劣骗人。

庄子的代言人颜阖批评孔子只会弄华美的言辞。这从一个侧面反映出了儒学的魅力。儒学提倡仁政,提倡仁义道德,提倡以德治国,以礼治国,大家都成为正人君子,各安其位,各行其道,君君臣臣父父子子,君明臣忠,父慈子孝,夫正妻贤,不但不会发生战争屠杀争权夺利政变阴谋,甚至不会发生不轨的念头与想象。大家在美好的规范下做事,能不太平世界朗朗乾坤?

泛道德论确是具有理想主义、人情入理、文质彬彬、超级稳定等优点特点。问题是,人性中不仅有良好善意的这一面,人性中还有贪婪,有嫉恨,有憎恶,有阴暗,权、利、名、财产的争夺也是不可能完全平息的。西方世界则强调法治,以强制性的明确约束来代替相对比较浪漫与软性的道德说教来治国。其实外篇中的庄子也提出来人不可以永远靠道德说事。我解释说是不能做道德的钉子户。道德主要是用来律己的,道德的推行要靠社会中坚的示范,而不是靠说教,靠主观的哪怕完全是好意的设计。过多的道德说教,确实有变成空谈与矫饰的可能。一些国家曾经更加强调的是功利,是阶级的利益,他们常常是对儒家的治国理念不屑一顾。

但中国儒家理念的重要性又不容我们长期忽视,它的某些合理性与动情性、熟悉性与通俗性,使任何有志于对中国有所作为的人不能太瞧不起孔孟之道。近年来,弘扬孔学,把儒学与社会主流意识形态结合起来的呼声很高,一些领导、教师、老板更是视《三字经》《弟子规》为精神管理的至宝,认为这两本书有利于管理得秩序井然。这个时候温习一下庄子对于孔学的批评不是没有意义的。不可突然大冒傻气,以为多念几遍《三字经》与《弟子规》就能天下太平。以为这两本书能够保障太平盛世,与认定靠硬气功能战胜列强的"大师兄"的水准差不太多。

> 施于人而不忘,非天布也。商贾不齿,虽以事齿之,神者弗齿。
> 为外刑者,金与木也;为内刑者,动与过也。宵人之离外刑者,金木讯之;离内刑者,阴阳食之。夫免乎外内之刑者,唯真人能之。

做了好事,施与人恩惠,然后念念不忘地等待表扬或者回报,这不是天道,天造福于人从不需要念叨。施恩图报的表现连商人也是瞧不起的,即使因为什么缘故谈到他,内心也是瞧不起他的。

皮肉之刑,来自金属或木质的桎梏镣铐;给内心世界施加刑罚的,则是精神的动荡和行动的过失。小人受到皮肉之苦,是因为刑具的拷问;小人内心受到刑罚,则是阴阳不调所造成的侵害。能够免于内外的刑罚的,则是真人。

说施恩图报不符合天道,这里不是很明晰。"天地有大美而不言",这话很漂亮,但老子说得更深刻也更有教益:"天地不仁,以万物为刍狗。""天布",上天的布施并不念念不忘,天灾天害也无意无心。这里为什么单独说商贾?是极而言之吗?是说连商贾这样最注重实利与平等交换的人也不总是施恩吗?存疑。

联系到前后文,也许含有这样的意思:儒家对于美德的大力提倡，使人们做点好事都会产生"有报也"的浅薄功利动机。这种图报的动机，与做了坏事怕报应的动机，表面上不同，实际上是一回事，都是内心承受的刑罚，与肉体承受的桎梏镣铐是一样的。真人至人，首要的条件是不使自己的内心动荡，不居功，不惧过，不求名利，不避灾祸，这才是理想的精神境界。

四　人心险峻，莫要聪明反被聪明误

孔子曰："凡人心险于山川，难于知天；天犹有春秋冬夏旦暮之期，人者厚貌深情。故有貌愿而益，有长若不肖，有顺懁而达，有坚而缦，有缓而钎。故其就义若渴者，其去义若热。故君子远使之而观其忠，近使之而观其敬，烦使之而观其能，卒然问焉而观其知，急与之期而观其信，委之以财而观其仁，告之以危而观其节，醉之以酒而观其则，杂之以处而观其色。九征至，不肖人得矣。"

孔子说："人心比山川还要险恶，了解人心比了解天象还要难。天时毕竟有春夏秋冬和早晚变化的一定次序，人呢，却是面容厚厚地遮盖，情感深深地埋藏。有的人容貌谨厚而内心骄溢，有的人容貌老成其实心术不正，有的人外表圆通而内心刚正，有的人外表坚强却是内心懈怠，有的人表面上舒缓而内心却很急躁。所以人们常常急迫地要去就仁就义（成仁成义，为仁义而献身）、被仁义所鼓动奋起，犹如干渴思饮一样的迫不及待。而同样，当他们抛弃仁义，因为某种缘故而仁义不下去的时候，他们也像是逃离火烤烈焰一样的急于奔命。君子常常让人到远处办事，再观察他们是否忠诚，让人就近办事，而观察他们是否恭谨，让人去做繁难的事情，好观察他们是不是能干，也可以对人突然提问题，看他们是否机智，给予期限紧迫的事由，观察他们是否能守信守时，把财物托付给他们，看看他们是不是清廉，把危难告诉给他们，观察他们的节操，在饮酒中观察他们的仪态，在男女杂处时观察他们对待女色的态度。上述九种征兆一一得到证验,不像样的人也就暴露出来了。"

这种对于人性的险恶与隐蔽的叹息,似乎在诸子中并不多见,中国先秦诸子显然多是持性善论的。这一段的说法让人觉得切近,夸张一点说,这种论点是时尚的。四种表里不一的人令人感到熟悉。九种考察方法令人觉得无聊、太粗浅、太简单,也太不光明正大。为了考察忠诚,故意派遣他去远地执行任务?这实在不像老庄,倒像某个保甲长,最多是县太爷的水准。观察人何用计谋、巧术,还不如《论语》里讲的"听其言而观其行"抓得住要旨,而且质朴服人。这里的《庄子》怎么会把枝节当要旨乱讲呢?

我这一生已经多次看到过,那些动辄热血沸腾、标榜自己见义勇为的人,一旦形势发生变化,慌不迭地洗清自己,不惜把自己热血沸腾的原因推诿到他人身上。世上跟风的人太多,而无头脑却又是胆汁质多血质的人太多,盲目的人太多,廉价的呐喊者太多,这样的人很容易被煽动也很容易被扼止,很容易冲动也很容易恐惧,一方面是气壮如牛,一方面是胆小如鼠,一上来唧唧喳喳,过两天叩头如捣蒜,再过两天出卖朋友只求自救。呜呼,庄子涉世深矣!

> 正考父一命而伛,再命而偻,三命而俯,循墙而走,孰敢不轨!如而夫者,一命而吕钜,再命而于车上儛,三命而名诸父,孰协唐许!

宋大夫正考父(正直、有成之意)首次被任命为士,逢人鞠躬;再次被任命为大夫,于是更加深深地弯下了腰;到了第三次任命为公卿,谦恭地俯下身子,靠着墙根溜边走路。如此谦虚谨慎,谁敢不学学他的样子!如果是俗人,任命个士还不就得忘乎所以;再次任命为大夫,就会在车上手舞足蹈,难以自持;第三次任命为卿就要别人呼叔称伯,或就目无长上,对长上直呼其名了——像这样,唐尧、许由那样谦让的人还如何可能出现呢?

原来什么样就什么样,天生什么样就什么样也就行了,这里说得如此夸张,像是说评书说相声,姿态太过反而说明了小家子气,再任命大一点的职位莫非只能满地爬行了吗?过犹不及,尤其是庄周这样的才子真人,岂至于为个什么头衔就烧成或怕成这个样儿!杂篇杂篇,确有为庄丢份儿处也。

贼莫大乎德有心而心有睫,及其有睫也而内视,内视而败矣。

凶德有五,中德为首。何谓中德?中德也者,有以自好也而吡其所不为者也。

穷有八极,达有三必,形有六府。美、髯、长、大、壮、丽、勇、敢,八者俱过人也,因以是穷。缘循、偃佚、困畏不若人,三者俱通达。知慧外通,勇动多怨,仁义多责。达生之情者傀,达于知者肖,达大命者随,达小命者遭。

最大的祸害莫过于有意识地炫耀德行而且长了心眼儿。心长了眼,就会主观臆断、自我盘算,而主观臆断加自我盘算必定导致失败。

招惹凶祸的官能有(心耳眼舌鼻)五种,中德(心)的谋划是祸害之首。什么叫做中德之祸呢?是指自以为是而排斥与自己想法不同的一切。

穷困源于以下八个方面的端倪,通达基于以下三种必然性,而身形的形成是由于六个脏腑的存在。貌美、长须、高大、魁伟、健壮、美观、勇武、果敢,八项长处胜过他人,于是为人所使役,导致的是自身的辛苦穷困。而顺应听喝、俯仰随人、困乏怯懦而又态度谦下,三种不得意的状态,反而都能走向通达。太聪明了就外露,太勇于浮动容易结怨,仁义闹得太欢了反受责难。通达生命道理的人心胸开阔,讲求智慧的人内心狭小,通达大生命(天地宇宙之大生命)之道的人随顺自然,通达小生命(个体生命)之理的人也能忍受承当。

个体的优越条件反会导致困厄,个体的不利条件反而通向光明大道。太聪明了,聪明外露,不祥,中国的说法叫聪明反被聪明误。看来,以过于聪明来责备人,在我国真是源远流长,我们提倡的是做老黄牛、做革命的傻子、下笨功夫等等。勇敢浮动,动不动出手,必然结怨树敌,自找苦吃。仁义讲得太多为什么也会受两难呢?漂亮话多了,受众要求兑现,而且是首先是要求你兑现。你用来规范人众的理念,人众先用来规范阁下;你用来鼓励他人的美德,人众先用来检验你老。俗话说吹牛皮不上税,错了,吹牛皮必须上税,绝对不可能逃税,你的每一个牛皮都会成为你夸夸其谈、大言欺世的证据,你做得千好万好,不如你那牛皮好,你做得十全十美,不如你的牛皮吹得美,那么你的形象只能是负面的了。

五 愚昧的人总自恃偏见而沉溺于低俗的人事

人有见宋王者,锡车十乘,以其十乘骄稚庄子。庄子曰:"河上有家贫恃纬萧而食者,其子没于渊,得千金之珠。其父谓其子曰:'取石来锻之!夫千金之珠,必在九重之渊而骊龙颔下,子能得珠者,必遭其睡也。使骊龙而寤,子尚奚微之有哉!'今宋国之深,非直九重之渊也;宋王之猛,非直骊龙也;子能得车者,必遭其睡也。使宋王而寤,子为齑粉夫!"

有个谒见过宋王的人,宋王赐给他马车十乘,他跑到庄子那里,以获赠车马的事吹嘘得意。庄子说:"河边有一个贫穷之家,靠编织苇席为生,他的儿子潜水入深渊,得到一枚价值千金的宝珠,父亲对儿子说:'快拿石头来砸烂这个玩意儿!这样贵重的宝珠,只能出自深深的潭底黑龙的颔下,你能侥幸地获得这样的宝珠,不过是可巧赶上黑龙睡着了。要是黑龙醒过来,你还想活着回来吗?'如今宋国国情的险恶远超过了那深深的潭底,而宋王的凶暴也超过了黑龙,你能从宋王那里获得十乘车马,看来也是赶上宋王入睡。倘若宋王一旦醒过来,你也就化为齑粉了。"

一切收益,一切殊荣,一切意想不到的好运,一切天上掉下来的馅饼,都是侥幸,同时都带来了巨大的危险。可以从正面想:不入虎穴,焉得虎子;舍得一身剐,敢把皇帝拉下马;吃得苦中苦,方为人上人。也可以从反面想:知足常乐,能忍自安;韬光养晦,逍遥自有逍遥福;不要妄想妄念,做老实人,说老实话,行老实事。

或聘于庄子。庄子应其使曰:"子见夫牺牛乎?衣以文绣,食以刍菽,及其牵而入于大庙,虽欲为孤犊,其可得乎?"

庄子将死,弟子欲厚葬之。庄子曰:"吾以天地为棺椁,以日月为连璧,星辰为珠玑,万物为赍送。吾葬具岂不备邪?何以加此?"弟子曰:"吾恐乌鸢之食夫子也。"庄子曰:"在上为乌鸢食,在下为蝼蚁食,夺彼与此,何其偏也!"

有人聘请庄子为官。庄子答复使者说:"你见过用做祭祀的牛吗?它披着织有花纹的锦绣,吃着精草料加豆子,等到被牵着进入太庙宰杀祭祀的时候,它就是想要做个无人置理的小孤牛,还能够做得成吗?"

庄子快要死了,弟子们打算隆重地埋葬他。庄子说:"我是将天地看做棺椁,把日月看做一双玉璧,把星辰看做珠玑,而万物都可以算是我的陪葬,我这样的丧葬难道还不完备吗?何必还要再加上别的东西!"弟子说:"我们担忧的是,如果裸葬,先生的遗体会被乌鸦和老鹰吃掉。"庄子说:"遗体放到地面上就要面临乌鸦和老鹰的啄食,埋到地底下也会让蚂蚁、蝼蛄等吃掉,你们何苦夺掉乌鸦老鹰的吃食,再交给蚂蚁蝼蛄,怎么会这样偏心眼儿呢!"

庄子拒官,前面讲过。庄子对于丧葬的说法非常开通明达,也很优美,想得开,说得通。尤其是万物皆是我的陪葬云云,太好了,好得不能再好了!请想想看:你有机会到这世界上走了一遭,看了一遭,吃了玩了也受了闹了一遭,然后与世界万物一道休息了下来,安静了下来,寂寞了下来,这还有什么可不满意的呢?还要什么棺椁、连璧、珠玑与赍送呢?

> 以不平平,其平也不平;以不征征,其征也不征。明者唯为之使,神者征之。夫明之不胜神也久矣。而愚者恃其所见入于人,其功外也,不亦悲乎!

用不公平的偏见去追求公平,这样的公平绝对不是真正的公平;用人为的带着私心杂念的感应去体察外物,这样的感应与体察也绝不是真正的感应与体察。自以为明白的人,明白了半天,实际上仍然是被外力所驱使。只有精神得到全面的发达才能体察自然的征兆。追求明智其实比不上追求神全(精神完整、充分发达),可是愚昧的人还总是自恃偏见而沉溺于低俗的人事,他们做成的都是些身外之不要紧的事,这不也是可悲的吗?

这里有许多感慨。诸子百家兜售叫卖,谁能没有偏见?谁能没有私心?谁能与世界的征兆相通、英明地判断世界?大家都在那里沾沾自喜于一些小聪明小伎俩,沾沾自喜于一些小成绩小事功。可悲乎?可悲也!人们,我是爱你们的,你们其实是太可怜复可笑啦!(这里有一点"人一思考,上帝就发笑"的意思。)

在天与人之间,庄子不断地颂天而斥人、贬低人、嘲笑人,却也是悲悯人。将这样的思路与数十年来我们习惯的类似"人定胜天"的命题作一比较,如果能有所了悟——当然不是说就接受庄子的说法,但总要弄清庄子所以不厌其烦地是天而非人的道理——亲爱的读者,你可以算做一个明白人了,你今后的生活也就会明白畅达得多。

你懂了吗?

老王说:这一节似乎偏重于心学,为人心描绘了各种困境与设计了各种解脱之道。心永远是不那么安宁的,心永远是危若累卵的,心永远是有出路的,就看你是不是想得开了。想开了,裸死也充满欢愉;想不开,越是好事就越有压力。泛若不系之舟,是一种逍遥。槁木死灰、呆若木鸡,也是一种道行。忽悠屠龙之技,跳起屠龙之舞,嘲笑获奖获赐者,也能过瘾。冷眼旁观,闭上嘴巴,绝不言道,也许更高明了。

说法归说法,说法固可贵,自救人更高,说到底,只能自己救自己。

天下:乱世英雄起四方,有说便是无冕王

适逢乱世,群雄并起,百家争鸣,滔滔扰扰。从学术上看,这是难得的黄金时代,从百姓的安居乐业、幸福指数上说,难讲它有多么好。急功近利地评估,那么多人在雄辩兜售,巧舌如簧,实无利益;不如一顶帽子涵盖天下,统一学术观点,万众一心地干起来再说——要改都改,要上都上,见效快,成绩大。先秦诸子著作中,很少看到这样描绘整个学术争鸣情况的文字。原来争鸣有争鸣的美好气势,也有争鸣的一片混乱和难念的经。独鸣或不鸣呢?当然也不像是好事。

一 天下大乱,道德不一,贤圣不明,于是只能向后看

> 天下之治方术者多矣,皆以其有为不可加矣!古之所谓道术者,果恶乎在?曰:"无乎不在。"曰:"神何由降?明何由出?""圣有所生,王有所成,皆原于一。"

天下做学问的人很多,个个认为自己的学问取得了无以复加的成就。试问,古代所谓的道与术,究竟存在于哪里?回答说是:"无所不在。"问:"形而上的神妙由何而降?形而下的明哲从何而生?"回答说:"非凡的圣人都有其由来,超群的王者自有其成因,都渊源于根本的一。"

一面是无所不在，一面是根本的"一"——混一、同一、归一、仅一、全一。做学问，做事功，都要找得着抓得住这个"一"，一通百通，一解百解，以一当十当百，无往而不胜。这种我国古代流行的思维方式，这种对于一的崇拜，这种可以理解的将对于真理的追求简约化的幻想，这种找关键找牛鼻子的努力，源远流长。

那么，先秦诸子百家个个认为自己就是那个一的独得之秘的把握者，精纯而一，得一而一天下，一以贯之，万世一脉，万世一人，以一为纲，纲举而目张。尊孔就要一尊到底，始皇之后就要一脉相承，几个伟大就要归诸一人。这种一元主义的好处是它的简约性、稳定性，坏处是它排斥多元，排斥制衡，常常用想象的纯一代替丰富的世界而自欺欺人。

也许可以从另外的角度理解这一段文字。先秦而言古，那应当是更古，是指有文字记载、有诸子百家之前，"恶乎在"？在哪里？在生活中，在民俗中，在口头传承里。恰恰是那种尚未形成宏论与门派的道术，"无乎不在"，叫做"圣有所生，王有所成，皆原于一"。越古越符合大道。古代的道术不敢闹独立性，只知跟着纯一、泰一（即大道）走，古代的圣与王，也不敢出幺鹅子，只敢奉行这个一。后世的败坏，完全由于人为的幺鹅子。（王按，"幺鹅子"一词出自骨牌，幺鹅子略相当于麻将牌中的幺鸡，故应写此幺，被统一为妖，疑非。）

> 不离于宗，谓之天人；不离于精，谓之神人；不离于真，谓之至人。以天为宗，以德为本，以道为门，兆于变化，谓之圣人；以仁为恩，以义为理，以礼为行，以乐为和，薰然慈仁，谓之君子。以法为分，以名为表，以参为验，以稽为决，其数一二三四是也，百官以此相齿；以事为常，以衣食为主，蕃息畜藏，老弱孤寡为意，皆有以养，民之理也。

（在古代，尊崇一、出自泰一的时代）不离天地的根本与宗主的，就是天人。不离精微神妙的玄理或世界的精华与活力的，是神人。

不离本真与朴质的,是至人。以天为主宰、主要的依据,以德为根本,以道为门径,能够预知与理解变化的,那是圣人。以仁心遍施恩惠,以正义区分判断道理,以礼法把握行动,以音乐调和阴阳天地,温暖仁慈,这就是君子。以法度为据明确本分,以名(概念与群体的归属)为标志明确地位。用比较的方法来验证,用考核的方法来作决断,什么人该做什么,都像计数一二三四那样清楚,有清晰的次序,百官以此为序列,以职事为常务,以衣食为主要责任,生产储藏,关心老弱孤寡,使其皆有所养护,这是治民亲民的道理。

从高处讲,从玄处讲,与天合一的是天人,与天地的精妙合一的是神人,与世界的真质合一的是至人。(不知为什么这里没有讲真人?道家喜欢讲真人,庄子是南华真人,贾宝玉是文妙真人。)预知变化的,即具有超强认知能力的,是圣人。这里有新意,不是从道德上而是从认知上定义圣人。把道说成门径,则大大地贬低了道的意义,与《老子》的说法不同,与《庄子》的其他部分也不同——不知是哪位的说法。好在那时的概念很有弹性,大则大之,小则小之,高则高之,低则低之,仍然可以看下去。

看来这是讲更古代的天下道术。

讲民之理的部分,一个是强调民生,一个是强调救助弱势人群,看来古今同理,值得记取。

有圣人,有君子,这个提法与儒家差不多。这里对于君子的描述强调善良温和,比《论语》里讲的"人不知而不愠,不亦君子乎"与"不迁怒,不贰过"还形象清晰、暖热。

天人、神人、至人、圣人、君子如何如何,民人百姓呢?没有他们的份儿了吗?这是古代的精英主义吗?

或者,按照老庄的学说,最最接近天人的应该不是君王将相,而是"日出而作,日入而息,凿井而饮,耕田而食"的农民,是鸡犬相闻老死不相往来的人,是无神论加泛神论的向往。这些人同样也可以称做至人。自己再琢磨琢磨,终极几度,忽悠三番,也就成了神人了。

不过仍有一个问题，所有这些关于精英人士的设想都是从最好的方面想象的。它没有预想，如果这位毫不关注人事的人士是智障者呢？如果这位追求神人的人士是妄想症患者呢？如果这位至人本真朴质得达到泥猪癞狗的程度了呢？如果一二三四的次序被怀疑被颠覆了呢？如果这些个谦谦君子们碰到了乱世，碰到的是血腥的屠杀争夺呢？传统文化中有大量向后看向上古看的美好设想与怀念，结果数千年来总是停留在设想与怀念的阶段。夫复何言！

从文风上说，这里的天人、神人、至人、圣人、君子，以及宗、本、门、兆、仁、义、礼、和……搞得名词繁复啰嗦，从一个词过渡到另类一个词，有烦琐空洞之虞。

古之人其备乎！配神明，醇天地，育万物，和天下，泽及百姓，明于本数，系于末度，六通四辟，小大精粗，其运无乎不在。其明而在数度者，旧法、世传之史尚多有之；其在于《诗》《书》《礼》《乐》者，邹鲁之士、搢绅先生多能明之。《诗》以道志，《书》以道事，《礼》以道行，《乐》以道和，《易》以道阴阳，《春秋》以道名分。其数散于天下而设于中国者，百家之学时或称而道之。

古时候的人不是很完备的吗？他们做事，合于造化的神明，取法天地的准则，养育万物，和谐天下，滋润百姓，明了天道的根本，体现到法度的终端，六合通畅，四时平顺，无论小大精粗的运动，这样的精神与道性无所不在。它们明晰的礼乐制度，很多还保存在传世的法度与史书中。保存于《诗》《书》《礼》《乐》中的精神，邹鲁一带的学者和缙绅先生们大都明白清楚。《诗》表述志向，《书》表述事件，《礼》表述行为规范，《乐》表述和谐，《易》表述阴阳化作，《春秋》表述名分。它们数度传播于天下，设立于中国，百家之学还常常引用称道它。

是向后看的乌托邦主义。《诗》《书》《礼》《乐》还好说一点，因为人的一切文字记载与论述，往往表述理念、表述规范、表述设计，多于表述现实、表述麻烦、表述歪曲与曲折。从这个意义上说，一切书籍都比现实好，一切已经成为书籍而逝去久远的古代自然比现实好。

这里提到的《春秋》不知是什么版本，可能不是孔子责编的那几部吧？从那里能看出比现实之好吗？

还有，这里特别提出了《诗》《书》等经典著作，与此前强调古代的道术无所不在，是不是有些矛盾呢？是不是会把无所不在的生活化无形化的道术搞得拘束起来呢？

> 天下大乱，贤圣不明，道德不一。天下多得一察焉以自好。譬如耳目鼻口，皆有所明，不能相通。犹百家众技也，皆有所长，时有所用。虽然，不该不遍，一曲之士也。判天地之美，析万物之理，察古人之全。寡能备于天地之美，称神明之容。是故内圣外王之道，暗而不明，郁而不发，天下之人各为其所欲焉以自为方。悲夫！百家往而不反，必不合矣！后世之学者，不幸不见天地之纯，古人之大体，道术将为天下裂。

天下一旦大乱，圣贤被遮蔽掩没，对道德价值的理解莫衷一是，天下人大多是各有一孔之见而自吹自擂。譬如耳目鼻口，它们各有各的功能，却不能互相通用。犹如百家众技，各有所长，时有所用；虽然如此，但谁也不算完备和全面，都是一得之见、一面之词。他们区分天地的完美，分析万物的道理，发现古人之完美的点点滴滴，但没有谁能完备地通达天地的大美，相称相通于神明的全貌。这样，内圣外王之道暗淡而不明朗，郁结而无从发挥，天下的人各行其所欲，还自以为有一套。可悲啊！百家各行其道而不知反思，必然是互不相合，互相纷争。后世学者所不幸的是，硬是看不到天地的纯一和古人的整体境界，道术将被天下所割裂——百家争鸣的结果是道术将天下分裂了！

先秦时期诸子百家的大鸣大放,后世常为之称颂羡慕,但《庄子》在这里颇为忧虑。不错,学术与言说的"民主"有另一面(负面)的风景:黄钟喑哑,瓦釜轰响;圣哲谦卑,小贩张扬;学问贬值,吹牛疯长;深刻难行,浅薄哄上;真诚失色,作秀时尚;劣胜优汰,信口雌黄,吹牛不上税,垃圾舞八方,哗众取宠易,正派做事难,文风学风烂,口沫四溅欢……我们常常过不去这一关,总是得不到多元互补多元制衡的局面,而宁愿硬性地定于与其说是真理性的不如说是情绪化的一尊。

"皆以其有为不可加矣","不该不遍,一曲之士",说的是各执一端各霸一面,都认为老子天下第一,都是瞎子摸象片面之词。这些话说得相当精当,过去如此,现在仍是如此,中国如此,欧美也是如此。全世界的寓言中,瞎子摸象的故事首屈一指——摸着腿者断言象如柱,摸着耳者断言象如扇,摸着尾者断言象如绳,摸到身者断言象如墙壁,这样的事天天都在发生呀!

人们的纷争,很大一部分是由于利益不同,我们一贯是强调阶级、民族、国家、社群的立场,这当然是事出有因。即使仅仅由于个人利害关系的不同也会造成分歧。另外,也许更大一部分是认识论上的问题,即分歧是瞎子摸象的后果。

然而,设想人人都能看到全象全貌,又是不现实的。我们的传统文化,重大本、大体、道枢、整体,寂兮寥兮,惚兮恍兮;而有时太轻视局部与具体,其实谁能不是仅仅一个局部、一个具体?谁能是一人一生便包下了全部世界、天下、生民与万世的道理?有时你会觉得可笑,两个学者在那里比大比整,一个说我了解人间,一个说我了解天地,一个说我了解前一万年后一万年,一个说我了解万有,一个说我不但知有,而且一直了解到无有,另一个说我了解有,更了解有之前的无,又一个说他不但了解无有,还了解无无,或了解无无无无……这毕竟是坐而论道的传统,而不是实践力行的传统。

二 严苛克制的墨子学说难于被现实所接受

不侈于后世,不靡于万物,不晖于数度,以绳墨自矫,而备世之急。古之道术有在于是者,墨翟、禽滑釐闻其风而说之。为之大过,已之大循。作为《非乐》,命之曰《节用》。生不歌,死无服。墨子泛爱兼利而非斗,其道不怒。又好学而博,不异,不与先王同,毁古之礼乐。

黄帝有《咸池》,尧有《大章》,舜有《大韶》,禹有《大夏》,汤有《大濩》,文王有《辟雍》之乐,武王、周公作《武》。古之丧礼,贵贱有仪,上下有等。天子棺椁七重,诸侯五重,大夫三重,士再重。今墨子独生不歌,死不服,桐棺三寸而无椁,以为法式。以此教人,恐不爱人;以此自行,固不爱己。未败墨子道。虽然,歌而非歌,哭而非哭,乐而非乐,是果类乎?其生也勤,其死也薄,其道大觳。使人忧,使人悲,其行难为也。恐其不可以为圣人之道,反天下之心。天下不堪。墨子虽独能任,奈天下何!离于天下,其去王也远矣!

不在后世落下奢侈之名,不糜费万物,不受礼法光环的炫惑,用规矩衡量砥砺自身承担拯救世人的急难,古代道术对此是有所提倡的,墨翟、禽滑釐对这种主张就很赞成,但他们实行得有些过分,各种限制也搞得过多。他们提倡"非乐",主张"节用",活着不奏乐唱歌,死了不厚葬。墨子倡导泛爱兼利你好我好,而反对战争,主张和睦,反对发脾气;又好学博闻博知,不强调人君间的差异与争斗,不死守先王的那一套,毁弃古代的礼乐程式。

黄帝有《咸池》,唐尧有《大章》,舜有《大韶》,禹有《大夏》,汤有《大濩》,文王有《辟雍》,武王、周公作《武》乐。古代的丧礼,依贵贱身份而区别仪式,上下分出等级:天子的棺椁七层,诸侯五层,大夫三层,士两层。现在墨子一人带头主张生不歌乐,死不服丧,只用三寸厚的桐木棺材而不用外层的椁。以此作为标准来教导他人，恐怕会被认为是不爱他人；自己去实行，恐怕被认为是不爱惜自己。墨子的学说也不是不好，然而该唱的时候不让唱，该哭的时候不让哭，该奏乐的时候不准奏乐，这果真能为人类接受吗？生前辛辛苦苦，死后简单一埋，他们的主张太严苛，使人忧愁，使人悲哀，实行起来恐怕是很困难的，也就难以成为被广泛接受的圣人之道——与天下人的心意相抵触，天下人是接受不了的。就算墨子独自能够做到，但对不这样做的天下人又能如何？脱离了天下的人众，也就远离为君之道了。

这里《庄子》强调的是自身的合情合理与自然而然，因此批评墨子、禽滑釐等用意虽好而不无矫情。这里描写的墨派更像是一帮理想主义者，强调节俭朴素，不是要回到先王上古，而是认为先王上古时期仍然充满奢华靡费。他们反对一切礼乐仪式，主张精简勤劳艰苦朴素。这里除勤劳非老庄的主张外，其他似与老庄一致。老庄对礼乐的抨击也从不含糊。老庄这方面的主张其实超过了此段所说的墨子，如鸡犬相闻老死不相往来，如妻子死了自己鼓盆而歌等。

看来是庄子的后人，更多地考虑到可行性、可接受性，故而有了此段。一种学说，开初往往是锋芒毕露、锐不可当、惊世骇俗、振聋发聩；过上十年二十年或者更长的时间，尤其是当这种学说已经被越来越多的人所接受所践行以后，必然会出现某种由实践带来的修正、打磨、磨合，慢慢和光同尘起来。

墨子称道曰："昔禹之湮洪水，决江河而通四夷九州也，名川三百，支川三千，小者无数。禹亲自操橐耜而九杂天下之川。腓无胈，胫无毛，沐甚雨，栉疾风，置万国。禹大圣也，而形劳天下也如此。"使后世之墨者，多以裘褐为衣，以跂蹻为服，日夜不休，以自苦为极，曰："不能如此，非禹之道也，不足谓墨。"

相里勤之弟子，五侯之徒，南方之墨者苦获、已齿、邓陵子之属，俱诵《墨经》，而倍谲不同，相谓别墨。以坚白同异之辩相訾,以奇偶不忤之辞相应,以巨子为圣人,皆愿为之尸,冀得为其后世,至今不决。

墨翟、禽滑釐之意则是,其行则非也。将使后世之墨者必自苦,以腓无胈、胫无毛,相进而已矣。乱之上也,治之下也。虽然,墨子真天下之好也,将求之不得也,虽枯槁不舍也,才士也夫!

墨子声言:"从前大禹治水,疏导长江黄河,使它们通达四夷九州,大川三百,支流三千,小溪无数。禹亲自拿着簸箕镐锹劳动,汇合天下的河川,辛苦得大腿上不长肉,小腿上汗毛脱落,顶风淋雨,终于安定了万国。禹是大圣人,为了天下还如此劳苦。"这样,后世的墨者,多半是穿着兽皮粗布做的衣服、木屐草履,夜以继日,不肯休息,以自苦为准则,并说:"做不到这样,就不能算是继承了禹之道,也就不够资格称为墨者。"

相里勤的弟子,五侯的门徒,还有南方的墨派人士苦获、已齿、邓陵子等,都在那里诵读《墨经》,而观点都往标新立异上走,互相攻讦对方是墨中的另类。他们用什么坚硬与白皙呀相同与相异呀的说法互相贬低,用奇偶存在或消亡的说法互相争论。以巨子为圣人,都声称自己是他的传人,要继承他的事业。这样的争论至今没有结果。

墨翟、禽滑釐的用意是好的,做法却比较呆板与过分,使后世的墨者以腿上无肉无毛为标准互相挑剔竞争。这种比较极端的说法与做法,可说是用来乱国有余,用来治国则收效微小。尽管如此,墨子还真正是世上的一个精彩人物,这样的人打着灯笼也不好找,他辛苦得形容枯槁,而决不舍弃自己的追求,真是一个杰出的才俊之士啊!

这里的对于墨学命运的描述相当深刻。一种相对比较激进比较自信的主张,一种理想主义的学说,加上一个大禹式的超乎寻常的榜样,当初作为一种"超人—献身者—苦行者—圣徒"的伟大形象,可能有极大的吸引力动员力,但同时,它的激进性有可能发展为极端性,它的自信有可能发展为唯意志论,它的超常性有可能变成牛皮大言,它的献身性苦行性有可能变成高调冲破天或偏执之论,它的"大禹—甘地—胡志明—切·格瓦拉"风范未必能够持久与普及,尤其是未必能足够用以组织经济建设与改善民生。

比较理想主义与偏执激进的学说,还更容易发生内部的派别争斗。在保卫纯洁性与正统性的旗号下,在反对歪曲修正阉割背叛与机会主义的旗号下,献身者们厮杀起来也许比庸常之辈还难分难解。一种太好太理想太极端的主张,往往是煽情有余而理性不足,点火有余而步骤不清,激愤有余而清醒不足,乱国有余而治国不足,造反夺权有余而和谐天下不足,苦行献身有余而缔造与享受美好生活不足……这段分析太精辟了!哪怕是胡传魁,也应该对这样的茶喝出点味儿来。

三 安宁、柔和、息兵、寡欲,谈何容易

不累于俗,不饰于物,不苟于人,不忮于众,愿天下之安宁以活民命,人我之养,毕足而止,以此白心。古之道术有在于是者,宋钘、尹文闻其风而悦之。作为华山之冠以自表,接万物以别宥为始。语心之容,命之曰"心之行"。以聏合欢,以调海内。请欲置之以为主。见侮不辱,救民之斗,禁攻寝兵,救世之战。以此周行天下,上说下教。虽天下不取,强聒而不舍者也。故曰上下见厌而强见也。虽然,其为人太多,其自为太少,曰:"请欲固置五升之饭足矣。"先生恐不得饱,弟子虽饥,不忘天下,日夜不休。曰:"我必得活哉!"图傲乎救世之士哉!曰:"君子不为苛察,不以身假物。"以为无益于天下者,明之不如已也。以禁攻寝兵为外,以情欲寡浅为内。其小大精粗,其行适至是而止。

不让世俗拖累住自身的明智与决断,不被俗人牵着鼻子跑,不需外物来矫饰,不要身外之物的打扮,不苛求于人,不与众人较劲为敌,只希望天下安宁,民人活命,生活上能供养他人与自身,就可以满足

并适可而止——他们要表白的正是这样的心愿,这也是属于古代道术的一种主张。宋人宋钘、齐人尹文听闻了这种说法很是中意,他们制作了形状像华山一样上下均平的帽子来表示自己的社会主张,对待万物首先要去除隔膜与区分的态度;提倡内心的混一与包容,称之为内心的行动,以柔和的态度迎合别人的意愿,调解海内的种种问题,努力将上述原则树立为行动思想的主心骨。受到欺侮不以为耻辱,将民人从争斗中解救出来;禁止攻伐,休止军事行为,将天下从战火中解救出来。他们周行天下,到处不停地做这样的宣传讲授,不管别人爱不爱听,不管人家愿意不愿意见他们,他们都还是勉为其难地宣扬自己的主张,勉为其难地到处出现亮相。

说起来,他们还是替别人思考行动得多,为自己打算安排得少。他们常说:"我们有五升米的饭就够了。"不仅宋、尹二位先生吃不饱,其弟子们也脱离不了饥饿状态。但他们仍然不忘天下,日夜不休,说:"反正我们也必定会活下来的嘛。"他们要做的是骄傲的救世主。他们说的是,君子对万事并无苛求,更不会由于一些外在的原因而放弃自己的特操(独特的操守)。他们认为,一切对于天下无益的事情,与其跑去讨论辩白,不如干脆不做算了。对外界,他们主要是搞禁攻息兵,对自身与内心,主要是搞清心寡欲。尽管对于他们的学说还可以有小大精粗的不同说法,大致上就是这样。

这一段是对于理想主义、苦行主义、主观主义而又自命不凡脱离实际的人的嘲笑,是在称颂的口气下的嘲笑。自以为使命高超,救国救民,禁攻息战,而且只求五升米别无他求,在半饥半饱中宣传政见,坚持不懈,然而不招人待见,不切实际,只有高尚情操与目标,却无实际步骤与可靠性可行性。这里的《庄子》甚至很务实,很老到。

其实,《庄子》的一些个主张与忽悠,也许更加不切实际。

四　无私、无择、无非、无过、无知的一相情愿

公而不党，易而无私，决然无主，趣物而不两，不顾于虑，不谋于知，于物无择，与之俱往。古之道术有在于是者，彭蒙、田骈、慎到闻其风而悦之。齐万物以为首，曰："天能覆之而不能载之，地能载之而不能覆之，大道能包之而不能辨之。"知万物皆有所可，有所不可。故曰："选则不遍，教则不至，道则无遗者矣。"

是故慎到弃知去已，而缘不得已。泠汰于物，以为道理。曰："知不知，将薄知而后邻伤之者也。"謑髁无任，而笑天下之尚贤也；纵脱无行，而非天下之大圣；椎拍輐断，与物宛转；舍是与非，苟可以免。不师知虑，不知前后，魏然而已矣。推而后行，曳而后往。若飘风之还，若落羽之旋，若磨石之隧，全而无非，动静无过，未尝有罪。是何故？夫无知之物，无建己之患，无用知之累，动静不离于理，是以终身无誉。故曰："至于若无知之物而已，无用贤圣。夫块不失道。"豪杰相与笑之曰："慎到之道，非生人之行，而至死人之理。适得怪焉。"

田骈亦然，学于彭蒙，得不教焉。彭蒙之师曰："古之道人，至于莫之是、莫之非而已矣。其风窢然，恶可而言？"常反人，不见观，而不免于鲵断。其所谓道非道，而所言之韪不免于非。彭蒙、田骈、慎到不知道。虽然，概乎皆尝有闻者也。

出以公心而不拉帮结派，平易切实而无偏无私，排除主观的先入为主之见，正视现实、追踪外物而不三心二意，不因思量而顾虑重重，不因智慧而谋划做局，对事物不挑三拣四，跟随外物的变化而变化——古代道术中也有这一类的主张。彭蒙、田骈、慎到对这种道术就很中意，他们以齐同万物为主心骨，说是："天能从上面覆盖许多却不能从下面承载，地能从下面承载许多却不能从上面覆盖，大道能包容万物却不能分辨它们的是非长短。"这样，我们就知道万物都有

所能做的,也都有所不能做到的。所以说:"选择就做不到普遍周全,教导就做不到全都到位,只有遵循大道才能无所遗漏。"

所以,(赵国的法家)慎到摈弃智谋,去除一己,而追随着不依主观意志为转移的客观规律,听任于外物,作为他做人行事的道理。他说:"强求知其所不知,就会为知所左右而损伤了自身的道性。"他随意任用人接触人,而嘲笑天下之辛辛苦苦地推崇贤人;他放任不羁不拘形迹,而否定天下之牛气十足的大圣。他随时转弯,随着事态的发展而相应地变化。他认为,只有不拘泥于是非,才可以免于牵累被动倒霉。不搞什么苦思冥想、智巧谋虑,也不前怕狼后怕虎,才能巍然独立。有推动,然后前行,有拖拽,然后前往,像飘风一样去了再吹回来,像羽毛一样轻飘飘地飞旋,像磨盘一样地转动,保持完美而不受责难,有动有静而没有过失,从来不会获罪。这是怎么回事呢?你做到没有知觉智谋了,也就不会有构建经营自身的麻烦,也不会有运用智谋的牵累,动静合乎自然的节奏,终生不会被毁誉议论。所以说:"谁能做到像没有知觉的东西就行了,不需要圣贤,连土块这样的东西也不会背离大道。"豪杰们嘲笑他说:"慎到的道对活人没有意义,倒是只适用于死人,实在是怪了。"

田骈也是这样,他就教于彭蒙,得到不言之教。彭蒙的老师说:"古时候学道的人,达到了无所谓是无所谓非的境界也就是了。他们的道术像风一样地寂静无形或迅速掠过,谁又能够把这东西说得明白呢?"他们常常违反人意,不受人们尊敬,不免于随物变化。他们所说的道并不是真正的道。他们所肯定的,免不了被非议。然而,应该说他们都还大概地听闻接触到一点道吧!

这里讲的彭、田、慎三位的说法,其实与庄子的说法靠近,可能简单些也片面些。齐物,不要分什么长短是非,不要卷入外界的矛盾冲突,体贴万物,顺遂万物,任何事情上都决不坚持己见。这都是可以讲得通的,尤其在那种乱世,如果一心获取功名成就,很可能是李斯问刑时感叹自己没有机会再带着黄犬去打猎的下场。上述三个人,似乎是保命第一主义，也是一种中式的犬儒主义。

说得过于简单处主要是指无知论。傅佩荣先生嘲笑那是植物人主义。其实早在《庄子》内篇中已经提出了槁木死灰的理想。如果一定说是这三个人的浅陋与毛病，那就是此三子从积极方面论述他们所理解的道比较少，而强调顺遂转弯低头俯身自保比较多。庄子不一样，内篇中的庄子，则又是上天又是入地，又是解牛又是漂浮，又能铸钟又能当说客，至少是心气上显得高涨多了！

五 关尹、老聃，博大真人

以本为精，以物为粗，以有积为不足，澹然独与神明居。古之道术有在于是者，关尹、老聃闻其风而悦之。建之以常无有，主之以太一。以濡弱谦下为表，以空虚不毁万物为实。

关尹曰："在己无居，形物自著。其动若水，其静若镜，其应若响。芴乎若亡，寂乎若清。同焉者和，得焉者失。未尝先人而常随人。"

老聃曰："知其雄，守其雌，为天下谿；知其白，守其辱，为天下谷。"人皆取先，己独取后。曰："受天下之垢。"人皆取实，己独取虚。"无藏也故有余。"岿然而有余。其行身也，徐而不费，无为也而笑巧。人皆求福，己独曲全。曰："苟免于咎。"以深为根，以约为纪。曰："坚则毁矣，锐则挫矣。"常宽容于物，不削于人。可谓至极，关尹、老聃乎，古之博大真人哉！

认为世界的本原、本质、本性才是精微的，形而下的具体的物、物象、物质是粗陋的；认为有所积蓄与追求才是不足的，淡定地独自与神明共处才是富足的——这也是古代道术中的一种主张。关尹、老聃对这种学说很中意。常无与常有这两个命题，或常、无、有三个范畴，乃是构建这种学说的基础，太一则是其核心，以柔弱谦下为外表，以空虚不毁伤万物为实质。

关尹说:"自己不抱私意,让万物彰显各自的外形与质地。动时自自然然如流水,静时自自然然如平镜,反应如回声回响。恍惚如无一物,寂静如同清纯。求同则能和谐,获得也正是失去的开始。人们应该不去领先而常常随和别人。"

老聃说:"知道怎样去争强取胜,但是宁愿把自己定位于低下的溪涧;知道怎样去清楚明白与光辉千丈,但是宁愿保持难得糊涂,保持低下晦暗的地位,把自己定位于天下的山谷。"别人都愿争先,他独自选择处于后边,说是愿意接受垢辱。(老王按:我宁愿理解为是接受快跑者走在前面者即先进者掀起的尘垢。老百姓的说法,落在后面就要"吃土",太落后了则是"连土都吃不上"。有骑乘和车辆的地方,大家都能体会这个垢。)别人在争夺实惠,他独自倾心于虚无,和形而上的大道。正是由于他无所收敛,所以富富有余。他的所有如高山巍然挺立,高出世俗。他立身行事,徐缓无躁,无所欲为而笑看伎俩的小巧;人人都求福利,他独自选择委曲求全,说是能够免于罪责过失便足够好了。他以深潜为根本,以俭约为主轴。他说太坚硬了反而易于毁损,太锐利了反而容易挫折。常常宽容待物,从不挤对别人,可以说达到了顶点。关尹、老聃啊,真是古代的博大真人!

"常、无、有"三字的解释无穷无尽。常可以是道,道可道,非常道,那么道不可道者中有常道存焉。常无?可能是"常无,欲以观其妙",这是《道德经》的原文,当然如何断句仍有分歧。常无,也对,因为老子的学说中最重要的概念是无、无有,万物生于有,有生于无,常无与常有是一个钱币的两面。许多星上无有生命,才衬托出地球上生命的存在;如果所有的星都与地球一样,也就不会产生地球上的生命这样一种观念。

如果如傅佩荣先生所解,是常、无、有三者并列,也很有趣,也说得通;但是如果为老子的思想找一个关键字的话,"道"可能是首选。

不,还是不要把精力放在我所不擅长的说文解字上吧!我们在这里读到的是关尹、老聃两位哲学家、辩证法家,他们对于虚的兴趣超过了实,对于退的兴趣超过了进,对于谦卑与柔弱的兴趣大大超过了骄傲与坚强。这里描写的老聃的形象,更贴近于一个思想家、清谈家,一个高士,与后人接受《道德经》时的感受并不完全相同。后人的印象不仅是玄学、抽象、退缩,还有更多的智慧与谋略在里边。

六　以庄解庄,谬悠荒唐,独与天地精神往来

芴漠无形,变化无常,死与? 生与? 天地并与? 神明往与? 芒乎何之? 忽乎何适? 万物毕罗,莫足以归。古之道术有在于是者,庄周闻其风而悦之。以谬悠之说,荒唐之言,无端崖之辞,时恣纵而不傥,不以觭见之也。以天下为沉浊,不可与庄语。以卮言为曼衍,以重言为真,以寓言为广。独与天地精神往来,而不敖倪于万物。不谴是非,以与世俗处。其书虽瑰玮,而连犿无伤也。其辞虽参差,而諔诡可观。彼其充实,不可以已。上与造物者游,而下与外死生、无终始者为友。其于本也,弘大而辟,深闳而肆;其于宗也,可谓稠适而上遂矣。虽然,其应于化而解于物也,其理不竭,其来不蜕,芒乎昧乎,未之尽者。

世界的本质是恍惚茫昧而没有固定的形体,而且变化不定,你不知道什么是生什么是死,不知道我们是否与天地同在,是否与神明同往来,茫茫然不知道是到了哪里,飘飘然不知道是走向何方。万物都包罗在我们的大千世界中,却不知它们的归宿在何处。这也是古代道术主张之一种。庄子对这种道术很中意,以高远无端、无始无终的说法,以荒漠唐突、横空出世的言论,讲说着无边无涯的言辞,放纵开阔而不拘执偏颇,不囿于片面一端之见。他认为天下污浊混乱,无法对人们讲庄重认真的话,不如干脆随意而谈,以无心之言联想蔓延,以人们会看重的言语表达真意,以寓言的方式推广自己的思想。他独自与天地精神往来,但不渺视万物,不着意于孰是孰非,这样才好与世俗相处。他的书瑰丽奇伟,却又能婉转随和,听来无伤大雅;他

的言辞变化错落,新奇可观。他思想充实而表达无止无休,他上与造物者同游,下与超越死生、不分终始的人为友。他论述世界的根本、本原、本质,博大精辟,深远痛快;他论述道的宗旨,和谐妥帖而上达高峰。他已经做到了这样的不凡,然而,他因应万物的变化,解释或解脱外物的诸端,他的道理保持着没有止境的开放性,他的各种论点不会偏离于根本的宗旨,同时保持着茫然昏昧的混沌,不把道术讲满讲尽。

以庄子的名义谈庄,当然颇有自恋自重。不像今人说法是老庄老庄,无形中将老子放在一号的位置,如道教之将老子视为太上老君而视庄子为南华真人。我们常常将老子视为道家思想的始祖——创始人、思想领袖,而将庄子视为道家思想的二号——阐发人、杰出代表、精神奇葩。

"以天下为沉浊,不可与庄语",这有点文学角度,有点你有政策我有对策的意趣。神州陆沉,风气堕落,鱼目混珠,浊流泛滥,黑白颠倒,是非不分,这个时候你向着这个大粪坑去宣示福音去救世救民,形同闹剧,形同装腔作势,形同搅屎棍。怎么办呢?总还有语言,有思想,有故事,有天良的火花也有文学的奇葩。我无法哭哭啼啼地向你们进言,我只能选择你们能够接受能够重视能够打动你们心灵的东西,与你们畅谈忽悠一番,上天入地,翻江倒海,高论入云,玄思奥妙,让你们为之惊叹,为之叫绝,为之一振,为之爽然若失,体验一下新的境界、高的智慧、阔的天地、悠远的沧桑。这有点像德国作家托马斯·曼二十世纪五十年代讲的话,他说:"愉悦这个可悯的世界吧,我们能够做的是给人们讲一讲故事。"(老王曾读其文于当时的《译文》杂志,现根据记忆引用,有哪位朋友知晓原文,请予以订正。)

是的,人们会有"不可与庄语"的体验,那时我们会转向文学——文学可以多一点弹性,多一点思考与判断的空间,免得在相争的白热化之中再加上你的声嘶力竭的呼喊,乱上添乱,火上浇油。

"独与天地精神往来",也就是说他想的是阔大与终极,但是他不傲视外物,不伤害凡人与世俗,不执著于一时一事的是与非,不抬杠,不较劲,不搞头上长角身上长刺的小儿科的诈诈唬唬。他的思想与俗鲜谐,他的表达婉转曲折随和亲切,外圆而内方;这才是中华文化的理想范式,他不会走那种由于不甘寂寞而出口伤人与人为恶的嘴尖牙利的酷评的路子。

"其理不竭,其来不蜕,芒乎昧乎,未之尽者。"这十六个字太精彩了,也太难得了。一个学说,一个主张,我们要掂量一下它的自我评价。如果它认为自身已经竭尽了对于真理的发现与表述,如果它一心堵住继续探讨与发展的道路,如果它一心要宣布历史的终结、真理的终结、道术的终结,别人也就很难太相信它了。

七　纯粹的思想者惠施

　　惠施多方,其书五车,其道舛驳,其言也不中。历物之意,曰:"至大无外,谓之大一;至小无内,谓之小一。无厚,不可积也,其大千里。天与地卑,山与泽平。日方中方睨,物方生方死。大同而与小同异,此之谓'小同异';万物毕同毕异,此之谓'大同异'。南方无穷而有穷。今日适越而昔来。连环可解也。我知天之中央,燕之北、越之南是也。泛爱万物,天地一体也。"

惠施从多方面广泛治学,他的(竹简)著作可以装满五车(学富五车),他的见解杂乱无章,言辞也不准确,常常讲不到点子上。他抠搜事物的道理与说法,钻牛角尖,说:"大到极点的不可能有外部存在,称为'太一';小到极点不可能再有内里的存在,称为'小一'。没有厚度的存在,不可累积,但能扩大到千里。天和地一样低,山和泽一样平。太阳刚刚正中的时候也就是开始偏移了,一物出生也就是开始走向死亡了。大同和小同会有区别,这叫'小同异';万物都是相同的,又都是相异的,这叫'大同异'。南方既没有穷尽也有穷尽,今天到越国去而昨天已来到。连环其实是可以解开的。我所知道的天下中心,可以在北面的燕国之北,也可以在南面的越国之南。既然能广泛地爱万物,天地也就能合为一体。"

看来惠施是一个真正的思想者,他跳出了怎样治国平天下的窠臼,更喜爱纯粹的包括形式的与逻辑的思辨。他的思想靠近的是微积分、平面几何与立体几何学、逻辑学与语言学。"至大无外",这是对的,至大是无限大,无限大是无限延伸的概念,谁能在无限大之外再搞一个比无限大还大的呢?至小是近于零,谁能在至小即通向零一样的量之内再找到一个更小呢?数学公理中有全量合量大于分量一说,如果至大有外,第一个至大变成了第二个至大的一部分,就小于第二个至大,就不是至大了。同理,如果至小还有内核,如同分子中还有电子、粒子等更小的可分割的可能,那么就是说至小中有更小,那么头一个至小就不是至小而最多是较小了。无限大即无穷大,它的大是不可穷尽的,所以无外。至小是差不多等于零之小,是无穷小,它的小是不可再发展下去的了。

"无厚,不可积也,其大千里。"这好像是在讲平面与立体的比较。平面当然可以大(数)千(平方公)里,直线还可以长千里,它们有面积,有长度;但对于立体来说,它的体积是零,所以不可积累。

"天与地卑,山与泽平",关键在于立足点与参照物。从无穷大的宇宙来说,不存在谁比谁高的比较依据。从地表来说,那么当然,地比天低,而山比泽高。从经验的角度,二者间有高低上下之别,不讲这一点,是惠施也是后来的许多解人讲得不清楚不全面的地方。从理论的、想象的、超越形而下的角度看,那么万物,包括这个星系与那个星系之间,本没有高低上下的区别。从这个意义上说,上下高低的计较,流露着本身的狭小与卑微。

"方中方睨,方生方死",其实《庄子》内篇的《齐物论》中已经讲过同样的话——"方生方死,方是方非"。生的开始也就是死的开始,这是常识内的认识,是不争之论。但婴幼儿一直到青年,是方生为主,方死则是较远的预后,所以我们认为一个林黛玉一个贾宝玉,没完没了地把个死字挂在嘴边,未免有病,心态不健康,你应该更多地考虑如何生的事。而一个正在接受临终关怀的耄耋之人,则更多的是"方死"。不区分而只讲方生方死,略显矫情。"方中方睨"也是一样,上午主要是方中,下午主要是方睨,死接着生,睨接着中,"方是方非"则是说肯定的开始多半也是否定的开始。(对此言的分析请读我的《庄子的享受》。)

"小同异"与"大同异",这是讲概念、类属的大小。昨天的此苍蝇仍然是今天的此苍蝇,这是说个体与自身一致,同,小同;此苍蝇不是彼苍蝇,这是从个体的相异来说的,异,小异。此苍蝇与彼苍蝇都是苍蝇,这比说昨天的此苍蝇与今天的此苍蝇的相同大了一点,但仍然是小同,是某类昆虫之间的同,苍蝇不是蚊子,这是相异,比说此苍蝇不是彼苍蝇大了一点的异,仍然是小异……如此这般,等你说到昆虫与昆虫的同以及与鱼类的异,说到动物之间的同以及与植物的异,说到生物之间的同以及它们与非生物之间的异,说到物质之间的同以及它们与精神之间的异,说到此岸的同以及与彼岸间的异,也就是从小的同异向大的同异,从小概念到大概念、从小类属到大类属发展了。

然后惠施讲的是时间与空间的相对性。一切经验的时间与空间,都是有穷的、具体的、有局限性的。大鹏鸟一展翅九万里,九万里算啥,它比十万里少一万里呢!测量一颗星星,两万光年,两万光年的距离算啥,它比两亿光年短了一亿九千九百九十八万光年呢!不仅往南,而且往上往下往东往西往北,一切个别地点都是有穷的。只有从理论上,从超验的角度,从想象中,必须是资质相当高超的人,才有可能想象到感受到沉浸于向往于激动人心的概念"无穷的南"(或上下左右东西与北)。今天到越国,其实昨天已经到了。有学者如胡适是从时区的差别上来分析的,认为惠施的时间论与现代按照经度来划分时区的观念相合。其实也可以从别的角度来谈。从思想观念的超前性来说,你今天到了越国,昨天你已经计划了到越国的一切,你今天实行了某种主张,其实早在昨天与昨天的昨天,你已经沉迷于你的某种纲领中了。效果是今天到,动机是昔日生。

连环可解的说法甚至使我想起一段相声,说是外国人闹不清元宵里的馅儿是如何包进去的,砸碎砸裂一个元宵,自然比做成一个浑圆的元宵方便得多。做成一个连环,当然也比解开一个连环麻烦。每一环与另一环相连续的地方也就是可以分解的地方。魔术师变一个巧解九连环,这是非常容易做的表演。天下大势,分久必合,合久必分,也是同样的道理。还有过所谓特异功能的表演:一个人一运气,把铁环捏软,再一拉,连环就打开了。从政治上来说,一个严丝合缝的王朝的颠覆,一个高层建筑的被袭击毁坏,一次金融海啸,一个自命不凡的学者或政治家的名誉扫地,都可以算做连环的解开,倒不一定非得从具体的解环技巧上做文章。

世界的中心在哪里?我们有过以为自己是中心的经验,惠此中国,以绥四方。惠施说,中心并不一定在东西南北的中心,而可能在北之北与南之南,那是因为世界是过大的,是没有边缘的,哪里都是中心。关键在于你是不是爱这个世界——爱这个世界,你就是中心,天与地都与你相合。

有的学者认为惠施的说法与地圆说一致。其实如果是地圆说,中心只能在地心而不可能在地表。恐怕对于惠施的理论,我们更应该从中华文化对于圆形的崇拜上做文章。

> 惠施以此为大,观于天下而晓辩者,天下之辩者相与乐之。卵有毛;鸡三足;郢有天下;犬可以为羊;马有卵;丁子有尾;火不热;山有口。轮不蹍地;目不见;指不至,至不绝;龟长于蛇;矩不方,规不可以为圆;凿不围枘;飞鸟之景未尝动也;镞矢之疾,而有不行、不止之时;狗非犬;黄马骊牛三;白狗黑;孤驹未尝有母;一尺之棰,日取其半,万世不竭。辩者以此与惠施相应,终身无穷。

惠施认为他的这一套才是高论宏议,可以炫耀天下而启迪辩士,天下的辩士也都爱好他的学说。什么鸡蛋里有毛;鸡有三只脚;郢城包括了天下；犬可以变为羊；马有卵；青蛙有尾巴；火不热；山有口；车轮旋转而并不着地；眼睛是看不见什么的；指事的概念不可能到位，也不能穷尽；龟比蛇长；矩不方，圆规画出来的图形不圆；凿孔围不住榫头；鸟飞的时候它的影子并未移动；疾飞的箭头也有不走不停的时候；狗不是犬；黄马加骊牛是三个东西；白狗是黑的；孤驹从来没有母亲；一尺长的木棍，每天截掉一半，永远也截不完……辩士们以这些话题与惠施相讨论应和，一辈子也谈不完。

这里头当然有矫情诡辩与强词夺理，但也确实有发人深省、饶有趣味之处。蛋里孵出的小动物是长毛的，说明蛋中有毛的成分。鸡有两只脚，加上人们对于鸡足的感应、映象、认识、判断，就不止是两足了。当然，这一类的说法还有变通的余地：鸡的畸形，可以是三足；鸡的足影，可以是三个。对于二与三的理解，如果某处的语言是二与三颠倒的，将 two 读为理解为三，将 three 读为理解为二，那么鸡也是三足了。还有，梦见了一只三足鸡，或者在一部小说、电影、童话中描写了三足之鸡，当然更是完全可能的。鸡三足之类的命题，不完全是逻辑论辩，毋宁说是带有脑筋急转弯性质的言语或智力游戏。

郢城包括天下云云，说明了部分与全体的不可分。没有全体就没有部分，没有部分也就没有全体。我们不能设想没有天下，没有中国，没有楚国而有一个郢城，同样也不能设想没有郢城，没有楚国，没有中国而有天下。你中有我，我中有你，一个城市中包括了全体，全体中包含了一个又一个城市。更不要说今年的世博会了，可不是一个沪城包容了全世界？

犬变羊也是脑筋急转弯，你可以以犬换羊，也可以挂羊头卖狗肉，还可以培养牧羊犬，以犬护羊。青蛙有尾巴，是因为青蛙是由蝌蚪长成的，而蝌蚪是长尾巴的。这与卵有毛的说法的性质一样，打乱了时间先后，摒弃了时间的具体性与规定性，自有奇谈怪论。同样你可以说，人一出生就会生孩子，可以说一粒麦子可以供养全世界的人吃饱肚皮，说一片雪花可以冻死几千万人等等。

火不热大致如石不坚白,热是温度的概念,火是物象的概念,二者并不能混为一谈。山有口,既有山口一说,自然证明山是有口的。山不但有口,而且有头有寨有居有色有鸟。某种意义上说,山有口恰恰是火不热的对立面,火既然不热,山也就不高,前面已经说了,山与泽平。

车轮旋转时不着地,这话很妙,这与世界上某些有名的数学导论非常接近。一个车轮是由无穷个点所组成的,每个点接触地面的时间是用无穷大来除那个车轮运行一圈的时间,每个点接触地面的大小也就是点本身的大小,而点是没有长度宽度高度与面积体积的,它们的数字只能是近于零的无穷小,如果你把近于零干脆理解成零,它们就与地面没有接触。旋转如飞、奔跑如飞、四体腾飞……这确实说明了物体运动极快时给人以轮不沾地、脚不沾地的感觉。

眼睛看不见的可能含义非常丰富。第一,眼睛并不是看见的主体,而只是看见的路径或者工具。说眼睛看不见,与说汽车不会开走、发电机并不发电是一样的,当然不是汽车自己前进,也不是电机自行发电。是人的心智要看,能够接受与分析视神经获得的信号,有看视的经验与综合判断,有看见的感觉。一个婴儿也在时时观察着四周,但是我们很难断言他或她是看见了还是没有看见什么。等到他或她看到妈妈的时候,他或她已经形成了对于妈妈的初步感受。第二,我们有有眼无珠、视而不见、好大眼眶子(却没看见)的说法,就是说同样的看仍然会有不同。

"目不见,指不至,至不绝。"这三句话从逻辑上与句法上看,像是一句话,可以解释为:看了不等于见着了关键、要害、本质;指出了,不等于到位了、切中了、准确了;到位了不等于充分了、全面了、透彻了。这都是说明人主观的局限性与无效性。这样的说法很像我们参加的一些会议,很多人发言讲话提意见作总结通过决议,但是同样很多人是"目不见,指不至,至不绝"。更多的前贤解释指是指事,是说人的语言字词不可能正中与穷尽客观对象,当亦有理。

"龟长于蛇"等说法,讲的是在绝对化的情况下许多日常的看法都靠不住。蛇总是长的吗?肯定有比蛇更长的东西。龟总是短的吗?肯定有比龟更短的东西。不同的情况下,人们对于长短的感知不同。人们对于长短的感觉也不同。例如蛇虽长而可以卷曲,龟虽短但是只能那么大。以矩为方,以规为圆,它们都做不到绝对没有毫厘误差地画出方和圆。凿出来的孔洞与榫子中也有误差,不可能是恰恰与榫头形状大小完全一致。

说飞鸟的影像是静止不动的,这像是讲影片胶片,每一个影像都是静止的,连续放映却是运动的。同理,讲飞箭也是有不动不止之时。狗是犬也不就是犬,如果狗就是犬,就不需要两个词了。我们用不着考证古代狗只是犬之一种,就是现今,你问一个人的属相,他回答属狗,你很明白,他回答属犬,你会略感别扭,这也证明了狗非犬。如果我们假设狗与犬含义完全相同,但二者说法上至少有文白、方言、习惯上的区别,那也是区别,而不是完全绝对的同一。

一匹黄马,一头骊牛,加到一起是三只大畜,这与鸡三足的说法大同小异。白狗与更加纯白的狗相较,它就显得黑些了。同样的道理,我们也可以说智者蠢,强者弱,富者贫。

还可以从另外的角度探讨白狗黑的命题。你是白狗,人们要求你更白,越是白狗越容易受到黑的评语。你是智者,人们要求你百战百胜,有一次出了昏招,便受到天下人的唾骂。你是强者,你的敌手遍天下,你更容易遇险蒙难。而富人的花销太多,富人穷起来比谁都快。新疆维吾尔族谚语"茶水越多馕吃完得越快,金钱越多花光吃光得越快",也是这个意思。

"孤驹无母",这里是讲忽视时间条件的判断。无母的说法我们可能不那么熟悉,但红粉骷髅的说法也是一样的逻辑。红粉最终会变成骷髅,这本来不足为奇,不仅红粉,大侠、圣哲、伟人、恺撒、拿破仑、大盗,都有变骷髅的那一天,也都有无母的那一天,除非他死在自己的母亲前边,搞成了白发人哭黑发人。

撅木头棍的说法直奔微积分。江泽民在美国哈佛大学讲学时便引用了这个说法，为的是展示中国古代的灿烂文化。

> 桓团、公孙龙辩者之徒，饰人之心，易人之意，能胜人之口，不能服人之心，辩者之囿也。惠施日以其知与之辩，特与天下之辩者为怪，此其柢也。

桓团、公孙龙这些好辩的名嘴，迷惑人心，改换人意，能够胜过他人的口舌言辞，却不能让人心服。这可以说是辩者的局限了。惠施每天靠他的才智与人们辩论，专门和天下的辩士一起兴风作浪，这就是他们的大略的情形。

就是说，惠施是专业辩士，这也是一种社会分工，这也是一种活法，这也有对人群的贡献。当然也都有其不足。谁没有不足呢？如果梅兰芳是大师，华罗庚是数学的天才，那么惠施为什么不可以做辩论与思维哪怕是空谈的大师呢？

> 然惠施之口谈，自以为最贤，曰："天地其壮乎，施存雄而无术。"南方有倚人焉，曰黄缭，问天地所以不坠不陷，风雨雷霆之故。惠施不辞而应，不虑而对，遍为万物说。说而不休，多而无已，犹以为寡，益之以怪，以反人为实，而欲以胜人为名，是以与众不适也。弱于德，强于物，其塗隩矣。由天地之道观惠施之能，其犹一蚊一虻之劳者也。其于物也何庸！夫充一尚可，曰愈贵道，几矣！惠施不能以此自宁，散于万物而不厌，卒以善辩为名。惜乎！惠施之才，骀荡而不得，逐万物而不反，是穷响以声，形与影竞走也，悲夫！

惠施好辩，自认为最棒，他甚至质疑天地果真伟大与否。惠施虽然雄辩却没有真正的学问。南方有个名叫黄缭的怪人，提出天地为什么不坠不陷、风雨雷霆是怎么回事等疑问。惠施毫不犹豫地予以响应,不假思索地给以答复,解说万物万象,喋喋不休,没完没了,还嫌说得不过瘾,再添加一些奇谈怪论。他一心巧言胜人,把违反人之常情常识的东西说得像真的一样,所以他与众不合,脱离群众。他缺少道德修养,着重表面文章,走的是崎岖小道。从天地大道的观点来看惠施的才能,他不过是一只蚊虫在那里辛辛苦苦地哼哼,对于万物有什么作用!有这么一家之言倒也无妨,如果再吹上天,那就离谱了!(或谓,如果能进一步追求大道,就好了。)惠施不能安于大道,分散心思于万物杂说,乐此不疲,终于以善辩出名。可惜啊!惠施的才能,放荡散漫而没有什么正经的心得,追逐万物万象而不知回头,这就像用声音去制止回响、用形体和影子竞走一样,真是可悲啊!

这里介绍惠施的各种说法十分有趣,我们也用了相对多的篇幅来予以讨论。趣味性是惠施的可爱处,也是可悲处。他有那么高级的形而上的思维能力、纯粹的思维能力,他已经接触到那么多微积分、无穷大、无穷小、绝对相对、辩证法的问题,但他居然以这样的天才而只停留在雄辩家巧舌如簧者的地步。他没有进行有系统地发展自己的思维的努力,他没有,他的后人也没有从中汲取精华形成一个思维体系,而没有系统,没有理论化,又没有实践的响应与校正,他的天才命题也只不过是闪闪发光的名嘴巧辩的碎片罢了。

以声音制止回响,说的是空对空。是的,如果只知以辩对辩,能有什么真正的学问与发明创造呢?以形体与影子竞走,这话说得也很好,用语言、言语去跟踪与分析语言、言语,脱离了实际,脱离了万物,脱离了天下,你的成就会大受限制。

但是,我们的长期问题是注重实用理性,注重治国平天下,不注重纯粹思维,不重视为学术而学术的思考质疑与讨论,包括这里对于惠施的批评中也已经有了这样一个老病根。学术上是不能过分急功近利的,对此我们是应该反思了。

老王说:相隔两千数百年,再看看此处对当年道术思想概况的描绘,是不堪回首,还是竟然自吹自擂起来呢?

当然,这里说的只是一个概述的十分简要的版本,与今天存留下来的更权威的记载(史书)并不相同。寥寥几笔,粗粗看去,似乎进取的、开拓的、务实的"道术"还是嫌少了,多的是克制,是随和,是收缩,是后退与忍耐。为什么自古就是这样一条路线呢?

幸亏我们还有自强不息,有苟日新、又日新、日日新,有业精于勤之类的说法。

我们需要重新整理和发现,我们也需要猛省。

我们感叹历史的沧桑,感叹古人的见解,感叹百家争鸣的时代的不再,我们也不能不硬起一颗心反躬自问:我们能够提出点,哪怕只是更新鲜有趣的见解来吗?我们应该给历史留下点什么有意思有光彩的道术文章呢?我们能无愧于两千数百年前的祖先们吗?

"庄子系列"总后记

差不多用了三年的时间,我在七十七岁高龄写完了《庄子的享受》《庄子的快活》《庄子的奔腾》,分别对《庄子》内篇、外篇、杂篇作了转述与解释发挥,作了研讨与推敲,作了共鸣与对话。

慨当以慷,《庄子》难平。心如涌泉,意如飘风。倏忽万世,摇荡苍穹。俯拾即是,妙语无穷。铺陈巨浪,点染雄峰。孰能与舞?起落匆匆。睥睨万物,笑谑群生。忽呆若木鸡,又世事洞明。时深明大义,却力排凡庸。若蝴蝶园囿,或鲲鱼北溟。且树下酣睡,似飘摇太空。唱天籁野马,讥黄鸟弹弓。抚虚室生白,扮盗蹠儒生。揭穿盗亦有道,道亦有盗,冷嘲义出侯门,侯门义生。谈庄享受,舞庄快活,思庄奔腾。孔丘秕糠,盗蹠张扬,惠施语塞,墨翟目瞠。老王何幸,呼青春、勇探索、锋芒毕露,混乱、挫折、边疆,浮沉、井喷、诗书论、长中短、春夏秋冬,犹说红楼、义山、老子、庄生。天降斯任,请看我飞旋纵横!

最大的障碍是文字,我只能信赖前贤。依靠的是中华书局版《诸子集成》第三册中王先谦撰的《庄子集解》、中华书局版郭庆藩撰《庄子集释》、中华书局版陈鼓应注释与翻译的《庄子今注今译》、中华书局版孙通海译的《庄子》、线装书局版《傅佩荣解读庄子》等等。我也点击浏览了网上的各种版本。这些书与资料都给我极大帮助。问题是,有时候白话译文明明白白地摆在那里,我提不出多少质疑,但仍然是越看越糊涂,不明白它的含意,不明白它的逻辑,更不明白它的针对性——它到底要说什么,要反驳什么,要提出什么。《庄子》在杂篇《外物》中提出"得鱼而忘筌,得兔而忘蹄,得意而忘言"的著名命题,善哉此言,我读庄谈庄的最大困难在于,拼命接触学习那些筌、蹄、言,而硬不能得到鱼、兔与意。

怎么办?我要劲的是捕鱼、养兔,体贴分析咀嚼其意。对于我来说,我能够做的不是继续扩展筌、蹄、言的资讯,在堆积如山的庄学疏解上再加量加高,而是用自己的人生历练,用自己的体悟感受,用自己的政治经历、社会经历、人生经历、文学经历,也用自己的知识与智商去与庄生对话,与庄生共舞,揣摩逼近庄生的鱼、兔、意图、意念、雄辩与才华。我相信,庄生原来也是活人,有七情六欲之人,特别聪明与有趣的人,有着与众不同、高出一大截的见地与想象力的人,叫做"谬悠之说,荒唐之言,无端崖之辞,时恣纵而不傥……独与天地精神往来……"他是一个这样的精神上非常骄傲,思想上非常开阔,见解上非常高明脱俗,表达上汪洋恣肆、不拘一格的人。你如果做不到与他智力上精神状态上的靠近与共鸣,大致的平起平坐,你的解释就只能是隔靴搔痒、刻舟求剑、步行追鲲鹏、冬烘讲天才,想吃其尘垢也吃不上!某虽不才,敢引庄为同道,敢不在庄前一味自惭形秽、匍匐随从,而是平视庄周,与之拥抱握手,与之交谈辩论,与之对话,与之共遨游同欢笑,与之翩翩起舞。可能,我的解说转述,尤其是发挥中有兴之所至脱离或不尽信守原义的地方。就是说,有老王的思想见解,有受到庄文(即《庄子》的鱼篓子、猎犬或兔蹄或其文字)的启发,引出来的一大套想法,其中当然有对原文的突破发展。这对于我来说,完全正常,完全必要,否则,那么多古汉语、古哲学、古代思想史专家在那里,你王某瞎掺和做甚?要你王某这一搅屎棍做甚?要的就是老王的那点灵气,那点经历,那点浮沉,那点切骨的感受与独有的体会,那点言之成理、思之成精的新发现。呜呼!乐在其中,意在其中,美在其中,这与那些字斟句酌的疏解方法根本无法沟通。

当然,极个别地方,可能有被王某忽略了的、已有的更可靠也更准确精彩的理解,如有专家学者指出,老王会五体投地、从善如流、感激涕零的。

　　对不起，以庄解王，以王解庄，我注六经，六经注我，这才是我的追求。我是老王，不是国学家，不是庄学家，更不是道教专家。我感谢任继愈先生生前鼓励我，对我开玩笑说：《老子的帮助》道破了老子的天机，会折阳寿。冯其庸先生也鼓励我说，别人是以老解老，而我做到了以王解老，便通了新意。谈起庄来就更热闹了，《庄子》一书，上天入地，形上形下，寓言故事，怪论奇谈，石破天惊，波谲云诡，古今中外，只此一人。老王何幸，两年半出它三大本书，谈庄舞庄解庄也批评庄，爱之深，责之切。"好啊，多么好！"

　　这最后引号里的字像是受了马雅可夫斯基的诗《好》的影响。我深信再没有第二个人谈庄时能想起马诗人来了。老王的书，独一无二。

湖南文艺出版社 2011 年初版

与 庄 共 舞[*]

[*] 本书是作者在山东电视台《新杏坛》栏目的系列讲座。

第一讲　鲲鹏展翅

我们这一系列的讲座有一个共同的名称,就叫《与庄共舞》,为什么要用这么一个名称呢？因为庄子是一个非常有特点的、与众不同的哲人,一个哲学家。不管是古今中外,你再也找不着庄子这样的了。庄子他最大的特点是什么呢？是把思想,把非常深邃的思想变成了文学,尤其是把思想变成了艺术。使思想变成了文学这个好说,就是他的那些论述哲学问题的文字都是琅琅上口、比喻精当、辞藻华丽、文风开阔、见棱见角、妙不可言,这做到了文学。说他还把它变成了艺术是什么意思呢？就是庄子能使他的思想变得非常的好看、好听、好接受,让你喜爱它。他使他的思想变成了一种几乎可以说是艺术的表演,就是说他用一种艺术表演的方式来讲自己的思想,有魅力、潇洒。

在《庄子》的《杂篇》当中有一篇是讲柳下惠的弟弟,他是一个大强盗,这个大强盗叫盗跖,强盗的盗,跖是一个足字旁一个石字。孔子要去教育这个强盗。这柳下惠当然是好人了,坐怀不乱了。柳下惠就劝孔子说,你呀,不要去找我弟弟,我弟弟这个人你没法说服他的。他是什么,他是心如涌泉、意如飘风,"跖之为人也,心如涌泉,意如飘风,强足以拒敌,辩足以饰非。"他的心就像一个大泉水一样,"哇"往外喷。哎呀,又是水花又是折射的五彩之光,源源不绝,他那个心灵像泉水一样地往外喷涌;意如飘风,他那个思想的速度就像风一样地在那儿旋转、在那儿运行,其速度之快像飓风一样,"唰"就飞过去,这不得了。

这本来是形容一个强盗的,但是我觉得,这个恰恰也正是庄子的思想和论述的风格。所以我们读《庄子》不仅仅是要懂得、理解庄子,还要能够欣赏,欣赏当中得出一种就像欣赏一场大的艺术演出一样的满足和喜悦。还要有一种共鸣,在共鸣当中实际上等于我们也参与了这个庄子的这个思想的艺术的展现。我们常常讲说思想的盛筵,但对于庄子来说,"盛筵"并不恰当,我说它是思想的一个艺术性的表演。

咱们说得挺神道了,我们又要从最具体、最平常、最浅显处讲起。什么浅显处呢?就是《庄子》里头有无数的故事、无数的寓言,它一上来就是各种故事、各种寓言。这些故事和寓言实际上已经被国人所接受,而且变成了咱们的成语。现在要读《庄子》,直接读相当困难,我也困难。为什么呢?古代的那些字你用着就很不习惯,有个画家范曾先生说过,他自己统计了一下,他看完《庄子》,好几百个字他都是原先不认识的。那么我的情况绝对不比范曾先生好,就是你光认那些字都非常困难。

但是他的这些故事已经被接受了,而且好多都变成成语了,朝三暮四、呆若木鸡、螳臂当车、大而无当、姑妄言之、姑妄听之,你不知道有多少话,大家耳熟能详,每人张嘴就来的话,实际是从庄子那儿来的。所以庄子又是一个已经被我们的民族、被我们的一代又一代的人,不管是读书的不读书的,哪怕是文盲,耳传心授、口传心授,已经被我们所接受了。

那么我们就从鲲鹏展翅说起。说《庄子》一上来它就很惊人,它就先讲了一段"北溟有鱼,其名为鲲。鲲之大,不知其几千里也。化而为鸟,其名为鹏。鹏之背,不知其几千里也"。北溟,就是北边的,北冰洋嘛,当然庄子那时候不知道那是北极啊,他可能没有这个概念。就是北边有大海,有很深的水,有很大的海,这里面有鱼,这个鱼几千里,你一眼看过去,他没有说一定是长度几千里或者是宽度几千里,他没有具体地说。就说大几千里或者是面积平方几千里,可能那个时候还不太讲究这个,但是他给你一个概念:几千里。先秦、春秋战国时代,这几千里也不得了啊。这个鱼呢,能变成鹏,大鹏鸟。这个鹏呢,光是它的背,鸟的脊背,一看又是几千里。到底具体数字是多少他也没说。因为这个对于我们来说,不是进行动物学的传播、讲授。从动物学上说,我们现在知道的恐龙那是比较大的了,但是也没有几千里大,要是几千里大,它脑袋在北京呢,是不是,它这龙尾已经到了广州了,你也没法展览,它整个把中国国土的五分之四给占了,所以到不了几千里。

但是《庄子》的鲲和鹏就有这么大,而且这个鹏还能飞,这一飞呢,就更厉害,叫"抟扶摇而上者九万里"。扶摇是说风,风是扶摇而上。这多少有点研究高空气流的意思,沾点边儿。因为在空中飞行的时候常常会碰到气流,扶、摇,就把你升上去了,这一飞就是九万里。所以毛泽东主席在他的词里面,他一上来就引用了《庄子》的这个故事,他说"鲲鹏展翅,九万里,掀动扶摇羊角"。有人念"羊角(jiǎo)",西北人念"羊角(jué)""掀动扶摇羊角(jué)"。扶摇就是我就用现代语言解释,扶摇指的是那个上升的气流,羊角指的是旋风,弄不好是龙卷风。为什么羊角是指旋风呢,因为羊犄角它是像螺旋一样的,它是这么转着,不正好是那龙卷风刮起来的那个姿势吗?一家伙多少呢?九万里!这个太不得了了,我们现在飞机一般的能飞到就是十公里,十公里左右。那么九万里那就是四万五千公里,那比现在的飞机的高度可大多了。

那《庄子》讲这个究竟是什么意思?为什么它要讲这么一个并不存在的,当然它里面说这个是从《齐谐》这本书里头就有这种记载。因为现在我们找不到《齐谐》这本书了,我们可以假设当时已经有这种书。庄子表达的是什么呢?是一种精神。什么精神呢?就是我们的人可以是很渺小的,身高按过去说,"五尺高的汉子"——老尺可能比现在尺大——五尺高的汉子基本是山东人,他个儿高、个儿大、大块儿,五尺高的汉子。但是五尺高的汉子对于宇宙来说,对于世界来说,也太渺小了。寿命,一百岁,这在人当中也已经是长寿的仙翁了,是寿星了。但是一百年对于世界来说,对于宇宙来说,对于地球来说,对于中国来说,也还是太短了。那么恰恰是一个渺小的个人,他有一种精神,他有一种气势,他有一种心胸,中国人还喜欢说他有一个格局。这个格局是什么呢,是大,几千里。背,它的脊背,几千里,一飞上天九万里。所以这是说人类的身躯可以渺小,但是他的精神是宏大的,他的思想是要不断地突破他自己的身体这个局限的,要突破他的环境的局限的,不管你的环境——你住房是蜗居,八口人住四十平方米,也可以;你碰到很多艰窘、很多尴尬、很多困难,也可以。但是你有一个宏大的精神,有一个伟大的气魄。

这个东西很有意思,就是人为什么需要一个大境界,人为什么需要一个大格局,人为什么需要一个大的背景、一个大的参照物。有了这个参照物和没有这个参照物有很大的不同,你可以身躯不高,个儿不高,也不算很强壮,力气也不算很大,你在几千年以前——一般认为庄子在两千数百年以前。在两千数百年以前,你的见闻也很有限,但是你仍然有一种愿望,突破这种物质的经验和限制,达到一种精神的大解脱。为什么自古以来,而且古今中外往往喜欢仰望星空,看群星灿烂呢。我们中国也有这样的领导同志,仰望星空的时候发出赞叹。德国的哲学家康德他也歌颂过星空,日本也有歌曲是讲这个"啊!星光灿烂",就是你在仰望星空的时候,你有一种感觉,就是把自己和无限雄伟的或者是阔大的一个世界、一个天体联系起来。那么庄子一上来在《逍遥游》当中,三次重复地用不同的方法来讲述这个鲲变成了鹏,然后它一展翅,叫做"怒而飞",这个怒不一定当生气讲,它一激动就飞起来了。而且古人说,说庄子的文章的特点就是"怒而飞",他激动,他是飞翔的。

我讲庄子是一个伟大的思想家,他有各种新鲜的、与众不同的、给人以启发的或者是令人一愣、让人一下子摸不着底的这种思想,他是一个什么样的思想家呢?是一个怒而飞的思想家。一个思想家而又怒而飞,我们知道法国的美术家,罗丹,他有一个很重要的作品叫"思想者"。他那个思想者是描绘一个男性的身体,这个男性有一种非常凝重、非常"沉潜"的表情,但是从他的面部表情和身体的姿态上表现出一个人沉入思想时候的那么一种紧张感,就是他的全部力量都调动起来了。如果我们要塑庄子的像呢,你就不大可能把他塑造成一个沉潜的姿态,虽然他有这一面,庄子也有沉潜的一面、凝重的一面、非常内敛的一面,但是庄子毕竟还有另一面,怒而飞的一面。

《庄子》这本书里头有许多许多的消极的说法,因为他没办法,生活在春秋战国,"春秋无义战",争权夺利,朝为座上客、夕为阶下囚,这是每个人都掌握不了自己的命运的一个阶段。这个阶段的庄子他没有办法,北京话叫他没辙,所以他提出很多消极的东西。但是庄子毕竟不一样,《逍遥游》开宗明义,先是讲北溟,北边的那个海洋,起码是那个水域、海域,有鲲,有鹏,所以这又是一个很奇特的一种东西,就是他消极都消极得这么牛,他消极得这么雄壮!毛泽东主席的世界观,他一生的行为不是消极的,但是毛泽东主席就恰恰引用的这个很多时候发表消极见解的庄子的关于鲲鹏展翅的追求,来表达毛泽东自己的这种心志、这种气势,他气势极大啊,他气势特别的冲,他气场很大。

从这个鲲鹏展翅里头还推演出后面我要说的一些成语。譬如说"大而无当",大而无当不是讲的鲲鹏展翅,而且鲲鹏展翅讲完了以后又讲到了神人,就是姑射山,那个射箭的射在这儿念(yè)。在这个姑射山上有一个神人,这个神人评论说,这个故事"大而无当"。"当"是底,太大了,大得没底。说悬了,那事说得悬了。庄子就不赞成这种说法,他说,大而无当是由于你的见识浅,你的见识窄,你没有领会我的这个故事,或者这个说法、这个念头,或者这个理念的真正的意义。所以"大而无当"表面上看是一个讽刺的话,说你说的话都是大而无当。但是庄子认为,大而无当的话有大而无当的意义,大而无当也能开阔你的心胸。庄子的这个话不是实用性的,他讲的是鲲鹏展翅,他的用意既不是通过对鲲的了解来开展渔业或者捕鲸作业,也不是通过鹏的道理来考虑如何飞行或者进入外层空间,他没有这个含义。他不是讲实用性的,他讲一个神人的存在也不是实用性的,也不是教给你怎么练功,练完了以后你就能变成神人,他是开阔你的心胸。所以到了庄子这儿你会感觉到,大而无当未必是真无当,而是你自己的心胸不够开阔,不能够接受这种宏伟的理念,不能够理解这种宏伟的存在。

还有一句话讲到"大",表面上看跟庄子没有直接的关系,但是我们也可以从中体会,就是"大而化之"。大而化之不是庄子的话,"大而化之"这个成语也不是从庄子那儿来的,它是从孟子那儿来的。孟子见梁惠王,梁惠王说,寡人有疾,寡人好色。说我这人委实有点毛病,我好色。他倒是很直爽,说明那个时候的人可能比现在还直爽,现在很难看到一个人见了别人先宣布说我好色。可是孟子呢,孟子循循善诱,孟子一点没骂他,说你好色很好啊,你关心大家嘛,鳏寡孤独你都关心嘛,让全国都很和谐、都很满足嘛,都过好日子嘛,是不是,让全国的男男女女都能够达到自己的目标,是吧。用后来的话说——这不是孟子的原话了,这是我给加上的话——让天下有情人皆成眷属嘛、你关心人民的疾苦、关心人民的痛痒、关心人民的婚姻恋爱、家庭嘛——这是现在的语言。这是大而化之。就是说你原来没有庄子的这个气魄,不懂得鲲鹏展翅。我教给你,让你慢慢地扩展自己的心胸,从一个鼠目寸光的人变成一个胸有大志的人,变成一个以天下为己任的人,你这不就大而化之了?你化开了,你的境界也就不同了。

所以庄子一上来就先给我们写出了一个字,这个字就叫"大"。人要有大眼光、大气魄、大格局、大境界。在这头一讲里头,我们讲到了《庄子》一书是如何的先声夺人,它创造了鲲的形象、创造了鹏的形象,极言其大。这个鲲是大几千里,这个鹏光是它的脊背也是大几千里,然后一飞就是九万里。这是凡人,所谓俗人很难想象到的东西。那么极言其大的目的是什么？我觉得他的目的起码有这么两方面：一个是你拿鲲、拿鹏、拿北溟——就是北边的那个水域,因为那个时候他还没有明确地说是海洋,实际上应该说是海洋,非常深的一个水域;还有南边的一个水域,拿这个做参照系,你就会小化、就会藐视许多眼前的鼻子底下的是是非非、恩恩怨怨。因为你想想,世界是如此之巨大,生命的力量是如此之威武雄壮,那么那样一点小小的谁对你态度好一点,谁对你态度坏一点,该夸你的地方人家没有及时地夸你,或者本来不是你的毛病,别人误以为是你的毛病了,或者是有很多免不了的、零零碎碎的高兴不高兴啊、喜怒哀乐啊、计较啊、埋怨啊,这样一些东西。可是如果你胸中有鲲、有鹏、有北溟、有南溟,用康德的主张和现代人喜欢的讲,你心中有星空、有宇宙,你就会一想,这些事情很小,哪怕你三年五年、十年八年,受过一点误解、受过一点委屈,事情过去以后就要不屑一顾,不必再谈它。谈的话当个笑话说说还差不多,它可以小化你的这些不愉快、小化你的这些计较。这是一个作用。

它还有一个作用,"大"并不是目的。那"大"的目的是什么呢,是高。由于这个鲲很大,由于这个鹏很大,那么它最大的特点,它一飞——"怒而飞"——是飞了多高呢,飞了九万里高。远远地超过了波音747可能飞的这个高度,当然比现在的人造卫星还是不是,九万里还不行,一般的波音747它飞到十几公里,就是一万多米,两万米。那么它这九万里呢,比现在的波音747飞得高多了。

那么庄子他是怎么表现这个高度的呢？很重要的一条就是他在一个官本位的中国封建社会里头,表达了对官本位的藐视。我们知道,春秋战国的时候,那些诸侯君王和重臣,他们追求的就是权力的扩张。从正面来说,他追求的是统一天下。当时叫天下,天下就是指所有的诸侯国家。周围顶多加几个小藩邦,那时当然没有什么五大洲、四大洋的概念,他没有的。那么对于更多的读书人,叫做"士"的这些人来说,追求的是出将入相、光宗耀祖、掌握权力、掌握权柄,有很高的社会地位,同时也拥有超乎常人的财产和物质手段。这个不足为奇,因为中国的封建社会即使是在秦以前,先秦,即使是在东周那种混乱的情况之下,它的权力系统打造得已经相当完备,你进入这个权力系统,你就可以受到尊敬,你就可以发挥自己的才干、本事,你就可以享受远远高于普通的人物质生活和进行财富的积累。享受特权、享受俸禄、享受一种崇高地位所带来的得意和愉快,这个很明显地表现在这个苏秦故事里面。

苏秦第一次去周游列国,失败了。回来的时候他受到了全家人的嘲笑,尤其是受到了他的嫂子的白眼。但是第二次呢,他封了六国之相,六国,除了秦以外六个国家聘请他当相国,佩着六国的大印。他再回到自己的家乡的时候,他嫂子是爬着过来的,爬着过来是对他施行跪式服务、伏地式服务。他就问他嫂子——这个苏秦不太地道、不太厚道——说哎哟,嫂子,你为什么前倨而后恭啊?意思是说你原来对我那么骄傲,你现在对我这么恭恭敬敬啊。苏秦这嫂子说,哎呀兄弟呀,你现在贵而多金呀,你又趁钱你官又大。他这嫂子我觉得挺实在,人家实话实说。你原来周游列国,自费旅游花了很多钱,把家里的钱全花光了,一点成就没有。你回来还得让我们养着你,我当然对你态度不好。现在你地位也上去了,钱也多了,我们现在沾了你的光了,我当然对你态度好。她这种态度我觉得是可以理解的。还不光是地位高和多金,你和这个权力系统结合起来,才能够发挥你的聪明才智。人生一世总希望能够,现代语言叫"自我实现",有多大本事能把它发挥出来,发挥出来了还没成功,那咱也认命了。你要连发挥的可能都没有,岂不窝囊!所以那个时候看《史记》、读《春秋》,人人在那儿追求自己的所谓上进。

但是庄子在这个时候独树一帜,他表示瞧不起这些,他用一种很不屑的语言说,"知效一官,行比一乡,德合一君而徵一国。"这样的人呢,不必太瞧得起他。"知效一官",就是他的知识能够符合一个一官半职的要求,一官者,一官半职也。"行比一乡",他干了点事,能被一个乡所承认。当然咱也闹不清春秋战国的时候一个乡有多大,可能人口还没有咱们公社时期一个大队多。"德合一君",这里面的"德"包括了做人,也包括了你的能量、你的行为;你的行为、你的能量能符合一个诸侯的喜爱。"而徵一国",而得到了这么一个小诸侯国家的信任。庄子说就算你能混上这一官半职,也根本不值一提。庄子表达这么一个态度。

然后下面他反复地、无数次地表示,当官没意思。他有的写得很过,他在《秋水》里面讲到,说楚威王想请庄子去当相国。庄子怎么表示呢,庄子说你看见过牛吗,你给那牛穿上好衣服、打扮起来,你的目的是什么呢,是要把它牵到太庙里去宰杀、牺牲,来祭奠神灵或者祭奠祖先。他说如果我是一头牛的话,我不想穿那好衣裳,我宁愿就在泥里头打滚,过半饥半饱的、肮脏的、不舒服的、不讲究的生活,我也不愿意你给我打扮好了,穿好衣服,然后给我一刀,让我吃这一刀。他抓住了那个时候的这个所谓一官半职的最大的弱点——庄子他有时候说话很狠,那也是攻其一点,我抓住你这一点就把你嘲笑得让你站不住——什么呢,就是你当了这一官半职,你精神上就不自由了,你就不独立了。所以他说,我宁愿当一个野牛,宁愿当一个野兽,我也不愿意跑到这个庙堂里头被打扮起来,然后挨刀。

《史记》里头记载庄子,说庄子到了梁国,梁国的相国是惠子,惠子以为庄子要来抢他的官位,就派人组织全国搜索,搜了三天三夜。后来庄子见到惠子了,说,哎呀,你那个官位算什么呢,你知不知道有一种高级的鸟叫做鹓雏,这鹓雏是属于鸾凤之类,它一飞飞很久,"非梧桐不止",它只有到了梧桐树才休息;"非练实不食",只有竹子的果实它才吃;"非醴泉不饮",只有最甘美的泉水它才喝。也就是说它住,要住梧桐树;吃,要吃竹子,竹产品。他说的竹食,没有说竹笋,闹不清他这个"竹食"是指的什么。喝呢,要喝矿泉水。而你那个相国的职位对我来说,是腐鼠一般,就跟一个腐烂了的死老鼠一样。庄子说你拿你那个相国、你那个腐鼠来吓唬我吗?我会因为你那个腐鼠就放弃我的清高伟大的人格、我的精神追求吗?庄子很厉害,他在语言上取得了绝对的优势。这个故事从古以来对中国人也有很深刻的影响。追求一官半职的人,好多人追求了一辈子,无官无职,最后他一想,腐鼠而已——不过就是一个烂老鼠、死老鼠,我不追求了。这么想想,舒服多了,精神胜利,自我安慰,这个对人有必要、也有好处。你得看到另一面,你无官无职呢,那相对自由一点、逍遥一点、自在一点。

唐朝诗人李商隐本来是非常追求官职的,他由于得不到官职,心情非常的不好,一辈子都窝窝囊囊,很抑郁的。他年轻的时候有一次去参加考试不成功,他就写过用词很重的诗,叫"忍剪凌云一寸心",我有凌云之志,结果您在我心上"咔嚓"一下子就给我铰了,拿剪枝的剪子就把我的心铰了。他很痛苦。但是另一方面呢,他又说:"永忆江湖归白发,欲回天地入扁舟。不知腐鼠成滋味,猜意鹓雏竟未休。"就是说,我随时是想着回到江湖里去,回到天地里去,回到大自然当中去,我无意于恋栈官场,我有出世之心、出世之志,我要到一个小船上去,过山林之中、湖海之中的生活。他说得挺好。但是呢,鸱鸟,鸱鸟指的就是猫头鹰,猫头鹰这一类的东西却喜欢吃死老鼠,吃起来有滋有味。它对我鹓雏这么高级的鸟,"非梧桐不止,非练食不食,非醴泉不饮"根本不能理解,还老怕我抢它的位子。我抢你的位子?白给我也不要!李商隐至少有这么一种精神,虽然这种精神的产生非常复杂。

自古以来就有这么一种人,他通过这个表达一种精神的高超、一种精神的超越、一种精神的独立:我高于你们一般的人,你们最在乎的那个,我不在乎!为什么我不在乎?因为我有更高的境界,我有更高的快乐。在这个境界当中,我就是主人。在这个境界当中,我不管遇到什么挫折、遇到什么不利的事情,我仍然保持一种自我的信心,仍然保持一种对自己实力的足够的掌握,而且尤其是我保持一种逍遥自在、与万物同游、与天地同在、与大道同在的心态。

所以,庄子通过他的这个鲲鹏的说法,起码给了我们一个自我调理和自我提升精神境界的参考、一个启示。

第二讲　乘瓠而游

今天我们接着讲《与庄共舞》的第二讲乘瓠而游,似是而非。庄子讲的很好玩的故事,庄子这人太有意思了。惠子老是充当跟他辩论的另一方,惠子也很可爱,智商也非常高。庄子呢,不跟惠子辩论吧,这精神还起不来。惠子讽刺庄子,说是我听说过这么一个故事,魏王得到了一粒种子,这种子长了一个大葫芦,这葫芦大到什么程度呢,葫芦的空心,能够装五石粮食,石就是那个石头的石字,念旦。过去讲究石、斗、升、合,这都是容器的度量衡的工具,它可以装五石。可这葫芦长这么大你怎么办呢,你在这葫芦里装水吧,这葫芦很脆,它裂了,裂了缝了,哗啦水流出来了。你把它劈成两半吧,它裂了。它也不能当工具用。小一点儿的葫芦我们知道,过去很多农村,河北的农村,新疆的农村都很喜欢用葫芦瓢做舀水的工具。过去没有自来水啊,你得挑水,挑上两挑或三挑,把这水缸灌满了,用水的时候呢,你一葫芦瓢下去就舀一瓢水,用起来非常方便。葫芦太小了可以当玩具,葫芦不大不小,正好锯成两半做水瓢。葫芦还可以装别的东西,可以当容器。你葫芦忒大了,用它干什么呀?这庄子一听就笑了,说一看你就是只知道往小里用,你就不懂得往大里用。

庄子是故事里套故事,他马上就讲了一个故事。他说从前春秋战国时期,有一个地方,当地的人都是靠洗衣为生。靠洗衣为生就要防止手皴裂,那个正规的字念(jūn),但我们北方很多地方就说长皴(cūn)了,手裂,尤其是冬天的时候。所以他们发明了一种搽手的药,发明了这个搽手的药以后,手沾到水,风再吹,它也不皴。洗衣服挣到的钱非常少,效益极低。结果有一个高人,这高人——庄子想的一些问题很怪,而且你可以扯到现代来——就来买这个药,不是买药,是买药方。用现在的话说就是买知识产权,我不买药,我买药方,而且我给你很多钱,一下子给你很多钱。洗衣服的人说,我们靠洗衣服挣钱挣得太少了。现在这人一下子拿着数量非常大的——我不知道他那个钱的单位,"元"呢还是什么——很大一笔钱,来买这药方,洗衣服的当然卖给他!这个人拿了药方以后就献给了吴王。

吴国就是现在的江苏、江浙一带,吴王正要和越国打仗,越国的水多,吴国的军队很怕到了越国,沾了很多的水,然后身上这儿皴、那儿皴,皮肤受不了,所以就把按这个药方和制出来的药当做军需用品,当做军事物资。由于吴军能够保证自己的皮肤不皴、不裂、不生病,这个药方立了大功(这个说法稍微悬乎点儿),最后吴国大破越国,取得了战争的辉煌胜利。这个献药方的人于是裂土封侯,成了贵族。

他说这就是,这个药方在你周围的村里的洗衣服的那些人手里,它的最大的作用就是让你继续洗衣服,洗一件衣服那是得高级宾馆,洗一件衬衫能够给你三四十块钱。那么这个人他买药方,我们假设给了你五千万元,你觉得这不得了,他买了一药方就给了你几千万,不得了!然后这人把这个献给吴王以后变成军需物资,取得了战争的胜利,支援了水战,这个人裂土封侯,光宗耀祖。他这不同的人对不同的事物有不同的用法,你就不会用。

所以这个大葫芦很好办啊,既然也不能舀水也不能干什么,你干脆坐上这个葫芦,就在江河湖海中游历、游玩,你旅游去不就完了吗?水上旅游,新项目。庄子的这个话你要从实用的角度上看,略略有点强词夺理。因为这个大葫芦你刚才说了,一舀水,它也"嘎吧"就裂纹,它很脆、质地不坚硬,你乘着这个去旅游,在江河湖海中游玩?那是只有横渡英吉利海峡的张健才敢干的事儿。

但是他这个心态，让你觉得他心态你好得没办法，你拿他没辙。大葫芦不能当工具用，我把它当旅游用品、交通用品、当水上五日游的用品，他是这样一种心态。而且这种思想一直影响着后世，我们知道李白的名句"弃我去者，昨日之日不可留。乱我心者，今日之日多烦忧"，接着他说"抽刀断水水更流，举杯消愁愁更愁。人生在世不称意，明朝散发弄扁舟"。既然人生有这么多让人不愉快的事情，你一想到这些事情你就心乱，有很多的焦虑——现在我也很喜欢一个词，口语，说有很多事你想它"闹心"，让你心里头闹得慌——那怎么办呢？我把这些东西全抛弃，我把头发散开，我也不拢头了，我也不吹风了，我也不用定型胶了，我头发爱什么样什么样。然后我坐一个小船，我在水上，在洞庭湖——中国过去讲海上的游玩少，喜欢讲的是江湖——乘瓠游于江湖。瓠就是那个大葫芦。李白的这个诗里头，我们就可以看出庄子的乘瓠而游于江湖的影响。

那么到底什么东西是有用处呢？庄子底下有更绝的，底下又讲一个故事，说有一棵树叫做"大樗"，实际上就指的大臭椿树，说这个树长得非常难看，盘根错节、歪七扭八、枝不像枝、干不像干、木头不像木头，没有任何用处。你砍了它当柴烧吧，它很难砍，你砍不动它；你把它当建筑材料吧，它又不够结实。当椽子它也不行，当柁、当梁它也不行。

庄子一听笑了，说哎呀，有这样的大树多好啊，把它放到一个广漠的没有人的地方，让它长大，然后你逍遥自在地在这大树底下休息休息，好好睡个觉，又安全、又舒服。所以庄子认为，无用之用是最大的用处。"山木，自寇也；膏火，自煎也。桂可食，故伐之；漆可用，故割之。人皆知有用之用，却不知无用之用也。"

而且他说，为什么别的树长不了那么大，这棵大树能长那么大，就因为它没用。它有用，它适合当柴火，一斧子早砍没了。它适合当木材，人家是盖房还是打家具啊、做舟车啊，早就把它砍了。正因为它什么用处都没有，别的树被全砍了，它却长得非常之大，能够这么长寿,保全了自己。

有用你能保全吗?有用的话,就这儿也要用你,那儿也要用你。你在这儿用,对于那个人来说是背叛;你在那儿用,对于这边来说是背叛。你想春秋战国那个时候,你这一代红火了,下一代君王一换,你完蛋了。所以无用之用才是大用,大树底下好乘凉啊,当然后来"大树底下好乘凉"这话又是别的含义了,有依靠、依托背景之意。但是庄子讲的一个没有任何背景色彩、没有任何权术色彩、没有任何心计的,一个什么都无的广漠之乡,在这个地方有一棵大树,你在这儿好好乘凉、好好休息。

这个故事在《庄子》原文里是这样说的:惠子谓庄子曰:"吾有大树,人谓之樗。其大本拥肿而不中绳墨,其小枝卷曲而不中规矩,立之涂,匠人不顾。今子之言大而无用,众所同去也。"庄子曰:"子独不见狸狌乎?卑身而伏,以候敖者;东西跳梁,不辟高下;中于机辟,死于罔罟。今夫斄牛,其大若垂天之云。此能为大矣,而不能执鼠。今子有大树,患其无用,何不树之于无何有之乡,广莫之野,彷徨乎无为其侧,逍遥乎寝卧其下。不夭斤斧,物无害者,无所可用,安所困苦哉!"

一棵树因为对人类没用而能够充分生长,说的正是"无用之用,方为大用"的道理。

所以这就是又讨论了一个问题,无用才是最有用。这话说得很俏皮,所以我们可以想象,这个庄子不得了,这个庄子说什么都有理,真是煤球也能说白了。而且你越是这么说,我就越偏从那一面说。说树有用,砍啦。牲口有用,套上套包子了,或者宰了吃肉了。这没用,没用它能享齐天年。庄子挺能抬杠,说孟子好辩,庄子也非常好辩,而且张口就来,一点儿都不费劲,就把你驳得体无完肤。

但是让我们想一想,一个社会要是提倡无用之用、无用才保险、越窝囊您才守得住自己、谁窝囊谁幸福,这够呛啊,这个社会就有点不带劲呀。所以庄子的这些非常开阔、非常美好、非常巧妙的故事当中，让你感觉到有时候在说反话，有时候他还有点郁闷、有点憋气，憋气憋急了他又不能说别的，前面还提倡鲲鹏展翅九万里，还神气得不得了，牛得不得了，紧跟着他一个跟头栽下来，说没用才好了嘛，没用死不了，谁有用谁先死。他是这样一个说法。

这个也影响到李白，李白的诗里头也有这一方面的困惑和自慰，李白他要安慰自己，他说"天生我材必有用，千金散尽还复来"。那是李白因为不为世所用，这个世道、这个权力系统不把李白当做一号材料来看，所以李白他写很牛的诗。如果李白已经被重用了，当了宰相了，当了兵部尚书了，已经是一人之下、万人之上了，那时候李白绝对就不说这个了。他要说"天生我材必有用"，人家说那当然了，你都兵部尚书了，你有用。我上哪儿用去？谁用我去？我这没人用。所以李白也正是由于自己不被重用、不被看好，才有这个说法，叫做"天生我材必有用"。"千金散尽还复来"也是他没有钱的人才这么写诗呢，如果他要是上了福布斯什么排行榜，如果他是世界富豪，如果他是比尔·盖茨，他说千金散尽还复来，人家说你压根儿就没散过，你光攒了，你这个这么高的利润，你独占鳌头，你别得了便宜卖乖了。哦，我们散尽了，你那儿复来了！

《庄子》外篇《山木》中，和前面有点自相矛盾。庄子不是说越没用越好嘛，到了《山木》，他带着他的学生经过一个树林，他告诉大家，说你看，凡是好树全砍了。看来古代对这个自然保护也是不注意的。那么剩下的树是什么呢，歪七扭八、盘根错节、不中规、不中矩、不成样子、不成材料，剩下的都是这种树。庄子说无用之用才是最重要的用，你不要做一个那么有用的人嘛，处处都显着你干什么呀，处处你都冒出来，几方面的势力都争取你，你不是给自己找麻烦嘛，最后你是动辄得咎。所以庄子他有很有经验、很老到的这一面。

但是晚上庄子又到了一个朋友的家里，在那儿住宿，在那儿吃饭。那个朋友家里头的小童上来报告，说咱们家养的两只鹅，一只鹅打鸣打得很好，到时候就打鸣。这只鹅不但可以打鸣，而且可以看家,看家护院。另外一只鹅呢,不会打鸣,咱们宰哪一只呢?主人说,把不会打鸣的没用的那个宰了。一会儿,这只鹅变成烧鹅仔端上来了。

端上来了,庄子的学生就问,老师呀,上午您说没有用的能活下来,谁有用谁倒霉,这对于树来说是正确的。可是今天晚上我们看到的情况是有用的保了命,没用的挨了一刀。老师,您要是自己选择的话,您愿意做那个有用的人才还是做那个无用的废物呢?庄子反应很快,对答如流。庄子一笑,说,"周将处乎材与不材之间。材与不材之间,似之而非也"。像我这样的人吧,既是才又不是才,既是有用之才又是无用之废物,处在两者之间,而且我似是而非。"似之而非"是什么意思呢,你看着我有用吧,其实我没多大用;你看着我没用吧,我还真有点用。所以我能保全我自己。

这个话就深了,而且非常有趣味。"似是而非"这个成语就是从庄子的这一段话里头来的。才与不才之间,"似之",很像这样;"而非",其实并不是这样。庄子这话也对啊,你说庄子有大才吧,庄子那个时代认为出将入相,为王者师,才是大才。庄子没有做到这一点。你用现在的话说,如果有庄子这样一个人,他当一个作家,很好。你要是跟几个朋友有饭局的话,把庄子请去跟大伙儿聊聊、谈谈,也非常好。请他到大学当教授绝对没问题,当博导也行。但你真正按照他的那一套治国平天下,管理企业、发展经济,那就很难,非常难。所以他说你可以说他是没有用的,可你说他是没有用的吧,他的想象力、思辩力,他的机敏和反应的迅速,他的见人之所未见,提出别人想象不到的见解,又是非常有用的。我们甚至可以体会,一个了不起的人物往往有一种似是而非的感觉,就是你很难给他归类,说他是一个政治家,他又不是政治家,他写诗,诗写得很好,他还唱歌,歌唱得也不错。说他是一个企业家,他又不完全是企业家,一些企业家有兴趣的事,他没兴趣,他可以干出对他的企业不利,但是对社会有影响的事情。

所以,"似之而非"或者"似是而非",也可以说是一种另类材料的一种特征、表现。当然,现在"似是而非"这个成语在老百姓当中传来传去、传来传去,不会有人想到这儿。现在"似是而非"的意思是说你表面上说得对,实际不对。这就简单化了。老百姓掌握庄子的很多成语,很好,说明庄子的影响非常伟大。但是老百姓不可能和庄子在同一个水平上理解、解释、传播这个成语。相反的,在这个成语里头有一种简单化的否定,有一种把世界上的很深刻的道理浅薄化了的表现。"似是而非"这个词,它的命运也说明了这一点。

庄子对"用"和"无用"或者"不用",很在乎。所以他要很雄辩地论述"无用"说不定是"大用","无用"说不定更能够保护自己。这说明我们中国的历史由于它的权力系统的完善和集中,所以每一个读书人,我们称为士人也可以,用现代语言就是知识分子,每一个知识分子、每一个读书人、每一个士人,都碰到一个问题,我如何为世所用?如何能够得到一个很完善、很成熟的权力系统的认可、支持、鼓励?你的一辈子也可以过得很好,不是说你个人吃香的喝辣的,而是你能够真正实现自我,能发挥出你自己的作用来。而庄子恰恰在这一点上很怪,他非常轻视那种自己孜孜以求,老等着被权力系统重用,老等着权力系统把他待为上宾的日子,他瞧不起这个。《史记》上有这样的故事,就是当权力系统想让庄子当个什么官的时候,庄子是如何的骄傲。他说他绝不为权力系统所用,他认为被权力系统所用非常危险,那就离倒霉不远了:"楚威王闻庄周贤,使使厚币迎之,许以为相。庄周笑谓楚使者曰:千金,重利;卿相,尊位也。子独不见郊祭之牺牛乎?养食之数岁,衣以文绣,以入大庙。当是之时,虽欲为孤豚,岂可得乎?子亟去,无污我。我宁游戏污渎之中自快,无为有国者所羁,终身不仕,以快吾志焉。"

怎么形成的这种想法,我闹不清。但是他有这种想法,不等于说他从出生就对社会地位啊、财富啊、权力啊,不放在眼里。我觉得最好的解释就是,庄子看到在这种春秋战国的乱世,投靠权力系统太危险了。所以他就出来用才是大用，无用我就不被任何的权力系统、不被任何的世俗的舆论所左右，也不给自己招麻烦。

相反的，他起码自己可以安慰自己，用现代语言来说，就是我起码可以拯救自我。这个社会很乱，春秋战国的时候，光山东就又是齐国又是鲁国，今天香了明天臭了。到河南那边又是郑国宋国了，到湖北那边是楚国。春秋无义战，没有正义的战争，都是为了争权夺利。所以他就追求一种自己对自己的安慰，没用更好，我不求有用。而且一些人拜倒在权力面前那种丑态百出的样子，庄子也看得太多了。不用说别人，就说大人物，苏秦张仪等等，为了权力有出卖朋友的、有杀妻灭子的、有弑君的，有各种各样的坏事。

庄子的这个无用之用的理论、大用你不懂的理论，让人联想到孔子。虽然儒家、道家有的时候互相之间矛盾非常大，老庄都不乏对儒家的嘲笑、讥讽，甚至是诽谤。但是这一类的观点儒、道有它相通的地方，《论语》里面孔子讲，说这宁武子"邦有道则知，邦无道则愚"。说这个宁武子太厉害了，你这个家国、邦国，你所在的诸侯国，很有道、很有章法，符合道理、符合规矩，你按牌理出牌。这种情况下，宁武子就表现出自己智慧的一面，也就是说我可以参加意见，我可以被诸侯、君王、国家所用。如果"邦无道"，你这儿乱套了，你不按牌理出牌了，他就"则愚"，俩眼一翻，成傻子了。然后孔子接着说，宁武子"其知可及也，其愚不可及也"。说他这聪明劲儿好学，他这傻劲儿没法学。到时候他装傻充愣，不露破绽，还看不出是装的来。邦一无道他傻了，遇什么事都翻白眼，没能力判断是非正误了，也就没人找寻他了，一看不行，糊涂了。孔子说这个是学不到的。所以孔子讲的"愚不可及"是说这个傻劲想学也学不了。"文革"当中胡批，说孔子这是说劳动人民是愚不可及的，是傻得没救了。这跟人家孔子没关系。

为什么"邦无道"的时候你要傻呢？你傻就成了你最大的"用"，你傻了，你不跟着干坏事啊，你也不得罪那个权力系统啊。你不想干坏事但是你得罪不起你怎么办啊,所以庄子的这些关于用、不用、大用、小用、有才、无才、才、不才的论述都是针对了当时的那种天下无道、纷争不已、无义战,而有一些人又在那儿疲于奔命,在那儿求权、求地位、丑态百出的情况。从庄子的这些怪论之中,你可以看出,这是庄子对当时社会、当时的处境的非常曲折的批判。

第三讲　列子御风

今天,我们讲一个列子御风、以无胜有的故事。《庄子》里面讲了一个宋荣子,这个宋荣子非常高明,怎么个高明呢?整个天下的舆论都夸他,他也乐不到哪儿去;整个天下的舆论都骂他,他也不在乎。庄子嘲笑,有的人在一个小小的地方当一个芝麻官,自个儿就牛得不行,自以为多么了不起。宋荣子不是这样的人,大家都夸他,夸就夸吧,大家都骂他,他说你能把我怎么样啊。做到这个也不容易。在庄子那个时期,他居然能够提倡一个人特立独行。一个人对自己要有充分的自觉和自信。现在不是有一个电视剧嘛,叫《我的青春我作主》,像宋荣子这种人呢,就是我的青春我作主、我的中年我作主、我的老年我作主、我的一生我作主。我用不着跟着众人走、用不着随大流。大家说这个时候出国最好,全出国。我不出国,我出国干什么去呀?就是说他能够特立独行,能够不把自己的喜怒哀乐寄托在别人的反应上。这个很难做到,我也做不到。大家都说你好,你还是心里美滋滋儿的。而且,都说你好的时候,很多实际的利益你得不到。相反,你要受很多误解,有各种的谗言,那真是有点儿你翻不过身来的感觉,所以这个是很难做到的。但是庄子他不遗余力地提倡,一个人可以特立独行,一个人不要"有待",你不要等待什么条件、不要等待什么机会,你的命运应该你作主,你的命运应该你自己来把握。这种观点是很好的一个观点,很不错的一个观点,是一种拯救自己的观点。庄子他并提不出一套方案来,说是怎么解决当时的社会纷争,各诸侯国家之间的混战。当时的那种君不君、臣不臣、父不父、子不子、仁不仁、义不义的局面,他解决不了。解决不了怎么办呢?我救我自个儿,我不干坏事,我也不招你。我起码不因为世俗的舆论而高兴或者不高兴。用现代的语言,就是提倡自我救赎——救不了别人,我先救我自己。所以他又讲了一个非常有趣的故事,"列子御风而行"。说列子能驾驭风,他能利用风来飞行。但是他没具体描写,他没有像描写鲲鹏展翅一样去描写。列子究竟是在九万里的高空行动,还是在二尺五、八尺八的低空行走,他没有说。但是他说列子能够驾驭着风行走,说"泠然善也"。泠然呢,就是清凉。我想来想去,用现在的语言解释,就是他很爽,很爽快。你看列子,风一来,他借着风就走了,这个多爽啊!他就这么一个意思。"旬有五日而后反",他走了十五天,乘着风走的,走得很远了,然后又回来。他认为这个列子很舒服,但是他仍然有做不到的。为什么呢?他"犹有所待者也"。御风而行已经比别人爽多了,但是他有个缺点,他的缺点是什么呢,他得等着风起来啊,他"有待",就是仍然要等待某种条件。真正有道行的人、真正得道的人不管你刮风不刮风,都能做到"乘天地之正,御六气之辩,以游无穷",他靠的是天和地的那个大道,天地之正;靠的是宇宙之间存在的、永恒存在的大道。然后我驾驭的是什么呢,是六气。这个六气,庄学家的解释都不一样,有的说是指阴阳一类的说法,有的说是指六合之气,六合是三维空间的,上下东西南北或者上下前后左右。简单地说,就是靠宇宙本身的存在、它的大道、它的规律,我就能够想上哪儿去就上哪儿去。庄子是哲学家、文学家、艺术家,但是他有一种宗教的情怀。庄子并没有创立什么教,后来的道教把庄子封为"南华真人",这些都是后世的事,并不是庄子本人的事。但是他的这些想法有点接近于宗教,就是说,一个最好的、最理想的状况是什么呢?就是依靠天地之正,驾驭六气之间的这互相相通、互相作用、互相融合、互相冲击的这样一个关系,就能够做到乘风而行。这真是非常好了,这又有点像奇门遁甲了,《水浒传》里神行太保戴宗,不知道他有什么特殊的方法,就可以做到不管风起不起,照样走,这就是"无所待"。就是一个人,你的修养高、修养深,你就无所待。你不需要风,也不需要雨,对于社会来说,你不需要别人的推荐,也不需要找门子,也不需要有后台,你想干什么就能做到什么。

老子和庄子,他们行文都有一个特点,就是高了还要再高。你听到这个列子御风而行,你觉着这了不得啊,这人道行太深了呀。但是他告诉你,这个还不算高,还可以更高。更高的是什么?就是用无代替有,用无为代替有为,用"无待"代替"有待"。这又是附和老子的理念——一件事你把它干好了不算好,你不干它就好了,这才算好。这个说法你听着也有点矫情,北京话叫"矫情",就是他要求得太怪了、太高了,但是你又不能说他没有道理。因为老庄所设想的那个真正能够和天道融合的人,他本身道法自然,他本身并不刻意地去追求什么,他每一个行为都自然而然地符合大自然,符合宇宙、世界、人生的规律。所以他不用特别费劲,不用吭哧吭哧在那儿使劲。老子、庄子很潇洒、很从容、很满不在乎,但是你所追求的东西,你孜孜以求的东西,他不求便能实现、不求就能成功。说飞行或者准飞行或者神行太保,不太容易理解,但是如果我们打别的比方,例子就很多。大家知道,我的本业是文学写作。文学写作常常有这种情形,说特别的"加力",特别的费劲,咬牙切齿,头悬梁锥刺股,然后一千字用了三千张稿纸,改了五百六十四遍,这样的文章你说能写得好吗?大部分情况,这种文章是写不好的。你没用那种最自然的感情、想象、语言、词句表现出来,咬牙切齿的努力往往不能得到最好的效果。当然,艰苦奋斗是需要的,有些科学研究是需要艰苦奋斗的,比如说军事、战争这些东西,也是有很多是需要艰苦奋斗的。但是文学之道,如果过于强调努力,不见得是最好的办法。所以我从小最不能接受的就是学习要头悬梁锥刺股,我也不希望今天的学校一味地要求学生加班加点,用这样的方法来学习。

我们再仔细分析一下,"有待"和"无待"又可以分成好多种情况。第一种情况是等待客观条件,我们往往把自己这一生,有些事没有做成,有些该做事的没有做,都归咎于客观条件。安徒生是写童话的,写得非常可爱,充满爱心。但是他也有一些讽刺小品式的所谓童话,它已不像童话了,是大人话了。安徒生写过,一个人给自己写好了墓志铭,说我是一个伟大的作家,但是我还没有来得及写一个字;我是一个伟大的科学家,但是我发明的东西暂时还没发明出来;我是一个伟大的政治家,但是我连一个村子也没管过。大概的意思是这样。他什么都是最伟大的,但是由于客观的原因,他都没做成。所以这个庄子的"无待"的理论有他很积极的一面,就是什么事情你不要老等客观条件。第二种情况是等机会运气,有时候一个人老觉着旁人的机会和运气非常好,自己的机会和运气非常差。他就等这个机会和运气,但是机会和运气它就是不来,你怎么办?有一个单口相声说黄蛤蟆,这个黄蛤蟆走到哪儿他的机会运气都是第一等,不管什么时候买彩票,他都是特等奖。可是找遍全世界哪儿有这种人呢?买三千次彩票都得了特等奖,这也是不可能的。还有一种情况就是依靠中介的力量,就是靠媒体炒作吧,或者是靠大人物举荐吧。还有是靠自己的奔走,靠自己用那个不符合大道的、无道的方法来奔走。但是这些"有待"的做法往往是失败的,是不能够得到成功的。庄子提出一个"无待"的观念,他从理论上让你自己拯救自己。你自己的人格、你自己的一生,你得自己作主。庄子还有一个很可爱的地方,就是他认为人的道德的修养、人对大道、对天道的掌握,人和世界的和谐融合,是没有尽头的,是没有"最高"的,高了还可以更高。我想起我小的时候读武侠小说,我最欣赏的是一种武功,叫"旱地拔葱"。就是他"噌"一下子跳起来了,假设跳了一米五高,然后他用右脚把左脚的脚面一踩,"噌"又一米五,就三米了;左脚再把右脚的脚面一踩,四米五了。这个在体育运动里是做不到的,但是在读书修养历练上,是可以做到的。就是你高了仍然不够高,你像宋荣子一样了,你也不够高,你仍然似是而非、似之而非。你像列子一样,能御风而行了,你仍然不够高。你像汤尧禹舜一样了也不行——《庄子》里面尽是对唐尧虞舜的不满,他说你让很多人称颂你唐尧虞舜的成就,称颂你是明君,有称颂就有冷漠、有否定,既有肯定又有否定,就产生争夺,大家都争这个好名声。社会上一争好的名声呢,社会就产生了分歧。所以老子和庄子有时候比较绝对化,他要求你连争的心都没有。所以庄子用非常雄伟的气势宣传一种无用之用、一种消极自保之道,但是他又把它合理化为拯救自我之道。这对我们来说,有很大的参考意义,但是不可能完全照办,完全照办是会误事的。

列子能乘风而行,能够飞行,已经很了不起了。但是庄子说"犹有待也"——你这个仍然不算最高。为什么不算最高?你还得等待一定的条件,不起风你没办法。下面庄子就提出了一个概念,叫"至人无己,神人无功,圣人无名"。庄子提出一个什么概念呢,至人。这个"至人"可以有很多解释,那么我愿意把它解释为真正到了位的人,真正做人做得到了位了,真正的够格了,你的格达到了一定的标准了,这样的人。这样的人"无己",没有自己。没有自己是什么意思呢?就是你已经和天地相通了、和大道相通了、和大道结合起来了。这种情况之下,你不需要斤斤计较个人的得失,我们说私心杂念,归结起来其实就是两条,一条是焦虑,或者说恐惧;另一条是贪欲。一个贪欲、一个焦虑,基本上就把一个人给毁了。我本人在经济上、财政上是外行,但是我也请教过金融、经济,以至于股票生意上的专家,他说一般的人做股票,失败的多。原因就在于股票一落钱,他就焦虑,他就惧怕,怕它再落,所以赶紧卖。股票一涨钱呢,他就觉着还有可能再涨,就不买。最后造成了落钱的时候卖、涨钱的时候买,他能不赔钱吗?在恐怖和贪欲之中来熬煎一个人,这个人他怎么能成功呢?为自己的利害得失陷入贪欲和焦虑的循环之中,这样的人不知道有多少。

"至人无己,神人无功",这个"神人"是什么意思,庄子并没有解释,但我们可以设想,就是通神的人,就是他有某种超人的力量、超人的训练、超人的功能。"神人无功",庄子有一点故意和世俗作对,因为世俗最看重的是事功。如果你是武将,你打过多少次胜仗,你斩首过多少敌将;如果你是网球运动员,你得过多少次大满贯冠军,法网、温网、澳网还是什么网;如果你是文人,你有多少著作,得过什么重要奖项;如果你是官员,你有什么政绩,老百姓给你送没送过万民匾。过去中国封建社会,一个官员去职,如果这个官员的官声好,给老百姓干了好事,大家就给他送万民匾,就是起码一万个人在上头签名,说民之父母、两袖清风、光明正大、为民作主,有这么一些夸奖、歌颂的词句,这是事功。但是庄子比较怪,他说这些事功不值一提,因为这些都是形而下的东西。神人无功,我不管你这些形而下的东西,我是神人,我表现在精神上的完整、优越、丰富和超拔。我做到我自己在精神上完整、优越、丰富、超拔,有世功没世功没关系,跑第一还是跑最末儿没关系。我是当到王侯将相还是只是当一个小小的一个小吏,一个副股级干部,没关系,都一样。所以神人无功,我看不起这个功。然后"圣人无名",这个话有点意思,圣人为什么会"无名"呢?这个圣人无名里头我老觉得庄子在这个里头他这里有点潜台词,就是那个"骤得大名者"并不是圣人,那只不过是迎合愚众、是自己作秀、是自己作表演,所以一下子得到大名,但是那不可能是圣人。圣人是默默地,身边你看不出来他干什么,但是他给这个自己的乡里、乡土、百姓、民人带来了许多的利益。我顺便说一下,我在《老子的帮助》还有我关于庄子的三本书,《庄子的享受》、《庄子的快活》和最近新出的《庄子的奔腾》当中,我常常用一个词叫"民人"。有人不理解,说什么叫"民人"呢?为什么呢,我尽可能地不用"人民"这个词,人民这个词太现代,人民这个词已经高度地意识形态化了。你说到几千年以前,我们说到什么老庄、孔孟,就说他们对人民怎么看,那你听着忒现代一点儿。有的把这个孟子的尤其是把孟子的解释,什么"民为贵"这些东西,把它解释成说是孟子怎么样的重视人民,你以为这个孟子是二十世纪的人了。所以我反过来说,我说民人,民人就是不是官,不是官人,就是一般的所谓平头百姓。这个我用的是民人。就是圣人他并不会骤得大名。这三句话放到这儿是什么意思呢?就是说一个人如果精神上真正得到了独立,精神上能做到无待,就是无需等待各种客观条件和主观条件,你能够做到无条件的精神的丰富和超拔。这样你做什么事就更到位,有一般人所没有的能量、精神力量,而且你能够在不经意之中取得常人所没有的成绩。这里我们跟外国的观念比较一下也挺好玩儿,外文里头也有"圣人"的这个词,指的都是使徒,宗教的使徒,圣彼得什么的。但是外国人更喜欢说超人(superman),巨人。所以我们看到,不管中外,都有一种理念、一种信念,就是一个人的学问、能量、排解困难的能力、回应挑战的能力可以远远比现在的人的平均数高很多。《庄子》里头还很喜欢用一个词,"真人"。真人说的是一种半仙之体的人。所以庄子在唐朝的时候被封为"南华真人",《庄子》又叫《南华经》。还有一位有名的人,就是贾宝玉。按高鹗的后四十回,贾宝玉最后跟着一僧一道走了,被皇帝封为"文妙真人"。一个南华真人是庄子,一个文妙真人是贾宝玉。这俩人有一个共同点,就是对功名利禄没有兴趣。《庄子》当中对"真人"这个概念不断地发挥,譬如"古之真人,其寝不梦",真人睡觉的时候不做梦。我加过按语,睡觉的时候不做梦可不好,按现代精神病学,睡觉的时候不做梦是发作精神病的前期表现,因为做梦是一种心理的调节。庄子说"其寝不梦"的意思是说他没有胡思乱想,睡得踏实,不见得当做梦讲。"其觉无忧",庄子这一点写得好,一般人都是早晨眼睛一睁,各种发愁的事就都出来了,电费没交、房子漏了、下水道不通、孩子上学找不着合适的地方、父母生病挂不上号。只要眼睛一睁,各种忧愁的事就都来了。但是庄子说,真人可以做到"其寝不梦,其觉无忧",还有"其食不甘",吃东西的时候不馋,这个"不甘"的意思不是说不甜,是说没有贪欲。"其息深深",他的呼吸都是深度呼吸。庄子说真人呼吸到踵,踵是什么地方呢?就是脚后跟,他用脚后跟呼吸。这个被中国的佛教接受了,咱们有些高僧就说，你们呼吸是用肺呼吸，我们呼吸是用脚后跟呼吸。我对这个事很认真，因为我从小我很喜欢看练气功的书。用脚后跟呼吸，这怎么个呼吸法？这个脚后跟的细胞里头能进氧气吗？我为这事请教过不止一位声乐专家，我说我知道这个声乐有这个颅腔，就是颅腔共鸣，有鼻腔共鸣、有胸腔共鸣，有一些男声他更要求的是腹腔共鸣。我说你可以用脚后跟共鸣吗？所有的歌唱家都告诉我，不可能。说脚后跟没有共鸣的余地啊，它无非有点角化的细胞、有点肌肉的细胞、有骨头、有血管，它怎么共鸣啊。但是他们给我一个很大的启发，说唱歌唱到真正上劲儿的地方，比如说帕瓦罗蒂唱到最后，"欧索罗米欧"那个时候，他脚后跟也使着劲，他全身都在使劲，四肢的肌肉都在用力，他的脚后跟也使劲。所以我就明白了，庄子说的真人以踵来呼吸，实际上就是说他的这呼吸是调理全身，是和心浮气躁划清界线。绝不心浮气躁，哪怕我喘一口气，慢慢慢慢地这口气都到了脚后跟了，然后我再把它呼出来。庄子说这个真人"不知说生，不知恶死；其出不欣，其入不距"等等等等，说了一大堆，就是这个真人他完全摆脱了俗人的口腹之欲啊、贪生怕死啊。什么叫"不知说生，不知恶死"呢？就是他一切听其自然，庄子是对生死看得最开的，一切都听其自然，该生自然要生，该走自然是byebye，用不着在这上头下苦功夫，也用不着在这上头有所计较，也用不着攀这个、怕那个。所以庄子的理想是创造一种人格，这种人格对于大道以外的一切无所求、无所期待、无所期盼，也就无所焦虑、无所忧愁。他对"真人"的描述稍微悬了一点，所以他影响了道教的某些流派，产生了一些稀奇古怪的想法和做法，什么炼丹啊、走火入魔啊，这种事情也有。但是他引导了一个方向，他告诉你，除了追求外界的成功以外，我们仍然有可能通过提升和平衡自己的心理素质，使自己能够得到一种常人所不能够得到的信心和喜悦。这个对我们来说，也是有意义的。

第四讲　越俎代庖与虚船触舟

现在讲第四讲,越俎代庖与虚船触舟,这两个都是《庄子》里面的寓言和故事,也都成为了成语。

越俎代庖这个成语现在流行得很广泛,当我们说一个人包办代替的时候,就说"你不要越俎代庖"。本来这是另一个部门、另一个人的事情,你非得说行了,我给你干,我给你干。这叫越俎代庖。这个话用得很普遍。

虚船触舟,现在用得不太普遍,但是你查成语词典,这个词还有。

越俎代庖是怎么回事呢,它是说唐尧发现了一个贤人,发现了一个特别高尚的、高大的一个人,他叫许由。唐尧对许由说,日月出矣,这天上又有太阳、又有月亮,那么这个时候就不需要再烧个火炬了,不需要再弄一个火把来照明了。如果出着太阳、出着月亮,你那儿还点着火把照明,这不是多此一举嘛。唐尧说这个话是什么意思呢?这个许由就像日月经天一般,许由就好比是天上的太阳、夜间的月亮。而他唐尧呢,不过就是一个火把。说许由您出来了,我唐尧这儿就黯然无光了。"时雨降矣,而犹浸灌。"及时雨、季节雨、应时而来之雨哗啦哗啦下了,刚下完大雨,我这儿又没完没了地浇水,这不是有毛病吗,不是自找麻烦吗。他说这个的意思是,你许由既是天上的日月、又是刚刚下过的及时雨。这种情况之下,请你出来掌管天下,请您来主持天下的事务,"请致天下"。许由呢就说,"子治天下",说还是你管天下吧。"天下既已治也,而我犹代子",你天下既已治理得挺好,我还出来代替你,我干吗呀,我有什么可干的呀,你现在治理得不错呀。"吾将为名乎?"我是为了你唐尧这样的地位、名声、影响吗?"名者实之宾也。吾将为宾乎?"名是什么呢,名是实的副产品、次生品。你的政绩,这是实;你的职位呢,只是一个名,是副产品。没有任何我自己需要做的东西,而我去取得一个副产品,这不是太奇怪了嘛!然后他解释,说一个小鸟在树林里头,它有一个树枝也就够用了;一个老鼠去喝水,到河边去喝水,它也喝不了整个的河,它也只求满腹,把自个儿肚子喝饱就够了。

这是什么意思呢?就是说,像我许由,我作为一个普通人,有一棵树枝够我在那儿栖息,我可以休息;有一洼水够我吃饱肚子、喝饱肚子,就行了。我没有别的要求。而现在天下治理得挺好,没我什么事,用不着我去掺和这个。

要根据史书上的记载就更有意思了,说这个唐尧找许由,说我要把天下让给你。许由说我可不干,他断然拒绝。然后还赶快找了一个泉水去洗耳朵,说要把天下让给我,这是精神污染,这是污染我的耳朵,我耳朵从来没听过这种无聊的话。让天下让到我这儿来了,我这么伟大、这么高尚的人,我追求那玩意儿?所以他赶紧地把耳朵洗干净。

听说咱们河南现在还有那么一处地方说是当时许由洗耳朵的地方,当然这也是开展旅游的需要了。这世界上的事就怕过,过分,本来许由这形象非常高大,非常让人很佩服,因为他对官职、对权位一点兴趣都没有。可这个洗耳朵的故事,我就觉得过了。人家唐尧是想让贤,你不接受就不接受吧,你还洗你耳朵,肮脏?受感染?得中耳炎?不太可能吧。你不接受,已经谢绝了,就可以了嘛,和你没关系了嘛。这个洗耳朵的行为给人一种"清高秀"的感觉,反而说明你挺在意这件事,如果你根本不在意这件事的话,算了算了,一笑就了之了,该干什么就干什么去了。这是说这个许由的故事。

然后他还有一个话,"予无所用天下为!"天下对我来说有什么用啊,我管天下干什么呀,我管好我自个儿就完了。我掌握那么大权力干什么,我当帝王将相对我来说没有任何的意义。"庖人虽不治庖,尸祝不越樽俎而代之矣。"说厨子没有去做贡品和祭品——这个厨子专门是指的做那些贡品、祭品的厨子,那么领祭的人——主持祭典的人不能越过樽俎,不能越过那些厨具、餐具,自己动手去做饭,不能由尸祝,不能由领祭之人,不能由主持祭典之人去包办代替,这就叫"越俎代庖"。

这个故事比较简单,叙述得非常简单,叫做语焉不详,没有细说。这个故事的逻辑性我到现在也没弄清楚。你许由接受了唐尧的让位,怎么就是越俎代庖了?这个逻辑我挺费劲,欢迎大家跟我一块用点力气想想这个事,越俎代庖跟他这个故事之间不能说完全贴切。如果高考考越俎代庖,你就讲这个许由的故事,你要不知就里的话,我看最多得七十五分。

但是越俎代庖这个话是传播非常之广,这个事是越俎代庖、那个事是越俎代庖。这说明什么呢,越俎代庖是我们人间,我们神州大地上常常发生的一种现象。一种什么现象?就是本来不是你的责任,你却要管。本来应该由厨子做的事,管理员非要管。本来应该科长解决的问题,结果你部长那儿批条子。你自上而下地包办代替、事必躬亲,把你累得一个臭死,结果还是有不良的反应。

这个说法有点意思,为什么说它有点意思呢?一个是从庄子本身的治国理政的思想来讲,《庄子·外篇》当中还有一篇叫《在宥》,在是在不在的那个"在",宥是一个宝盖一个有字,宥就是拥有。有人说"在"指的是自在,逍遥自在。我觉得呢,可以当逍遥自在讲,也可以当存在讲,就是你是存在的,而且又是拥有天下的。指的是诸侯国家的权力集团,指的是那个君王和他的这些个治国理政的班子。

庄子承认在宥天下,但是他不承认治天下。他说你管治天下,天下是管治不了的,天下应该让它自然而然地发展。在宥的目的是防止出事，你必须有一个权力的班子、权力的核心，它才不会出事。出什么事呢？一个是"移其德也"，一个是"移其性也"或者"迁其性也"。就是说一个是防止老百姓做什么事做得过分了，一个是怕老百姓受到不良的风气或者思潮的影响，丧失了自己的善良的本性。这庄子的思路很逗。没有一个权力的核心存在，没有一个权力的核心拥有这个天下、把握这个天下，天下肯定会乱，国家肯定会乱。但是你不要具体地管。这是庄子的一种理念，不可能完全做到。尽管他解释得并不清楚，故事不详细也不生动，还没有那个洗耳朵的生动，但是越俎代庖这个话值得我们世代深思，就是不要包办代替。

再一个，越俎代庖这个意义，西方的政治学有一个观念，什么呢，就是纵向分权。有横向分权，譬如说咱们山东省，旁边的有河南省、有山西省、有河北省，更远一点还有很多其他的省。这个权是横向的分权，你山东省管山东的事，你不能做一个关于山西省的决议。当然，山东肯定也有援疆的任务，那是中央让你援疆，不是你自己一个省说我要援谁就援谁。遇到灾害、遇到特殊情况，纯粹的援助是可以，但是你的管理的权限是在山东。除了这种横向的分权以外，我们山东本身，有文化厅、教育厅、财政厅，它们也各有各的权力，这也是横向的分权。

还有纵向的。纵向的是什么意思呢？你部门有部门的权限，厅局有厅局的权限，处室有处室的权限，科股有科股的权限，中央有中央的权限，省、市、地、县、乡、镇，一直到村，各有各的权限，尽可能地不要越俎代庖，不要我直接替你办，当然实际运作起来会有很多灵活性，有时候高级的领导他也会做很具体的事情，譬如打仗，司令员来了，抱住重机枪就冲过去了，有时候也成为佳话。但是总体来说呢，要尽可能地权限清楚，不要越俎代庖。

第三点更重要，这个越俎代庖。就是老子和庄子在行政、理政、治国上，有一个很怪的思路，他注意的不是让你干什么，他注意的是你干了哪些不该干的事。就是说一个行政人员,一个官员,有时候你犯的错误是你该干的事你没干。譬如说搞预警的,自然灾害你没有预警。地震发生了,你没有在第一时间来到现场来组织救援,那么你失职。但是老庄他有个特点,他认为人做的许多错事不是由于该干的没干,而是由于不该干的你干了。不该说的话你说了,老百姓本来很明白的事,你没完没了地这么一讲,老百姓他烦了,他不按你这个思路办了,引起逆反心理了。或者你的主观主义的指挥、主观主义的安排给实际的生活造成了损伤。这个例子也很多,譬如计划经济和市场经济,计划经济比较严密,计划经济是很合理的,什么东西都计划好了,任何东西都不让它有生产过剩、产品积压,所以计划经济是非常辛苦的。说是苏联第一个五年计划期间,全国买不着钉子,因为钉子太小了,国家的钢铁生产里没做这项计划。但是你计划得过分周密呢,人的脑子是有限的,你仍然会存在着各种疏失,仍然会有遗珠之憾,仍然可能挂万漏一乃至挂一漏万,你想到了一件事,可能还有九千九百九十九件事你没想到。尤其拿我们国家的经验来说,庄稼什么时候开始收割,什么时候入仓,什么时候清场,都由上边来定计划。这个非常困难,气候不一样、年景不一样、各不同地区不同民族的生活习惯、劳作习惯不一样,从上而下统一安排根本是做不到的,就是说越俎代庖的结果肯定是达不到目的。相反的,你尊重各个方面的规律,尊重人们的自然的要求和习惯,有所引导,宏观调控,就可以了,其他的让人们自己办。

　　庄子还举了个例子,他说老鼠(地老鼠),尤其是在神庙当中生活的老鼠,挖的洞特别深,为什么呢?它们经常会受到掘地三尺的侵袭。人们讨厌老鼠,要清理老鼠,怎么办?掘地三尺抓老鼠。庄子说,鸟飞来的时候,随着人们的弹弓子、弓箭的技术越来越高,鸟也越飞越高,庄子说这说明什么呢,说明一只老鼠、一只鸟都懂得怎么样保护自己的生命,都懂得怎么样使自己安全,能好好地活下去,何况人呢,何况名人呢,何况老百姓呢,哪个老百姓不愿意过好日子啊,哪个老百姓不愿意自己平安无事啊,哪个老百姓没事找事要找死啊,要找不肃静啊。所以呢,你要简政,要无为而治。

尽管老庄的这些说法也是一面之词,也有片面之理,但是他起码在这方面给了我们一个思想、一个补充,就是你该管的管,不该管的先看看、先琢磨琢磨,先让老百姓、让名人、让各级官员、让人们自己先试着做一做,不要你都包了,你什么都管,把一切都定好。这个是不可能的,也是做不到的。所以从这个意思上来说,这个越俎代庖实在是很早的一个提醒,是一个对简政的提醒,是一个要尊重客观规律、要尊重人们的自然选择的提醒,也是一个对一个人不要过分膨胀——不要膨胀你的权力,不要膨胀你的本事,不要以为你什么都做得到——的提醒。各有各的权限,各有各的本事,部长当得好的未必能当好一个科长,财务科科长你当得好吗?会计的表格、出纳的表格你会填写吗?你会制定吗?这些方面对人来说,都是有它的正面的意义的。当然,我们不可能完全按照老庄说的来做。

下面我还要讲一个成语,就是"虚船触舟"。

这个虚船触舟是什么意思呢,庄子讲的这个故事特别好玩,他说譬如你坐着船在河里面走,对面来了一条船,那条船还离着老远,你这船上的人就嚷了:靠边靠边靠边,别撞上我们,靠边靠边靠边!你喊了半天,那船过来了,"砰"就撞到你船头上了。这种情况下,你首先要判断那个船上有人没人,如果那船上还站着一个人,你这条船的人全都跳起来骂娘,瞎了?不想活了?不长眼?聋吗?我们那么喊你听不见?你这条船上的人,都会愤怒地齐声声讨。他说可是呢,最后你发现,那条船上一个人没有,是空船,可能本来是在码头上拴着的,可能是没拴结实,也可能是被风刮了下来,"嗖"就冲到你这儿来了。庄子说,你发现那是一条空船的时候呢,你这边的人全笑了,说这船讨厌劲儿的,都不生气了。

庄子讲这个故事的意思是什么呢,他是说,当你做了一些事情,别人对你不满意,但是你呢,不是成心、没有用意、没有害人之心、没有损人之意、跟大伙儿也没有过节,你就是说了一句话、做了一件事情,得罪了某些人,损害了某些人的利益,他们对你意见不会太大。如果你是有目的地要打击对方、贬损对方,你就很难逃脱对方对你的愤怒。所以这个虚船触舟,我总觉着这个说法不太满意。但是成语也不是由个人来定的,如果我们可以给它提意见的话,我觉得这个故事应该叫做空船无咎。空船是没有错误的,空船是不会被谴责、被否定甚至被处分的,空船是无咎的。

老庄有一个特点,他们到处研究"无"的妙处。我们知道"有"的妙处,譬如说有钱,这是好事,我们可以办很多事。那么无钱呢,无钱也有妙处啊,不担心丢啊,不怕小偷,我口袋里没钱,我一共身上六个口袋,小偷手都摸进去了,摸进去了对我也没有任何威胁,所以说"无"是最安全的。庄子通过这个空船的故事告诉我们,不要光知道"有"的好处,还要知道"无"的好处,做人是如此,做事也如此。我们要知道我们该有的准备、该有的政绩、该有的行为。就说一个很普通的事吧,你的亲人,尤其是你的父母,生病了,你当然要"有",你要带着他去看病,要给他买药,你要"有"。但是你也要还要懂得"无",就是你不给别人添麻烦,你不制造混乱,你不为个人的得失而频频活动、频频出手,你也不轻易地与别人结下矛盾,不陷入无聊的人事纠纷,你做事没有恶意,对旁人没有恶意。你某些事令人满意,某些事令人不满意,你就像一个空船一样,只是按照自己的性情、按照自己的本性、按照自然的规律对各种事做出反应。这样的话,你就永远"无咎",没有过失。你永远不会成为一个有过失的人而暴露在众人的面前。

这就是庄子的特点,他有很多观点是带有想象性的,但是不无道理,而且他的道理往往是一般的人不了解、不接受、也很少想到的。庄子能让人变得更聪明,但是这不是直接的。我就碰到过这种情况,我谈到庄子,有人就提问,说我那个孩子大学毕业了,找不着工作,你看按庄子的这个思想,他应该怎么办才好?这我也要按庄子的思想回答:你怎么办都好,你自个儿看着办。因为庄子讲的不是一个具体的实际操作的问题,它是一个精神状态,是一种思考问题的角度,对我们是很有益处的。

第五讲　槁木死灰与呆若木鸡

《与庄共舞》的第五讲，也是从两个成语说起，就是槁木死灰和呆若木鸡。

槁木死灰的全文是"形如槁木，心如死灰"，后来流传当中也有的说"身如槁木，心如死灰"，就是他的身体、他的外形就像一棵枯干了的树一样，而他的心呢，已经冰凉了，像是死灰，就是火烧完了以后剩下的那点灰，而且这个灰已经经过了一段时间，不是刚刚烧出来的灰，刚刚烧出来的灰还会带有一点温热，可能还有没有烧尽的某些物质在里头。

这个话呢，常用。《红楼梦》就有这个话，李纨，就是贾宝玉的寡嫂，宝玉的哥哥死了，留下一个守寡的嫂子叫李纨，说李纨这个人已经是形如槁木、心如死灰。其实李纨很聪明，李纨还有时候还开开玩笑，有时候李纨就向着平儿，骂王熙凤，但是玩笑性的，说像你王熙凤这种人，你跟平儿你们得倒过来。你王熙凤这点修养都不配当大老婆，你只配当小老婆。这是她们互相开玩笑。

那为什么说她形如槁木、心如死灰呢，就是说她在守寡这一点上，跟一棵死树一样，跟烧过了晾得冰凉了的灰一样，你再点多大的火，她也着不了了。她对人生的这一方面，家庭、男女，她是形如槁木、心如死灰。

但这个话呢，并不是从《红楼梦》上开始的，而是从《庄子》开始的。要是没有庄子，咱们中国人少说很多话，很多话咱们都不会说，这是庄子教给咱们说这个话的。有趣的是,庄子的这个话和他后来的解释又是根本相反的,庄子的《齐物论》一开头,有一个高人、一个大学问家、一个得道之人,叫南郭子綦。他的门徒,或者他的朋友吧,看到这南郭子綦自个儿坐在一个长条桌子后边,仰天长叹,身上没任何动作、脸上没任何的表情。于是他的这个朋友就问他,说您这是怎么了?堂堂一个人,难道他的形体就像一棵枯树一样,而心就像死灰一样吗?"形如槁木、心如死灰"这个话是从这儿来的。

庄子认为,"形如槁木、心如死灰"是人的一个最高的精神境界,不是说这人是发呆、发傻,也不是说这人灰心丧气,或者是像李纨那样,对某一方面的事情已经麻木不仁,已经丧失感觉,已经再无希望,已经不感兴趣,不是。他说的是人进入了一个高度的"沉潜",回到自己内心世界以后,对世俗小事看不入眼,没有任何兴趣,不受刺激、不受引诱、不受扰乱,他能达到这一步。所以这个时候呢,这个子綦,南郭子綦——有的解释为"住在南郊的那个子綦",这个住在南郊的子綦就回答说,这不是很好的事吗,你看着我又像槁木、又像死灰,这不是很好嘛,这有什么可问的呢?

这里有一个非庄子的名言,叫"吾丧我"。就是我已经把我给丢了,这"丧"不是死了的意思,是丧失。说我——吾也就是我了——我已经把我给丢了。这什么意思呢?古代的庄学家许多前贤有这个解释,说什么叫吾丧我呢?吾呢,就是真我,就是那个道性的我,符合大道的我,那个永恒的我,那个哲学的我;而后边我丢失的那个我呢,是那个世俗的我,那个自顾自的我。就是说我那个纯真的、本质的、它称为一个重要的存在的那个我,不会去计较那些眼皮子底下的鸡零狗碎的小鼻子小眼的那个我那些私利。这个解释非常的好。

但是我说,这么解释很好,不这么解释更好。什么意思呢?因为一个人,你很难截然地把他分成两份、三份,一个我是通情达理、思想深刻、胸有大志,而且能见人之所未见,能思人之所未思,这样一个深刻的、巨大的、高明的一个我;另外我还有一个我,就是那个普通的我，有时候讲吃喝，有时候也计较收入，有时候也有意气之争，别人夸你两句你挺高兴，别人对你有误解说你点不好的话，你半天半天地生气，你甭管你官儿多大、地位多高、财富多高，你都有一个最普通的人、跟大街上的任何一个人一样的那种小计较、小不愉快甚至小的坏心、嫉妒心、扰乱之——凭什么你日子过得这么好？我给你搅和搅和。他有这一面。

何必要把人挺费劲地分成这么几面呢？我打个比方，一个美女，经过洗浴、美容、化妆和服装的打扮之后，她出来了，大庭广众之下她是美女。后来她回家了，心情也不愉快，头发也乱了，身上也有了污秽，那些虽然美丽，但是不很舒服的服装，她也不穿了，随便弄一个宽大的袍子往身上一罩，那是不是她就不是美女了呢？是不是她一天有八个小时是美女，十六个小时不是美女呢？这么分析多费劲，为什么要费这个劲呢？"吾丧我"就是我把我忘了，有的时候这么解释我觉得更自然、更好。而且人家庄子没那么说，你非得给他下定义；而且"吾"在别处也不是当"真我"讲，"我"在别处也不是当"假我"或者"权益的我"或者"世俗的我"讲。整个中国古代的文学史里头，"吾"和"我"没有上述的含义，这都是庄学家怕读者误会，说我怎么能丧我呢？就告诉你，那个"吾丧我"，"吾"是好我，"我"是差点的、规格不够的那个我。

我们可以不这么解释。其实人是完全可以做到在某种情况之下、一定的条件之下、一定的修养之下，产生忘我的感觉。忘我这个词现在很普通嘛，不需要解释。到汶川去救济灾民，确实把自己就忘了，你这急着救人呢，饿你也忘了，家庭也忘了。因为什么，那是生死的问题啊，就在这一刹那之间能决定一个人的生死，你会忘我。一个好的老师在教学生的时候，他讲到最精彩的地方，他早把自己的事情忘了——讲完这堂课能给多少讲课费啊，琢磨这个他能讲得好吗？咱们的运动员在拼冠军的时候、拼决赛的时候，他还能想别的？想别的他准输。所以我最反对的、最受不了的，就是怕记者采访刚打胜了的运动员:在比分僵持不下的时候,你是怎么想的?我当时怎么想的?我顾得上想吗,我得接球是不是。没准还让你搞一讲座,别人给你写一稿,说我当时想起白求恩来了,我当时想起刘胡兰来了。那是平时想,真正到了关键的时候,你什么头脑、什么思想都没有了。所以"吾丧我"不要把它复杂化,"吾丧我"就是说人是可以进入一个忘我的境界的。这样解释就很好。

这个槁木死灰,本意讲的是我们中国哲学,尤其是老庄哲学,提倡人内敛、深潜,不要浮躁、不要诈唬,对很多事能够做到淡定,以平常心处之。我们中国人比较喜欢这个,喜欢喜怒不形于色。老子的话:国之利器要深藏。你别老怕人家,怕人家拿你当哑巴卖了。都知道你不是哑巴,你说那么多干什么,那么急于表现自己干什么。他讲的是这样一种精神状态。

庄子在外篇《刻意》里面又讲,"恬淡寂漠虚无无为,此天地之平而道德之质。"就是说一个人要能做到恬淡——恬淡的另一面就是贪欲吧,就是刻意追求吧,急于求成吧——要把事看得淡一点。恬淡呢,就是说你把什么事都弄得轻轻松松的、舒舒服服的。

寂寞,寂寞后来是变成一个佛教的词,那庄子时期那寂寞的写法和后来不完全一样,那漠字他用的是三点水的漠。耐得住寂寞,按我们今天的说法就是你坐得住冷板凳。

虚无无为呢,这虚无无为讲起来太深、太多,最起码、最基本的意思,就是你不急于表现自己,你不浮躁,你不是那么过敏、那么神经质。在西方"神经质"也不是个好词,nervousness,不叫神经病也差不多了。一句话他就急了,捕风捉影、反应过度,这个是全世界都不赞成的。中国人呢,尤其不喜欢那种浮浮躁躁、急于表现自己的人。这个林语堂早就分析过,他说中国人喜欢的许多品质类似老人的品质,不那么着急、不那么刺激,这有时候又被解释为一种定力,因为人这个一生当中,一天当中,你会遇到好事、会遇到坏事,会遇到愉快、会遇到不愉快。你一天接了十八个电话,这十八个电话里头也许有三件事是让你心花怒放,让你高兴的事,可能有八件事是让你很烦的事,是催你付账的事,这都可能的呀。如果你对外界的反应那么强烈、那么敏锐,碰都碰不得,经不住好事、也经不住坏事,那么你这个人能成就什么事呢。尤其在庄子当年的那个环境里头,群雄并起、天下大乱,春秋五霸、战国七雄,今天会盟、明天交战,忽友忽敌、忽上忽下,在那样一种混乱的环境中,你要没有一种相对平静的心态,什么事也干不成。

　　从我们今天来说,我们是把"动"看得非常重要的。尤其是改革开放以来,很喜欢讲动感,国家正在剧烈地在这儿运动着、变化着、进步着。香港是一个动感的城市,一个动感的特区,那儿的人都很急、都很忙,在香港,街上行人走路的速度比咱们快三分之一,大陆人往往觉得奇怪,这些人都忙着干什么去呀?他抢时间。韩国也喜欢表现他们的动感,韩国的官方有一个宣传项目,在各地、在中国举行,介绍韩国,它对韩国的宣传就叫"动感韩国",强调动感。

　　但是万物都有动的一面也有静的一面,老庄强调的是静,庄子在《庄子》一书——所谓《南华经》当中,不知讲了多少次,说静才能够正确地分辨是非、认识现实。他说你拿水来说,水动着能照出一个正确的形象来吗?当时没有现代的水银做的这个镜子,所以人常常是在水边以水为镜来看自己的形象。如果水在那儿动着,你是没有一个正确的形象可言的,只有水完全平静下来,静才能够平,一个人才有一种平和公正的心,才能不处在那种运动的安静不下来的状态。实际上是静和动,这也是一对双生子吧,有静有动。一个人光静不动,受不了;光动不静,也受不了。现在这一类争论很多,讲养生的人,有的说生命在于运动,还举出许多例子来,全都是正确的。还有人提出生命在于静止,能歇、能静止、能保持平稳才能够有生命。而有些老人甚至说是生命在于静止,例子就是乌龟,千年王八万年龟。为什么乌龟能够长寿?是因为它能很少动。其实呢,这些都是不可以片面地谈的。

毛主席他也强调"动",他最喜欢引用的词就是"流水不腐,户枢不蠹"。流水,水是流着的,这水是干净的,它不会臭。静水,一窝子死水,那很容易臭。不断地流着的水,它流转之中就把这个腐化的东西、细菌、毒素,不断地排除、不断地稀释、不断地冲淡。户枢,就是门的那个轴,那个轴转来转去、转来转去,它不着虫,蠹是虫子。如果一块木头在那儿一搁,搁上三年,虫子早就寄生进去了。毛主席讲的这个道理也对。但是庄子说,特别是对个人来说,要保持你心情的平静,保持你心情的公正,保持你心情的淡定,我想这也是无可怀疑的。

但是这里就产生一个问题,庄子塑造的这样一个淡定的、有道行的、精神境界非常崇高的"槁木死灰"的形象被普及以后,老百姓当中没有人把他当成有道之人。相反的,老百姓现在说槁木死灰是说一个人灰心丧气,是说一个人生命力已经渐渐消失,是说一个人他发呆,他虽然活着,也是个活死人。所以说"槁木死灰"绝对是一个负面的词。我今年已经七十大几了,往八十走了,但是如果我见着一个老朋友,哎呀,好久不见,老王啊,王老啊,我看你现在完全是槁木死灰啦,跟死人一样呀。我听了以后就会感觉很丧气。如果是太太,她为了让我高兴,说你哪儿像七十多的呀,一看最多五十几。我也知道她骗我,但我听了还是高兴啊,至少比成了槁木死灰高兴,是不是?所以现在"槁木死灰"变成了一个坏话、一个可怜的话,一个令人怜惜的话。谁也不愿意自己是槁木死灰,谁也不愿意被别人称作槁木死灰。

这说明什么呢,一方面,老百姓、大众难以理解庄子的高深的思想;另一方面也说明呢,这庄子忽悠大发了。你说这人很淡定,听着很好听。你说这人很平稳,也很好听。你说这个人仙风道骨、谈吐雍容、若无其事,这个大家都会接受。你说这人槁木死灰,这个话它不好听,是不是,至少是不好听。所以庄子有忽悠大发的地方。这也不足为奇,为什么?春秋战国的时候,国家不幸学家幸,做学问的人有一种幸运。他们跟卖膏药的人一样,可以到处到处兜售自己的学问,兜售好了，跟某个诸侯、某个君王一通谈话谈到点上了，早晨还是布衣，晚上一个宅子就给了你了，你就被封为相国、总理了。所以每个人都拼命地忽悠，如果你的语言不先声夺人，如果你的语言没有一点刺激性，如果你的语言不能给别人造成强刺激，你说不上几句话。就像现在那个电视里那达人秀一样，歌没等你唱完，三个评委都一吹哨，你走吧，没你的事了。所以这个庄子有的时候他忽悠大发了。

到了宋朝，苏洵就更提出来，说"为将之道，当先治心，泰山崩于前而色不变，麋鹿兴于左而目不瞬，然后可以制利害，可以待敌"。你要想当军事将领啊，首先要治心，把自个儿的心理调整好，你要有很好的心理素质。泰山"叭"在你眼前爆炸了，崩了，你心不跳，你心不动、色不变，连脸色都不变。"麋鹿兴于左"，一个小鹿从你这边出来了、跑了，"而目不瞬"，我眼睛连一眼都不多看。这是对定力的极好的形容，说明一个人的沉稳。这点是太难做到了，我就深深地体会，一个人要想学到"槁木死灰"的这个本事，太困难了，反正我是没做到。迅速反应我反而能做到。硬是不反应，这太难，这功夫深了。我要和大家共勉。

跟"槁木死灰"有点类似的一个成语就是"呆若木鸡"。呆若木鸡现在也解释成犯傻、迟钝，或者处在一种极其被动的情况之中。譬如我们说一个官员，群众因为什么事对他提出一些疑问，但是他呆若木鸡，无话可说，他傻了。这个呆若木鸡，也是坏词儿。

但是当年庄子说的"呆若木鸡"是什么意思呢？是说养的这个斗鸡，如果这只鸡反应特别快，有点声儿、有点响动马上有反应，这样的鸡没法斗，它不会斗。经过训鸡师训练了一段以后，这鸡表面上看挺傻，呆若木鸡，跟木头做的一样，脑袋都不带抬的，眼睛也不带睁的，可是这鸡斗起来可厉害了。我们中国的哲学常常倾向于以静制动，以内功胜外功，不战而胜，甚至我们的武侠小说里，出来一个膀大腰圆、长得跟楚霸王一样，力能扛鼎，全身都是肌肉块，他绝对不是大侠。如果出来一个干巴老头，眼睛都睁不开了，脸上一点生气都没有,敌人来了,他稍稍地一躲那剑就过去了,然后他用一个手指头一捅,那敌人撂倒那儿了,死了。我们要求的是这样的高人。我们有这种理念,就是弱能胜强、内能胜外、静能制动;一只木鸡能胜过一只善斗善咬满嘴流血的那种鸡。这也是一种很有趣的文化观念,同样也是呆若木鸡要高于那个能征善战之鸡。

可是受众不接受,老百姓不接受。现在你说呆若木鸡,是说你犯傻、无能、被动、一筹莫展。所以这个成语在它这个流行之中也发生了变化。

《庄子》我很喜欢读,也很喜欢把它作为一个话题来谈。但是说到槁木死灰和呆若木鸡,我老老实实地告诉大家,我一点都没做到。我说自己呆若木鸡人家不信,还是瞅着我灵的人多,没人相信我会呆若木鸡,我愿意与大家共勉。也许明年再到《新杏坛》来做节目,我给大家来一个木鸡讲座。

第六讲　天籁 地籁 人籁

我们现在讲第六讲,天籁。讲讲庄子对声音和音乐的一些描绘,这里表现的一种文化观念和一种思想的取向。

我们很感谢庄子,庄子给我们留下了很多的词,有的成为成语,有的就是从庄子那儿开始有的,所以可以说是庄子创造的词,起码是庄子首先在书面的语言当中书写了、应用了这个词。

"天籁"这个词就是其中一个,非常好听。籁是什么呢,籁就是那个自然而然的声音。咱们也有一句话叫万籁俱静,我上小学的时候,一描写什么春夜啊、冬夜啊,往往一上来就先写"夜深了,万籁俱静",一点声音都没有了。但是现在随着城市化、现代化的进展,你找不着万籁俱静了,得往山里面跑,往人少的地方跑。那么天籁呢,就是天然的——上天给你的或者是天然的出现的声音。我们往往把最纯朴、最自然、最原生态的那种歌声或者是民间的器乐称为天籁。这些声音不是人能够做得出来的,只有老天爷,只有上天才能给你这么好的声音。所以这是一个非常美的话,你一看到"天籁"两个字,你本身就有一种和上天、和大自然接近的感觉,舒展、享受。

那么这个话在庄子那里是怎么来的呢？也是这个南郭子綦讲的。他跟他那个说话的对象说,你知道人籁,就是你常常听到人的声音。我们人呢,常常听到人的声音,说话的声音、咳嗽的声音、走路的声音,还有各种不雅的声音,你常常听到。但是呢,你听到过地的声音吗？如果你听到过地的声音,你听到过天的声音吗？这个子綦就跟这个子游说,"大块噫气,其名为风。"这个"大块",就是我们的整个世界,整个世界他称之为"大块",因为这个世界表现为一个空间、表现为一种存在。这个大块就像一个人一样,它也有喘气的时候。甚至有人解释,说什么叫"噫气"呢? 就是打饱嗝。这话不太好听,不雅。因为起码你在社交场合、公共场合——比如我这儿讲着讲着话呢,突然"噔"打一个饱嗝,按西方的规矩,你得马上说:请原谅。

但是这个大块它本身它要喘气,它喘出来就是风。而且这个风一吹起来,"万窍怒呺",凡是带窟窿眼儿的地方——庄子这个观点有点好玩儿,他首先想到的是窍,窍就是窟窿。他好像有点往管乐器那边想,不是往打击乐器上想,因为打击乐不带窟窿眼儿嘛。你把这个东西跟那个东西吹得"乓"撞上了,它也响,但是这个不是地——大块——本身出的声音。地本身它要能出来籁、出来声音,它得有窟窿,得有各式各样的窟窿。他说地上有各种各样的窍穴,"似鼻,似口,似枅,似圈,似臼,似洼者,似污者。激者,謞者,叱者,吸者,叫者,譹者,宎者,咬者"——最后两个 yǎo,不同的字意思也不同——就是说地上有各种各样不同形状的洞穴,也就是各种不同形状的声音风道。风一刮起来就出现各种声音,有的好像在那儿嚎叫,有的好像是一个箭飞过去,"啾"这个声音,有的是很高亢的声音,有的是很低沉的"哞哞"的声音。一阵风吹过地面出来一些什么声音,庄子真能写啊,他的大排比句,形成了一种描写的手段,就是在一个范围之内,把许多可能性、许多的形体、许多的质地、许多的外观把它并列着,"歘"地一下子就扑出去了,在那时候成为一种文体。柳宗元写文章,用过这种文体,鲁迅的有些文章也有这种文体。我说老实话,我有时候也学这种文体,譬如在我的小说《鹦鹉》当中,写山上的石头,我也用了这种方法。这是庄子发明创造的一种文体。它给人的感觉就是千奇百怪,一扫一大片,全写进去了。文言文很短,实际包含的内容非常多,也许你感觉这些内容它本来是不沾边的。

这里出现了各种的声音,让你感觉到你读这种文章不是听二胡独奏,你是在听交响乐,几面的声音,"哗啦啦"都响起来了,真棒!他描写得非常好,这个世界一下子就以它的丰富多彩,既是斑驳的、杂嚣的,又是宏伟的、迷人的这种形象出现在你的面前。他就说这个地籁如何之可爱,如何之迷人。这时候子游说,我明白了,"地籁则众窍是已"——地籁就是由地上的这些洞穴、这些窟窿、这些风道、这些声道所造成的。

"人籁则比竹是已"。那么人籁呢,则是一排竹子发出的声音。这非常像现在少数民族的那个排箫,少数民族的有一种排箫,它不是靠摁窟窿眼儿来调节调子,而是一排九个竹管,这九个竹管就已经是1、2、3、4、5、6、7、1,再加上一个升5或者什么音,它是这样九个音。当然庄子那时候说的这个"比竹是已",不一定做那么具体的解释,他指的不是一种乐器,而是指当时民间已经流行的吹竹管,所谓竹笛或者芦笛。现在老百姓还有这个,拿一个芦苇管儿吹出各种声音来。这句话说到这儿,让你有一种什么感觉呢,就是这个地籁宽阔伟大、惊心动魄,要什么有什么,而这个人籁,这人能出的声音呢,就是找个长竹管、短竹管,找个芦苇管儿,找个什么树叶,然后嘴里"呜"叫一下。人比地差远了,人不要骄傲,人不要以为自己你有多大的本事,你没有地的本事大。

下边子游又问:"敢问天籁?"您跟我说了半天了,我还是不知道什么叫天籁呀。地籁我明白了,人籁也好懂,人籁就是几根竹子响——我们现在就不只竹子了,您还可以敲鼓、敲锣,不行你敲铁锅、敲炮弹壳,也可以,还有弦乐器,还有簧乐器,那个时候庄子当然没有现在这么发达了——可是这个天籁是什么呢?很奇怪,子綦到了儿他就没怎么解释天籁,他说:"夫吹万不同,而使其自己也,咸其自取,怒者其谁邪?"这个天籁呢,天籁就是吹,吹出来呢,出来各种声音都是它自己出的声音,都是这个地窍、地洞、地穴、山洞,或者山谷发出的声音,是它们自己发出的声音。"怒者其谁邪!"这个怒不是生气,跟生气无关,怒是没有特意的使劲的意思,就是天它本身它不必用力,也没有有意识地发出声音。他是这么回答的。

如果我们把这一段当成一个命题作文:《天籁、地籁、人籁》,那要是按现在的这个判卷子的方法,找一位语文老师来给判卷子,对不起,弄不好这篇文章就不及格。为什么?他说了天籁、地籁、人籁,可人籁他一句话没说,倒是子游说了一句"人籁则比竹是已",他子綦也没说这么说对不对。地籁他描写得气势磅礴啊,极其生动、热闹非凡。天籁他根本就没回答,他说天籁那是它自己、众窍让它自己发声,天并没有使什么力气,也没有什么目的。到底有没有天籁呢?我来来回回地看,看得非常的费劲。我就想,要是命题作文,而且讲的是天籁、地籁、人籁,那这篇文章只讲了地籁,并没有讲什么叫天籁、人籁,所以语文老师可能给个不及格。

这里我斗胆地做一个解释,从历史上到现在为止,尚未发现对这段话有这样的解释。如果解释错了也不要紧,我希望咱们的听众给我提出意见,对我进行帮助。

我觉得,这一段讲天籁,他有一个非常高明的看法。什么看法?天籁无声。地籁,宏伟、丰富;人籁,不过如此,用上海话,人籁不过是"小来来"。而天籁呢,天籁是吹的风,吹的风本身没有声音。"大块噫气,其名曰风。"这个话就很漂亮,大块噫气,其名曰风。这风它是没有声音的,声音呢,都是那些这儿有个孔、那儿有个洞,这儿一进去"呜"出来了,那儿一进去"嗖"出来了,那儿一进去"呼"出来了,这样的声音。天籁无声,真正从上天来说,它出声的目的是它要噫气,并不是它要奏乐。天没事它奏乐干什么呀,天无意奏乐。所以"怒者其谁邪",天没有感情的色彩,也没有激动,也没有渴望做什么。最伟大的东西是无声的,但是它是地籁、人籁的根源。为什么,我们在地面上为什么会听到那么多声音?我们能听到风的声音,能听到"呼呼"的声音,能听到"嗷嗷"的声音,你要再发展一步,你还可以听到飞禽走兽,夏天光听虫子叫的声音都比一个交响乐队热闹,声音非常丰富。但是主导着这一切的是天籁,而天籁本身并不出声,这是符合庄子的这个思路的。

那么他在这里讲天、地、人这三籁,究竟是什么意思呢?他没解释,但是我们可以体会。一个意思,他强调无声的天籁的主导作用。你人没有什么了不起,人的声音无非拿几根竹管吹吹、拿几个锣鼓叮当叮当敲两下。当然他这个观点对不对咱们另说,人在音乐上也可以有伟大的创造,可以有贝多芬、巴赫、舒伯特、莫扎特,咱们中国古时候有沈括精通音律,后来我们还常常纪念冼星海、聂耳还有黄自、萧友梅,还有曾经担任我们音乐家协会主席的李焕之等等。庄子的思想,就认为天籁是最高的,原动力是天籁,而天籁本身是无声的。

这个解释又符合庄子在其他地方的说法。庄子在其他地方说过,"天地有大美而不言",世界上最大的美好就在天地身上,但是它不言语、它不出声,河南人说"不吭气"。而这个又和孔子的思想、儒家的思想完全一致,因为孔圣人也说,"天何言哉,天何言哉",天说什么呢,天什么也没说啊。"而四时行焉,而万物生焉",天什么话都没说,春夏秋冬四时正常地运转,它也没有讲解、也没有动员、也没发布第几号命令说春天该来了,到时候该来它就来了;春天去了,夏天该来了,夏天就来了;树木该发芽它就发芽了,所以他说"天何言哉"。天本身是不出声的,但是它是高明的,它主导一切。

在庄子对天籁、地籁、人籁的论述当中,他论述的不是声音,而是哲学。一个什么哲学呢?他就是在这里头来分析天、地、人三者的关系。人法地、地法天、天法道、道法自然。这个老子早就讲过了,人要取法地,地要取法天,天要取法道,大道,而道取法的是自然。"自然"是什么意思?那个时候自然还没有今天讲的大自然这个意思,自然就是"自己就这样"的意思。自然其实是一个谓语,是一个带有状语的谓语,就是自己如此、自己这样,自行如此、自行这样;不是受外力推动,而是本身就自然而然。所以他这里头通过天籁、地籁,启发我们,启发读者,怎么样考虑天、地、人之间的关系,怎么样摆正天、地、人的位置。又考虑到这一段它是《齐物论》的开始,所以它实际上也还包括这样一个意思,就是天籁、地籁、人籁是统一的。你这交响乐作得再好,你小提琴拉得再好,你钢琴弹得再好,你的这些才能、这些灵感仍然来自天、来自自然、来自"大块"、来自春夏秋冬,日月、江河、山岳,都是来自这些。你要把你的音乐、你的声音都溯源于天、归功于天,这是庄子的理论。

再有一个,庄子通过讲这些声音,又启发读者去想"无"和"有"的关系、大和小的关系。如果讲天、地、人三籁的话,最丰富的、最热闹的、最震人肺腑的、最迷人耳目的,是地籁。但是呢,无声的天籁主管着地籁、主导着地籁,无声胜于有声,无言胜于有言。这正是老庄经常给人们的一种启发,是无和有的一种关系。

还有一个就是一和多的关系,天籁都是风,风很简单,大块噫气,其名曰风。这个大自然、这个世界它要喘气了、它要打嗝儿了,出来风了,这很简单。但是风碰到不同的地形、碰到了不同的地面建筑或者是山岭、江河、湖海、平原、植物,它就发出了各种不同的声音。声音很杂,无奇不有,来源都是风。所以这里有一个一与多的关系。

中华哲学是很崇拜这个"一"的,老子在他的《道德经》里头就讲,"天得一以清,地得一以宁,神得一以灵,谷得一以盈,万物得一以生,侯王得一以为天下正。"就是说你获得了这个唯一的、统一的、混一的大道,这个天才能清明,地才能安宁,不闹地震,山谷才能够盈满;而这个王侯得一,你才能成为天下的表率、成为天下的代表人物。所以一方面你得追求一,追求统一、混一、唯一、一元。另一方面,你又必须面对世界上这种杂多的声音,叫做众声喧哗啊。其实西方世界也讨论这个问题,讲后现代人特别强调,人们进入了一个众声喧哗的时期,众声喧哗,但是它又是能统一起来的,它又有统一的根源。所以庄子是通过这三籁来讲无与有、天与人、多与一(或者说一与多)的关系,他的目的不是为了给大家介绍声学,不是研究音乐的调性,和声、噪音,不是研究共鸣、变奏、节拍等等。

《庄子》里头最精彩的是《外篇》里头有一段写黄帝在洞庭之

野——洞庭湖附近的这个原野之中——搞了一场音乐大演奏,这个演奏叫"咸池之乐"。他描写这个咸池之乐,"始闻之惧",你一听呀,很震动,甚至有点害怕。"复闻之怠",你听了一会儿以后心就平静下来了,你甚至也就有点发懒了,那种消极的、发懒的这种心情就上来了。"卒闻之而惑",等到快完了呢,你感到很困惑。三个乐章,一个令你惊惧,一个令你松弛,这个怠,更好的解释是松弛,不是懒惰,让你听着非常松弛。到最后你听着呢,就有些茫然、有些困惑。这太棒了,这有点交响乐的意思啊。一上来"噔噔噔噔——3331——"你当然是惊惧的呀。然后下来"当当嘀当——"你松弛了。到最后呢,这通向无限、通向永恒。你听完了以后若有所得、若有所失,余味无穷。他不是困惑吗?不是茫然吗?所以我开玩笑说,在这个世界上有许多事是相通的,咱们中国古代没有交响乐,但是正如钱钟书先生所说,东学西学,南海北海,都有共同的心理结构,都有共同的学问追求。

所以说从黄帝开始——再开个玩笑——中国政治家、政治领袖抓文艺的这传统由来已久,黄帝已经抓过交响乐了,亲自抓的,而且是露天的,在洞庭之野奏咸池之乐。

庄子这里对音乐的描写都是出于哲学的、教化的观点。"夫至乐者,先应之以人事,顺之以天理,行之以五德,应之以自然。然后调理四时,太和万物。四时迭起,万物循生。一盛一衰,文武伦经。一清一浊,阴阳调和,流光其声。蛰虫始作,吾惊之以雷霆。其卒无尾,其始无首。"这些对音乐的描写特别好,因为我是深深地体会到,有一些音乐的结构,循环往复又不断地变化,让你觉得它无首无尾。五百年前它已经就这么唱上了,结束了以后你也不知道它没唱完,它底下还要接着唱。这些都跟教化一样。

他还说,"奏之以阴阳之和,烛之以日月之明。其声能短能长,能柔能刚,变化齐一,不主故常。在谷满谷,在坑满坑。"在这个音乐的声音里头表达了阴阳的调和,表达了万物四时的变化,这个声音它充盈在整个的世界上。如果是个山谷,山谷里都是这个乐声;如果是个大坑,大坑里都是这个乐声。

庄子还说,"此之谓天乐,无言而心说。"这样的音乐,作曲家是谁呢,演奏者是谁呢,是天。是天,就跟天籁一样——好的艺术就让你有这个感觉。写文章的人他写到最感动的时候,会感觉不到是自己在那儿写,他感觉到是老天、是历史、是时代、是人情、是阴阳、是五行金木水火土用你的手写下了这些悲欢离合,写下了这些喜怒哀乐——所以他说这是天乐。"充满天地,苞裹六极",这是中国文化很特有的一种现象,他不是就音乐论音乐,而是从音乐中讲大道,从音乐中讲哲学,从音乐中讲教化。

《礼记》一上来就说,"乐者,天地之和也。"这个不得了啊,天地互相作用,取得了某种和谐的关系,取得了某种结合,才有音乐。所以我们要学习大道,不但可以读《庄子》、可以读《老子》,还可以读马列,可以读世界上的许多重要的哲学家的书,从苏格拉底、柏拉图一直到黑格尔、马克思。我们还要听音乐,要在音乐中体悟大道的丰富、充盈、无首无尾、在谷满谷、在坑满坑,体会这个大道给你的震动,这叫"始而惧"。也体会大道给你的宽松,叫"继而怠"。还要体会到大道给你的无限开阔的前景,叫做"卒而惑"。我们要师法这种高级的音乐艺术品,而这些音乐、这些艺术品又是师法天、师法自然而得到的。这是中国式的思维,他把音乐看成道,又把音乐和自然联系起来,把人和天联系起来。

这一段说得稍微抽象一点,但是我们下点功夫研究研究就会觉得豁然开朗,觉得有庄子是我们国人的福气,他琢磨什么事他琢磨得太高了、太妙了。

第七讲 朝三暮四

感谢大家到来,使我们有机会交流对庄子的思想,对庄子的一些寓言故事的看法。所谓共舞就是交流,就是我们把庄子请到咱们当中来,我们来尽量地揣摩、体会他的一些说法、一些故事、一些思想,看看咱们从这里头能得到一些什么样的启发,什么样的经验、聪明,哪怕是仅仅得到一些趣味,一些有意思的说法、有意思的想法、有意思的故事。

今天呢是第七讲,我们要专门讨论一下庄子的一个很著名的提法,一个今天已经家喻户晓的成语,就是"朝三暮四"。朝三暮四这个成语现在解释得比较简单,就是说一个不太稳定、不太可靠的人或者是一组人。早上他这么说,晚上又那么说,一会儿一变,没准谱,没有准稿子。朝三暮四就是指的这种人。

可是当初庄子讲这个故事的时候,寓意要比这个复杂一点、深刻一点,庄子在《齐物论》里头他就讲,说"劳神明为一而不知其同也,谓之'朝三'"。就是说一个人面对着各种各样的分歧的意见,尖锐的两方在那儿争执,这种情况下,这个人很费劲地想把双方的意见统一起来,想给他们相对立的两种思想、两种意见、两种说法、两种做法找出一点一致性,这非常麻烦,很难做到。但是其实争执的双方本来没有那么大的分歧,本来他们实质上是一样的。

"朝三暮四"这句话是在《齐物论》里面说的,有些学者专家认为《齐物论》实际上是整个的《庄子》这部书的关键所在、核心所在、纲领所在。"齐物"是什么呢？庄子认为，你、我、内、外、彼、此、是、非，其实都差不多，都是一致的。但是人呢，看不到这一点，所以整天争你我、争是非、争彼此、争内外。其实内就是外，外就是内，你的利益、我的利益都是一致的。然后庄子再发展一步，甚至大小、高低、寿夭（长寿还是短命），这些看上去对立的事情实质上都有它一致的方面，但人们弄不清。为什么说实质上是一致的呢？他就讲了"朝三暮四"的故事。

朝三暮四的故事他说的也很简单，说有一个喂猴的老头儿，喂一群猴子吃橡子，说："给你们早上吃三个，晚上吃四个。"我个人的有点多余的想法，早上三个、晚上四个，这太少了，吃不饱啊，这得多大的橡子啊。所以他也可能是说早晨三堆、晚上四堆。就是用三和四作为一个单位吧，是三个还是三堆、三两、三钱，那个时候度量衡我也不清楚，反正意思是早晨三份、晚上四份。这猴子不干，太少了，这个早晨三份晚上四份怎么行呢。闹得厉害。这养猴子的老先生就说，好了好了，早晨吃四份，晚上吃三份。猴子听了就很满意。就是猴儿太傻，你早上三份、晚上四份，七份；早晨四份、晚上三份，还是七份。就那么多，你不管你用什么方法弄来弄去，一天七份，不会更多，也不会更少。

《齐物论》的原文是："劳神明为一而不知其同也,谓之朝三。何谓朝三？狙公赋芧曰：朝三而暮四。众狙皆怒。曰：然则朝四而暮三。众狙皆悦。名实未亏而喜怒为用，亦因是也。是以圣人和之以是非而休乎天钧，是之谓两行。"

这样一个故事，后来又比较完整地出现在《列子》当中,《列子》讲到这个故事而且还加了一句，说"朝三暮四"的意思实际上是说这个在上之人他耍花招、欺骗愚众、糊弄愚众。早晨三个晚上四个你们不满意，好好好，早晨四个晚上三个。说来说去还是一样。

那么这个故事的含义到底是什么，我们来探讨一下。第一就是万事万物皆有定量，皆有定数，争来争去并无大用。因为它就是这么个条件,就是这多猴子,就是这么多橡子,你是先吃多后吃多是早晨吃多是晚上吃多,来回来去反正就是这么点东西,没有什么可闹的,你怎么闹也不行。特别是在春秋战国时,各诸侯国势不两立,你不服我我不服你,你拉拢我我拉拢你,我要会盟我要执牛耳,我要起主导的作用,或者我要统一天下。当时说的统一天下他也不是什么几大洲几大洋,就是指的这个神州大地这一块。

还有一个争论,就是诸子百家怎么样修身齐家治国平天下,说法非常多。往好听里说呢,就是学术争鸣,黄金时代。每个人都在发挥自己的聪明才智,都有一套你按我这个方法就如何如何,就能够天下大治,能够繁荣富强,能够让百姓也过上好日子的雄才大略。同时又都抨击对方的彼方的与他不相同的异己的那些意见,说那些都是祸国殃民的害人的意见,这个互相的争执非常厉害。

可是庄子他眼光很透。老子、庄子都有一双毒眼,这个"毒"在这儿是一个客观的叙述,不是贬义词,不是恶意。就是别人看不到的实质性的东西,他一眼就看出来了。你争论半天,最后你还是就这点橡子、就这几只猴子。你想来想去,逃不出猴子和橡子之间这样一个大的总的关系。这个在春秋战国的时候看得非常清楚。

类似的事情我们在有些西方国家,特别是那种两党制的西方国家,看得也很清楚。双方在竞选的时候提的口号是很高很高的,但是真执政、真上了台以后,他面对的是同一个国家、是同样的利害关系,他也没有什么特别新鲜的招数能够拿出来。在野的时候,他都要用一种理想主义的词句骂一顿在朝的政党,一旦掌握了政权,马上他很多东西都变了。二十世纪末的时候,当时的一位美国总统,他在竞选的时候就讲,我保证上台以后不加税。因为当时另外一个党提出来要加税的问题,他说他保证不加税。说请你们注意我的口型,我说no、no、no,他连着说了三个 no,而且拉着长声说。结果他上台三个月开始加税。这时候他就说,有人说你当时说过不加税,是啊,我说过不加税啊,我说不加税的时候有当时的情况啊,现在情况发生了变化啊,那个时候说不加税是正确的,是我的主张,现在要加税是完全必要的,也是正确的呀。

钱钟书先生在一九五七年开展反右运动的前夕写过一首诗,这首诗表达他把什么东西都看破、看透的那种心理,他说"弈棋转烛事多端",这个世事就好比下棋,一会儿这边胜了,一会儿那边胜了。一会儿这边有光照过来,一会儿光源又到了那边。"饮水差知等暖寒",这个水我过来尝一尝、喝一喝,我就知道这两碗水这冷热差不太多。"如膜妄心应褪净",佛家讲,人类为什么有时候犯糊涂呢,不该着急的时候他着急,不该起火的事他起火,不该高兴的事他傻高兴,就是因为他那心上有一层膜,不通气。说你心上那层膜,你把它扒了吧。"夜来无梦过邯郸",他坐着火车经过河北省的邯郸,邯郸有很多故事,黄粱梦就在邯郸。说我们人活在现实世界不要自己给自己做梦了,不要自己弄点五颜六色的东西来糊弄自己,在那儿瞎激动。大概是这么一个意思,这个意思也表达了一种朝三暮四或朝四暮三的心情。

钱钟书这个说法很深沉,也很透彻。但是我要告诉大家,万事万物你看不透是一种愚蠢,你看得太透了,什么事都看得明明白白、清清楚楚、非常清晰,那也是一种毛病,那也是一种糊涂。我给大家举一个简单的例子,譬如说这个青年男女初陷情网,这一男一女,男的是女的心目中的白马王子,女的是男的心目中的白雪公主。哎呀,为了爱情,我书可以不念、学可以不上、父母可以不管、兄弟姊妹可以全忘记,我就要求一条:我就要求跟她(他)在一块,我跟她(他)在一块我天天要饭也是高兴的。这个呢,很激动。这时候如果过来一个看得很透的人说,说小老弟、小大姐,你们现在这么样相爱,你知道吗,你们结婚以后生活很麻烦、很啰嗦,弄不好会吵架,晚上睡觉他会打呼噜把你吵醒,到时候洗脚水你会泼到地上,饭做多了吃不了你嫌浪费东西,做少了你嫌不够吃。也可能三年以后你们开始吵架,四年以后开始动手,五年你们就打离婚。像进行这种忠告的人呢,看得比较透。可是如果青年人他还没恋爱呢,或刚开始恋爱,刚刚握了一下手,刚摸了一下人家的手背,你就开始给他一个预言:你要看透啊,将来要打架的呀,要骂娘的呀,经济上还会发生他有钱不给你的问题呀。这样的话,太聪明、太智慧、太看透了,叫你无话可说。人生总要有点兴趣啊,看得这么透还有什么意思呢?朝三暮四还是朝四暮三,可以研究研究。

下边我们就研究下一个问题,朝三暮四和朝四暮三果然没有区别吗?

第一,朝和暮是两个时间段,这两个时间段对选择、对安排有没有意义?世界上很多事,不同的时间有不同的选择。就拿这个朝暮的餐饮来说,我知道中国有这种说法,说早餐要吃饱,午餐要吃好,晚餐要吃少。这是有一定的道理的,特别对我这种年龄来说,你早晨不吃饱了,你上午很多活动、很多事,还讲上二十分钟课,开始血糖过低,两眼发黑,那当然不行了。这不用解释。但是西欧,西欧这点比北美还厉害,他常常是早餐不吃,午餐吃得很少,晚餐拼命地吃。他早晨起得很晚,午餐忙忙碌碌,有时候在街上走着吃,这个我见到的多了,欧美人中午在街上买一个热狗,一边走着一边就吃了,就算是午餐了。香港我也见过一个大企业家,一个巨富,潮州人,他说他一辈子中午只吃三明治,就是凉的了,两块凉的面包夹一点什么东西。但是他晚餐吃得非常多、吃得非常好。他晚上折腾,都什么折腾咱闹不太清,但是他晚上且不睡觉呢,十二点睡觉那是最早的了,没有什么出息的人才十二点睡觉。所以这个早餐多吃、还是午餐多吃、还是晚餐多吃,它是不一样的。

时间点对于判断一件事,是有意义的。如果以人的一生作比喻,那就更不一样。你是青少年的时候很聪明、很发达;还是到了晚年,七十岁了,你开始开窍了,也会做学问了,也能学外语了。我相信,多数正常的人愿意自己在青少年时期很聪明,营养也够,发育得良好,个子也长起来了,晚年差点儿差点儿吧,但是太差了也很难受了,最好是早年、晚年什么年都舒服，但又很难做到。所以时间点的意义是不能够不考虑的，"朝三暮四"这个故事尽管讲得极其巧妙，但是它忽略了时间对人的意义，而人的生命就是用时间来表示的，你少年得志，从小身体就很健康，就有大志，跟你到了晚年才开始明白点事理，那可不一样。

第二，我们以为，朝三暮四与朝四暮三是一个程序问题，先三后四还是先四后三，实际上换汤不换药，背着抱着一般沉。但是我们再问一问，程序没有意义吗？程序太有意义了。利比亚现在既有内战也有北约的军事干预，有很多复杂的情况。这种战争有一个规律，就是战争中处于劣势的一方都是要求先停战后谈判，先无条件停战——别打了，再打我要吃亏——停战以后咱们再谈判，是谁下台谁上台、是修改宪法还是取消这个政府，收回成命，等等这些东西都可以再谈。而处在优势的这一方呢，肯定不同意无条件停战，肯定提出在什么什么的基础上我们再谈，你只要应允，譬如说某某人下台我们就可以停战。是先谈判后停战还是先停战后谈判，意义大不相同。

爱情也是一样，我们说的正常的情况下是先恋爱后结婚，这是一个程序，先恋爱后结婚。但是中国呢，中国过去的小说里头就有，在李凖先生（老李凖）的电影《李双双》里头孙喜旺和李双双就是先结婚后恋爱。那时由于很多原因，很难自由恋爱，大多由长辈作主，给你定一份婚姻。那俩人生活一段吧，又赶巧双方也都基本条件也都不错，人心也都不错，所以结婚以后渐渐感情萌发，所以先结婚后恋爱。但是我们又要说，这个程序是有分别的，先恋爱后结婚是"五四"以后的新思潮，先结婚后恋爱实际上是违背青年人的婚姻自主、爱情自主原则的旧制度造成的，是不合理的婚姻制度下的人们的一种自慰乃至于自嘲。什么叫"先结婚后恋爱"啊？俩人先变成一家人，然后你们慢慢爱吧。这个是没有道理的，所以程序问题也不能看简单了。

庄子就够聪明的了，他说无非是前三后四或者前四后三。但是在政治生活、社会生活、法律文件、国际外交中,这个先后的次序极其重要。我想起一个很好玩的事儿,在"文革"当中,当时什么事都喜欢使用语录。当时我女儿只有六岁,有一次她哥哥过来给我汇报,说我女儿和邻居的小女孩有些口角。我们听了很不高兴,干吗和人家口角啊。所以女儿一进屋啊,我们一个个都板起脸来:怎么回事?为什么要和人家吵架?结果我女儿就来了一句精彩的,说:"你们干什么?不了解情况你们就别调查!"她当时引用的是毛主席的语录,"没有调查就没有发言权。"她想引用这句话,但是她说成了"不了解情况就别调查"。我们就笑了,我们不了解情况我们才得调查啊,要了解情况我们不用调查了,我们该批评你就批评你,该支持你、保护你我们就保护你。她当时只有六岁了,她也找不着道理反对我们。

但是我仔细分析,她说的这话并非无因。什么叫"不了解情况就别调查"呢?你们想一想,在政治运动中、"文革"当中,调查是对一个人的压力,所谓调查就是审问。我女儿实际要说的话是你不了解情况就别审问我,就先预设说我有错误。你一预设我有错误,你用那种审问的态度来对待我,我要抗议,你们既然不了解情况,你少调查我,拿着我瞎调查什么呀。她是这个意思,也就是说这里有一个程序问题,是先客观地调查然后再得出一个结论来,还是先有一个看法,先对他有一个责备,然后再调查。先有了看法你那个调查就是带倾向性的调查。

西方的法学讲究无罪推定,就是一个人被控有罪的情况下,在没有得到足够的证据之前,先认定他无罪,有了证据以后我们再判断他有罪,这叫无罪推定。在我们国家,我也见过我们国家政法方面的高级负责人,说我们既不是无罪推定也不是有罪推定,我们就是重证据,要在调查研究、弄清案情之后才能做出有罪或者无罪的推定,这个法学的问题我们不在这里细说。重视证据这一点我们的司法和西方的司法起码在讲解上并没有不同。但是你先无罪推定还是先有罪推定,还是先什么推定都没有,我只是客观地了解情况,这中间也有很大不同。所以这个朝三暮四作为一个程序问题，我们也不能小看它的意义。

再说，朝三暮四是不是都是政治花招呢？是不是在那儿变魔术呢？是不是都是老板糊弄打工仔的一套办法呢？我们说这个庄子是很厉害的，他看得透彻，他预先就揭露了可能有的各种招数。每一个朝三暮四、暮四朝三的例子都会有不同，我们很难下一个统一的结论。

最后，我们还可以体会一件事，非常有趣。"朝三暮四"是这么复杂的一个说法，它既揭露了一些人的耍花招，也揭露了人和人之间的意气之争，它也忽略了时间点的意义、时间段的意义、程序的意义，它包含着这么丰富的认知的可能性。但是这么深刻的一个朝三暮四的故事，它推广出来以后就变成了一个水性杨花或者政治投机、拿不准主意、看不清楚事情，或者人云亦云、一会儿就这么说、一会儿那么说的意思了。一个深刻的思想、一个深刻的寓言和故事在传播当中浅层化了、简单化了。这说明这种广泛的传播既是好事也是坏事，太广泛了，就可能降低水准。这是令人不得不有一种叹息。世界上有许多哲人，有许多高明的、高深的思想、故事、寓言在传播中渐渐地往简单、往不那么有智慧的方面走了，这也是我们不得不面对的事实。

第八讲　游刃有余与薪尽火传

我们现在讲《与庄共舞》的第八讲，游刃有余与薪尽火传，这都是我们现在仍在使用的成语。

"游刃有余"讲的是养生，一讲养生，很多朋友都很感兴趣，大家在一个生活比较安定的情况之下，无不希望能够改善自己的生存的状况，而且能够延长自己的寿命。

庄子讲养生，他不是把它作为一个卫生知识、饮食、起居、用药、锻炼、调理，他不是作为一个医学问题、卫生问题来谈。我们看《庄子》一书当中，前前后后、反反复复不断地强调"全生"，强调"终其天年"。就是每个人，大自然给了你什么样的可能，你应该把你自己应该享受的寿数，把它从头到尾过完。庄子甚至在很多地方相当令人意外地，非常尖锐地，批评了一大堆为了某种理念而牺牲了自己生命的人。有些坏人，比如说桀、纣，他批评、他骂就不用说了。但是他也批评伯夷、叔齐，伯夷、叔齐是忠于商，忠于商纣，因此"耻食周粟"。周武王伐纣取得成功以后，伯夷、叔齐就上了山，不吃周朝的俸禄，不吃周朝的粮食。采薇而食，最后饿死在首阳山。庄子批评伯夷、叔齐。他还批评比干、关龙逢，他俩一个是给商纣进言，最后被惨遭杀害；一个是给夏桀进谏，也惨遭杀害。他认为这些人没有能够保护好自己的生命，是不足为训的。《庄子》里还没完没了地责备伍子胥。伍子胥的故事大家都知道，我们的戏曲里头表演了很多。庄子把养生、把全生、把终其天年变成了他的道学，他的一个很重要的价值观念。这里头他是不是也有说得过分的地方呢,因为人除了自己生命的生理的存在以外,确实还是有一种理念、有一种原则的,你不能说无论如何都得是我先活着再说,好死不如赖活着,那是不对的。

庄子在《养生主》这一章当中——这是《内篇》中最短的一章——确实写得非常好。他一上来就讲,"生也有涯,知也无涯",这些话至少在读书人当中家喻户晓、无人不知、无人不晓。尤其是他的庖丁解牛的故事,更是又生动又可爱,让你不服不行。他是说有这么一个厨子,按现在的分工来说,他还不能算是厨子,他是屠宰人员。这个屠宰人员他宰完了牛以后把这个牛肉分解下来,卸下来,从骨头上卸下来,让它骨肉分离,该切几块切几块,也好保存、也好食用。他这个技术达到了一个出神入化的程度,一个什么程度呢,叫做"手之所触,肩之所倚,足之所履,膝之所踦,砉然响然,奏刀騞然,莫不中音。合于《桑林》之舞,乃中《经首》之会"。就是说他抡起刀来,就对着这个屠宰完的一个牛吧,这膝盖在哪儿、手在哪儿,手在哪儿,刀怎么放,肩膀往哪儿顶着,他要控制这个牛了。然后他把这刀一进去,嚯然,稀里哗啦啊,"啪啪啪啪"几下,毫不费力,叫游刃有余,就把这个牛肉从它那骨头架子上卸下来了。而且这位厨师兼屠宰师还声称,一般的屠宰师要常常更换自己的刀,因为你宰几次它就不快了,就钝了,钝了以后就很费劲。他说"良庖岁更刀",一个特别好的屠宰师兼厨师,一年换一次刀。"族庖月更刀",一般一点的庖厨是一个月换一次刀。他说,我,就是最会宰牛的这个人呢,我十九年了,没换过刀。也不用磨刀、也不用换刀。当然他说得很夸张了,庄子也是忽悠大家,但是他这个忽悠不是嘴皮子功夫,他和曲艺演员不一样,曲艺演员当中也有智慧、也有聪明,但是更多的是靠嘴皮子。庄子他有头脑,他有个说法、有个理论,底下我们再讲。他说他可以十九年不换刀、不磨刀。当然这里有个前提,这个刀的质量得非常好。而且他描写说是这个屠宰人员他的动作像歌舞一样,既符合音乐的节拍、也符合舞蹈的节奏。这个太少见了,就把劳动写得这么美好,这个在古书里面太少了。

这个描写让我想起来,当年的苏联文学里头喜欢写这个,就是把劳动变成艺术,把劳动变成创造。因为马克思有这个理论,就是当社会进入了共产主义,劳动首先是乐生的要素,不是为了谋生、不是为了糊口,而是为了快乐,为了自我欣赏。庄子能把宰牛这样一个劳动说成像跳舞一样,动作的节奏就和音乐一样,虽然有几分夸张、有几分忽悠,但是又有一种把劳动的技巧和大道相通、相衔接起来的这么一种意思。他说,"彼节者有间,而刀刃者无厚,以无厚入有间,恢恢乎其于游刃必有余地矣。"一个牛的骨头节与骨头节之间是有空隙的,而这把刀的刀刃是没有厚度的,这个刀得薄到什么程度呢,近于零。你拿着一个近于零的刀刃,正好切到那个骨节和骨节之间的空隙之中,"有间"就是有空隙,那个刀在那空隙里头切下去拿上来、再切下去再拿上来,宽宽的,对于这个刀来说,整个一条大马路一样。你这个刀本身薄得简直差不多是零,而那个空隙,一把刀,十把刀都可以切下去切上来。所以这里头出了一个词叫"游刃有余",庖丁解牛,游刃有余。

"游刃有余"也变成了一个非常美好的成语,当我们说一个人他的技巧高明,智慧高明,做事熟练,善于处理各种麻烦问题,我们说他游刃有余。说这个事很麻烦,别人去了没法办,甭管他是外交上的事、内政上的事,是群体事件上的事,还是自然灾祸,还是工伤事故,反正遇到这些很麻烦的事,或者是人群之间的利益争执、利益分配上的问题,世界上有许许多多麻烦的问题。别人到那儿去,话都说不出来了,别人到那儿以后面红耳赤,进退失据。但是呢,这个有智慧的人他去了以后,有智慧、有技巧、有经验,解决起来游刃有余。他觉得很舒服啊,很好办啊,本来事情就是都是可以解决的嘛,可以协调嘛。这个"游刃有余"也已经被我们整个的民族所接受,成为我们所向往的一种境界,我们不仅仅是用它来养生,尤其是用它来形容政务、公务、事务、生产、经营、人际关系的种种复杂情况的时候,那种得心应手的状态。我们中华文化非常强调这个,中华文化不赞成、不推崇硬干、硬打、硬干、硬拼,而提倡的是举重若轻、游刃有余、叫艺高人胆大,就是你在一种完全有把握的情况之下,什么困难都不在话下。庄子在他的内篇《养生主》当中描写了这么一个故事,描写了这么一个场景,从这个场景能够给人以启发,从这里边可以悟到养生之道。

那么这个一九四九年新中国以后,讲《庄子》的人、读《庄子》的人一般的就是强调什么叫"游刃有余",什么叫"以无厚而入有间",就是万事万物按照它的客观规律来办。你的刀不会卷刃,你不会伤害这个钢材,也不会产生不应该产生的高温。那实际它给人的启发呢,就是一个人进入到高度智慧的阶段,他应该力求避免那种硬碰硬的此消彼长的状态,而更多的情况之下是化解这些矛盾。你说这个肉长在骨头上,肉和肉之间、骨节和骨节之间都有筋啊有什么的,本来这是很难下刀的地方,咱们要是自己在家里面,你别说一只整牛了,你一只鸡都得剁半天,都能毁着刀。但是庄子告诉我们,世界上许多事它是"有间"的。这个有间无间又变成了一个哲学名词,有间无间这个词后来又被佛学所用,变成了佛学专用的词。"无间"就是没有间断、没有空隙。

"间",在中国常常"用间",指的就是利用敌方的矛盾。在军事斗争当中,我们有这个间谍战,间谍。在中国随着庄子、随着佛学、随着兵法的讲究,很多人研究这个"间"的问题。什么是间?什么是无间?香港有电影《无间道》。庄子把这个东西作为养生的主体,他提倡的是一种什么样的养生呢?是一种有信心的、不急躁的、不过度的、自然而然的一种养生。这个养生它并没有什么稀奇古怪的说法,每天煮二十斤绿豆啊什么的,它没有这些稀奇古怪的说法,而是自自然然的。这个我就想起周谷城老师,当年他九十好几岁了,耳聪目明,身体很好,我曾经请教过他的养生之道,他告诉我说,我的养生之道,三个字:不养生。他有点老庄的意思,我不为这事操心,我该吃吃,该喝喝,该休息就休息。表示出对生命的存在状态的一种达观、豁达,一种自然而然的人生的选择。这是非常有趣的。

　　从这里头我们又看到,这个庄子比较特殊,在其他的许多许多书里很少有花这么多篇幅来讨论生命问题,讨论生死问题的。庄子一次次的,在《齐物论》里面也说,在《大宗师》里面也说,在《德充符》里面也说,他没完没了地宣传、表达一种思想,一种什么思想呢,就是用最充分的心态,最自然而然的心态,最淡定的心态,最尊重自然的心态来看待生死。古今中外的许多书里,能够像庄子谈得这么透、谈得这么淡的,非常少。庄子在《大宗师》里说,"死生,命也,其有夜旦之常,天也。"人呢,有生就有死,有死就有生,这是命运所决定的,或者说这是生命本身所具有的特点。它就像白天完了是黑夜,黑夜完了是白天一样,这是一个最正常的规律。"天也",这个规律不是人制定的,而是天然的,是天所具有的。庄子在其他的地方又说,要认识到生死存亡是一体的,生死一体。你生的开始就是死的开始,他叫方生方死,方死方生,生的开始死就开始了,死的开始又是生的开始。他还说,"以无为首",就是万物万事它这个头是并不存在,是无。"以生为脊",以生为脊背,那么这中间是生。先是无,后是生。"以死为尻",尻就是一个尸字部,里面一个九字,就是尾椎骨,尾巴骨。就是整个生命的过程原来它是无,然后有了生命,这个是中段,主要的阶段,然后结束的时候它是死的。他说这是一个最正常的现象。

　　庄子有几句话自古以来被人们所传诵,尤其是一些知识分子,非常喜欢他的几句话。他说,"夫大块载我以形,劳我以生,佚我以老,息我以死。""大块"就是世界,就是大的存在,整体的世界的存在,就是天地。"大块载我以形",这个"载"我想把它稍微现代化一下,就是大块把这个形状下载下来了,给了我一个形体,就看得见了。要不然我还潜藏在不知道哪个角落呢。天地给了我一个形体,给了我一个下载的形体。这个形体实际上并不属于个人,是天地给的，怎么会是你个人的呢，你出生以前哪有你这个人啊，没有你这个人。所以是"大块载我以形"。"劳我以生"，或者也可以读"劳(lào)我以生"，那么为了生存我就要很辛苦，我得劳动，我得干很多活儿，我得忙碌，我不能生下来以后就坐享清福，这是不可以的。"大块载我以形，劳我以生，佚我以老"，然后看着我慢慢地老了，就让我稍微舒服一点，安逸一点，少干点活儿，养老了嘛，颐养天年嘛。"息我以死"，我也下载下来了，我有了体形了、有形状了、有这个形体了，为了活着，我也忙碌了、我也劳累了、我也劳动了，我年老以后我也颐养天年了，我也该休息了。休息是怎么休息呢，就死了。他说得很惊人啊，他说"故善吾生者乃所以善吾死"——所以一个人你要善待你的生命，那么你也要善待你的结束。这生命本身它如果没有死亡的结束，你的生命并不完整啊，你死亡了，才算走过了这一圈，完成了你整个人生的旅程。"善吾生者"，我要善待、我要喜爱我的这个生命，我要珍惜我的这个生命，那么同样，我也善待我的这个句号。我希望每一个人都善待自己的生命，不要自己糟蹋自己，不要较劲，不要老觉得别人亏着你二百吊钱，不要老是给自己找痛苦。同样，每一个人也应该用最自然、淡定、达观的心情面对自己年老、面对自己的结束，不要怨天尤人，不要诅咒天地，不要认定了自己这一生最冤屈，好像别人都是占了便宜的，只有自己最冤屈。庄子的这个说法太可爱了，你做得到也好，做不到也好，没有关系。一想到自己最后还有那么一回事，挺恐惧，心情很沉重，很不快，这个也是难免的，谁没事琢磨着说：该死就死吧，死快点来吧。很少有人这样想的。所以你做不到也没关系，但是你要知道世界上有这种说法，早在两千数百年前就有这种说法，"大块载我以形，劳我以生，佚我以老，息我以死。故善吾生者乃所以善吾死也。"这是非常高级的说法。

当然，庄子在谈到生死问题的时候，他也有些比较过分的叙述。譬如说写庄子的妻子死了，他"鼓盆而歌"。任何东西你过分强调一个方面,就反而不自然了。以我的理解呢,小孩生下来了,过满月、过周岁,非常高兴,请很多人吃饭,这个是一个很自然的事情。那么你的一个亲人离世了,你有点悲凉,掉几滴眼泪甚至于痛哭一场,这也很自然。痛哭一场也不等于说你就不接受这个事情。所以庄子也有说得过分的地方。

但是庄子在谈到生死问题的时候还有一句话,这句话也成为非常好的成语,这就是"薪尽火传"。庄子说,"指穷于为薪,火传也,不知其尽也。"你手里拿着一个火去点柴火,这柴火一着了呢,你原来点的那个火——那个火现在也可能是火柴、也可能是打火机。要在过去呢,我小时候还有火镰、火石、火绒,拿着火镰,就是一个铁的、钢的东西,在那个火石上打,"嘣嘣"砸,打出火星子,火星子掉在火绒上,开始冒烟,这时候你"噗"一吹,它火苗就起来了——你点燃了这柴火呢,原来用来取火的这个东西就没有用了,或者它就烧完了。就是那个点火的、引火的东西很快就会烧完的,这个柴火是不断变换的,可能是纸捻,还有的地方用桦树皮,用很薄的树皮,是专门用来引火的,但是那个火种仍然留着。"不知其尽也",它没完没了,火是可以传下去的。

这个说得也非常美。生命就像火,一个一个具体的人就像柴火,柴火有烧完的时候,但是生命之火仍然存在。尤其我们有时候讲到一个大师、一个学问家,这个学问家他有徒弟,他的学问就像火一样,他的徒弟师承了他的学问,就等于把他的火接过去了。老师慢慢地老了,八十岁了,九十岁了,一百岁了,当然也有离世的那一天,但是学问不会断,火仍然在传着。所以生命既有它短暂的一个特征,又有可以延续这样一个特征。从个体来说,它是非常短暂的,就跟一根柴火棍一样。但是从整体、从集体、从整个人类或者是民族、国家来说,它又是不断地延续、不断地传承的。所以庄子对待生命的态度,确实有高人一等的地方。他提出了"薪尽火传"这样一个命题,有的地方叫"薪火相传",让人感觉到生命的另一面，它像火种一样，个体是有尽的、有限的，而事业、学问、道德、文章、智慧是一代一代一代地传下去的，这令人安慰也令人产生一种很阔达的感觉。这种感觉是读庄、论庄、与庄共舞的时候的一种精神享受。

第九讲　妇姑勃谿与虚室生白

今天呢,是第九讲,第九讲我们也是从两个成语说起,就是"妇姑勃谿"与"虚室生白"。"白"在这个地方应该念"bào",虚室生白(bào)。妇姑勃谿,"妇"是儿媳妇,"姑"是婆婆,"妇姑勃谿"就是儿媳妇跟婆婆吵架,或者婆婆和儿媳妇拌嘴。这个话引申出去作为一个成语,它还有一个意思,就是两个人进行比较低层次的鸡毛蒜皮的那种斤斤计较和拌嘴,就是这么一个意思。可是在我们没有认真研究以前,也没想到这个话是从庄子那儿开始用的,我们知道庄子喜欢谈一些特别的又高又玄又抽象的大问题,有稀奇古怪的思索。但是庄子有另一面,接近现实的一面,接地气的一面,他有些特别实在的说法。譬如他说,"室无空虚,则妇姑勃谿"。什么意思呢,就是房子小了,没有足够的空间,婆婆跟儿媳妇就容易吵架。类似的事我们后面还会讲到的,就是这种非常具体的人间的这种现象。庄子还讲过醉汉不伤,人喝醉了酒,从马上摔到地下反倒不容易受伤,等等这一类的。今天咱们就说这个"室无空虚,则妇姑勃谿",房子太小了,婆婆儿媳妇容易吵架,这倒也不是绝对的,也不是说吵架的原因只是因为房子小,好像庄子在两千五百年前已经关心到咱们老百姓的蜗居问题。还有人说,俩人吵架的原因并不是房子小,婆婆儿媳妇是由于种种原因,难以相处得很好。但这也是事实——如果一个房间大一点呢,互相还躲得开。如果对你实在不感兴趣,我低下头,我这儿择菜。你对我不感兴趣,你在那个对角线的那头你切肉,二人之间有距离,互相不干涉。如果说这个厨房只有四平方米,是不是,你走道急一点你就撞到了对方。你咳嗽一声对方就吵得、烦得不行,它就加剧了这个矛盾,这也是事实。

但是庄子的用意还不是解决房子问题,这《庄子》里头没有解决发展房地产啊、解决保障用房啊,或者是实行住房公积金啊,它没有这些内容,它是一个比喻,它比喻的是什么呢,是人精神上也需要有足够的空间。

他这话是怎么说起的呢,他是说惠子批评庄子,说你说了一大堆话都是没有用的话——在《庄子》里面已经不止一次谈这个有用无用的问题了。庄子就给惠子打了一个比喻,说了一个寓言,他说这个天地非常广大,上边是天,脚底下是地,地方非常大。而人所需要的地方就是你能站得下,能把你这俩脚放上,有用的地儿就是这点地儿。譬如说我这么一站,我这两个脚底下这点地儿是对我有用的,其他地方对我都没有用。他说,咱们把这人研究一下、判断一下,他这一生都会到哪些地方,他的脚都会走到哪些地方。把他的脚会踩的地方咱们留下,脚踩不到的地方,没有用的地方全给它挖掉,一直挖到黄泉,一直挖到很深很深的地方。他说这种情况下,这人还怎么使用这个地面呢,比如走路,你按照他的那个脚……譬如说他穿四十二号的鞋,按四十二号鞋的样子、大小你给他留出来,左脚的地儿、右脚的地儿,左脚的地儿、右脚的地儿,这人还能走路吗?除了这些脚的地儿别处都是深坑,一直到黄泉。譬如我在这儿讲课,这个椅子四条腿,四条腿留四个地方,我这两个脚在前面放着,留两个脚放的地方,甚至多留一点儿,让我的脚也能动一动。然后我来,我从那边上台,那边把脚印都留出来,和我的步子、和我的脚的大小、和我的身材高低、走路习惯完全符合,那么这还能走吗?这庄子是真能抬杠。但是他讲得非常深刻,他是说人需要的不仅仅是那个你直接有用的东西,人还需要空间,还需要有活动的天地。这里头庄子很喜欢用的一个概念就是"游",游泳的游,也是游玩的游,现在这个简化了,就都用这个三点水的游了,就过去来说,还有一个走之旁的"遊",即使是在繁体字时代,它有时候也是可以通用的。庄子说,如果能游,你怎么能不游呢?这个游是什么意思呢,就是活动。而且是一种比较逍遥的活动,不是被迫的那种活动,你能够游动、你能够凫走、你能够动弹、你能够转身、你能够活动,这就叫"游"。说能游的你怎么能不游呢,你不游的话,你不等于把自己捆在那儿了吗?谁愿意把自己捆起来呢?你一游呢,你就需要更大的空间,你就是不游,为了你的安全、为了你心理的平衡,你也需要更大的空间。所以他从"游"的空间一直联系到家庭和睦,包括婆婆和儿媳妇相处得好,也需要一定的空间。这个话说得很实在,也有相当的道理,那么刚才的这一段话是在庄子的《杂篇》里,这《杂篇》,按一般的分析,是他的一些弟子和庄学这一派的人事后写的。事后写的也罢,它和《庄子》整个的风格是接近的,它的故事是非常精彩的,它讲这个精神空间的扩大,这个例子举得特别好。这两个例子都好极了,尤其是"妇姑勃豀",已经成了无人不知不晓的一个成语、一个俗话。

在《庄子》的前半部分,就是《庄子》的《内篇》,被学者们认为确实是庄子自己撰述的。《内篇》里头还有一个类似的成语,这个成语稍微雅一点、文一点,没有那个"妇姑勃豀"覆盖的面那么广,叫"虚室生白(bào)"。虚室生白是什么意思呢?就是你这个房间,室啊,办公室的室,就是房间。你这个房间越虚,放的东西越少,空越大,它就越亮。"生白"要用最通俗的话来说,就是这个办公室这个墙都显得白,看什么东西都白亮白亮的。为什么呢,东西少。你东西太多了,就显得采光也不好了,你的视线到处受到阻挡,堵塞、拥挤,心情也不好。庄子的这个故事也讲得极妙,而且他是从哪里讲起呢,是从一些政治问题讲起的。

他是假托孔子和颜回在讨论问题。颜回要到一个诸侯国家去,想要用儒家的一些道理去教育、说服那个国君,那个诸侯王。可是孔子劝他不要去，说你去了你说不过他的，你会说他也会说，你拿他没辙，最后你说服他的可能性很小，你非得老老实实听他的不可。然后颜回就说了很多办法，孔子说都不行，最后最后，孔子总结出一句话来，这句话叫什么呢，十二个字："瞻彼阙者，虚室生白，吉祥止止。"对这个"阙者"的解释，自古以来也是各式各样。你要让我解释呢，就是空间。两千多年以前，人们没有关于空气的概念，没有关于这个太阳系，地球、太阳系、银河系的概念，所以除了地面上这些实实在在的东西以外，看的都是"阙者"，都是空的，上天也是空的。譬如我在这儿坐着，这前面有花儿，有些植物，有听众，那么这些东西之间的空间都是"阙者"。"瞻彼阙者"，面对着、看着，"瞻"还有点往上看或者往远看的意思，遥望、远望这伟大的空旷。要是没有空旷还了得，如果这个地球是个死膛的呢，你旁边全是人，你一迈腿就碰见张三，你往后一退就撞到李四，那是不可能的。所以看着这伟大的空旷，你想一想，一间空屋子有多白多亮啊，这样一个又白又亮的屋子是多么的吉祥啊，"吉祥止止"，它是这么个意思。而一个死膛的房间，里面装满了乱七八糟的垃圾，是多么不吉利啊，让人多憋得慌啊，多难受啊。所以庄子又从正面勾画了这么一个图景：由于你虚心，由于你不在自己的精神里头积累垃圾，你也就生活在白亮白亮的光辉之中，现在时兴的话，生活在阳光之中。而你生活在阳光之中是何等的吉祥呢！

怎么样能够扩大一个人的精神空间呢？庄子给我们多方面的启发。

第一，你减少你的成见。任何事情，都不要还没弄清楚呢，你先有一大套看法。你得抛弃成见，使你不像一个堆满了废物的垃圾堆，不像一个堆满了东西的储藏室，而是像一个亮亮堂堂的空屋子。这样的话，你看什么东西才看得清楚，在一个亮亮堂堂的空屋子里，你见到一个人，你可以把这个人观察得清清楚楚。你见到一本书，可以把这本书看得清清楚楚。所以第一要无成见。

第二，要无私欲。起码是尽量减少私欲，当有太多的私欲、私利掺杂在你对世界的认识当中的时候,你就会犯糊涂,你不可能弄得清晰。你本来是会见一个陌生人,但事先你得知这个人很有权力或者是很有财力,你跟他的见面能够给你带来很多好处。这样的话,你还没见到他,还没听他说话,你已经在精神上有一种向他倾斜、讨好,甚至要向他伸手的感觉了。这种情况之下,你能很客观地认识一个人吗?反过来也是一样,你还没见这个人呢,但是你已经获得了信息,这个人又穷又懒,什么事都给你办不成。那你早就烦他了,根本就不想见他。所以任何过多的私欲、私利、斤斤计较塞在自个儿的心里头,就像一间空屋子里头摆了一大堆垃圾一样。所以要无私欲。

第三,要包容。所谓海纳百川有容乃大,你不但要能够容下和你意见一致的人,而且起码也要能容下和你的意见不一致的人、不一致的说法、不一致的事情、你不习惯的东西。有很多东西是我们不习惯,还有许多东西是各执一词,各有其片面性。全世界的寓言太多了,伊索寓言、克雷洛夫寓言、中国的《庄子》《列子》《淮南子》里面都有许多寓言。但是对人的认识力最有启发的寓言,我最佩服的寓言之一就是印度佛教关于盲人摸象的寓言。几个盲人去摸那个大象,摸着象尾巴的就认为大象就像一个拂尘。摸着象鼻子的就说大象就像一个绳索。摸着象腿的就说大象就像一个柱子。摸着象身子的就说大象就是像一面墙。很多争论就是这样,你说的是象鼻子,他说的是象腿,他说的是象尾巴,他说的是象牙,他说的是象耳朵,各人各执一个片面。所以能不能够倾听和容纳不同的意见,这个太难了,也太重要了。党同伐异,这是一个非常自然的事情,意见和你相同,你非常高兴、欣欣然,咱俩意见不谋而合,英雄所见略同。而不同的意见呢,话不投机半句多,行了,别说了,越说咱们俩越来气。所以能够容纳、能够容得下不同的意见,就非常之好。

第四,《庄子》里面反复提到——古代很少有人这么提的——自己做判断。不要随大流,不要让别人牵着你的鼻子走。庄子在好几个地方说到这个,你喜欢的东西不见得你真喜欢,而是说大家都说这个好,你就喜欢了。你讨厌的东西、你否定的东西也不见得是你真知道它错,你从哪儿知道它错?你根本就没研究过这个问题,但是别人都说这个错了,错了就错了,你也就认为它错了,多一句、多一个字都不想听了。这不是也把自己给堵上了嘛。虚室生白它得有门窗啊,你把门也堵上了,把窗户也钉死了,还什么虚室啊,它怎么白亮白亮的啊,它一定是黑暗的。而且很多时候,我们的成见、我们的看法并不是我们自己的成见、我们自己的看法,很可能是我们人云亦云,跟着别人走的结果。应该说庄子也是很精通人情世故的。

第五,庄子提倡与时俱化。那时候还没有与时俱进的提法,他说与时俱化。"化"就是变化,在这里还包含着化解与适应的意思。事物是不断变化的,头一天、头一年或者头五年大家都认为公认正确的东西,过了一段时间以后,在不同的时间段、时间点上,又会有不同的看法。有不同的看法、不同的评价,这是完全正常的,所以要与时俱化,要有一种自我调解、自我发展、适应变化的能力。这样的话,你就不会使自己的精神空间里头充满各种的较劲,就能够接受新的说法。

第六就是要扩大自己的心胸,你要给自己的精神树立一个大的参照系。正像我们第一讲就讲了鲲鹏展翅,就已经要讲到说这个一个后背就有几千里的大鹏,它怒而飞,一飞就飞九万里。你脑子里都是几千里大的鱼、几千里大的鸟,几万里的飞翔,你就会知道有时候那些斤斤计较、那些不愉快、那些跟别人的摩擦、那些和旁人的甚至是和自己的亲人、自己的家人、自己的配偶所憋的那些气,实际上是非常不值得的。

这些问题,我们讨论一下、思索一下,做不到没关系。我常常说,庄子说的很多东西很高明,但不见得做得到。我很喜欢庄子,还跑到这儿给大家讲讲庄子,不代表我都能做到。我能做到天天虚室生白吗?我能做到绝对不自己给自己找别扭吗?我也做不到。但是你要学会思考,所以我说要有一个精神的空间。你房子可以小,可以是蜗居,家庭人口可以平均是三十平方米,也可以平均是十五平方米,也可以是平均五平方米,但是你的精神、你的气概、你的格局应该大。这是庄子的提倡。

庄子还有一个说法,说这个书尤其是古书,古书是什么呢,古书就是古人的鞋印,就是走在路上留下的印迹。我想,那个时候没有洋灰路,也没有柏油路,有没有石径我没有考证,主要都是土路啊、沙路啊,所以有比较清楚的鞋印——他有履啊,就是穿的鞋。庄子说鞋印并不等于鞋本身,这个话是什么意思呢,就是说我们不能被书捆住自己的手脚。读书的一个很大的乐趣,就是通过读书我们要还原他的鞋,而不是光看他的鞋印。通过还原鞋我们还要还原古人的脚、还原古人这个活人。对我们来说尤其是要还原庄子。因为庄子太有活力了,他的机敏、他的想象,他那种雄辩、那种机敏的回答和驳论,在先秦诸子也好,秦以后至今的诸子也好,少有其匹,你很难和他并肩的。他的说法之多,反应之快,寓言之多,故事之多,道理之稀奇古怪,太丰富啦。庄子好做险论,大家都认为是这样的事情,我偏不这么说,立论相当的惊险。大家都认为好的,他偏说坏事正是从这儿造成的;大家都认为坏的,他偏说它未必有多么坏。庄子有很多这些东西。

所以我们阅读《庄子》、讨论《庄子》,首先你要把庄子想象成一个活人,聪明绝顶,言词犀利,想象力丰富,上天入地没有他想不到的东西,没有他不知道的事。我们把庄子的这些议论、这些说法当做一种活生生的观念、当做一种生命的活力来体会,我们就不会自己把自己拘束起来,我们才能避免许多——甭管我们是男性还是女性——妇姑勃豀,婆婆儿媳妇吵嘴式的那种鸡毛蒜皮的无是非可言的无聊的争论。

第十讲　螳臂当车与儒道之争

现在我们讲第十讲,螳臂当车与儒道之争。

"螳臂当车"也是一个比较流行而且比较有趣的一个成语,说一个螳螂,一辆大车开过来了,这个动画片都有,这个螳螂就站起来,把自己那个细细的小胳膊举起来,要阻挡车的前行。现在我们往往是把这个不知自量、自取灭亡,甚至于是想阻挡历史的潮流前进的这样的人、这样的派别、这样的势力说成是螳臂当车。就是说你的那点力量、你的那点能量也不过就是像一个小螳螂把那个细细的小胳膊扬起来罢了。

历史上对这个故事写得比较详细的是汉文帝时期的韩婴,他的《韩诗外传》曾经有过一段描写,说齐庄公出猎,出去打猎,"有一虫举足"。这齐庄公打猎的时候看到一个虫子举起这个胳膊,它是说足啊,这个虫子都叫腿,不叫胳膊,虫子的前腿吧,举起前腿来要阻挡他的车轮。齐庄公就问,怎么回事啊?回答说这是一个螳螂,你从这儿走,它有点反对。可能认为你触犯了螳螂这一族的利益,也触犯了这个田野里的交通秩序,所以它很愤怒,它准备和你搏斗。请注意,这个故事的结尾是这么写的,"庄公曰:此为人,而必为天下勇武矣。"这齐庄公听了以后肃然起敬,说一个小小的螳螂敢阻挡我的大车——你想啊,齐庄公他的齐国在当时的春秋战国时期,他是一个大国呀,就是现在山东这边、胶东一带。齐庄公出去打猎那个动静也很大啊,带猎狗的、带猎鹰的、保护的,前边有打头阵的,后边有殿后的,还有带生活物品的,多少还得考虑到急救,如果追猎物期间万一碰着哪儿、磕着哪儿呢,他是个车队啊,很厉害的车队。一只螳螂居然不考虑自己力量的大小,勇敢地去阻挡。所以齐庄公肃然起敬,说它是"天下之勇武也",在天下它是又勇又武,"武"的意思是又勇敢又敢拼。"回车而避之",他看到了这个以后,掉头掉头掉头,赶紧下令掉头,避开这个螳螂。这件事传出去了,"天下勇士归之"。这个事传出去以后所有的勇士都来投奔齐庄公,说齐庄公最敬重的是那些舍生忘死、敢于出头、敢于一搏、敢于跟你拼命、不惜牺牲自己生命的勇敢的人。所以天下的勇士就都上他这儿来了。

所以这个螳臂当车是一个勇敢的形象,是一个舍生取义、杀身成仁的形象、是一个知其不可为而为之的形象。我力量不足,我的力量不是你的对手,但是我认为你错了我就冲上去。你反过来想想,如果很多人都能够有螳螂这个勇气,如果不是一个螳螂,是十万只螳螂都在那儿举着胳膊堵这个车,如果螳螂又感动了野马、野猴、野狗,各种的动物一起来阻挡,你齐庄公这打猎就搞不成了。这就跟电影《阿凡达》里最后说动植物都联合起来反对美国的那个开发商,这样一个悲壮的勇敢的形象。

但同时我们看呢,"螳臂当车"这四个字它滑稽,如果不是一个螳螂,而是一个猴儿,或者是其他的动物,一只虎或者是一匹野马,它形象就会好一点。所以形象本身有形象本身的逻辑,螳臂当车它滑稽,不管你怎么想,一个螳螂来阻挡一辆马车,而且是齐庄公的马车,还不是一般老百姓的驴车啊、牛车啊。所以它就成了一个喜剧的形象、反面的形象,再说得难听点儿,丑角的形象。螳臂当车。

但是"螳臂当车"这个故事写得比较动人也比较婉转的是我刚才说的这个韩婴的著作当中,这已经是西汉时期的著作了。淮南子的著作当中也提到过螳臂当车,但是根据现在的考察,最早提出来这个的不是淮南子,也不是汉朝的韩婴,而是先秦的东周时期的春秋战国时期的庄周,庄子。庄子没有细说这个故事,所以我的感觉,就是这个故事在民间已经有了雏形，老百姓已经有这种说法，所以他就提一提就是了。一个是在《人间世》，也是《内篇》里面的，庄子的文章说，"汝不知夫螳螂乎？怒其臂以当车辙，不知其不胜任也。"说你不知道螳螂吗，螳螂一生气，就用它的一条小腿，这里叫"臂"了，用它的手臂，想阻挡车辆的前行。但是它是不胜任的呀，它完成不了这个任务，它没有这个实力啊。庄子很简单地这么一说就过去了，说明"螳臂当车"在当时是以一个已经被老百姓接受了的俗语，而且是以"自不量力"这样一种含义被接受的。

而庄子在后面在《天地》当中讲得稍微详细一点。他说有一个人叫将闾葂，将闾葂见到一个贤人叫季彻，根据先贤的说法，这将闾葂他不是姓将，他是姓将闾，叫葂。季彻呢，是姓季，叫彻。将闾葂见到季彻就说，说他将闾葂被鲁君，鲁国的君王接见，而且非让这位将闾先生讲一讲治国平天下之道。他说我被逼得不得已了，本来我不想多说话的，他实在问我，我只好说话。我跟他说，"必服恭俭，拔出公忠之属而无阿私。"什么意思呢，我告诉这个鲁君说，你作为一个君王，你应该对人恭恭敬敬。俭呢，就是不要奢侈浪费，这是物质上；还有在精神上，你也自己应该慎重，不要任意地说话，不要任意地做决策，不要动不动就出新主意。还有呢，你要提拔那些真正出以公心的大公无私的对人很真诚的人，提拔他们来做事。不要提拔小人，不要提拔那"阿私"，就是阿谀奉承，为了私利而阿谀奉承的人，这样的人你离他们远一点儿。这有点像这个诸葛亮说的"亲君子而远小人"。他认为汉朝的皇帝做得好的呢，他是亲信，亲君子而远小人，找那个大公无私的、忠实可靠的、不讲私利的这样的人做事。而你这一个朝代搞得不好，搞得国事不佳，搞得危机四伏，因为你是亲小人而远了君子。你专门找一些给你拍马屁的小人，那你肯定失败。

我们读到这儿，觉得他说得也很一般，没有什么很新鲜的，但是也很有道理。你本来就应该恭恭敬敬地对待你的臣民，应该恭，应该俭，你应该谨慎从事，爱惜民力，不要轻易地挥霍，让老百姓替你卖命。另外你提拔人，用人方面——这也看出中国自古以来对一个君王的评判要看他用什么人，他用的是君子还是小人，是大公无私的人还是阿谀奉承、溜须拍马的人。中国老百姓很聪明的，他一看就能看出来你用的什么人，老百姓他是有一杆秤的。这个我们觉得也很符合常识。

但是季彻呢，一听这个，"局局然笑曰"，局局然就是形容他嘻嘻嘻地笑，有点不屑，有点觉得可笑，多少带一点嘲笑。季彻嘲笑说，"若夫子之言"，按您老先生的话，"于帝王之德"，对于帝王所追求的那个德行。这个德可以指德行，也可以当获得讲。古文里头有时候"德"就是"得"，道德的"德"就是得到的"得"。说对于真正的想做帝王的人，你刚才的那些话不过是"螳螂之怒臂以当车轶，则必不胜任矣"。你刚才的这段话就像螳螂举起小胳膊要阻挡车辆的前进一样，你无法胜任，你没有那个实力，你想做的事你根本做不到。

所以这个很好玩，所以我们又可以设想，到了韩婴时期，他想挖掘这个故事，使这个民间已经流传的螳臂当车的故事变得更丰满、更有深刻的意义。所以变成了齐庄公的事，而且通过齐庄公表达对勇士的尊敬、礼让，表现齐庄公的贤德，也感动了天下的勇士。韩婴有可能是这个意思。

那么前面说的庄子的说法呢，就牵扯到了《庄子》整个书的当中对孔子、对儒家的批评。他对儒家的批评是什么呢，大致来说，庄子认为——当然老子的很多思想跟他也一致——儒家说了你很多好的话，这些话非常好，但是你是做不到的。你做不到的你就徒增烦恼，只能搞乱思想，甚至于变成巧伪之言。你说得好听，但是是空话，是没事找事，是把简单的问题复杂化，是对老百姓的误导。老庄他对儒家有这么一种批评。这种批评一开头你听着还有点费劲，既然都是好话，那不是很好吗，好话总得有人说呀。

不是，我们必须分析当时的这个时代的情况。当时的情况是什么呢，东周的所谓中央政权已经式微，它日渐衰弱，而各个诸侯坐大，尤其其中几个大诸侯，春秋五霸、战国七雄，这些人掌握了实力，每一个人都想着开疆拓土，想着争地盘、争旗帜。他要会盟，他要当盟主，要统一天下，要扩大自己的权力。因此，这些诸侯君王包括他们的大臣，包括他们的谋士，一心想着的是权力之争，权力、地盘、财富，兵强马壮，战求必胜，如果不战而胜就更好。政治的、军事的、经济的各个方面的斗争，争霸权、争旗帜、争影响，也争所谓的外交，其实在那时候都是中国内部的诸侯国家。

　　见到这种举国混乱、莫衷一是的局面，诸子百家都开出自己的药方。孔子追求的是制定合情合理的道德规范，建立示范性的人际关系，最美好的人际关系，这样我就能够把各种纷争、各种流血消除于无形，没等你发生我就把它消除了。为什么呢？大家都按一定的道德规范来做，君君臣臣，父父子子。对君，我有对君的要求，你的行为、你的言论要符合一定的礼级，你做事，你待大臣、待人民——待民人，因为那时候还不太时兴说"人民"——应该有自己的规范，所以这叫"君君"。君应该像个君的样子，臣也应该像个臣的样子，我们说要有明君、要有仁君、还要有贤君，君呢应该明、应该仁、应该贤。臣呢，臣应该忠，臣也应该贤。"父父子子"也是这样，父既应该有慈爱，也应该有自己的严格教诲下一代的责任，所以应该是慈父，也应该是严父，你光慈不严、光严不慈是不行的。儿子呢，应该孝敬你的父母，等等。

　　孔子的想法就是在这个失范的情况下，在社会失范、政治失训，君不像君、臣不像臣，名不副实的情况之下，辛辛苦苦地要求树立一种合情合理的道德规范和行为准则。行为准则使我们做什么事都有个规矩，所以为什么中国人民对孔子一直有非常高的尊重呢，甚至说"天不生仲尼，万古如长夜"，如果没有孔子的话，到处还是漫漫长夜，没有规矩啊。以至于儒家思想传播到了一些东亚国家、东南亚国家，他们也觉得孔子定的这些规矩都非常好。

那么庄子却提出君王之德,君王的注意力、兴奋灶不是在规范上,而是在权力上,在地盘上,在旗帜上,在政治影响上,是在实力上。庄子这个话说得对不对呢,也对。孔子在世的时候推行他定的规矩,到处碰壁。而老子、庄子他们开出来的药方是少定规范,不要把这个人际关系弄得那么复杂,越简单越好,恢复到原始的天性和本性上去就行了。老子的基本的理论在《道德经》里已经说了,"大道废,有仁义",就是人们已经背离了大道了,你才给他讲仁义道德、讲一堆的规矩,给他树一堆的标准。"国家昏乱,有忠臣",你没完没了地在那儿强调要有功臣,这说明你的国家已经乱了,你这国君已经控制不住局面了,否则讲那么多忠臣干什么呀。"六亲不和,有孝慈",说你家里头天天还要讲子女要孝、父母要慈,说明你六亲不和,你家里根本就是父母没有疼爱,也没有教育自己的子女,子女也不知道孝敬自己的父母,所以你才没完没了地叫,你如果家里情况很好,你讲这个干吗。

所以老庄主张的是不要进行教化,越进行教化这思想要混乱,有做假的、有过分的、有以教化之名控制别人的、有对教化的定义不一致在那儿打得头破血流的。那我们不如回到那个最简单的生活方式,庄子讲,老百姓的天性自然知道的,饿了就要吃嘛,渴了就要喝嘛,连老鼠都知道挖深洞避免你的挖掘嘛,连小鸟都知道高飞避免你的弓箭、避免你的弹弓子嘛。那老百姓有什么不懂的,他们当然都懂啊,他们没事去干坏事干吗,干坏事他不是找惩罚吗。让大家回到小国寡民,鸡犬相闻,老死不相往来的这个时代,不就好了吗。庄子和老子他们的这些说法听起来非常高明,但是在某种意义上更不现实。你嘴里这么一说,什么都不做,大家就都又回到原始社会去了?都高高兴兴地在那儿过日子,饿了就吃,渴了就喝,房屋能够避雨,穿衣服能够避寒,吃东西能够果腹,就行了。这是不可能的。所以他们互相责备,尤其是道家老庄这边儿,他责备儒家,说你宣传的这一套规范拿到实际里头去你做不到,就像螳臂当车一样。为什么像螳臂当车一样？我们想一想，我们看东周列国，看《东周列国志》，能看到几个君王、几个大臣在那儿天天进行道德的教化、道德的训诫啊？相反的，他们整天想着自己的权力怎么扩大，不但要跟自己的领土之外的君王斗争，而且本身也陷入恶斗之中。国君与皇室的亲属之间，可能是兄弟之间，也可能是父子之间、夫妻之间，这是家里的。君与臣之间，臣与臣之间，这个说他忠，那个说他不忠，这个给那个下眼药，那个给这个进谗言，到处都是这些事情。证明儒家的规矩并不能够完全做到。

我们再举一个例子，咱不用别的，就看看《红楼梦》，甚至看看《金瓶梅》，《金瓶梅》咱们不要老去琢磨它那些比较趣味低下的描写，你看当时那个社会的情况，有多少人，尤其是这些大人物，他是按照这个道德的规范来做的？所以庄子说了个"螳臂当车"，这个很刺激，也很深刻。

但是如果你因此就贬低儒家文化，你就低估了孔子的影响，你也是傻子，也是愚蠢。为什么呢？叫"礼失而求诸野"。按照现在学者的说法，真正按照儒家甚至是按照道家的方法来治国，而取得一定的成效的，只有汉代的"文景之治"。汉文帝、汉景帝的时期差不多，实行仁政，与民休息，比较照顾老百姓的利益，天下无事。可是呢，我们必须看到一点，就是在人民当中，在世人当中，在读书人当中，大家真正接受的还是孔子的学说。我们还是要以道德的标准来衡量一个政权，大家接受的仍然是以德治国的理念，"天下唯有德者居之"的理念。因此，这种孔子的儒家的道德规范，虽然不可能百分之百地照着去实现，它却成为对权力结构的一种文化监督和道德监督。所以我们不管怎么欣赏庄子，他的思想的不羁、意见的犀利、语言的俏皮，我们也不能跟着庄子把儒家否了，把儒家否了你就跟中国的文化传统和人民当中长期积淀下来的是非观念脱节了。说句开玩笑的话了，咱不是有个词吗，自绝于人民，你如果把儒家否定得一文不值，你就是自绝于人民了，你就跟老百姓说不到一块去了。但是你如果认为用儒家的这一套就能够"半部《论语》治天下",那你也是自绝于智慧、自绝于历史的经验了。所以我们从"螳臂当车"这样一个小小的寓言故事,可以想象、也可以看出我们中国文化传统当中儒道之争的背景和它的意义。

第十一讲　庄生化蝶

今天我们讲《庄子》里头可以说是最流行的、最脍炙人口的一个故事，就是庄生化蝶，或者说庄生梦蝶。

在咱们的传统里头，尤其是在文学和艺术的领域，干脆就管它叫"蝴蝶梦"。后来这"蝴蝶梦"变得很通俗，台湾那个关于包公的电视连续剧的主题曲就叫《新鸳鸯蝴蝶梦》。但是"蝴蝶梦"最早是从庄子那儿来的，《庄子》的《齐物论》最后结束的时候，就那么短短的几句话，说"昔者庄周梦为胡蝶"，从前这个庄子他梦见自个儿变成了蝴蝶了。"栩栩然胡蝶也"，栩栩如生，很活泼的一只蝴蝶。"自喻适志与"，他挺可心，适志就是说他挺可心。"俄然觉"，忽然他醒了。"则蘧蘧然周也"，他吓了一跳，一惊，哎哟，我敢情还不是蝴蝶，还是庄周。"不知周之梦为胡蝶与，胡蝶之梦为周与？"是庄周做梦梦见自个儿成了蝴蝶了，还是蝴蝶做梦梦见自个儿成了庄周了呢？

这故事太迷人了。我小的时候，不知道它有这么多含义。但是我就想，世界上怎么有这么好的故事啊，怎么能有这种想象力呢！他梦见自个儿变成了一只蝴蝶。我没梦见过变成蝴蝶，但是我梦见过在天上飞，这个我确实也梦见过。但是飞了半天也还不是蝴蝶，那份形象我没有。但是它最妙的是说，究竟是我庄周在梦中变成了蝴蝶，还是蝴蝶做梦梦见变成庄周了？我压根儿本来就是蝴蝶，现在变成庄周了，在这儿又讨论哲学问题，又讲故事，又和诸子百家研讨哲学、研讨政治，又和惠子辩论。这问题提得太怪了，提得太神奇了。而且我要说,提得有点悲哀。

一个人敢情活了半天闹不清自个儿是谁,闹不清什么是梦什么是真实的人生。在《齐物论》里前面的一点,庄子已经在不断地说这个事,说你说了很多话、做了很多事,很可能你是在那儿做梦呢。那么我说你做梦呢,也很可能是我在做梦。梦中有梦,你那儿做梦碰见我了,结果我这儿也做梦,我说哎哟,你这不是做梦嘛。梦中还有梦。究竟什么是梦?什么不是梦?什么是梦的主体?什么是梦的表象?这没准儿。只有大觉才能明白大梦,你梦得忒深了忒厉害了,你得有大的觉醒,根本的觉醒,你才明白:哎哟,原来我一直是在那儿做梦呢!可是你没有大觉醒的话呢,就是我做梦,我就是在那儿做梦。这有一点消极,我的感觉是还有一点悲凉,因为一个人他不能把握自己,不知道究竟自己的身份是什么、自己的本质是什么。他没有把握绝对地说这个就是梦,那个就是真实。

真实有时候会变成梦,梦有时候也会变成真实。梦变成真实,梦想成真嘛。你一直想着你能有很多的成绩,现在做到了;你一直想到人民大学当研究生,现在你做到了,这是梦想成真。但是真变成了梦也有啊,你曾经沉溺在一个自己想着高兴的事里头,最后没办成,尤其是爱情上,年轻人的爱情常常有这种情形。所以这个蝴蝶,蝴蝶又回过头来又变成庄生,庄生回过头去又变成蝴蝶。我老觉得这是一个凄美的故事。

为什么说它有几分凄凉呢?因为它碰到了一个问题,一个很大的问题,一个现代乃至于后现代的哲学家最喜欢讨论的问题——人的本质是什么,人的身份是什么。庄子原来写这一段时候,他是说梦与非梦之间,这并没有严格的界限。所以不仅"齐物",梦与非梦之间也可以齐。你可以是在做梦,也可以是真事;真事等到一切都过去以后也不过是一场春梦,你梦中的有些东西最后可能变成了真实。他只是这个意思。

但是一不小心,他碰到了一个后现代的大问题,就是我们的身份是什么。全球化,这个是当时庄子想不到的。全球化时代大家交流得很多,这样,一种强势的文明、强势的价值观念、强势的哲学观念很快就征服了大家。甚至一种强势的语言,比如英语是现在世界上强势的语言,你会英语就有很多很多的方便。尤其有些比较小的民族,人数也比较少,它语言又缺少这些表达现代观念的这些词汇,所以最后就会有一批人,这批人说的是英语,接受的价值观念是最强势的价值观念。然后最后找不着自个儿了,我究竟是谁?我又不像英国人、又不像美国人,我又不像欧罗巴、也不像美利坚,所以他就产生了一个问题,就是我究竟是谁?我的自我意识应该是什么自我意识?但是你要简单地说,又很简单——打你一下你疼,这说明你有自我意识;谁饿了谁自个儿知道,这也是自我意识。

但是人还有一个自我意识,就是他要对自己本身有所思考,有所反思。所以这个庄子在两千数百年前——有说是两千五百年的、有说两千三百年的——他就提出了一个问题:一个独立的人,这个人他的身份是什么,他的实质是什么,他是从哪儿来的,他到哪儿去,他和梦的关系是什么,真实和梦的关系究竟是什么。这是一个问题。

我们有时候还从另外的意义上,从另外的意义上来理解这个"蝴蝶梦"。在一九八〇年初,实际上我是一九七九年底写的,我写过一个中篇小说就叫《蝴蝶》,那是写"文化革命"当中一个人的命运大起大落,有时候他就感觉到自己糊涂了,不知道自个儿是谁了。你本来是一个,譬如说一个农村娃,一个放羊的,后来被这个历史的大潮流卷进来了,变成了革命人了,变成了胜利者了,变成了权力的掌握者,变成了被尊敬、被跟随、被拥戴的一个人。然后"文化革命"一开始,你又变成坏人了,变成了"三反分子"——反党、反社会主义、反毛泽东思想,这叫"三反分子",变成了走资本主义道路的当权派,变成了罪恶滔天啊,罄竹难书的那种人了。然后说一声"你解放了",你就又变成了社会的中坚力量。

在这种情况下,一个人也会开始有一种反思,就是我究竟是谁?

我是一个坏人混入了革命队伍？我是一个好人被诬陷成了坏人？这也有一个相反相成的思考，就是"我是谁"。我是谁，这是现代哲学里面经常讨论的一个问题，宗璞女士就写过一个短篇小说，这个短篇小说就叫《我是谁》。忽然把一个人揪出来，劈头盖脸地批判一顿，不但批判，又是坐喷气式又是摁脖子，甚至于还抽皮带，非说这个人是一个社会的公敌、人民的公敌。于是他确实不知道自己是谁了，自己究竟怎么了。所以这样一个"蝴蝶梦"的故事，它带来的意义、它带来的思考远远超出了庄子当时所说的人生无梦或者是谁梦谁觉、谁梦谁醒。

《三国演义》里刘备三顾茅庐，刘备到诸葛亮的住地去看望诸葛亮，那边诸葛亮说在那儿睡午觉呢，一直睡到日头偏西。然后诸葛亮一醒过来呢，他吟了一句诗，叫做"大梦谁先觉，平生我自知"。睡着大觉谁能够先醒过来呢，我醒过来了，我自个儿的事我自己知道。这里头同样也有庄子的这种故事、这种语气，所以文学上喜欢说一个话，叫形象大于思想。

这个庄子梦蝶的故事，一个蝴蝶梦的故事带来了很多很多的思想，这个思想里有梦与现实之间的区别，有对人生如梦的慨叹——虽然不是很健康、很阳光的慨叹。它还带了对自我身份的一个追问，就是我究竟是谁，我究竟是怎么回事。它还带来了对社会的命运的慨叹，就是人和人的命运有时候自个儿也掌握不住，就好像一只蝴蝶不知道自己究竟是庄周还是蝴蝶，或者一个庄周不知道自己是庄周还是蝴蝶一样。

在历史上，这个蝴蝶梦的故事深入人心，它本身的文学性在某种意义上甚至超过了它的思辨性。所以自古以来许多诗词、戏剧、戏曲里面都引用这个故事，我们都耳熟能详吧，也是家喻户晓的。李商隐的诗，"锦瑟无端五十弦，一弦一柱思华年。庄生晓梦迷蝴蝶，望帝春心托杜鹃。"在李商隐的诗里头他就引用了这个故事，说"庄生晓梦"，说的是白天做的梦，晓是早晨或者是早晨还没有起床以前。

《庄子》原文里头倒没有说他哪天做的、什么时间做的梦,可是李商隐把它理解成是庄子早晨的时候还没醒过来,正好做了这么一个梦,所以这个梦使他感到迷惘,"庄生晓梦迷蝴蝶",底下对的是"望帝春心托杜鹃",是传说一个做过帝王的人,他死了以后他把自己对人生的依恋变成了一只杜鹃鸟,把他人生的依恋通过这个杜鹃的叫声表现出来。"庄生晓梦迷蝴蝶"七个字,非常美,非常凄美。

宋代词人张炎,他又写这个故事,写在他的《西江月》词里头,"花气烘人尚暖,珠光出海犹寒",这个花的气息、花的味道还挺暖和;珠子是从海里头捞出来的,还带着一点寒气。"谩击铜壶浩叹,空存锦瑟谁弹",这也是讲李商隐的。"庄生蝴蝶梦春还,帘外一声莺唤",说庄生做梦梦见自己是蝴蝶,现在他从梦里头回到现实当中来了,他醒来的时候正好听到了帘子的外边有一声啼莺,莺就是黄莺,这个黄莺在中国古代一般的指的就是黄鹂鸟,听到了这个黄莺在那儿鸣叫。这个蝴蝶梦的故事就这么深入人心。

这个故事深入人心,还表现在我们的戏曲里头也有不少和蝴蝶梦有关的故事。譬如说最早的,在《三言二拍》里头就有这个蝴蝶梦的故事,它实际上变成了一个我们现在看实在是不高明,甚至有点恶劣。它说是庄子死了,心死。他的妻子有自己的一个情人,她的情人得了一种病,这种病需要用一个刚死不久的人的脑子,用他这个人的脑髓才能治她的情人的病。很多戏曲里头,很多地方戏里头,把这个蝴蝶梦恶劣化成什么呢,叫"大劈棺"。然后这个不太规矩、不讲规矩的这位女子吧,被说成是庄子的夫人,她就拿斧子把庄子的棺材劈开了。但是其实庄子没有死,他是要考验他的夫人。庄子的夫人劈开棺材,还要劈庄子的脑子,要用庄子的还没有完全死亡的脑子来救她的情夫,这实在是很无聊,很恶劣。我说这个事的意思呢,就是这个蝴蝶梦的故事它传下来了。

到了元朝,关汉卿的杂剧里面也有蝴蝶梦,他写了《包公三勘蝴蝶梦》。他这个蝴蝶梦也是从《庄子》的故事里来的,那么这个蝴蝶梦的意思呢,又有一个变化,变成了春梦,变成了男女之梦,变成了爱情之梦或者变成了比爱情更直白一点的那种带点黄色的黄梦。所以任何一个故事它都有很多的发展,这还是说明了这个故事的成功。

我借这个机会还想跟大家谈一个话题,就是在外国也有类似的故事。外国人也很喜欢研究这个问题:我究竟是谁,我是一个人,这个人究竟是什么意思。我是一个男人,这个男人究竟是什么意思。我是一个华人,我是中国人,这个中国人、华人究竟是什么意思。外国人也很喜欢研究这个东西,但是我们比较一下,他们和中国人这个心理结构有很大的区别。庄子在梦中变为蝴蝶,给人的印象很美、很优美,但是有几分迷惘,有几分凄凉,有几分对人生的意义把握不住,所以说他是"迷蝴蝶",他是惘然的一种心情。李商隐那个诗也是这样,"此情可待成追忆,只是当时已惘然。"

外国人呢,写一个人睡了一觉,发现自己不再是一个人了,类似的故事有很多,但是最突出的是卡夫卡的《变形记》。《变形记》写什么呢,它主要写一个叫格里高·萨姆沙的人是怎么发现自己变成了另外的物种的。他说"当格里高·萨姆沙从烦躁不安的梦中醒来时,发现他在床上变成了一个巨大的甲虫。他的背成了钢甲式的硬壳,他略一抬头,看见了他的拱形的棕色的肚皮。肚皮僵硬,呈弓形,并被分割成许多连在一起的小块。肚皮的高阜之处形成了一种全方位的下滑趋势,被子都没法把他盖严,他的许多腿显得可怜的单薄、细小,这些细小的腿在他跟前,在他眼皮下无依无靠的发出闪烁的微光"。这写得非常恶心,就是格里高·萨姆沙早晨一醒来呢,发现自个儿肚子是鼓着的,自己成了一个褐色的爬虫,带有甲壳的一个爬虫。有些甲虫肚子鼓鼓的,又分成很多小块,它也能够弯曲,能够变形,格里高·萨姆沙好像就是变成了类似这么一种昆虫,长着很多小腿。这个真是让人听着就是生理上有一种很麻麻痒痒的感觉。然后他写他的肚皮什么样、小腿什么样、身上的颜色什么样。这和我们前面所说的对自己身份的追问有关、靠谱、沾边,但是又不完全是对这个身份的追问。这和他对自己的命运的大起大落感到不理解也有关，但是又不完全是对自己命运的追问。

这里头很少有爱情的因素，我们想来想去，他这里头没有什么爱情的因素。一般的人分析，一般的理论家分析，卡夫卡的作品表现的是二次世界大战前夕，希特勒的法西斯主义在欧洲慢慢成了气候，所造成的这种压抑感。我们有时候用一个词，说资本主义的社会造成人的异化，使人不能享受一个人的尊严，不能享受一个人的独立的人格，不能发挥一个人的智慧，所以他就变成了一个什么呢，就变成了一个甲虫，用硬壳子把自己关起来。

卡夫卡这里头实际上带有一种非常严肃的社会批判的性质，就是说在这个二十世纪二十年代、三十年代欧洲密云不雨，战争的风暴即将开始的时候，人们的那种压抑感，那种不自由的感觉，那种自己对自己的生活感到厌恶、感到绝望的感觉。

从这里我们可以看出一点，就是中国的哲人——当然年代完全不一样——和欧洲的大作家，他们的思路、他们的风格、他们的情调的区别。庄子的故事构思得很美、构思得迷惘凄凉，他也不想解决这个问题，他也解决不了。因为他前面已经说了，这梦也可能就是梦，我说你做梦我这可能还是梦，然后我说我醒了，我醒了也可能仍然是梦，梦也是醒，醒也是梦，"此亦一是非，彼亦一是非"。你我、彼此、是非、正误，这些分别都是我所不能解决的，因此我只求我自己生活的逍遥自在，我也不较劲，我也不较真，我也不想跟你把这些事都掰扯清楚，死磕，我没这意思。但是人生仍然有它的美丽之处，哪怕是在梦中，我也变成了蝴蝶，"栩栩然"，而且"适志"，很适合我的志趣，就是我很可心、很如愿。这是庄子选择的一条道路。

可是卡夫卡这些人呢，他们具有一种很高度的挑战的精神。这个社会非常混乱，这个社会有一种异己的力量、一种非人性的力量，这种力量它压迫着你，使你感觉不到自己是一个活人。他有一种非常痛切的呼号在里面。你再联系卡夫卡的其他的故事、其他的小说，你就更会有这种感觉。类似的故事别人没有卡夫卡写得这么刺激，人都变成了飞人，变成了甲虫，变成了背一个硬壳和很多小细腿的爬虫，他没有写得这么过分。在其他许多作家作品中，最有名的就是契诃夫的《套中人》。他写一个人像一个套中人一样，即使是大晴天出门，他也要穿着雨衣要打着伞，他吓得不得了，他从来不敢放心大胆地过一天。

所以在古今中外的作家里面，我们不能不感谢庄子给我们提供了"庄生梦蝶"这样一个美丽、迷惘而且经得住咀嚼的故事。

第十二讲　浑沌之死与醉汉不伤

今天我们讲第十二讲,浑沌之死与醉汉不伤。

庄子的故事太神奇了,上次我们讲到一个非常美丽的故事,就是庄子梦见自己变成了蝴蝶。现在呢,我又讲一个特别神妙的一个故事,这个故事就是浑沌之死。

在《庄子》的内篇《应帝王》里头,他描写,说南海有一个神,这是一个最大的神,相当于一个帝王,他叫儵。北海有一个神叫忽。儵忽啊,我们现在还用这个词,意思是说快,"唰"就过去了,叫儵忽。就是这么一个儵,一个忽,他们一个在南海,一个在北海。中央呢,有一个天帝,一个神帝,这个神是谁呢,叫浑沌。南海、北海这个儵、忽呢,经常到浑沌这儿做客,浑沌经常当东道主,而且每次都给他们很好的接待,招待得挺好。南海和北海这哥俩就商量,说咱欠着情啊,浑沌对咱们接待得这么好,咱们得给他帮帮忙。这哥俩一商量呢,觉得浑沌有个毛病,浑沌嘛,他脸就像一个大鸭蛋似的,没有七窍,他不分眼睛不分鼻子耳朵嘴。两只眼睛、两个鼻孔、两个耳朵、一个嘴,正好七窍,有这七个洞才能有很好的视觉、听觉、嗅觉、味觉。儵、忽说咱们帮着给他开开窍吧,要不然老这么糊里糊涂的一个整鸭蛋,多不好啊。俩人就每天给他开一个窍,开到第七天,七个窍开全了,也把这浑沌给凿死了。

这个故事太神了,超出咱们一般人的想象力。儵、忽,变成了人神的一个名称,儵忽本来是副词,形容走得快、变得快、速度快。这儿呢,它变成了名词。浑沌本来也是一个副词或者是一个形容词,是一种状态,这个状态是什么呢,就是没有什么端倪,混成一团。这两个写法还都是通的,有的写"混",三点水一个昆字的那个;有的写"浑",就是三点水一个军字,浑然一体的浑。这两个字还都通,就是它是一种状态。一种什么状态呢,一种不把它分清楚,不把它进行分析,而是混成一团、浑然一体的这么一种状态。在这样一种状态下,他活得挺好,还能招待南海的倏和北海的忽,这都是神仙帝王了,还能招待他们。等到你把他这眼一打开,又让他长眼睛、又让他长鼻子、又让他长耳朵、又让他长嘴,他倒活不了了。

这个想法也特别让人容易联想到西方的一种说法,当然它们不一样,但是有某些可以靠拢、靠近之处。西方的说法是什么呢,就是《圣经》上所说的,原来在伊甸园里头一个男的叫亚当,亚当就是人了,Adam,英语里头有这个人名,现在也有很多人叫 Adam,这个原文还是阿拉伯语。这个人他需要有个伴侣,就用他身上的一根肋条骨,上帝用他的一根肋条骨做成了一个女人,就是夏娃。英语里头现在也有叫这个名字的,就是 Eve。德语里也有,希特勒的那个情妇——最后在苏联红军把他们包围以后,他们结婚了——就叫 Eve。亚当和夏娃生活得非常幸福,但是他们受了魔鬼撒旦的诱惑,魔鬼是以一个蛇的形状诱惑他们犯了忌讳。什么忌讳呢,就是上帝不准他们吃智慧果。吃了这个智慧果,他们就能够分辨人的善恶,能够分辨事情的正误;吃了这个智慧果呢,他们就有了羞耻之心,哪些事能干哪些事不能干他就明白了。亚当、夏娃本来在伊甸园过着幸福的生活,吃完了智慧果,得,忽然有了羞耻之心,开始往身上穿衣服了,原来他们连衣服都不需要穿。然后他们有了智慧,有了是非之心,就受到了上帝的惩罚。他是讲这么一个故事,就是一个人有了智慧能分得清事情了,这事就坏了,就糟了。人最幸福的时候是什么时候呢,这有点像咱们庄子说的这个浑沌,就是你什么事也不分,也不分好坏、也不分正误、也不分彼此、也不分你我,咱们都稀里糊涂,反正饿了就吃,渴了就喝,该活就活,该死就死,死了也不知道哭,活了也不用过满月。这才能幸福地生活。

这个亚当夏娃伊甸园的故事,完全是西方的故事,问题是他这思路特别像咱们中国古代的这个道家。老子在他的《道德经》第二段就讲,他说,"天下皆知美之为美,斯恶已。皆知善之为善,斯不善矣。"就是你们都知道美丽的东西是美丽的,这可就坏了。你们都知道美好的东西是美好的,这就太糟糕了,就太恶劣了。你们都知道什么东西是善良的、是好的——这善也可以是当肯定的意义讲,不一定非当道德的意义讲——知道什么东西是好的,这个世界上从此就好不了了。老子是在两千几百年以前,那时候还没有基督教呢,因为耶稣诞生嘛,我们现在用的公元是从耶稣诞生开始的嘛,我们现在才是二〇一一年啊。但是老子超过这个了,他当时已经提出"皆知美之为美"就糟糕了。为什么糟糕了?很简单,皆知美之为美,就开始要出现竞争,你也要美我也要美。譬如说我们今天在这儿讲课,大家都很高兴,都在这儿随便听,愿意听就听,不愿意听可以走,都没关系。但是如果我们说最后要评一个今天的最佳听众,奖金五百万元,那就没个好好听课了,我也讲不好了。我心想,那五百万元他要是得了,能不能分给我点儿?我也会有那些想法。第一他会争,第二他会作伪。既然皆知美之为美,美的人有好处,谁美谁有好处,那我就要打扮我自己,我要有很好的表演,要作伪。第三,他还可以造成拥挤。如果说今天在这儿讲,选一个最美的,奖五百万元,那这个屋绝对装不下了。有一次我讲这个"皆知美之为美,斯恶已",我是给企业家讲。那企业家说,这个我们最明白了,所谓"皆知美之为美,斯恶已"就是大家都认为哪个股票最牛,肯定就全都去挤这个股票,把这个股票搞砸了完事。

现在回过头来说,浑沌为什么是好的呢?浑沌之所以好就在于它在人和人之间不分高低贵贱,不分是非曲直,它真正做到了。浑沌是什么,就是糊涂。为什么中国人过去有所谓的"难得糊涂"一说?

当然,你彻底糊涂了也能要命,这是另外的问题,庄子没有跟你讨论那么多。庄子还经常说一些特别让你想不到的话,老子也有同样的说法,就是说一个人的感官太发达了,是没有好处的。耳朵你一般听得见就行了,你听得太清楚了不好。所以庄子有机会他就要骂师旷,师旷是中国东周时期春秋战国时期的一个音乐家,他精通音律,你要按照《东周列国志》上写的,师旷为了能集中精神去感受音乐、音律,把自己的眼睛给捅瞎了,免得分神。我只要耳朵就行了,我的世界里只要声音,不要色彩。老子也讲,"五色乱其目,五味乱其腹。"就是说外界的许多信号对人来说是有害的。为什么浑沌不要七窍呢,不要视觉器官、听觉器官、嗅觉器官和味觉器官呢,就是因为有了这些器官以后就容易受外界的干扰,有了这些器官以后,你就无法禁绝那些有害信息了。接受了有害信息,你就会有贪欲。本来你看得见漂亮的东西、美好的世界,已经很好了,但是你的眼睛太好了,别人看不见的东西你都看得见,好了你要求还要好,你看到哪儿都觉得不干净,看到哪儿都觉得不美丽,你在视觉上你的贪欲是无限的。在听觉上,你的贪欲也是无限的。你已经听到了很好的声音,又是乐音,但是不行,你还是不满足,你要求听到你更想听的声音,你非得听到你自己最想听的那个声音不可。味觉、嗅觉更是这样,你已经吃到了最好的,已经可以糊口,满足最基本的生理要求了,但是不行。因为你的舌头很精细,你的鼻孔也非常精细,你要求更多更高级的享受。

所以,有了这些东西,第一,他有有害信息;第二,他有贪欲;第三,他引起很多的是非。我说这张画画得好,他说这张画画得太不像话了,不像样子。这就是是非啊。不同的感官对世界有不同的感受、不同的判断,不同的判断就会引起许许多多的争斗。我想,庄子那个时期,他是深感到所谓天下大乱,当时所说的天下其实就是指中国了,天下大乱。而且诸子百家人人都在吹嘘自己,就跟卖狗皮膏药的一样,都说我这药是最好的,都说别人的药是能把人治死的。所以他觉得人精明到了这个程度是一种灾难,所以他在其他的地方也讲,说不要太精明。耳聪是耳朵的灾难，是一种危险，耳朵太灵，什么都听得见，别人听不见的他听得见。目明，眼睛太亮，是一种危险。这个思想一直流传下来了。我们看古代的一些小说故事里头常常讲，说一个人能做到明察秋毫，明察秋毫不祥、不吉利。譬如我们几个人看，我们大体上看见几个大字就行了，你却连每一笔、每一画、每一点都看得清清晰晰，那么你这个人不祥，你将来容易遇到灾难，因为别人没事的事到你这就有事了，因为你听得见、看得见。

庄子还提出来"心殉"，殉葬的"殉"。他说，殉的意思就是你的心智有所追求。对这个"殉"的解释也非常多，可以解释成心智有所追求，也可以解释成你的心智有所寄托或者有所贡献。殉难的殉，这也是一种危险。什么意思呢？你心智有所寄托，你老追求一样东西，比如说你追求得冠军，得不上这冠军你一辈子都是痛苦的。比如说你追求财富，你的心智上追求财富，你追求大奖、你追求升迁，有了这些追求以后，你永远踏实不了，你这一辈子你都过不踏实。庄子的这个想法也很奇怪，就是有追求是不好的，没有追求才好。他也是要保护这个浑沌的状态。

和这个浑沌状态有密切关系的呢，庄子提出了一个命题、一个提法，这个提法就叫"神全"。每个人要保持自己的精神的完整，不要让它受损伤。要保持精神的平衡，不要让它产生震荡。完整、平衡你的这个心情，你的生命的状态才是最佳的状态。庄子讲，一个人要什么呢，叫"抱神以静"。就是人要守抱，这个抱的意思就是守着、守护着、坚守着自己的精神，使它不被动荡、不被干扰、不被侵犯，不打破这种平衡。他提出"无视无听，抱神以静。形将自正。必清必静，无劳女形，无摇女精，无思虑营营，乃可以长生"。就是你不要看周围的东西，不要听周围的声音，永远保持着你自己的最佳状态，这样的话，你能够长生，能够长生不老，能够活几百岁，能够活几千岁。道家是有这个说法。当然我们现在看，这个说法太强调这一方面了。如果说一个人的精神状态和这个世界完全隔离，如果说把他的五官完全给堵死了,把它给取消了,眼睛干脆戴上眼罩,耳朵干脆戴上耳塞,鼻子和嘴上干脆戴上最厚的口罩,我想这无论如何不是走向幸福、走向健康之路。但是他有这么一种思路,我觉得这和庄子当时那个处境有关,那时候天下大乱,诸子百家,烽火连连,互争互夺,白刀子进红刀子出,整天就是这些事。庄子就觉得还不如自个儿踏踏实实地过自个儿的日子,这些事跟我没有关系。他有一种自保的心态存在。

所以庄子讲了一个很有趣的故事,我在前面偶尔也提到过。他讲了一个什么故事呢,他说譬如说坐在车上,车一颠簸,喝醉了的人从车上掉下来,常常摔不伤。为什么摔不伤呢?因为他神全,他没有恐惧。他睡得糊里糊涂的,从车上一颠就掉下来了。如果他要是很害怕呢,他看到马惊了或者是桥梁坏了、道路坏了,他处在恐怖之中,这样的话,他肯定会摔伤,会出事。庄子提出了这么一个很有趣而且很世俗的说法。

对此我还真是很有兴趣。我在北京,不容易找到赶马车的人来讨论这个问题。但是我问了很多汽车司机,我说这个庄子认为这个人醉了以后反倒经摔,你们觉得有道理没有?所有的汽车司机告诉我:有道理。他们说我们如果醉驾已经是有罪过了,如果醉驾的过程当中还醉堕,那就更不行了——这是开玩笑了。他们说,为什么这个"醉汉不伤"有道理呢,说这个幼儿常常有这种情形,睡着觉他来回翻身,"砰"掉地下了。可是小孩没有摔坏的,他稀里糊涂就掉到地下了,掉到地下以后有些还没醒,接着睡。结果他在床上睡了两个小时,掉地下又睡了两个小时,然后他有点醒了,迷迷糊糊自个儿又爬上床,又睡了两个小时,然后又翻过身去睡了三个小时。一共九个小时,他睡得很好。

那么至少可以从物理学上来考虑,这个人睡着了、喝醉了的时候,他是团成一团的,很少有四仰八叉那样睡觉的,往往是团成一团。这样他掉到地下呢,他就不会是硬着去使劲,因为这个教体育的人他很注意,你看不管是篮球、足球,这个运动员都会摔跤。摔了跤有一个很重要的原则就是不要用手去扶地,手腕子是很细的,一扶地"嘎吧"就折了。相反,你要在地上滚成一团,就不会受什么伤。所以庄子说的醉汉不伤有一定的道理。

但是庄子不是从这方面解释的,他不是从醉汉身体的形状或者骨头有没有吃劲儿这方面来解释。他解释什么呢,就是"神全"。一个人能不能保持自己不被外物和杂念所干扰,保持这样一种精神。这种精神有奇效,对你的生活、对你的精神状态有奇效,甚至对你的跌打损伤也有奇效。庄子是怎么说的呢,他说,"夫醉者之坠车,虽疾不死",喝醉了的人从车上掉下来,虽然摔下来的也很快,但是他不死。"骨节与人同",他的骨头关节和别人是一样的。"而犯害与人异,其神全也",但是他那种恐惧的状况,他那种精神反应,和别人不一样。他喝醉了以后根本就不知道害怕,他不在乎这些。"乘亦不知也,坠亦不知也,死生惊惧不入乎其胸中",一个喝醉了的人他不会想,哎哟,我这摔了一跤要了我的命了。他没有这种思想,他也没有惊惧的思想,所以他的神是全的,他的神、精神并没有一下子被分裂、被摧毁。中国几千年前的人,就能够顺着这个思路来琢磨一些事情、一些道理,琢磨人生的这些很世俗、很具体的点滴经验。那么庄子提出的这个概念叫做"神全"。

我觉得这个"神全"对我们来说也很有意义,就是不管我们遇到愉快的事情、不愉快的事情,成功的事情、失败的事情,我们都把它看得很自然,很普通。我们既不会为一件胜利的事过于高兴,也不会为一件失败的事情痛不欲生,我们都把它看得很自然、很正常。这样的话,我这精神是不受损害的,难以摧毁的。

在我这种年龄,经历了生活中的各种波折,我们有年岁大的人在一起,有一个体会,就是一个人你自己要是不垮,别人很难把你打垮。因为别人所能够损害我的无非是我的一些利益,我没有那么多利益需要计较,而且我对自己利益的丧失并不看得那么痛苦。如李白的诗所说:"天生我材必有用,千金散尽还复来。"我既然有可能把千金丢掉,就说明我有能力挣来这千金。我既然有这么一股子材料,有这么一点小小的本事、小小的能量,那么我早晚有机会发挥我的能量,早晚我有机会发挥我的才能。你要处在这种情况之下,就说是"神全"吧,就不容易被摧毁。相反,我们会看到有些过分娇气、过分敏感、过分心细的人——咱们中国有个古词叫"心细如发",心细得跟头发一样,就是心太细了,大事小事都注意得到。这样的人,他就不容易承担人生中的各种成败、各种的顺利和不顺利。所以中国人会得出一个结论来,叫"难得糊涂"。

"难得糊涂"这个话是郑板桥最喜欢讲的,意思并不是说什么事都糊涂。什么事都糊涂,可能吗?不用说很大的事了,就是每天几点上课、几点钟要下课,每个月应该有多少收入、多少支出,你都不能完全糊涂。但是在某些事情上,糊涂实在是人的一个优秀品质,有些非常细小的得失就算了,人不可能什么事都只有获得没有失却,只有记忆没有遗忘。所以他树立的这个浑沌这样一个形象,实在是中国人的处世的一个诀窍。

除了刚才说的这些东西以外,浑沌还有很有趣的一点,这里头也有精髓、也有不足的地方,就是中国人重视整体思维。你眼睛看见的东西再多,都是颜色,视觉形象并不能够代表世界。你耳朵听见的再多,只是一个听觉的反应,凭听觉器官你也不能掌握这个世界的全貌。你鼻子闻到的味道再多,那只是嗅觉的反应。你尝出来了,酸甜苦咸辣,这个是你舌头的反应。而中国追求的是什么呢,追求的是一个超乎视觉、听觉、嗅觉、味觉、触觉,超乎一切感官、感觉的总体的把握。而这个总体把握需要的恰恰不是精明,而是整体性,是浑沌。所以老子也说,"道之为物,惟恍惟惚。惚兮恍兮,其中有象;恍兮惚兮,其中有物。窈兮冥兮,其中有精;其精甚真,其中有信。"

所以所谓中国文化的神秘色彩呢,就是它要求跨越视觉、听觉、触觉、味觉、嗅觉,而达到一个人和大道之间直接交通融合的这样一个境界。

第十三讲　相濡以沫与相忘于江湖

今天讲第十三讲,相濡以沫和相忘于江湖。

我很小的时候就读到这一段故事,我当时不懂,不太明白。我开始受感动的是后来读鲁迅的诗,鲁迅有一首诗《题芥子园画谱》,中国过去学国画的人,从小很喜欢按芥子园那个画谱来画。这首诗是赠给他的夫人许广平女士的。头一句就是"十年携手共危艰",十年了,咱们手拉着手共同度过了艰难困苦、危殆危险的时刻。"以沫相濡亦可哀",这十年当中我们就像在干地上的两条鱼,干地上没有水,这两条鱼怎么办呢,他们就口吐白沫,我吐出来的这点白沫让你不至于忒干,还能半死不活一下;你吐出来那点白沫让我也沾点湿气。"以沫相濡亦可哀",这个话太可怜了。"聊借画图怡倦眼",没有什么快乐的事,怎么办呢,找点小图画,找点芥子园画谱啊,使我们疲倦的眼睛能从这些画谱上得到一点快乐、得到一点舒畅。"此中甘苦两心知",这种酸甜苦辣你知我知,就咱们俩知道,因为这跟别人也没关系啊。

我非常地感动。不知道为什么,当时《庄子》的原文我看不懂,我看了这个鲁迅给许广平的诗,有一种在悲凉、痛苦、孤独之中的安慰。那现在回过头来我们再看《庄子》的原文,原文也只有几句话,屈指可数的几个字,在《庄子》内篇的《大宗师》里,他写,"泉涸",这个水源,泉水啊,干了,干涸了。"鱼相与处于陆",几个鱼就在陆地上,就只能在旱地上待着了。鱼是不能够离开水的呀,在这旱地上怎么待着呢?"相呴以湿",互相吐着湿气,因为它们毕竟是从水里出来的,身上还有点湿气。"相濡以沫",吐出点唾沫,吐出点沫子来,互相弄湿一点。"不如相忘于江湖",这个友情是非常可贵的,当然这个友情是以人的解释,其实鱼吐沫子也并没有要帮助别的鱼的意思。但是你可以这么解释,说即使是两条鱼,它干了也要互相吐着白沫子多维持一会儿。这里面这个人情啊,让你非常感动,感动莫名,让你觉得这都惨到什么程度了呀。互相吐着湿气、吐着沫子,这样互相滋润一下,你别把人晒干了呀,别晒成鱼干啊。可是庄子说,这种感觉虽然很好,很友谊、很忘我、很利他,但是呢,也不如"哗啦"把鱼倒到水里头,把它们往水里一扔,"相忘于江湖"——咱们谁也不认识谁,谁也甭搭理谁。那水是很大的呀,江河湖海,你几百条鱼、几千条鱼、几百万条鱼,你往水里一扔,谁也看不见谁,互相就忘了,相忘于江湖。这个"相濡以沫"是最感动人的,因为它带几分惨烈。一开始的时候我不懂,只知道感动鱼相濡以沫。后来又往下看,越琢磨越觉得这个"相忘于江湖"让你更有一种说不出来的滋味。江湖好啊,鱼进入江湖还不好,鱼进入江湖起码没有死亡的危险了吧。但是它到了江湖呢,江湖很大,阔达、辽阔、汪洋、自由,到了水里头谁还管得着鱼啊,人都不是鱼的个儿了。但是这个时候产生了一个问题:"相忘"。互相关系没有那么深了,也不用相濡以沫了,也不用携手共危艰了,也不用用生命维护生命了。你爱往哪儿游往哪儿游去吧,你随便游,一片汪洋。在这种自由阔达之中你产生出一种寂寞,多多少少产生出一点空虚。

但是庄子说,即使有点空虚和寂寞,我如果是一条鱼,我宁愿你们把我扔到水里头。你们忘了我,我也忘了你们,对不起,拜拜了。我爱上哪儿上哪儿去,别管我了,我也不管你们了。因为我自自由由地,我鱼就是要自由地游啊,我不自由地游我还当这鱼干什么呀。要往土里钻我当蚯蚓啊,人肉叮疙瘩我当蚊子呀。我当鱼干什么,当鱼我就是为了自由。所以庄子说"不如相忘于江湖",这个滋味难拿,这个滋味深了,比相濡以沫还难拿。

这里头还有一个词,就是"忘",忘记的"忘"。庄子偏爱这个词,他认为忘是一种境界。在头几讲的时候我曾经讲过,庄子喜欢一个什么状况呢,叫"坐忘",就是我坐到这儿我就忘了,我忘了我是谁了,我也忘了我需要干什么了,没有什么需要我惦记的事。这里"忘"的意思就是不需要惦记,没有什么需要挂牵的事。用英语说就是 forget,你没有什么需要自己 forget 的事,你 forget 什么呀,这多舒服啊,你不找我的事我也不找你的事,他有这么一种境界。我们平常说忘,说忘性大,这不是好事、不是好话。但是很多时候忘也是好话呀,说孔子发愤忘食、乐以忘忧,这太好了呀,发愤忘食、乐以忘忧,他从来不为自己打算、不为自己忧愁。说一个人勇敢,舍生忘死,这样的人是多么勇敢的人,舍生忘死啊,尤其你要是当兵的,你的任务是保卫祖国,打起仗来你什么都不忘,刚打仗你想起你们家水龙头需要修了。你该忘的事必须忘。所以忘还有"相忘",所以这个忘在庄子这儿,这是一种理想,是"逍遥"的前提。你不是想逍遥嘛,逍遥你就能忘。

但是庄子他也有片面的地方,他光强调"忘"了,这人生有许多事情又是以不忘为美好,因不忘而动人。譬如说韩信得到了"漂母"的援助,韩信好几天没吃上饭,面有菜色,腰都直不起来了。那洗衣妇带着点米饭,都给他吃了。韩信说,"涓滴之恩,某当涌泉相报。"你给了我三滴水,我怎么办呢,我给你挖一个供水系统,我至少送你一自来水公司,这水一天照着二十万吨给你供应。这个也很动人,感恩图报,不能忘。所以中国,尤其儒家的很多道理讲的就是不能忘,子女不能忘记父母对自己的照料,你不能够忘天恩、地恩,乃至于……当然那是封建社会了,封建的君子是以不忘为基础的。

但是老庄,尤其是庄子,他提出一个观点:可以忘。忘更舒服,忘更美好,忘更阔达,忘的境界更高。所以这忘也有它的意思,洋人也喜欢讲忘,在一些英语国家,或者是欧洲国家,他们遇到一点不太愉快的事情的时候,他们会劝自己 forget,忘了,忘掉它。所以"忘"有些时候还是需要的。那么这里头有一个更大的问题,有一个更深的问题,什么问题呢,相濡以沫表达的是一种道德情操,表达的是一种力拓的情操。就是我不管多么困难,我还要考虑到你的困难,我要想办法减轻你的痛苦,我要想办法使你在干枯中得到一点润泽。

这种在艰难时刻互助的精神,互相照顾的这种精神,确实到处都有非常多的好的例子。譬如说灾害,我们都知道,像汶川大地震,二〇〇八年,那个时候有多少互相帮助的例子,互相帮助的事情。部队里面也常常讲,说一打起仗来,什么思想问题都没有了。津贴费发得够用不够用,不考虑了;伙食办得好不好,不考虑了;干部作风有没有意见,不考虑了。很多东西都不考虑了,很多牢骚全没有了,而且是指挥员掩护战斗员,战斗员掩护指挥员。飞机过来扫射了,一下子趴在那里小同志的身上,用自己的身体来掩护他,这是经常会有的事实。可是对不起,打完仗咱们该有什么意见还得有什么意见,对津贴费有意见的还照样有意见,对什么有意见的照样有意见。这样他就会形成一个什么问题呢,就是人呢,他会产生一种对艰难时代、对艰苦岁月的怀念。

我最早参加工作是一九四九年三月,那时候我在北京市第三区,第三区后来改成东四区,后来又和东单区合并,就是东城区。我在北京市第三区做团的工作,那时候我才十几岁,周围年龄大的二十一二岁,我们这些人聚会的时候常常会有这种情形,就是怀念过去。解放初期,我们一直到一九五四年才有工资的,我们是供给制,它是青年团,不叫共青团,是叫新民主主义青年团。新民主主义青年团是没有工资的,只是发点什么伙食费这一类的东西,供给制。但是在那种最艰难的时刻,在那个以沫相濡的时刻,人的精神面貌是最好的、最崇高的、最高尚的、最利他的。

可是庄子他非常明确地告诉我们,相濡以沫不如相忘于江湖。这里头有一个很深奥的问题,就是我们是道德主义,把道德放在第一位还是把幸福放在第一位。相忘于江湖比较幸福,当然对鱼来说,你要征求鱼的意见,说你是愿意相濡以沫还是愿意相忘于江湖?百分之百,它都愿意相忘于江湖。算了,咱别相濡以沫了,相濡以沫相濡上最多两个小时,两个小时以后就也相忘了,不是相忘于江湖,是相忘于鱼干塑料袋里了,那还不如相忘于江湖。我们追求高尚和追求快乐、追求道德和追求幸福能不能结合起来?这是庄子的一个非常深的思想。人是很麻烦的一个动物,你说他这儿好,他马上想到我那儿还不好呢;一想到那儿不好,他马上想到哪儿好。但是庄子提出了这么一个问题,而且他有一个大概的情形。

反过来说,相忘于江湖是不是就不道德呢?大家都到了水里头了,都到了洞庭湖、太湖了,非常大的湖,湖非常之大,你还要张罗人家的事干什么呀,你自己不好好游,你老盯着别的鱼,怕它掉进去、沉底?这也不合乎道理。相忘于江湖不等于就没有道德。怀念这种相濡以沫的时刻,怀念别人对自己的哪怕是涓滴之恩,这也是一种非常美好的情操。庄子他不仅仅是一个哲学家,他提出了一些深刻的、理论的、抽象的问题,同时也给了你人生的无限滋味。相濡以沫与相忘于江湖这样一个对比、一个变化,说起来令人感慨万分。

我本人就有许多这样的体会。譬如说,在五十年代的末尾和六十年代的初期,当时由于政治运动的原因,我也是处在一个比较艰难的时刻,处在一个大致上被封杀的这样一个时刻。那时候有一个广东籍的老作家,比我大十好几岁,就是黄秋耘。现在的年轻人可能不太知道,他是老党员,老地下工作者,而且是情报工作者。他喜欢文学,喜欢罗曼·罗兰,他五十年代曾经担任过《文艺学习》的副主编,后来又当过《文艺报》的编辑部主任。在我那个困难的时刻,他确实给了我许多的温暖和友谊,没事我就到他那儿坐一坐,他有时候也到我这儿来。我们就是唉声叹气,哎呀,又是这事了又是那事了。他非常照顾我,想尽一切办法,但凡有一点可能,你的这个作品,他说你要不拿给《鸭绿江》,《鸭绿江》现在比较开放,也许有可能发表你的作品。要不你拿到《新港》,他给我出各种各样的主意。

在我去新疆的时候他还给我写了一首诗,诗的第一句就是"涸辙江湖未相忘",就我们两个人啊,他年纪比我大得多,忘年之交了。我们两个人不管是在干涸的车辙里面还是在江湖当中,我们是不相忘的。很可惜第二句我已经忘了,第三句他说"文章与我同甘苦,肝胆为君最热肠"。然后最后两句他说,因为我要去新疆了,全家要去。他说"且惜年华身力健",他说你还年轻,你身体也挺好,也挺健康。"不辞西域做家乡",他原词不是"西域",是"绝域",这把新疆说得太可怕了。我实在不好意思说他这"绝域"。新疆可不是绝域,新疆棒着呢。他说"不辞绝域做家乡"。我去新疆的时候他主动问我,说你经济上有什么需要没有,还借给了我一百五十块钱。当然我到新疆的第二个月就还给他了。当时的一百五十块钱的感觉比现在借五十万还给力、还激动。你上哪儿找一百五十块去,这可不是开玩笑。那时候大学毕业才四十几块钱,所以我非常感动。真是相濡以沫。

他特别喜欢我写的《组织部新来的年轻人》里头那个赵慧文,他有时候看到一首诗他就回头向我一笑,赵慧文。他就想起了我写的那个女的主人公,想起那个人来了。黄秋耘在"文革"前夕就调到广东去了,他很老的资格,最后他是作为广东出版局的副局长,在这个任上去世的。我们有的作家开玩笑说,黄秋耘同志属于官越做越小的那种老革命。"文化革命"结束以后,我确实没有很多机会跟他联系。我要写的东西也多,要开的会也多,而且我那时候有点"噌噌噌"往上冒摁都摁不住的劲儿。他呢,年岁大了,六十多了,在家里休息了,当然他也写很多抒情散文啊,偶然也写点东西,他还参加编辑中华书局出版的《辞源》。

有一年,我在文化部已经上了班了,我到广东去,第一个去看他,他就赠给我两句话:"寄语高位者,临危莫爱身。"我要寄语你这个做了高官的人,遇到危险你不要爱你自己。他已经拿我当成一个高位者了，要求我遇到为难之时要敢于舍身。相当严肃，对我有点严肃对待的意思，我确实感觉到现在已经不是相濡以沫的时候了，相忘于江湖也没忘，要忘我也不会一到广州先去看他。但是就是说人生的这种况味。我没有说这里头有任何人有不对的地方，他那么想可能完全是正确的。我收到他的这两句话我很震动，这可能也是正常的，但是我确实想到了"相濡以沫不如相忘于江湖"。一个人不应该忘记自己的卑微的时刻，不应该忘记自己倒霉的时刻，不应该忘记在倒霉的时刻向你伸出援手的那些人。你虽然做不到涓滴之恩涌泉相报，你也开不了一个自来水公司，但是起码你心里应该有个数。在困难的时期有人同情过你，有人帮助过你，有人怜惜过你，他本身也很困难，但是他仍然帮助了你。我觉得，庄子难得的是他把人生的深意用这么简单的寓言表达出来，"相呴以湿，相濡以沫，不如相忘于江湖。"让你有无限的感慨。

  这个"相忘于江湖"里头还有一个含义，就是庄子在诸子百家当中，他相对比较重视个体，当然庄子的重视个体和西方的个人主义概念、和我们所说的个人主义概念并不完全相同。个人主义里面有一些价值上的观念，也还有一些社会尤其是法律上的一些观念，譬如说要求保证个人的私有财产、保护个人的隐私、保护个人的名誉，等等。西方讲个人主义，很多是从这个意义上讲的。但是庄子呢，在他的全部的书里头有一个很中心的思想，就是自救，就是保留我精神上的这点独立性。我不招谁，我谁也不招，但是我精神上有我自己的独立性，我精神上至少不要使自己陷入各种各样的争斗、纠纷、阴谋、诡计，我不陷入到这个里面。庄子提倡的是这一点，强调的是这一点，所以他注重个体、注重个性，他尤其看不起那些小官小吏，他认为一个读书人为了——就像陶渊明所说的——为五斗米折腰，你就为这么一点小小的利益，卑躬屈节，太不值得了。我要保持我精神上的独立，保持我精神上的优越性。所以庄子这是一种中国古代封建社会的个体主义，你说他是个人主义也可以。他不想接受当时的诸侯、君王的控制,哪怕你给我很多好处,我用不着,我也不需要。他有这么一种精神。

康德说过,强调个人的人比较容易有创造性。相对的呢,强调集体的人比较能团结人,人气好——后面这句话不是康德说的,是我说的。康德说的是强调个人的人有创造性。庄子是有创造性的呀,他的说法都相当奇特,与众不同,而且他告诉我们,宁可保持个体的这点独立精神而被别人忽略、遗忘,没关系。我们不可以有那种观念,什么观念呢,就是希望我们的时代回到以前最艰难的时候,回到战争时期,回到天灾人祸之中,因为那个时候我们的道德水平是高的。这是一种误解。我们有权利创造自己的幸福,我们有权利创造一个全面小康的社会,我们有权利让每个人都有尽可能的充分的和完善的发展。我们应该有这种追求、这种愿望,虽然不一定完全做得到,但是我们要有这种愿望。我们不能永远留在以沫相濡的时代。

庄子对这个干鱼挺有兴趣,后来他又讲了一个干鱼的故事。说庄子家里很穷,已经断粮了,就找一个地方官去借钱。那地方官说,这事好办,等今年秋天我把租子、把税都收上来,我多借给你一点儿。庄子一听气坏了,说今年秋天?气的呀,变颜变色。那官问他怎么了?庄子说,我来的路上听见人叫我,我一看,是车辙里的一条鱼。那条鱼跟我说,快往我身上倒一桶水,我马上就要死了。我说,这事好办,我要上吴国、上越国,去跟这两个国家的君王商量,让他们把河水引到咱们这儿来,引过来以后这儿就全是水了。鱼说,到那时候您就不必到车辙这儿找我了,您到"干鱼之肆"——那个卖干鱼的小摊上找我就行了。庄子他爱举这个鱼的例子,他从鱼的处境里产生出一种同情、产生出一种悲感,他感觉到老百姓的生活太痛苦了。但是,在车辙里挣扎也好,相濡以沫也好,不如相忘于江湖。

第十四讲　盗亦有道与文化中立性

今天讲《与庄共舞》的第十四讲,盗亦有道和文化的中立性。

《庄子》里头的成语各式各样、丰富多彩,最宏大的有鲲鹏展翅,最美丽的有庄生梦蝶,最老到的有朝三暮四,最不可思议的有浑沌之死。那么最刺激的是什么呢——"盗亦有道"。盗也是讲道理的,盗也是有一套的。更刺激的是,从"盗亦有道"发展下去,"窃钩者诛,窃国者侯"。你偷一个钩子,这钩子有各种解释,有的说是古人腰上系的玉珮的带子上的钩子,有的说是睡觉的帐子上的钩子,反正就是生活当中用的一种钩子,当然不是什么大事情。说你偷一个钩子的话,要把你杀掉。可是你要把国家偷了去,你就当了王侯了。这个庄子啊,你看着他是东忽悠一下,西忽悠一下,说得好像是不着边际,可是他还真有刺激的时候,真有激烈的时候,真有激进的时候,真有带着反气的时候。底下我们就说说他这一点。

庄子在《外篇·胠箧》里面说,"世俗之所谓至知者",就是我们俗人认为最有智慧、最聪明、最有知识的人,"有不为大盗积者乎?"你们这些聪明人、这些智者,有几个人不是在替大盗积累财富?你积累了半天你能用多少?最后给谁积累了?谁心黑手辣、谁敢夺敢抢,谁就有财富。这话太厉害了,这位庄子他火气不小啊。这时候可不像蝴蝶啊,这时候像轰炸机,这个是,他是为大盗积。"所谓至圣者,有不为大盗守者乎?"所谓圣人,这里说的圣人,我看前后文的意思,指的不是道德完善的人,指的是能为王者师,能给诸侯当老师、当军师、出谋划策,能够帮助诸侯修身齐家治国平天下的人。说这些人你守了半天你给谁守的?你给大盗守的。这句话可是太厉害了。

这里庄子又引用到下面这个话,他说当时有一个大盗是柳下惠的弟弟,叫盗跖。别人问他说,"盗亦有道乎?"当一个强盗他有什么道理?有什么章法吗?有什么美德吗?盗跖说,当然了,没有点章法、没有点美德、没有一套说法,你还能当强盗吗?"何适而无有道邪?"你没有一套章法,你当什么也当不成。当官当不成,当教授当不成,当要饭的你也当不成。你别以为你能当要饭的,要饭有要饭的规矩,有他的品德、有他的品质。"夫妄意室中之藏,圣也。"还没有进人家这个屋子呢,就可以估计、你就可以判断,他这个家里有多少藏品。或者是"藏(zàng)",也是有多少收藏。"室中之藏(cáng)"或"室中之藏(zàng)",就是他家里有多少收藏,有多少好东西。"圣也。"这叫什么,这叫圣明。当强盗当出水平来的,俩眼一看,别看这个墙挺破烂,门也看着很一般,这家有钱。另外看一家,这不行,你别看他是新房子,外面还挂着瓷砖,不行。这就叫圣明。"入先,勇也。"需要偷东西了,我先进去,我先给大家蹚路,这是勇敢。要是不勇敢,该偷东西了他往后缩,你这还行?所以入先是勇。"出后,义也。"得手了,各种东西都到手了,你们先走,我断后。义,讲义气,强盗你一个人也办不成事啊,得互相帮忙啊,他是讲义气。"知可否,知也。"哪些东西能拿,哪些东西不能拿,哪些东西卖得出去,销赃方便,哪些东西卖着不方便,我都能判断得清清楚楚。这是智慧、是智谋。"分均,仁也。"譬如说我们这一伙强盗八个人,分赃不均打起来了,其中一个拨了110了,那就完蛋了。因此你得分得平均,分得大家都没意见,分得大家都满意。而且你自己不能抢在前头,先给自个儿分。先给大家,这是仁,这是仁爱。盗跖说这五者是必备的呀,"五者不备而能成大盗者,天下未之有也。"如果圣、勇、义、智、仁,这五个方面你缺一样,你也当不了强盗。

庄子讲这个故事是什么意思呢?当然,他绝对无意号召大家去当强盗。庄周本人的历史也有各种说法，但从来没有人说他多拿过别人的一件东西。他说这个"盗亦有道"是什么意思呢？他是讽刺儒家。说儒家你讲很多道德观念，什么忠、孝、仁、爱、义这些东西，这些东西讲得再多，好人能用，坏人也能用；君王能用，盗贼也能用。胜者王侯败者贼。胜利者都要讲"我要仁、我要勇、我圣明、我智慧"，都要这样讲。

　　文化这个东西，有时候它是中立的。这个话说着有点深，实际上也不深，很简单地说就是包括着一套治国平天下的方法，一套管理老百姓的方法；现在不是讲公共管理嘛，一套公共管理的方法；一套团结人、用人、聚拢人气的方法。所有的这些东西既可以被好人用，也可以被坏人用。坏人，甚至是强盗，他要想做一件事情，他要想进一个人家，破门而入也好，跳墙而入也好，爬树进去也好，他要到一个人的家里盗窃财物，他也同样需要能团结住自己的人，需要有分工、需要选择最合适的时间、最合适的地点。所以《庄子》里头又出来一个怪论，他说，"由是观之，善人不得圣人之道不立，跖（就是那个强盗）不得圣人之道不行。"就是说好人你要学圣人的这一套，坏人你也得学圣人的这一套，你不学圣人的这一套你团结不住人啊，没人听你的呀。所以这一套东西、这一套文化它实际是中立的。

　　如果我们举这些例子说着还有点悬、还有点远的话，那么我们也可以举一点与今天的生活更贴切的例子。譬如说市场经济吧，市场经济你西方国家可以用，中国搞中国有特色的社会主义，也可以用。庄子这可是一大发现，一大发明。他说盗亦有道，还讲了一些故事，他说你为了保护一个箱子，你把这个箱子修得很好，把它的那些合页啊——这底下是我的语言啊——锁扣啊、锁啊、钉啊、铆啊，都做得特别好。可是真正的大盗来了呢，他根本不需要在你这儿开箱子，他把你整个箱子搬走不就完了嘛。那么你这箱子你是给谁锁的呢？你给盗贼锁的啊。你守护着这个箱子你给谁守护的？你是给盗贼守护的啊。箱子里头各种金银财宝，一个人花得了那么多金银财宝吗？你用那么多金银财宝干什么呀？你根本不需要那么多金银财宝，你把它守得非常好，有什么用呢？等着强盗来。强盗不来，你这箱子搁那儿，你连打开都不需要打开，你根本不用。强盗来了，你这箱子又结实又坚固，被盗贼从墙上"啪"扔下去了，它都不散架。所以你的这些智谋啊、想出来的一大堆主意啊，都是在为大盗想办法。大盗他敢干，他拿起来就走了。你自己挣的钱你舍不得花，大盗舍得花呀，是不是。

哎呀，他这个发现太奇怪了，庄子在另外的地方他也说这个，他说譬如一个船，一个船的性能很好，你把它藏在山谷里面，下面是一些我给加上的词啊——你给它加几道卡子、加几道掩护遮掩，使别人发现不了这个船——你自己觉得非常保险。你越觉得保险、你的船越好，就越容易被人盗走。因为偷船的贼，他要的就是好船，要的就是藏起来别人都不知道藏在哪里的船，如果大家都知道这儿有船，这一百只船都在这儿，那他就不好偷了。地方又僻静、又安全，船的性能又好，所有的这些性能等着谁呢，等着强盗呢，等着这强盗找着它们以后，把它们开走。

当然，庄子的这些说法涉嫌偏激，他把社会说得太黑暗了，但这和他的经验有关。因为在东周列国、春秋战国的时期，庄子看到的是什么呢，叫做撑死胆大的，饿死没眼的。谁敢干，谁心黑，谁手辣，他就可以掌握权柄，他就可以掌握某个地区、地域，他就可以掌握诸侯小国——有的国也不小，有的比欧洲的国家一点都不小。相反的，你忙活了半天，自己把国家民生搞得也好，礼貌搞得也好，文化搞得也好，吃喝搞得也好，人人都文质彬彬、温文尔雅，最后什么都搞好了你等于把现成的国家送到了窃国者的手中，这是庄子的一个体会。所以他说你"藏舟于谷"——在山谷里面藏一个船不是好办法。什么是好办法呢？"藏天下于天下"。这里庄子的思辨的能力就显现出来了，什么叫藏天下于天下？我藏一个船干什么？我藏一只箱子干什么？我守着我这二百万块钱干什么？我要的不是二百万块钱，我要的是银行,我藏天下于天下,我要控制的是天下。我要是控制了天下,你把这船往哪儿偷、你开到哪儿去,仍然是我的船。如果是强盗的逻辑来说,"藏天下于天下"就是我要执这个天下的牛耳。

但是呢,这只是一种解释,而且是一种比较勉强的解释,因为庄子在其他的地方处处表示对权力、对官场、对于争夺的否定和看不起。那么应该怎么解释呢?"藏天下于天下",就是说除了大道以外,我不需要藏什么东西。我需要的是大道,是整个世界的根本的道理,是了解世界的本质。我和大道融合了,叫做"身与道融合为一",身与万物并存,庄子在很多地方都讲这个意思:我这个人和世界融合了,我和大道融合了,我想的根本不是那一点一滴的事情,一条船不在我的眼里,一个箱子更不在我的眼里,一点财富根本不值一提。那点财富有什么意思,有什么意义啊,它的意义是零。有意义的是什么呢?我能够感知大道、能够掌握大道、能够融合于大道。我无生无死,无进无退,无得无失。这些才是有意义的。

他说的"藏天下于天下"就是这个意思,就是我本身没有个人的利益,没有自己的贪欲,无利益,无贪欲,无忧虑,无追求,我并不追求个人的某些东西。在这种情况下我什么都丢不了。我能丢什么呢?什么都没有,就什么都丢不了。我就是大道下载的一个人,我并不是我自己,我自己有什么好说的呢,就这么短短的几十年。所以庄子他常常用形而上的思考来解决形而下的问题。形而下的问题没有万全之策,哪儿有万全之策啊?把钱放到箱子里头就保险了?把钱放到保险箱里头就好了?把财富存到银行里头、存到保险公司就好了?形而下的东西是没有万全之策的,但是你进入了形而上的境界呢,就和某些宗教说的进入了上帝这个层次一样,进入到了上帝这个层次,谁也奈何不了我了。他是这么一个思路。

所以庄子讲,人呢,不要费很多的心思,去想一大套维护自己利益的办法。你维护不了的,道高一尺魔高一丈,你越想维护你自己的利益你越维护不了,而且你无法判断下一秒钟、下一分钟你的利益会损失在什么地方。庄子在阐述"盗亦有道""藏天下于天下"这一套东西的时候,他讲了一些特别有趣的故事。他这几个故事之间缺少连接,在我们"与庄共舞"的过程中要把它连接上。

他讲一个什么故事呢,这故事太可爱了,叫"鲁酒薄而邯郸围"。鲁恭王的时候,鲁国出酒——鲁国就是咱们山东了,假设他出的是芝麻香吧,山东出芝麻香酒。楚宣王特别喜欢这芝麻香酒,大量采购。结果呢,这酒的质量没有得到保证,什么原因?不知道。可能是掺水了,酒味非常之薄。楚宣王拿起来一喝,不对,这酒精度也不对,香味更不对,口感也不对,各方面都不对。当时诸侯国家也是混乱,不按牌理出牌,由于鲁酒薄,楚宣王大怒,派兵去攻打鲁国,非把这酒厂拿下来不可,以后这酒我就亲自监督着造。这是楚国和鲁国之间的纠纷,是由商业纠纷而演变成战争,演变成诸侯国的冲突。可是呢,楚国和赵国是结盟的,赵国是现在的河北省南部的邯郸那一带。而赵国呢,跟这郑国又有过节、有矛盾,郑国一直想收拾赵国,但他不敢收拾。为什么呢?楚国跟赵国结着盟呢。楚国很强大,它应该是现在的湖北湖南一带。所以郑国一看楚国派兵去打鲁国了,讨伐他这个商品酒的质量问题了,大喜,借这机会派兵就把邯郸包围了,因为他认为楚国这时候顾不上来救赵国。这些本来不沾边的事,北京人爱说"哪儿跟哪儿啊",都是丝毫不沾边的事。鲁国发生了一点酒类的质量问题,引起了鲁国和楚国之间的纠纷,由经济纠纷而动用武力了;而这个赵国呢,跟鲁国楚国之间的事没有一点关系,也没说这赵王喜欢喝酒也喝出来这个酒不好,没有。可是倒霉的是这邯郸。

庄子讲着讲着突然出来这么一段,他是什么意思呢?我觉得我们可以把它理解成,世界上的事它有它自己发展的逻辑,有它自己发展的章法,这个章法不是你能够控制得了的。你能想到鲁国的一点酒类质量问题能影响到赵国的安全吗?从我们人来说也是一样,我们不是也有这个话嘛,人算不如天算。你太能算计了,你把你自己各个方面的一切好处都算到你的兜里去了,一切的好事都算成你的了。

这种情况下你仍然要吃亏,你仍然要倒霉。

他从这里得出一个结论,说"圣人生而大盗起""圣人不死,大盗不止"。他这里说的"圣人"就是那些能给君王当军师的,帮着君王出主意统治老百姓的人。庄子说这样的人呢,你也不会想到,你的目的很可能是想帮助你所在的侯国实现国泰民安,能够治理得好。结果呢,你这一套被一个坏人学了去了,这个坏人学了去以后,不但没做到国泰民安,反倒争权夺利、血流成河、天下大乱。当然这里头有庄子的夸张,但是他告诉我们,有这种可能,你从好心肠出发,你制定的一套方法最后被坏人所利用。

庄子有一个说法,他这说法也有点过,就是世界上坏人比好人还多,因此你学问越大,对坏人的贡献越大。说真正跟你学你这学问的人,譬如说你是博导,你学问非常大,你培养出了二十个博士。要按庄子的说法,这二十个博士里头真正有学问的、真正的好人,可能有三个,另外十七个可能是糊弄人的或者干吗的,因此你这个博导结果呢,是帮助了坏人。当然他的这个说法我们今天是不能够接受的,因为按他这个说法,就是说我们文化越低、知识越低、越蠢笨越好。这弄不好会走向一个愚民的结果——开启民智干什么?读那么多书干什么?学那么多知识干什么?培养那么多博士干什么?还不如干脆就大家傻呵呵都是文盲,做坏事也做得很有限,都是小坏事,做不了大坏事。他说,"掊击圣人,纵舍盗贼,而天下始治矣!"我们应该怎么治国呢?我们要批判这些圣人,要骂这些圣人,把那些偷东西的、抢东西的盗贼全放了,天下就能大治了。这也有点过于忽悠了,超出了常理了。

但是庄子讲的这个道理,你觉得仍然是很新鲜、很奇特。庄子有时候他给你逆向思维,大家都这么说,我偏不这么说,我从相反的方面给你一个角度,让你觉得从那个角度看也有它的道理。他说,"诸侯之门而仁义存焉。"这个话可就厉害了,什么意思呢?你当了诸侯了,你就变成仁义的代表了,你不但掌握了土地,百姓归你管了,而且连人的道德也是你说了算。所以庄子说,世界上很多东西都是能够盗窃的。他说假如你有一个秤,一个最好的秤,这个秤是可以被盗窃的,这秤也可以被盗贼、被坏人用。假如你有一个尺,最准确的尺,这个尺也有一个所有权的问题,归谁用的问题。这些说法有偏激的地方,但是对于那个封建社会,也有有力地批判的地方,尤其是他说的那个"窃钩者诛",你偷一个钩子,这个要杀,杀头。"窃国者侯",你要把整个一个侯国偷到自己的手里,你当了侯王了,这个时候你就是侯王,你就不但杀不了头,而且"诸侯之门仁义存焉",到时候这个仁义,谁仁谁义你就代表了,你代表的就是仁、你代表的就是义。庄子的这些说法有很让人痛心的地方,有让人觉得过分的地方,有让人觉得不可以实行的地方。特别是他提的把圣人骂一顿、攻击一顿,然后把盗贼全放出来,那是哪个政权、什么时候的政权也不敢干的。

但是庄子的这些怪论仍然很有意义。庄子并没有多少反抗的精神,他不提倡反抗,后面我们会说到有关的话题。但是这个"窃钩者诛,窃国者侯",曾经被革命党人——包括被中国共产党推崇的一些革命造反的知识分子——用来说明旧社会的黑暗,说那是一个什么样的社会呢,是一个窃钩者诛,窃国者侯的社会。

第一,庄子看透了旧社会的黑暗,看透了那些仁义道德的说法并不足以控制、遏制封建君侯干的那些不义之事、那些坏事;他也看透了在春秋战国时期互相争斗、互相攻打之中高举起来的那些辉煌的旗帜。这个可以说是非常勇敢的,庄子非常勇敢地指出了这样一点。庄子的这种揭露有振聋发聩的意义,还带有一种刺激性。

第二,庄子看透了那个时期诸子百家的那些修齐治平之道。这些人都挺能说,你要听他那么一说,这国家都好得不得了。孔子讲得也非常好,孟子讲得也非常好,墨子讲得更好——那个时代墨的影响超过孔孟。还有许许多多很有道理的人。但是这些道理本身并不能保证人民过上幸福的生活,也不能够保证各个地区、各个地域、各个诸侯的领地、各个地方国泰民安。恰恰你说你有理,我说我有理,

"此亦一是非,彼亦一是非。"它变成了争夺和混战的根源。

　　第三,庄子的这一套说法,这一套相当过分的说法,表达了他对当时的政治和军事斗争形势的绝望。你讲仁义道德,你越讲仁义道德我越不信;你讲什么大道理啊,这些大道理你自己就做不到。这庄子表达了这样一种心情。所以第一,他无幻想。他不幻想一个圣人或者一个诸侯出来就能够拯救百姓于水火。第二,他无自负。他自个儿不吹嘘自个儿,任何一种理论你们也别吹自己。他实际上有一个潜台词:别吹,你做不到的,你的那一套办法对老百姓能起的作用很有限。这一点他和诸家不一样。孟子喜欢讲的是"天将降大任于斯人也",而庄子是什么意思呢——这大任趁早别来,我也做不到,你也做不到,你再好都可能被坏人利用。所以他这个眼睛很毒,他一直看着你,他把你的五脏六腑都看透了。

　　第四,庄子他传授了一种方法,什么方法呢,就是从根本上找根本,从根源上找根源,从大概念上找大概念,从高端的境界找更高端的境界。他要求你只相信一样东西,就是天道、大道,其他都不要相信。所谓藏天下于天下,所谓与大道融合,所谓与万物并存。人只有把自己的精神往崇高方面提升,往宏大方面扩展,这个人才有希望。这是庄子的意思。

第十五讲　秋水知鱼与大匠运斤

今天我们讲第十五讲,《庄子》的秋水知鱼与大匠运斤的故事。

《秋水》是《庄子》的一个名篇,虽然它是外篇,外篇就是它的作者是不是庄子并不十分肯定,但是读《庄子》的人没有不知道《秋水》的,《秋水》流传得非常的广。《秋水》结尾的时候有很简单的几句话,说"庄子与惠子游于濠梁之上",庄子跟惠子在一个叫做"濠"的地方散步,溜达,那是一条河。庄子就说,那儿有一些白条子鱼,这些鱼游水游得很舒服、很从容,它也不着急,慢慢地在水里头游着。庄子说能够从容地游水,这样的鱼是多么快乐呀!这个惠子就跟他抬杠,说你又不是鱼,你哪儿知道鱼快乐不快乐呢?你跟它不是一路,你是一个人,那鱼快乐不快乐你哪儿知道?庄子回答问题特别快,可以看得出来这个庄子特别机敏,庄子马上就以子之矛攻子之盾,说你也不是我,你怎么知道我就不知道鱼的快乐呢?惠子说,不错,我不知道,我不是你,所以我当然不知道你知道不知道鱼的快乐。那么你呢,也肯定你不是鱼,你也肯定不知道鱼的快乐,正像我不知道你是否知道鱼的快乐一样,我可以肯定,你不可能知道鱼的快乐。这个事齐了——它叫"全矣",北京话叫"齐了",就是这事你不用再辩论了——你不知道鱼的快乐。可庄子还不饶,他说"请循其本"——我们现在谈一谈我们这个争论是从哪儿来的,回到原点(这是今年广东的那个作文考试题)。我们怎么争论起来的呀?你问我从哪儿知道鱼的快乐,那我告诉你吧,这就是说你已经承认我知道鱼的快乐了,但是你不了解我从哪儿知道鱼的快乐。从哪儿知道呢?就在濠上,就在这条水这儿。就在这个地方,我就知道了鱼的快乐。这个故事流传得太广了,没读过《庄子》的人也都知道这个故事,而且"知鱼"变成了一个典故。

北京的颐和园里有一个仿照苏州的园林建造园中之园,叫"谐趣园",和谐的趣味,谐趣园。谐趣园里有一个石头桥,非常漂亮,一个小桥,纯粹是为了风景,其实那儿设桥完全没有必要。那个小桥上面还有一个牌坊,牌坊上写着这个小桥的名字,"知鱼桥"。就是你到了这个桥上就知道鱼是不是快乐了,"知鱼桥"这名字哪儿来的?就是从庄子和惠子他们俩抬杠,他们俩在那儿辩论如何知道鱼的快乐,从这儿起的。所以这个故事它脍炙人口,你一见到水、见到鱼、见到桥,你不由得就想起庄子和惠子的辩论来。

可这个辩论在逻辑上有相当的问题。第一个问题,它是循环论证。为什么呢,惠子的论据只有一条:你不是鱼,你不知道鱼的快乐。庄子的论据是同样的:你不是我,你不知道我是否知道鱼的快乐。惠子完全可以接过这茬儿去:我不是你,我不知道你是不是知道鱼的快乐;你也不是我,你不知道我是否知道你是否知道鱼的快乐。然后庄子可以再反回去:你不是我,你就不可能知道我是否知道你是否知道我是否知道鱼的快乐。他们这么讨论下来,讨论到今天也讨论不完。你不是什么,你就不知道什么,不知道是否什么。这是一个循环的论证,循环论证是一种狡辩的方法,是不可以这样讨论问题的,这么讨论问题就没有意思了。这跟下象棋一样,下象棋到了最后我这么一将,你就这么一来;然后我那么一将,你又那么一来;我还能这么将,你还能那么来……这棋就没完了。我象棋是外行,不知道是不是这么回事。这是第一个问题,循环的论证。

第二个问题呢,他偷换概念。惠子说,是啊,我不是你我不知道啊,你不是鱼你也不知道啊,这不齐了吗,这个问题已经不用再讨论了。可是庄子说,"请循其本",回到原点。一回到原点,他偷换了一个概念,他说你问我"安知鱼之乐",我是在哪儿知道这鱼之乐。中文里头这个"安"可以当"在哪里"讲,也可以当"如何"讲。譬如说一个人一见我:哎哟,我看你这个精神很不好啊。我说:你安知我的快乐啊——意思是你怎么可能知道我实际上是快乐的呀。你看着我有点瘦就认为我精神不好?有钱难买老来瘦,我瘦是精神好的表现。这叫"安知"。但是中文里头"安"还可以当"什么"讲,当"何处"讲。如果当"何处"讲呢,庄子他就取了一个巧——就在这个濠梁之上、濠水之上,就在这个桥上,我就知道了嘛!所以本来一个是"如何",一个是"哪里"。

过去我小的时候学作文,都是学夏丏尊、叶圣陶他们合写的《文心》。《文心雕龙》这是刘勰的著作。他们写的叫《文心》,专门教给中小学生怎么写作文。《文心》里头就说,你要写一个议论文,一定要弄清它的几个"W"。几个"W"什么意思呢,就是你要写 where、when、why、how……他说 why 就是哪里、何时、何地、为什么、如何等等。

所以那个惠子问的是 how do you know——你如何会知道这个鱼的快乐呢?这是惠子的原来的问题。但是庄子的回答是什么呢,我就是在这儿知道的。他回答的不是 how,他回答的是 where。所以庄子他玩了两个花招,一个是循环论证,一个是偷换概念,把这个 how 变成了 where。可是我要这么说呢,我又觉得对不起庄子,他这么美好的一个故事让我给一考证,考证成庄子是个"讹矫"的了。可是我跟惠子也没什么亲戚关系,他也没给过我红包,我干吗替他说话呢?所以我又要反过来说,这个辩论的魅力不在于逻辑性,也没人研究这课题,甭管是生物学家、水产学家,是渔民,农林牧副渔,是农业部的研究室,绝对没有人研究这鱼在水里游水的时候是否快乐,因为快乐本来就是人间的一个概念嘛。因此呢,这个不是一个鱼类心理学的讨论,不是一个逻辑学的讨论,也不是大学生辩论会,庄子是正方,惠子是反方,这哥俩儿在那儿争谁合乎逻辑、谁能够得分、谁的分不能算。没有人这么读《庄子》,这么读《庄子》您就别读了。

相反地,我们读这个故事的时候,它的魅力在哪儿呢?在于它的审美效应。秋天,秋高气爽,水比较多、比较足,在《秋水》这一章里头前面大量地写了秋水之足、之多。这个时候呢,一个庄子、一个惠子,惠子还当过一个不小的官,庄子是很小很小的官,但是呢,他衣食基本上还过得去,他在物质上并没有非常高的要求。秋高气爽之时,这哥儿俩在那儿聊着天走着路,看到水里有若干条鱼从容游过,庄子感觉到快乐。这是什么快乐呢,是不是鱼的快乐毫无关系,这是庄子的快乐,这是庄子的一种很优游的心态。头一个优,优秀的优,优就是当充裕讲,就是他的思想、他的情感他是很充裕的、是很丰富的;游,这个游是游玩的游、游戏的游,这个游实际上是一个放松的状态。这说明第一,两个人都很放松;第二,季节和地点都非常之好;第三,两个人都很机敏。

中国人有个讲法,说这个说话里头要有"机锋"。机呢,就是含有某种没有告诉你的聪明智慧和一种即时的反应。锋呢,就是锋芒,两个朋友聊天,说话当中我刺你一下,挑战一下,你也逗逗我,拿我要弄要弄。通过这种"机锋"的谈话显示一个人的智慧、机敏、超脱。你想,他们在谈论鱼是不是快乐,因为庄子最烦就是没完没了地追求那些世俗的,尤其是官场的那种争夺,权力的争夺、利益的争夺,他对这些东西非常看不起,正是因为如此,他说了一些表面上不着边际,但是人人心中都有的话。如果我们在秋天,在湖水边上,在一个很美丽的桥上看到了许多鱼游过去,我们再回忆一下前几讲讲过的相忘于江湖的那个鱼的生活,那种自由和美丽。这种情况之下,俩人聊聊,这里头没有正方反方,没有胜负,也没有奖金,即使庄子讲得不合乎逻辑也不给他扣分,这是一种快乐呀。人生活一辈子您干吗老那么紧张啊,干什么什么事都得合乎逻辑,连点儿不合乎逻辑的话都不能说?我就爱说点不合逻辑的话,我抬死杠,我跟你逗着玩儿。他是这么一种心情。所以尽管前边我说庄子在逻辑上有欠缺的地方,

《秋水》仍然是一篇非常美好的故事。

而且呢,庄子最喜欢的就是跟惠子抬杠,惠子最喜欢的就是你哪壶不开我提哪壶,我就是要找你庄子说话的毛病。前边有很多故事都是这样啊,说那大葫芦瓢,又大,也拿不起来,也没有用,也不能舀水,一舀水"嘎吧"它折了,一点承载能力也没有。这也是惠子跟他说的。然后说那些神仙故事,那些神仙故事虚幻飘渺,也是惠子跟他说的。然后甚至还说,庄子到了一个地方,当地以为要把庄子请去当宰相,惠子就派人去搜,就怕庄子影响他自己的仕途,这也是惠子的事。好像惠子是庄子的一个对立面,是庄子的一个死对头。

恰恰在这一点上,庄子又显出了他特别的高明,在《庄子》的杂篇《徐无鬼》里——这是一个人名,叫徐无鬼,那时候人的名字比现在还活泼啊,徐无鬼这名字起得多好啊,他如果要是当演员的话,很容易火起来。庄子在《徐无鬼》这一章里头说他去送葬,给谁送葬没说,送葬的时候,结果正好经过了惠子的墓,说明惠子死在庄子前头了,这惠子是年龄比庄子还大还是身体差,我闹不太清楚。庄子就非常感慨,说现在没有惠子了,我还跟谁辩论呢?

庄子说,有一个营地的一个匠人,匠人有一个特别棒的师傅。这个师傅棒到什么程度呢?他有一个合作伙伴,给这个伙伴的鼻子上抹一点土、抹一点泥,叫做"垩",就是一个亚字、一个土字,可以当一般的土讲,也可以专门当白土讲。为了形象起见,就说是白土吧。给他的鼻子上抹了一点白泥,这白泥非常薄,薄得就和一个苍蝇的翅膀那么厚。然后这个匠人的师傅——他叫匠石,石师傅,这个石师傅这个匠石呢,他是不是石匠呢,现在闹不太清楚,也可能就是姓石或者他是石匠——抡起一把斧子,带着风"唰"地从他鼻子这儿砍下去,砍那块土弄得干干净净,鼻子一点事儿没有。

这个故事太惊人了。英国也有类似的事故,英国作曲家韦伯,他作的很有名的曲子就叫《自由射手》。《自由射手》写一个人射箭射得特别好,掌权的坏人说,听说你射箭射得好?好,让你儿子过来,在他脑袋上放一个苹果,你射箭,把这个苹果给我射下来。这个射手的名字威廉·退尔,所以《自由射手》也叫《威廉·退尔序曲》《自由射手序曲》。这也让我联想到杂技里有一个表演,就是抽鞭子。一个小女孩拿一张纸在那儿站着,对面远远地一个人拿一个长鞭子抢抢抢,一下一下把这张纸劈成两半再劈成两半,但是不能打着这女孩的手,当然更不能打着她的脸。匠石就是这么一个师傅。

庄子这个故事的意思是什么呢,他是说做事得有合作的伙伴。抡斧子这个人太棒了,他就是一厘米、一毫米都不能错,否则土下来了,鼻子也下来了,这个很可怕。因此这个匠石是真正的匠人,真正的大匠,大匠运斤。匠就是泥瓦匠那个匠,大匠在英文里头就是master,就是硕士。master也当硕士讲,也当师傅讲,真正有本事的、真正高明的师傅。但是站着的那个人呢,就是鼻子上抹上土,然后等着那一斧子砍过来的那个人,这个人也太厉害了,他一动不动啊。他的稳定度是百分之百,他哪怕稍微前后一错,这很自然啊,一看斧子来了,你一躲,斧子"啪"砍下去了,那泥还在鼻子上呢,这表演就失败了,这观众要退票了。或者你一看那斧子,一害怕,往前一倾,那问题更严重了,成了砍鼻子了,成了外科手术了——外科手术也不能把鼻子削下来呀。

如果说庄子是一个巨匠,是那个姓石的匠人,是那个抡斧子的,是那个高明的师傅,那么惠子就是那个鼻子上带着薄薄的一层泥,站那儿一动不动的那个合作者。这样的合作者你上哪儿找去啊,谁敢跟你合作干这个活计啊,没人敢呀。所以庄子非常怀念惠子,说有惠子的时候,我的辩才也能发挥得出来。这个庄子心非常宽,人是需要有对手的,是需要有对立面的。赛球也是一样啊,赛球如果你是绝对冠军,你打谁都是十一比零、二十五比零、二十一比零,那你还赛什么劲儿啊,还有什么意思啊,你的技术还怎么提高啊,所以必须有对手。《三国演义》里头周瑜就不懂这个,他一直斤斤计较、犯别扭,他别扭在什么地方呢,既生瑜何生亮。既然有我周瑜这么聪明、这么能干的人了,为什么老天爷又弄出个诸葛亮来和我作对呢,他比我还强,还收拾我,这不是往死里整我嘛!

庄子告诉人们的是另外一个道理,一个更开阔、更伟大的道理,既生瑜必生亮!有亮才有瑜,无亮则无瑜。你周瑜没有对手了,老子天下第一了,你再聪明还有什么意思呀,这"三国"还有什么可看头啊,也不用斗了,也不用争了,你什么都是完胜,什么都是绝对胜利、绝对冠军,没劲了呀。所以从在秋水旁边谈论鱼到匠石运斤,抡起斧子来把鼻子上这点小泥砍掉,这些故事都讲得极其精彩,而且都有一种开阔心胸让你接受挑战的这样一种正面的作用。

这篇《秋水》并不是讲什么鱼的快乐不快乐,鱼快乐不快乐太容易接受了。《秋水》所以引人注目,因为它讨论了一些高深的哲学问题。它讲什么呢,"秋水时至,百川灌河",秋水到了秋汛季节了,我们现在的话叫"秋汛",因为夏天降雨非常多,水都下来了,到了秋天正好是大水往下流的时候,百川汇合啊,一百条江都往这河——有的专家、老师讲,这河指的就是黄河,我觉着这比较合乎逻辑。百川都汇入了黄河,这黄河在两岸之间、山崖之间哗啦哗啦地流,流到什么程度呢,波涛汹涌,"不辨牛马"。在这个波涛汹涌之中,那儿究竟有牛还是有马你看不清楚。这个"不辨牛马"也可以有另外的解释,是说那个波涛有的像牛、有的像马,你看不清楚;也可以解释为两岸或者山崖上有牛在活动、有马在活动,在放牛还是在放马你看不清楚。总之是河水充满动感,哗啦哗啦那个水呼啸着,大水一过,你根本什么都看不清楚。这个时候,河神,黄河之神非常的高兴,说你瞧我有这么大的水,天下之美皆在我也。天底下还有什么东西有我这么大的气魄,有我这么美好的风光,有我这么有气势,势不可当?所以黄河牛起来了,他自满起来了。可是这个时候进入了北海,那时候黄河从哪儿入海也闹不太清,反正应该是黄河这一带。他说的北海应该不是现在的北海,但是现在说北海也沾边,因为我们管以青岛为总部的那个舰队叫北海舰队。黄河一到北海那儿,这黄河说,哎哟我的天哪！原来世界上还有这么大的水,我那点水算什么呀！一到了海那儿,他是望洋而叹。现在的成语"望洋兴叹",就是从庄子这儿来的。望洋兴叹,一看见那么大的海呀,他叹息了,我算什么呀。然后他又说,幸亏我见到海了,我要没见到海,我以为这秋天秋汛一来,我这水咕咚咕咚咕咚、稀里哗啦哗啦在旁边一流,惊涛骇浪,浪花四溅,我以为我是世界上最大的水了。如果那样的话,不是让人家真正的专家,人家见过世面的人笑话吗！这就又出来了一个成语,就是"贻笑大方"。一个望洋兴叹,一个是贻笑大方,庄子的《秋水》一上来就给了我们两个成语。

然后这个海神就给这个河神上课,说河神我告诉你,真正最大的水是海,海的特点是什么呢,不管流进多少水来,我这儿不见涨,我还这么多水。不管流出去多少水,我这也不见落。庄子的那个年代,认为海里有一个泄水口叫"尾闾"。就好像这海有一个长尾巴的地方,闾呢,就是门,长尾巴的地方有一个门户。水太多了怎么办,就从那个门户里头流走了。从尾闾那儿流走多少海水,这海水也不见少。又不见多、又不见少,可是我们自己并不觉得海水多。为什么不觉得海水多啊？世界更大呀,天地更大呀。我们海在天地之中犹如小石头、小木头在大山之中一样。海有什么了不起啊,上面有天,天比海大;下面有地,地也比海大。海在地上头、天下头,就好像是大山里头有一颗石头,大山里头有一棵树。一棵树它对于山来说算不了什么,"四海之在天地之间也,不似礨空之在大泽乎？"当时中国人认为,所谓的世界、所谓的天下,就是指的中国这一片神州大地。我们中国周围还有点藩邦,有点小国家、小附属国,然后再往四面看,都是海,所以那时中国对世界的理解就是四海。中国最早的《共产党宣言》的版本,"全世界无产者联合起来",就翻译成"四海之内皆兄弟",什么叫"全世界无产者联合起来"呢,就是"四海之内皆兄弟"。他说这个四海在天地之间就好像一个大泽,一块大湿地,里头有几个蚂蚁穴,蚂蚁窝。

尤其惊人的是,在中国其他的古代的书里你找不到这种词,"中国之在海内,不似稊米之在太仓乎?"而你这个伟大的中国,你在整个的海之内,海比中国大多了。这是庄子的想象,因为他也没有航海,也不懂世界地理、没有世界地图。他说中国就像一粒米在谷仓里面一样。这可不得了,他居然敢这么想!他说中国伟大,伟大,但是中国对于世界来说,也不过就是一粒米。这是非常惊人的一种想法。他是什么意思呢?就是你和最大的东西相比,你很渺小。他提出来一个观念,就是这个世界是无穷大的,这是一个非常了不起的观念,在庄子的时候已经有了。你和无穷大相比,用我们现在数学的观念来说,你就趋向于零。

从时间上来说,又是无穷的长远的。庄子认为,这个世界既没有开始,也没有结束。因为如果说有始,那始之前呢?谁始?谁来开始?开始之前不是还有开始吗?那就说明它从来没有开始。也永远没有结束,结束之后地球没了,也不等于世界结束,宇宙还有别的星星呢,它既没有边缘也没有始终,而且你也不可能永远把它分割下去。庄子在《秋水》里头要表达的是世界的相对性,当你和无穷大相比的时候,你再伟大也跟零差不多。反过来说,当你和零相比的时候,你活这几十年就等于永恒。你已经活过了,活了譬如说六十年,很长。你跟零相比,跟从没活过的那些生命相比,你不等于永恒吗?你有足足的六十年呢,你八十年当然更好,一百八十年也很好。反过来说,你活了三十年也是永恒,你永远在这个世界上有一号。写不写到书里头、给你造不造像,那小意思,那个像一点意义都没有。庄子通过《秋水》宣扬的是阔达的胸怀和对任何东西都既不把它看扁、也不把它看大的一种稳定的对自己的把握,而流传下来的是那些比较具体的容易理解的小故事。

第十六讲　绝顶的庄子

今天我们进行《与庄共舞》的第十六讲,也是这个阶段的最后一讲,我们要讨论的话题是"绝顶的庄子",什么叫绝顶的庄子呢,这个话就来自大诗人杜甫写咱们泰山的诗,"会当凌绝顶,一览众山小。"

庄子就好像我们古代的一座高峰,他是一个大的思想家,他是一个大的语言家,他是一个大的艺术家,他是大的一个文学家。他的那些思想、他的那个大脑,绝了!

你不能不赞叹,中国有很多伟大的人物,诸子百家,还有的叫圣人叫什么的,但是你找不着一个像庄子一样的,思路那么与众不同、故事和语言就像满天的星斗一样灿烂,张嘴就来的人。他的道理那么稀奇古怪,可是还真有道理。你越是想不到的地方他越想得到,你不服不行。他的论述又那么不拘一格,他的词又那么多,我们现在很多词都是他说出来的。我们也可以说庄子是名嘴,说什么都说得神了,但是他不仅仅是名嘴,他有货色;他不光是词神,他真有一套与众不同的、独具匠心的道理。他的深刻性、他的丰富性都是别人所无法比拟的。

所以我们要讨论一个问题,庄子对于中国人来说,究竟意味着什么。我们通过这十六讲已经讲到了,我们的成语里头有那么多都是从《庄子》里来的,我们这十六讲就已经讲了二十多个成语,有的时候一讲里头四五个成语。上次我讲的秋水知鱼、大匠运斤、望洋兴叹、贻笑大方,一讲里头一个故事就四个成语。还有螳臂当车……太多了,我就不再重复了。庄子教会了我们那么多语言,更重要的是他给我们提供了一批与众人不相同的独具慧眼的观点,他的观点跟别人都不一样,他一上来讲逍遥,逍遥游,不管社会什么情况,不管你的日子过得怎么样,你精神上要有自己的独立和自由,这就是逍遥。你精神上要有自己的快乐、有自己的自信,你精神上要能够看到、能够想到,要装得下整个无穷大的世界,大到天地,因此那些零零碎碎小的得失根本不值一提。我们可以说庄子这个人他是精神胜利,但是这样的精神胜利没有什么不好啊,比我每天为一点小事就不愉快、就别扭、就憋出病来,比那种情况好得多呀!我有时候也带一点夸张地说,如果一个人想自杀的话,每天你都可以找出五个自杀的理由,但是如果你要读读《庄子》,你就会知道你的那五个理由,你每天的五个理由加在一块都根本不屑一顾、不值一提。

所以我们读《庄子》,看这么多的故事,您懂,可以;不懂,也没有关系。什么叫懂啊,我喜欢看它,就是懂。就跟听音乐一样,我喜欢听,这就叫懂了。什么叫懂了,听音乐您还想懂什么呀,从音乐里得出考试题的答案来?这不可能的呀!庄子提供了那么多寓言故事,鲲鹏展翅、朝三暮四、庖丁解牛、越俎代庖、螳臂当车、相濡以沫、妇姑勃豀、大匠运斤……这些故事本身是老幼咸宜,你往深里想,你可以往深里头没完没了地琢磨。你往浅里想,这很好玩儿,这讲得很有趣。你像螳臂当车,这真是令人哭笑不得的故事。我到现在,我是不断地变,有时候我觉得螳臂当车很可笑,是一个喜剧,一个小螳螂,你想螳螂那个臂比棍儿还细,比席篾儿还细,细细的就像一根线似的,它举起来,不让车走。你觉得它太可笑了。有时候我又真是感动啊,当一辆车"叮当叮当"势不可当地过来的时候,谁也不敢挡,我也不敢去挡,这时候一个螳螂出来了:我挡。哎呀,这是英雄啊。一个螳螂挡不住这车,要十万个螳螂都来呢,要一百万个呢,全都是螳臂,那车它就害怕了。

这些故事呢是太精彩了。但是更重要的,庄子提供了一种活法,提供了一种思路。这种思路是什么呢,就是自己拯救自己。你不陷入鼻子底下的那些斤斤计较的利害冲突当中去,不陷入是非彼此、互相磨牙、打口水战的那些空洞的争论中去,也不陷入为了眼前的一点利益不惜打破脑袋、打出小人儿来的那些争夺中去;有谁像庄子一样说什么事情说得这么轻松、这么愉快的吗。

庄子在其他的地方也讲这个。他写风和蛇的对话,"蛇谓风曰:予动吾脊胁而行,则有似也。今子蓬蓬然起于北海,蓬蓬然入于南海,而似无有,何也?风曰:然。予蓬蓬然起于北海而入于南海也,然而指我则胜我,鳅我亦胜我。虽然,夫折大木、蜚大屋者,唯我能也,故以众小不胜为大胜也。为大胜者,唯圣人能之。"蛇羡慕风,说你看,我是一条蛇,我要去什么地方我得一伸一屈、一伸一屈,我走得也挺快。你呢,连影都没有,连形状都没有,你想上哪儿就上哪儿,"呼"你就走了。这个风就说,其实你有你的优点,我有我的优点。你的优点呢,你能看得出方向来,你想冲我就冲我,想撞我就撞我,想踹我你就踹我——他这是比喻了,当然蛇不能踹。你可以指点我、可以踹我、可以踢我——而我呢,只会"呼呼呼"地叫。但是呢,我能够把大树吹断,我能把房屋吹塌。他讲一个什么道理呢,你有很多小的不胜任,很多小的不成功,才能积累起一个大的成功来。你不要以为你什么事都能成功,那是不可能的。鸡零狗碎的事全都成功,那是不可能的。

所以这个庄子的头脑是一个可逆的头脑。一个事,本来是个坏事,但是话说回来,你从另一边想想吧,它又未尝不是好事。譬如说您的孩子考学校,没考上那个最理想的学校,而是一个次理想的学校,这是一件坏事。可你想想,这准都是坏事吗?也许他勉强到了那个最理想的学校,他在那儿压力非常之大,他没有信心,那儿都是一些尖子学生。他来到这个次理想的学校呢,他比较自然,他比较有自信,学习起来非常有信心。那么他究竟是到哪个环境里去更好呢?

庄子教给我们,想一件事情的时候你不要较死理儿,你不要只认一条线,这边想不通了你往那边再想一想,那边想不通了你往这边再想一想。所以庄子写了很多让人觉得我们匪夷所思的事情,他写一个名人,他有个孩子,他让人算卦,那个卦算得特别灵,那个人一算,说你这个孩子将来和君王、侯王一块吃肉。这人听了就哭起来了。他为什么哭呢?他说我这孩子没有什么特长,没什么特点,他能混到和君王一块吃肉,不会是好事的,太危险了,我不知道他会出什么事。果然,他这孩子在战乱之中,腿让人给砍了,最后——用现代的语言说,就是坐着轮椅吧——就让他给侯王看门,这样呢,确实他也有机会跟侯王一块吃过肉,但是它并不是一件好事。所以庄子这个逆向思维可以说是绝顶的聪明。

庄子呢还提供了那么多意味无穷的文学故事,我们完全可以当文学作品来读。我还要说一句,我们读中国的古典文化也好,读外国的作品也好,千万别太实用了,您要太实用了,咱们这《新杏坛》都得取消,改成《股票指南》《交通规则》得了。《交通规则》您学会了、学好了还可以去考驾驶本。或者我们就改成《电视医生》,治病。我们读《庄子》,它首先是让你赞叹、让你欣赏、让你快乐。请问各位,咱们现在在座的我相信都是温饱解决了的人,都是有文化的人。一个有文化的人,温饱也解决了,而你能够赞叹不已,能够击节赞赏,能够看得哈哈大笑,看着看着一拍桌子,"我服了!"这是多么大的幸福,我们上哪里找这样的幸福。我们这是多么大的快乐,快乐有价吗?快乐是无价的。房子是有价的,快乐是无价的。

逍遥之后庄子又讲齐物。齐物是什么意思呢,用现在的语言说,就是辩证。关于辩证有一个词,这个词在大陆不常用,台湾最喜欢用,叫吊诡。上吊的吊,吊起来的吊,诡辩的诡。吊诡就是从"庄生梦蝶"那个故事里来的,一个人说另一个人做梦,说别人做梦的这个人是不是也在做梦呢?这样的问题非常吊诡。吊诡是什么意思?就是悖论。就是你自己提的问题里头包含着否定你的这个问题的因素,就像我们讲过的"知鱼",子非鱼,安知鱼之乐?子非我,安知我不知鱼之乐？子非我,安知我不知汝不知鱼之乐？子非我,安知我不知你不知我不知你不知鱼之乐？这叫吊诡。庄子管它叫"齐物",但是"齐物"这个词很少用,除了庄子以外,别人不用。更多的人是说"机变",就是别人看着势不两立的两种东西,到了庄子那儿,你可以变化为我,我可以变化为你,中间都有活动的余地。或者我还用一个普通语言来说,我们很多人的脑子是一条单行线、单行道,庄子的脑子是多行道,立体交叉,甚至他连立体都不需要,你这么走也可以,那么走也可以,往前走也可以,往后走也可以,倒车跑一百八十迈也可以。庄子他长的是这样一种脑子,所以他就提出了许多跟别人不一样的观点。

譬如说,"此亦一是非,彼亦一是非",你这么说,这是有是非的；你那么说,也是一种是非。你不能说世界上只有一种是非。譬如他又说,"无用之用,大矣。"什么叫有用呢？无用也是一种用处。他还说"生死同状",生和死都是同一个状态。为什么同一个状态呢？很简单,我们现在讲一个词大家就容易理解了。现在有"零报告"这个词吧,零报告,譬如传染病流行的时候,非典、H1N1什么的,要求作疫情报告。没有疫情你也必须报告,"今天我这儿没疫情。"这叫零报告,这零报告也是疫情。

所以呢,生死同状。生是一种生的状态,死也是一种生的状态。死是生的完成状态、生的结束状态。我的一个朋友,也是大家都喜爱的一个作家,史铁生,他也有名言,我不知道他读没读过《庄子》。他说死是一件不必急于求成的事情,反正我们人人都有这样一个盛典,生命的盛典。人人都有一个盛典,你着什么急啊,到时候这个盛典就会到来,大典就会到来。所以生死同状。

庄子还说,"天地有大美而不言。"天地是最美的,但是它不说话。这个和孔子的思想是相接近的,孔子说,"天何言哉？天何言哉？"老天,你并没有说话。"四时行焉,万物生焉。"天什么话都不说,也不用讲课、也不用发布计划,到时候这四时该怎么运转就怎运转，万物该怎么生长就怎么生长。庄子讲的也是这个意思。

庄子还有一些说法，譬如"善夭善老，善始善终"，你可以很年轻就去世了，你也可以活到岁数很大才结束，但是我们要善始善终。"善始善终"这个话也是从庄子这儿来的，现在的意义当然不一样，现在说善始善终是说你办一件事，既然开头办得挺好，你要一直坚持下去，最后把它完成。比如赛一场球，五场三胜，你前四场都打得很好，你要善始善终啊，最后这一场你还要赢，起码要打出水平来。这叫善始善终。但是庄子原来的意思呢，它和"善夭善老"是在一块的。

最典型的、最代表他的这些道理的，还是《齐物论》里面的一段话。这段话在我阅读过的各种哲学书里头，可以说最吸引我，最令我叹服。庄子说："物无非彼，物无非是。自彼则不见，自知则知之。故曰：彼出于是，是亦因彼。彼是，方生之说也。虽然，方生方死，方死方生；方可方不可，方不可方可；因是因非，因非因是。是以圣人不由而照之于天，亦因是也。是亦彼也，彼亦是也。彼亦一是非，此亦一是非。果且有彼是乎哉？果且无彼是乎哉？彼是莫得其偶，谓之道枢。枢始得其环中，以应无穷。是亦一无穷，非亦一无穷也。故曰莫若以明。"

"物无非彼，物无非是"，世界上的东西不是那边的就是这边的，这个"是"是"这边"的意思。是日，就是这一天。不是那边的就是这边的。你站在这边你觉得那边是那边的，你站在那边你觉得这边是这边的。"方生方死，方死方生"，什么东西出生也就是它死的开始。这太对啦！方生方死，你出生了，也就是说你的死亡的过程开始了。本来就是嘛。你从出生的第一天开始，细胞就有分裂，或者还没出生，在子宫里边的时候已经有细胞的分裂了，分裂当中新的细胞在长成，老的细胞在淘汰、在灭亡。你死的过程当中你的一些影响、一些东西又留了下来，你的生命的痕迹又留了下来。"方可方不可，方不可方可"，这个话说得太深了，就是你认同什么东西——"可"就是你可以接受的——你开始接受这个东西的时候也是你开始挑它的毛病的时候。这个爱情和婚姻最明显,正因为你接受他(她)了,所以你开始发现他(她)的毛病。北京话叫"褒贬是买主",你进一个商店,店员都很热情,"您过来看看,过来看看。"你根本没想买东西,你是想看别的东西,所以你态度会非常好,"啊,很好很好。哎哟,真漂亮真漂亮。哎哟这件衣服真好。"一边说着一边向前走。可是你真想买这件东西了,拿来了,"这领子它不齐啊,一边长一边短啊。这扣子也太难看了。"你开始挑它的毛病,这叫"方可方不可"。"方不可方可",你挑了一大堆毛病了,然后你能认定这一大堆毛病不影响这个物品的使用,所以你最后还是接受了它。你有婚姻生活,你挑了你的配偶许多毛病,但是你感觉到他还真没什么大毛病,比换一个好得多。你要换一个也许更糟糕,弄不好把你坑了都有可能。所以方可方不可,方不可方可。

我再举个大例子。上世纪五十年代的时候,中苏关系多么好呀,我们最认可的就是中苏同盟。认可中苏同盟也是有道理的,不是说我们天生的见着俄罗斯人就觉得他帅,是因为我们要考虑中国的社会主义事业和中华民族、中国人民的利益。当时美国封锁中国,视中国为敌,能够得到的援助只能是来自苏联和社会主义阵营。我们需要的是苏联和社会主义阵营对中国社会主义事业、对中华人民共和国的支持。就是说我们"方可",这个"可"是有原因的、有条件的。因此就又是"方不可",为什么"方不可"呢,我们期待的苏联那个援助,它能做得到吗?苏联那个计划经济本身搞得就不怎么样,它也未必做得到。我们认定的、"方可"的是从中华人民共和国的利益出发的,这是肯定的。但是斯大林是有大国沙文主义的,后来赫鲁晓夫还有意识形态的问题,所以"方可"的原因就变成了"方不可"的原因,中苏结盟的过程也就是中苏开始闹矛盾的过程。

庄子那时候没有这些事啊,可是庄子的脑瓜长得跟别人不一样啊。他看出来了,你这一结盟、一"可"、一"是",你就开始要闹矛盾了。"因是因非，因非因是"，一个事你认为它是真理，是因为它符合你的理念，因为它符合你的价值标准。但是任何一个道理它在价值标准上全都有效的吗？这件事它有效，那件事它无效，怎么办？任何一种道理、一种观念，它能够跟国际货币基金组织的硬通货一样，走哪儿都管用，兑换起来都非常方便，是这样的吗？不见得。你认为最好的东西，后来也发现它仍然有某些不足、某些缺点。你认为是白马王子的那位先生跟你结合以后，你发现他有些生活上的不雅的习惯，譬如说晚上他不洗脚。你认为是白雪公主或者是纯洁得不得了的某位公主跟你结合了，后来你发现她爱占人家的小便宜。这些都有可能的。所以"因是因非"，那个肯定它——"是"——的原因最后变成了否定它——"非"——的原因。这种因是因非的例子在人的一生中多了，但是没有人指出来，庄子指出来了。所以庄子说，"彼亦一是非，此亦一是非"，是和非是联系在一块的，非和是也是联系在一块的，是有时候能转化成非，非有时候能转化成是。

"果且有彼是乎哉？果且无彼是乎哉？"究竟我们是承认世界上分你那边、我这边，还是根本就不承认你那边和我这边呢？你那边、我这边之间的对立，究竟是有意义的还是没有意义的呢？因为春秋战国时期各个诸侯国家的关系，确实是造就出一批大聪明人来。你看看他们，今天香了，明天臭了，今天跟这个结盟，明天跟那个打起来了，然后宫廷内部又打起来了。这个人一下子成了大官，所有的人都羡慕，过几天老皇帝死了，新皇帝一上来先把他五马分尸，还夷其九族。这样的事在中国发生的太多了，所以庄子总结了人生的这许许多多的经验，然后提出一个特别绝的说法，叫做"道枢"。枢就是枢纽，就是圆心。你要掌握了这个大道，你要在这个世界的变化当中处在圆心的位置，你不要认为这个就是你这边的，那个就是人家那边的。这边、那边是等距离，半径是相等的，你是圆心，圆心是最稳定的，是不会被离心力给甩出去的。

这个就绝啦！这个"道枢"没有孔子讲的"中庸"那么流行，实际上它比中庸还中庸，中庸是找一个点，这个点不偏不倚。那么庄子告诉你，我这个点是什么呢，就是道之枢。就是大道的圆心，那么你跟世界上的各种事情之间的距离都是一样的。《庄子》里有些很奇怪的说法，在别处是看不到的。他不主张把唐尧说成多么好多么好，也不主张把夏桀说成多么坏多么坏，他说那都是一种说法。而且大家都说唐尧好，麻烦了，怎么麻烦了？都争着当唐尧，都把自个儿的对立面说成是夏桀或者商纣。对立面是夏桀商纣，我本人是唐尧虞舜，那还不掐得更厉害了？只有不分唐尧虞舜和夏桀商纣，我才在道枢上。我跟唐尧虞舜、夏桀商纣保持等距离，你们怎么掐我也不参加，我不跟着在这里头捞什么，我不捞便宜，我也不受这个灾业。

当然他的这种说法，说得过分了他也吊诡，他自己跟自己也抬杠。既然唐尧虞舜和夏桀都不能分，那你道枢和道边有什么区别啊，我不道枢，我不在圆心，我在圆周之外，离圆周还有二百公里，不也同样没有区别了嘛。既然我的心境是绝对自由的，那我当大官、当小官、不当官又有什么区别？不当官有什么好的？我当了官照样是道枢，我当了官照样不做损人或者损己的事情。所以事情说得太过了也是不行的。你什么事都等距离，抗日战争时期，你跟日本侵略军以及跟八路军、国民党军，全都等距离，那你成什么人了？所以虽然庄子作为一个头脑，太伟大了，但是我们不能够按他的一套处理今天的事情。如果我们按庄子的一套处理今天的事情，那我们就太对不起庄子了。庄子那么聪明的人，出来咱们这么几位这么笨的读者或者学生或者听众，那太对不起庄子了。

庄子还不断地宣传，说古书都是糟粕。他说真正的学问是没有办法用写到书上的方法来传达的。他说你就是当一个木匠，做活的时候这个劲使多大使多小，你是永远说不清楚的。连一个木匠都没法用书来传播手艺、培养学徒，更深的道理你看书能看明白？他说你看书顶多是看到几个古人的鞋印，连鞋都看不见，更不知道古人脚丫子长得什么样了。庄子的这些东西作为一种思想，令人欣赏赞叹、留恋不已,但是要具体地用到我们的人生当中,有很多的问题需要我们自己来掌握。

庄子说,"枢"是"得其环中,以应无穷",你当了这个枢纽了,你处在圆心的位置了,就可以对应、可以相应、可以呼应无穷的点,哪个点对你来说都是一样的。"是亦一无穷,非亦一无穷也",正确的东西、正确的道理,能够认可的东西、能够认同的道理是无穷的。错误的东西、片面的东西、偏激的东西、不能全信的东西也是无穷的。不要以为世界上一次就可以把真理就永远完成,世界上没有这种事。"故曰莫若以明",所以说呢,难得明白。前面我讲过,庄子讲浑沌,讲难得糊涂。但是呢,他还有一条,莫若以明。你不要随随便便就掺和到"此亦一是非,彼亦一是非"那些是是非非里去,别什么事都掺和。这个庄子讲得太好了。

庄子有一段讲这个官迷,讲得特别好,我都觉得中组部应该组织大家学习。他说这个官职,你要知道,这是借给你的,这官职不是你的。乌纱帽怎么会是你的呢,你当官的时候这乌纱帽是你的,你不当官这乌纱帽就给人家了。他不借给你了,你临时借来用几年而已。哎呀,对现代这些官迷来说,这简直是比那个什么王老吉还去火啊。你官迷怎么样,官迷得你都浑身都发高烧了,你听听庄子怎么说,这是临时借给你的。庄子还说,这个话有点厉害,他说仁义道德你临时住一下是可以的,你别当钉子户。比如说有点什么事你表现得很仁义道德,很好。但你要过一辈子,你得有饭碗,你该干什么你得干什么,你该种地的你得出粮食,你是工人的话,你得出零件。你不出零件、不出粮食,你光会嘴里头讲仁义道德,你以为那仁义道德是专门给你定做的房屋啊?!

所以庄子这人明白得呀,明白得都没法再明白了。所以说你读了《庄子》,知道了有这样一种活法,你心情敞亮。庄子对后世的影响妙不可言,李白那个《春夜宴从弟桃李园序》,那里头的话都是从《庄子》来的,"夫天地者,万物之逆旅也;光阴者,百代之过客也。"这都是《庄子》里边的话。李白还说人生如白驹过隙，就像一匹白马"唰"从一个墙缝那儿过去了，这也是庄子的话呀。鲁迅也喜欢用庄子的话，他关于以沫相濡的诗，在散文里面描写南方的雪，南方的雪的那种美丽、那种细腻，都用了《庄子》的语言。毛主席说"鲲鹏展翅九万里，掀动扶摇羊角。"这都是从《庄子》那儿来的呀，《逍遥游》里说："鹏之徙于南冥也，水击三千里，抟扶摇而上者九万里。"庄子对后世的影响非常深。钱钟书有一句名言，"东海西海，心理攸同；南学北学，道术未裂。"就是说这个世界你不管是东方还是西方，是南边还是北边，它都有它的共同性的。我们学《庄子》，一点不排斥西方的东西，不排斥外国的东西。《庄子·马蹄》，讲这野马是如何之幸福，伯乐来了以后给马找了多少麻烦。他总是有很奇怪的观点，他骂伯乐。他的思想，他描写的画面有些和《阿凡达》是一样的，《庄子》和《阿凡达》是通的。有人在网上开玩笑，说王蒙的意思是《庄子》抄袭《阿凡达》，还是《阿凡达》抄袭《庄子》呢。当然，这里面并不存在抄袭关系，但是这说明人的思想有共同性——认为那种原始的、大自然的状态，是很美好的。

　　《庄子》里还有一段，《知北游》当中说，"山林与？皋壤与？"是山林呢，还是平原呢。"使我欣欣然而乐与！"之乎者也与焉哉，这个"与"是那个语气词。他说不管森林也好、原野也好，让我非常地快乐。"乐未毕也，哀又继之。"可我乐着乐着忽然又忧愁了。

　　这个情调特别像一个丹麦民歌，《在森林和原野》，"在森林和原野是多么逍遥，这是多么美丽呀，多么美丽呀。鸟儿们啊，在歌唱。鸟儿们啊，在舞蹈。少女呀，你为什么苦恼又悲伤。"森林和原野就是"山林与，皋壤与"；多么快乐啊，快乐而又逍遥，连这歌词的翻译都用的《庄子》里的词，快乐而又逍遥。但是逍遥逍遥着呢，说少女呀，你为什么苦恼又悲伤？快乐快乐着突然又有一些苦恼。哎呀，庄子对人生的体会，和北欧丹麦的民歌也是相通的，谁也没抄袭谁。这里头没有抄袭，这里头有的是人类的共同的生活经验和情操，所以我们读《庄子》,会反过来体会钱钟书所说的"东海西海,心理攸同",心理是相同的;"南学北学,道术未裂",学问不是分裂的,我们学《庄子》的目的不是为了把我们糗在《庄子》里头,而是要长更多的知识,明白更多的道理,使我们自己活得明白、活得宽敞、活得快乐。

附：

谈　庄　子[*]

记者：近年来您出版了好几本解读中国古代典籍的著作，刚刚又由中华书局出版了您的新作《庄子的快活》，这个是因为您年事渐高之后想把人生参透，还是别的原因？

王蒙：我这样做最主要的原因是兴趣，我读这些书的时候是小学的时候，上中学之后就很少读这些了。《论语》《孟子》《大学》《中庸》《孝经》《淮南子》《老子》《庄子》我都看过，《庄子》看得太费劲，里面很多字都认不准，所以并没有认认真真地从头到尾地看，就是这翻一点儿那翻一点儿。实话实说，我解读古典书籍首先是因为兴趣，并不是忽然要大力提倡老庄。有人以为我是老年之后倾心于老庄，或者准备当老道，那不是，我是因为文学与思辨的兴趣。《庄子》对我文学方面的吸引甚至超过别的许多专门的文学作品。另外，我对老庄也是一个哲学的趣味性研究。就像你刚才说的，我岁数大了之后对老庄的体会和年轻的时候不一样。

记者：道家是中国本土生长的东西，但是在影响看来它始终不及儒和佛两家影响大，您觉得这个原因在哪里？

王蒙：道教和老庄的思想，和道家的思想中间有很多差别。因为老庄的思想是精英主义的，庄子很多地方是看不起这些俗人的，他好

---

[*] 本文是《南方时报》记者对作者的访谈。

像站得特别高,觉得你们哪懂这些大道理啊。可是它成为道教之后,最开始它是以会道门的形式发展的,在某种意义上在当时还带有邪教的色彩,它本身是走的另外一条路。当然,庄子在道家的观点里遗留了一点这类东西,庄子说至人和真人吸气是把气吸到脚后跟,后来我发现连和尚都讲这个,说我们打坐我们的气功我们是用脚后跟来呼吸的。

中国的道教更多的具有民间教门形式,但是影响也不小,比如说唐朝的道教也很厉害,李商隐有很多情人被传说是女道士,元朝的时候从成吉思汗到忽必烈都很重视道教,丘处机是山东半岛栖霞那一带的人,他在栖霞那里还建立过道观,他跟元朝的开国皇帝有很好的关系,《射雕英雄传》里都有写到。道教的影响在古代的时候其实很大,只是近现代才开始衰落。

记者:您讲老子、讲庄子,我有一个印象就是您讲这些经典的时候偏重于他们人生哲学的方面,跟现实联系的一面。对于他们思想史方面的价值、美学意义等涉及比较少,这个是您有意避开还是什么原因?

王蒙:《庄子》的文学特色我涉及得很多。书里讲《秋水》那一章我主要是从文学特色来讲的。包括对有些故事的欣赏,比如一个空船下来叮当乱撞,你不会生气,如果船上有一个人你就会急了,你就骂起街来了,先喊后骂。我觉得这个画面非常的美啊,我还建议拍一个电视短片,一个空船往下流,往下跑,这多好看啊。《齐物论》篇里面讲庄生化蝶,那个文学价值也非常高。而且我说那是一个凄美的故事,孤独而又迷茫。那个寓言背后有一种凄美的感觉。所以在文学上我是很注意的。对于老子的文风我也提到了,说老子的文风有一点像咒语,跟念咒一样,他的字非常简单,要求高度概括,有高度的灵活性和机动性,但是他不严谨。跟外国的讲求数字、实验、逻辑不同,这都是中国缺少的。

记者:解读经典大概有两种方式,一种是我注六经,一种是六经注我。我看您这书里面以古讽今,在很多层面上把庄子的哲学和《阿凡达》联系到一起。论及庄子的时候也批判统治者批判圣人的部分时,您跟中国的当代史和现代史也联系到了一块,就您这种做法,您觉得是我注六经还是六经注我,或者是两者兼而有之?

王蒙:我觉得是两者兼而有之的。我尤其注意六经注我。庄子用的一个概念,就是"通"。我们所谓的世界有统一性。世界既是多种多样的,它又是一个世界。文、理、政、经、社会各科,还有各种不同的宗教,都有相同的地方,互相启发的地方。有时候,这是我极大的一个快乐。比如说我看描写这个《马蹄》、伯乐的部分,本来这些野马都生活得非常好。跑来了一个伯乐,又给钉蹄子又给燎毛,盖印。我就觉得,中国两千五百年前的古人,就跟《阿凡达》那个思想一样。本来这些野生的动物植物就是最快乐的,当然这也是幻想,是不是野生最快乐这是另外一个问题,但是他起码有一个思路,就是人对大自然的生态,对无拘无束的生活造成了破坏。

《庄子》里头有一段:"山林欤?皋壤欤?"就是你是在森林里边吗,还是你是在原野上,好像人的生活是多么快乐,但是快乐快乐着突然忧愁就来了,忧愁来了以后呢,你也没有什么办法。你说这个就跟丹麦民歌《在森林和原野》中唱到的那样:"在森林和原野,是多么逍遥。"我在《庄子的享受》里头还引用了奥巴马的竞选演说,它和治国平天下的那一套,完全是一样的。在《老子的帮助》里头,我还引用了拉姆斯菲尔德的话,他的这个讲伊拉克战争,就是说"知"和"不知"。老子的话是:"知不知上,不知知病。"他就跟拉姆斯菲尔德讲的那个"我们只知道我们所不知道的,我们不知道我们本来就不知道的,还有一些我们原来以为我们知道的其实我们知道的那些是我们所不知道的",把我给逗得笑,中国外国,它这些道理都是相同的。还有你们看老庄里头我还常引用毛泽东的话,因为毛泽东他喜欢这些。毛泽东经常引用老庄的话,"鲲鹏展翅",还有什么"坏事变好事,好事变坏事""物极必反"。鲁迅也引用,鲁迅有些词,直接从《庄子》上引用的。

《至乐》这一章里头,说的是什么是最大的快乐,他说搞钱吧,你辛辛苦苦搞了那么多钱,没等你用完你就死了,有什么快乐可言。这就是小沈阳讲的那个话,小沈阳不一定看过《庄子》,他说你辛苦了半天你到最后也轮不上自个花,这只是人们的一个很普通的常识的反应。我说到小沈阳这话,把网上有的人差点没气晕过去。他们是"不通",他们认为,把庄子和小沈阳一起讲是对庄子多大的侮辱。这其实只是说明庄子的思想是符合常识,是能被老百姓理解和运用的。但是,小沈阳当然不是庄子,鹰可以和鸡飞得一样低,但是鸡不可能和鹰飞得一样高。庄子在谈到挣钱的问题时,他和小沈阳的观点是完全一样的。这不等于说小沈阳是同样的哲学家。这种废话还需要说吗?

记者:写《老子》您用的是"帮助",写《庄子》您用的是"享受"和"快活"这两个词,是不是也透露出它们之间的区别?

王蒙:当然。老子立志为王者师,为世人之师,他要给人们指出一个治国平天下的大道。具体问题他虽然不解决,但是他认为当时的君王的争夺和辛苦都是最不能够接受的错误东西。但是到了庄子这里他首先给你精神上的自由解放和快乐,这是我说他给人快活的原因。我先把自己说痛快了说解脱了,其他事情我到时候再说,而且它确实有这个效果。《庄子》读多了的人都知道拿庄子没办法,因为你一切对他的伤害,他都不认为是伤害,他都认为很好。你无非就是让我的世俗利益少得一点,名望少得一点,这些我正求之不得,我压根就不稀罕这个。

记者:在您看来老子的"道"和庄子的"道",老子的"无为"和庄子的"无为"有什么样的关系,道家思想到庄子那里有什么进化?

王蒙:我觉得老子还是微言大义,话不多说。庄子有很多地方把哲学的思想审美化了,故事化了,他的思路特别奇谲,也比老子更加浪漫。老子内心里有很强烈的为王者师的愿望,希望那些有志于治国平天下的人都从他这里学点东西。但是到了庄子这里呢，他更多的是对个人心智的拯救。就是说你听我的不听我的都没关系，不行我可以躲到一边去，我可以带着大葫芦到江河之上漂流，也可以在一棵大树底下呼呼睡觉，我可以装聋作哑，我可以槁木死灰，我可以呆若木鸡。

"呆若木鸡"在《庄子》里是最好的话，是最高的境界，绝了。可是现在流传开来以后，这变成了坏话，比如你写一采访，说一见王蒙呆若木鸡，绝对让人觉得你在骂我，可是庄子认为最高境界才能呆若木鸡。所以说《庄子》并不那么容易被人接受，但是它反着拧着也被人接受了。呆若木鸡这词儿就出现了，如果没有《庄子》，中国人很多话都不会说，我们都是从那里学来的，螳臂当车，呆若木鸡，槁木死灰，如闻天籁，朝三暮四。朝三暮四是一种虚假变化的手段，实质是不变的。但是它现在被接受之后意思就完全变了，说一个女人朝三暮四，那就是说她早上爱一个晚上就嫁另一个了，它跟原意就完全不一样了。

记者：这本书里您说的一句话很有意思，您说老庄不能当饭吃，但是可以当茶喝，可以当清火消炎的仙丹服用，那是不是说道家是一种出世的东西，它是不是只能做当代人的心灵调剂和诗意的安顿，它不能在充满诠释关系和名利争夺的现实中践行？

王蒙：实用性和实用价值就是当饭吃，所谓的治国平天下，老庄这么伟大，但是在历史上以老庄之道治国而且获得成功的先例很少很少。现在一般说法，实例就是汉代的"文景之治"，但是这"文景之治"也可以按孔子的道理解释：与民休息，照顾民间疾苦嘛。所以我说它不能当饭吃。就我们个人来说，每个人都希望有很好的家庭和生活保障，这些老庄都给不了。但是我说它能当仙丹服用，是说它发育你的思维能力和想象能力，这样你的心胸就不一样了。我们的学习和生活中，我总觉得还是实用的东西受推崇，老庄不是股市操作指南，但是你读起来感到非常愉快，你会长很多见识，有的地方你会鼓掌叫好。这样一种收获和心胸对个人来说也是非常需要的。

记者：庄子是将人视作自然的一部分，跟《齐物论》中把人格物是一样的，跟四季万物相同。现在有门学科叫做环境伦理，从环境伦理来看，庄子可以为我们的环境保护和资源利用提供一个非常有原则性的指导，我就想听下您怎么看这个事？

王蒙：我觉得这就是事物的一个方面，因为老子也好，庄子也好，都反对人的欲望的过度膨胀、甚至于过多的作为，在文化上过多的清规戒律、过多的讲究，对人都没有什么好处。

相反的，人恢复到一种相对淳朴的态度，比如夏天穿得凉爽一点，冬天穿得厚一点，你饿了你多吃两口，你不饿你一边睡觉去就完了，这样生活会最好。尤其是互相不要争，没有什么可争的，你争来争去你也得不到什么。他认为你争到的很多东西等于你借用了一下，官职对于一个人来说只是一个租借的问题，暂时寄存到你这里就是了，这个官职并不等于就属于你了。你现在当这个官，你算这个官。过三年你不当了，与你无干了。本来就不是你的东西。这些观点对人是有好处的。人对自己的欲望有所控制，能够过一种更淳朴的生活，这个从理论上讲是对的。

文化会给人带来一种灾难，但是无文化也可能带来更大的灾难。我还分析，有了文化它会带来矫饰，就是你会作伪了，会带来矫饰，会带来相争的口实，会带来对环境的破坏。但是无文化呢，它会带来野蛮，会带来残忍。比方说没有文化的两方打仗，绝没有优待俘虏一说，抓住俘虏全部杀掉。古埃及抓住男俘虏全部阉割。现在这社会你如果按那规矩办事，那就更不行了。现在人们重视环境，并不是无文化的结果，而是有文化的结果。保护环境是文化本身又往前上升的一步。所以我并不同意老庄的那种把人拉回到原始状态去的主张，那根本也不可能实现。

记者：王老师，您这几年著作特别多、特别勤，能不能给我们介绍一下您的日常生活？

王蒙：人家对我的夸奖，就是我的特点是什么都不耽误。我不是死抠一件事。从写作上说，我这几年三大部自传每个都是三四十万字，关于老庄的又是三大本，第四本我也正在写。同时一些报纸上的文章我也没少写。一些副刊上，关于《尴尬风流》那一组，以老王为题的那一组，我从来没断过。今年在《文汇报》上我已经写到二〇一〇年第五号了。每一号是五六个小故事，已经三十多个小故事了。《人民日报》海外版"望海楼"属于政论时评性质的，我也发表了五六个了。另外由于出书我也常常被叫去做讲座，讲座的数量非常大。去年一年我讲座的数量是六十多次，相当于一个大学的一个专业的教师，平均一周两三节。现在我每天都游泳一个小时，我比原来胆子小一点了，因为我今年七十六岁了，我每次就游八百米到一千米。

记者：您是在游泳池游还是海里？

王蒙：是海里，深水游泳。我其实还挺爱玩，我住在北京平谷的一个农家院，我没事就去爬山。我还有一个特点就是睡眠很好，我是睡眠爱好者，就像我昨天九点多睡觉，今天六点多起来，排除中间起来的时间，我睡眠时间也得在八个小时，一般像我这个年龄的睡八个小时的人非常少。我起来之后七点多钟就开始练太极拳，我的太极拳不怎么样，姿势也不好看，但是我喜欢。而且有时候一些会议总不参加也不行，有的时候我也去参与。

记者：您的时间效率怎么这么高？您还要看书要写东西。

王蒙：我是要看很多书，我还写诗呢。

记者：您写过多少诗，准备出版吗？

王蒙：我的旧诗出过，还出过线装的，在富阳古籍出版社。新诗集我出过两种。因为我也做不来别的，我做这些就可以了。

记者：您是不是给自己特别严格的时间安排？

王蒙：对的，这个我一般按照严格的时间安排，我比较规律，我吃饭也比较规律。所以有些人也笑我，别人可以活得很自在，他吃完饭了这时候有朋友来说去别地方喝酒去，他又跟着撮一顿。我是不行，我吃完就是吃完了,打死都不再吃。因为我小时候身体非常不好,总是这病那病的,所以这方面我很谨慎。

记者:您每天看书时间控制在几个小时?

王蒙:看书时间控制在一两个小时。哦,对了,还有学英语的时间。英语我是自学,我九月二十二日要到美国参加哈佛的活动,有个开幕词,这部分我准备用英语讲,所以现在我已经开始在做准备了。也得恶补,不恶补到时候也不行。

美国我这次去是第十次了,而且我在美国前后居住的时间超过两年。哈佛一九九三年请过我,我去过三个月,爱荷华一九八〇年请过我,是四个月,三一学院请过我,也是四个月。我在那里租过房子,我在美国有社会安全号码,我喜欢跟洋人直接打交道。

记者:您现在跟他们对话没问题了吧?

王蒙:往深的不行,但是我有这个胆量,我还会维吾尔语呢。我在新疆待了很多年,我的维吾尔语现在说得还溜着呢,跟他们说黄段子都行。

记者:估计您学英语好是因为维吾尔语有基础了。

王蒙:有基础,太有影响了。你学会一种语言之后就有自信了,原来你没自信。我最喜欢俄国人跟我讲的那个故事,说一只猫捉一只老鼠,这老鼠就钻到洞里了,猫就很着急,就在老鼠洞门口叫,越叫老鼠越不出来。后来这猫想了半天改学狗叫,学完狗叫这老鼠就出来了,然后猫就把老鼠抓住了,猫就说,这就是学外语的好处。

2009 年 9 月 5 日

老庄的治国理政思想*

西洋的思潮从某种意义上说带有一种"性恶论"的因素,它认为人是有原罪的,人是有私心的,是有竞争之心的,是好斗的,而且人的利益是会有冲突的。所以在政治上的一个基本命题叫做"多元制衡",就是认为人会犯很多错误,但是让人们互相牵制,按照一定的法律、条文、规则、制度,维持一个谁也不能为所欲为的程度。当然,做到没做到是另外的问题。国内出过一本书,是两位在美国的中国人写的,介绍美国的政治制度和政治思想,这本书的题目就叫《总统是靠不住的》,就是你要想办法限制总统,既然总统是靠不住的,那副总统更靠不住了,什么总理、部长都是靠不住的,这是西方的一个基本的思想。

我们中国基本上是"性善论",在中国起作用最大的还是以德治国,天下为有德之人居之。这样给封建君王,给封建掌权者的执政以合法性。而且这个德的标准是天,我像天一样有德,所以我是天子,我是奉天承运,我在这儿治国,治国平天下。中国强调的是这个。中国的封建社会没有"多元制衡"观念,中国强调的是一元,"普天之下,莫非王土",它的资源和权力是高度集中的。但是中国有一个理念的制衡,就是"德"。你虽然是皇帝,但你要有德,如果皇帝失德,就会非常危险,有可能被扣上无道昏君的帽子。要是你被扣上无道

---

* 本文是作者在中央国家机关"强素质,作表率"读书活动第三期主题讲坛的演讲。

昏君的帽子你就会被颠覆,会有人造反。所以说水能载舟,亦能覆舟。

中国的平衡不是靠制衡,而是靠一种德行的自我掌控和约束。另外,靠"三十年河东,三十年河西"的纵向平衡,就是在时间的纵轴上实现平衡。这都是一些非常大的问题,我今天不可能讲清楚,我自己还没有完全学习清楚,仅仅提一下而已。你搞过分了,没人平衡你,什么时候平衡你,等你死了以后再平衡:你用的宠臣全杀头,你害的忠臣全部从监狱里放出来,官复原职。中国的平衡是一个纵轴上的平衡。在中国这种情况下,对于知识分子,对于读书人,是儒道互补,有其积极意义。当然中国的读书人和现代意义上的洋人喜欢说的知识分子不是一个含义,这是另外一个复杂的问题,我也不多涉及。

"儒"是什么意思?"儒"承认人和人之间是不平等的,社会必须有秩序,有主从上下之分,有君臣父子夫妻之分。但是要给这个不平等、这个主从的关系树立一个合情合理的规范,不能胡来。父慈子孝,这个父要太不慈了,太霸道了,儿子要真急了也就不认他了。如果是明君臣就忠,如果是暴君臣也就忠不了。儒家努力树立的是这样一个规范。

老子、庄子不是以"德"来治国,是以"道"。"道"是什么意思呢?就是自然而然地治国,以人的天性来治国。所以老子庄子这些人就嘲笑儒学,认为儒学啰里啰嗦、劳而无功,认为儒学不自然、伪饰。老子说"六亲不和有孝慈",本来家里父母、子女、兄弟姐妹的关系很好,哪里用讲孝慈?不用讲。六亲不和才有孝慈。国家非常混乱的时候才考虑谁忠、谁不忠。这是老子、庄子他们对儒学的批评。

老子、庄子还举了一些很可笑的例子。他们说儒学宣扬的那一套是螳臂当车。春秋战国时期,中央政权是东周政府,但周天子已经丧失了控制能力,真正掌权的各诸侯国君主着急的是夺权称霸,发展自己,吞并别的诸侯国。真正的诸侯,真正的掌权者对儒学的态度也就是马马虎虎的。那个时候孔子远远没有后世的地位,孔子是经常被称之为"丧家之犬"的。这是他自己说的,惶惶如丧家之犬,这不是骂人的话。当时的情况是信仰墨子的人多,信仰法家的人多,真正信仰孔子的并不多。但是孔子的这套理念后来的人们越来越认为它好,为什么好呢?

第一,对于读书人来说,儒家治国平天下是有理念的,不是光为了乌纱帽的,这个理念就是德。

第二,对于掌权者来说,孔子的这一套有助于社会实现秩序、和谐、平衡,而且不会失控。使人从心里面就明白君有君的道理,臣有臣的道理,爹有爹的道理,儿有儿的道理,夫有夫的道理,妻有妻的道理,上下尊卑都有一定的道理。所以后来儒家思想就越来越成为主流了。

庄子就嘲笑儒家说,你跑到那些君王面前,你给他宣传以德治国、以礼治国、以乐治国,君王正急着夺权呢,宣传这些这是螳臂当车。你用知识分子、读书人的那点儿礼义廉耻、仁义道德的说教,想说服有权威的人,不等于用螳螂的胳膊挡大马车吗?庄子又笑儒家这一套是敲着鼓追逃跑的人。这些人受不了你这些高调,整天讲仁义道德,整天训练他,整天说这样不对、那样不对,所以就把人吓跑了,跑了以后孔子和他的门徒还要追人家,敲着鼓追,越敲鼓人家跑得越快。

老庄他怪,他另类。但这种另类有两个作用:

首先是启发的作用。让你知道世界上的事儿还有这么想的,还有这么做的,不无道理,哪怕是片面的理。

其次有补充的作用。整天学孔子,文质彬彬,谦恭有礼,忠心不贰,杀身成仁,舍生取义。这种样子有时候太累,碰到挫折的时候——君主不让你尽忠,把你废为庶人,这时候老庄的思想能起到补充的作用。

上面是我讲的一点前言。

下面我主要是从几个问题上谈谈老庄他们在治国理政方面的一些思想。

第一个思想我称之为"无主题治国","无为"的"无主题治国"。

老子、庄子他们都主张"清静无为"。这个"无为"我先要说明白,主要是针对诸侯、君王、大臣,还有士人讲的,不是说让老百姓无为。老百姓该种地的种地,该做生意的做生意,该盖房子的盖房子,他很赞成。他说的"无为"不是说什么都别干,主要是说掌权的人不要先给自己立一个主题。庄子的意思是"不要刻意为之",什么是"刻意"呢?我想来想去最适合解释的词就是"处心积虑"。就是办什么事儿都应该走着瞧,别处心积虑的。事情还没办呢,就一定要如何如何,事先都规定好了,这就是主观主义。这种情况之下就会和老百姓发生矛盾。所以为政不要先确定主题。

我的本业是写小说的。我们写小说的人过去喜欢说一个词叫"主题先行",这个"主题先行"是"文革"期间于会泳等人提出来的,创作文学作品先得有主题。后来这些大家又嘲笑"主题先行"。还有一个词叫"直奔主题",写文章一开始就冲着主题去了,不会是什么好文章。老子的说法是什么呢?叫做"圣人无常心,以百姓之心为心"。常心就是不变的,永恒不变的,圣人没有永恒不变的看法,一切跟着老百姓走。他又说:"天之道其犹张弓欤,高者抑之,下者举之,有余者损之,不足者补之。天之道损有余以补不足,人之道损不足而奉有余。"他说无论办什么事儿都要符合天道,天道就跟拉弓一样。他说拉弓就是这样,高的地方要往下压一压,低的地方往上举一举,劲使得不匀的地方你调整一下,这就是天道。他这个意思也是不要刻意为之。

老子还有一些说法,他说执政的人头脑不要太复杂,老百姓住在那儿别给他捣乱,别逗他玩儿,"无厌使食,无厌其生",别找他的麻烦。

这个"厌"在古文里就是现在的讨厌的意思,也可以当施加压力的"压"讲。

"无厌其生",打鱼的你让他打鱼,卖唱的你得让他卖唱,做豆腐的你让他做豆腐,你别捣乱,用咱们现在的语言来说就是别折腾。我们不希望老百姓折腾,老百姓能把政府折腾得心慌意乱;政府也别折腾老百姓,人家该干什么就让人家干什么。"夫唯不厌,是以不厌",就是掌权的人不给老百姓添乱,不扰民,所以老百姓也就不会给你添乱。这种思想也是老子的乌托邦。他认为最好的领导,最好的权力运作是根本就不运作,用不着运用权力,该干吗干吗,这是一种乌托邦思想。但不是无政府主义的乌托邦,而是无运作的乌托邦。但是他讲的这个道理又有点儿道理。"圣人无常心,以百姓之心为心。""无狎其所居,无厌其所生。夫唯不厌,是以不厌。"这些话很有道理,你别以为这些话很虚、不联系实际,它联系实际。

比如今天掌权的一个人,或者说一个在国家公务方面占有一定位置的人,他也仍然面临一个问题:很容易以创造政绩作为刻意追求的目标。很简单,既然接受了这个任务,就必须得有政绩。没有政绩,怎么接受考核,怎么提拔,还升得上去吗?怎么防止对立面的批评、攻击?所以一定要有政绩。那么,你究竟是把政绩放在前面还是把人民的利益放在前面?要把"民心"放在前面,这就是老子所说的"圣人无常心,以百姓之心为心"的含义。

庄子喜欢举一个例子。庄子说,你用儒家的那一套,就是我前面所说的刻意地去治理天下,他说是"欺德也",你侵犯了大道的功能。他说治国的人不需要涉海凿河,那儿本来是大海,你跳到海底下再凿一条运河,这么做有什么意义呢?他喜欢举一些极端的例子——庄子是文学家,文学家都喜欢夸张,不夸张就不生动,尤其是在春秋战国的时候百家争鸣,不夸张的话谁注意他呀?庄子还说"鸟高飞,以避矰弋之害",鸟都知道高飞躲避短箭。"鼹鼠深穴乎神丘之下,以避熏凿之患",老鼠要想安全就要往深处躲。庄子的意思是老百姓什么事儿能干,什么事儿不能干,自己知道,老百姓都很聪明。不能偷东西,不能杀人,百姓知道这些事不能干。该干的事、不该干的事,有利的事、有害的事,老百姓都很清楚,你儒家就不要再啰嗦了,你不要对老百姓耳提面命,一天训八回谁受得了?这是庄子打的一个比方。

历史上的亡国之君有一类是彻底昏聩的,但是不是像历史上记载的昏聩得那么彻底,我还有疑问。因为历史是胜利者的历史,大部分亡国之君都只挨骂,说他好话的人非常少。为什么我说这个话呢?庄子最明显,他无数次地提出来,他说汤尧夏桀,各有各的思路,各有各的是非,他们在历史上只不过是一瞬间,究竟谁是谁非,说不清楚。我小时候学历史,书上就说,一个夏桀、一个商纣、一个妲己、一个褒姒,都坏得不得了。鲁迅就曾经怀疑过,夏桀商纣都是被女人给害了,女人能管多少事儿?这是另外的问题。

但是还有一种亡国之君,他们是非常辛苦的,是非常勤政的,是事必躬亲的,是极其有为的。比如崇祯皇帝朱由检,他辛苦得不得了,而且他不许外戚参与政事。他又多疑,不放心,他对谁都不放心。这样的勤政皇帝由于刻意有为最后也造成了自己的失败。这样的例子也多得很。

我再补充一句,老子和庄子所提倡的"无为而治""无主题而治",多少有一点"小政府大社会"思想的萌芽。就是政府做的事儿有限,你尽量让老百姓按照他自己的天性,按照他自己的利益追求做事,略加引导即可。他的说法就算是乌托邦也罢,也能给我们作为参考。

"无为"的思想除了无主题治国以外,还有一个想法也挺好。《庄子》里讲得比较清楚,就是"上无为,下有为","上必无为而用天下,下必有为而天下用,此不易之道也"。意思就是说你的权力越大,你的地位越高,你的官越大,你少说话,少做事,少折腾,你让底下干。这种情况下,"无为而用天下",就是你没有说很多话,你也没有下多少命令,但是天下都听你的。那么"下"呢?"有为而天下用"。

下边的，对不起了，到了部以下了，司局以下了，老老实实给我干活去。你从早到晚该加班加点就加班加点，你为我所用就是为天下所用，为国家所用。

老庄那个时期的书写得比较简单，那时候是刻在竹子上的，如果那个时候有网络的话，《老子》起码要有八百万字，《庄子》有四千万字。所以老子的很多话只是点到为止。那么今天我们讲他的话，也不是说让大家简单地照搬。是希望引发大家去琢磨其中的智慧。所谓"上无为而下有为"，你们琢磨琢磨，它是一个非常精明的说法。

从"上无为下有为"这个话里我还想到西方管理上的一个观念，就是纵向分权。就是说权不但有横向的分，即不同的部门、不同的地区分别由相应的部门、单位负责，这是横向的分权。还有纵向的分权，简单地说部长有部长的权，局长有局长的权，处长有处长的权，别互相掺和。我在文化部也体会到，上下级是各有分工。比如分房子的时候，我也接到过别人批的条子，但我都一律转给有关的司局，我没有批过任何一个人的住房。如果我要管分房子的话，我就别管文化事业了。所以这有一个纵向分权的思想。

"无为"里面还有一层意思。庄子说："闻在宥天下，不闻治天下也。在之也者，恐天下之淫其性也；宥之也者，恐天下之迁其德也。天下不淫其性，不迁其德，有治天下者哉？"什么意思呢？这又和现代的法治思想有关，当然这是西方的观念。我们不能照搬，但是我们可以参考，我们可以把它当一个学术问题来讨论。国家法律的主要作用在于防止你干坏事，而不是带着你组织你干好事，因为这个好事每个人的要求不同。庄子的话恰恰是这个意思。为什么掌权者必须保持这个权力的存在，为的是"恐天下之淫其性也""恐天下之迁其德也"。"淫其性"是什么意思？就是失控。"迁其德"是什么意思呢？就是德行的偏差。就是说我必须有这个权力，我必须保持我这个权力的存在，而不能让社会失控，让社会道德混乱。在古代中国有这种思想观念也挺有意思的。

还有一种观点很有意思。老子很早就提出来,说"天下皆知美之为美,斯恶矣,皆知善之为善,斯不善矣"。都知道美反倒糟了,都知道善反倒不善了。为什么会这样,你从理论上怎么想也想不清楚。有一次我和金融界的朋友谈这个话题,金融界的朋友说这话太棒了,因为他有这个经验,如果谁都知道哪个股票最好,都去买那个股票,一下子这个股票上涨三十倍。股价上涨三十倍,你还买,买完了以后泡沫破灭,最后把你套牢。他说搞股票千万不要"皆知美之为美",都往一个地方凑会害了自己。

第二方面,老子和庄子还主张权力的运作要和老百姓保持一点距离。老子提出一个很有趣的思想,首先是"太上,知其有之"。"太上"就是最佳,是说最佳的状况是老百姓知道有这么一个国君,也有朝廷,这就够了。谁是国王,跟我没关系。谁也不妨碍谁的事儿,老子认为这是最好的状态。其次,"亲之誉之"。最值得人掂量的就是这四个字。"亲之誉之"怎么会成了二等?老百姓一见着你说你真英明,你是我们永远的榜样,我们一见你就热泪盈眶,这不是很好吗?"亲之誉之"的结果就建立了一种高调的权力运作的关系。你不但是一个有效率的权力,而且是精神的导师,是德行的代表。这种高调的运作有极大的动员力,但也容易引起过高的期望值。过高的期望值就会引起失望。儒学是很好的学问,现在读《论语》会发现孔夫子真是一个非常通情达理之人。为什么儒学到后来,尤其到了五四时期被人家骂成那个样子呢?就是因为他说得太好了,但做不到。

所以说,权力和百姓的关系"知其有之"就行了,各有各该干的事,不要弄得太漂亮,不要"亲之誉之"。"亲之誉之"后面是"其次畏之",是说要让人怕这个权力。老子他也很实在,一点儿不畏是不行的。你说开汽车的人有几个热爱交警的,但是他得"畏之"。这种"知其有之"的说法,使我想到了近现代的一个观念——"虚君共和"。现在世界上有相当数量的国家的国家元首是虚的,没有实权的,但是它又是不可更迭的,不可改变的。比如说英国女王、日本天皇、荷兰女王，还有瑞典丹麦也都是君主立宪制的王国。一九八七年我去泰国进行访问，和泰国的教育部长聊天，他说："我们泰国的制度有一个好处就是谁也别争第一把手，第一把手是国王，你乱不起来，最后是国王说了算，平常什么也不管，他只管人道主义事业。"当然泰国也有泰国的问题，现在我们也看到了，但这是另外的问题。这是君主制国家的情况。

非君主制国家也有这种思路。比如说德国总理是默克尔，它的总统是谁你们说得清楚吗？反正我不知道是谁。以色列也是这样一种情况。所以它也是一种虚君共和、虚位共和，也是在权力使用上的一种平衡方法。这些方法我们显然不能照搬，但是我们应该知道世界上对治国理政，对权力运作，对权力的转移交接有各种各样的思路。我们多知道点儿没害处。

第三方面，老子和庄子他们都主张低调治国，当然这是我概括出来的。老子有一句有名的话，说"知其雄，守其雌"。就是我知道该怎么样才能牛，但是"守其雌"，我表现出来的形象不是一个牛气冲天的形象，而是普普通通的，是温柔、低调、和善、平和的形象。"为天下溪"，就好像地下流的小溪一样，不是洪水滔滔，不是泰山巍峨，也不是青松入云，只是一条小溪流。

"知其白，守其黑，为天下式"，成为一句名言，它也曾打动了黑格尔。"知其白，守其黑"就是什么事儿我都很明白，但是我千万不要摆出一副我什么都明白的样子。这是在招人讨厌呢。而是应该把自己摆在一个难得糊涂的位置，把自己摆在一个韬光养晦的位置，但同时我要尽量地知道世界上的各种说法。

当然这个"知其白，守其黑"，老子解释得不详细，后来有人就说这里有阴谋的味道，说老子是阴谋家，朱熹就说过"老子之心最毒"。我个人并不认为是这样，我认为用鲁迅最爱引用的俄国作家克雷洛夫的一句话，可以帮助我们理解："鹰可以和鸡飞得一样低，但是鸡不能像鹰飞得一样高。"老子本意是考虑世界的本源，他考虑万物运作的规律,他考虑天下的大事,他要考虑怎么样结束老百姓的灾难。所以他主张的治国应该把自己放在一个下位。老子说:"上善若水,水善利万物而不争,处众人之所恶,故几于道矣。"他认为这是水的本性。水不争,碰到拦的地方它就拐弯,碰到低的地方就流,所以李零教授关于老子的一本书就叫做《人往低处走》。我们常说人往高处走,水往低处流。老子说先往低处走,更提倡谦让,提倡节俭,甚至提倡后退。所以他以水作例子。作为文学的一个理念来说,"上善若水"这四个字非常好,非常美。谁不喜欢水啊?生命离不开水的,水确实是居善地、亲善缘,都是跟善在一起的。

老子讲"大国者下流""大者宜为下",就是权力越大,地位越高,越应该把自己放在下边,不要高高在上,不要盛气凌人,不要以大压小。这种非常东方式的观念是有它的参考价值的。这里面有一些精兵简政的味道,就是能不能把复杂的事情简单化,这是一个功夫。求学即是这个道理,一方面要复杂化,要扩充知识,另一方面在充实的过程中又要概括、提炼,要把它简单化。为政也是一样,复杂化是一个本事,简单化更是一个本事。所以老子希望治国理政做得越简单越好,当然这里有很多乌托邦的成分。老子还有很多类似的说法,比如"其在民上也,以言下之",想统治老百姓,必须先向老百姓学习。"在民前也,以身后之",想领导老百姓做一件什么事,应该先跟上老百姓,看看老百姓现在关心什么。

老子还有一个说法,说我有三宝,"一曰慈,二曰俭,三曰不敢为天下先"。这话我们今天听着是不能接受的,尤其是"不敢为天下先"。因为我们现在提倡的是要"敢为天下先",但是老子这个说法有他的道理,我们也姑且作为一个参考。

"一曰慈",就是说要保持善意,尤其是要对老百姓保持善意,体恤民情,体恤民艰。"二曰俭",俭的意思不是指现在理解的物质方面的节约,而是说要给自己留下选择和行动的空间,不要把什么招都用上。按老子的想法,招多,可以留着,别一下子全都用出来。就是要"蓄",老子还说过"蓄其德",就是说要积蓄你的德行,要积蓄你的智慧。"不敢为天下先",是老子针对当时的情况有感而发的。当时因为各个诸侯国都在那儿闹腾,个个都想吞掉别的国家。而且百家争鸣,苏秦有苏秦的一套,张仪有张仪的一套,荀子有荀子的一套,韩非有韩非的一套,李斯有李斯的一套,各种思想都有。老子认为折腾不好,所以说"不敢为天下先"。

最后我再讲一下老子"治大国若烹小鲜"的思想。"治大国若烹小鲜,以道莅天下,其鬼不神。"这是老子《道德经》当中最神奇、最美丽、最充满魅力的一句话。"小鲜"就是小鱼。老子认为治大国就跟熬小鱼一样。其实不光老子有这个说法,法家的韩非子把这个道理用到权力斗争上,也说"烹小鲜而数挠之,则贼其泽;治大国而数变法,则民苦之。是以有道之君贵静,不重变法。故曰:治大国者若烹小鲜"。挠是什么?就是别老抓挠小鱼,小鱼本来用水一煮已经烂了,你再一抓它就变成烂泥了。

后来隐士河上公解释这句话说:"烹小鲜不去肠,不去鳞,不敢挠,恐其糜也。"河上公说"治国烦则下乱",就是你治国治得非常繁琐就会引起混乱,所以不要繁琐,不要折腾。他的解释非常权威,但是这件事情你解释得太清楚了它煞风景。"治大国若烹小鲜",这句话多漂亮啊,你懂不懂都没关系,用北京的话形容就是"它帅啊"。治大国你怎么治?跟熬小鱼差不多,但我不告诉你我怎么熬法。它让人感觉到举重若轻,举止有定,胸有成竹,自有把握,不急不躁,不温不火。可是像河上公的解释呢,"不去肠,不去鳞,不敢挠",太具体了,变成大众的烹调手册了。

中国的很多古书,解释得太细致、太多就会煞风景,本来模模糊糊的美得不得了。我跟大家说说这一辈子读书方面最痛苦的事之一。我从小最喜欢白居易的一首词,"花非花,雾非雾。夜半来,天明去。来如春梦几多时?去似朝云无觅处。"这首词太棒了,黄自先生还给它配了一首曲子。可是有一年,大概在十五年以前,我在《新民晚报》上看到一篇文章说这是个诗谜,作者说我们家的保姆特别聪明,当她看到"花非花,雾非雾"这首词之后,立即说这是一个谜语,谜底就是冬天玻璃上的霜花。她把白居易这首词解释成一个谜语,而且给了科学的靠得住的解释。看完以后我几乎寻了短见。这么伟大的一首词被咱们一位天才的保姆给解释成了谜语了!我今天也是在这儿跟大家谈谈对老子、庄子思想的一些理解,我希望不给大家一个聪明的保姆的那种印象。

2010 年 3 月 27 日